J.-K. HUYSMANS ET L'OCCULTISME

ユイスマンスとオカルティズム

ONO HIDÉSHI
大野英士

新評論

目次

第II部

第Ⅲ部

凡例

1 本書は、筆者がジュリア・クリステヴァ教授の指導のもとにパリ第七大学（ドニ゠ディドロ）大学院に提出し、二〇〇〇年一二月五日に文学博士号を受領したフランス語による博士論文『おぞましき美――J゠K・ユイスマンス作品における否定性の機能 La beauté abjecte - le fonctionnement de la négativité dans l'œuvre de J.-K. Huysmans』（以下、原論文）をもとに、構成・内容を一新し、一般読者の関心に応えるよう書き下ろしたものである。

2 したがって本書では、最近の研究も踏まえて内容を大幅に書き改めるとともに、原論文に付されていた膨大な注、引用、草稿（マニュスクリ）の転写等はその大部分をカットした。

3 固有名詞のカタカナ表記は原則として、よく知られたものは慣用に従い、それ以外は現地音を採用した。ただし、ユイスマンス自身がフランス語の慣用に従って表記しているものについては、現地音ないし慣用表記の直後に（仏）の記号を付し、並記した場合もある。

4 注はできるだけ簡略にとどめ、人物の生没年や作品の発行年、事件の発生年などについてはできる限り本文内で説明するように心がけた。

5 作品名はできる限り本文中に和訳し、注では原綴を記すにとどめた。

6 本書は特に第八章においてユイスマンス作品の草稿を用いている。草稿を転写する場合には、抹消、加筆など、原稿上にとどめられた修正過程を何らかの形で示すのが普通であり、原論文では付録（アネックス）としてトランスクリプション・ディプロマテック（視覚的にできるだけ忠実な転写）によって、使用した草稿にとどめられたすべての異同を表記した。しかし、本書では読み易さを考慮し、各草稿の最終形態のみを表記するにとどめた。ただし、説明の都合上やむを得ない場合には、以下の規則に従って草稿中の修正過程を表記した。［ ］は最終的に抹消した部分、【 】は抹消した部分の中でも初期の段階で抹消した部分、（ ）は文中に語ないし文を加筆・挿入した部分、ｘｘｘは判読不明の部分。なお、本書第八章注19も参照されたい。

ユイスマンスとオカルティズム

J.-K. Huysmans et l'occultisme

晩年のユイスマンス

序章　発端

J＝K・ユイスマンス（一八四八－一九〇七）がその不思議な人物の話を耳にしたのは、一八八九年の秋のことだった。ジョゼフ＝アントワーヌ・ブーラン（一八二四－九三）。「一九世紀の最も興味深い還俗神父[1]」と評されるこの人物について語る前に、まず、ユイスマンスについて簡単に触れておこう。経済に偏することますます激しく、およそ文化一般への関心が急速に薄れつつある昨今の日本の状況からすれば、政治的騒擾と猥雑さとが奇妙に入り混じった一九六〇年代、澁澤龍彦（一九二八－八七）や田辺貞之助（一九〇五－八四）、出口裕弘（一九二八－）といった錚々たる仏文学者によって紹介され[2]、三島由紀夫（一九二五－七〇）や埴谷雄高（一九〇九－一九九七）をはじめ多くの熱狂的な読者を持ったこのデカダンスの文豪も、いまや誰かといぶかる人の方が多かろうから。

ジョリス＝カルル・ユイスマンスとは誰か？　本名、シャルル＝マリー＝ジョルジュ。早世した実父がフランドル出身だったため、それにちなんで作家自身が「フランドル風」と信じた「ジョリス＝カルル」を筆名とし、後には略してJ＝K《ジー＝カー》（J.-K.）というイニシャルのみを用いた。親しい友人たちは彼のことをジカ Jika と呼んでいた。一八四八年パリ生まれのフランスの作家である。生涯独身。普仏戦争（一八七〇）従軍後、内務省官吏として慎ましく生計を立てる一方、エミール・ゾラ（一八四〇－一九〇二）の薫陶を受けた自然主義作家として出発し、稀代の奇書『さかしま *À rebours*』（一八八四）をもってデカダンスに転じた。その後、ゾラの自然主義を痛烈に批判して『彼方 *Là-bas*』（一八九一）なる悪魔主義《サタニズム》の書を著した後、一八九二年から九三年にかけて、今度は一転、「神秘主義」的な色彩の濃

晩年のユイスマンス。

い峻厳なカトリシズムへと方向を変えた。そして以後の作品では、すでに『彼方』に登場していたデュルタルという作中人物の魂の変転を、おびただしい数の語彙を駆使した晦渋なフランス語で綴る「神秘主義」的作品を発表するに至った。晩年、多年に及ぶ喫煙が災いしたのか、喉頭癌を患い、顔面の半分が崩れるほどの症状に至ったが、神から与えられた試練と観念し、一切の麻酔による苦痛の軽減を拒み、数年の闘病の後一九〇七年にこの世を去った。没後は彼のキリスト者としての凄絶な生き様を偲んで、彼を慕う人びとによって彼にちなんだ修道会が作られたという。

通常、文学史的な記述がわれわれに教えてくれるのはざっとこんなところだ。特異な文体とテーマから、少数の熱狂的な愛読者を擁する一方、フランス文学の専門家からさえ、ギュスターヴ・フローベール（一八二一－八〇）、ゾラ、ステファーヌ・マラルメ（一八四二－九八）らと比べると、ややマイナーな作家と見なされているといったところが一般の評価だろうか？　だがそんなことは、とりあえずどうでもよい。先を読めば、読者もユイスマンスの文学の射程がどのあたりまで届いていたかをあらためて確認することになるだろうから。

一八八九年秋ユイスマンスは、やや苛立ちと戸惑いを感じていた。

一八八八年の春以来、彼は『彼方』という題の作品を構想していた。[3] この小説は、ジャンヌ・ダルク（一四一二－三一）が生きた中世の世相を、悪魔主義《サタニズム》という観点から現代の世相と比較するものとなるはずだった。この点で時代の空気を嗅ぎ分ける彼の嗅覚は確かだった。科学の勝利を謳歌する風潮の陰で、科学では説明のつかない不思議な現象、悪魔やオカルト、神秘主義などといった怪しげな事象に群がる連中が蠢いていることを、彼は知っていた。しかも怪しげなものへの傾倒は、降霊円卓を囲んで死者や悪霊を招来したり、町外れのうち捨てられた教会で黒ミサを催

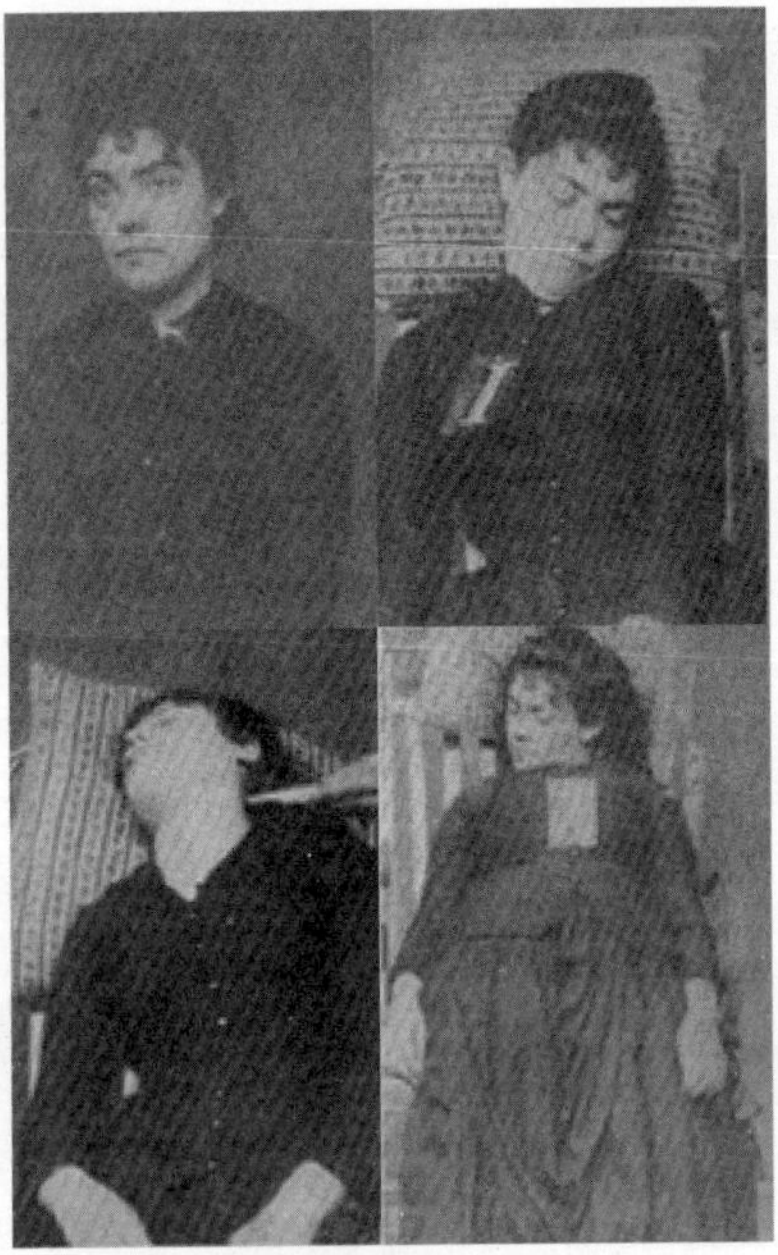

リュイス博士の実験。［左上］通常の状態のヒステリー患者エステル。［右上］水を入れたガラス管を近づけると，首や肩の筋肉の収縮が見られた。［左下・右下］コニャックを入れたガラス管を近づけると，顔や首にむくみが現れて昏倒し，次第に完全な酩酊状態を示した。

リュイス博士。

したりする有象無象の人びとばかりでなく、実証医学の本山ともいうべきパリ大学医学部にすら及んでいた。

『彼方』執筆開始に先立つ一八八七年、ユイスマンス自身、医学アカデミーのジュール・リュイス博士（一八二八－九七）のチームの一人がシャリテ病院で実施した奇妙な実験に立ち会っていた。その実験は、水、モルヒネ、ストリキニーネ、アトロピン、ナルセイン、臭化カリウムといった薬剤、あるいは草花の芳香を染み込ませたアルコールなどを別々に詰めて密閉したガラスの管を用意し、これを一本ずつ、催眠術で眠らせたヒステリー患者の女性の耳元に後ろから近づけてみるというものだった。[4] するとこの患者は、管の中身については知り得るはずもなく、特に心理的な暗示が加えられたわけでもないのに、中に入った物質に応じて異なった反応を見せる。ある時は痙攣を起こし、ある時は幻覚を見、その他喜びや悲しみ、苦痛といったさまざまな感情を示した。そればかりか、瞳が動いたり、体表に傷が生じたり、甲状腺が一時的に腫れたり、心臓や肺、腹部の神経に変調を起こしたりといった、身体症状まで呈する。さらに、薬剤によって引き起こされるこうした感情や身体的な反応は、別の実験で二人の患者を六メートルほど隔てて互いに後ろ向きに座らせてみると、二人の間で伝染することも確認された。リュイス博士の研究が真面目な意図で行われたことは確かだった。しかし、これはすでに以前から心霊術士たちの間でよく知られた現象だった。一方、リュイス博士の共同研究者で彼の研究からヒントを得た「金属療法《メタロテラピー》」なる治療法を唱導したジェラール・アンコース博士（一八六五－一九一六）となると、話はさらに怪しげなものになる。彼は多くの啓蒙医学書を著す一方で、「カバラの薔薇十字」なるオカルト結社に属するその世界の大物で、「パピュス」のペンネームで医学書に数倍するオカルト関連著作を発表していたのだから。

しかし、リュイス博士やアンコース医師を含め、いわゆる隠秘主義者《オカルティスト》あるいは隠秘主義《オカルティズム》の息のかかった者たちの言うことをそんなにたやすく信じていいのか？　近代化が進みつつあった一九世紀の末葉、キリストが宿る聖体のパンですら、工業的に生産されたジャガイモの澱粉から作られる[5]ご時世の中で、悪魔や魔術などといってもそれは所詮、金儲けの「かたり」ではないのか？

その詳細は、後章に譲るとして、『彼方』におけるユイスマンスの構想をごく大まかにいえば、中世に生きた悪魔主義者《サタニスト》ジル・ド・レー元帥（一四〇四－四〇）と、ユイスマンスの時代の悪魔主義者たちの生態とを比較しようというものだった。ユイスマンスは、ジル・ド・レーの生涯に関しては、すでにかなりの資料を集めていた。

［上］パピュスこと，ジェラール・アンコース博士。パリ医学部を出た医者だが，エリファス・レヴィ（1810-75）やアントワーヌ・ファーブル・ドリヴェ（1767-1825）らの影響下にオカルティズム研究に進み，多くの著書を著す。［下］エロワ＝フィルマン・フェロン（1802-76）画「ジル・ド・レー元帥」（1835，ヴェルサイユ宮殿美術館所蔵）。青髯のモデルといわれる中世の幼児大量殺戮者。

一八八九年の九月には、若手の作家で、友人のフランシス・ポワクトヴァン（一八五四－一九〇四）を伴って、ヴァンデ地方を旅行し、ジル・ド・レーの旧城ティフォージュの荒れ果てた印象を取材ノートに書き留めている。残りは、現代の悪魔主義者《サタニスト》、隠秘主義者《オカルティスト》の生態に関する部分をどのように書くかだ。

しかしユイスマンスは執筆の構想を進めるにつれて、何となく居心地の悪さを感じていた。それは彼の芸術観や創作技法に関係していた。ユイスマンスは自然主義から出発したものの、彼の理解する自然主義は当初からゾラのそれとは異なっていた。『ルーゴン＝マッカール叢書』（一八七一－九三）でゾラが企図したような、遺伝形質によって登場人物の性格を決定したり、それを物語の導きの糸にしたりというような擬似科学的傾向は、ユイスマンスには無縁だった。『マルト、ある娼婦の物語 *Marthe, histoire d'une fille*』（一八七六）の第二版に寄せた序文の末尾で、彼は次のように語っている。

> 私は自分の目にすること、感じること、体験したことを可能な限り正確に書く。それがすべてだ。この説明は言いわけではない。これは、私が芸術において追求している目的をあらためて確認しているにすぎないのだから。[6]

彼はすでに数年前から、かつて師と仰いだゾラとは徐々に距離を置いていた。『彼方』の冒頭で、ユイスマンスは自らの分身ともいうべき作中人物デュルタルの口を借りて、自らの進むべき文学を「心霊主義的自然主義」と規定し、はっきりとゾラに対する決別を宣言することになるが、それでも自然主義のある側面だけは評価している。それは、「資料の真実性、細部の正確さ、リアリズムに則った豊かで力強い文体」[7]という側面である。実際には、これほど単純な図式が成り立つわけではないが、前代のロマン派が、歴史や現実に取材しつつも、霊感と想像の趣くままに、自由奔放に筆を走らせたのに対して、写実主義・自然主義の潮流に属する文学者はフローベールやゾラをはじめとして、彼らが書こうとする時代や地域の社会、言語、風俗に対し、可能な限り多くの資料を集め、それを彼らの創作の中に巧みに取り込もうとした。しかし、同じ「自然主義者」の中でも、ユイスマンスの先行資料・先行テクストへの傾斜はいささか常軌を逸していた。ユイスマンスは、自らの日記やスケッチ、取材ノートであれ、あるいは他の書物や資料であれ、およそ自分の手中にあって利用可能なテクストを徹底的に再利用した。ユイスマンスの専門家は、どんなものでも無駄にはしないという意味でこの手法を「ポンプ」とか「経済原理」[8]などと呼んでいるが、それはちょうど現代のわれわれがコンピュータ上で、先行資料をコピー／ペーストして新しいテクストを作り上げるような具合なのだ。

本書第四章（二〇四頁）で詳述するが、たとえば、『彼方』前半の主要なテーマとなったジル・ド・レー元帥に関する記述については、ユイスマンスが『彼方』の執筆に取りかかるわずか数年前の一八八六年に第二版が出たユージェーヌ・ボサール神父（一八五三－一九〇五）の『フランス元帥ジル・ド・レー、別名青髯（一四〇四－一四四〇）』[9]が、ほとんど唯一の出典になっており、ジル・ド・レーの生涯を彩る挿話はもちろん、語句のレベルまでそっくりそのまま借用している箇所が数十ヶ所にものぼり、今ならさしずめ剽窃の廉で訴えられるのではないかと思われるほどだ。同様に作中でデュルタルを悪魔主義《サタニズム》へと誘うシャントルーヴ夫人の手紙は、そのほとんどがアンリエット・マイヤという実在の女性がユイスマンス自身に宛てた手紙を文字通り引き写したものなのである。

当時の悪魔主義《サタニズム》や隠秘主義《オカルティズム》に関して、当代の作家の中でも有数の読書家として知られたユイスマンスは「自然主義者」として多くの資料を集めていた。すでに彼が数年前に発表した『仮泊 *En rade*』[10]（一八八六）には、主人公ジャック・マルルの見た三つの夢が登場するが、その中で最も長いページ数を費やして描かれた最後の夢の中には、黒ミサや魔術のおどろおどろしい場面が長ながと描かれていた。さらにこの頃彼は、頼りになる協力者を見つけていた。一八八九年、レミ・ド・グールモン（一八五八－一九一五）という名の若い作家がユイスマンスが勤める内務省を訪れた。グールモンが最近出版した『策略』と題する小説を『さかしま』[11]で名高い先輩作家に献呈するためである。グールモンは当時、パリ国立図書館（現、フランス国立図書館旧館＝リシュリュー分館）の司書補をしていた。そのため彼はユイスマンスのために、国立図書館の書庫深く眠る一五世紀から一九世紀に至る数多くの悪魔主義《サタニズム》関係の資料の収集を約束した。

それでもユイスマンスは彼のもとに集まってくる多くの資料の中に、どうしても何かが欠けているという感じを拭うことができなかった。どうやらユイスマンスには、ジル・ド・レーも含めて、悪魔主義者《サタニスト》は男色者だという固定観念があったらしい。

先に挙げた『仮泊』の第三の夢の中で、主人公ジャック・マルルはサン＝シュルピス教会の鐘楼と覚しき建物の中を彷徨うちに、ある回廊に迷い込む。回廊の地面は畑になっていて、そこにはカボチャが植えられている。しかしそれはただのカボチャではなかった。

> カボチャは皆びくびく痙攣し、熱を帯びて身を浮かし、カボチャを土につなぎ止めている茎を引っぱろうとしていた。自分が目にしているのは、モンゴル人の尻の畑だと、ジャックはすぐに悟った。黄色人種の尻の植わった畑にいたのだ。[12]

すると、回廊に通じる固く閉ざされた扉の向こうから突然、物音が聞こえ、ジャックは、なぜとも知らず、そこに「ようやく女らしい体つきになった淫猥な若い娘たちによって呼び出された悪魔たち、男を欲しがる真っ赤な噴火口を求める怪物たち、冷たい精液を持つ青白く神秘的な夢魔たち」が蝟集してきているのを察知する。その時彼は、一五世紀の魔術研究家デル・リオ[13]（一五五一－一六〇八）の『魔術の研究』（一五九九）に出てくる「悪魔が威を振るうは、魔術師たちがソドムの悪行に耽る時なり」というラテン語の章句を不意に思い出して慄然とする。彼の理解によれば、先ほどのカボチャ畑は、魔術師たちが「ソドムの悪行」すなわち男色行為に耽るために開かれた黒ミサを表す形象だったのだ！

ユイスマンスは、自分の本を完成させるためには正真正銘の悪魔主義者、つまり男色者で実際に黒ミサを執行する魔術師が是非とも必要と考えていた。もちろん、正式の黒ミサを執行するためには、その人間はカトリックの司祭でなければならない！　一八九〇年二月六日、ユイスマンスは数年来の知己であるベルギーの作家、アレイ・プリンス（仏、アリージュ・プランス、一八六〇－一九二二）に宛てて、次のように書き送っている。

私は、黒ミサを行う悪魔主義者、男色者の神父を捜して奔走していました。私の本のためにはそういう人間が必要なのです。そのため、私はオカルティストの世界に足を踏み入れなければなりませんでした。——彼らときたら、何とおめでたい連中なんでしょう、何というかさま師ぞろいなのでしょう。[14]

スタニスラス・ド・ガイタ。詩人でオカルト結社「カバラの薔薇十字」の大立て者。長年ブーランとオカルト戦争を繰り広げ，ブーランを呪殺したとの疑いがかけられる。

実は、この手紙を書いた前日、すでにユイスマンスは彼が「悪魔主義者で男色者」と信じたある神父に手紙を書いていたのである。いや、その当の人物は、カトリック教会から破門され、とうに神父の資格を喪失していたのだから元神父というべきか。

恐ろしくもおぞましい言行によって当代のいかなる悪魔主義者の顔色も無からしめるというこの人物こそ、ジョゼフ＝アントワーヌ・ブーランその人である。ユイスマンスがこの人物の名をいつどういう形で耳にしたかは定かではない。ユイスマンス晩年の秘書ジャン・ド・カルダンの記述によれば、すべての始まりは一八八九年の九月のある晩、セーヌの河岸に店を広げて営業していた古本屋の店先で、ユイスマンスが創刊されたばかりの雑誌『高等研究雑誌』に、ジョアネス博士と署名された記事を目にしたことだったと証言している。[15]「秘教教理の基本文書と伝統に関する知識」と題されたこの奇妙な記事に驚いたユイスマンスは、さっそく同雑誌に寄稿していたスタニスラス・ド・ガイタ（一八六一－一九七）に宛ててジョアネス博士すなわちブーランの身元を問い合わせたのだという。また、ユイスマンスの伝記作者ロバート・バルディック（一九二七－七二）はこれとは別の証言をしている。ユイスマンスにこの「脱落司祭」に関する情報をもたらしたのは、年下の自然主義作家ギュスターヴ・ギッシュ（一八六〇－

一九三五）であるというものだ。それによれば、ユイスマンスはこの作家から『ランティクレリカル（反教権）』誌の編集長ポール・ロカ神父（一八三〇－九三）がブーラン率いるリヨンの小セクトと関係を持っているという話を聞きつけた。ところがロカ神父はユイスマンスからの手紙に答えて、自分はもうすでにブーランのセクトとは関係ないと言い、ブーランについてはむしろオスヴァルド・ヴィルト（一八六〇－一九四三）か、スタニスラス・ド・ガイタに聞いてみるように勧めた。[16] オスヴァルド・ヴィルトも、再び名前の出たスタニスラス・ド・ガイタも、ともにオカルト結社「カバラの薔薇十字」の大立て者である。

「薔薇十字」というオカルト結社については、すでにアンコース博士＝パピュスについて語ったところでその名が出た。名前は「薔薇十字」だが、ヴィルト、ガイタ、パピュスらのこの「カバラの薔薇十字」は、一七世紀の薔薇十字運動、「薔薇十字友愛団」とは直接の系譜関係は全くない。[17]

一九世紀後半、オカルトや神秘主義への関心が深まるに従い、オカルティストたちの中には、名高い「薔薇十字」にちなんでその名を冠した結社やグループを作る者が現れた。一八六七年イギリスに創設された「英国薔薇十字協会」はまだしもフリーメーソンの枠組みに収まっていたが、一八八七年に「英国薔薇十字協会」の何人かのメンバーによって作られた同協会の分派「黄金の夜明け団」は明確に魔術研究・魔術実践を活動目的としていた。[18] また、ドイツでは、一八八八年、有名なブラヴァツキー夫人[19]（一八三一－九一）に近い神智学者フランツ・ハルトマン（一八三八－一九一二）が秘教的薔薇十字団を設立している。同じ、一八八八年にスタニスラス・ド・ガイタらがフランスで創設した「カバラの薔薇十字」もそうしたオカルト＝魔術的結社の一つである。

さて、一八八九年の時点で、ブーランは、ヴィルト、ガイタ、ジョゼファン・ペラダン（一八五九－一九一八）ら、この「カバラの薔薇十字」系のオカルティストたちとの間で、二年来のオカルト大戦争の真っ只中にあった。一八八七年五月、ガイタとヴィルトは、自分たちが集めた資料に基づいて秘儀法廷でブーランへの死刑判決を下していた。一方、ブーランはといえば、この判決が魔術を用いて執行されるものと信じ、それに対する対抗手段を準備していた。

一八九〇年の一月末、ユイスマンスはガイタとヴィルトに手紙を書き、ブーランに関する情報の提供を求めた。ガイタは丁重に断った。一方、ヴィルトは「人間が犯す常軌を逸した行いの中でも、最も危険な行いから世の人びとを守る」ために、自分が持っているあらゆる情報を提供すると約束した。ヴィルトとの会談は、さっそく翌月の二月七日に行われた。この時ユイスマンスの残したメモが示す通り、ユイスマンスのヴィルトに対する印象は最悪だった。

O・ヴィルト——口舌たどたどしいいかさま師——は、ブーラン師が悪魔主義者であることを否定している。〔ヴィルトによれば〕ブーランはナウンドルフィストで、偉大な王の到来を期待しており、教皇になりたいと思っている、云々。[20]

ここでいうナウンドルフィストとは、一九世紀に数多く現れた偽王太子の一人、シャルル゠ギヨーム・ナウンドルフ[21]（一七八五頃－一八四五）およびその子孫の支持者のことである。ルイ一六世（一七五四－九三）とマリー゠アントワネット（一七五五－九三）の第二子ルイ゠シャルル（一七八五－九五）は、一七九五年六月八日、革命暦三年草月《プレリアル》二〇日にタンプル城の塔で獄死したとされるが、実はこの時死んだ子供はルイ゠シャルルの替え玉であり、本物の王子は密かにタンプル塔から救い出されたという噂が流れた。革命後、この噂をもとに、我れこそがその救い出された王子であると主張する人間が続出し、それぞれその周囲に支持者を集めてフランス王家の継承権を承認するよう主張した。しかも、当時流行の終末論や救世主願望、千年王国説などと相まって、それらの多くのグループがオカルティズムに傾斜していた。「偉大な王の到来」という記述は、そういう文脈で読まれる必要がある。

このメモに見られるユイスマンスのヴィルトに対する悪感情は、ブーランと薔薇十字とのオカルト戦争において、両者に対するユイスマンスの態度に少なからず影響を与えたようだ。ヴィルトはユイスマンスがブーランと直接交渉を持つことを妨げようとした。が、すでにユイスマンスはヴィルトと面会する以前に、ブーランとの接触に成功していた。仲介をしたのは、レミ・ド・グールモンの愛人ベルト・（ド・）クリエール（一八五二－一九一六）だった。

ベルト・クリエール、本名カロリーヌ＝ルイーズ＝ヴィクトワール・クリエール。一八五二年、北仏リルの生まれだから、ユイスマンスの前に現れた時、彼女は三八歳。ユイスマンスより四歳年下になる。二〇歳の時にパリにやって来たベルトは、ロマン派の大作家ジョルジュ・サンド（一八〇四―七六）の女婿で彫刻家・画家のオーギュスト・クレザンジェ[22]（一八一四―八三）の愛人となり、彼の姪にして、ド・クリエール氏なる架空の貴族の妻というふれ込みで、社交界に出入りするようになった。あからさまに高級娼婦《ドゥミ・モンデーヌ》と記述している伝記もある。クレザンジェは彼女の豊満な肉体をモデルに、多くの大理石像を残している。一八八三年にクレザンジェが他界した後、ベルトは一八八六年にレミ・ド・グールモンの愛人となったが、表向きは彼のことを「従兄弟」と呼んでいた。彼女は一八九〇年夏と、一九〇六年、ブリュージュとブリュッセルで騒ぎを起こし、二度とも精神病院に強制入院させられている。

このような経歴の彼女がセーヴル街のユイスマンス宅を訪ねてきたのは一八八九年の一〇月の終わりである。一一月二日付のアレイ・プリンス宛ての書簡にユイスマンスは書いている。

> 私はここのところ何となく女に縁があります。先頃も、〔『さかしま』の〕デ・ゼッサントに恋した高貴な伯爵夫人の訪問を受けました。メリー・ロランの店で食事をして別れた後で、彼女は私に寝ないかと誘いの手紙を書いてよこしました。[23]

ユイスマンスの言葉を信じるなら、この時はユイスマンスの側が彼女の誘いを拒絶したらしい。あんな金持ちの女と寝たら、自分が「ひも」のようになってしまう。それに、あの女といると、ユイスマンスは何とも不安な気持ちになるのだった。豊満な肢体を誇りながら、奇矯で不安定な精神を持つ女。ベルト・クリエールは、ユイスマンスを取り巻く何人かの女性とともに、『彼方』の主人公デュルタルを黒ミサへと誘う「運命の女《ファム・ファタル》」シャントルーヴ夫人の造形にひと役買うことになる。

文学者を愛人に持ち、ユイスマンスにも秋波を送りながら、ベルト・クリエールが恋愛対象として追いかけていたのは実は聖職者だった。その執着ぶりは、「聖具室の妖婦」というあだ名までたてまつられるほどで、オカルト界にも頻繁に出入りしていた。

ユイスマンスはベルト・クリエールからブーランに対する情報を受け取ると、一八九〇年の二月六日、リヨンに住むブーランに宛てて、長い手紙を書いた。これはヴィルトとの会見の前日にあたる。この手紙の中で、ユイスマンスはブーランに自分の小説への協力を求めた。

私は現在ある小説を準備しています。私はその中で、一九世紀のおぞましい物質主義に、現代の悪魔主義の研究を対置したいと考えています。ジル・ド・レーの生きていた中世以来、ギブール師[24]を経て、悪魔主義という、ある種壮麗な悪が現代に至るまで脈々と存続していることを示してみたいのです。〔…〕私は資料を求めて、隠秘主義《オカルティズム》を奉じる人びと、パリのいわゆる悪魔主義者の面々に話を持ちかけました。彼らは、私に協力すれば、宣伝効果が莫大で確実であることを知っていますから、大いに気をそそられました。というのも、私の本は、それなりの部数が出ていますし、ジャーナリズムで激しい議論の的になっているからです。たとえばその中の一つ『さかしま』は、自然主義から発した、現代の文学の動向すべてを決定づけるものでした。

ところが、この人びとの話は立ったまま居眠りをしてしまうほど退屈なもので、また彼らの語る理論も駄弁が多いだけ、馬鹿さ加減が際立つような体のものでした。いずれにせよ、いかなる魔術の効果も示すことはできませんでした。

私にいわせれば、彼らは全く無知蒙昧の徒で、どうしようもない馬鹿者ぞろいでした。

さて、これ以上、くだくだしい前置きを述べるのはやめにして、用件に移らせていただきます。

何度も恐怖をもってあなたの名前が口にされるのを耳にしました。そのことから、私はあなたに対し高い評価を抱くに至りました。巷間にささやかれる噂を信ずるなら、古えの秘儀に通じ、ただに理論だけでなく、実践においても成果を出すことができるのはあなただけだという話です。否定することのできない現象を作り出し得る

のは、あなたであり、あなただけなのです。〔…〕
質問させていただけますでしょうか？　率直にお聞きした方がよいと思います。あなたは悪魔主義者なのでしょうか？　また、あなたは淫夢女精《スクブス》に関して、私に情報を提供することができますか？　デル・リオ、ボダン[25]、シニストラーリ[26]、ゲレス[27]といった人びともこの点に関しては全く不十分な情報しか与えてくれません。単に、魔術の手ほどきをしてくれとか、秘密を教えてくれとか頼んでいるわけではないのです。あなたがお持ちの確実な資料、経験に基づく結果をお示しいただきたいとお願いしているのです。個人的には、私はこの問題に関しては中立的な立場を取っております。また、私の本のためにはそうである必要があるのです。[28]

ブーランは、ユイスマンスの手紙の翌日すぐに、やはり長い手紙をユイスマンスに書き送った。彼は一四年来リヨンに引きこもっており、ユイスマンスの文名や彼の作品に関しては全く知らなかった。ブーランは自分はオカルティズムの奥義に通じ、あらゆる悪魔主義的教会に対して戦っている者ではあるが、自分が天から与えられて所有している力は、悪魔的所行とは全く無関係であると断った上で、ユイスマンスが淫夢女精《スクブス》をはじめとする悪魔現象に関心を持ち、あまつさえそれについて本まで書こうとしている理由を尋ねた。


男性夢魔《インクブス》や淫夢女精《スクブス》の問題に関しては、その通り。私はこのきわめて恐ろしい主題について多くのことをご教示できます。この問題について、私以上に大きな興味をそそる資料を持っている人間はおりません。しかし、その前に、あなたが何をしようと思われているのかを知りたいと思います。

私が目的にしているのは、人類の大義だけです。これほど恐ろしい秘密を暴露しようという、あなたの目的は何なのですか？　私が是非知っておきたいのはその点です。私は実に多くの人びとを、とりわけ修道女を治してきました。夢魔の災厄は、とりわけ修道院に蔓延しているからです。

それから、この問題は堕落の問題に関係があります。それゆえ、あらゆる問題を引き起こします。ですから、

ジョゼフ＝アントワーヌ・ブーラン。19 世紀の最も興味深い還俗神父。リヨンのマリア派異端の領袖としてユイスマンスに多大な影響を与える。

おそらくあなたがご存じない事実をお話しする前に、あなたが書かれる書物の目的をお聞きしたいと思います。

ご存じのように、修道院は秘密を外部に漏らすことはありませんし、シニストラーリ自身も大して重要なことは明らかにしていません。あなたが引用している著者たちがあなたが知りたいことを教えてくれなかったことはわかります。彼らはそうするつもりも、そうしたいとも思わなかったのです。どうか、あなたの書かれたものを読ませてください、等々。

J・A・ブーラン博士、入信者名ジョアネス博士[29]

ユイスマンスは、さっそく第二の手紙を書き、自分が意図しているのは「悪魔主義を称揚するのが目的ではなく、悪魔主義が現在も生き残り、力を振るっていることを、人びとに知らせる」ことだと説明した。ブーランはついに、ユイスマンスに作家の資料収集に協力すると約束した。数日後の二月一〇日、ブーランはユイスマンスに次のような返事を寄こした。

悪魔主義がどのように、どんな形で現代に命脈を保っているかを示す資料をあなたのもとに届けましょう。あなたの作品は一九世紀における悪魔主義の歴史を記した金字塔として後世に残ることになるでしょう。[30]

ブーランは約束を守った。悪魔主義に関して、オカルティズムに関して、大判の紙に細かい文字でびっしりと書かれた書簡が平均して週二回という規則正しいリズムで、怒濤のようにリヨンからパリのユイスマンスの自宅へと送られてきた。ユイスマンスは一八九〇年の二月二六日と七月二四日、文通相手のアレイ・プリンスにそれぞれこう書き送っている。

私は相変わらず私の小説に取り組んでいます。ようやくジル・ド・レーが形になってきました。しかし、なんて厄介な仕事でしょう!

現代の悪魔主義に関しても、中世の悪魔主義と平行して作業を進めていますが、幸いなことにこちらの方は、私の神を恐れぬ神父が毎週資料を送ってくれています。あの老いぼれの怪物は、実に素晴らしい人間です。[31]

私は相変わらず、がむしゃらに仕事をしています。あの破廉恥な神父は大した奴です。彼は私のためにものすごく働き、現代の悪魔主義に関する最も驚くべき情報を提供してくれています。[32]

ブーランの協力を得て、『彼方』の執筆は急速なピッチで進められた。しかし、ユイスマンスは、ブーランのもたらす情報や彼の異端グループの教義がどれほどの射程を持ち、この奇妙な司祭との出会いが、彼自身の人生や文学に今後どれほどの影響をもたらすことになるのか、知るよしもなかった。

ユイスマンスとブーランとの交渉の具体的な事実に立ち入る前に、一九世紀において、オカルティズムは一般にどのような位置を占めていたのか、まずはこのあたりから、やや視野を広げて考えていくことにしよう。

第 I 部

J.-K. Huysmans et l'occultisme

18 世紀のエピステーメーの転換にともない神を抹消したヨーロッパ世界は左派＝共和派も右派＝王党派もこぞってオカルトの深淵に転落した。19 世紀末のデカダンス作家ユイスマンスの回心はこの中でどういう意味を持つのだろうか？

ユイスマンス文学を分析する解釈格子、「閉鎖された空間」と「食物＝女」という二つのテーマ系を提示し，ユイスマンスの回心の前提を照射する。

第一章　オカルトの世紀と聖母マリア

1　オカルトの世紀

歴史の中には、その場に居合わせた人間ならややもすると見過ごしてしまうような些細な事件がきっかけになって、後から気がついてみると、時代の空気や街の風景さえもがあっという間に変化し、昨日までとは全く違った世界が作られていってしまう瞬間があるものだ。いや、それは何らきっかけらしいきっかけもなく訪れ、メルクマールとして思い出される事件が、その変化の原因になったわけでも、変化を促す本来的な意味での触媒の役割を果したわけでもない…。ちょっとした流行の変化、ちょっとした気分の変化、ふとしたはずみで現れたかのような何でもない事物の移り変わりが、その後何十年にわたって続く時代の基調になっていく、そういう特異な時期があるものだ。

ユイスマンスの『さかしま』が現れた一八八四年に続く一、二年も、ちょうどヨーロッパ、特にフランスにおいてそうした時代の移り変わりがはっきりと感じられる大きな時代の節目にあたっていた。

一八七六年から八六年にかけて、リベラル派と保守派の政争が激化し、やがてリベラル派が勝利を収めることになるこの時期は、実証主義および、それと相関する形で、自然主義が束の間の絶頂を迎える時期に相当している。

一八七〇年、第二帝政のフランスはプロシアと戦うが、鉄血宰相オットー・フォン・ビスマルク（一八一五－九八）の巧みな戦略の前に、皇帝ナポレオン三世（一八〇八－七三）自らが捕虜となる大敗北を喫する。共産主義の最初の実験であるパリ・コミューン（一八七一）の血なまぐさい挿話の後、第三共和政が出発するが、当初は旧体制の生き残りで、カトリック勢力と結んだ保守派・秩序派の影響力が圧倒的だった。ところがA・ティエール[1]（一七九七―一八七七）とP・ド・マク＝マオン[2]（一八〇八―九三）の両大統領の統治下、「秩序の維持」を唯一の存在価値にしていた保守体制は、一八七六年の国民議会選挙で共和派が優位に立ったことによって揺らぎ始める。そして引き続いて起こった一連の政変によって、一八七九年初頭にはリベラル派・共和派の勢力が保守派を圧倒した。一八七九年一月三〇日にはリベラル派・共和派が国民議会選挙で完勝し、マク＝マオン大統領が辞任に追い込まれたが、以後二〇年間にわたって、フランスの政治権力は穏健な共和派の手に握られることとなった。[3]ジュール・フェリー（一八三二―九三）、P・M・R・ヴァルデク＝ルソー（一八四六―一九〇四）といった政治家に代表される、「ジャコバン精神」に導かれたこの体制下、公教育の世俗化や修道会の追放など、はっきりと反カトリック・反教権の立場に立った政策が採用され、国家と宗教との分離が図られることになる。

さて、ゾラに率いられた自然主義の隆盛、さらに神話やタブーにとらわれずありのままに社会の現実を描くという自然主義美学のある側面は、共和派とカトリック＝保守派の対立が生み出したこの政治的な変動なしに考えることはできない。歴史家アラン・コルバン[4]（一九三六―）は『娼婦』（一九七八）の中で、ユイスマンス、ゾラ、エドモン・ド・ゴンクール（一八二二―九六）らによる一連の娼婦小説が書かれるのがちょうどこの一八七六年から八〇年の時期に集中していることに注目して、次のように述べている。

　さらに、このことに関しては、当時の状況を伝えるもう一つの現象がある。一八七六年から一八七九年（一八八〇年）にかけて、ということは、共和派の勝利を決定的なものにした王党派対共和派の争いの時期であるが、文学と美術において、売春を取り上げることによるあからさまな性の表現が見られるようになった。実際、性を扱ったいくつかの作品がほぼ時を同じくして発表される。たとえば『マルト（、ある娼婦の物語）』、『娼婦エリザ』[5]（一八七七、エドモン・ド・ゴンクール）、『ナナ』（一八八〇、ゾラ）、『リュシー・ペルグランの最期』

〔一八八〇、アレクシス（一八四七－一九〇一）〕、『脂肪の塊』〔一八八〇、モーパッサン（一八五〇－九三）〕、そしてオッソンヴィル伯爵[6]が『両世界通信』に載せた放蕩と悪徳を扱ったいくつかの論文、などである。淫売屋や連れ込み宿をあえて世間に描いてみせたことによって、ユイスマンスやエドモン・ド・ゴンクール、ゾラ、モーパッサンは、そういう自覚があったかどうかはともかく、政治的な勝利を獲得したのであった。フローベールやバルベー・ドルヴィイ[7]が検閲によって巻き込まれたごたごたを考えてみれば、そのことがよくわかるだろう[8]。

自然主義の輝かしい成功は、ある権力が崩壊し別の権力が成立する瞬間生じたわずかな空隙を縫うことによって初めて可能になったといえる。また、ブルジョワ社会を挑発し、体制や風俗に壊乱的な打撃を与える自然主義の性格の一端も、こうした背景に求めることができるかもしれない。

しかし、一八八四年から八六年頃には、時代の雰囲気や思想動向に突然大きな変化が生じていたのだ。当時を生きたすべての人びとが、この変化を感じ取ったわけではない。社会は相変わらず繁栄を続けている。科学の進歩はとどまるところを知らない。しかし、ある人びとにとって、何かが決定的に変化してしまった。なぜかはわからないが陰鬱で暗澹とした情調が、忘れていた暗い記憶が帰ってきたかのように人びとの心にたれこめ始めた。『一九世紀末フランスの思想と文学におけるカトリック意識の危機』（一九七五）の著者、ロベール・ベセッドは、一八八六年がフランスの思想・文化状況にとって重要な転機となったことを認めた上で、次のように述べている。

> 一九世紀末ごろ、苦悩と絶望の意識が憂慮すべき勢いで広まり、そのような苦悩や絶望に満足できる解答を与えてくれるとの期待から、倫理ないし美学理論に人びとの関心が高まるという事態が生じた。苦悩や絶望を抱えた人びとが、自らの限界を乗り越えるために傾けた努力は、また、自分たちの抱えた苦悩や絶望をどのように理解したらよいかを知るための努力だった。そして、科学の進歩と歩調を合わせて、イデオロギーや技術が進歩したことにより、幸福の実現の新たな可能性が示された時代に、なぜ苦悩や絶望が現れるのか、その理由を知るた

めの努力だった。[9]

実証主義の破綻が突如声高に語られるようになった。自然主義は、ペシミズムと人生の汚辱を表現する幻滅の文学へと変質した。さらに実証主義と同じ地平に立って、「科学」的な知見を動員しつつ、社会の暗部に犀利で冷徹な分析を加え、社会そのものの変革を訴える自然主義のエートスそのものが急速に後退し、諧謔、笑い、幻想、形而上学的な理想へと逃避するデカタンや、やや遅れて象徴派を自称する審美家たちの群れが、セーヌ左岸のカフェやキャバレーを賑わわせる姿が目立つようになった。[10]

一八八〇年代に入ると、文学カフェ＝キャバレーは、当時まだブドウ畑や草原に囲まれ、風車の回る牧歌的な雰囲気を湛えている一方で、エミール・ゾラが『居酒屋』（一八七七）で描いた貧民街が間近に迫り、パリ・コミューンの初期の拠点の一つでもあったモンマルトルの丘の足もとに進出する。この種のものの代表格が一八八一年、画家崩れのロドルフ・サリス（一八五一−九七）がロッシュアール大通り八四番地にあった郵便局を、（タペストリーと、柱、湾曲した煙突のついた田舎風の暖炉を中心に、甲冑や武具を並べる）ルイ一三世風と覚しきスタイルに改装し、エドガー＝アラン・ポー（一八〇九−四九）の小説にちなんで「黒猫《シャ・ノワール》」と名づけて開店したキャバレーだ。もっとも、この名前は開店前に店に迷い込んできた一匹の黒猫に由来するという説もあるが…。

一八八一年、急進派の政治家レオン・ガンベッタ（一八三八−八二）を暗殺するためランスからパリにやって来たエミール・フロリアンという名のアナキストが、行きずりに一人の医師を殺害する。また、同年、モンソー＝デ＝ミーヌという炭坑町でブラック団というアナキストのグループが結成され、大企業や政府の要人の暗殺を計画したことが未然にばれて、ピョートル・クロポトキン（一八四二−一九二一）を含む数十名が逮捕される。さらに、一八八二年にはフランス最大の投資銀行、ユニオン・ジェネラルが破綻し、翌八三年には失業者のデモが暴動に発展し、パリ・コミューンの元闘士、ルイーズ・ミシェル（一八三〇−一九〇五）が逮捕される。

騒然とした世情を背景に、ベセッドが言うように、苦悩や絶望が時代の流行になる。物質的なものを否定し、目に見えないもの、精神的なものを渇望する傾向が強まり、人びとは霊的な存在を信じ再び古い宗教の祭壇に救いを求めるようになった。実際、それまで教会の外に生きていた多くの作家や詩人たちが、一八八〇年代に入ると大挙してカトリシズムへと回心している。思いつくままに挙げてみても、ユイスマンスの他にポール・クローデル（一八六八－一九五五）、フランシス・ジャム（一八六八－一九三八）、ポール・ヴェルレーヌ（一八四四－九六）などがいる。「カトリック復興《ルヌヴォー・カトリック》」といわれる現象がこれだ。フレデリック・ギュジュロのように、時代を一八八五年から一九三五年にまで延ばすと、ポール・ブルジェ（一八五二－一九三五）のような文壇の大立て者、アンリ・ゲオン（一八七五－一九四四）、ジャック・コポー（一八七九－一九四九）、ジャック・リヴィエール（一八八六－一九二五）、イザベル・リヴィエール（一八八九－一九七一）などフランス二〇世紀前半を代表する文芸誌ＮＲＦ（『新フランス評論』）の主な関係者、そしてマックス・ジャコブ（一八七六－一九四四）、ジャン・コクトー（一八八九－一九六三）、ピエール・ルヴェルディー（一八八九－一九六〇）らの詩人を含め、主だった者だけでも一五〇人を超える大量の回心者を数えた。[11]

われわれの常識からすると、この事態はやや意外といえるのではなかろうか。一八八〇年代といえば、ちょうどラインの彼方でニーチェ（一八四四－一九〇〇）が「神の死」を宣言していた時期に相当している。ニーチェが「神の死」を初めて定式化するのは『悦ばしき知識』（一八八二－八七）の二つの断章形式のアフォリズム（箴言）においてであるが、『悦ばしき知識』の最初の四章、および後で冒頭に挿入されることになる六三編の詩が執筆されたのは八一年から八二年とされ、シュマイッツネル書店から刊行されたのは一八八二年八月末である。その後、第五章は、『ツァラツストラ』（一八八三－八五）および『善悪の彼岸』（一八八五－八六、出版は一八八六）の執筆を終えてから八六年の秋に書かれ、増補された第二版は、「プリンツ・フォーゲルフライの歌」と題された補遺とともに、八七年の六月に出版されている。「神の死」をめぐる二つのアフォリズムは、それぞれ一方は理論的な断言（断章一〇八）として、他方は「狂人」の寓話（断章一二五）として、やや異なった形で提示されているが、両者相まって同じぐらい重要な二つの命題を提出している。第一の命題は、端的に「神が死んだ」というものだ。しかし、神は自然死をとげたわけではない。「狂人」のアフォリズムでは、神が死んだのは集団殺人の結果である。誰が神を殺したというのか？ おそらくは、この「狂人」を含む「われわれ」自身だ。

神は死んだ！ 神は死んだままだ！ それも、俺たちが神を殺したのだ！ 殺害者中の殺害者である俺たちは、どうやって自分を慰めたらいいのだ？ 世界がこれまでに所有していた最も神聖なもの、最も強力なもの、それが俺たちの刃で血まみれになって死んだのだ、——俺たちが浴びたこの血を誰が拭い取ってくれるのだ？[12]

しかし、同時にニーチェは、この事件は神の存在に慣れた人間には、あまりにも意外で常軌を逸しているので、人びとが「神の死」という事件の真の意味を理解するまでには、おそらくまだ多くの時間を要するだろうとする第二の命題を提示している。第一二五のアフォリズムで、神の死を人びとに告げにやって来た人間が「狂気の人間」と呼ばれなければならなかったのはこうした理由からだろう。

俺は早く来すぎた。〔…〕まだ俺の来る時ではなかった。この怖るべき出来事はまだ中途にぐずついている——それはまだ人間どもの耳には達していないのだ。[13]

知識のレベルで「神が死んだ」とわかっただけでは十分ではない。断章一〇八で述べられているように、人類が、今のままの人類であり続ける限り、本当の意味で「神の死」を受け入れることはできない。いや、それどころか神の影すら抹消することは到底できまい。

仏陀の死んだ後も、なお幾世紀もの永い間にわたり、ある洞窟に彼の影が見られた——巨大な怖るべき影が。神は死んだ、——けれど人類の持ち前の然らしめるところ、おそらくなお幾千年の久しきにわたり、神の影の指し示されるもろもろの洞窟が存在するであろう。[14]

ニーチェが言う通り、それがどんな名前で呼ばれようと、神はすでに数世紀も前から死んでいた。だが、それがたとえ単なる「知識」のレベルにおいてであろうと、人びとの意識の上にのぼるためには、ある巨大な歴史的な事件が必要だった。ニーチェの第一命題「神は死んだ」はフランス大革命によって現実のものとなったのだ。フランス史の象徴的な特権性がここにある。J＝P・サルトル（一九〇五－八〇）やアンヌ・ユベルスフェルド（一九二一－）がつとに指摘しているように[15]、フランスは「近代」の初頭において、世俗の権威、フランス国家の家父長であると同時に神の権威の代表者である国王の首を切ったという意味で、いわば、「王殺し、父殺し、神殺し」という三重の殺戮を犯したのである。

しかし、さらにフランス一九世紀の特殊性は、フランス大革命（一七八九）の直後、ニーチェの第二の命題、すなわち「神の死にもかかわらず、なおかつ人類がそれを認めることができず、死せる神が人びとの運命に不気味な影を落とし続ける」という命題が、実に奇妙な形で実現されたことだ。

大革命は王と神を殺した。しかし、その大革命直後のフランスで、「神の死」は、直ちにオカルトの側に転落した。そして、死者と幽霊に対する崇拝が、多くの思想潮流の背後にあって精神的な支柱になり、霊感源となる一種の擬似宗教として作用し続けたのだ。

ここで、一九世紀における神の死とオカルトの関係を理解するためには、今まで述べてきたことにとどまらず、フランス大革命という歴史的な事件に最終的に集約されるような、ある認識論的《エピステモロジック》な知の布置の移動を考慮に入れる必要がある。

大著『時代を超える一九世紀』（一九八六）を書いたフィリップ・ミュレー（一九四五－二〇〇六）によれば、彼が「一九世紀性《ディズヌヴィエミテ》」と呼ぶ時代のエートスは、大革命よりはるか以前、正確には一七八六年四月七日、サン＝ジノサン[16]墓地に埋葬されていた死体を、モン＝スリ平原地下の石切場の跡地に移した時に始まるという。この場所はまもなく古代ローマの地下墓地にちなんで「カタコンブ（地下墓地）」と命名された。[17]この見かけ上は取るに足らない「死体愛好趣味《ネクロフィリック》の」挿話の背後に、ミュレーは、それに比すれば大革命自体が二次的ないしは派生的な一事件にすぎなくなるような認識論的大転換の存在を指摘する。

私の興味を引くのは、〔サン＝ジノサン墓地のカタコンブへの移転という〕この瞬間、この裂開、この転機となった事件だ。この転換点だ。この転換点の前と後では、事態が一変する。事実の中に、移動する亀裂が生ずる。それは本当に深い亀裂であり、それが広がると、まもなく大革命となった。本来の法的な革命、歴史的な革命である。[18]

なにゆえ、サン＝ジノサン墓地はパリの中心部から、町外れの地下通路に移されなければならなかったのか？　サン＝ジノサンは直訳すれば「聖なる幼子たち」を意味するが、謎の鍵はこの墓地の名前にある。ミシェル・フーコー（一九二八－八四）が『臨床医学の誕生』（一九六三）や『言葉と物』（一九六六）の中で指摘した通り、[19]一八世紀末には西欧の知をめぐってその認識論的な布置＝エピステーメーに大規模な転換＝移動が生じた。その移動によって、ミュレーの言葉を借りるならば、死や、性、幼年時代が「神聖な物となり、それぞれの生まれつつある神性の中に投影されつつあった」[20]のだ。

一七世紀古典主義時代に成立した知の配置においては、すべての要素が等価で、表象は閉じた体系をなしており、その表象体系の外部にある何者かに回付されることはなかった。しかしフランス大革命に先立つ一八世紀末、「認識する主体性と認識の対象との間にあらかじめある、共有の存在様態としての知そのもの」[21]に変質が起こり、知全体がある垂直性に対して秩序づけられるようになってくる。つまり、目に見える現象・表象の背後にある「起源」「因果性」「歴史」が問われるようになり、「労働」「生命」「言語」が、そういう新たなエピステーメーの配視の中で、認識の根拠を探る「人文的諸科学」の特権的な領域として指定され、「主観」や「人間」そのものがその結果として「発見」されていく。そして、まさにこの変化によって、死（墓地）と幼年期（幼子たち）とが、パリの中心部で、というよりむしろ一つの「言葉」の中で同居することが困難になっていくのである。[22]

この事件を条件づける第二の要因は、ニヒリズムに関係している。すでに指摘したニーチェの宣告を待つまでもなく、神はとっくの昔に死んでいた。すでに、長きにわたって「意味」と価値の根拠は浸食を受けてきた。そして、一九世紀初頭のこの時期、人びとは突如としてそのことに気づいた。大革命の勃発は、この「意味」と価値の没落を記すきわめて凡庸なエピソードにすぎない。

こうした文脈からいえば、カタコンブの建設は、一九世紀がキリスト教＝ローマ教会に対して行った文字通りの「神を畏れぬ挑戦」だった。キリスト教が生まれたのはローマの地下墓地、カタコンブにおいてであった。ところがいまや、一九世紀のパリは、ローマのカタコンブに代わる人工のカタコンブを持つことになったのだ。しかしパリのカタコンブは、神への信仰を育んだカタコンブではなく、神の死を確認するために建てられた、虚無の揺籃なのである。ミュレーは言う。

> 一九世紀が全期間を通じて試みたのは、実際、ヴァチカンのローマと決勝戦を戦い、これに勝利することだった。キリストの名で呼ばれた紀元の最初の数世紀には、聖ペテロが監督を務めるチームが準決勝で勝利を収めたわけだが、一九世紀はその結果を消し去ろうとしたのだ。この試合は世紀の終わり、さらには二〇世紀を超えても果てしなく続いた。サンド、ルナン、[23]ニヒリズムの教皇たるユゴー、[24]その名も『ローマ』〔一八九六〕、『ルルド』〔一八九四〕という作品をものしたゾラ、ユージェーヌ・シュー[25]の犯罪的なイエズス会士、ニーチェと彼の言う最後の教皇といったプレイヤーが次々と参加して。この最後の教皇は、神が死んだことは知っていたが、神は憐憫で窒息死したのだと信じていた…。ところで憐憫とは何か？　虚無主義《ニヒリズム》のことだ。[26]

しかし、このようにキリスト教を捨て去るや否や、新しい世紀は死者や幽霊に取り憑かれてしまった。キリスト教という「啓示」宗教は、直ちに死者の崇拝に取って代わられた。

ミュレーは、一九世紀という錯綜を極める問題圏の総体を「オカルティズム」と「社会主義」という二つのテーマによって、というより二つのテーマの神秘的な結合によって解明しようとした。ミュレーによれば、一九世紀に発展したさまざまな進歩思想、とりわけ社会主義的思潮の背後にはオカルト的なものへの傾斜が見られるという。サン＝シモン[27]（一七六〇－一八二五）、Ch・フーリエ[28]（一七七二－一八三七）、E・カベー[29]（一七八八－一八五六）、S＝A・バザール[30]（一七九一－一八三二）、P・ルルー[31]（一七九七－一八七一）、B＝P・アンファンタン[32]（一七九六－一八六四）、A・コント[33]（一七九八－一八五七）など、一九世紀の思想をリードした進歩主義者、実証主義者、社会主義者のあらゆる理想の背後には、ある種「多形」倒錯的な夢――死者を蘇らせ、彼らの呼びかけに応え、死者のもたらす秘教的で神秘的な啓示に従って、ユートピア的な共同体を創設するという発想がある。このユートピアでは地上の規範から純化された霊魂が祖先――つまりは「幽霊」――と自由に意志を伝達することができ、「秘密」の手段を用いて他者の病を癒し、乱れた社会の「調和」を回復することができるのだ。

「理性と至高存在の勝利、石鹸で洗い清められたようなダヴィッド[34]の絵画の勝利を告げる」（ミュレー）大革命の直後から、進歩主義の理想がオカルトの側に転落したことは明らかだった。大革命時、ジャコバン派の独裁・恐怖政治を指導した「廉潔」の代名詞ロベスピエール（一七五八－九八）は、「神の母」とあだ名された霊能者カトリーヌ・テオ（一七一六－九四）と特殊な関係を結んでいた。ロマン派の歴史家J・ミシュレ（一七九八－一八七四）は、自身も夜陰に蠢く幽霊の喧噪と無縁であったわけではないが、ロベスピエールがオカルティズムの泥沼にどっぷりと浸かっていることに苛立ちを隠さなかった。

さて、フィリップ・ミュレーは、一八八六年のポール・クローデルのカトリシズムへの回心に、オカルティズムと進歩主義とが結びついた一九世紀という特殊な世紀から脱却しようとするきわめて意識的な行為を見る。クローデルの回心が特別な意味を持つのは、その舞台にパリのノートル＝ダム寺院が選ばれたことだ。ミュレーが言うような文脈の中で、この大聖堂は神秘的な含意をふんだんに身に帯びていた。何よりも、一九世紀のノートル＝ダム大聖堂は『ノートル＝ダム・ド・パリ』（一八三一）を書いたオカルト神秘主義の驍将ヴィクトル・ユゴーによって新しい異教主義の寺院へと変貌をとげていたのだから。その意味で、フランス共和国が死者崇拝のために建設したパンテオンと似た存在だった。

クローデルは一八八五年六月に聖ジュヌヴィエーヌ寺院で行われたユゴーの葬礼に参列している。翌八六年六月、彼は週刊文芸誌『ヴォーグ』に掲載されたアルチュール・ランボー（一八五四－九一）の『イリュミナション』（一八八六）を発見し、その斬新さに衝撃を受け、さらに数ヶ月後には、同じ雑誌でランボーの長編詩「地獄の一季節」を読んでいる。そして、一八八六年一二月二五日、彼はノートル＝ダム寺院で回心する。ここから、ミュレーは結論づける。「ノートル＝ダムにおけるクローデルの回心は、入念に考えぬかれたノートル＝ダムへの賭けだった[35]」。世の人びとがこぞってパンテオンに賭けたのに対して、彼はノートル＝ダムに賭けたのだ。世を覆うオカルティズム――パンテオン趣味――と手を切って、神への信仰という可能性を回復したことによって、クローデルはオカルト社会主義の世紀である一九世紀からの最初の脱出者となった。

しかし、事態はフィリップ・ミュレーの主張よりやや複雑だ。

二〇世紀の初頭、哲学者ジョルジュ・ソレル（一八四七－一九二二）は『形而上学・倫理学雑誌』に掲載された論文「カトリック思想の危機」（一九〇二）の中でこう語っている。

> 一九世紀中葉以来、カトリシズムの中で奇跡が、かつてごく稀にしかなかったほどの重要性を持つに至った。カトリシズム界は超自然の中に生きている[36]。

事実、一九世紀を通じてオカルティズムに浸潤されていたのは進歩主義・社会主義の陣営ばかりではない。カトリシズムもまた、イエス、大天使、聖十字など「聖なる存在」、とりわけ聖母マリアの数限りない「出現」が示すように、ほとんどすっぽりと超自然現象の中に浸かっていたのである。マリアの出現と言えばもっともらしいが、日本でいえばさしづめ「狐憑き」に比すべき「マリア憑き」現象がそこかしこで頻発したわけだ。しかも、このようなカトリシズム圏内の「超自然」への傾斜は、他のオカルト世界と多かれ少なかれ密接な関わりを持っていた。
それでは、この時代、なぜ聖母マリアがフランスの民衆の前にこれほど何度も姿を現したのだろうか？

2　オカルト現象としての聖母マリア

カトリック教会は、大革命を通じて甚大な物理的・精神的被害を被っていた。一九世紀初頭、ある司教が宗教大臣に提出した報告によると、彼の司教区では一〇〇以上の小教区教会で司祭が不在であった。そして、司祭のいない教会に教区の外から出張する外勤司祭の住む住居が不足しているため、まもなくさらに司祭不在の教会の数が増すだろう、と語っていたという。[37] 実際、ほとんどすべての教会が、内部の装飾や家具を失い、剝き出しの壁だけになっていた。革命中、聖職者が大量に処刑されたり、還俗させられた。革命後も新たに聖職に就く者は少なく、聖職者の高齢化が進んでいた。信者の数も激減し、革命前の水準に回復するのには世紀の半ばを待たなければならなかった。

カトリックは第一帝政下の一八〇一年、教皇ピウス七世（一七四〇－一八二三）と皇帝ナポレオン一世（一七六九－一八二一）の間で結ばれた政教条約《コンコルダート》によって、「フランス人大多数の宗教」として復活したが、一八一四年の王政復古とともにロマン派文学者シャトーブリアン（一七六八－一八四八）が「正統な王と、正統な亡霊の時代」[38]と呼ぶ新たな時代を迎えた。このことは、単にブルボン家の王が王位に復帰したことによって、教会が組織として再建され、あらためて社会的に認知されたことを意味するだけではない。問題は王政復古を機に、カトリック＝王党派を中心に、ある種のイデオロギーが形成され、それが一九世紀の社会や文化に持続的な影響を及ぼしたということなのである。要約すれば、「革命は〝父なる神〟に対する重大な侵害であり、人間が犯した侮辱に対して神は激怒している。フランス民衆よ、汝らの罪を悔い改めよ」、ということになるだろうか。二つの「死体愛《ネクロフィリー》」的事件がきっかけとなった。

第一の事件とは、ルイ一六世の遺骸の発見である。一八一五年一月一八日から一九日にかけて、マドレーヌ墓地[39]の片隅で、ルイ一六世と王妃マリー・アントワネットのものと覚しき遺骨が見つかった。王の遺骸は、処刑から二二年目の記念日にあたる一月二一日、サン＝ドニ[40]の歴代フランス王の墳墓に荘重な儀礼とともに改葬された。第二の事件は、ベリー公（一七七八－一八二〇）の暗殺である。一八二〇年二月一三日の深夜、ブルボン家の最後の子孫であったベリー公が、オペラ座を出ようとした際、ルイ＝ピエール・ルヴェル（一七八三－一八二〇）なる男に背後から短剣を刺され、翌日の明け方その傷がもとで息を引き取った。ルヴェルは民衆出身で、幼くして両親を亡くし、孤児院に預けられたり、長姉の家に引き取られるなど、あまり幸福とはいえない幼年期を過ごした。長じて、馬具作りの職工となったが、一八一四年、ブルボン王家と結んでナポレオンを倒した外国軍隊がフランスに進駐したことに憤激し、ブルボン家の人間を殺害することを決意した。そして数年間の入念な計画に基づき、この年、ついに自らの意図を実現した。[41]ルヴェルは一八二〇年六月に処刑されたが、みじんの後悔も見せず、キリスト教への回心も拒んで平然と断頭台に上った。まさに、革命的民衆の精神を象徴的に体現したような人物だった。

　これらの事件は、大革命の記憶を呼び覚まし、民衆の間にまだくすぶっていた貴族や特権階級に対する憎悪を再び掻き立てる危険性を秘めていた。カトリック＝王党派の周辺の人間は、逆に、こうした機会を捉えて、革命こそ神に対する重大な犯罪であり、神はフランスに対して烈火のごとく怒っている、今こそ神の前に悔い改めて犯した罪を贖い、「修復」しなければならない、という立場を取った。それはフランス民衆を再教化し、旧秩序への忠誠を回復させるための一大キャンペーンだった。

「王殺し、父殺し、神殺し」という三重の殺戮に対するフランス民衆の心の深層に潜む悔恨が最大限に利用された。カトリック＝王党派の思想家は口々に叫び出した。ルイ一六世処刑は、革命派の犯した罪であるばかりでなく、フランス全体の罪である。大革命自体、贖罪し、修復し、悪魔祓いしなければならない災禍なのだ、と。一八一四年に書かれたあるテクストの中で、反革命派第一の哲学者ジョゼフ・ド・メーストル（一七五三－一八二一）は、フランス人がルイ一六世の処刑に対して無関心だったことを、悲愴な口調で糾弾している。

　もう一つ重要な観察をしなければならない。君主に対して国民の名において犯されたあらゆる犯罪は、常に多かれ少なかれ国民の罪なのである。なにがしかの数の過激分子が、国民の名のもとに、このような犯罪を犯すことができたということは、多かれ少なかれ国民に過ちがあったからなのである。たとえば、フランス人全員が王の死を望んだということではあるまい。〔…〕しかし、圧倒的に多くのフランス人が、ありとある狂気、ありとある不正を望んだのであり、それが一月二一日の破局へとつながったのだ。〔…〕ルイ一六世陛下のお流しになった血の一滴一滴を、フランス中で流れる早瀬の水に匹敵するような大量の血で贖わなくてはならなくなるだろう。四〇〇〇万のフランス国民は、自らの首をもって、反宗教的・反社会的な暴動によって国王を弑逆したという国民規模の大犯罪を償わなければならなくなるだろう。[42]

少なくとも王党派の言うところによれば、フランス国民は、ルイ一六世が断頭台の露と消えた一七九三年のこの運命の日から、いうなればカイン[43]や「彷徨えるユダヤ人」[44]同様「呪われた存在になった」[45]。大革命後のフランスは、自ら殺した「父なる神」がフランス国民の上に復讐の鉄槌を下すかもしれないという恐怖に常に怯え続けることになった。すでに神の呪いは禍々しい災厄となってフランス国民の上に襲いかかってはいなかっただろうか？ テロルの語源ともなった恐怖政治《テルール》のもと、カインがアベルを殺したように何万という数の同胞が殺戮された。ナポレオン戦争に駆り出された兵士たちはまさに「彷徨えるユダヤ人」さながら世界の果てまで彷徨うことを余儀なくされた。

ところが、ついに「神の摂理によって」ブルボン家が祖先から受け継いだ王座に返り咲いた！ 王政復古はフランス人にとって、思いもかけぬ悔恨と痛惜の機会を提供した。聖職者も、思想家、文学者も、およそ王党派に連なる人びとは、こぞってフランスの民衆に対して、カトリック教会に復帰し、悔悛の勤行を行うように呼びかけた。この文脈で、生前は「錠前屋」とか「太っちょの豚」とあだ名され、軽蔑の的だったルイ一六世のイメージは「殉教者」「救済者」に祭り上げられた。

ジョゼフ・ド・メーストルは、先に引用した箇所から数ページ先で、ギリシア悲劇のオレステス[46]や、ローマの執政官デキウスの故事[47]を引きながら、ルイ一六世の死は神の怒りを鎮め、フランス国民の罪を贖うために自らの命を捧げた犠牲であるとの解釈を示している。以下の引用でメーストルが述べている「転換の原理」という言葉にはちょっと注意を留めておいて欲しい。ユイスマンスとブーランの関係を論じる際、きわめて歪曲された形ではあるが、この原理＝教理《ドグマ》にさんざんお目にかかることになるだろうから。


切実に感ずることだが、われわれはいずれの状況にあっても、無実の人間が罪人とともに滅び去るうんざりするような場面に絶えず直面させられてきた。このことはきわめて深淵な原因に由来している。しかし、そこまで踏み込まずとも、われわれがこの問題を考察できるのは、あの世界開闢にさかのぼる古くて普遍的な原理、無実の人間の苦痛が罪人を救うという転換の原理との関係を考慮に入れた場合のみなのである。

古代の人びとは、全世界で供犠を行い、それが生きている人間にも、死者にも役立つと考えていたが、思うに彼らは犠牲を捧げるという慣習をこの原理から思いついたのだ。この象徴的な慣習にすっかり慣れ親しんでしまったため、われわれは大して驚きもしないが、その起源は何かと問えば、はっきりしたことはわからない。

古代にあってあれほど名声を博した献身もまた、この教義《ドグマ》に由来している。デキウスは、自分の生命を犠牲にすれば、神々に受け入れられ、故国ローマを脅かすあらゆる災厄に均衡をもたらすことになると信じていた。

その後キリスト教が現れてこの原理を神聖なものとした。この原理は理性によって理解するのは困難に思われるが、人間にとっては限りなく自然なものなのである。

だから、ルイ一六世や、天使のようなエリザベート[48]の心に、かのごとく行動し、かのごとく過酷な運命を受け入れれば、フランスを救うことができるのだという考えがあったとしても不思議ではない。[49]

しかし、ここでまた、一九世紀特有の奇妙な現象が生じた。キリスト教の伝統からすると、神学的にも歴史的にも、父なる神の怒りを解き、人類と神とを和解させる役割を担っていたのは神の子イエスであった。ところが、たとえばクロード・ギエによれば、一九世紀初頭、三位一体をなす神の位格、特にこの「父」と「子」の間のバランスに目立った変調が生じていたというのだ。

父なる神は死んだ。人間が神を殺したのだ。しかし、死んだはずの神は、あたかも死せることで、旧約の復讐神の禍々しい怒りを幾百倍にも増大させたかのようであった。この先例のない神の怒りの前に、イエスは、たとえ完全に無力をさらけ出したということはないにせよ、あまりに力不足だった。不信心な人間に裏切られ、イエスの腕は重くしなだれ、父の怒りを鎮めることなど到底不可能だった。[50]

パリのサクレ・クール寺院。18 世紀に始まる聖心信仰の一つの結実である。

この事態に対し、一九世紀のカトリック社会の想像力は、弱体化した調停者イエスの力を補足するため、二つの副次的な処方箋を用意した。聖心崇拝と聖母マリア崇拝である。聖心崇拝とは、イエスの「聖なる心臓」に対する信仰だ。サクレ・クール寺院の「聖心《サクレ・クール》」、聖心女子大学の「聖心」である。ただ、イエスの「聖なる心臓」に対する信仰は一九世紀に始まったわけではない。フランスに「聖心」信仰が広まった契機は一七世紀のマルグリット＝マリー・アラコック（一六四七－九〇）あたりにさかのぼる。フランス最高の肉質を誇る白い肉牛で有名なシャロレー地方ヴェロスヴルの公証人の家に生まれたマルグリット・アラコックは、一六七一年、パレ＝ル＝モニアルの聖母訪問会修道院に入った。一六七二年に誓願を立て正式に修道女となったが、翌七三年からその彼女の元に頻繁にイエス＝キリストが現れるようになった。キリストは慈愛に満ちた自分の「心臓」に対する信仰を勧め、聖体の主日（聖霊降誕から数えて最初の主日後の木曜）の八日後《オクターヴ》の金曜を「聖心」の祝日と定めて祝うように命じた。聖母訪問会は当初、必ずしもキリストの啓示を熱意をもって受け入れたわけではなかった。しかし、イエズス会のクロード・ド・ラ・コロンビエール神父（一六四一‐八二）という支援者が現れ、一六八八年に聖母訪問会で初めて聖心の祝日が祝われることになった。修道女アラコックはブーラン、ユイスマンスにも関係深い聖女であるから、この名前もちょっと記憶にとどめておいていただきたい。

聖心崇拝は聖職者の一部からの「イエスの心臓を崇拝するなら、他の器官、キリストの性腺やキリストの脳を崇拝しない法があるだろうか」などとする攻撃もあって、一時後退していたが、王政復古とともに王党派の政治戦略と結びつく形で再び盛んになった。オノレ・ド・バルザック（一七九九‐一八五〇）やバルベー・ドルヴィイの小説で有名なヴァンデ地方の王党派反乱軍「フクロウ党」の党員は胸に「聖心」のワッペンをつけていた。また、王政復古とともに表舞台に返り咲いたイエズス会は、ルイ一六世がタンプル牢獄での幽閉中にしたためたという「文書」を流布するとともに、フランスの地方の町々に聖心の名を冠した修道会を設立し、組織的な聖心普及キャンペーンを張っていった。その文書によれば、ルイ一六世はタンプル牢獄で、自分自身とフランスとをキリストの聖心に捧げたというのである。ローマ教皇ピウス九世（一七九二‐一八七八）は、一八五六年に「聖心の祭日」を正式にカトリック教会暦に採用し、一八六四年にはマリー・アラコックを福女の列に加えている。彼女が聖女へ昇格したのは一九二〇年のことだ。いまやエッフェル塔と並んでパリの代名詞的存在であるモンマルトルの丘にそびえる白亜の教会サクレ・クール寺院は、普仏戦争の敗戦後の一八七一年、こうした一九世紀の「聖心」信仰（とその政治利用と）を集大成する形で国民議会で建設が決まった。一八七四年、建築家のポール・アバディ（一八一二‐八四）が設計コンクールに勝って注文を獲得し、七五年に最初の礎石が置かれたが、完成するのは建築家の死後一九一九年のことである。

聖心信仰が比較的新しい現象であるのに対し、聖母マリア崇拝は初期教会にさかのぼる古い歴史を持つ。[51]しかし、一九世紀の「マリア熱」に列なる直接の先駆は、ルイ＝マリー・グリニョン・ド・モンフォール[52]（一六七三‐一七一六）や、アルフォンソ・マリア・デ・リグオリ[53]（一六九六‐一七八七）といった一八世紀の宗教者に求めることができる。聖母マリア信仰は、聖心信仰と奇妙に混淆しながら[54]一九世紀フランス民衆の宗教感情を支える主要な後見者の役割を果たすことになる。革命後、総裁政府時代からすでに贖罪と修復を誓願し、聖母マリアに特別な崇敬を捧げる修道会、信心会が多数作られるようになった。特に、この時期、聖母マリア崇拝は古くからカトリック教会の中にあった「聖母マリアの無原罪の御宿り《インマキュレ・コンセプション》」、つまり、聖母マリアがイエスを孕んだことによって清められたのではなく、聖霊の特別な恩寵に包まれ、あらかじめ原罪の穢れなしに――マリア自身がイエスを「処女懐胎」(フランス語では、コンセプション・ヴィルジナル)したように、父親とのセックス抜きで、とまで言っているわけではないらしいのだが――母アンナの胎内に宿ったという教義を再び取り上げ、この姿のもとに彼女に特別な崇敬を捧げた。後に述べるように、ローマ教会が、この教義を「公認する」に至るにはさらに数十年を要することになる。

一九世紀を通じて、聖母マリアは、素朴で多様な民衆の信仰と想像力を受け入れる容器として機能することとなった。彼らは聖母マリアという形象に付与されていた「愛」の力を頼りに、「処女にして母」「神の娘であり妻であり、神の母」なる聖母マリアにキリストに代わる新たな調停者の役割を見い出そうとした。また、聖母マリアは、当時の神学者の心配や警戒をよそに[55]、しばしば古代以来の大地母神崇拝、処女神崇拝と結合して新しい「女神」となった。『ミューズとマドンナ』(一九八五)の著者、ステファーヌ・ミショーによれば、この点で危険な臨界線を越えるきっかけを与えたのは文学者のシャトーブリアンだったという[56]。シャトーブリアンは、『キリスト教精髄』(一八〇二)の中で、感情を高ぶらせて、聖母マリアを女神へと祭り上げてしまう。

聖母マリアは無垢と、弱さと、不幸の女神だ。教会で、彼女に崇敬を捧げる者たちの群れは、彼女が難破から救った船乗りや、フランスが敵の刃にさらされた時に死から助け出してやった年老いた廃兵や、苦しみを和らげてやった若い女たちからなっている。この若い女たちは、彼女らの乳飲み子を聖母マリアの御姿の前に連れてくる。子供たちの心は、まだ天の神のことはわからないにしても、自らの腕に御子を抱いた、崇高な母のことはすでに理解するのである[57]。

さらには、聖母の加護を恃んでフェミニズムや社会主義など、さまざまな問題をめぐる闘争が組織されるなど、聖母マリアはイデオロギー的な装置としてすら機能した[58]。

聖母マリア信仰は、一八三〇年に至って、新たな時代、いわば聖母マリアの黄金時代を迎える。この年、パリの中心近く、バック街にあったフィーユ・ド・ラ・シャリテ修道院の一室で、聖母マリア、より正確には「無原罪の御宿り」の聖母が少なくとも二回にわたって見習い修道女カトリーヌ・ラブレー（一八〇六‐七六）の前に現れた。フィーユ・ド・ラ・シャリテ修道院は、教皇ピウス七世とナポレオン一世との間に結ばれた政教条約《コンコルダード》によって再建された修道院の一つである。

この日付から約五〇年間、すなわち、一八三〇年から七六年までの間に、マリアはほとんどひっきりなしに民衆の前に現れた。このうち次の五件については、ローマ教会もその出現を「公式に」認めている。

一、一八三〇年七月一一日と一一月二七日の二回。パリ、バック街の聖堂で、カトリーヌ・ラブレーに聖母出現。

二、一八四六年九月一九日。イゼール県ラ・サレット山にて、二人の羊飼い、メラニー・カルヴァ（一八三一‐一九〇四）とマクシマン・ジロー（一八三五‐七五）に聖母出現。

三、一八五八年二月一一日。オート・ピレネー県ルルドのマサビエル洞窟で、ベルナデット・スビルー（一八四四‐七九）に聖母出現。

四、一八七一年一月一七日。マイエンヌ県ポンマンで、少年二人、少女三人に聖母出現。

五、一八七六年二月一一日。アンドル県ペルヴォワザンで、エステル・ファゲット（一八四三‐一九二九）に聖母出現。

民衆は自発的に、マリアの現れた「奇跡の地」に大規模な巡礼団を組織した。聖母マリアは、一九世紀を通じて、キリスト教のヒエラルキーの中で最も高い地位に昇った。当代きってのカトリックの論争家ルイ・ヴイヨ（一八一三‐八三）の表現を借りれば、「ヴォルテールの世紀」に続く時代は「マリアの世紀」と呼んでもよい[59]。

大革命以来の危機によって傷つき、大きく信者や聖職者を減らしていたカトリック教会は、革命によって失われた信仰を回復するためにこうした民衆起源のマリア崇拝を教化的な意図に資する限りで自らの内に回収しようとした。マリアの出現は、きわめて数が多く、民間信仰やオカルトなどさまざまな異質な要素に取り囲まれていた。教会は、それらの中から、いくつかの出現を公式に認定し、自らの監督・管理下に置いていく。一八五四年の教皇ピウス九世の大勅書『インエファービリス・デウス Ineffabilis Deus』（言い得がたき神）によって公布された「聖母マリアの無原罪の御宿り（聖母懐胎）」教義《ドグマ》も、この文脈から考える必要がある。

「聖母マリアの無原罪の御宿り《インマキュレ・コンセプション》」の教義に関しては、聖母の無原罪懐胎否認派《マキュリスト》と無原罪懐胎肯定派《インマキュリスト》に分かれて、教会内部で一四〇〇年間にわたって熱い議論が戦わされてきた。[60] それが、一方では科学の世紀と呼ばれる一九世紀のこの時期になって、突然、教会の正式の教義として認められるのである。ちなみにインマキュレ・コンセプションの「マキュラ」とはラテン語で「染み」ないし「穢れ」のことで、「マキュリスト」とは聖母も原罪の穢れを免れていなかったと考える者、「インマキュリスト」とは聖母には神の特別の配慮により、もともと原罪の穢れがなかったと考える者、の意味である。

一八四八年の二月に勃発したいわゆる二月革命とその後の政治的動乱、アナキズムと「赤禍」の脅威を前に、権力の座に返り咲いたフランスの保守勢力は教会、特に聖母マリアに助けを求めた。彼女にすがれば、革命と社会主義を追い払うことができると考えたのである。

二月革命の直前、一八四六年という時点で発生したラ・サレットの聖母出現はこの文脈の中で、カトリック側に最大限利用されていった。この年ラ・サレットに現れた聖母が明かした恐るべき秘密とは、一八四八年の革命の騒乱を預言したものだという噂がまことしやかにささやかれた。ラ・サレットが教会から正式に認められた一八五一年、グルノーブル司教フィリベール・ド・ブリュイヤール（一七六五－一八六〇）は、これまでも、地上に罪がはびこると、しばしば天から裁きが下されたことを引き合いに出して、〝神の罰〟だと信者に説明している。

皆さんに、ここで、聖母様がラ・サレットの山の上に現れた時期を思い出していただきたいと思います。一八四六年九月一九日は、重大な出来事を先触れするものではなかったでしょうか。皆さんご存じのように、その後、民衆が暴動を起こし、王位が覆され、ヨーロッパがひっくり返り、社会全体が破局の淵に追いやられました。さらに大きな災厄から私たちを守ってくださり、またこれから起こる災厄からお守りくださるのは、天から私たちの山にお出ましになった聖母様をおいてはありません。聖母様は、私たちの山に集結と救いの印を、光り輝く燈台を、青銅の蛇を据えられました。敬虔な魂を持つ者たちは、目を上げてそれをしっかりと見据えることによって、神のお怒りの矛先をかわし、癒しがたい傷から癒していただけるのです。[61]

教皇ピウス九世は、二月革命以前には、「新教皇主義」を唱えてむしろイタリア国内の自由主義・愛国主義の高まりに対して好意的な態度を取っていた。しかし、革命と動乱が彼の予想を超えて広がり出すと、突然態度を変えて、強硬な保守主義者に豹変した。

ウィーン会議（一八一四－一五）後、ハプスブルク家の神聖ローマ帝国の支配下にあったイタリアでは、パリに二月革命が勃発し、ハプスブルク家の本拠ウィーンにも騒乱が波及すると、独立と自由への機運が一挙に高まった。ヴェネツィア、ミラノでは三月に入って民衆の蜂起が発生し、パルマ、モデナなどでは臨時政府が樹立された。また、フィレンツェ、ナポリなどでは、自由主義的な内容の憲法が制定された。サルデーニャ王、カルロ・アルベルト（一七九八－一八四九）は、この機に乗じて、オーストリアに対する独立を目指して北イタリアに侵攻した。

しかし、イタリアの騒擾は長くは続かなかった。サルデーニャに続いて、トスカーナ、ナポリもオーストリアに宣戦布告し、緒戦こそイタリア勢が優勢だったが、オーストリアは自国内の革命騒ぎを収めると体制を立て直して、J・ラデツキー将軍（一七六六－一八五八）の指揮のもとイタリアの再征服に乗り出した。サルデーニャ軍は、オーストリア軍にクストーツァで破れ、休戦協定が結ばれた。翌一八四九年の三月、サルデーニャ国内でイタリア独立派の勢いが再び強まり、オーストリアとの間で、再度戦争が始まったが、三月二三日、ノヴァーラの戦いで完敗し、カルロ・アルベルトは退位に追い込まれた。世にいう第一次イタリア統一戦争である。

教皇ピウス九世は、革命の動乱が身に迫ると、大急ぎでローマを離れ、シチリア王の庇護を求めて地中海に面した港町ガエタに難を避けていた。そして一八四九年八月に統一戦争の騒ぎが収まると、ローマに帰還して政治・社会的混乱を収拾し、揺らいだ教会の権威を固め直さなければならないと考えた。

ピウス九世はまず、直接、カトリックの「敵」を攻撃するため『ノーティース・エト・ノービースクム Notis et Nobiscum』（友と共に、そして我らと共に）と題する教書を発表し、この中で特に社会主義を断罪した。また彼は、民衆の間に高まっていたマリア崇拝を利用して、カトリックの失地回復を図ろうとした。このため、彼は『ユーニー・プリームム Uni Primum』（まずただ一者に）と題する教書を各地の大司教に送り、各教区のマリア崇拝の現状を調査し、「聖母マリアの無原罪の御宿り」をめぐる教義を具体的にどのように定義すべきか意見を求めた。これを受け教会内で激しい議論が戦わされたが、結局、一八五四年一二月八日、「懐胎の最初の瞬間、全能なる神の恩寵と特権により、人類の救い主たるイエス＝キリストの功徳に配慮して、聖母マリアは、原罪の一切の汚点を免除された」[62]とする「聖母マリアの無原罪の御宿り」が先述の通り教義として布告されたのである。

この教義の公認は、聖母の無原罪懐胎否認派《マキュリスト》と無原罪懐胎肯定派《インマキュリスト》との長きにわたる争いに終止符を打ったという教義的な意義にとどまらず、一九世紀の初頭以来カトリック世界を引き裂いてきたさまざまな対立を、ヴァチカンの権威を強化することによって解決したという意味で、きわめて重要な意味を持つものだった。

教会史家ルネ・オーベールによれば、一八五四年の時点でのこの決定は、

一、ローマの中央集権的な権力を安定させ、フランスにおけるガリカニスム（ガリア主義＝フランス教会独立主義）など、各国教会の独立を指向する潮流に対して、教皇至上主義を強化し、

二、神学上の問題に対する「教皇の無謬性」を確認するとともに、

三、特に「神に反抗する」フランスにおけるカトリシズムの勝利を決定づけるものだった。[63]

もう一つ、見逃してはならないのは、この教義が、イエスを至高にして「超えてはならない限界」と定義すること

によって、聖母マリアを、息子イエスに従属させた点だ。つまり、ローマ教会の立場からすれば、あくまで崇拝の中心にあるのは「イエス」ないしはイエスの「聖心《サクレ・クール》」でなければならず、聖母マリア崇拝は、これに付随するものであっても、これを超えてはならないと一定の枠組みを設定し、信仰を「正常化」しようとしたわけだ。しかし、ジャクリーヌ・マルタン＝ブルネールが指摘するように[64]、聖母マリアの聖心に対する信仰は、キリストの聖心に対する信仰より時期的に前に成立しており、この意味からも、この「正常化」の試みはいささかアナクロニズムの感が否めない。「聖母マリアの無原罪の御宿り」の教義が確立する背景には、すでに見たように、聖母マリアの出現と聖母マリアに対する民衆起源の崇拝がある。その上「聖母マリアの無原罪の御宿り」とは、単に文字で書かれた教義の示す「概念」にとどまるものではない。第一に、マリアの姿は、たとえば「受胎告知《アノンシアシヨン》」とか十字架から降ろしたキリストを膝に抱いて嘆く聖母マリアを描く「嘆きの聖母像《ピエタ》」とか、聖書や伝承に由来するさまざまな場面を具体的に彫刻や絵画に表した一連の図像の形で、一般信者に示されてきた。中世以来、多くは非識学者であった民衆は、文字で書かれたり神父の説教の中で語られる抽象的な教義より、彫像や絵画で示されるキリストやマリアの姿から、直接的・直感的に教義のエッセンスを理解していたことになる。この意味で、「無原罪の御宿り」を教義として公認するという行為は、数ある聖母の図像と、それらに付された意味の中から、特定のマリア像と彼女に付された役割、ここでは神と人間との「仲介者」という役割を選び出すというきわめて政治的な行為であった。一九世紀のカトリック教会の取った一連の「戦略」は、ここでもマルタン＝ブルネールの言うように、ある女性のイメージが、その女性が象徴する宗教によって、政治的な道具としていかに利用され得るかを示す最もよい例だといえるだろう。

　しかし、聖母マリアの出現はローマ教会が公式に認めた五回にとどまっているわけではない。聖母マリアに関わる、あるいは、イエスやイエスの聖心、天使、聖人、はたまた十字架などさまざまなキリスト教のパンテオンに列なる「聖なるもの」の出現と神秘現象がどれほど一般的に見られたかは、一九世紀中葉から二〇世紀初頭にこの問題をめぐって書かれた多くの書物のページをめくってみれば十分だろう。アレクサンドル・エルダン（一八二六－七八）著『神秘のフランス』（一八五五）、J＝M・キュリック神父（一八二七－九二）編『預言の声』（一八七二）、アドリ

［右］「聖母マリアの二人の子供への出現」（フランス国立図書館所蔵）。［左］メラニー・カルヴァ（右側）とマクシマン・ジロー。

アン・ペラダン（一八一五－九〇）著『一九世紀超自然年鑑』（出版年不詳）、J＝A・ブーラン編『聖職年報《アナール・デュ・サセルドス》』（一八五九）、同編『一九世紀聖性年報《アナール・ド・ラ・サンテ》』（一八六九－七五）、B・サン＝ジョン著『一九世紀フランス・聖母マリア叙事詩』（一九〇四）、等々。[65]

さて、聖母マリアの「出現」という「超自然現象」は、民衆の間に蓄積していた実にさまざまな欲求に根差すものであっただけに、教会関係者の政治的な思惑を超えて、しばしばカトリック教会が正統と認める圏域を大きく逸脱し、時にはその周囲にいわば「マリア派異端」ともいうべき正真正銘のオカルト・セクトや、秘密結社を多数生み出すことになった。確かに彼らの掲げる教義は、カトリック教会の正統教義とは相容れない奇妙かつ異様な教義に満ちていた。しかし、彼らは聖母マリアの出現にインスピレーションを受け、聖母マリアから特別の加護を受けていると主張していた。もともと一九世紀の聖母マリア崇拝は、それ自体が「出現」という「超自然的」、ないしは「オカルト的」な現象をもとに成立したものであっただけに、「正統」と「異端」というはっきりした区別があったわけではない。たとえば、一八四六年、ラ・サレットの「出現」の証人メラニー・カルヴァがそうだ。

メラニー・カルヴァは、マクシマン・ジローとならんで、ローマ教会が「公式」に認めたラ・サレットにおける聖母「出現」の証人である。ブーランやユイスマンスとも関係の深いこの「事件」について、ここでざっと紹介しておくのも無駄ではあるまい。

一八四六年九月一九日、深夜三時頃、二人の年若い羊飼いが南アルプスに位置するラ・サレットの山腹で目もくらむような衣装を身に着けた「美しい婦人《ラ・ベル・ダーム》」を目にした。この時メラニー・カルヴァは一五歳、マクシマン・ジローは一一歳だった。この見知らぬ女性は、最初子供たちにフランス語で話しかけた。

子供たちよ、前に進みなさい。私は大事な知らせを伝えるためにここにやって来ました。

私はあなた方人間に六日間は仕事をし、七日目は私のために取っておくように定めました。ところが、人間は七日目を私に捧げようとしないのです。そのため、私の息子の腕は、ひどく重くなってしまいました。そればかりでなく、荷車を曳く者は罵りの言葉を口にする時、必ず我が子の名前をその中に交えるのです。この二つのことで、私の息子の腕はすっかり重くなっています。

作物が凶作になるのは、あなた方人間にイエス様のご不興を知らしめんがためです。去年は、ジャガイモを不作にして、あなた方に示しました。しかし、あなた方人間は、私の警告に全く気をとめませんでした。それどころか、あなた方は、ジャガイモが不作だとわかると、私の息子の名前を真ん中に置いて、とんでもない罵りを口にしました。ジャガイモの不作はこれからも続き、クリスマスには、もはや、ジャガイモが口にできなくなるでしょう。

子供たちがフランス語を解さないと知ると、今度は土地の方言《パトワ》で、メラニーとマクシマンそれぞれに、長い「秘密」を伝えて忽然と姿を消した。

子供らは雇い主たちのもとに戻って、自分たちが見てきた不思議な出来事を話した。雇い主たちは、「ほとんど文字が読めなかった」が、この話をフランス語で書き取った。そして自分たちの発案で、「ラ・サレット＝ファラヴォーの山で二人の子供に聖母が語ったお告げ（手紙）」[67]という題までつけて公表した。ただし、ここで明らかにされたお告げはあくまで「公開」されたお告げであり、聖母はメラニーとマクシマンそれぞれに対して、さらに深遠な「特別な秘密」を明かしたとされた。この「ラ・サレットの秘密」については、後に述べるように、ローマ教皇ピウス九世によって一八五一年七月にヴァチカンに封印されたが、一八七八年になって、メラニー・カルヴァがイタリアのカステラマーレで自ら記述し、翌七九年、レッチェの司教サルヴァトーレ・ルイジ・ゾラ（一八二二－九八）の許可を受け、司教座の印刷所から出版された。[68]この長大な第二のヴァージョンには、悪魔ルシフェルが大軍団を伴って襲来し、人びとは信仰を失ってヨーロッパ諸国間に大戦争が勃発する、等々の終末幻想＝預言が綴られている。一九世紀末、右派＝カトリックを中心に醸成されるフリーメーソンやユダヤ人がルシフェルの手先となってキリスト教社会の破壊を企てているとする、いわゆる「陰謀史観」の一つの典拠となった問題文書だ。

　聖母出現の話が広まると、聖母に対する崇拝が自然発生的に湧き起こり、村人や巡礼が聖母の救いと許しを求めて大挙して山に登っていった。まもなく奇跡的に病気が治ったとか、不信心者が回心したという報告が続き、それもこれも聖母が取りなしてくださったのだという噂が一層かまびすしく喧伝されるようになった。

　聖母「出現」の信憑性に関しては、各方面から疑義が寄せられた。聖職者も例外ではなかった。初めのうちは、リヨンの大司教であったボナルド枢機卿（一七八七－一八七〇）や、アルスの主任司祭ヴィアネー師（一七八六－一八五九）なども、この噂をずいぶんいかがわしいと見なしていた。[69]教会の有力者が噂に否定的であったこともあって、奇跡を認めない人びとは数こそ少なかったがなかなか頑強だった。しかし、澎湃《ほうはい》として沸き起こる新たな信仰の高まりが、その後のこの事件の方向に決定的な役割を果たした。聖母「出現」から一年後の記念日には、グルノーブルの司教の許可を受けて作られた仮の礼拝堂に、三万から四万の信者が集まった。信者間の口コミやら手紙のやりとりによって、事件の噂はドーフィネ地方を越えて広がり、宗教系、反宗教系それぞれの新聞も介入して自派の主張に有利な方向で事件を解釈するなど、聖母をめぐる論争が白熱化した。

グルノーブル司教Ph・ド・ブリュイヤールは、司教座聖堂参事会員で、副司教のオルセルおよびルスロに聖母出現に関する調査を命じたが、聖母出現から二年後の一八四八年、二月革命から数ヶ月後に、この事件が正真正銘の「奇跡」だとする結論を下し、『一八四六年九月のラ・サレットにおける事件の真実』[70]と題する報告書を出版した。ボナルド枢機卿は聖母出現に対して、長い間煮え切らない態度を示してきたが、ここに至ってついに態度を変え、ラ・サレットで聖母が子供たちに託した「秘密」をローマ法王に伝達するよう労を取った。グルノーブル司教ブリュイヤールが、司牧書簡によって、確かに聖母マリアがラ・サレットに現れたと公式に認めたのはようやく一八五一年の秋のことである。

教会関係者は、この「超自然的」現象を、聖母マリアの穢れなき心《インマキュレ・クール》がアルプスの奥深い寒村にまで、慈悲深い恵みを示していることの明白な証拠と考えた。聖母のメッセージは、なるほど語句は激しいが、信者に対して悔悛を促すメッセージと考えれば理解できないわけではないというわけだ。しかし、この事件の背後には、単純に正統派のラインには還元できない異質な要素、むしろカトリック以前の古い宗教や「異端」に連なる要素がほの見えている。

まず、注意すべきは、この聖母マリア出現という事件は、カトリック世界の奇跡の物語である前に、フランス農村地域に古くから伝わる「泉」に対する信仰と深く結びついているらしいということだ。メラニーやマクシマンは、彼らの前に現れた女性を聖母ではなく、終始「美しい婦人《ラ・ベル・ダーム》」と呼んでいた。また、ミュールの副司教ラビルー神父が彼の手記に書き記しているように、少なくとも地元の村人たちにとって、彼女は「泉の婦人」と同一視されていた。一九世紀に多発した「超自然現象」を研究して『神の噂』（一九九四）を著したクロード・ギエによれば、聖母とされた女性はいずれも、郷土の神聖な場所で起こった怪異な自然現象にちなんで登場する妖精や大地母神などと特徴を共有している。[71]

また、聖母が子供たちに託したという「秘密」は、少なくとも子供たちの雇い主が聞き書きした版では、形式や文体などの点で「天から落ちてきた手紙」ないしは「神の手紙」と呼ばれる書簡体の布教パンフレットと酷似していた。これは一七世紀から一九世紀にかけて、フランスの地方の民衆の間に広まった現象で、神やイエス＝キリスト、聖母マリア、天使など、神聖な存在が自ら執筆したというふれこみの「一人称体」の手紙の形を取る。綴じられていない、一枚の紙片に書かれたものが、大量に作られ、村々を回って小間物や化粧品などを商う行商人の手で、安い値段で売られて人びとの間に流通した。言葉遣いはいかにも稚拙で、作者はあまり教育を受けていない階層に属していたものと推定され、内容的にも文体的にも大体のところ決まった定式に則って書かれていた。ところが、一九二八年にH・ドレーユ神父が、ラ・サレットで聖母マリアが伝えたメッセージと、ラ・ムルト出身の一人の行商人が一八一八年に「天上に由来する」というふれこみでイゼール地方一帯に撒いた三通の手紙のテキストとの間に、驚くべき類似があることを指摘したため、とんでもないスキャンダルが沸き起こった。両者が似ているのは主として以下の三点だ。

一、神（ラ・サレットの文書では聖母マリア）が、一人称で自分の怒りをぶちまけ、民衆の不信心を非難している。

二、神（聖母マリア）の怒りは、信仰の実践の怠り、とりわけ、神に捧げられるべき主日である日曜に世俗的な活動を行うなど、信者のいくつかの悪い行いに向けられている。

三、神（聖母マリア）が、この世の終末が近づいており、信者がすぐに自分の行いを悔い改めなければ地震や凶作、飢饉、子供の病など、さまざまな災禍が降りかかってくると、民衆を脅迫している。[72]

つまり、両者の間には、ロシア・フォルマリスム以来のテクスト理論でいう間テクスト性が成立しているのである。

一方、ローマ教会が聖母マリアの出現を公認した後でも、「理性」の立場から聖母の出現に疑問を呈する人間は後を絶たず、出現の真実性をめぐってパンフレットや新聞記事が盛んに書かれた。とりわけ、一八五二年から五三年にかけて『ラ・サレット・ファラヴォ（ファラックス・ヴァリス）あるいは、偽りの谷』[73]というパンフレットが公表されて以来、聖母出現を認めた教会と、聖母出現否認派との論争は一層激しさを増した。パンフレットの作者はジョゼフ・デレオン神父（一七九七―一八九五）といい、ヴィルルボムの元司祭だった。彼は、聖母出現の最も強力な支持者だった副司教ルスロ神父が著した『ラ・サレットの事件についての新たな資料』[74]（一八五〇）を厳しく批判した。デレオン神父は聖母出現を機にラ・サレットの泉水がもたらしたと副司教が主張していた奇跡ばかりでなく、聖母の出現そのものを否定した。デレオン神父が持ち出したのは、コンスタンス・ド・サン＝フェレオル・ド・ラ・メルリエールなる奇矯な振る舞いで知られた精神異常の女の存在だ。彼女が、羊飼いの少年少女二人に、聖母マリアのふりをして見せたというのである。[75]

しかしながら、ラ・サレットが教会権力の容認できない異質さを含んでいたという時に問題となるのは、聖母マリアが二人の子供に伝えたメッセージそのものであり、また、子供たちのその後の行動にあった。

まず、聖母マリアのメッセージは、子供たちが雇い主に伝えた版ですら「古風《アルカイック》な終末論的な期待」[76]の側に傾きすぎているきらいがあった。しかしすでに記したように、ラ・サレットのメッセージには、時期が来るまでは子供たち以外の人間には開示してはならないと聖母が固く口止めしたさらに秘教的な版が存在した。メラニーとマクシマンは、自分たち以外には知り得ない「秘密」を保持し、自分の好きな時に好きな形で開示できる特権的な存在、いわば、秘教の預言者＝開祖となる潜在的な可能性を与えられていたということになる。そして、彼らは、両者とも、彼らの存在自体が、聖母マリアの新しい聖地をプロモートしようとしていた教会勢力にとって邪魔になる厄介な性格を持っていることが明らかになってきた。このことは、政界や宗教界の周縁に蠢いていた、オカルト＝神秘主義的傾向を持つ人びとやグループに絶好の介入の機会を提供することになった。

軽率で、落ち着きのないマクシマンは、ラ・サレットの秘密を自分たちの大儀のために利用しようと狙っていた輩、具体的にはリッシュモン男爵（？－一八五三頃）一派の陰謀に易々とはまり込んだ。リッシュモン男爵とは、本名、アンリ＝エテルベール＝ルイ＝エクトール・エベール。すでに名前を挙げたナウンドルフ同様、亡きルイ一七世を騙る偽王太子の一人である。ルアン近傍に生まれ、ルアン県の役人を務めた後、ルジュイールでガラス工場を経営していたが、一八二八年から翌二九年にかけて、議会両院に嘆願書を書いて王太子としての称号と権利を公式に認めるように求めた。

リッシュモン男爵自身の主張するところでは、彼の人生は波瀾を極めていた。若くして、ナポレオン麾下の名将として知られたクレベール将軍[77]（一七五三－一八〇〇）に従って軍役に就き、除隊後は、世界の各地を転々としながら、さまざまな冒険に関わった。フランスに帰ったリッシュモン男爵は、彼の「妹」アングレーム公爵夫人[78]（一七七八－一八五一）に面会する機会を得たが、アングレーム公爵夫人は、彼を兄と認めたにもかかわらず、つれなくもその後の面会を拒否したのだという。

リッシュモン男爵は国家に対する陰謀や、詐欺の廉で生涯数度にわたって投獄されたが、彼の口車にまんまと乗せられて本物の王と信じる者、あるいは偽物と知りつつ詐欺の片棒を担ごうという輩には事欠かず、一八四八年の二月革命後に釈放されてからは、サン＝ジェルマン界隈の上流婦人を取り巻きにして正当な王として振る舞っていた[79]。一八五〇年、リッシュモン男爵の信奉者数名は、マクシマンを伴ってアルスとリヨンを訪れ、彼らの「君主」の正統性を神から認めてもらおうとした。しかし、結果は無惨な失敗だった。この旅の途上、マクシマンはアルスの副司教レイモン神父に面会したが、レイモン神父はマクシマンの返答に彼を「詐欺師」呼ばわりする始末だった。レイモン神父が考えを改め、聖母の出現を認めるのは一八五八年、グルノーブル司教ブリュイヤール神父の取りなしがあってからであるが、この事件は、聖母の出現自体に対する信憑性を著しく損なった。

しかし、教会権力にとって、本当の意味で危険だったのは、マリー・ド・ラ・クロワの名で修道女になったメラニー・カルヴァの方だった。類い稀な「幻視者《ヴォワイヤント》」の資質を持ったメラニーはラ・サレットの「事件」の後にも、新たに天よりお告げを受けたとして、次から次へと驚くべきメッセージを口にするようになったが、その中には少なからず「異端的な」要素が混じっていた。クロード・ギエは言っている。

ラ・サレットの羊飼いの娘は、ジョアシャン・ド・フロール[80]や、グリニョン・ド・モンフォール、ヴァントラス[81]といった人びとのように、世界の終末に向けた最後の準備をするよう命じられたと信じていた。それだけでなく、彼女は聖母の出現の際、預言の原資を獲得していた。まもなく地上を襲うことになっている数々の災厄を、幻想を視覚化したディアポラマ[82]のような迫真的なヴィジョンとして見せられていた。内気で無口なメラニーは、結局のところ、危険な異端の教祖だったのではなかろうか。[83]

ラ・サレットの羊飼いたちの存在が、聖母出現を伝道目的に活用しようという教会の意図のためになるどころか、むしろ有害であることが明らかになってくると、少なくとも彼らの行動や態度がますます数を増しつつある巡礼に悪影響を及ぼさないよう、何らかの措置を講ずることが問題となった。

最初の措置は、子供たちに、彼らが聖母から明かされた「秘密」を法王庁のお偉方に告白させることだった。秘密が子供たちの手に握られ、尾ひれがついて無限に拡大していけば、いたずらに民衆の興味や憶測を煽ることになりかねない。グルノーブル司教の事務局長オーベルニュが子供たちから「秘密」を聞き出すことに成功し、書き写された秘密は司教座聖堂参事会員ゲランおよびルスロ両神父の計らいで一八五一年七月に法王ピウス九世に送られた。そして法王自らが検分した後、ヴァチカンの書庫に収められ、二度と日の目を見ることのないよう封印された。

第二の措置は、子供たちを聖母出現の聖地から遠ざけることだった。ブリュイヤールの後任としてグルノーブルの新しい司教となったJ＝M＝A・ジヌイヤック（一八〇六－七五）は、一八五四年、ラ・サレットの九年目にあたる記念日に行われた説教で、二人を最終的に「厄介払い」することを宣言した。

羊飼いの子供たちの使命は終わり、教会の使命が始まるのです。彼らが聖地から遠く離れ、地上のどこかに散らばり、彼らが受けた大いなる御恵みに背くようになったとしても、聖母様ご出現の事実がいささかも揺らぐものではありません。というのも、聖母様がこの世にお姿を現したことは疑いを入れないことであり、その後に生じた事件がさかのぼって、この事実に影響を与えることはできないからです。[84]

マクシマンの方は心配無用だった。彼は放浪生活を送った後、一八六五年から六六年にかけて、ある新聞に対して

メラニー・カルヴァ。

名誉毀損の裁判を起こし、再び世間の耳目を引くことになった。この頃、どうやらマクシマンはパリでいかがわしい医業を営み、ラ・サレットの名を冠した妙薬を売って生活していたらしい。[85]

メラニーの方が教会にとってはるかに危険だということは、誰の目にも明らかであった。そこで、災厄の芽を早いうちに摘み取るため、慎重に方策が練られた。彼女はジヌイヤック司教の命により、イギリスのダーリントンにあったカルメル会修道院に送られ、そこで修道女として六年を過ごした。事実上の軟禁生活である。しかしさしもの教会も、成人したメラニーの行動をそれ以上監視することはできなかった。一八六〇年、彼女はダーリントンを出ると、フランスやギリシアなどを転々とした後、イタリア、ナポリ近郊にあるカステラマーレに居を定めるが、やがて、一八七〇年代からヴァチカンの禁止にもかかわらず、異端臭の濃厚な著作を次々に出版し始める。これらメラニーの著作には「千年王国説」的傾向が顕著に見られることは一目瞭然だ。[86]生涯の最後の時期に彼女が明かした「究極の」秘密においては、彼女の異端性は自身を原罪を免れた「無原罪の御宿り」の地上における「受肉」であると主張するところまで進んでいる。[87]

聖なる存在の「出現」に端を発した異端という点では、もう一人、ノルマンディー地方ティリー゠シュル゠ソールの預言者でピエール゠ユージェーヌ゠ミシエル・ヴァントラス（一八〇七-七五）がいる。彼は、一八三九年、天から啓示を得て、自らを、「第三の支配、助け主《パラクレ》の時代、永遠のキリストの到来」を準備するために地上に遣わされた預言者エリヤの再来と説いて、「慈悲の御業《ウーヴル・ド・ミゼリコルド》」（「エリヤのカルメル会」「カルメルの子供たち」「マリア派カルメル会」「慈悲の兄弟たち」などの異称を用いた）という異端セクトを設立して多くの信者を集めた。ジョゼフ゠アントワーヌ・ブーランは、ローマ・カトリック教会を破門された後、ヴァントラスのもとを訪問している。一八七五年にヴァントラスが急死すると、ブーランはヴァントラスから後継者に指名されたと称して、一八七六年に「慈悲の御業」の別派（前者との区別のため、時にブーランは自らの宗教結社を「ジャン゠バティストのカルメル会」という名称で呼ぶことがある）を組織し、一八七七年にはリヨンに本拠を移して活動を始めた。これらの人びともまた、広い意味で「マリア派」の系譜に列なる異端といってもいいだろう。

3　一九世紀末の意味

そこで問題になってくるのが「一九世紀末」と呼ばれる特殊な時期の意味である。もう一度確認しておこう。一九世紀末のこの時期、科学主義・実証主義に対する素朴な信頼が急速に衰退し、文学的の面でも、擬似的にせよ、科学主義を標榜していた自然主義は急速に衰微し、反理性主義的傾向を持ったデカダンス文学、象徴主義文学が盛んになる。美術の分野で、印象派から後期印象派、ナビ派、象徴派への大きな意匠の転換が起こるのもこの時期だ。

一方、それと軌を一にして、ニーチェの「神の死」の定式化とほぼ同じ時期に、「カトリック復興」と呼ばれる神の信仰への回帰が生ずる。

すでにわれわれはフィリップ・ミュレーに依拠しつつ、一八八六年のクローデル回心を一つのメルクマールとして、フランス知識階層がなだれを打つようにカトリックへと回心したという事実を指摘した。フィリップ・ミュレーによれば、このクローデルの回心はオカルティズムと進歩主義とが結びついた一九世紀という特殊な世紀からの脱却を意味する象徴的な出来事だった。しかし、そうは言っても、一九世紀の前半にさかのぼって、多くの民衆はキリストやマリアに敬虔な祈りを捧げていたし、ヴァントラスやブーランといった人びとも、異端とは言いながら、聖母マリアへの崇敬という点では人後に落ちるものではなかった。確かに、彼らの信仰は、聖母マリアをはじめとする「聖なるもの」の「出現」という、それ自体超自然的な体験を直接、間接の契機にするものだった。その意味では、フィリップ・ミュレーの定式はここでも有効であるように見える。しかし、逆に一八九〇年代以降、オカルトや異端がすべて姿を消してしまうわけではない。われわれは、両者の間の差異をどのように理解するべきなのか？　果たして、この時期に何が起こったのか？

たとえば、ヴァントラス＝ブーランと、ユイスマンス＝クローデルという組み合わせを考えてみよう。ヴァントラスはフランス大革命からまもない一八〇七年の生まれ。ブーランは一八二四年の生まれ。かたやユイスマンスは一八四八年、クローデルは一八六八年生まれだから、二つの組み合わせの間には、およそ二〇年の隔たりがある。ヴァントラス＝ブーランの世代は、聖母マリアの超自然的な出現が多発し、民衆次元でのマリア崇拝が沸騰していたまさに当の世代である。一方、ユイスマンス＝クローデルの世代は、善きにつけ悪しきにつけ、実証主義、科学主義の影響下に育った世代であり、ジョルジュ・ソレルの言う「懐疑の精神」ないしニヒリズムの風潮を幼児から呼吸してきた人たちである。なかなか実態として提示することは難しいのだが、どうもこの二つの世代の間には、微妙な感性の差というものが存在するような気がしてならない。この二つの世代の差の内に、もっと大きな認識次元の変換、一九世紀末に生じたミシェル・フーコーのいうところの「エピステーメーの転換」を読み取るなどといったら、悪ずれといわれてしまうだろうか？

　この時代の認識論的な布置の転換という問題に関しては、松浦寿輝（一九五四－）が『エッフェル塔私論[88]』（一九九五）の中で、「イマージュ」というキー概念を元に、卓抜な所論を展開している。しかし、この時代の変化を「イマージュ」という問題だけで説明できるかというと、そうか？という疑問が浮かんでくる。イマージュといえば、確かにこの時代は、写真や映画といった前の時代とは異なる技術革新があり、明確に「目に見える」形で、一つの文化やそれにともなう一連の表象の変貌がもたらされた。しかし、問題となるのは、ある世代はその変化を生きていながら、前の世代は、たとえまだ生きていたとしても、その変化の存在すら感じ取ることができないような変化なのだ。この微妙な変化が果たして何に由来するものかをはっきりと名指す用意は今のところ筆者にはない。したがって、以下に書くことは、純粋な仮説、いわば話を前に進めていくための作業仮説のようなものとしてお読みいただければと思う。差異は確かに微細だ。しかし、よく目を凝らすと、多くの兆候が、時代の中に或る種の裂開を形作ろうとしているのが見えてくる。

　たとえば、すでに挙げた『娼婦』という本の中で、歴史家アラン・コルバンは、まさにユイスマンスの『さかしま』の記述を引用しながら[89]、一八世紀末に始まる規制主義の計画に従って、婚外の性を厳格な管理のもとに囲い込む

「娼館《メゾン・クローズ》」というシステムが、一八七七、八年から一八八五年の間に急速に衰退し、女給を置くブラスリーや、音楽カフェ《カフェ＝コンセール》などに取って代わられたと指摘している。

『さかしま』の中で、ユイスマンスは次のように書いている。

実際、もろもろの徴候は明らかであり、確実であった。すなわち、すでに女郎屋というものは姿を消していた。そして一軒の女郎屋が店を閉めるにつれて、一軒の怪しげな居酒屋が開業するのであった。人目をはばかる窃かな愛欲に奉仕する、この売淫という慣習の廃絶は、人間に肉の欲望がある限り、ついに人類の理解を絶した幻想の裡にしか存在しないかのごとくであった。[90]

パリの娼館。写真は 1900 年頃に撮られたもの。

娼婦を管理する方法も同様により洗練された形を取るようになり、性病防止や婦女の人身売買抑止といった口実のもとに、彼女たちを登録し効率よく監視を行うようになる。しかし、世紀末、娼館が完全に消滅するわけではない。コルバンによれば、一方で「世紀末は、大規模な放蕩の館の絶頂期であった」[91]。これは矛盾でも何でもない。恋愛や性愛に対する一般的な感性が変化し、性欲の処理にも擬似的にせよロマンティックな恋愛の装いを凝らす必要が出てきたため、民衆相手、プチ・ブル相手の「排水口」としての娼館が次々に閉鎖されていく中で、「世紀末」の公認娼家＝高級娼館は一握りの特権的階層の特殊で洗練された趣味を満足させる「真の遊蕩の館」「倒錯の性の殿堂とでもいうべきもの」[92]となっていった。二つの現象は西欧の知の配置のより大きな変貌を示す一つの反映にすぎないのだ。ちなみにドイツ＝オーストリアの精神医学者

R・フォン・クラフト＝エビング（一八四〇－一九〇二）がサディズム、マゾヒズムという名称を「発明」し、両者を精神病理学的に同定したのは一八八六年刊行の『性的精神病理』においてである。

また、同じくアラン・コルバンは『においの歴史』（一九八二）の中で、やはりユイスマンスの『さかしま』の一節を引きながら、衛生思想や科学の進歩と相関する形で、この同じ時代に「におい」に対する感受性が変化し、現代的な意味での香水文化の成立が可能になったと指摘している。[9.3]

すでに述べたように、フィリップ・ミュレーは一八八六年、カトリシズムに回心したクローデルをしてミュレーのいう「一九世紀性《ディズヌヴィエミテ》」、すなわちオカルティズムと進歩主義の特殊な結びつきを特徴とする一九世紀からの最初の脱出者と見なしている。しかし、ニーチェによる「神の死」の宣告が書かれつつあったのも、ちょうどこの頃だ。クローデルの回心が、時代を画する重要な意味を持っていたとすれば、それが単に「啓示宗教」たるカトリックの教義への帰一であったからという理由ではない。問題となるのは、この時期、オカルティズムを媒介することのない宗教的な精神性への回帰と、無神論とが、同時に可能になるような感性の変化が生じていたということだ。つまり、やや大袈裟にいえば、「超越的な神」に対する信仰と、「神の死」の宣告が、認識論的に同じ根っこから発した派生命題にすぎなくなるような現象が生じていたということではないのか。

この認識論的な変化は、実証主義的な発想に基づく科学思想の進展を背景にしているにしても、直ちにそれと同一視してしまえば、逆の陥穽に陥りかねない微妙な境界の移動なのだ。たとえば、実証的な視線が一般民衆にも浸透するに従い、それまで素朴に信じられてきた「霊」やエクトプラズム、エーテル、動物磁気などといった実体の定かでない曖昧な「存在」が活動する余地はますます狭まってきた。あらゆる存在は「可視」的な環境の中に引き出され、いわば、一方では霊的な存在の「実体化」「物質化」「論理化」が押し進められるとともに、それがうまくいかない場合にはその存在の端的な否認が行われるという、合理的な処理が適用されるのだ。[9.4]

一八八七年、アメリカの物理学者アルバート・マイケルソン（一八五二－一九三一）と、エドワード・モーリー（一八三八－一九二三）は、光の干渉を利用してエーテルを検出する実験を行っている。光には、干渉や分光など波動としての性質と、光電現象などを起こす粒子として二つの性質があり、物理学の世界では、そのどちらが光の正体なのかをめぐって長い間議論が続いていた。音が空間を伝わるためには、空気や水のような媒質が必要だ。もし、光が波であるとするなら、光は真空中でも伝わるため、真空中や大気中に光を伝える見えない媒質が存在しなければならないことになる。この未知の物体がエーテルと呼ばれていた。こうした科学的な「根拠」があって、魔術や心霊術など、超自然現象を含む光以外のさまざまな不可視の現象もエーテルを介して減衰や変化を起こすことなく遠距離に伝達すると想定されていた。

　マイケルソンとモーリーの実験は、宇宙空間をエーテルが満たしているなら、その中を満たしてる地球にはエーテルの風が吹きつけているはずだという予測のもとに、光の干渉作用を利用した干渉計を発明し、宇宙を通過しつつある地球の一点においてエーテルの風を測定しようとしたのだが、いくら精度を上げてもエーテルの存在を証明することはできなかった。やや下って、一九〇五年、アルベルト・アインシュタイン（一八七九－一九五五）が、光とはエネルギーを持つ粒子であるという「光量子仮説」を提出し、古典物理学とは一線を画した量子力学を構築する。[95]

　一八八〇年代半ばに起こった認識論的・感性的な危機は、絶頂にあった「実証主義」に対する信頼に重大な亀裂をもたらし、精神を再び不可視のもの、不可知のものへと向かわせる感性の覚醒を促した。右に述べた過程を「実証」することは端的に筆者の力をはるかに超えるが、古典物理学から量子力学、相対性理論への転換も、一八八〇年代半ばに起こったエピステーメーの転換の原因であり、結果でもあったとはいえないだろうか。いずれにせよ、その時点で、霊的、オカルト的、超自然的存在が過去の心霊主義へと直線的に回帰する退路はすでに断たれていたのだ。この認識論的切断を超えて、現在も生き残っているさまざまなオカルティズムあるいは超心理学については、社会学的、心理学的背景を含めた別の研究が必要になるだろう。

　一九四六年、マルティン・ハイデガー（一八八九－一九七六）は『ヒューマニズムについて』の中で次のように述べている。

人間の存在は「世界内存在」のうちに存するということが言い述べられるからという理由で、世間のひとは、だから、人間は、たんに此岸的な本質のものへと引き落とされ、それによって哲学は実証主義のうちに沈淪していると、見なす。というのも、人間存在の世界性を主張する者は、ただ此岸的なもののみを有効と言い張り、彼岸的なものを否認し、こうしてあらゆる「超越者」を拒否するのであって、そのように考えることよりも、「より論理的」なことが何であるのであろうか、というわけである。

「神の死」というニーチェの語への指摘がなされるからという理由で、世間のひとは、だから、そうした振る舞いは無神論だと宣言する。というのも、「神の死」を経験した者は、神－なしとする者であって、そのように考えることよりも、「より論理的」なことが何かあるであろうか、というわけなのである。[96]

ここで問題になっているのは、ニーチェという「世紀末」体験を経た後、現代の哲学者に「形而上学」の諸問題を考えることを可能にした、ある微妙な変化なのである。

歴史家ロベール・シュネール（一九〇〇－六二）は、名著『一九世紀』[97]（一九五五）の中で、一八八〇年から九〇年にかけて、精神主義・理想主義傾向の思想が一斉に開花した様を見事に描き出している。この現象は、カトリックへの回帰と時期的にも傾向的にも完全に重なるものであるが、この精神主義への回帰運動に含まれる名前としてシュネールが挙げているのは、ウィリアム・ジェームズ[98]（一八四二－一九一〇）、ジョン・デューイ[99]（一八五九－一九五二）、アンリ・ベルクソン[100]（一八五九－一九四一）、エトムント・フッサール[101]（一八五九－一九三八）、レオン・ブランシュヴィック[102]（一八六九－一九四四）といった人たちであり、カトリック世界に限定されるものではない。われわれはこのリストに、パリのJ＝M・シャルコー（一八二五－九三）のもとで後に精神分析の名前で呼ばれる神経症に対する新たな治療法の構想を練っていたジークムント・フロイト（一八五六－一九三九）の名を加えることもできるだろう。つまり、別の言葉を用いれば、われわれが考えなければならないのは次のような問いである。すなわち、「メタ」フィジックと「メタ」サイコロジーを同時に可能にするような地平を開いていく契機となったのは、一九世紀末に起きたと推定される認識論的な変化ではないのか？と。

一九世紀末といえば、デカダンスや象徴主義文学、あるいはギュスターヴ・モロー（一八二六－九八）やオディロン・ルドン（一八四〇－一九一六）がすぐ思い出されるように、「死」「病」「頽落」「退廃」「享楽」などあらゆる「否定」的な徴表に取り憑かれていたかのような時代に見える。しかし、まだ完全に拭えているとはいえないこのイメージを逆転するところから始めなければならない。一九世紀中、たとえば梅毒に罹患していた成人男性の割合は八〇パーセントを超えていたという数字がある。[103] 死や病、さらにはオカルト的信仰、死者の崇拝に取り憑かれていた不健全な時代とは一九世紀末ではなく一九世紀そのものなのだ。もちろん、一九世紀末にはそれまで一世を風靡していた実証主義や自然主義に代わって、反理性主義的傾向やデカダンス文学・象徴主義が登場してくる。しかし、デカダンス的思潮とは、単なる退嬰的・反動的な思潮ではなく、また、単なる文学運動ですらなく、それ自体、新たな認識論的断裂をともなった、知の組み替えの運動の総体として捉えられるべきものだろう。そして、一九世紀末とは、「世紀末」という言葉から類推される病的な世界でなく、「現代」に向けての再生と浄化、神なき時代の「霊性」がテーマとして顕在化した時代なのである。

　こういう観点を踏まえた上で、われわれがこの書で問題とする、ユイスマンスという奇妙な作家にそろそろご登場願うことにしよう。

第二章　ユイスマンスという作家

1　ユイスマンスと「自伝」の問題

ユイスマンスついては、これまで三つの伝記が書かれている。一つはロバート・バルディック（一九二七－七二）が一九五五年に英語で出版し、五八年、これに大巾な増補を加えた仏訳版が出た『J＝K・ユイスマンスの生涯』[1]（邦題『ユイスマンス伝』）。もう一つは、一九九〇年、アラン・ヴィルコンドレ（一九四七－）が書いた『J＝K・ユイスマンス』[2]。さらに、ユイスマンスの没後一〇〇年を記念する二〇〇七年に出版され、同年のゴンクール賞〈伝記部門〉を受賞したパトリス・ロクマンによる『J＝K・ユイマンス、人生の徒刑囚』[3]。ちなみに同賞は一九〇三年にユイスマンスが初代選考委員長を務めたという因縁がある。

バルディックのユイスマンス伝は、当時手に入る限りの一次資料、書簡、生前のユイスマンスを知る証人の証言を集め、いわばそれら資料によって作家の生涯を浮かび上がらせようとしたオックスフォード大学教授による丹念な文献学的作業の成果。一方、ヴィルコンドレのユイスマンス伝は、歴史学の学位を持ち、パリ・カトリック学院文学部教授を務める学者としての経歴よりも、ブレーズ・パスカル（一六二三－六二）、ジャクリーヌ・パスカル（一六二五－六一）兄妹や、マルグリット・デュラス（一九一四－九六）などの伝記作家として知られる著者が、流麗な文体を駆使して描いた小説仕立ての伝記《ビオグラフィー・ロマンセ》である。後者は、事実の隙間を補う想像力が上滑りして、ややステレオタイプなユイスマンス像を上書きしている趣がある他、特に、ユイスマンスのカトリシズムへの回心や「殉教」を、予定調和的にそれ以前の箇所に読み込んであるきらいがある。二つの伝記の間には三〇年の隔たりがあるが、専門家の間では、事実関係の正確さ、資料の扱いの点で、現在もなおバルディック版の方が評判がいい。もちろん、バルディックの伝記の仏訳版には、それ以後のユイスマンス研究の進展によって得られた新たな知見は盛り込まれていないわけだが、この闕《けつ》を補うためであろう、二〇〇六年になって若いユイスマンス学者ブレンダン・キングが仏訳版以降のユイスマンス研究の成果を注に盛り込んだ英語増補版が出版された。[4] 第三のパトリス・ロクマンの伝記は、ユイスマンスの『美術批評全集』[5]（二〇〇六）や最近出版されたいくつかのユイスマンス作品の校訂に携わり、解説・解題の類いを書いている若手世代の研究者によるもので、ユイスマンスの生涯の足取りを手際よくまとめ、新たな事実も提供してはいるが、やはりバルディックの情報量を超えるものではない。

しかしながら、これらの伝記は、それぞれ異なった特徴を持ちながら、致命的な弱点とはいわないまでも、ある際立った特徴を共有している。たとえば、ロバート・バルディックによる伝記は次のような一節を長ながと引用する。

私の子供時代はずっと、屈辱と失敗の連続だった。母親は貧乏な寡婦で、高等中学《リセ》は奨学金で進学し、寄宿舎も割引料金で入寮したため、出てきた肉が腐臭を発し、溺れたゴキブリがたくさん浮かんでいても、文句を言うことはできなかった。ああ、文句を言ってもどんな扱いを受けるかは目に見えていた。給仕係が、上長のもとに料理の皿を持っていき、生徒の名前を小声でささやくと、残飯や、脂肪の塊や、骨だけになった魚や肉が盛られて私のところに戻ってくるのだ。私は、ほんの少ししか口をつけなかったけれど、食事のお祈りを唱えるように指名されるのは、決まって私だった。おまけに、罰だけはたっぷりもらった。他の生徒が「私は悪い生徒です」と一〇〇回書かされるところを、私は五〇〇回書かされた。試験で一番になっても、先生から褒め言葉は一切ない。三番になると横柄にあしらわれる。一一番にもなろうものなら、いかにも人を馬鹿にしたという態度で、叱りとばされるのだ。私の履いている靴にはどれも継ぎや補強の皮が当てられていた。チョッキは、叔父の着古したお古を母が私のために仕立て直したものだった。日曜に着る制服は、上着やズボンや、帽子やらを折々に新調することができないため、いつもよれよれだった。外出日には、金持ちの学友は、私が彼らのように、紺のネクタイと、立ち襟のシャツを持っていないという理由で、校門のところで私を置き去りにしてさっさと先に行ってしまうのだった。彼らが愛用しているマニラ煙草なんて、銜《くわ》えたこともなかった。一スーで売っている吸いさしの紙巻き煙草をちびちびと吸うだけだ。過去を振り返って思い浮かぶのはこんなことばかりだ。貧困と侮辱の情けない記憶が次々に胸に去来する。放下車から投げ出される汚物のような忌まわしい記憶。中央刑務所に服役する囚人や卑しいガレー船漕ぎが耐え忍ばねばならない悲惨にも似た数かずの思い出。

しかし、ここで語っている「私」はユイスマンスではない。この一節は、ユイスマンスの日記から取られたのではなく、一八八一年に書かれた彼の小説『家庭 *En ménage*』の作中人物の一人、アンドレ・ジャイヤンの回想なのだ。こうした例はここだけではない。バルディックもヴィルコンドレも、ユイスマンス自身の日記や、友人との間に交わした書簡、第三者の証言など、一次資料が欠落している場合、あるいはこれら一次資料では知り得ないユイスマンスの経験や回想を記述する必要のある場合、批評やエッセイにとどまらず、ユイスマンスの小説の記述を、それがあたかもユイスマンス自身の経験や回想であるかのように組織的に利用しているのだ。ロクマンはその点ではやや慎重で、資料の客観性を尊重しているが、だからと言って幼年期や青年期のユイスマンスについて作品を超える一次資料を提示し得ているわけではない。

こうした現象が生ずるのは、確かにユイスマンス作品の一つの特質と大いに関係がある。冒頭で筆者は、ユイスマンスの文学は一般にその傾向から「自然主義」「デカダンス」「カトリシズム」という大きく三つの時期に区分されると指摘した。にもかかわらず、そこには一つの通奏低音のように、ある種の一貫性といえるようなもの、ユイスマンスの作品に親しんだ者なら、その断片を見ただけで彼の書いたものとすぐわかるような共通の特質が脈々と流れている。たとえば、こぢんまりした室内や周囲が塞がれた空間への嗜好。作品のここかしこで表明される苦痛や不安、不安定な自我、同一性の不能。作中の男性主人公たちが「ジュポン（ペチコート）の危機」と呼ぶ周期的な性的欲求の昂進。それと裏腹に、彼らが女性に対して抱く嫌悪や恐怖。食物――特に女性と食物の特別な結びつき――に対する並外れた関心。腐乱し破れた皮膚に対するアンビバレントな感情。ある種の美に対する感受性。作品を追うごとに強まっていく宗教的あるいは「神秘的」[7]な傾向。しばしば学術語や卑語、隠語などの混じったきわめて豊かな語彙によって表現されるブラック・ユーモア、等々。

ユイスマンスの作品が、読む者に、ある種の一貫性・継続性の印象を与えるのは、単に、このようなテーマや問題系が作品のそこかしこに散在しているというばかりでなく、これらが緊密に結びついて、デカダンス期に生きるある主体のオブセッション（強迫観念・固着観念）ないしは症候を形成していることによる。

作中人物についても同じようなことがいえる。

『さかしま』を書いた直後の一八八五年、ユイスマンスがA・ムニエの署名のもとに書いた「ジョリス＝カルル・ユイスマンス」という一種の「自伝」的な架空インタヴュー記事が存在する。[8]A・ムニエは、アンナ・ムニエの略。ユイスマンスが長年つきあい、後に、梅毒性進行麻痺によって悲惨な最期をとげた愛人の名前だ。

私によれば、ユイスマンス氏の本の大きな欠点の一つは、それぞれの作品の中で中心的な役割を果たしているのが、ただ一人の類型的な人物だということだ。シプリアン・ティバーユも、アンドレも、フォランタンもデ・ゼッサントも、結局、同一人物が、異なった状況に移されただけなのだ。そして、きわめてはっきりと、その人物はユイスマンス氏であるということが感じられる。作品の背後に消え去り、驚くほど多彩な人物を創り出すフローベールのあの完璧な技量とはほど遠いところにある。ユイマスンス氏にはこうした努力はまず不可能だ。彼の小説を読んでいると、ページを繰るごとに、意地が悪く神経質そうな氏の顔が待ち受けているような感じになる。そして、たとえそれがどんなに興味深い人間であろうと、いつも一人の人物が出てくるため、私にいわせれば、作品世界が小さくなってしまい、変化のなさに結局は飽きがきてしまうのだ。[9]

カトリック系の読者や研究者は、紆余曲折を経ながら進んでいったユイスマンスの文学行路の背後に、最初から働いていた「神の恵み《グラース》」との関わりで、ある「統一《ユニテ》」ないしは「意味《サンス》」に向かって収斂する運動を見ようとする。[10] こうした傾向はある種の還元主義的な欲望を孕んでいるといえないことはない。つまり、バルディックやヴィルコンドレの伝記に見られるように、ユイスマンスの作品を「自伝」と見なし、作家の実人生と「同一視」した上で作品全体を「神の恵み」の実現と理解しようとするのだ。ユイスマンス自身の証言をフィリップ・ルジューヌ（一九三八－）[11] が言うところの「自伝契約」と見なし、作品を「自伝空間」という参照系へと送り返してしまうわけである。

これらの立場に対する最も辛辣な批判は、一九七八年に書かれた『彼方』論の中で、リル第三大学教授（当時）ジャン・ドゥコティニーが発した次のような言葉である。

> これらあらゆる批評が表明しているのは、同一性を保証する表象、作品に意味を与える伝記の威光に対して歴史家や解釈者が抱く変わることのない愛着である。『彼方』のあらゆる読解が、この書物の中心の位置にあると認めるのは、そこで起こっている危機を、切れ目のない進化の過程の中に包摂してしまうためなのだ。ピエール・コニー（一九一六－八八）の書物（一九五三）（『統一《ユニテ》の探求者J＝K・ユイスマンス』[12]）は私には一層疑わしいものに思える。この書は、ユイスマンスの作品を統一《ユニテ》の探求として描きながら、その過程をその時々の誘惑の連続に分解してしまうのだ。つまり、『仮泊』あるいは深淵の誘惑と、『出発 *En route*』（一八九五）あるいは神の誘惑の間に、『彼方』あるいは悪魔の誘惑がくるというように。[13]

ドゥコティニーは、ニーチェ的なアイロニーの名のもとに、「欺瞞的ではあるが、安心感を与える神学を生み出す」一切のレトリックを拒絶して、『彼方』以降の作品ばかりか、それ以前の作品の中においてすら、形而上学的構造を揺るがす「形而上学的な倒錯」や「現実を精神分裂化する過程」を見い出そうとする。

一九二七年、『仮泊』を読んだ後、アンドレ・ブルトン（一八九六－一九六六）は妻のシモーヌに次のように書き送った。

『仮泊』、何という傑作。ユイスマンスは、ある作家が本当に私のために書いた、そして、私が生まれることになっていなかったら、こうは書いていなかったのではないか、と思えるほとんど唯一の作家だ。[14]

ドゥコティニーが顕揚しているのは、ブルトンをはじめシュルレアリストを熱狂させた「革命性」を孕んだユイスマンスということだろうか？

そして、ドゥコティニーは、ついには、ユイスマンスのテクストがキリスト教への一切の帰属を否定していると言明するようなところまで行ってしまう。[15] ユイスマンスの文学の孕む多様性を、カトリック系の研究者に従って、すべて信仰の問題へと還元することはできない。しかし、彼の文学の一つの極であることは間違いのない信仰との関わりを、ここまで切り捨ててしまうと、方向は別だが、ドゥコティニーの立場はもう一つの還元主義といわざるを得ない。

ユイスマンス文学の特質とは、存在神論的な行路と、それと矛盾する「革命的な」性格の文章とが同じテクストの中に、その間のあらゆる中間的な階調をとどめつつ共存していることなのだ。

一八九八年に書かれた『デュルタル』[16]という作品の中で、ユイスマンスより二回り歳下で、若い時から彼と親交のあったポール・ヴァレリー（一八七一－一九四五）は『彼方』、『出発』、『大伽藍 *La Cathédrale*』（一八九八）の三作を論じ、「現代の小説に全面的な新しさをもたらした」と絶賛した。ヴァレリーのこの評価は、一九世紀末から二〇世紀初頭、「小説の危機《クリーズ・デュ・ロマン》」[17]が鋭く意識される風潮の中で、自然主義小説、心理主義小説など伝統的な手法に頼った小説に対するユイスマンスの作品の斬新さ、歴史的重要性を指摘したものだ。ヴァレリーが強調するのは、後のシュルレアリスト同様、ユイスマンスの作品が「現代の小説を改変し、伝統的な小説システムを乗り越えた」[18]ことにある。ヴァレリーのこの評言に関しては、ピエール・コニーから、信仰の心理を十分に理解しない浅薄な我見だという批判が寄せられているが、筆者としてはむしろ、『彼方』から『大伽藍』に至る「回心」を問題にしたこれら一連の作品に限らず、ユイスマンスという現象の本質をかなり鋭く言い当てているように思われる。

剥き出しの、誰にとっても真実のテクストの中で、次第に、何気ない人生の流れに沿って、この書物（『出発』）の主題そのものである巨大な、あるいは型通りの変貌が始まり、完遂される。人は回心のあらゆる点に触れた。人は別人になることを夢見た。そしてついに、あのきわめて徹底的な精神の作用を体験した。それは想像し得る最も巨大な認識の革新であるが、しかしながら、思考の基本的な法則をも、具体的な要素をも変化させることはないのである。[19]

ユイスマンス、あるいはユイスマンスのエクリチュールの持つある特有の曖昧さ、複数制、多義性、各人各様の解釈を許容する豊饒さを読み解くのは容易ではない。しかし、ユイスマンスの「変貌する持続」あるいは「解消不能の矛盾や否定性を自らの内に抱え込んだ全体性」という基本的な特性を受け入れた上で、その特性の核となるいくつかの特権的なイメージや指標的なテーマの分析を通じて、彼の「曖昧さ」をより詳細に定義することはできないだろうか？

ただし、その前に、ユイスマンスがわれわれの知るようなユイスマンスとして立ち現れるまでの前半生を足早にたどっておくことは無意味ではあるまい。

2　『さかしま』まで[20]

ユイスマンス（本名シャルル＝マリー＝ジョルジュ・ユイスマンス）は一八四八年二月五日、ヴィクトール＝ゴドフリート・ジャン・ユイスマンス（一八一五－五六）とマルヴィナ・ユイスマンス（旧姓バダン、一八二六－七六）との長子として、パリのシュジェール街一一番地で生まれた。

［左］シュジェール街（旧パリ11区）11番地にあったユイスマンスの生家。［右］父ゴドフリートが描いた幼いユイスマンスの肖像（アルスナル図書館ランベール文庫所蔵）。

父親のヴィクトール゠ゴドフリート・ジャンは一五世紀以来、オランダ北ブラバンのブレダからアンヴェルスにかけて在住した画家・彫刻家の一族の出身で、家系からは、ヤコブ（仏、ジャコブ）・ユイスマンス[21]（一六三三－九六）、コルネリス（仏、コルネリウス）・ユイスマンス[22]（一六四八－一七二七）兄弟などそれなりに著名な画家を輩出している。ゴドフリートの兄コンスタン（一八一〇－八六）は、父親の後を襲ってブレダの美術学校の校長などを務めているが、ゴドフリート自身は、若い頃にパリにやって来て、印刷所付きの挿絵画家・細密画家として慎ましい生活を営んでいたらしい。

　母親のマルヴィナはパリのヴォージラール街の生まれ。結婚当時は小学校の教師をしていた。父親より一一歳若い、ブリュネット（褐色の髪、褐色の目）ですらっとした美しい娘だった。ピアノをよくし、折に触れて幼いジョルジュを愛でる韻文の短詩めいたものも残しているから、当時としては、教養ある女性だったのだろう。マルヴィナの父親は内務省の官吏であり、彼女の弟のジュール・バダンも父親同様内務省に勤めていた。母方の一族は、ほとんどが官僚である。芸術と関わりがあったのは、ローマ賞を受賞した彫刻家であるマルヴィナの祖父アントワーヌ゠フランソワ＝ジェラール・バダン（一七六〇－一八四三）だけで、彼はカルーセル広場にある凱旋門の建設（一八〇一－〇六）にも関わっている。

後にユイスマンスは母方の家系の伝統にならって、内務省に勤務することになるのだが、これには、当時の文学者の置かれた社会的な地位が大いに関係している。

一八世紀以前、ごく大雑把に言って、文学に携わるには、自身が貴族や僧侶など支配階級に属しているか、彼らの庇護を受け、年金などの形で生計を保障してもらうかしか手段はなかった。この事情は一九世紀になっても、大きく変わったわけではなく、ある時期まで、文学者は貴族や大ブルジョワなど裕福な家庭に生まれ、親が残した遺産や年金を糧に文学活動を行っていた。それが、一九世紀を通じての新聞産業の隆盛にともない、ジャーナリストとして記事を書くことで生活の資を得たり、新聞小説や劇作で人気を取って一躍、今風の流行作家として文筆で生活する者も出てきた。しかし、それはあくまで、大衆を相手にした通俗的な読み物や興業の世界である。むしろブルジョワ社会の凡庸に背を向け、純粋な芸術的立場を主張した詩人・文学者はこの限りではない。こうした文学の担い手自身が、恒産のある貴族や大ブルジョワから、より広い階層へと移っていくに従い、親の遺産を食いつぶして日がな一日文学だけに勤《いそ》しんでいるというわけにはいかなくなった。

一八四八年に生まれたユイスマンスと関係の深い同時代の文学者としては、ステファーヌ・マラルメ（一八四二－九八）、ポール・ヴェルレーヌ（一八四四－九六）、シャルル・クロス（一八四二－八八）、トリスタン・コルビエール（一八四五－七五）、レオン・ブロワ（一八四六－一九一七）、ギー・ド・モーパッサン（一八五〇－九三）、アルチュール・ランボー（一八五四－九一）などが同世代、エミール・ゾラ（一八四〇－一九〇二）、オーギュスト・ヴィリエ・ド・リラダン（一八三八－八九）らが一〇歳程度年長、ギュスターヴ・フローベール（一八二一－八〇）、ゴンクール兄弟の兄エドモン（一八二二－九六）、シャルル・ボードレール（一八二一－六七）あたりになると、三〇歳近くの年齢の隔たりがある。さらにと言おうか、ロマン派文学者の中でも長命を保ったヴィクトル・ユゴー（一八〇二－八五）、ジュール・バルベー・ドルヴィイ（一八〇八－八九）になると、五〇歳近く離れている。

[左] オーギュスト・ヴィリエ・ド・リラダン。『未来のイヴ』『残酷な物語』などを書いた作家。ユイスマンスとは特に親交が深かった。[右] ジュール・バルベー・ドルヴィイ。『魅入られた女』『騎士デ・トゥーシュ』『悪魔的な女たち』などを書いたカトリックの作家。リベラルな共和派からカトリックに回心し激越な保守主義，王党派に転じた。『ダンディズムとG・ブランメル』を書いたダンディーとしても知られ，ボードレールと並んでユイスマンスの美学形成に大きな影響を与えた。

この中で、フローベールやボードレールあたりの世代までが、いわば「家の馬鹿息子」として、親の遺産を食い潰しても文学のみに専心することができた、ある意味幸福な世代ということになる。世紀末＝デカダンスの時代に至ると――それは、まさにわれわれが現在生きているポスト・フォーディズムの時代にもそっくり重なる相貌を備えていると思うのだが――、個人は創造者＝支配者、安定した意識の主体の位置を占めるどころか、産業化の進行する社会から、ますます疎外され、分断され、地位を下げられていく。一八八〇年前後の自然主義者、デカダン派、象徴派の世代の詩人・文学者と、一八六〇年のボードレールを代表とする「ダンディー」あるいはフローベールの「芸術家」との間に介在する明確な断絶線は、ある意味、前者の世代の社会的なプレカリテ（不安定さ）に由来すると考えざるを得ない。もちろん個人の差はあるが、自然主義者、デカダン派、象徴派の作家・詩人といえど、彼らは一応、使用人の一人や二人は使うブルジョワ階級に生まれ、ムッシューと呼ばれる社会的な地位《ステイタス》を享受していた者が多い。

しかし、同じブルジョワ出身でも、この世代は明らかに、フローベールの世代とは違うのだ。『家の馬鹿息子――フローベール論』（一九七一－七二）でサルトルが強

ユイスマンスが幼年期を過ごしたサン=シュルピス街。後ろの塔は『彼方』の鐘楼守カレー（カレックス）が住んでいたサン=シュルピス教会の塔。

調しているが、フローベールには、「芸術家」というアウト・カーストを選択することで、自らの社会的出自であるブルジョワを否認するという「贅沢」が許されていた。

その下の世代に属する詩人・小説家の中で比較的実直で真面目な連中は、おおむね文学の他に真っ当な定職に就いている。イタリア移民の息子だったゾラは書店員、いわば商家の丁稚から初めてジャーナリストとしてようやく文学的な自立の糸口をつかんだ。マラルメは高等中学《リセ》の英語教師。ユイスマンスやモーパッサンは役人。それ自体としては、文学の創造的才能など発揮しようもない、しがない稼ぎ仕事で糊口を凌ぐことを余儀なくされていたわけである。

それに反して、文学の他に収入の道を持たない者たちの境涯はしばしば相当悲惨なものになった。ヴェルレーヌは、途中まではパリ市の職員を務め、実直なプチ・ブルの道を歩いていたが、パリ・コミューンに荷担し、さらにランボーと出会って若い妻と子供を捨てて家を出奔して以降、男色とアル中とで零落の一途をたどり、晩年は乞食同然の境涯まで落ちている。ヴィリエ・ド・リラダンは、フランス有数の貴族の家に生まれながら、晩年は家産のあらかたを失って困窮の極みに陥った。極めつけは、レオン・ブロワで、「恩知らずな乞食」を自称して、友人に寄食して生をつないでいた。神の使徒である自分に金を貸すことは、金を貸した本人の罪障を軽くする功徳になるという論法である。

ユイスマンス一家はジョルジュが生まれてまもなくサン゠シュルピス街に移り住んだ。夏になると、しばしば、一家は、父方の親戚が多く住むオランダにヴァカンスに出かけた。伯父のコンスタンは、ティルブールに住んでいた。また、ブレダの近くには父ゴドフリートの両親が健在だった。時折、ジョルジュは母に伴われて、叔母や従姉妹が修道女となっていたベギン会の修道院を訪れることもあり、その印象は深く彼の心に刻まれた。これもいわば、作品から「自伝」への逆の読み込みから類推すればということになるが[23]…。

先に挙げた、A・ムニエの名による「自伝」には、自分を「洗練されたパリジャンとオランダ画家との不可思議な混成物」と評している。ジョリス・カルルというユイスマンスのペン・ネームも、聞き慣れない異国風の響きで読者の関心を引こうという新進作家としての戦略を別とすれば、彼のオランダへの憧憬に由来すると思われる。

おそらく幼時のユイスマンスの境遇で特筆しておかなければならないのは、一八五六年に父ゴドフリートが急死し、それからまもない一八五七年、母マルヴィナが再婚したことだろう。ユイスマンスが、亡くなった父親に対していかなる感情を抱いていたかは、実のところほとんどわからない。作品の中でも、自筆の手紙の中でも、自身の父親については一度も触れていないからだ。ユイスマンスは父親が油絵で描いた三枚の絵を死の床に至るまで終生大切に保存していた。父親の自画像。母マルヴィナの肖像。そして、スペイン、バロックの巨匠フランシスコ・デ・スルバラン（一五九八－一六六四）作「僧侶」の模写だ。

母親のいささか早すぎる再婚、継父となった母親の男の闖入、相次いで生まれた義妹ジュリエット・オグとブランシュ・オグの存在、これらが幼いジョルジュに与えた心理的な外傷は想像に難くない。ボードレールとその母オーピック夫人との関係に似た、愛憎半ばする微妙な母子関係がこれ以後、ユイスマンスとマルヴィナの間に続いていたのだろうか？　ユイスマンスの作品の中に現れる女性像を見る限り、こうした想像には十分な根拠があるようにも思われる。しかし、それはあくまで、作品から読み取れる限りということにすぎない。母親が亡くなったのはユイスマンスが二八歳の時だが、少なくとも実際に書き残された書簡等を見る限り、それまで、ユイスマンスと母親との間に特に大きな葛藤があったことは読み取れないし、継父の死んだ後も、義妹ブランシュが結婚し、同じく義妹ジュリエットが成年に達するまで、ユイスマンスは後見人としての役割を立派に果たしている。

継父アンリ＝アレクサンドル＝ジュール・オグ（一八二三－六七）は、マルヴィナと結婚した当時三四歳。実父のゴドフリートがカトリックであるのに対して、彼はプロテスタントだった。ジョルジュは自身が芸術家とまではいえないまでも、少なくとも有力な画家を輩出した家系に属していた実父に比べ、凡俗なプチ・ブルであったジュール・オグに好意や敬愛の念を抱けなかった。しかし、経済的には、マルヴィナ母子の生活は相当改善されたはずである。マルヴィナはゴドフリートの死後、実家に戻ってデパートの売り子をしながらジョルジュを養っていた。マルヴィナと結婚後、ジュール・オグは、オーギュスト・ギユミノなる人物の所有する小さな印刷工場に投資し、一家は、この印刷工場の経営で慎ましいが、堅実な暮らしを営んでいた。

ヨーロッパの場合、ギリシア・ローマの昔から奴隷制はあったし、日本や中国と比べても支配階級と被支配階級の支配－従属の関係は非常にはっきりしていた。ギリシア・ローマの奴隷とは、主人の完全な所有物で、生殺与奪を含めて、その運命は完全に主人が決定できた。中世になって奴隷階層は上昇して農民や職人へと変貌したが、しかしなお、「主人」階層である貴族階層と「使用人」階層である第三身分と呼ばれた庶民との間には、古代の主人－奴隷に由来する、さまざまな身分格差が「制服」（お仕着せ）など「外的な」印をともなって存続していた。

サド侯爵（一七四〇－一八一四）が投獄された直接の容疑は、娼婦や女中に媚薬を飲ませて鞭打ったというものだが、それが単なる口実にすぎなかったことは、かつてシモーヌ・ド・ボーヴォワール（一九〇八－八六）が指摘した通り[24]、一八世紀の大貴族は自分の領民や使用人に対して、死刑を含む裁判権を持っており、特に目立った落ち度はなくても、自分の意にそわない不埒な使用人を鞭打つなど日常茶飯事だったのを考えれば明らかだ。

P＝A＝C・ド・ボーマルシェ（一七三二－九九）の戯曲『フィガロの結婚』[25]（一七八四）、あるいは彼の戯曲を元にしたW・A・モーツァルト（一七五六－九一）の同名のオペラ（一七八六）に出てくる領主の初夜権などというものも、実質的には大革命前まで生き残っている。領主は、領民が結婚すると、結婚初夜、花嫁を自由に陵辱することが権利として認められていたのである。もっとも、これは、もともと、処女が破瓜の時に流す血には不吉な力があり、特別な権威を帯びた領主に処女を奪ってもらわないと、花婿の側が命を落とすという俗信に由来するという話だが…。

フランスの大革命があれほど徹底して貴族階級を排撃し、多数の死者を出したことについては、革命そのものの政治力学を考えなければならないが、それだけ、第三階級の貴族に対する怨恨が大きかったことが背景にある。支配－従属が徹底していたからこそ、自由と解放を求める圧力も大きかったといえよう。そして、この階級差は中世を越えてつい最近まで生き残っていた。ジャン・ジュネ（一九一〇－八六）の『女中たち』が書かれたのは、一九四七年のことである。この時代ですら、ムッシュー、マダムと呼ばれる階層と、メイド服を着た女中《ボンヌ》の階層とには踏み越えがたい壁が存在した。[26] この差が曖昧になって、カフェのボーイを呼びかけるのにもムッシューが使われるようになったのは一九六八年の「五月革命」を経たつい最近の話だ。

オグ家は、この点で、慎ましいとはいっても、正真正銘ムッシュー、マダムで呼ばれる階層に属していた。

ユイスマンスは一八五六年、バック街九四番地（現一〇四番地）にあった寄宿学校、オルテュス学院に入校した。六歳年長の在校生に、後にパルナッス派の詩人として名をなすフランソワ・コペー（一八四二－一九〇八）がいる。一八六二年には、寄宿学校からサン＝ルイ高等中学への通学を許された。寄宿学校の受賞者名簿によれば、彼は相当優秀な生徒であったらしい。しかし、教授の推薦が得られず奨学金の対象となることはなかった。寡婦の息子ではあっても、養父がいたわけだし、先に引用した『家庭』の一節にある学校生活でアンドレ・ジャイヤンが受けた悲惨や屈辱は、すでにある程度割り引いて考えなければならないだろう。ただし、彼の学校生活があまり快適な思い出を残さなかったことは事実であったようだ。四年間の通学の後、一八六五年、彼はついに耐えきれず、寄宿学校を中退し、サン＝ルイ高等中学へ通うことも拒否してしまう。家族の計らいにより、サン＝ルイ校教授デルゾンのもとで個人教授を受けることで翌六六年、ようやく、無事に大学入学資格《バカロレア》を得ることになるのである。

一八歳になったユイスマンスの将来が家族の間で問題となった、らしい…。らしい、というのはここでも推定の根拠は小説の中にしか残されていないからである。[27] 居合わせた誰かが、大学に進んで法律を勉強したらよいと提案した。しかし、オグは、義理の息子の学費を出すのにあまりいい顔をしなかった。そこで、母親マルヴィナと母方の叔父ジュール・バダンが一計を案じた。叔父のつてで内務省に入省し、余った時間で、ソルボンヌ大学の法学部に通えばいいというわけだ。六等官、初任給一五〇〇フランというのが内務省で彼が得た地位である。以後、一八九三年にレジョン・ドヌール勲章シュバリエ（騎士）の佩用を許されて九八年にめでたく退官するまで、三〇余年の長きにわたる彼の宮仕えが始まった。

当時の内務省本庁は七区、廃兵院《アンヴァリッド》の近くのヴァレンヌ街にあった。しかし、普仏戦争からパリ・コミューンへと続く一時期（一八七〇年の三月一八日の国民衛兵の蜂起により、国防政府がヴェルサイユに逃げ出し、それにともない内務省もヴェルサイユに移って臨時庁舎を設けていた数年）を除いて、ユイスマンスが最も多くの時を過ごしたのはソセー街の公安庁《シュルテ・ジェネラル》の方である。つまり、パリ八区のフランス大統領府の北に、大統領府を守るような形で立っている現在の内務省本庁舎のあるところだ。当時、オグ家が住んでいたのはセーヌ左岸のセーヴル街。養父の家から独立後、ユイスマンスが移り住んだのはヴォージラール街、シェルシュ＝ミディ街、そして再びセーヴル街の一一番地といったやはりセーヌ左岸のかなり限られた地域であるから、通勤には当時の内務省本庁の方が近かったことになるが、セーヌ右岸の公安庁までといっても徒歩で三〇分とはかからない距離である。

フィリップ・オードゥアンが美しい一文で、入省から三〇年を経た任期の終わり頃のユイマスンスの一日を描写している。[28]

朝、一〇時頃、グルネル通り三六番にあった「ラ・プティット・シェーズ（小さな椅子）」というカフェでゆっくりと朝食を摂る。建物は一六八一年にさかのぼり、一階の開口部には古い時代のパリの名残をとどめた美しい鋳鉄製の格子がしつらえられている。食事が終わると、グルネル通りを後に、ラスパーユ大通り、サンジェルマン大通りを抜け、コンコルド橋を通ってセーヌの右岸に渡る。左には、一八五五年、第一回パリ万国博覧会の折、現在のグラン・パレのあるあたりに、ナポレオン三世によって立てられた産業宮《パレ・ド・ランデュストリー》の最上階にあったパティスリーが覗き、川上を見渡すと、霧に霞んだ向こうにかすかにサント・シャペルやノートル＝ダム寺院の塔が浮かんでいた。フォブール・サン・トノレの古い町並みを足早に抜けて、一一時にソセー街の仕事場に到着する。机に座って、細々とした

セーヌのヴォルテール河岸に並ぶ古本屋。

日々の雑用をざっと片づけた後は、取次係に誰が何と言ってこようと決して部屋に通さないよう固く言い含めて、彼本来の仕事…物書きの仕事に取りかかる。そして、五時になると、もと来た道を取って返し、セーヌの左岸に渡ると、足を緩め、お気に入りのカフェで苦みの強いビールと新聞を頼み、ゆっくりと時間を過ごしたり、セーヌの河岸をとりとめもなく散歩し、露天で店を広げる古書肆を覗いて、珍奇な本の出物がないかを探してみる。そして夜がやや更けてくると、しばしば、ボナパルト街とヴュー・コロンビエ座の角にあったラシュナールというレストランに出かけて、中二階の窓から夕暮れのパリを眺めながら、穏やかに食事を摂った。

この日課は、ロバート・バルディックが一八八一年、『流れのままに *A vau-l'eau*』（一八八二）を執筆していた頃のこととして描いているユイスマンスの日常とほとんど変わらない。友人との交友や、カトリック回心までの瀕繁な娼館通いを除けば、ユイスマンスは数十年にわたって、ほぼ同じ日課を繰り返してきたといえる。

ユイスマンスの原稿は、そのほとんどが、内務省のレターヘッドがつき、左から五センチぐらいのところに縦に線が入って、余白が取れるようになっている大判の公用箋に概ね四〇行余り、几帳面で神経質そうな細字でびっしりと書かれている。初稿から、最終稿まで、延々十数度も改稿を重ねたフローベールや、ノートに執筆を始めた後、次々に書き足して、ノートが足りなくなると手元にある紙という紙に草稿を書きつ

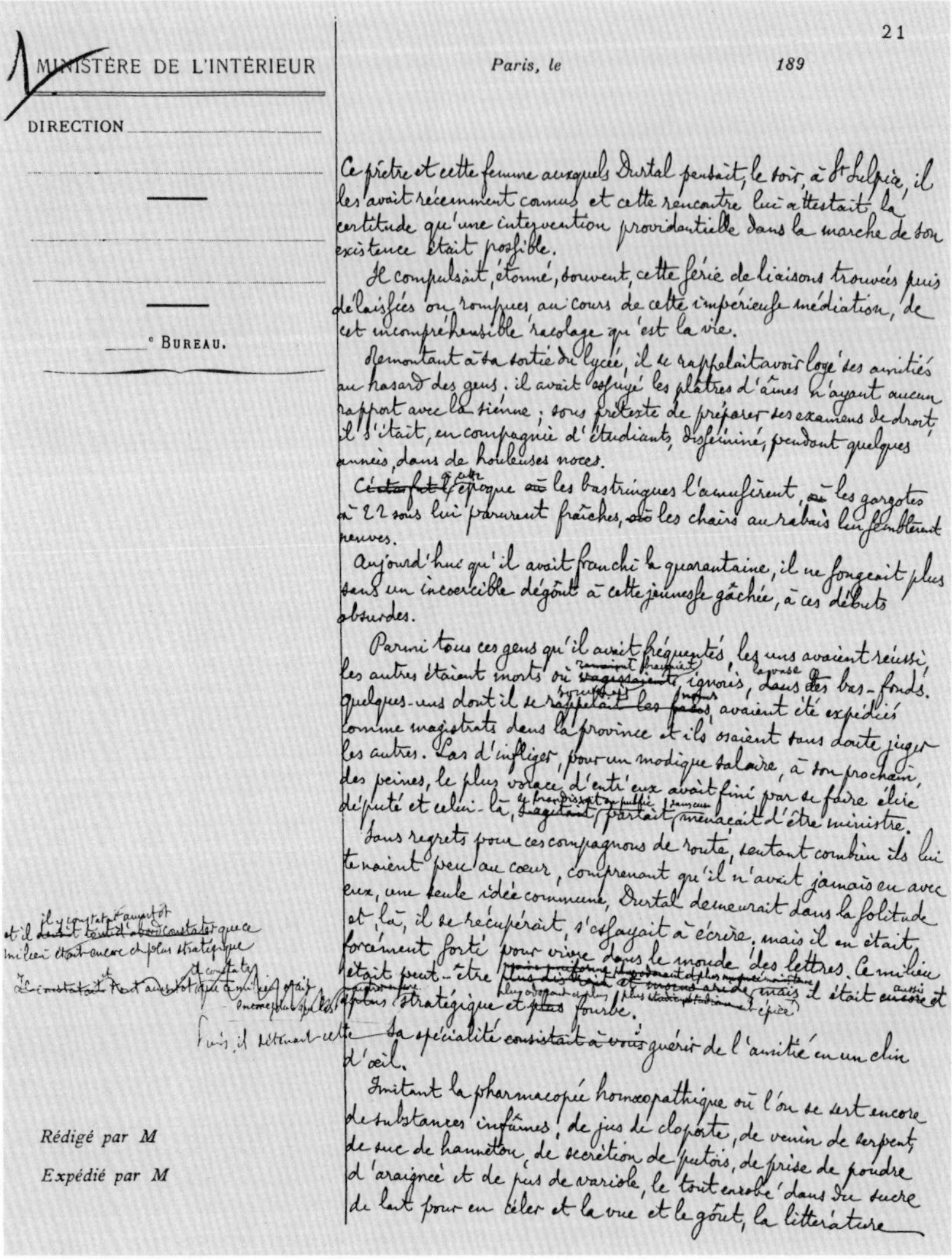
21

MINISTÈRE DE L'INTÉRIEUR

Paris, le 189

DIRECTION

e BUREAU.

Rédigé par M

Expédié par M

Ce prêtre et cette femme auxquels Durtal pensait, le soir, à St Sulpice, il les avait récemment connus et cette rencontre lui attestait la certitude qu'une intervention providentielle dans la marche de son existence était possible.

Il compulsait, étonné, souvent, cette série de liaisons trouvées puis délaissées ou rompues au cours de cette impérieuse médiation, de cet incompréhensible racolage qu'est la vie.

Remontant à sa sortie du lycée, il se rappelait avoir logé ses amitiés au hasard des gens. il avait essuyé les plâtres d'âmes n'ayant aucun rapport avec la sienne ; sous prétexte de préparer ses examens de droit, il s'était, en compagnie d'étudiants, disséminé, pendant quelques années, dans de houleuses noces.

C'était l'époque où les bastringues l'amusèrent, où les gargotes à 22 sous lui parurent fraîches, où les chairs au rabais lui semblèrent neuves.

Aujourd'hui qu'il avait franchi la quarantaine, il ne songeait plus sans un incoercible dégoût à cette jeunesse gâchée, à ces débuts absurdes.

Parmi tous ces gens qu'il avait fréquentés, les uns avaient réussi, les autres étaient morts ou croupissaient, ignorés, dans des bas-fonds. Quelques-uns dont il se rappelait les faces, avaient été expédiés comme magistrats dans la province et ils osaient sans doute juger les autres. Las d'infliger, pour un modique salaire, à son prochain, des peines, le plus vorace d'entre eux avait fini par se faire élire député et celui-là, pérorait, menaçait d'être ministre.

Sans regrets pour ces compagnons de route, sentant combien ils lui tenaient peu au cœur, comprenant qu'il n'avait jamais eu avec eux, une seule idée commune, Durtal demeurait dans la solitude et là, il se récupérait, s'essayait à écrire, mais il en était forcément sorti pour vivre dans le monde des lettres. Ce milieu était peut-être [illegible] mais il était aussi plus stratégique et fourbe.

Sa spécialité consistait à vous guérir de l'amitié en un clin d'œil.

Imitant la pharmacopée homœopathique où l'on se sert encore de substances infâmes, de jus de cloporte, de venin de serpent, de suc de hanneton, de sécrétion de putois, de prise de poudre d'araignée et de pus de variole, le tout enrobé dans du sucre de lait pour en celer et la vue et le goût, la littérature

ユイスマンスの草稿（『出発』の第一草稿『至高所』，フランス国立図書館所蔵）。内務省の用箋に几帳面な字でびっしり書かれている。

け、家政婦にそれら紙片を継ぎ合わさせながら、死の直前まで『失われた時を求めて』（一九一三－二七）の草稿を膨らまし続けたプルースト（一八七一－一九二二）などと比べると、草稿の初期の段階から、抹消や書き直しは驚くほど少ない。筆者はパリ滞在中のある時、フローベールやプルーストの草稿研究で知られる現代テクスト・草稿研究所（ＩＴＥＭ）の主任研究員ジャン＝ルイ・ルブラーヴ氏とフランス国立図書館の草稿部門[29]を訪れ、普段は専門家でもなかなか実物にはお目にかかれないユイスマンスの『出発』の草稿[30]を見せてもらったことがある。ただ、この時、ルブラーヴ氏はユイスマンスの草稿を見るなり、これは印刷所に出す前の清書原稿だと断言した。しかし、その草稿は、ユイスマンスの研究者の間では、間違いなく『出発』の第一草稿と見なされているものだったのである。

いずれにせよ、ユイスマンスが自分の作品のかなりの部分と、友人に宛てたおびただしい手紙を、内務省の執務室で、勤務時間中に書いていたことは間違いない。文面には「私は執務室からこの手紙を書いています。しょっちゅう扉が開きます」「仕事が来たので、失礼」と、書きかけの手紙をそそくさと終わらせる挨拶文句がよく出てくる。

一方、こうした内務省の業務の合間を縫ってなされたはずの大学通いは、少なくとも学業の面からすると、あまり芳しい成果をもたらさなかった。家族の勧めで専攻することになった法律学にはほとんど関心が持てず、ほどなく授業に出なくなってしまったからだ。一八六七年八月に行われた最初の試験には合格しているが、その後に試験を受けた形跡はない。どうやら、後述する『マルト、ある娼婦の物語』（以降、『マルト』と略す）のモデルになった女性との恋愛のため、学費に充てるはずの金をすべてつぎ込んでしまったというのが事実らしい[31]。

当時学生間で組織されていた政治運動に対するほとんど本能的な嫌悪と無関心を別にすれば、彼の大学生活は当時の多くの学生のそれと大差なかった。ユイスマンスの学生生活への懐古的言及はほとんどないといってもよく、当時の様子は「自伝的」小説と、アンリ・セアール（一八五一－一九二四）、モーリス・タルメール（一八五〇－一九三三）といった往時を知る彼の友人の談話を元に復元するしかない。セアールは後にゾラ、ユイスマンスなどとともに中編小説集成『メダン夜話』（一八八〇）に作品を発表することになる自然主義文学者。タルメールも大革命をフリーメーソンの陰謀だと主張する過激な右派の論客として有名になっている。彼らの証言によれば、ユイスマンスは毎夜のように、友人たちや彼らのガールフレンドとカルティエ・ラタンのカフェに繰り出し、遅くなると、誰彼の下宿に場所を移して、夜明け近くまで文学談義に明け暮れる典型的なパリの学生生活を送っていたらしい。第二帝政末期である一八六〇年代後半、パリの町はセーヌ県知事オスマン男爵（一八〇九‐九一）の計画により大改造が実行され大きくその相貌を変え、また雰囲気も変わっていたが、当時、ユイスマンスの学生生活は、ユイスマンス自身の愛読書であり、カルティエ・ラタンのバイブルと呼ばれたアンリ・ミュルジェール（一八二二‐六一）の『ボヘミアンの生活情景』（一八四八）、すなわちG・プッチーニ（一八五八‐一九二四）のオペラ『ボエーム』（一八九六）の種本に描かれた学生群像と大差なく、文学と恋に明け暮れる毎日だった。

ユイスマンスは、すでに高等中学時代、ボンヌ＝ヌーヴェル大通りのある娼婦によって性の手ほどきを受け、娼館にも足を運んだことがあったらしい。

しかし、彼にとって最初の真面目な恋愛の対象となったのは、後年『マルト』のモデルとなったとされる、ボビノ座ことリュクサンブール劇場の女優だった。この短い恋は、惨憺たる結果に終わった。ユイスマンスは女優と同棲を始めたものの、ほどなくボビノ座が経済的に破綻し、彼女は職を失った上、ユイスマンスとは別の男の子供を身ごもったからだ。若いカップルの極貧に近い生活がしばらく続いた後、ユイスマンスは家庭生活に幻滅し、この女と別れた。彼女と、月足らずで生まれた彼女の娘がどうなったか、正確なところはわからない。『マルト』の記述がユイスマンスの生活と重なるところが多いという仮定に立てば、女は「夫」の不在中に出奔し、その後、娼館に入って公娼として春をひさぐ生活へと墜ちていったことになる。

ただし、この短い関係は、ユイスマンスに図らずも文筆家としてのデビューのきっかけを与えることになった。女優に近づく手立てとしてユイスマンスは演劇ジャーナリストを装うことを思いつき、実際、ル・イールなる老紳士が一八六六年に創刊した『ラ・ルヴュ・マンシュエル（月刊雑誌）』という短命に終わった雑誌に、現代の風景画に関する短い評論[32]と、ボビノ座の最後のレヴューについての覚書を執筆したことが確認されている。また、後年、彼の愛人となるアンナ・ムニエと初めて出会ったのはどうやら、この雑誌の編集室が置かれていたスルディエール街であっ

セーヴル街。ユイスマンスが長く住んだセーヌ左岸の町並み。

たらしい。

青春期のユイスマンスの遭遇した事件で、もう一つ触れておかねばならないのは、一八七〇年七月一九日に始まる普仏戦争への従軍である。深刻化する不況と、先鋭化する労働運動を前に次第に衰退の度を深めつつあった第二帝政に無残な敗北と甚大な損害を与えたこの戦争は、期間こそわずか一年と短かかったが、それに続くパリ・コミューンの乱と併せて、その後のフランス、ヨーロッパの政治・文化に大革命、ナポレオン戦争にも比肩される重大な影響をもたらした。

ただ、ユイスマンス個人にとってこの戦争は世界の徹底した無意味・不条理として意識された。一八七〇年七月三〇日、戦争に対して何ら積極的な意義も見い出せないまま、ユイスマンスはセーヌ県青年遊動隊第六大隊に編入され、早速、部隊とともに戦地に向かったのだが、そこで彼を待っていたものは、敵兵でも銃弾でもなかった。要塞のあるシャロンで合流するはずだった師団本隊は、毒虫の湧いたテントを残してすでにどこかへ移動しており、まもなく赤痢に感染した彼は、プロシア軍の侵攻とともに、行き先もわからないまま前線後方の野戦病院を次々にたらい回しにされた

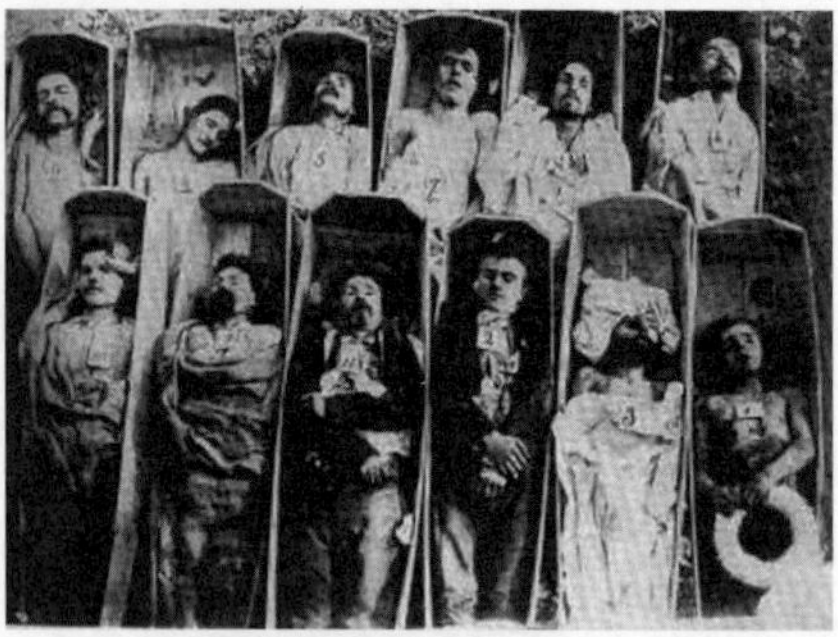

パリ・コミューンで虐殺された労働者。

のである。偶然目にした地方紙に名前が載っていたユイスマンス家の友人で、エヴルーの公証人をしていたルイ・シェフドヴィルの仲介により、ユイスマンスはようやく、セーヴル街にあるパリの実家への帰還を果したのだった。

パリはまだ、プロシア軍の戦火にさらされていた。九月下旬には、パリは完全に孤立することになり、パリ市民は爆撃と食料枯渇に苦しんだ。ユイスマンスは、パリ籠城中、市内で起こった多くの奇妙な事件をメモに残し、後年、これをもとに『飢餓』という題の大作を書こうと準備していたらしいが、この小説作品は結局未完に終わり、残っていた原稿は、彼の死の直前に焼却された。

ユイスマンスは、病気休暇が明けた一一月一〇日、軍当局に出頭し、戦争省の帳簿係としてイシー要塞に配属された。さらに、翌一八七一年二月、パリ降伏後、国民議会と官庁がヴェルサイユに移動するにともないユイスマンスは再び内務省勤務を命じられ、ヴェルサイユに移った。したがってユイスマンスは、同年四月から五月にかけてドイツへの降伏を拒んだ労働者を中心とするパリ市民が、社会主義者・アナキストの指導のもと、パリに立てこもり、独自の政権を樹立したいわゆる「パリ・コミューン」の乱と、ヴェルサイユに逃れたティエールの臨時政府がそれを「鎮圧」しようとして、抵抗するパリ市民・労働者数万を虐殺した惨劇を、直接目撃することはなかった。

同年、夏の終わり、ユイスマンスは相変わらずヴェルサイユに勤務を続けながら、コミューンの乱後の荒廃したパリに家財を移し、パリ市内から職場に通うようになった。ユイスマンスの周りには、彼と同じ内務省や戦争省などに勤務する若い官吏たちを中心に、文学＝美術のサークルが結成され、彼らとの研鑽の過程でユイスマンスの本格的な文学活動が開始された。オルテュス学院以来の友人で、当時戦争省に勤務していた「リュド」こと、リュドヴィック・ド・ヴァント・ド・フランメニル[33]（一八五二－一九三〇）、元医学生で、やはり戦争省勤務のアンリ・セアール、同じく戦争省勤務の「教授」こと、ジャン＝ジュール＝アタナーズ・ボバン[34]（一八三四－一九〇五）、法律家で後にゾラの友人となり「ルーゴン＝マッカール家の法律顧問」と呼ばれることになるガブリエル・ティエボー（一八五四－一九二二）、建築家モーリス・デュ・セニュール（一八四五－九二）、『マダムX』（一八八四）で有名となるアルベール・ピナール、といった顔ぶれが水曜日になるとユイスマンス宅を訪れ、互いの文学観を戦わせた。彼らは当時、最高の文学者とされていたユゴーより、バルザックを好んだ。スタンダール（一七八三－一八四二）はその乾いた文体ゆえに彼らの好みには合わなかった。

一八七四年一〇月一〇日には、ユイスマンスの処女散文詩集『薬味箱 *Le drageoir à épices*』[35]がダンチュ書店から自費出版されている。前年、印刷所を経営していたオグ未亡人、すなわちユイスマンスの母が、取引関係から知り合いだった別の出版業者P＝J・ヘッツェル（一八一四－八六）に出版を打診してくれていたが、この時のヘッツェルの対応は文学志望の若者を十分に落胆させるものだった。後年、ユイスマンスはジャコブ街のヘッツェルの事務所を訪ねた時の印象をゴンクールに語っている[36]。ユイスマンスの告白によれば、この時彼に対してヘッツェルは「君には全く才能はない。将来にも全く期待できない。ひどい書きっぷりだ。君は、フランス語に対してもう一度パリ・コミューンを始めたんだ。ある言葉が別の言葉より優れている、ある形容詞が別の形容詞より優れているなどと考えるのは馬鹿げている」とひどい剣幕で罵倒した。

ただし、この証言は二〇〇三年に『薬味箱』の校訂版を出版したパトリス・ロクマンなど最近の研究によればかなり誇張されたものだったらしい[37]。アロイジウス・ベルトラン（一八〇七－四一）の『夜のガスパール』（一八四二）や、ボードレールの『パリの憂鬱』（一八六九、没後出版）によって更新された散文詩の伝統に立ちつつも、ユイスマンスはこの詩集に彼の感性によって捉えられた、より即物的で感覚的、官能的な美的意識を、俗語や卑語、学術語や比喩など、まさしく言語に対する叛乱ともいうべき奇抜な語法で反映させた。この詩集に対しては、当時の有力批評家アルセーヌ・ウーセ（一八一五－九六）が『ラルティスト（芸術家）』誌に詩集からの抜粋を掲載し、オクターヴ・ラクロワ（一八二七－？）が多くの批評家に推薦の手紙を書き、これを受けて、たとえば、ボードレールに近く、パルナッス派を育てた詩人テオドール・ド・バンヴィル（一八二三－九一）が「熟練した宝石細工士の力強く繊細な手によって刻まれた宝石」[38]と評して称賛の言葉を寄せるなど、文壇にそれなりの反響を持って迎えられた。これ以降ユイスマンスは、『ル・ミュゼ・デ・ドゥー・モンド（両世界博物館）』誌や、やはりパルナッス派の詩人カチュル・マンデス（一八四一－一九〇九）の主宰する『ラ・レピュブリック・ド・レットル（文芸共和国）』誌に定期的に寄稿するようになる。

少なくともその当初、表面的な公理としてユイスマンスの文筆活動を支えた主導理念は、「美」に文学的表現のすべてを裁く絶対的な規範性を認めて「芸術のための芸術」活動を行うパルナッス派の影響をかなり濃厚に受け継いでいる。つまり、作家個人に先天的に備わった美的判断力の有効性を信じ、作品の形式的・技巧的側面を高度に彫琢することで、一切の有用性を離れた完璧な美的表現を実現しようとする一方、こうした美的能力に恵まれた人間のみを芸術家＝選民として一般大衆から聖別し、いわば彼らだけの王国を形成し[39]ようとする傾向である。パルナッス派の文芸誌『文芸共和国』への寄稿自体が、この時期のユイスマンスの文学的な嗜好を裏づけているともいえよう。

しかし、一八七六年四月二〇日、彼がパルナッス派の詞華集『現代高踏詩集』第三集に献ずるため『文芸共和国』誌に寄せた記事「詩のサロン」あたりになると、彼の文学的境地の進展を反映してか、この傾向にいく分の変化が現れる。もちろん、パルナッス派の詞華集を顕彰する目的で書かれた文章である以上、その基調は、同派を彩る目にも鮮やかな才能の賛美に向けられている。たとえば、美しい「灰色の淡彩画」に喩えられるルイーズ・アッカーマン（一八一三－九〇）、繊細な調子と落ち着いた色彩感を備えるアナトール・フランス（一八四四－一九二四）、そして『真夜中の太陽』の掉尾を飾る作品「赤い淡彩画」で妖しい魅力を放ったカチュル・マンデス、さらにその後には、テオドール・ド・バンヴィル、レオン・ディエール（一八三八－一九一二）、ジョゼファン・スラリ（一八一五－九一）、クラウディウス・ポプラン（一八二五－九二）らに対する熱烈な信仰告白が、ユイスマンスの得意とする絵画の比喩をともなって列ねられる。だが、当時すでに詩人として盛名を馳せていたこれら巨匠たちを離れて、同派に属す新進の作家に視線を転じ、両者の間に何らかの照応＝発展関係を見い出そうとする時、彼はひどい失望を感じざるを得ない。結局、パルナッス派の詩人たちの中に彼が見い出したものはといえば、旧来の作風に何ら新しい要素、大胆な詞藻の転換をもたらすでもない、手垢のついたイメージの際限のない反復、過去の記憶を持ち出すために大慌てでそれを糊塗粉飾しないではいられない、凡庸で瑣末な、あまりにも見え透いた技巧主義にすぎなかった。

ユイスマンスの美学の背景には彼が好んだフランドルやドイツの絵画、たとえば、『薬味箱』に描かれたペーター・パウル・ルーベンス（一五七七－一六四〇）、A・ヴァン・ダイク（一五九九－一六四一）、アドリアーン・ブラウェル（仏、アドリアン・ブルヴェール、一六〇八－四〇）、コルネリス・ベガ（仏、コルネリウス・ベガ、一六二〇頃－六四）らに養われた美術批評家の目が常に働いている。彼は、パルナッス派の詩人たちに、霊感を失って形式主義、技術主義に堕した官展派の画家たちの描く神話画題や歴史画に現れる、「水っぽい食物」のように、ふやけて現実離れした肉体を重ね合わせる。そしてユイスマンスのこうした感性が、ユイスマンスを次第に時代の要請に応えるもう一つの美学、すなわち自然主義や印象派絵画の方へと押しやっていくのだ。

ユイスマンスはすでにこの頃までに彼の普仏戦争従軍を題材にした小品『出発の歌』や、その名も『人間喜劇』と題されたロマン派ばりの韻文喜劇を構想していた。また、一八七四年から七五年にかけては、先にも触れたが、普仏戦争後のプロシア軍によるパリ包囲や、コミューンの乱後のパリ市民の困窮した生活を題材にした『飢餓』という大作を準備していた。コミューンの乱の間、ユイスマンスはヴェルサイユに疎開していたので、この間の具体的な資料を提供してくれたのは、アンナ・ムニエだった。しかし、この段階まで、これらはいずれもノートやスケッチにとどまっており、完成された作品は一つもなかった。

彼を本格的な創作の道に向かわせたのは、一八七五年冬、友人たちとの水曜日の会話の中だった。ユイスマンスが自身の軍の栄光とは全く無関係な彼の従軍体験と、ボビノ座の女優との情事を友人たちに話したところ、友人の一人アンリ・セアールが、是非、それを小説にしてみるように勧めたのだ。ユイスマンスは、そんなものが大衆の興味を引くのか疑問に感じながら、数年前に放棄していた『出発の歌』を手直しし、次いで、ボビノ座の女優との情事を中編小説にまとめる作業に取りかかった。前者が『背嚢をしょって *Sac au dos*』（一八七七）であり、後者が『マルト』だ。しかし、先に出版されたのは、『マルト』の方だった。

一八七〇年代の半ば以降、文学作品の検閲に猛威を振るった政治的保守主義が後退したのを機に、自然主義周辺の作家たちは相次いで売春婦や娼家を題材とした「娼婦小説」を発表し、従来見られなかったあからさまな性表現を試み始める。パリ・コミューンの弾圧を経て成立した「ムッシュー・ティエールの共和国」(A・ティエールを初代大統領とする第三共和政国家)においては、選挙を重ねるごとに、レオン・ガンベッタなどに率いられた急進共和派の勢力が拡大した。旧オルレアン派の主導で作られた七五年憲法下で一八七六年一月に行われた最初の上院選挙では、王党派一五一に対して、共和派一四九。次いで二月の下院選挙では、共和派が圧勝。さらに、七九年の上院改選でも共和派が勝利し、上院の勢力も共和派・急進派が逆転した。この結果を受けて、保守派のマク゠マオン大統領が辞職に追い込まれ、後任に共和左派のジュール・グレヴィ(一八〇七‐九一)が大統領に就任したことで、共和派が上院・下院・大統領の権力三機関をすべて掌握するのだ[40]。

ユイスマンスが『マルト』を準備しつつあったのは、いわば、こうした権力交代の直前の時期にあたっている。たとえばその頃、ジャン・リシュパン(一八四九‐一九二六)は『乞食の歌』(一八七五)所収の詩「娼婦の息子」によって、一ヶ月の禁固と五〇〇フランの罰金に処されている。すでに指摘したように、アラン・コルバンは『娼婦』の中で、第二帝政から第三共和政期にかけて、従来の規制主義に基づく公娼制、つまり娼婦を娼館に監禁して営業を行う公認娼家は急速に衰微し、安酒場や曖昧宿での売春に取って代わられ、それにともない娼婦の管理システムも、性病蔓延や婦女売買の防止を口実に、売春婦を「衛生」的に管理する一層洗練された取り締り形態へと変化したことを綿密に跡づけた。コルバンは、まさにユイスマンスの『さかしま』を典拠に挙げながら、一八八〇年前後から、娼館が次々に閉鎖され、残った娼館は、上流階級の特殊な趣味・嗜好を満たす施設へと変貌したと述べている。『さかしま』のデ・ゼッサントが下層階級に属する少年オーギュスト・ラングロワを未来の犯罪者を養成する目的で連れ込む娼館、プルーストの『失われた時を求めて』で、シャルリュス男爵が自らを娼婦に鞭打たせる場面に登場する娼館、現在のSMシーンなどで見られる女王様ファッションが生み出される起源となった高級娼館がそれである。しかし、『マルト』が書かれた一八七五‐七六年は、公娼制および風俗取締警察に対する共和派のキャンペーンが開始される直前、すなわち公娼制を維持しようとする保守派の最後の抵抗が試みられていた時期に相当する。折しも、敬愛する先輩作家エドモン・ド・ゴンクールが、やはり娼婦を扱った『娼婦エリザ』（一八七七）という煽情的な題の作品を準備中だという噂がユイスマンスのもとに届いた。ユイスマンスはぐずぐずしていられなかった。

ユイスマンスは、フランスにおける検閲事情の厳重さを考慮して、フランス人の作家が艶本やポルノグラフィーをはじめ当局の嫌忌に触れそうな出版物を出版する際に使う常套手段を採用した。

一八七六年五月、母親のマルヴィナが亡くなる。その数ヶ月前、ユイスンスはシェルシュ＝ミディ街から、セーヴル街一一番地に引っ越し、特に願い出て、普仏戦争以来ヴェルサイユに置かれていた内務省の出張所からソセー街の公安庁に職場を替えてもらった。ユイスマンスはこの年の七月、長期休暇を取ってベルギーのブリュッセルに赴き、ベルギーの作家で友人のカミーユ・ルモニエ[41]（一八四四－一九一三）の紹介で、かの地のジャン・ゲイ書店から『マルト』を刊行したのだ。ユイスマンスは四〇〇部を鞄に入れてフランスに持ち帰ろうとしたが、そのほとんどを税関に没収された。

エミール・ゾラ。自然主義作家，美術批評家としてもユイスマンスに多大な影響を与えたが，1884 年の『さかしま』発表は，両者の間に亀裂を広げ，『彼方』を書く 1890 年代の初めには師弟関係は終わりを告げた。

同一〇月、内務省の休暇期限を二ヶ月超過してユイスマンスはパリに戻ると、友人アンリ・セアールを介して当時、サン・ジョルジュ街二一番地に住んでいたエミール・ゾラを訪ね、すでに公刊されていた『薬味箱』とともに先輩作家の意見を求めた。彼はこれを機会に積極的にゾラに近づき、水曜ごとにゾラの自宅で開かれていたゾラと弟子たちとの会合などにも常連として姿を見せるようになった。翌七七年三月一日には、ユイスマンスの自然主義派参加宣言であり、またゾラ・グループ全体の旗揚げ宣言としての意味も併せ持つことになる記事

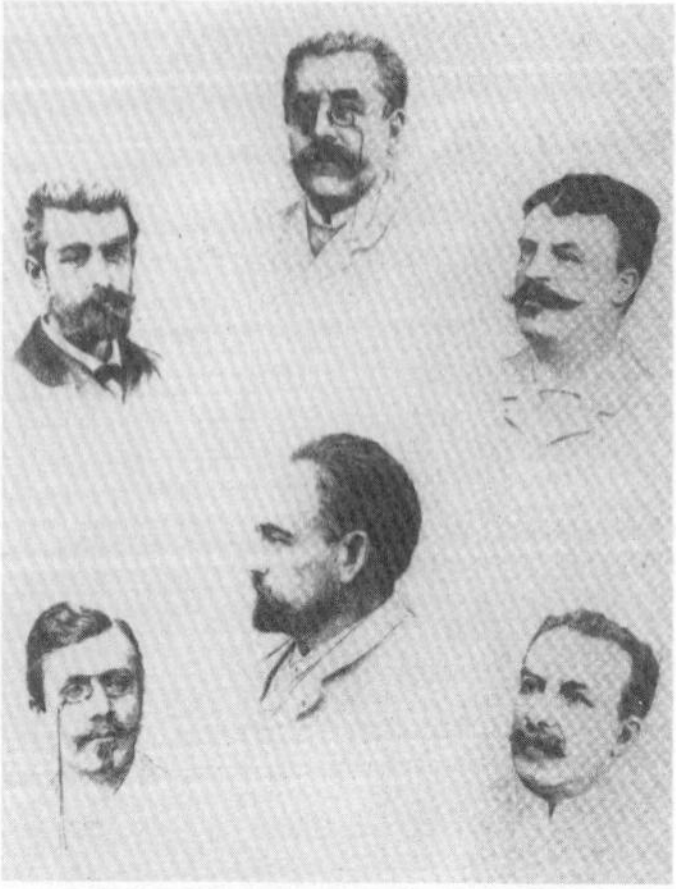

ゾラとその弟子からなるメダン・グループ。［中央上］エミール・ゾラ。［中央下］ポール・アレクシス。［左上］ユイスマンス。［左下］レオン・エニック。［右上］ギー・ド・モーパッサン。［右下］アンリ・セアール。

「エミール・ゾラと『居酒屋』*Émile Zola et "l'Assomoir"*」がブリュッセルの『ラクチュアリテ』誌に掲載されている。この時期から一八八〇年前後にかけてが、ユイスマンスがゾラのいわゆる「自然主義」理念に最も忠実であったと見なされる期間であり、また彼の生涯を通じても、最も活発な創作活動が展開された期間でもある。ちょっと挙げてみても、『背嚢をしょって』（一八七七）、『ヴァタール姉妹 *Les sœurs Vatard*』（一八七九）、『家庭』（一八八一）などの小説作品をはじめ、女性の「腋臭」に対するオマージュを捧げて善良なフランソワ・コペーから「図書館の猥本棚に永久追放」されるべき[42]であると評された散文詩集『パリ・スケッチ *Croquis parisiens*』（一八八〇）、さらに、後になって『近代美術 *L'art moderne*』（一八八三）にその主要部分が収録されることになる膨大な量の美術批評が執筆されている。

ユイスマンスをはじめ、ギー・ド・モーパッサン、アンリ・セアール、レオン・エニック（一八五〇－一九三五）、ポール・アレクシスといったゾラの弟子たち、これに加えて、ジュール・ヴァレス（一八三二－八五）、アルフォンス・ドーデ（一八四〇－九七）、エドモン・ド・ゴンクールといった自然主義周辺の作家はもちろん、出版業者G・シャルパンティエ（一八四六－一九〇五）、画家P・セザンヌ（一八三九－一九〇六）などゾラの友人たちは、この頃、夏の日曜になると、ゾラが一八七八年にパリ郊外のメダンに購入し、増改築したかなり俗悪なブルジョワ趣味の別荘にしばしば集まり、ゾラ夫人の手料理によるもてなしを受け、楽しい宴の日々を持った。この集まりを記念し、また、グループとしての自然主義の存在を誇示するために、一八八〇年になって、一八七〇年の普仏戦争をテーマにした作品集を編むことが提案された。当時高まりつつあった、愛国主義や反ドイツ感情からは距離を置き、戦争の愚劣さ、不毛さを強調する作品を一編ずつ持ち寄り、一集にまとめようというのだ。先に触れた『メダン夜話』である。五人のゾラの「弟子」の中でまだ作品を書いていなかったモーパッサンはこの集に『脂肪の塊』を寄稿し、華々しいデビューを飾った。

ユイスマンスは、彼がすでに一八七七年に雑誌『ラルティスト』に発表していた『背嚢をしょって』を大巾に手直しして、『メダン夜話』に掲載した。『ラルティスト』版に比べると、筋が単純化され、人目を驚かす晦渋な語彙が大幅に減らされている他、主人公である兵士の性格にもかなりの変更が加えられている。たとえば、最後の場面、パリに戻って来た主人公が自分の部屋の中を見回す場面。七七年の版では、兵士の部屋は、実際のユイスマンスの居宅の様子を描いたものであろうか、書物や細々とした美術品、骨董品が並べられた文字通りの「審美家の部屋」の内部が、一〇数行にわたる絢爛たる美文で連ねられている。それが、八〇年の『メダン夜話』版では、

私はソファに座って、恍惚と、満ち足りた気分で、部屋いっぱいに置かれた細々とした装飾品や本を眺めた。[43]

とあっさり一行（原文では二行）で片づけられている。多くのエピソードは共通しているが、兵士の性格そのものも、やや凡庸に書き換えられている。つまり、七七年版から八〇年版への改訂は、文体の点からも、作中人物の性格の点からも、ユイスマンスがボードレールやゴンクールから受け継いだ審美家的な性格を弱め、ゾラ流の自然主義に「妥協」する傾向が見られるのだ。

ユイスマンスがゾラを師表と仰ぎ、自然主義へ帰属したことは明らかである。しかし、ユイスマンスの自然主義理解は、当初からゾラのそれとは微妙ではあるが、はっきりとした違いがある。ゾラが、少なくとも理論的にはクロード・ベルナール（一八一三－七八）の『実験医学序説』（一八六五）を下敷きにした擬似科学主義的な装いを取り、たとえば『ルーゴン＝マッカール叢書』に見られるように、ある遺伝的な形質を受け継いだ家族が第二帝政下のさまざまな社会状況下でどのような外部的な影響を受け、ある者は社会的な成功の道をたどり、またある者は没落する、その過程を小説というフィクションの中で「実験」するという体裁を取るのに対し、ユイスマンスの考える自然主義

的作家像は、作品構成以前に、書こうとするテーマについて、書物や現場の取材などを通じて徹底した資料収集を行い、その過程で書きとめた膨大なノートや、スケッチに基づいて創作するという手法を除けば、ゾラすらがロマン派から受け継いでいる作家の想像力、構想力に基づく物語を徹底して排除し、自らが見、感じた事象の秩序に徹底して忠実であろうとし、小説を断片的な描写、スケッチの積み重ねに解体するという方向に向かう。どこからともなく身内に湧き起こり、無限の多様性を開示する「想像力」の趣くままに、自由に物語を展開して主人公に波瀾万丈の活躍を演じさせる俗流ロマン主義の提示する作家像はもちろん、極端な言い方をすれば「物語を紡ぎ出す」という行為そのものを極限まで縮減し、語り手も主人公も、それ自身の自律的な意志を持たない一個の感覚受容器――「物を見る人間」「物を感じる人間」、そして「それをありのままに語るだけの人間」――へと変える。

一八七九年一〇月に、検閲事情が好転したことによってようやくフランスで刊行されることになった『マルト』の第二版[44]に付された序論の中で、すでに一度引用したように（本書一三頁）、ユイスマンスは「私は自分の目にすること、感じること、体験したことを可能な限り正確に書く[45]」と述べている。

こうした傾向が内包する論理を今少し立ち入って見てみよう。作品は、自然主義の最初の提唱者ゾラがそうであったように、一方では、醜悪な現実をも「事実」として直視することから必然的に生ずる社会批判というニュアンスを顕著に帯びる。

すでに題名だけ挙げておいた『ラクチュアリテ』誌掲載の記事、「エミール・ゾラと『居酒屋』」の中で、ユイスマンスは「最も卑しむべき、最も下品な主題を、最も嫌忌すべき煽情的な手段で描写する文学」という、ジャーナリズムが一般大衆に植えつけた「写実＝自然主義」に対する誤ったイメージに反駁して「被造物の研究。相互に結合された事象の接触や衝突によって起こるさまざまな結果の研究」という、自身の「自然主義」に対する定義を示した後、さらに次のような論旨を展開する。

人間の生活は小説に移し替えられるに際して、いかなる改変も受けるべきではなく、また、その調子が弱められてもならない。重要なのは、自己の創造に対して超然とした態度で臨むこと。「善悪」「美醜」などという世の常識的判断にかかわらず真実であることである。社会に二つの面がある以上、われわれもまた、それら二つの面を示していくだろう。一方に「雅苑の画家」A・ワトー（一六八四－一七二一）のような甘美で、きらびやかな作品があるように、もう一方にはホセ・デ・リベラ（一五九一－一六五二）の醜悪な世界がなくてはならない。緑色の膿疱だろうと、薔薇色の肉体だろうとそんなことに斟酌する必要はない。なぜなら両方とも現実に存在するからだ…。一八七九年というこの時期、ユイスマンスが「写実主義」と「自然主義」を用語の上で区別していないことは注目しておいてよかろう。これは、ゾラにおいて特に顕著な、遺伝や進化論等科学主義の文学への適用が、ユイスマンスにおいて、皆無とはいえないが、あまり強調されていないことと無関係ではあるまい。

　しかし、この時期のユイスマンスの作品が、文学から排斥されてきた女工や娼婦、下級官吏、乞食役者など下層社会の人間たちの卑小で赤裸々な日常生活や社会の暗黒面を克明に描写し、暴露していたとしても、だからといって、読者に何らかの倫理的反応を起こすことを狙っていたわけではない。そして、おそらくこの点こそが「善良で幼児のような」ゾラを最後には当惑させる原因ともなる。

　一八七九年三月四日、すなわち『ヴァタール姉妹』刊行直後に、『ヴォルテール』誌に掲載された同小説に対する書評の中で、ゾラは、自らの唱道する自然主義陣営に「真実」を目指して戦う多くの戦士たちが加わったことを喜び『ヴァタール姉妹』の筋の簡明さを賞賛する。

> 現代文学が入り組んだ虚構を憎んで赴く地点がまさにここだ。それは、冒険譚や物語、おとぎ話に対する報復である。人生の一断面、それだけで人に興味を起こさせ、深い持続的な感情をもたらすのに十分なのだ。人間を扱ったごくわずかな資料ですら、空想から得られるどんな入り組んだ筋書きよりも強く人の心を打つ。ゆくゆくは、さしたる変化もなく、何の解決も示すことのない簡単な研究で、ある人間のある年の生活を分析したり、情念の移り変わりを調べたり、人の一生を論理的に分節して記録したりするようになるだろう。[46]

この観点からすると『ヴァタール姉妹』はまだ緒についたばかりといったところだ。しかし、労働者の生活を描く作家の技量は実に鮮やかといわざるを得ない。

この界隈からはひどい臭いが漂ってくるようだ。悲惨と無知、降り積もった塵とどことなく饐《す》えた空気の街全体が『ヴァタール姉妹』の中では恐るべき正確さと稀に見る筆力で描かれている。[47]

精緻で大胆な筆致で描かれた人物群像についても同様のことがいえる。

それらは外観も言葉遣いも現実と全く瓜二つの肖像である。確かに、彼らは「自然」を模して作られたのだ。「真実」とはかくのごときものであり、民衆の大多数はこうした生活を送っているのだ。[48]

では、どこに問題があるのか？　ゾラとの邂逅以降ユイスマンスが自然主義の綱領を意識して書いたこの作品の中で、ゾラが注目する唯一の欠点は、ユイスマンスの文体だ。人の意表をつく奇抜な表現に満ち、故意に常套的な語法から逸脱することを狙った極度に人工的な文体。それは自然主義が目的として掲げる「世界」の客観的認識＝描写という教義に対するゆゆしき違反であり、しばしば「最良の分析から迫真性を奪う」許しがたい倒錯なのだ。この点では、ユイスマンスは、ゾラが言うようにボードレールやエドモン・ド・ゴンクールの影響を強く受けている。

だが、ユイスマンスにとってこうした「奇矯な表現」の追求は、決して単なる目的と手段の錯誤を意味するものではなかった。少なくともこの時期の、あるいはそれ以降も基本的にそうなのだが、ユイスマンスにとってこうした「表現」は彼がそれによって描こうとする種々の風俗とともに、彼を創作へと駆り立てる第一義的に重要な動機なのだ。

きわめて図式的に語るとすれば、彼はロマン派やパルナッス派が執着する「幻想」を排除する。それらは、実のところ昔日の面影をすっかり失ってしまった神話や、英雄叙事詩の類いの陳腐な焼き直しにすぎず、もはや魅力ある美を創出する源泉とはなり得ない。ユイスマンスは彼の鍾愛するボードレールにならって、「現代」に生きる自己を取り巻く現実、卑近な日常生活の中に新たな美的価値を見い出そうとした。古典的な調和美に対し、現代性・風俗性・人工性を重んずる審美観に従って、近代工場労働者や彼らを取り巻く環境、雑踏・貧民窟・鉄道・ミュージックホール・病み疲れた娼婦・サーカス・道化芝居など、あらゆる「現代」の中に新たな「美」を発見し、またそれらを自己の表現媒体として作品の中に取り込んでいく。ユイスマンスにとって、「自然主義」とは、こうした自己の審美観を満足させてくれる「表現」であり、またそのような「表現」の発現を可能にしてくれる「現実」という「形式」であった。そしてやがて明らかになるように、こうした「美」の追求は、「真なるもの」「未知なる理想」の認識、「自らに恍惚と熱狂とを与えるはるかな至福への感覚的なものを通じての類比的な接近」（『さかしま』）をも意味していた。

一〇／一八叢書版『マルト、ヴァタール姉妹』（一九七五）の序文で、ベルギーの作家で批評家のユベール・ジュアン（一九二六－八七）は、ボードレールの「現代性」の概念を引き継ぎ、E・ドガ[49]（一八三四－一九一七）、E・マネ（一八三二－八三）をはじめとする印象派の画家たちを擁護する過激な美術批評家としても頭角を現しつつあったこの時期のユイスマンスを特徴づける美学を、ユイスマンス自身のドガ論（「一八七九年のサロン」『近代美術』所収）を引いて「文明化された裸体《カルナションン・シヴィリゼ》」という概念で要約している。[50] ここで「文明化」という概念が規定しているのは、当時の官展派の画家が神話的な擬装のもとに描いた生気を欠いた裸体からは生まれ得ない煽情性、爛熟した都市の日常の中で現実に「衣服を脱がされる」肉体から立ちのぼる「女のいきれ」、それが喚起する「真のきわどさ」である。起源からすれば逆説的ながら、女の「現代性」を構成するこの危険な魅力は、一種のフェティシズム的な機制を通じて、女の身体を離れて形相化し、彼女を取り巻くあらゆる事物へと拡散し、その「怪物じみた」異常さにより、ユイスマンス的な作中人物を蠱惑《こわく》すると同時に畏怖せしめるのだ。

語るべき友、頼るべき師、依拠すべき芸術理念に支えられた四年余りの豊穣な制作活動の後にユイスマンスに訪れ

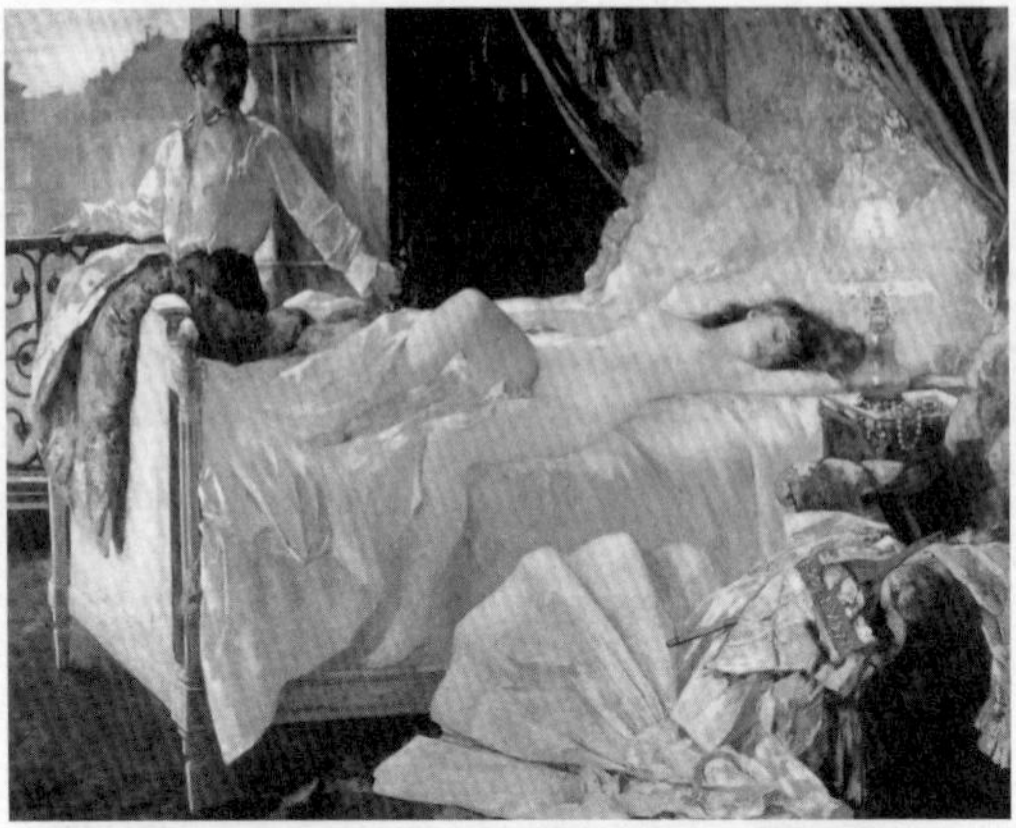

［上］衣服を脱がされる肉体が喚起する「真のきわどさ」——ユイスマンスが一八七八年にブリュッセルの『ラルティスト』誌に批評記事を寄せたアンリ・ジェルヴェ（一八五二－一九二九）の「ローラ」（一八七八、ボルドー美術館所蔵）。［下］ドガ「風呂上がりの女」（一八七九、ニューヨーク、ユージェーヌ・ヴィクター・ソー・コレクション所蔵）。踊り子や娼婦の私生活を大衆の白日の目にさらしたドガは「現代生活の画家」として、マネと並んで自然主義時代のユイスマンスが最も評価した画家だった。

たのは、文字通り「苦悩と倦怠の間を揺れ動く振り子」にも喩えられる惨憺たる毎日であった。自己の提唱する自然主義理論をもって一大文化運動を組織し、文壇はもちろん演劇界、美術界をも席巻しようと野心に燃えたゾラの肝煎りで一八七九年、八〇年と二度にわたって計画された自然主義総合雑誌『人間喜劇』が、執筆予定者間のさまざまな確執、出版社との交渉の不調などが原因で相次いで挫折して以来、メダンの自然主義者の間には、早々と彼らの結束を揺るがす軋轢が生じていた。翌八一年になると、ユイスマンスとゾラとの師弟関係にも微妙な暗雲が広がり始めた。もちろん、これ以後顕在化してくるゾラとユイスマンスの不和の背後には、両者の芸術観の根幹に関わる問題が介在していたが、すでに数編の長編小説をものした一人前の作家であるユイスマンスを全くの初心者のように扱い、自分の書く小説の資料集めに奔走させるといったゾラ側の態度にもその一因があったようだ。

［左］フローベール。ゾラ，ゴンクールと並んでユイスマンスが大きな影響を受けた。『さかしま』の中では，彼の『聖アントワーヌの誘惑』の一節を引いている。［右］ボードレール。「この作家に寄せる彼の称賛には限りがなかった」（『さかしま』）。

一八八〇年、崇敬するフローベールの死がもたらした心の空虚、一八八二年、大投資銀行ユニオン・ジェネラルの破産事件をもたらし、その後のフランス政治に重大な影響を与えることになる不況の影[51]、その暗い社会の一隅で、輝かしい昇進をとげる希望もなく、また平安な家庭を営むことを自ら拒絶した果てに、もはや食欲も性欲も減退した中年の官吏として一〇年一日のごとく繰り返される単調で煩雑な日常の業務。その結果、ついに一八八一年の春、重症の神経衰弱に罹ったユイスマンスは、医者の勧めに従い、その年の七月から九月までの夏のヴァカンスをパリ郊外の牧草地帯フォントネー＝オ＝ローズのエコール通りにあった住居で病気療養を余儀なくされる。

この時期、ユイスマンスは人生とともに芸術の点からも一つの危機に陥っていた。一八八一年二月発表の『家庭』と、フォントネー＝オ＝ローズ滞在中の執筆になる『流れのままに』とを一応、自然主義後期の作品と見なせば、そこに共通するのは、人間性の虚妄性、人間の作った制度・風俗・社会の不条理性、さらには人生の単調さ、無意味さに対する幻滅と絶望であったとすることができるだろう。

ユイスマンスは、フォントネー＝オ＝ローズ滞在中に「われわれの偉大なボードレールの詩」をたびたび口ずさんでいたという。また、一八八一年から八二年にかけて、作家や好事家の間で密かに回し読みされていたサド侯爵の作品を集中的に読み、さらにこの時期、ショーペンハウアー哲学に大きな影響を受けていた。

A・ショーペンハウアー（一七八八－一八六〇）の主著『欲望と表象としての世界』（一八一八）がオーギュスト・ビュルドー（一八五一－九四）によってフランス語に翻訳され始めるのは一八八八年のことである。ユイスマンスは、フランス語とラテン語以外の言語は読めなかったので、当時の彼がショーペンハウアーの思想の全容に触れ得たわけはない。しかし、一八八〇年、先に挙げたビュルドーと名前が紛らわしいが、ジャン・ブルドー（一八四八－一九二八）なる人物がショーペンハウアーの著作から、その厭世的な警句を抜粋・翻訳した『ショーペンハウアーの思想、格言、断片』という小冊子を発行した。ブルドーはこの小冊子が読者に大好評を得たのに気をよくして、翌八一年、若干の増補を加えた新版を『思想と断片』の題のもとに刊行した。[52] この新版は一九二八年に訳者が亡くなるまでに二九版を重ねた。その上、ブルドーはこの抄訳集に付した序文で、ショーペンハウアーの思想や人となりを客観的にではなく風変わりな逸話に力点を置いて紹介した。そのため、半ば戯画化されたショーペンハウアー像が一人歩きし出した。フルートと一匹の犬だけを連れ合いに、自分の家に引きこもって極端に単調な生活を送っている。臆病なくせに、時折、癇癪玉を爆発させて突然怒り出す。おそろしく気難しく、人間嫌いで、人を小馬鹿にするような尊大な態度を取る独身の老人、というイメージだ。特に「軽薄で、自分勝手で浪費好きな」母親が原因だという頑な女嫌いは面白おかしく誇張され、盛んに吹聴された。

このドイツの哲学者の厭世主義が実証主義・自然主義に限界を感じつつあったメダン・グループの若い作家たち、特にユイスマンスに理論的な根拠を提供したのだ。

『家庭』や『流れのままに』を執筆しているユイスマンスには、このような絶望的な「世界」の構造を解明し、その不条理の生成する起源を理性の明るみに引き出そうとする自然主義本来の健康な意志は失われていた。彼にとって世界とは、たとえばゾラにおいて典型的にそうであったように、叙事詩的な展望のもとに展開される壮大な人生のドラマなどではなかった。それらは自己の感覚器官に直接接触し、自己に苦痛をもたらす限りでの卑小な「日常」の集積にすぎず、いかなる解釈も許さないばかりか、事態を打開しようとする人間の試みすべてを虚無化してしまう巨大で悪意ある「からくり」として現れる。そこでは、『流れのままに』の主人公フォランタンが述懐するように「常に悪いことだけが起こる」べく予定されているかのようであり、人間に残された道は、ただ「腕をこまぬいて眠ろうと努力すること」だけなのだ。

ユイスマンスの創作の歩みは明らかに停滞していた。この時期発表された、あるいは、創作が試みられながら途中で中断された作品群は、相互に限りなく近似し、主題は重複している。

人生に疲れ、うらぶれた生活を送る小説家アンドレ・ジャイヤンとその妻ベルトの関係を軸に、小市民の家庭生活の絶望的な不毛・退廃を描いた『家庭』に続いて、一八八一年中に旧稿を基に再び計画され、まもなく中断された『飢餓』は、前作に同じく、彼自身と愛人アンナ・ムニエとの同棲体験が下敷きにされている。また、次に着手された『流れのままに』は、完成の日の目こそ見たものの、やはり主人公である下級官吏フォランタンと、前作『家庭』の主人公アンドレ・ジャイヤンの育った境遇や外面的な生活が酷似していたために、計画に比べて大巾な主題の限定や縮小を余儀なくされ、結局、でき上がったものは、前作の数分の一にも満たない小品にしかならなかった。一八八二年二月、ユイスマンスはベルギーの作家で友人のテオドール・アノン(一八五一－一九一六)に宛てた手紙の中で、『大障害』と題された小品を計画し、「煙草製造に従事する女工、歩兵、娼婦、胸甲騎兵らが加わったダンス・パーティー」の場面を含むいくつかの断片的なスケッチを描き上げたことを伝えているが、この作品もやはり未完成のままに中断された。

こうした中で、『さかしま』の執筆が始まるのはこの年の一一月のことである。

第三章　二つのテーマ系――「閉鎖された空間」と「女性と食物」

1　閉鎖された空間

ユイスマンスは、全作品を通じて、閉ざされた空間、閉鎖された空間に対する嗜好を持っていた。最初期の散文詩集『薬味箱』においてすでに、外界から隔絶し、保護された場所が何度となく登場し、ユイスマンスの想像力の中で特権的なテーマを形作っている。たとえば、ボードレールの影響が顕著な「赤の単描画《カマユー》」では、ユイスマンスは先輩詩人にならって、自分にとって理想でありながら、ある意味永遠に失われた「夢の部屋」を描いている。

> 部屋には緋色の枝葉が浮き模様に縫い取りされた薔薇色の繻子が貼られていた。窓からはカーテンが、紫の花を散らした絨毯がたっぷりと落ちかかり、裾がくずれて、暗赤色の天鵞絨の大きな襞を作っていた。壁にはブーシェの紅殻画《サンギーヌ》と、ルネサンス期の画工が花模様の篆刻《てんこく》を施した丸い皿が掛かっていた。〔…〕私は目を閉じた。そして再び目を開けると、まばゆい色調は消え去っていた。日が落ちたのだった！[2]

ユイスマンスの「閉鎖された空間」は心地よくしつらえられた部屋、郊外の一軒家、牢獄、大聖堂、修道院など、作品が書かれた時期や、作品のプロットによってさまざまな形で現れる。また「閉鎖」というテーマ系は、具体的な

「場所」にとどまらず、語彙や語りのレベルにも顕著に見られる。

「ユイスマンスにおける幸福と閉鎖」と題された論文の中で、ジャン＝ピエール・ヴィルコーは、ユイスマンス作品における閉鎖というテーマの持続と一貫性について次のように評している。

ユイスマンスにあっては、取り囲まれたいという欲望（ひっそりとしたところで護られていたいという願望）は、それが契機になり、一人の作家のテクストが、きわめて多彩な現れ方をするものの、一貫性を持ったある一つの領域の内部で繰り広げられる、あの想像力と夢想の特権的な傾向の一つである。

人里離れたところに住む、引きこもる、逃避する、身を潜める…強度はさまざまだが、いずれもよく似た意味を持つこれらの言葉は、ユイスマンスの宇宙において本源的な願望を表している。幸福を表現する言葉は以下のような語彙集《レクシック》から選ばれる。「港」「自分の家」「くつろぎ」「停泊地」[3]。

たとえば、『背嚢をしょって』の末尾に現れる糞尿譚的《スカトロジック》な色調を帯びた「閉鎖された空間」。

私はとうとう我が家に戻ってベッドに身を横たえることができるんだ。私の家は元のままだった。私はうれしさを嚙みしめながら家の中を一周した。それから、私はソファに座って、恍惚と、満ち足りた気分で、部屋いっぱいに置かれた細々とした装飾品や本を眺めた。〔…〕

私は自分の家に帰ったんだ。自分だけのトイレの中に座れるんだ。私は思った。キャンプや野戦病院で雑居生活を送ったのは、水洗便所のありがたみや、ひっそりした場所で、心安らかにパンツを下ろせるえもいえぬ味わいを知るためだったのだ[4]。

一八七〇年の普仏戦争に招集された一兵士である「私」こと、ユージェーヌ・ルジャンテルは、汽車で要塞のあるシャロンに運ばれる。しかし、シャロンでは武器も、糧食も、寝藁も、コートも、「何も、およそ何も」用意されていない。無為のままに野営生活を送る間に、語り手である「私」は、不衛生な水に当たって病気になり、野戦病院から野戦病院をたらい回しにされ、最後にエヴルーの救護院に送り込まれ、そこで戦争終結の知らせを聞く。そして、母親の知り合いの口利きによって、やっとパリへの帰還に成功する。

引用は、一八七七年の雑誌『ラルティスト』掲載版ではなく、一八八〇年の『メダン夜話』版である。ちなみに、七七年の『ラルティスト』版では語り手である兵士はただ「私」とされ、名前は明示されていない。すでに前章で触れたように、『メダン夜話』は、一八八〇年、ゾラおよび彼の周辺に集まった五人の弟子が普仏戦争にちなんだ短編小説を一集に集め、この戦争の醜悪さ、無意味さを訴えるとともに、文学流派《エコール》としての「自然主義」の旗揚げを目指した作品集のことだ。

『メダン夜話』版の『背嚢をしょって』は、初版と比べてみると、大巾に書き直されている。初版に比べて、パリ出発以前の「私」＝話者の半生がつけ加えられているなど、時間的な因果関係が強調されおり、語り手の性格がより凡庸なブルジョワの若者となっている。また、ゴンクールの影響が顕著に認められ、卑語・俗語・学術語などに由来する多彩な語彙を駆使した耽美的な文体までもが、平易な、悪くいえば平凡な文体に変えられている。ユイスマンスはこの版で、自分自身の性向を犠牲にしても、ゾラの構想する自然主義の「正統的な《オルトドクス》」立場に同調しようとしたものとみえる。

「閉鎖された空間」といっても、ここでは単に何の変哲もないブルジョワ家庭の内部であり、水洗トイレでしかない。しかしながら、ブルジョワ家庭から発散される生暖かさやくつろぎは、ユイスマンスの「閉鎖された空間」に必須とはいわぬまでも、それと緊密に結びついた特質なのだ。さらにこの空間は、他の人間との雑居状態が排除され、また、糞尿と緊密な関係があることが注目されよう。

ユイスマンスが最もゾラのグループに近づいていた時期に書かれた『ヴァタール姉妹』（一八七九）は、印刷・仮綴じ本製造工場で働く二人の姉妹のごくありきたりの恋愛を、比較的短いスケッチ風の場面を積み重ねていくだけで、これといった結末に達することもなく終わるという斬新な手法を用いた作品である。

この作品に現れる「閉鎖された空間」は、ブルジョワ家庭とともに、「隠れ家」「逃避の場」という特質も併せ持つイメージとして提出されている。

> 彼〔=オーギュスト〕は、以前から、別の種類の女たちに対して焦がれるような思いや願望を抱くようになっていた。善良で優しい恋人への憧れを持つようになっていた。彼が夢見たのは、きちんと戸締まりの行き届いた部屋であり、自分の一身にあらゆる配慮を傾けてくれる一家の主婦だった。〔…〕彼はいまや漂流していた。自分でもわかっていた。もはや、あたりを流れる小枝につかまる勇気も持ち合わせていなかった。このような破滅的な状況の中で、一つの思いだけが胸に浮かんだ。しつこくつきまとって離れない思い、結婚したいという願望だった。彼は自分を解放してくれる場所、身を寄せられる波止場を何としても見つけたいと思った。[5]

後で見るように、ユイスマンスにおいては、ある種の女性嫌い《ミゾジニー》が、「閉鎖された空間」と並ぶもう一つのテーマ系を形成している。しかし、結婚や、同居、言葉を換えていえば女の棲む閉鎖空間が、ユイスマンスの作中人物の選択から排除されているわけではない。よき主婦、あるいはよき料理女との同居は、少なくともある程度までは、ユイスマンスの作中人物の願望なのだが、しかしながらそれは絶対に成就しないのである。

さて、物語の構造のレベルで、閉鎖というテーマと主要作中人物の行動との連関は、とりわけ『さかしま』以降、強まってくる。すでに指摘したように、ユイスマンスの主要作中人物の行動は、時に彼らの属する社会環境の違いはあれ、作者であるユイスマンス自身の性格や趣味を、多かれ少なかれ共有し、それぞれの作品がユイスマンスの「自伝」のある面を示しているという意味で、いずれも双子のように似通っている。

しかも、『さかしま』以降になると、これら作中人物が登場する小説の筋立てそのものが、共通の「語りの図式」[6]を繰り返すようになるのである。作者の分身と見なされる独身の作中人物――『さかしま』のデ・ゼッサント、『仮泊』のジャック・マルル、デュルタル連作（『彼方』、『出発』、『大伽藍』、『修錬士 *L'Oblat*』（一九〇三））のデュルタル——は、パリを遠く離れた土地に位置する住居や建物へと出発し、短い滞在の後、彼らの出発以前よりも、しばしばさらに絶望して、またパリに戻って来るのだ。[7]

これら「閉鎖された空間」は、単に、それ自体が言語＝エクリチュールによって紡がれた虚構の物語空間に所在する人工的な構築物であるにとどまらず、物語の中で、まさにそれが置かれた位置と論理によってさまざまな役割を果たしている。

ユイスマンスの作品全体の中で、このテーマがどのような現れ方をするか、また、このイメージが文学史的にどのような影響関係に置かれているか、また、現在まで、ユイスマンス研究者がこの主題系をどのように解釈してきたかをまとめてみると、次頁の表のようになる。

この表の示す通り、ユイスマンスの作品に現れる「閉鎖された空間」の中で、最も規模が大きく、あらゆる性格を併せ持っているという意味で、典型的な性質を示すのは『さかしま』のフォントネー＝オ＝ローズの館である。ここでは、『さかしま』を中心に「閉鎖された空間」のそれぞれの位相を検討してみることにしよう。

ユイスマンスは一九〇三年、サン・ビブリオフィル社からの『さかしま』再版に際し「小説から二〇年後の序文」と題する序文を寄せ、カトリック回心後の立場から作品の再解釈を試みているが、[8]その中で『さかしま』の成立事情について次のように述べている。

> 『さかしま』は、はじめ短い幻想のようなものとして、奇妙な中編小説という形で私のもとに現れた。〔…〕そしてこうしたことを思いめぐらすうちに主題は膨らみ、忍耐強い探求が必要となった。すなわち、それぞれの章はある特殊な分野の凝縮物、異なった芸術の精華となっていった。それは、宝石、香水、花、宗教文学、世俗文学、世俗音楽、グレゴリオ聖歌を煮詰めたエキスとなったのである。[9]

	主題系	主題の特徴	具体的出現例	解釈を示している研究者
1	安息所	人生の煩わしさや、産業文明、アメリカニズム等の跳梁に嫌悪を覚えて逃避を行う一時の避難所	●『背嚢をしょって』の兵士の自室 ●『家庭』のアンドレの夢見る「女のいる部屋」 ●『さかしま』のフォントネー＝オ＝ローズの館 ●『仮泊』のルールの館	J・P・ヴィルコー、V・ブロンバート他
2	牢獄・迷宮	1および5の系。また、イニシエーションの行われる祭儀空間はしばしば迷宮《ラビリンス》に喩えられるところから、7の系とも考えられる	●『背嚢をしょって』の兵舎・野戦病院 ●『さかしま』のフォントネー＝オ＝ローズの館 ●『彼方』のティフォージュの城 ●『出発』のノートル＝ダム・ド・ラートル修道院 ●『大伽藍』のシャルトル大聖堂	V・ブロンバート他
3	審美家の部屋ないし美術館	虚構の世界、「現実世界」を問わず、審美家が作り出した賛美を尽くした室内	●『マルト』の主人公の自室 ●『背嚢をしょって』の兵士の自室 ●『さかしま』のフォントネー＝オ＝ローズの館 ●『彼方』のデュルタルの自室	R・フォルタシエ、R・B・アントッシュ、V・ブロンバート、P・ブリュネル他
4	方舟（arche）	3の一つの系。主人公を脅かす洪水から「救うべきもの」を保存するもう一つのノアの方舟	●『さかしま』のフォントネー＝オ＝ローズの館	P・ブリュネル
5	精神	精神が自己の周囲に形作る擬似的な環境、「神秘的な鏡」、外界を遮断した理念の自己運動の場	●『さかしま』のフォントネー＝オ＝ローズの館 ●『仮泊』のルールの館 ●『彼方』のカレー（カレックス）の鐘楼 ●『出発』のノートル＝ダム・ド・ラートル修道院	R・フォルタシエ、B・ブロンバート他
6	苦痛（神経症等）に苛まれる身体、ないし神経症の治療の場	そこに身を置く者が常に激烈な苦痛に身を苛まれる試練の場、受苦の場。時に、苦痛を受け入れる基体としての身体	●『さかしま』のフォントネー＝オ＝ローズの館 ●『仮泊』のルールの館 ●『彼方』のティフォージュの城 ●『出発』に語られるアヴィラの聖女テレサの「内部の城」 ●『スヒーダムの聖女リドヴィナ』（邦題『腐乱の華』）の聖女の肉体	R・フォルタシエ、J・ルテーヴ、Ph・ルドゥリュ、F・リヴィ、F・クール＝ペレ他
7	神秘主義的祭儀空間、ないしイニシエーションの場	作中人物にキリスト教信仰を含む日常的認識の枠を越えた高次の認識が開示される場	●『さかしま』のフォントネー＝オ＝ローズの館 ●『仮泊』のルールの館 ●『彼方』のドークルの教会 ●『出発』のノートル＝ダム・ド・ラートル修道院 ●『スヒーダムの聖女リドヴィナ』の聖女の身体	J・クラン他

『さかしま』の構成は、少なくとも表面的に見る限り、かなり忠実にこの序文の証言を裏づけているように思われる。つまり、『さかしま』はデ・ゼッサントがパリを離れて移り住むことになったフォントネー＝オ＝ローズの館の室内装飾の意匠に始まり、それぞれの章が、デ・ゼッサントという作中人物の選択、ないしは拒絶を通して集められた風変わりな趣味の諸項目を順次開陳していく一種のカタログのような趣を呈しているのだ。[10]

『さかしま』は、発表当時から、同時代の文学者に異常な衝撃を与え、その出現は一種の文学的事件として受け入れられた。その主な理由は、この作品が一八八五年に流行の頂点を迎える「デカダンス」のさまざまな面をほとんどカリカチュアといえるほど典型的、かつ網羅的に描き出していたからに他ならない。『さかしま』という作品の中に目録化された諸項目の一つひとつがデカダンスと結ばれているばかりでなく、目録化・カタログ化という行為そのものがデカダンスの美学の方向性に沿うものであったといってもよい。

ポール・ブルジェは当初、『ラ・ヌーヴェル・ルヴュ』誌上に一八八一年に発表され、その後『さかしま』刊行前年の一八八三年に『現代心理学研究』に再録されたボードレール論の中で、デカダン的な文体《スティル》を定義し、「デカダン的なスティルにあっては、書物の統一は解体しページの独立に席を譲る。ページの統一は解体し文の独立に席を譲る。さらに文の統一は解体し語の独立に席を譲る」[11]と述べている。

実際、作品全体を他の作品からの引用や、「現実」に取材して書かれた一時的なエクリチュールによって構成したり、作品全体を文献などで集めた資料から取ってきた一次的なエクリチュールによってカタログ化してしまうことは、ジャック・デュボア（一九三二－）が『フランス一九世紀の瞬間の小説家たち』[12]（一九六三）において分析している物語－挿話の断片化、瞬間化という現象と並んで、小説家－芸術家の前に「世界」を「意味ある世界」として現出させる「秩序の保障者としての神を喪失した時代の文学」の必然の成りゆきといえぬこともない。ただ、『さかしま』が伝統的な自然主義の語りの定型を離れ、名辞の羅列によるカタログ化、つまりは書物の統一の解体という作家の人称を越えた動因によって突き動かされていることは確かであっても、また、カタログを構成する要素である名辞ないし名辞の組み合わせがどんなに興味深いものであっても、この作品をカタログ化という現象ですべて説明し尽くすことはもちろんできない。「カタログ」および「カタログ化」の運動を、エクリチュールの綴り出す文様とすれば、『さかしま』にはその文様に対して、いわばそれを支える「地」として機能し、カタログに一定の枠組みと一つの寓意を提供している「構造」が存在する。それが、まさに「閉鎖された空間」であり、また、それを外部から侵犯しようとするある力なのである。

『さかしま』に現れる「閉鎖された空間」とは、デ・ゼッサントが移り住むフォントネー＝オ＝ローズの居館に他ならない。

この居館は作品中に占める規模から言っても、説話論的な機能の多義性から言っても、ユイスマンスの作品の中にさまざまに姿を変えて現れる「閉鎖された空間」の典型的な例と見なすことができる。

「閉鎖された空間」は、まず、人生の煩わしさや、特に時代の主流になりつつあった産業文明の惨禍、とりわけアメリカ文明《アメリカニズム》の侵入などに嫌悪を催し、ユイスマンスの主人公が逃げ込むかりそめの避難所として現れる。『さかしま』の序章にあたる「略述」の中に登場するデ・ゼッサントの願望が最も簡明で、要約的なイメージを提供してくれる。

すでに彼は洗練された隠遁地《テバイッド・ラフィネ》、快適な無人地帯《デゼール・コンフォルターブル》、人間の愚かしさの絶えざる氾濫から遠く避難することのできるどっしりと動かぬ生暖かい方舟を夢見ていた。[13]

「隠遁地《テバイッド》」とは、古代エジプトの三大地方のうちの一つであり、テーバイス Thebais ないしテービカ・レジオー Thebica regio から派生した言葉だ。テーベを首都とし、ナイル川上流のエジプト南部を占めていた地方であり、東西を砂漠に囲まれ、キリスト教の生まれた当初、迫害を逃れ世俗の誘惑を逃れて清貧な暮らしを営むため、多くのキリスト教徒が隠れ家を求めてやって来た土地である。「無人地帯」と訳したデゼール désert は、一般的には文字通り「砂漠」の意だが、テバイッド thébaïde だけでも「世俗から引きこもって、厳粛で孤独で静謐な生活を送る、砂漠のような人里離れた荒れ地」という意味を持っている。

「隠遁地《テバイッド》」「無人地帯《デゼール》」という名詞にそれぞれ加えられた二つの形容詞「洗練された《ラフィネ》」「快適な《コンフォルターブル》」という形容詞は、この空間の持つ厳しさ、厳粛さを、否定しないまでも、いく分か緩和したい、譲歩を引き出したいというユイスマンスの主人公の欲望を表している。禁欲的な宗教性と、物質的な洗練との矛盾した結合は、直ちに「修道院の僧房」「シャルトルー会修道士の居室」を真似てしつらえさせたデ・ゼッサントの寝室を思い起こさせる。共住苦行者のそれに似せた寝台。ナイト・テーブル代わりに置かれた古い祈禱台、教会委員が座るために作られた大きな天蓋と腰支えのついた長椅子、蠟燭の明かりの灯された教会用の燭台、等々。このような雰囲気の中にいると、デ・ゼッサントは、「自分が、パリから何百里も離れた、人外境にある修道院の奥まったところで生活しているのだと、すぐに思い込むことができる」のだったが[14]、一方で、「悔悛や祈りのために設けられた僧坊のいかめしい醜さ」は、「一種の瀟洒で洗練された趣きに取って代えられた」。「粗悪で安手の衣装を高価で豪奢な錦繍に見せる舞台のからくりとは逆に」、デ・ゼッサントは、「素晴らしい素材を用いて、この部屋が荒《あば》ら屋であるかのような印象を与えようとした」のだ。「閉鎖された空間」が持つこうした二極化したイメージは、ユイスマンスが全作品を通じて維持し続ける本源的な二重性の現れと見ることができるだろう。

引用した文章の中に現れる三つ目の語群「どっしりと動かぬ生暖かい方舟」も、同じようアンビバレントな性格を包含している。ここでいう方舟とはもちろんノアの方舟を踏まえている。旧約聖書『創世記』第六章と第七章に現れるノアは、神から命じられるままに巨大な方舟を造り、神が人間を罰するために自ら起こした洪水を免れる。「隠遁地《テバイッド》」が語源的に、初期キリスト教の隠者が多く移り住んだ古代エジプトの一地方を指すのと同様、「方舟」はこのデカダン小説が当初から宗教的な性格を持っていることを明かしている。

ただ、この構築物は、単に「洪水」から免れることを目的として作られたものではない。洪水は洪水でも「人間の愚かしさの絶えざる洪水」なのである。

また、この語につけられた「動かぬ」「生暖かい」という二つの形容詞は、『さかしま』の別の箇所が示しているように、この「閉鎖された空間」のもう一つの性格を明かしている。この空間は確かに「動かぬ」が、それは単にある特定の場所に位置しているというだけではなく、「生暖かく」、それ自体が生きているのだ。その空間のエントロピーが最小となるように、自分自身の内に蓄えられたきわめて限られたエネルギーを消費しながら…。

> 彼（＝デ・ゼッサント）は冬の間穴の中にうずくまってじっとしている獣のように、自分自身を糧に、自分自身の実質を滋養として生きていた。[15]

この居館は、デ・ゼッサントの欲望の実現した「隠遁地」「安息所」であるとともに、デ・ゼッサントという一人の審美家が作り上げた「美術館」でもある。ローズ・フォルタシエは『さかしま』校訂版の「序文」で次のように言う。

> いかなる書物もオランダ語で「家の人《ハイウス－マンス》」を意味するユイスマンスの書いたこの小説ほど、審美家の部屋として構想された室内に長大な描写を割いたためしはなかった。[16]

書物のカタログ化という現象に対し、それを説話の水準で支えている構造が「閉鎖された空間」のこの位相である。フォルタシエや『ロマン主義の牢獄』（一九七五）の著者ヴィクトール・ブロンバート（一九二三－）が早くから指摘しているように、虚構の世界、現実世界を問わず、賛美を尽くした芸術的な室内を作り出すことに熱意を傾ける審美家という形象の例は数多く、[17]「二重の部屋」（一八六二、『パリの憂鬱』所収）のボードレールをはじめとして、文学史・美術史上に一つの連続した系譜を形作っており、ユイスマンスと直接・間接にはっきりとした影響関係のあるものに限っても、ざっと以下のような例が思い浮かぶ。

一、「二重の部屋」と題された散文詩の中でのボードレール。彼は理想的な室内へのこだわりを、「夢に似た部屋、淀んだ空気がかすかに薔薇色と青に色づいた、真に精神的な部屋」[18]と表現したが、現実の生活においても、一八四三年、父の死によって巨額の遺産を受け継いでから、ピモンダンの住居の内装に熱中した。

二、ジュール・ヴェルヌ（一八二八－一九〇五）の空想科学小説『海底二万マイル』（一八六九）の作中人物、ネモ艦長。天井が輝き、彼の潜水艦ノーチラス号の内部に、電気で照明された噴水をしつらえた人工的な空間である一種の美術館をこしらえ、あらゆる時期、あらゆる文化に属する書物や絵画を蒐集した。デ・ゼッサントとネモ艦長との類似は、デ・ゼッサントのフォントネーの館の一部が船室を模して作られ、内部に機械仕掛けの水族館がしつらえられていることからも明らかであろう。

三、ルートヴィヒ二世（一八四五－八六）。リヒャルト・ヴァーグナー（一八一三－八三）の後援者として知られたバイエルン国王だが、リンダーホーフやノイシュヴァンシュタインといった豪奢な城を建設し、昼と夜の逆転した生活を送った。『さかしま』以前に、カチュル・マンデスがルートヴィヒ二世の生涯を『処女王』（一八八一）で描いている。

四、『芸術家の家』（一八八一）におけるエドモン・ド・ゴンクール。モンモランシーの自邸の室内装飾と、そこに蒐集した美術・骨董品を綿密に描いた。『さかしま』の中でユイスマンスが言及しているゴンクールの作品は『ラ・フォスタン』（一八八二）ただ一つだが、ゴンクールはユイスマンスの美学の形成に多大な影響を及ぼしている。『ラ・フォスタン』の中でも、主人公の女優の化粧室や、楽屋の洗練された内部を入念に描写している。

五、伯爵ロベール・ド・モンテスキュー（一八五五－一九二一）。『青いあじさい』（一八九六）などで知られる詩人・小説家だが、生前は、その瀟洒で凝りに凝った服装のダンディーぶりと、フランクラン街にあった自邸の贅美を凝らした内装で有名で、デ・ゼッサントの他、マルセル・プルーストのシャルリュス男爵のモデルと見なされていることは周知の通りである。ロベール・ド・モンテスキューは、厳しい基準で選んだきわめて少数の「友人」しか、自室に招くことはなかった。ユイスマンスがロベール・ド・モンテスキューの家についての情報を得

［左］自室に憩うエドモン・ド・ゴンクール。彼は，その「芸術家文体」によってもユイスマンスにゾラ以上の影響を及ぼした。［右］ジョヴァンニ・ボルディーニ（1842-1931）描くロベール・ド・モンテスキュー（1897，オルセー美術館所蔵）。ダンディズムによって社交界で知られ，デ・ゼッサントの他，プルーストのシャルリュス男爵のモデルともいわれる。

たのは、マラルメからである。内部は和かな間接光だけで照明されていた。第一の部屋は修道僧の個室のように、第二の部屋は帆船の客室のようにしつらえられ、第三の部屋には、ルイ一五世様式の椅子と、僧院で使われる座椅子と、祭壇の手すりの破片などが置かれていた。図書室には、豪華に装丁された珍しい書籍があふれ、甲羅に金箔を貼った亀が一匹、床を這い回っていた。

ところで、これら審美家たちの系譜とデ・ゼッサントとを結びつける契機になっているのは、「審美家の部屋」「夢見る場所」として現れる「閉鎖された空間」が、人間の精神ないし自我の比喩として機能していることである。

フォルタシエの指摘によれば、すでに室内を「自己と類似した存在を嵌め込む神秘的ともいうべき鏡」と考えたボードレールによって、室内の意匠と精神とを同一視する方向が開かれていた。審美家たちの部屋は程度の差こそあれ、ある一個人の単なる趣味の開陳の場であるにとどまらず、精神が「人工」という手段を借りて自己の周囲に形作る擬似的な環境、もう一つの自己とでも呼ぶべき存在となる。ユイスマンスはデ・ゼッサントについて、以下のような表現を使ってこうした論理に批准を与える。

とにかく彼には場所を移動することは無益に思われた。想像力は容易に俗悪な現実の代理を務めることができるように思われた。彼の意見によれば、正常な生活では満足させることができないと思われる欲望をも、この欲望そのものによって求められた対象の洗練された近似物によって、軽妙なごまかしによって満足させることができる。〔…〕肝心なのは、どう振る舞うか、どうやって自己の精神を一点に集中できるか、幻覚を導き、現実自体に現実の夢を置き換えることができるほど、十分に精神を集中させることができるかである。[19]

デ・ゼッサントの居館――「閉鎖された空間」は、放恣な想像の戯れに耽ることを可能にする悦楽の空間であると同時に、そこに身を置く者が、常に激烈な苦痛に身を苛まれる試練の場、受苦の場でもあるという点で、「審美家の館」の系譜とは異なった様相を呈する。デ・ゼッサントが安全な場所に避難できると信じ、そこに身を置いた「閉鎖された空間」は実は、「神経症の治療の場」であり、室内と精神とを同一視する思想を拡張するなら、「神経症に悩まされる身体」そのものであると考えることができる。

この時代、神経症はロマン派の「世紀病」に代わって、急激な社会・文化・価値の変転に対する文学者の不適応や無力を示す徴候となっていた。折しも当時組織化が進みつつあった精神病理学の医学者によって、神経症や精神の退行的変質《デジェネレサンス》を天才と結びつける回路が開かれて以来、文学的デカダンスと神経症とは不可分の関係に立っていた。そこには、一九世紀的な想像力と「実証的」科学との複雑な影響関係が働いている。

フィリップ・ルドゥリュやジャン・ボリーが指摘するように[20]、一八五〇年代から六〇年代にかけて、P・ルカ（一八〇五‐八五）、B・A・モレル（一八〇九‐七三）、J＝J・モロー・ド・トゥール（一八〇四‐八四）といった、当時一流の生物学者、精神病理学者は、大革命が貴族の「世襲的な《エレディテール》」特権とともに葬り去った「原罪」の観念を

「遺伝《エレディテ》」という新たな科学的装いのもとに復活させた。ある家族、ある家系は、「遺伝形質」という名の「先祖の罪」を世代から世代に受け継いでおり、この治療不可能な悪、修復不可能な罪によって退廃することが運命づけられていることを科学が法則として保証するというのだ。真理を標榜する「実証科学」が批准を与えるだけに、ここから生ずる一連の観念連合は、絶望的な暗さ、運命論的な色調を帯びざるを得ない。

この文脈の中で、すでに一八五〇年代、遺伝病理学は、「狂人《アリエネ》」を遺伝的な「奇形」の一つのカテゴリーに分類する道筋をつけていた。一九世紀を通じて、実証的な精神医学は、この強迫観念《オブセッション》を増幅させ、E・ブシュー(一八一八-九一)による『急性および慢性神経症と、各種神経疾患』(第二版一八七七)、A・アクセンフェルド(一八二五-七六)の『神経症論』(一八八一、没後出版)といった具合に、ますます精密な神経症の疾病分類学を発達させていく。[21]

しかし、当時の精神医学は、これと同時に、芸術家や天才による「創造的な」行為の背後にも病理的な要因が潜んでいることを明らかにしようとした。ジャン・ボリーはこの点で、退行的変質を「遺伝形質」にのみ認めるモレルの言説とそれをさらに一般化=全体化するモロー・ド・トゥールの言説との間に見られる微妙な差異を指摘している。『病的心理学』(一八五九)の付録として収録された(偉人および例外的人間の)『辞典』の中で開陳されたモロー・ド・トゥールの見解によれば、病的な遺伝は単に「家族の病」であるばかりでなく、矛盾するようだが「個人の病」でもある。[22]退行的変質が現れるのは、それが何であれ、単に、先祖の欠陥が何世代かを経て回帰するということを意味するわけではない。退行的変質は、親から子へと遺伝するだけでなく、悪化していく環境や、個人の悪い行いなどとの相関で、さまざまに変異する病を伝播していく一般的な退廃へといき着くのだ。こうした、病の持つ豊饒な生産機能によって、種の枠組みを超えた異常な個体が生み出される。特殊な能力に恵まれた芸術家や天才は、神経症者、白痴、犯罪者、性倒錯者などと同様、「退行的変質者」の一類型にすぎない。フランスに紹介されたのはやや時代は下るが、イタリアの精神医学者C・ロンブローゾ(一八三五-一九〇九)がはっきりと定式化する論理はこうして生まれてくる。

アンドレ・ブルイエ（1857-1914）による「サルペトリエール病院におけるある臨床講義」（1887，パリ第５大学ルネ・デカルト所蔵）。シャルコーのヒステリーに関する講義の一場面。フロイトも1885-86年にこの講義に参加した。

精神錯乱や、さまざまな退行症状が頻繁に見られること。親戚やなおのこと先祖の中にアルコール患者や痴愚、白痴、癲癇患者がいること。とりわけ、霊感の持つ特殊な性格などが示しているのは、天才とは癲癇と同じグループに属する変質性精神病だということである。[23]

このような文脈の中で、デカダンを自称する文学者は天才を「退行的変質や非行、神経症」に結びつけるこの公式を逆転して、「俺たちは神経症者だ、だから、天才なのだ」と主張し始める。神経症という負の価値を帯びた病を芸術家・文学者の社会的卓越《ディスタンクション》を示す徴表としたのである。この意味で、一八八三年に刊行されたモーリス・ロリナ（一八四六－一九〇三）の詩集『神経症者たち』と、翌八四年の『さかしま』の文壇的な成功は時代の方向を決定づけるものだった。ユイスマンスと同世代の作家、ジャーナリストで、王党派から最左派に転身したオクターヴ・ミルボー（一八四八－一九一七）は、『悪魔の年代記』（一九九五）に収録された一文の中で、当時文人の関心も集めていたサルペトリエール病院神経病学教授J＝M・シャルコーの有名な講義に言及しながら、「大神経症」と、それと共謀関係にある精神病理学に刻印されたこの時代の特徴をずばり次のように定式化してみせる。

この時代は二重の観点から神経病の世紀となるだろう。まず、神経病が一九世紀のあらゆる行為を支配し、原因となるであろうがために。第二に、この世紀が自分自身の病を徹底的に研究し、その秘密を知悉することになるであろうがために。それゆえ、この世紀は、ヴィクトル・ユゴーの世紀でも、ナポレオンの世紀でもなく、シャルコーの世紀と呼ばれることになるだろう。[24]

『さかしま』については、とかく、稀代の奇書でありゾラ流の自然主義に痛撃を与え、デカダンス・象徴派へとつながる画期となったと評されることが多い。確かに、この小説が時代に与えた衝撃や影響の点では、あながち誇張であるとはいえないが、その理念と手法の両面において、『さかしま』はそれほどまでに自然主義から決別した作品なのであろうか？　『さかしま』は、神経症についての記述の小説である。そして、デ・ゼッサントにとって、「神経症」は何よりも医学的な手段を通じて治療しなければならない「病気」なのである。

『さかしま』執筆後、ユイスマンスは、「弟子」が自然主義の原理から逸脱しつつあるのではないかと心配するゾラに対して、一八八四年一月二五日付の手紙でこう答えている。

〔…〕私はこの本全体を通じ、極力正確であろうと努めました。私は、神経症に関するブシューやアクセンフェルドの著作を一歩一歩たどったのです。私は病期を入れ替えたり、ある時期に起こる症状を別の時期にずらしたりといったこともあえてしませんでした。たとえば、聴覚の変調は、他の章の間に置けば、その間、耳が聞こえなくなり、外界から遠ざかって、効果的だと思われるのに、最後に持ってこなければなりませんでした。こういうシステムを取ることによって、あらゆる漸進的な効果を自らに禁じたのです。[25]

確かに、この手紙を書いた時、ユイスマンスの側としては、いささかの社交辞令もこめて、「正統的な」自然主義への帰順を確認することによって、ゾラとの早計な離別を避けようという意識が働いていたのだろう。しかし、小説の構想の時点においても、神経症に冒された人間の生活を、一年に限って、神経症の典型的な症例として描くという意志を持っていたことは否定できない。ユイスマンスは当時ようやく流行の兆しが見え出した「デカダンス」のいくつかの面を自然主義の条規《カノン》に則りパロディー的に誇張して描こうとしたのである。デカダンスが文学現象としてはっきりと表面化するのは、一八八五‐八六年のことだから、デカダンスは自らのパロディーの方を先に持ってしまったことになる。

草稿段階の「第一章」では、[26]「実証」医学の理論に即して、デ・ゼッサントの神経症の原因として遺伝と退行的変質の悪影響が強調され、「近親結婚」による血の劣化と先祖の欠陥の隔世遺伝が強調されている。デ・ゼッサントの前史を語るこの草稿段階の「第一章」が、完成テクストにおいて「略述《ノティス》」という形で作品の「外」に押し出された時、『さかしま』という作品が成立したのだ。

しかし、デ・ゼッサントの「神経症」は、それが激烈な苦痛とともに、あるいはその苦痛を直接の引き金として、形而上学的認識、より具体的にはキリスト教信仰への絶望的な希求をもたらすという点で、単に実証医学の提供した擬似科学知識の敷衍にとどまらない射程を持っている。

『さかしま』における「神経症」‐「身体の苦痛」‐「信仰」との継起関係はきわめて明快である。フォントネー＝オ＝ローズ隠棲以後しばらく小康を保っていた神経症が再びデ・ゼッサントに対して勢いを振るい始めるのは第七章からだが、「信仰」への欲求が芽生えるのも同じく第七章以降においてである。

こうした信仰心の回帰、宗教に対する懸念は特に彼の健康が悪化して以来、彼を苦しめるようになった。それらは新たに訪れた神経障害と同時に発生したのだ。[27]

最初の数章において、デ・ゼッサントは自分の欲望を語りさえすればそれは完全に実現する。ナタリー・リマ＝ルテリエの言葉を借りれば、[28]デ・ゼッサントの空間は、快感原則がいかなる障害に遭うこともなく実現される空間なのである。しかし、神経症の出現はこの状況を一変させ、もともと脆弱なデ・ゼッサントの精神的・身体的な体制を脅かし、彼に、居館の内部とそこに収められる「表象」を絶えず変更するように促していく。神経症の回帰とともに、デ・ゼッサントの活動は、たとえ彼の自発的な意志に基づくと思われるものであっても、すべてこの病の徴表に彩られていくことになるのである。

しかし、こうした擬似的な痛みも、神経症の歩みを全く止めなかった。せいぜい数時間苦しみが和らいだだけだ。やがて発作が戻ってきて、さらに激しく、一層身を切り苛むように攻撃を再開したため、手痛い対価を支払わされることになった。
彼の苦しみは際限のないものとなった。〔…〕
一時気をまぎらせ、いつ果てることもない苦患の時間を潰すため、デ・ゼッサントは版画を収めた厚紙の箱のところに再び駆け寄り、ゴヤ[29]の版画を整理した。[30]

あるいは、

この状態は数日続いた。それからある日の午後突然、嗅覚の幻覚が現れた。〔…〕
執拗に鼻先に漂う想像上の臭気に疲れ、デ・ゼッサントは本物の香水の匂いに浸ることを決心した。[31]

デ・ゼッサントは、一方で、継起する神経症の症状や幻覚に対する対抗措置として、新たな芸術に助けを求めなければならない状況に追い込まれる。また、他方では、それまで思いもかけなかった思想、もっとはっきりいえばキリスト教信仰の側に押しやられるのである。
『さかしま』において出現する「信仰」は、当初「謙譲の精神」とも、「真にキリスト教的な悔悟の精神[32]」とも無縁な「漠とした不安」にすぎず、ともすれば「暗鬱な狂気や悪」に転じかねない肉体と精神の錯乱の域にとどまっている。しかし、章が進み、神経症の症状が昂進するにつれて「信仰」に対する希求も一層、誠実さを帯びたものになる。やがて、一切の治療の試みに失敗し、自身の暗澹とした未来に呪詛の声を投げかけながらフォントネー＝オ＝

ローズの館を出て行かねばならなくなった時、「信仰」への方向づけは決定的になったかに見える。

デ・ゼッサントは打ちひしがれて、椅子の上にくずおれるように座り込んだ。「二日後、私はパリに帰る。さあ、すべてが終わったのだ」と彼は言った。「人類の凡庸さの波が、津波のように天空まで上昇して、やがて、私が心ならずも堰を開けた避難の港を呑み込もうとしている。ああ、勇気は失せ去り、胸ふたがれる思いがする。神よ、疑いを抱いたキリスト教徒を憐れみたまえ！ それが可能ならば信心を願う不信心者を憐れみたまえ！ 心なぐさめる古い希望の舷灯の光がもはや照らすことなき天空の下を、夜、たった一人で、旅発とうとしている終生の徒刑囚を憐れみたまえ！」[33]

周知のように、フランス人の父、オランダ人の母の間に生まれ、フランスで活動した文化人類学者・民俗学者のアルノルト・ファン・ゲネップ（一八七三－一九五七）や、ルーマニア生まれの宗教学者・神話学者・文化人類学者のミルチャ・エリアーデ（一九〇七－八六）らは、古代社会から現代に至るまで、それに参加する主体の生の認識に根本的な変化を生じさせる通過儀礼ないしイニシエーションと呼ばれる一連の祭儀の存在を指摘している。エリアーデによるイニシエーションの定義は以下の通りだ。

イニシエーションとは、一般的に、入信する主体の宗教的・社会的地位の根本的な変容に引き続く儀式や口頭による教義伝授の総体をいう。〔…〕哲学的にいえば、イニシエーションとは、実存体制の形而上学的変容に等しい。こうした試練の後で、新入者はイニシエーション以前とは全く異なった存在様態を享受する。彼は別人になるのである。〔…〕イニシエーションは修行者を成人の共同体に導き入れると同時に、また精神的価値へと導き入れる。イニシエーションは、成人の行動や技術・制度を教えると同時に、種族の神話や神聖な伝統を教える。[34]

エリアーデに準拠しつつ、アプレイウス（五－一八〇頃）からジュリアン・グラック（一九一〇－二〇〇七）、ミシェル・トゥルニエ（一九二四－）に至る文学作品に現れるイニシエーションを論じたシモーヌ・ヴィエルヌによれば、イニシエーションにおいて入信試願者は、日常的な空間から切り離された聖なる場所に踏み入り、そこで苦行や拷問など死を象徴するさまざまな試練に遭遇した後、新たな肉体を得て再生する。ヴィエルヌは、原始社会から近代に至る六つのイニシエーション[35]の分析から、時代も、民族も、伝統も異なるこれらのイニシエーションには、①「準備期」、②「彼岸への旅」、③「再生」という三つの段階があると指摘している。すでによく知られている事実だとは思うが、今、彼女にならって、この三つの段階を簡単に説明しておこう。

①**「準備期」**　イニシエーションは厳粛な儀式であるので、参加者は精神を聖なるものの開示に向けて準備するため、「宗教的な苦悩の状態」に置かれなければならい。準備期は、それ自体、三つの異なった局面からなる。まず、イニシエーションの場である「聖なる空間」がしつらえられる。「聖なる空間」は、森の中に設けられた囲いのようなものから、きわめて洗練された寺院に至るまで、文化的伝統によってさまざまな形態を取るが、何らかのやり方で特別の価値が与えられてるという共通の特徴を持っている。そこに参加して経験することは、日常生活の経験とは区別されていなければならないのである。第二の掟は浄化である。入信志願者は、聖なる場所に進入する前に、沐浴や、剃髪、断食、禁欲などによって身を清めなければならない。第三には、母親の世話を受ける環境や、個人的な過去など、それが何であれ、世俗的な世界から断絶しなければならない。入信志願者は、家族と過ごす環境から引き離され、神聖な寺院の内部など、外部から隔絶した準備の場所に引きこもって、試練の時を待つことになる。

②**「彼岸への旅」**　イニシエーションの主要部分をなす「死の領域への進入」は、厳粛で劇的な形を取ることが多い。この部分もまた、大部分のイニシエーションにおいて、二つの異なった時期ないし局面に分かれる。第一は、意識の喪失であるが、実際に意識を喪失する場合もあれば、擬似的・偽装的な意識喪失の場合もある。第二は、入信者を世俗的な世界から隔絶する、自然災害や、怪物、死期が近づいていることの告知、象徴的な闇など、ギリシア神話

の「金羊毛」伝説[36]にちなんでサンプレガードと名づけられたさまざまな障害や試練の登場である。世俗から切断が終わると、「危険に満ちた道程」[37]、つまりイニシエーションの本体である試練が開始される。この「彼岸への旅」＝「象徴的な死」も文化によりさまざまな形態を取る。イニシエーションはしばしば母胎への回帰＝原始のカオスへの回帰として現れる。入信志願者は「母なる大地」を象徴する、迷宮《ラビリンス》、洞窟、墓、深遠な森、始原のカオスに取り囲まれた島などの奥深くに進入し、その中心の最も高い水準を示す圏域において、聖なる存在に出会い、宇宙の真理を悟得する。こうした「象徴的な死」を通じて、入信志願者は新たな知識を獲得して、別の人間へと生まれ変わるのである。

③「再生」 この死の試練は、いずれもその後に起こる入信志願者の再生を準備するものである。再生の形態や機能は、イニシエーションが入信志願者に課す「死」の形態によって決まってくる。入信志願者が怪物に呑み込まれる場合には、再生は怪物の腹を割いて外に飛び出すといった劇的な形態を取るし、母胎への回帰の場合には、母親の腹からもう一度、新生児として出産されるなどの形を取る。錬金術や他の秘教主義の場合には、入信志願者の再生には、象徴的な意味が与えられる。入信志願者は、浄化され完全になった存在として、人生の真理に覚醒した者として再生する。また、それにともない、名前やその他の属性が変わることもある。

ユイスマンスの小説、特に中期以降の作品は、作中人物が「閉鎖された空間」の滞在を通じて、より高次の認識、あるいはそれまでとは異なる生活に導かれるという意味で、とりあえず、エリアーデやヴィエルヌの言うようなイニシエーション的な構造や論理を異例とも思われるほど保持している。

『さかしま』において、デ・ゼッサントが「自分一個の快楽」のために作った「珍奇な様式に飾られた快適な内部」「デカダンスの精華を集めた美術館」は、そこに精神‐身体を錯乱させ、自然主義的認識秩序を破壊し、現実‐非現実の障壁を取り去る「神経症」という苦痛・試練が加わることによって、「不可能な信仰」への衝動を生じさせる神秘的祭儀の場に変貌する。

『さかしま』後の作品も同じだ。一般に、イニシエーションは一度限りで終わるものではなく、何度も繰り返され、参加者は段階を踏んでより高次の試練を体験し、望ましい状態へと導かれていくといわれる。すでに指摘したように、ユイスマンスのデカダンス期、カトリック期の小説作品は、①出発、②（閉鎖された空間への）逃避、③幻滅・帰還、という共通の「語りの図式」を持っている。『さかしま』以降のユイスマンスの作品は、個々の作品の枠組みを超えて、同じ類型に属する作中人物が、繰り返し、イニシエーションの試練を受け、次々にその精神的、あるいは実存的な存在様態を変化させていく過程と見なせないこともない。

試みに、『さかしま』以降の作品に関して、ⓐ作中人物（入信志願者）、ⓑ「閉鎖された空間」（試練の場所）、ⓒ入信志願者が課される試練ないしは付随状況、ⓓイニシエーションの結果として作中人物に示される認識の地平、をごく簡単に図式にしてみると以下のようになる。

- **『さかしま』**……ⓐデ・ゼッサント、ⓑフォントネー＝オ＝ローズの館、ⓒ神経症、ⓓキリスト教への「不可能な信仰」への希求。
- **『仮泊』**……ⓐジャック・マルル、ⓑルールの館、ⓒ神経症、真ダニ、象徴的な徘徊、ⓓ三つの夢、特に第三の夢における「真理」の出現。
- **『彼方』**……ⓐデュルタル、ジル・ド・レー元帥、ⓑカレー（カレックス）の鐘楼、司教座聖堂参事会員ドークルが黒ミサを執行する教会、ティフォージュの城、ⓒデュルタルによるパリの街の徘徊、キリストの腐乱する身体、ジル・ド・レーによるティフォージュの森の徘徊、ⓓジル・ド・レーの回心。
- **『至高所』**……ⓐデュルタル、ⓑノートル＝ダム・ド・ラ・サレット教会、ⓒ不詳、ⓓ未完のため不詳。
- **『出発』**……ⓐデュルタル、ⓑノートル＝ダム・ド・ラートル修道院、ⓒデュルタルによる十字架の池の周りの徘徊、ⓓ「神秘」体験（「暗黒の夜」）。
- **『大伽藍』**……ⓐデュルタル、ⓑシャルトル大聖堂、ⓒシャルトル内部の散策、ⓓ信仰の渇きからの解放。
- **『修錬士』**……ⓐデュルタル、ⓑヴァル・デ・サン修道院、ⓒ聖週間の典礼、ⓓ信仰の完成？

デ・ゼッサントの「閉鎖された空間」は精神・魂の隠喩《メタファー》であり、また、精神・魂の換喩《メトニミー》的な延長としての身体とも考えられるような存在である。それは、単に、デカルト的な二元論で構想されるような認識の中心としての意識や、魂との対極に機械論的に措定された身体ではなく、身体の中に受肉した意識と考えることもできる。

しかも、この空間は言語によって分節され、言語によって符牒を打たれた空間でもある。

フォントネーの館の内部に棲まう唯一の主体であるデ・ゼッサントの考える内容、主体の欲望は、館の中に、表象＝言語を介して、表象の宇宙として投影され、定着されていく。『さかしま』の語りは、引用符を用いず地の文で作中人物の心情を表すフランス語特有の「自由間接話法」を用いることによって、デ・ゼッサントの心の中のつぶやきに限りなく接近していく。彼の言葉は、決して感情的に中立的なものではない。デ・ゼッサントの空間に現れる表象は、常に、強い肯定と、否定の感情に裏打ちされているからだ。

デ・ゼッサントがつぶやいた言葉は、次の瞬間、フォントネーの館の内部の意匠の変化として、空間的なレベルで現実化されるわけだ。デ・ゼッサントの欲望は、言語的な表象を介して、空間の表面に投影され、この機制によって、フォントネーの館の配置に変化がもたらされ、再構造化が行われる。この限りでは、この空間は、『出発』や『スヒーダムの聖女リドヴィナ *Sainte Lydwine de Schiedam*』(一九〇一、邦題『腐乱の華』)の中で、ユイスマンスの関心の中心に据えられる「神秘主義者」の身体とも直接の関係を持っている。少し先回りしていえば、ユイスマンスのカトリック回心直後に書かれた『出発』の中で、デュルタルはジョルジュ・バタイユ(一八九七―一九六二)が『内的体験』(一九四三)の中で何度もその名を引用している一六世紀のスペインの神秘家、十字架の聖ヨハネ(ファン・デ・ラ・クルス／仏、ジャン・ド・ラ・クロワ、一五四二―九一)に由来する「暗黒の夜(暗夜)」と呼ばれる精神状態を体験するのだが、デュルタルがこうした体験に遭遇するのも『さかしま』とは別の形を取って現れた「閉鎖された空間」の中においてである。

彼は冬の間穴の中にうずくまってじっとしている獣のように、自分自身を糧に、自分自身の実質を滋養として生きていた。孤独が彼の脳に麻酔薬のように作用した。それはまず最初に彼の脳を苛立たせ緊張させた後、漠とした夢想につきまとわれた麻酔状態をもたらした。孤独は彼の意図を無効にし、彼の意欲を打ち砕き、ひと続きの夢想の流れを導いた。彼はそれから逃れようと試みることもせず、受動的にこの夢想に身を任せていた。[38]

『さかしま』第七章冒頭近くに現れるこのような行文と、十字架の聖ヨハネについて書かれた現代の哲学者アラン・キューニョ（一九四二－）の次のような文章をつき合わせてみる時、「閉鎖された空間」の意味は一層はっきりしてこないだろうか。

受動性のテーマに従って神に関係する神秘主義者、自分をまず受動的であると見なし、能動性に対して受動性に絶対的な特権を付与する神秘主義者にとって、自分の身体ほど重要なものはない。神秘主義者とは第一に彼の身体なのである。[39]

『さかしま』における「閉鎖された空間」にしても、神秘主義者の身体にしても、そこで指し示されているのは、単に即物的な身体、デカルト的な二元論におけるように、魂の対極に機械論的に措定された身体ではない。キューニョは「魂の身体性」という言い方をしてるが、スペインの神秘家にとって身体とは「ある場所」「信者が世界へと差し向けられる場」「脆弱にして耐えがたいもの」、死を一つの極とする「苦痛・苦悩の基体」である。同様にして『さかしま』における「閉鎖された空間」も、「ある場所」であり「デ・ゼッサントが世界へと差し向けられる場」「受肉の場」であり「苦痛・苦悩へとさらされる場」であり、さらにいえば、神秘家の身体同様、言語によって符牒を打たれた場所である。

『さかしま』第九章の「腹話術師の女」の挿話は『さかしま』という言語による構築物の仕掛けの一端を開示してくれる。「官能の昂進」という新たな形の神経症の発作に襲われたデ・ゼッサントは「物憂げに、インド翡翠《アベンチュリン》を散り

ギュスターヴ・モロー「オイディプスとスフィンクス」（1864, ニューヨーク・メトロポリタン美術館所蔵）に描かれたスフィンクス。

ばめた蓋がついた、銀地に金を塗り施した小箱」を開ける。箱の中には、一九世紀中葉に活躍した人気劇作家で一八六〇年にパリに高級砂糖菓子店《コンフィズリー》を開いたポール・シローダン（一八一三－八三）の手になる紫色のボンボンがいっぱいに入っている。

シローダンによって考案され、「ピレネー山脈の真珠」という奇妙な名前をつけられたこのボンボンは、一滴のサルタンタス〔翡翠蘭〕の香り、一滴の女性の精髄〔女性の体液?〕を砂糖で凝固させた丸薬だった。このボンボンは舌の乳頭突起に浸透し、薄い酢によって白く濁った水のような、匂いのいっぱいに染み込んだ接吻のような思い出を喚起するのだった。[40]

するとボンボンの味に触発され、過去に彼が愛した女たちとの情事の光景、特に軽業師ミス・ユラニアと、この「腹話術師」の記憶が生々しく蘇ってくる。思い出の中で、デ・ゼッサントは部屋の中にスフィンクスとキマイラ（仏、シメール）の像をしつらえさせ、女にフローベールの『聖アントワーヌの誘惑』（一八七四）の一節を声色を使って演じさせる。

「キマイラ」（フィレンツェ国立考古学博物館所蔵）。ギリシア神話に現れる頭はライオン，身体は山羊，尻尾は蛇の女怪キマイラ。エトルリアの中心都市アレッツォ（現トスカーナ）で 1553 年に発見された作例。

ある夜、彼は黒い大理石で作ったスフィンクスと彩色を施した陶製のキマイラを持ってこさせた。スフィンクスは四肢を伸ばし、頭を真っ直ぐに立てた古典的な姿で寝そべっていた。キマイラは逆立ったたてがみを揺すり、両の目からは凶暴な光を放ち、いく筋にも分かれた尾で鞴《ふいご》のように膨らんだ横腹を扇いでいた。彼はこれら二匹の獣を部屋の一隅に据え、明かりを消した。暖炉の燠が赤く照り映え部屋をぼんやり明るませると、ほとんど闇の中に沈んだ物体は一層大きく見えるのだった。

そして、自分は長椅子の上に横になった。傍らに座った女のじっと動かぬ横顔が、燃え差しの薪の発する明かりに照らし出されていた。こうして準備が整うと、彼は待った。

彼があらかじめ長い時間をかけて根気よく下稽古させておいた奇妙な抑揚をつけて、女は唇を動かすことも、対象を見ることもせずに、二匹の怪物に命を吹き込んだ。

すると夜の静寂の中に、キマイラとスフィンクスとの感嘆すべき対話が始まった。朗唱の声は最初、咽喉の奥から響く重々しい嗄れ声であったが、次いで人間離れした鋭い声になった。

「ここだ。キマイラ、とどまれ！」

「いや、絶対にとどまるものか」

〔…〕

ああ！ この呪文のように神秘的な声は、彼に向かって語っていた。この声は彼に対し、未知のものに対する彼の熱狂や満たされぬ理想を、思考の境界を越え、芸術の彼方の霧の中に、到達し得ぬとはいえ一つの確実性を模索するためには、生活のおぞましい現実を逃避する必要のあることを語っていた。ここで彼自身の努力のどうしようもないみじめさが彼の心を押し潰した。彼は傍らにいるもの言わぬ女をそっと抱きしめると、悲嘆に暮れた子供のように彼女のそばに身を寄せたが、舞台を離れて自宅でくつろいでいる時にまで芝居を演じ、芸を見せなければならないこの女が不機嫌な様子でいることには目もとめなかった。[41]

ここのくだりは、通例、既成の作品の引用の積み重ねによって成り立っている『さかしま』の間テクスト性や、前後の挿話と併せてデ・ゼッサントの性的倒錯——同性愛、マゾヒズムへの傾斜——を示すものとして引用されることが多い。[42] しかし、ここで注目すべきなのは、おそらくデ・ゼッサントと、彼の前に展開する「言葉」との関係、あるいはその立体的な配置・連関である。『さかしま』を形作る他の多くの挿話の場合と同様、腹話術師の挿話においても、デ・ゼッサントは入れ子状の語りの構造の中に入り込んでいる。デ・ゼッサントは「閉ざされた部屋」の中で神経症の発作に悩まされつつ、その発作の誘発する夢想や幻影に身を委ねる意識 - 身体であるとともに、その幻影の中で「満たされない理想」や「到達し得ない一つの確実性」を告げる「言語」の到来を待ち受ける「もう一つの意識」として現れた心像であり、イメージである。

キマイラとスフィンクスとの対話は、彼が「あらかじめ長い時間をかけて根気よく下稽古させておいた」ものである以上、その「言葉」は、とりあえずは、第二のデ・ゼッサントが自己の欲望の充足のために自ら演出し、自らに与えたものであるようにも見える。しかし、そこで語られる「荘重で魔術的なテクスト」はフローベールという固有名詞に結びつけられているという事実からも、また「象徴」への架橋を誘い、促しているという一層本質的な意味からも、「他者の言葉」であるといってよい。ジャンヌ・ベムによれば、キマイラ＝シメールには、フランス語で母を意味するメールと韻を踏んでいることから、「母」が隠されているという。[43] ここで問題となっているのは、腹話術師＝母による「彼女の声の分配」あるいは象徴的な去勢という事態であり、腹話術師の身体によってもたらされる声は、ジャンヌ・べムの表現を借りれば、「象徴機能を司る切り離し可能な小対象」[44] だということになる。第二のデ・ゼッサントは、精神分析の治療を受ける患者のように、長椅子の上に横たわり、自ら言葉を操作‐演出しているように見えながら、その実、他者の言葉に耳を傾けていることになる。そして、そのような言葉の立ち騒ぐ空間、あるいは他者の欲望の言語化された空間こそ、神経症の発作に悩まされる第一のデ・ゼッサントの意識‐身体に他ならない。

それにしても、デ・ゼッサントの「閉鎖された空間」に対する「女性的なもの」の浸潤ぶりは見過ごすことはできない。

フランスの精神分析学者ジャック・ラカン（一九〇一‐八一）によれば、鏡像段階の想像的な対、すなわち母親‐子供の双数関係を切断し、法、象徴、言語の側に架橋する役割を担うのは、『エクリ』（一九六六）においてラカンが、「それ自身ではなく、また心像としてでもなく、欲求された心像に欠けている部分として、快の享受の場所を象徴する、勃起性の器官」[45] と規定する男根像（＝ファルス）であるとされる。腹話術師の挿話において、この役割を割り当てられていたのは、今しがた見た通り、腹話術師＝母によって分配される「声」であった。また、そもそも神経症者デ・ゼッサントの意識‐身体の内に、腹話術師の記憶が、まさにフロイトのいう意味において事後的に構成される契機となっていたのは、「紫色のボンボン」の形でデ・ゼッサントの中に侵入した「女性の精髄」なのである。

すでに見てきた通り、デ・ゼッサントの物語とは、「閉鎖された空間」への逃避の物語であり、その空間の内部での神秘的祭儀への参加‐象徴秩序への参入の物語であるという具合に、一応は整理することができるだろう。しかし、それはまた、常に侵入を試み、空間の閉鎖を破り、そこに休らおうとする精神の「主体」としての統一性すら脅かしかねない外部の力をいかにして阻止するかという物語、あるいは超人的な努力にもかかわらず、その企てがいかにしてあらかじめ失敗するように運命づけられているかという物語でもある。『さかしま』の中では、「閉鎖された空間」に浸透する外部の力の前に、ようやく芽生えかけたデ・ゼッサントの信仰は実を結ぶことなく崩れ去る。デ・

ゼッサントの隠遁地に襲いかかる外部の力は「あらゆる災害を利用して金を儲け、〔…〕少しずつのし上がっていくブルジョワ階級[46]、聖体拝受のパンにまでまがいものを使わずにはおかない欺瞞的な産業文明、跳梁するアメリカニズムなど、要するに一切の「人間世界の凡庸の波[47]」である。

いまやついに、事態はますますひどくなった。小麦は一切やめてしまい、恥知らずの商売人たちは、ほとんどあらゆる聖餅《せいべい》をジャガイモの澱粉で作る始末だった。

ところが、神は澱粉の中に降りて来られることは拒否されるに違いない。これは否定できない、確かな事実なのだ。[48]

前作『流れのままに』の主人公、フォランタンのつぶやくショーペンハウアーの警句、「ただ最悪のことのみが訪れる[49]」というペシミズムが一層増幅された形でここに反響しているとも考えられる。しかし、腹話術師の挿話においても明らかなように、『さかしま』のテクストを子細に検討してみると、外部から侵入する狂暴な力の背後に、女性の豊饒な力に対する恐怖に似た感情が潜んでいることに気づかされる。『さかしま』において――というかこれはユイスマンスの作品を通してというべきなのだが――「閉鎖された空間」は、妄想の次元において、常に「女性的なもの」との近縁性や共犯関係を持っているのだ。

第八章において列挙される蘭科の花のコレクションや、それに続く「暗鬱な狂気のごとき悪夢」も、そうした徴候をわれわれに教えてくれる一例だ。『さかしま』のディスクールが「贋物の花を模した自然の花」を描写していく際に、異常とも思われるほどの執着を示すのは単にそれらの現実離れした姿形ばかりでなく、腐乱した皮膚のように破れたり崩れたりした表皮である。

庭師たちは、また新たな種類の植物を持ってきた。今度は、血管まがいの筋が浮き出た、人工的な皮膚のような外皮を持った植物だった。その大部分は、梅毒やレプラに冒されたように、薔薇疹や疱疹がまだらや縞の模様を織りなす鉛色の肌をさらしていた。癒えて閉じかけた傷口のような鮮やかな紅色や、瘡蓋《かさぶた》が固まりかけた褐色の色合いをしているものもあり、また別の種類のものは、剛毛の密生した皮膚に、ところどころ潰瘍のような陥没ができたり、癌腫のように盛り上がったりしていた。その中には、包帯に覆われたような外観のもの、黒い水銀軟膏や、緑のベラドンナの膏薬を塗られたようにぬめぬめした表皮をしたもの、埃の粒のような点々とした染みのあるもの、ヨードホルムに似たきらきらと黄色に光る粉末に覆われたものもあった。[50]

「破れた皮膚」に対する執着は、第八章の「ゼンマイ仕掛けのように唯一の主題に取りつかれた精神」[51]が転げ落ちた悪夢において一層強烈なものになる。デ・ゼッサントと彼の連れの「ブルドック顔の女」に襲いかかる二人の醜怪な姿の女はデ・ゼッサントによって、それぞれ「梅毒」「花」の寓喩《アレゴリー》であると解釈されている。一九世紀末文学の研究家でパリ第四大学（ソルボンヌ）比較文学科教授だったジャン・ド・パラシオは、この挿話を一連の「男を貪り食う女性性《フェミニテ》」の系列の中に入れているが、[52]読みようによっては、同一の女が変化したものとも受け取れるこの二人の女は、いずれも女性、あるいは腹話術師の挿話に現れたキマイラが母親を暗示していたように、ここでも歯のあるヴァギナを持った母性の発散する「おぞましさ」を示すと同時に、腐乱しひび割れた皮膚によって言いしれぬ恐怖をもたらす怪物である。

その時、彼は女の乳房と唇に物凄い炎症が生じ、胴体の皮膚に褐色や銅色の染みが現れ出したのを見い出し、肝を潰して後じさった。しかし、女の目は彼を魅惑し、デ・ゼッサントはゆっくり前へ進んだ。大地に踵をめり込ませて前進すまいとするものの、倒れたり起き上がったりしながら女の方に引き寄せられていったのである。ほとんど彼女に触れようかという瞬間、黒いアモルフォファルス〔の花〕が至るところから生い出してきて、海のように息づくこの女の腹の方に触手を伸ばした。彼は生暖かい強靱な茎が彼の指の間を蠢く有様に喩えようもない嫌悪を感じつつ、これらの植物を掻き分け、押し除けた。すると突然、おぞましい植物は消滅し、二本の腕が彼に絡みつこうとした。激しい不安に彼の心臓は早鐘のように鳴った。というのも、女の目、恐ろしい女の目が冷たく澄んだ青に変わり、凶悪な表情を帯びてきたからだ。彼は必死になって女の抱擁を逃れようとしたが、抗うことのできぬ力で、女は彼を押さえつけ、彼の身体をしっかりと摑んだ。その時、彼の血走った目に、女の剝き出しの股の下に獰猛なニドゥラリウムの花が開く様が目に入った。ニドゥラリウムは、血を滴らせながら剣の刃のような花弁のあわいにぽっかりと穴を空けた。[53]

ただ、デ・ゼッサントの「閉鎖された空間」を脅かすこの「女性的なもの」の正体を考えるためには、ちょっとした迂回をする必要がある。

2　女性と食物

『さかしま』に限らず、ユイスマンスの作品における「信仰-聖なるもの」「女性」「食物」という三者の特殊な関係に、最初に注目したのはプルーストやマラルメのテーマ研究で知られるジャン＝ピエール・リシャール（一九二二-）だ。

フランスでは、初夏の五月から九月にかけてバス＝ノルマンディーにあるスリジー城でさまざまなテーマをめぐって「学会《コロック》」が開かれる。『新フランス評論』といえば、アンドレ・ジード（一八六九-一九五一）、ジャック・コポー、J・シュランベルジェ（一八七七-一九六八）らによって一九〇九年に創刊され、ジャック・リヴィエール、J・ポーラン（一八八四-一九六八）、P・ドリュ・ラ・ロシェル（一八九三-一九四五）といった錚々たる人物が編集長を務めたフランス二〇世紀を代表する文芸誌である。これに近い大学人・批評家であったポール・デジャルダン（一八五九-一九四〇）が、一九一〇年から三九年にかけて、ブルゴーニュ地方ヨンヌ県のポンティニーにあった旧修道院に、G・バシュラール（一八八四-一九六二）、E・R・クルティウス（一八八六-一九五六）、アンドレ・

スリジー城。

マルロー（一九〇一－七六）ら、当時の名立たる学者・知識人を集めて文学・政治・社会問題を討論する「一〇日会《デカッド》」を開催していた。また、彼の娘アンヌ・ユルゴン＝デジャルダンが第二次世界大戦後の一九五二年に、ポール・デジャルダンの志を継ぎ、廃城となっていた一族の所有になるスリジー城を修理して、「ポンティニー＝スリジー友の会」を設立した。

一週間から二週間、一つのテーマを定め、そのテーマの専門家が集まって発表を行うが、別に参加者は学者・研究者に限らない。そのテーマに関心を持っている人間なら誰でも参加することができるし、そういう一般参加者も専門家に対して、対等の立場で自由に自分の意見や感想を述べることができる。学会の間、専門家も一般参加者も全員が城の中に寝泊まりして、大食堂で食事を摂り、発表の合間には、昔からの知り合いも、この学会で初めて会って気心を通わせた人びとも、仲良く歓談したり、時には近隣の名勝に遠足を試みたりする。

ジャン＝ピエール・リシャールのユイスマンス論「テクストとその料理」[54]は、最初、一九七七年の六月、「ロラン・バルト[55]へのオマージュ」という副題でこのスリジーの「学会《コロック》」で発表され、後に論文集『ミクロレクチュール』に収められたごく短い論文だが、ユイスマンス作品の理解に重要な意味合いを持っているので、簡単に紹介しておきたい。

彼は、ユイスマンス作品における「食物」のテーマの重要性を次のように指摘する。

> ユイスマンスにおいて、食べることは厄介な問題である。つまり、食べることは大抵の場合、不幸な結果をもたらすのだ。おそらく、食物に対する関心に、これほど激しく取りつかれた文学作品は存在しないだろう。確かに、食物は作品の中でさまざまな仕掛けに従って、直接的に、文字通りに消費される。しかし、食物はまた人生のあらゆる重大な行為に、隠喩的

にその印をつけることにも役立っている。[56]

たとえば、『さかしま』の前作、『流れのままに』の主人公フォランタン氏の場合、誕生そのものが、「食物」と深い関わりを持っている。ユイスマンスの主人公は、「食物」を通過することで生まれ出るのである。

産婆ではなかったが、この手の仕事に通じた叔母の一人が、赤ん坊を取り上げ、バターで顔を拭い、倹約のため、ヒゲカヅラの粉の代わりに、パンの耳を掻き取って作った粉を尻にまぶした。[57]

一方、リシャールによれば、ユイスマンスにおける食物のテーマは、隠喩《メタファー》と換喩《メトニミー》という比喩の二つの軸を通して、女性というもう一つのテーマと密接に結びついている。まず、あらゆる食物は、われわれ人間に最初に食物を与えた「本源的な存在」、つまり母親の隠喩となっている。また、少なくとも、近代になるまで、西欧社会においても食物を準備してきたのは女性であったという社会的・文化的な必然性から、食物は女性と隣接した換喩的な関係にも立っている。女性と食物とは「同棲関係」にあるのだ。

リシャールは言う。

ここから、ユイスマンスの主人公にとって、重大な問題、おそらく唯一といってもよい問題が生じる。どのようにして、ただ一つの対象についてある機能上の偽善を受け入れるか、どうやって、この対象を隠喩《メタファー》であると同時に換喩《メトニミー》として消費するか。食べさせてくれる者、それは別の意味では、人が食べる当の食べ物でもあるのだが、その人間をいかにして愛さずに食べるか、いかにして食べさせてくれる人間と暮らすか、あるいは暮らさずに済ませるか。問題の各項は途轍もなく単純である。しかし、小説の順を追って、あらゆる解決法が試みられるが、いずれも失敗に帰する。[58]

一般に、ヨーロッパでは、調理場と料理を食べる食堂とは空間的に隔てられている。調理場は、身体と未来の食物とが最初に「裸で」触れ合い、また、素材と素材とが混ぜ合わされ、次々に結婚が行われるという二重の意味で「リビドー的な」場所である。調理場に入ることを禁じられているユイスマンスの主人公は、常に食物に異常な関心を抱き続けているが、『彼方』において鐘楼守カレー（カレックス）の妻がデュルタルやデ・ゼルミーにスープを出す場面というただ一度の例外を除き、調理場の中に入ることはない。

それどころか、ユイスマンス作品の主人公たちにとって調理場は、彼らから食欲を奪おうと、不可解な陰謀がたくらまれる場所であり、そこで作られる食物は、傷んだり、あらかじめ汚れていたり、病毒に感染したり、混ぜものが入っていたりする。

こうした疑惑は料理人や、給仕を行う者に対しても向けられる。食物を与える者と、与えられる者との関係には、両者の欲望の需給関係が反映されている。そしてこの関係は、食物を与える者が男性であるか、女性であるかで、性格を変える。

食物を与える男性の代表的な例は、『流れのままに』の冒頭に現れる給仕《ギャルソン》だ。

> ギャルソンは、左手を腰にあて、右手を椅子の背もたれに置いて、唇をぎゅっと締めながら、片足だけでバランスを取った。[59]

ここで、リシャールは、精神分析学者で欲望の「対象」を扱う対象関係論、特に母子関係に新しい光を当てたメラニー・クライン（一八八二－一九六〇）を援用しながら次のように解説する（ちなみにクラインはオーストリアの生まれだが、活動したのはイギリスであり、著作も英語で書かれている）。外部からの迫害不安に、分裂機制を用いて対処している妄想分裂態勢《パラノイド=スキゾイド・ポジション》と呼ばれるリビドー生活の初期において、欲望の対象を与える者と、与えられる者との接触は、常に過剰であるか、過小であって、いずれにせよ、フラストレーションを引き起こすが、『流れのままに』

の中でギャルソンは、ユイスマンスの主人公に食物を与えることを積極的に拒絶するか、さもなくば、身をひるがえして逃げ去り、欲望の対象である食物は絶対に主人公の口には届かないのだ。

食物を与える女性の場合、ユイスマンスの主人公から食欲を奪おうという執念深い欲望は、直接、彼女たちの身体によって行われる。

しかも、このきわめて「男根的な威嚇」は、給仕をする女が痩せているか太っているかでさらに変化する。

痩せた給仕女の前では、ユイスマンスの主人公は、「空腹の程度を計られ、空腹感を腹の底に押し込むような目で見られて」[60]食べるという意欲を失ってしまう。

しかし、一層恐ろしいのは太った給仕女の場合である。ユイスマンスの作品の中でこのイメージの典型的な例は『流れのままに』のシャヴァネル夫人である。

> 六フィートもある老婆で、口髯が生えており、たるんだ頬の上に、卑猥な目がのっていた。従軍商人そのままといった風体で、車屋のようにがつがつ食らい、浴びるように飲んだ。料理の腕は下手な上、慣れ慣れしいことといったら、限度を超えていた。[61]

つまり、自分自身があまりに栄養過多であるために、「乳母」が「人食い鬼」に変身してしまうというわけだ。こうなると、「食物の不幸」は、「女性性《フェミニテ》の地獄」へと転化してしまう。

われわれが日常的に食事する場所は、人間の欲望の構造に即して考えるなら、象徴的な意味で、母親の胎内や、授乳の場とつながっている。その意味で、ユイスマンスの主人公たちは「隠棲所」の中で、ある意味、自体愛的に、落ち着いてゆっくりと食事を摂りたいと願っているのだが、この孤独な食事は、その都度「消化不良」という制裁によって、常に維持することができなくなる。

ユイスマンスの主人公たちは、そこでレストランに赴き、他人の間に交じって食事をしなければならなくなるが、これも決まって不幸な結果に終わるのである。

リシャールは、この関係を「錯綜」と「断裂」という二つの状態に分類している。

「錯綜」というのは、食事をする者の身体がテーブルや椅子の位置関係によって結合し、一つになった状態を指す。リシャールによれば、これは、いわば他者との遊戯的な性的交接を意味する。ただし、その交接は、失敗、つまり不能《インポテンス》という罰則をともなっている。

また、「断裂」というのは、食堂の中に、食事の静寂を破る騒がしい人びとの声や、物音が満ちている状態である。こちらは、欲望の経済の用語に翻訳すると、メラニー・クラインが注釈している小児の夢におけるように、主体が母親の身体の中で、不倶戴天の敵である父親や兄弟に攻撃されているように感じる状況に対応している。

このように「食事をすることも、そこに場を占めることも不可能な場所、内部のない場所、外に向かってさらされている場所[62]」とは、まさに「閉鎖された空間」とは反対の場所だが、そうした場所で、男女を限らず「傲慢で、人を馬鹿にしたような」給仕によって与えられる食物が食べられようはずもない。それでもなお、食物を食べようとするならば、何らかの工夫が必要となる。

リシャールは、ユイスマンス作品に現れる食物を次の三つに区分している。

一、罰を受けた食物
二、犯罪的な食物
三、シュルピスの食物

「罰を受けた食物」とは、「風味がない」「味が決まっていない」「混ぜものが入っている」など、その身体、つまり食物の物理的な様態のレベルで、身体が本来望んでいるものの欠如を帯びているという意味でネガティヴな食物だ。たとえば、野菜やソースが「風味がなく」「水っぽい」といわれるような場合、そこには、「女性的なもの」「液体性」が食物の中に侵入し破壊するという、一層大規模な悪夢と結びついた「食物の水による去勢」の一つの現れと考えることができる。

ユイスマンスにおいては、信仰も食べることと密接な連関を持っている。つまり、ユイスマンスにとって信仰とは、パンなりワインなり、信仰の象徴を物質的に消費することなのである。ユイスマンスの作品に常に見られる食物の悪化は、宗教の不純化という結果をもたらすだけに深刻である。混ぜものの入った不純《アデュルテレ》な食物とは、リシャールの解釈に従えば、われわれを食物の幼児期から隔離する成人《アデュルト》の食物であり、脱母親化された、あるいは脱象徴化された食物である。

すでにわれわれ自身が引用した箇所（本書一三〇頁）に見られるように、『さかしま』のデ・ゼッサントは、秘蹟に関わる物質が近代の産業文明によって「まがいもの」にされてしまったことを歎いている。神はまがいものの聖餅に降り立つことはなく、パンが司祭の聖別によってキリストの肉に変化するという実体変化も期待できない。不純な食べ物を食べることによって、ユイスマンスの主人公は美食家としてと同時に信仰者としても、また、テクストの主体としてもその生存の根拠を失わねばならない。

それでは、こうした食物の劣化を完全に食い止められないにせよ、それを何とか食べられるものとするためにはどうしたらよいのか？ リシャールが指摘するのは、『さかしま』以後の作品に現れる二種類の食物である。たとえば、「犯罪的な食物」とは、具体的には、『彼方』の中で青髯こと、ジル・ド・レー元帥が食べる香辛料をたっぷりとかけられた生肉のことを指している。一方、「シュルピスの食物」というのは、やはり『彼方』の中で、デュルタルやデ・ゼルミーが、サン゠シュルピス教会の鐘楼守カレー宅で賞味する食事――「素晴らしい料理女」カレー夫人が腕を振るって調理した甘美な鍋料理《ポ・ト・フ》のことだ。

確かに、「犯罪的な食物」が、香辛料という「死」を隠蔽する仕掛けを導入することによって、食べる者が自分のリビドーを食物の中に注入したり、食物に欲望を引き起こす力を回復させようという意図を持つものであることはわからなくはない。

しかし、サン゠シュルピスの鐘撞き堂の中で出される料理が、これまでとは異なり「危険でも、不味くもない慎ましい食物」[63]として現れるのはどうしてなのだろうか？

この食物が「シュルピスの食物」と名づけられているのは、「昇華され、聖別され、やや甘ったるく」「サン＝シュルピス教会の名のもとに」[64] 置かれているからである。カレーがデュルタルとデ・ゼルミーを招き入れるこのサン＝シュルピスの鐘楼は、屹立する突起物という形態からして男根的な象徴を帯びており、また、これらの会食《アガペー》[65]はあまねく広がる恩寵の象徴である鐘の支配下にある。

サン＝シュルピスの広場は、たとえば『さかしま』と『彼方』の間に位置する『仮泊』の主人公ジャック・マルルの悪夢の中に現れる「拷問の場」ではなくなり、宗教的瞑想と「カトリック的な美食」の場に変貌する。だが、「混淆された、不純な」食物、「罰を受けた食物」が、その「欠如性」のために、宗教を招き寄せる力をあらかじめ奪われていたのであるならば、サン・シュルピスの鐘楼の中で食べられる食物が、正統的な信仰とその象徴が支配する圏域にあるから美味しくなった――その欠如性が回復されるのだ――と言ったとしても、さして説得力のある説明にはならないだろう。

ユイスマンス作品の中では、欲望の経済という観点から、食物と女性との間に、隠喩および換喩という回路を解して特殊な関係が存在している。これが、リシャールの強調する点である。確かに「悪鬼と化する給仕女」の例をはじめ、「食堂＝母体」という比喩関係や食物の「不味さ」を構成するのは「侵入し、破壊する女性性《フェミニテ》」としての「液体性」であるというリシャールの分析には、なるほどと頷かざるを得ない点が数多くある。

しかし、リシャールの分析を通じて、両者の関係が徹底して究明され、両者を要素として包含するユイスマンスの「欲望の経済」の機能ぶりが完全に解明されたかというと、必ずしもそうではないように思う。

リシャールは、この論文の中で、精神分析、特に、言語獲得以前の母子関係の分析を重視するメラニー・クラインの所説を盛んに援用しているが、その精神分析概念の使用は必ずしも組織的ではなく、全体としていかなる理論的な前提に立脚しているかは明らかではない。女性と食物との結合は、ユイスマンスの作品の中では、食物がさまざまな関係との間に取り結ぶ比喩関係の一つの項目にすぎず、他の比喩関係とも、いわば遊戯的に干渉し合うにとどまり、それらを何らかの形で説明したり、基礎づけたりする役割は与えられていない。リシャールの意図は、ロラン・バルトの『恋愛のディスクール・断章』[66]（一九七七）にならって、ユイスマンスにおける「美食のディスクール」、「エクリチュールが、エクリチュールによって呼び出された事物について、その意味論的な空間を飽和させることにより、次々に新たな表象の戯れを生み出していく」[67]ような「快楽としてのテクスト」を紡ぐことにあり、その限りでいえば、このユイスマンス論は当初の目的を十分達しているといえるのかもしれない。

しかしながら、ユイスマンスの作品における食物と女性の問題については、単にテクストの戯れへと解消してしまう以前に、それがユイスマンスの作品の中で有している特異な意味や構造、いわば、リシャールがすでに十分感知し、その主要な結節点のいくつかを的確に指示しながら、途中でその組織化を断念してしまったその意味や構造をこそ考えていく必要があるように思われる。

この意味で、これらのテーマの形作る論理的機制に近づく手がかりをわれわれに提供してくれるように思われるのは、記号学・精神分析の立場から「語る主体」としての人間やそこから生成する文化の深層を解明してきたジュリア・クリステヴァ（一九四一―）の論考、特に「おぞましさ」についての論考であろう。

おそらく、読者の中には、クリステヴァの「アブジェクション（おぞましさ）」などという話を聞くと、ずいぶん懐かしい話だと思われる方もおられるかと思う。実際、彼女がこの概念を発表したのは一九八〇年にまとめられた『恐怖の権力』[68]の中である。

これについては、多少横道に逸れるようだが、筆者個人のユイスマンス研究の足取りについて若干の説明が必要だ。

クリステヴァの思想については、一九七〇年代後半から八〇年代にかけて、『現代思想』などを通じ枝川昌雄（一九四四―）、西川直子、石田英敬（一九五三―）といった諸氏によって紹介されていた。

私が最初にクリステヴァに接したのは、一九八〇年代の初期、大学卒業後に週一回ほど通っていた東京日仏学院の図書館に置いてあったある雑誌の中で、その後『恐怖の権力』にまとめられることになる論文を目にした時である。もっとも、クリステヴァや、彼女が属していた文学・哲学雑誌『テル・ケル』[69]について、名前は聞いたことはあったものの、当時、現代思想に大して関心があったわけではない筆者は、その晦渋なフランス語の内容を半分も理解したとはいえなかった。しかし、この論文は、筆者がユイスマンスに対して抱いていた疑問、つまり、シュルレアリストを熱狂させた『さかしま』のユイスマンスがなぜ、きわめて反動的ともいえないことはない厳格なカトリシズムを奉じるようになり、それとともに文学的な傾向についても、きわめて「読みづらい」、何を意図しているのか不可解な「神秘主義的」作風へと変化させていったのか、という疑問に一つのヒントを与えてくれているように思えたのである。

その後、数年の予備校勤めを経て、当初籍を置いていた大学とは異なる大学の大学院に再入学し、ユイスマンスの研究に復帰した時ユイスマンス以上に読み耽ったのが、クリステヴァであり、さらにその淵源となったフロイト、ラカンらの精神分析関係の書籍であった。筆者がこれから述べていくことになる一九世紀の文学・思想、あるいは、それをさかのぼるヨーロッパ文化、キリスト教文化に通底するあるカラクリは、そのクリステヴァを糸口として見えてきたといっても過言ではない。

日本の学問的な風土においては、ヨーロッパやアメリカに発する新たな学問流行を追うことにばかり熱心で、次の流行が「渡来」すると、前の思想のことはすっかり忘れ去り、両者の起源・系譜関係や政治的な意味合いを十分検討した上で自らの思想を紡ぐ土台づくりをしようという意志がまだまだ弱い。一九七〇年代から八〇年代にかけて「なんとなくクリステヴァ」と揶揄されるほどの流行を見た、ブルガリア出身の記号学者・精神分析学者・文芸批評家、そして最近ではいくつかのベストセラーを持つ小説家としても知られる彼女の初期・中期の思想を、一体われわれはどれだけ覚えているといえるだろうか?

次節では、ユイスマンスの持つ諸問題の解明に資する限りで、「アブジェクション（おぞましさ）」に関わるクリステヴァの思想を簡単に振り返っておくことにしよう。これはまさに、「女性」と「食物」に関わる理論なのである。

3　ジュリア・クリステヴァ『恐怖の権力』をめぐって

ジュリア・クリステヴァは一九八〇年に刊行された『恐怖の権力』の中で、「アブジェクション（おぞましさ）」という概念を導入している。彼女は、主体と客体との間の分離が不確実で、曖昧な状態、「自‐他の区別が不安定な状態」を指すこの概念を、個人の発生論のレベル（精神分析）と同時に、文化史レベル（民俗学・文化人類学）においても分析することを通じて、意味や文化がそれを担う主体とともに形成される過程——彼女自身が「意味生成の過程」と呼ぶ過程——で、「母なるもの」あるいは「女性的なもの《フェミニテ》」という契機が存在することを明らかにした。

クリステヴァの理論的関心は、一九七四年に刊行された『詩的言語の革命』[70]以来、近著に至るまで、デカルト（一五九六‐一六五〇）‐フッサール的な「意識‐認識‐言語の主体」が、時間的・論理的に、その相関者である「対象」とともに生起する「以前」の段階に向けられている。『詩的言語の革命』のクリステヴァによれば、「意識‐認識‐言語の主体」と客体とを創出するのは、述辞作用と呼ばれる「定立的な」言語作用である。「定立的な」言語作用によって作られる意識作用は、意識‐主体が「自己と異なるもの」を客体として名辞化し、主語・述語という基本形式を持った判断形式のもとに包摂することによって成立する。つまり、このような判断意識を構成する述辞作用自体が、意味されるもの（＝存在）と意味を構成する意識主体（＝フッサールの超越論的主観性ないし超越的自我）を、作用の両極に一挙に「定在」させるというのだ。

述辞作用によるこうした主体‐客体の分離、主体の定立によって、言語は異なった主体の間で了解可能な意味を持つ「記号」となり、社会性・伝達性を獲得するわけだが、クリステヴァは『詩的言語の革命』の中で、このような言語活動の社会性・伝達性を保証する記号‐意味作用の様態に、記号象徴相＝ル・サンボリック[71]という名を与えている。一方、言語には、意味や意味作用には還元できないもう一つの様態が存在する。あらゆる言語において、新たな意味作用とは「異質なもの《エテロジェーヌ》」が意味作用を通じ（あるいは意味作用にもかかわらず）作用‐介入し、言語に音楽的な効果をもたらしたり、所与の確信や意味作用ばかりか、極端な場合には、定立的な意識を保証する統辞論すら破壊する無意味を作り出したりする。[72]

クリステヴァは、このもう一つの意味作用の様態に対して「画然とした標識、痕跡、徴候、前兆、証拠、刻み、刻印」などを表すギリシア語、セメイオンから、[73]前記号相＝ル・セミオティックという名を与える。ル・セミオティックは、すでに述べたように、「定立的」な意識にとっての、意味される対象に差し向けられることのない不確定で無限定の分節が行われている場であり、ル・サンボリックの秩序を侵犯する「否定性」が活動する場である。ル・サンボリックとル・セミオティックの関係は、一つの同じ「意味生成の過程」の二つの相《アスペクト》であるとされるが、この関係はフロイト、ラカンの精神分析理論、特にその象徴形成理論との関わりで理解される必要がある。

ラカンの精神分析理論においては——といっても、ここではあくまでクリステヴァ理論の枠内で見た場合、という留保つきだが——、人間の言語の獲得、つまり象徴秩序への参入は、とりあえず、父－子－母というエディプスの三角形の中での運動として理解されている。

ラカンは、このエディプスの三角形のそれぞれの審級に象徴界《サンボリック》、想像界《イマジネール》、現実界《レエル》という名を与えているが、象徴界とは、主体に先立って存在する言語・文化象徴の秩序であり、またこの秩序を支える法・掟であると一応は理解される。主体は、法・掟を司る象徴的な父の審級（「父の名」、象徴秩序を告知する大文字の〈他者〉）の介入によって、象徴秩序、言語秩序への参入が可能になる。

一方、想像界は、生後六ヶ月から一八ヶ月までの幼児が鏡に写った自己の像に対する「同一化」を通して、自己の身体像の統一性を獲得する「鏡像段階」とともに成立し、自分に似た視覚像との「双数的な関係」を指す。「自我の場」であり、自己に対して過大な幻想を抱いたり、他人の影響を受けたり、自分を偽ったりといった自我にともなうさまざまな現象が現れる場である。[74]

第三の現実界は、この言葉がしばしば連想させるような、「現実」世界という場合の「現実」ではなく、精神病患者の心的世界も含む「心的な現実」、すなわち妄想をともなった無意識の欲望の場であり、分節された言語や象徴によっては包摂することができない意識の「残余」である。そういう意味で、主体の意識にはついぞ昇らない禁じられた欲望の対象、より具体的には、「不可能な欲望の対象」である禁じられた母親の肉体や、「死の欲動」と深い関係を持っている。[75]

きわめて図式的にいえば、現実界と想像界、すなわち、「欲望の対象である母親」と「自我」とは、想像的な関係によって結ばれているが、そうした母子の融合状態、双数関係が構成する想像関係は、象徴界における意味を与えられて初めて言語化される。「主‐客」分離以前、母親と融合関係にあった幼児は、象徴秩序＝象徴的父の介入によって、「母性原理の支配的な世界」から切り離され、「言語と文化の世界」へ導き入れられるわけだが、この象徴秩序への介入が、母親との近親相姦の関係の断念を迫る一種の象徴的な去勢と理解される。[76]

さて、ラカンが、象徴界が存在することをあらかじめ前提として要請し、もっぱら鏡像段階通過後、つまり主‐客の分離が明確化して以降の自我の構造の分析に向かうのに対して、クリステヴァはむしろ、主体‐客体の「定立」や区別が十分に行われておらず、したがって自我がラカンのいう現実界から画然と分離していない原初的な段階に関心を集中する。

クリステヴァはまず、主客定立以前、一切が未分化なまま、身体的な欲動だけが渦巻いている混沌とした状態を、プラトン（前四二七‐前三四七）が『ティマイオス』の中で用いている「運動と束の間の静止によって構成される、全く一時的で本質的に流動的な分節」[77]に想を得て、コーラ・セミオティックと名づける。コーラ・セミオティックは「変化に富むが規制を受けた運動状態にある欲動と欲動の静止によって構成されている、表出されることのない全体」[78]であり、それ自体は「断絶や分節」[79]にすぎない以上、「明白さ、真実らしさ、空間性、時間性」[80]のいずれにも先行する。コーラは、それを媒介として主体が構成され、記号＝サンボリックな秩序へと結びつけられる場、媒介としての母親の身体であり、一端胚胎された主体の統一が「それを生み出す攻撃と静止を前に消失する」[81]否定ないしは否定性の場である。

別の箇所で、クリステヴァは、このようなコーラの性格を踏まえつつ、ル・セミオティック、ル・サンボリックの関係を次のように整理している。

言語の中に、ましてや、詩的言語の中に彷徨と不鮮明とを導入するセミオティックなプロセスは、共時的な観点からいえば、欲動の過程（適合／棄却、口唇性／肛門性、愛／憎悪、生／死）の印であり、通時的な観点からすれば、自己を境界の中で、同一性を有するものとして、したがって、シニフィアンとして認めさせる以前、母親に対し依存状態にあるセミオティックな身体のアルカイスムにさかのぼる。欲動的であり、母性的であるこのセミオティックな過程は未来の話者が、意味と意味作用の中に（ル・サンボリックの中に）入ることを準備している。[82]

『詩的言語の革命』以降、『恐怖の権力』、『愛の物語』（一九八三）…さらに最近では『精神分析の力と限界Ⅰ・Ⅱ』（一九九六、一九九七）、『天才的女性Ⅰ・Ⅱ・Ⅲ』（一九九九、二〇〇〇、二〇〇五）、『精神分析の力と限界Ⅲ』（二〇〇五）などと続くクリステヴァの理論的な探究は[83]、主体・客体、言語、意味、空間、時間など、一切の分節が不安定で曖昧な、このコーラ・セミオティックの段階から、いかなる過程をたどり、またいかなる論理的な脈絡を経て、フロイトやラカンの考えるエディプス的構図が実現されるのか、また（それと相関的に）いかにして象徴的な秩序が成立するのかをめぐって展開される。

『恐怖の権力』においては、精神分析の臨床、文化人類学、宗教学、現代文学（セリーヌ（一八九四－一九六一））など、さまざまな分野における分析・検討が試みられているが、アブジェクション（おぞましさ）という概念も、こうした理論的な展望の一つの帰結として導き出されたものに他ならない。

幼児が伝達可能な言語を獲得し、象徴秩序に参入するのは、エディプス段階において、父の審級から、すなわちラカンのいう「父の名」から去勢の脅威を受け、母親から完全に分離するのに成功した時であるとされる。クリステヴァは、エディプス期に先立つ前エディプス期、主体と対象（すなわち母親の身体）とが未分化の状態にある時、きわめて不完全な形で主体――より正確には将来の主体――の外へ放擲《アブジェクト》される擬似的対象に、おぞましきもの《アブジェクト》という名を与える。

アブジェクトは、欲動からまだ分離することのできない「対象」の（共時的な観点からすると）最も脆弱な、（通時的な観点からすると）最もアルカイックな昇華として現れる。アブジェクトは、以前に構成された擬似-対象であるが、これは、二次抑圧の裂け目にしか現れることはない。したがってアブジェクトは原抑圧の「対象」だということになるだろう。[84]

本来の抑圧――二次抑圧とは、「個体が、ある欲動と結びついた表象（思考、イメージ、記憶）を無意識の中に押し戻すとか、無意識にとどめようとする精神作用」（ラプランシュ-ポンタリス）[85]を指すが、それに先立つ「原抑圧」の段階では、自我、自我の対象、表象がいずれも十全の意味では存在していない。したがって、無意識自体が構成されていない。無意識は、表象と、「それと結びつけられたり、されなかったりする」欲動とが論理を形成する時に構成されるからである。しかし、この「原抑圧」の段階においても、身体的で、すでに意味作用を行う徴候や記号が存在していないわけではなく、それらは「嫌悪、むかつき、おぞましさ」などの形を取って現れる。

おぞましきものは〔…〕個の始原学において、言語活動の自立のおかげで、われわれが母性の本質の外に、外-在するようになる直前に、われわれから母親的本質の刻印を除去する試みに直面させる。しかし、その刻印の消去は、激しくかつ不器用であり、安心させると同時に息を詰まらせる、あるカへの依存状態へ再び落下する危険に常に狙われている。[86]

クリステヴァは、『恐怖の権力』の冒頭に近い章で、特に神経症＝恐怖症（「ハンス」S・フロイト）の構造と精神病に隣接した境界例《ボーダーライン》の構造に依拠しつつ、アブジェクションの作用が個人の次元で顕在化する場面を素描している。これらの症例、特に後者の例においては、無意識の抑圧-否定性に根拠を持つ〈自己〉／〈他者〉、〈内部〉／〈外部〉

の対立は絶対的ではない。無意識の内容は「排除」されているが、主体／客体の確固とした分化を許すまでには徹底していない。しかし、その排除は防衛や拒絶の態勢、あるいはまた、周到な昇華の態勢が生じるには十分なだけ明確である。その結果、神経症の患者なら抑圧して無意識下にとどめられる内容が、境界例の患者の言葉や行動においては、明示的となるにとどまらず、身体の内部が、もはや内部／外部を峻別し、完全な固有性を保証する安定した境界たり得なくなった皮膚を越えて排出される。すると、尿や、血や、精液、糞便などが〈固有性〉の欠如した主体に安定をもたらしにやってくる。

> これら、内部からの流出物のアブジェクションは、突然、唯一の性的欲望の〈対象〉、すなわち、人が怖れに駆られて、母親の臓腑の恐怖を乗り越える真の〈アブ-ジェクト〉となる。そして、他者と向かい合いになることを回避させるこの浸礼によって、去勢の危機が回避される。〔…〕しかし、この浸礼は、同時に彼に、母親の身体に住まう悪しき対象となるのではないにせよ、それを所有する絶対的権力を付与する。アブジェクションは、境界例の患者に、悦楽を、しばしば唯一の悦楽を提供するほどまでに、他者の代わりとなる。境界例の患者は、こうすることによって、アブジェクトを〈大文字の〉他者――すなわち、「主体」がその権威に服することで、自己の境界を策定し、また同時に言語の主体として自己を確立する契機になる存在――に変貌させる。[87]

ここで、境界例の患者は、他人の体内から排出されたものに、「欲望をそそると同時に恐怖を与え、食物を与えると同時に死をもたらし、魅惑的であると同時におぞましい、母親の身体内部」を求めているわけだが、それは、「貪婪な母親」を体内化することによって、大文字の他者の中に身を持することである。色情化されたアブジェクションは、去勢を代行すると同時に、それにともなって生ずる「溢出」――生命を危険に陥れるもの――を阻止する役割を果たしているという。[88]

一方、社会、文化の次元において、アブジェクトとは「人間が動物の領域を彷徨う脆弱な状態」と密接な関わりを持っている。未開の段階における人間は「おぞましきもの」を放擲《アブジェクト》することによって、言い換えると、これを何らかの形で浄化することによって、殺戮と性的放縦を属性とする動物世界から脱し、彼らの文化的領域を策定する。[89]

クリステヴァによれば、人類の歴史上現れたさまざまな型の宗教は、「おぞましきもの」を分離・排除していく方途の違いにより、多神教段階（「〈汚《よご》れ〉から〈穢《けが》れ〉へ」）、旧約聖書の段階（「聖書における嫌悪のセミオティック」）、新約聖書以降のキリスト教段階（「世の罪を除きたもう主よ」）の三つの変異形《ヴァリアント》に分類されるが、それはまた、そのようにして処理－排除される「おぞましきもの」の形態——〈穢れ〉〈不浄〉〈罪〉——にも対応しているといえる。

まず、インドのカースト社会に代表されるような多神教社会においては（その社会は、一見、男性が女性に対し優越した権利を有しているように見えるが、実は、男性の側が女性の狡猾で非合理的な力に脅かされている母権的社会である）、排泄物や経血、死体などの〈穢れ〉を除く儀式がきわめて重視され、また、〈穢れ〉自体が単なる〈汚れ〉とは区別される神聖な、意味づけを与えられている。この〈穢れ〉すなわち排除されるものは、いずれも「母なるもの」ないし「女性的なもの」の権威に属している。経血が女性に関係することは明らかであるが、幼児は排泄物を女性のファルスと想像するという事実、また、肛門括約筋の訓練に際して果たされる母親の絶対的な役割を想記すれば、排泄物も幻想的なレベルで母の権威と結びついていることが理解される。

すでに見たように、人間が語る存在となり、またそのことによって文化や秩序の段階に至るには、母親ないし母親の身体を抑圧し、切断する論理的必然性があったが、〈穢れたもの〉が抑圧される機制もこれと同じである。

文化同様、言語が分離を確立し、離散的要素から一つの秩序を作り上げるのは、まさに、母親の権威とそれらの要素を連結している（セミオティックな）身体的位相を抑圧することによってである。

次に、旧約聖書、特に『レヴィ記』の各章における分離と排除は、清浄／不浄の対立を軸にきわめて組織的に展開されるが、〈不浄〉という聖書特有の観念は〈穢れ〉の伝統に浸潤されている。聖書のテクストは〈「歴史的な、または幻想として現れた自然や再生に関わる」〉母性の力を、社会の働きを律する純粋に論理的な秩序としての、また、唯一なる神の法としてのサンボリックな秩序に従属させたという点で画期的であった。混沌を許さない厳格な同一性を維持しようという配慮を示す清浄／不浄の対立は三つの大きな嫌忌‐禁忌のカテゴリーに関係している。すなわち、①食物の禁忌、②身体の変性、特にその最たる死に関わる嫌忌、③女性の身体と近親相姦に関する禁忌がそれであるが、これらはいずれも、口唇、死、近親相姦などそれぞれの水準で、厳しい隔離を遂行することによって、周囲の異教と、異教の奉ずる母性崇拝に抗して、唯一の神の場と法の論理を貫徹させようと戦ったユダヤ教の立場を反映している。たとえば、「食物の禁忌には、多産で豊饒な女性の身体が引き起こす嫌悪感との平行関係が存在[91]」しているが、そこで禁止されているのは、母親の乳汁で煮た子山羊のような、近親相姦が隠喩として含意されているような場合であり、「母親のタブーは、聖書のテクストという、巨大な分離の計画の意味論的な価値の一つではなく、その根源的な神話をなしているように思われる[92]」。

　出産の〈穢れ〉、母との分離を象徴する割礼、前エディプス的な同一性の破壊、内と外との区別の消失を含意する皮膚疾患であるハンセン病（癩疾）、母親の身体の分離‐排出というアルカイックな意味層へと連なる排泄物や死骸など、いずれの禁忌にも、「母の幻想的な権力からの分離、周囲の多神教と戦闘している民族の想像界に現実につきまとっていた原始の大地母からの分離[93]」という意図が込められている。

　聖書の嫌忌に対するクリステヴァのこうした見解は、ユダヤ‐キリスト教の神性の概念と相関的な観念である「悪魔的なもの、邪悪なもの」についても、新たな理解の可能性を開いた。すなわちクリステヴァによれば、悪魔的なものとは、「われわれの差異や言語や生命を喪失させ、われわれを無力や腐敗や恥辱、死へと誘惑する分離以前の段階にある無意識のアルカイックな力の幻想[94]」であるが、旧約の預言者たちによって、食物に代表される嫌忌が唯一の神との契約や象徴的な秩序の支配に従属させられて以降、不浄をもたらす潜勢的な脅威に他ならないこの「悪魔的なもの」も、制御しがたい無際限の力とは見なされなくなるのである。

〈自立的ではなく、単に神の言葉に内属し、そこにとぐろを巻いている〉この〈悪魔的なもの〉とは、実際、イェルサレム神殿や、分離をもたらす神の言葉がわれわれをそこから引き離そうとした、また、預言者たちが、固有で清浄なるもの、同一なるものと平行関係にあり、それから棄却したり、分離したりすることができないものと考えた〈不浄なるもの〉のことなのである。[95]

食物のタブーの廃棄、異教徒との陪食、癩疾者との言語や身体を介しての接触の解禁など、外面的にもきわめて目覚ましい変化の徴候をともなって到来したキリスト教とともに、人間のアブジェクションに対する関係にも重大な変化がもたらされる。この第三の位相において、キリスト教がもたらすのは差異の新たな配置であるが、それによって、全く異なった意味のシステムと、それに対応した全く異なった語る主体が生み出される。[96]こうした変化を端的に、また本質的に示す徴候は、おぞましさの外部から内部への移動、〈穢れ〉の内面化である。

イエスは言う、「人間を穢すものは、口に入るものではない。口より出ていくものこそ、人を穢すのである」(『マタイ』一五—一一)。「人間の外にあって、中に入っていくものは、人間を穢すことはできない。人を穢すものは、人より出るものである」(『マルコ』七—一五)。[97]

こうして内面化されたアブジェクトは、聖書の中に、従来から存在した倫理的・象徴的な罪責、つまりアダムの過ちと融合して精神化され、そこから〈罪〉という新しいカテゴリーが形成される。『人間モーセと一神教』(一九三九)の中でフロイトが強調しているように、キリスト教は多神的異教とユダヤの一神教との妥協であり、母性原理との和解である。[98]

そして、クリステヴァによれば、キリスト教においては、〈罪〉は二つの異なった論理的な経路をたどって、美や芸術実践に結びつく。

第一の方途は、告解、すなわち、言語による〈穢れ〉の除去である。あらゆる言語には、主体に死、罪責、アブジェクトをもたらす異質な欲動性、ないし否定性が働いているということも作用してか、ローマ帝国のユダヤ属州総督ポンティウス・ピラトゥス（?－三六年以降）の前でキリスト自身が告白を行った例にも見られる通り、他人の前で自己の信仰を告白すること、自己の最も奥深い主観をさらすことは、迫害や殉教（供犠）と結びつく苦痛に他ならなかった。フローベールの小説『聖アントワーヌの誘惑』で有名なエジプトの修道僧、聖アントニウス（仏、聖アントワーヌ、二五一－三五六）によって、他人に自己の犯した罪を告白する告解という習慣が一種の苦行として始められる。当初は、裁きを行う無慈悲な神に対しての贖罪、痛悔、借財の返済という性格の強かった告解は、次第に「語る」こと自体に力点が移される。〈罪〉は言説を通じ、徹底的に内面化され、語ることを通じて解消される。こうした傾向を推し進め、最終的な定式化を与えたのは、一三世紀のフランシスコ会修道士ドゥンス・スコトゥス（一二六六－一三〇八）であるが、彼においては「告白と、罪の赦免とがすべてとなり、罪が許されるのに、いかなる行動も必要とはされなくなる」[99]。

第二の方途は〈罪〉と、癒しがたい性的欲望ゆえに罪を犯す肉体とが持つ、両義的、弁証法的な力による「罪の美」や「享楽」へ転化である。

罪はまた、美の条件である。〔大文字の〕他者の法は、そこでも一周余計に回って、サタンと和解する。ニーチェによって告発されたキリスト教の自己矛盾は、一旦、対立する各部分が修復されると、悦楽の条件となるのである。[100]

キリスト教における〈罪〉は、神に対する債務であり、均衡の欠如であるとともに、性的欲望の過剰であり、女性に対する欲望、女性的なものの誘惑として現れる。「一人の女より罪は始まったのであり、彼女のために、われわれは皆死ぬのである」という旧約聖書外典『シラ書（集会の書、ベン・シラの知恵）』の一節は、イヴ（エヴァ）によるアダムの誘惑を指しているのは明らかであるが、このアダムの失墜の物語は異なった二つの解釈を提示することにより、〈罪〉の持つアンビヴァレントな性格に光を当てている。

すなわち、一方の解釈では、人類は失墜以前には永遠の生命を保っていたが、〈罪〉によって死に定められたとされているのに対し、もう一方の解釈では、もし、人間が生命の木の実を食べていれば、つまり、禁断を犯し（性的な）〈罪〉を犯していれば、人間は不死となっていただろうとされる。後者の解釈では、人間は、〈罪〉を犯さない限り、つまり、禁じられた知＝性的な知を獲得しない限り、神の完璧さに達することはできない。

キリスト教の〈罪〉は、肉体と法との間に精神的な結び目をこしらえており、アブジェクトを切り離さないのだ。

罪は言語の中で、また言語によって、吸収されるものである。まさにこのことによって、〔キリスト教の〕アブジェクションは（旧約のように）ありのままの姿で、つまり、取り除かれ、分離されるべき他者として示されることはなく、むしろ、伝達に最も適した場所として、すなわち純粋な、精神性へと反転する地点として示されるのである。神秘主義は、アブジェクションに親近性があるために、無限の悦楽の源泉となるのだ。[10]

4　ユイスマンスにおける女性、食物、宗教

ユイスマンスの作品の中で、信仰は「女性」と「食物」という特権的な表象の交差するところに姿を現す。J＝P・リシャールの当を得た公式の通り、ユイスマンスの主人公たちにとって「信じることとは、食べること」に他ならない。

たとえば、ユイスマンスの回心の問題にとって鍵となる小説『出発』[11]において、主人公デュルタルは自身のカトリック信仰の回復を食物の消化に喩えて次のように語っている。

おそらく、最も普通の第三の方法があるに違いない。主が私のためにお使いになったのもその方法だ。だが、

> それがどういうものなのかはよくわからない。ちょうど、人が知らない間に胃が働いて消化が起こるようなものなのだ。危機に決着をつけるダマスカスの道も、いかなる事件も起こらなかった。どういう具合に起こったのかもわからないが、事は成就されていたのだ。[102]

しかし、食物が信仰に結合するのは、リシャールが言うように、「パンやワインなど、重要な象徴性を帯びた物質を消化する」場合に限定されているわけではない。クリステヴァによれば、「食物に対する嫌悪感は、アブジェクションの最も基本的で、最も原初的な形態[103]」であるとされる。『恐怖の権力』において詳述されているように、旧約聖書は、食物に向けられるアブジェクションを、浄・不浄の分離と、混淆の排除という論理的な規則に基づいて、物語化、儀礼化したが、このような排除の背後にあって、排除のコードを基礎づけているのは、食物が母親の支配を受けているという事実であり、分離・排除の究極の対象となっているのは、母を指し示すものであるという事実である。母親や母親の身体は、人間にとっての最初の「対象」である。また、授乳のイメージが与える換喩的機能に従えば、母親は最初の食物とも考えることができるだろう。

リシャールもクリステヴァも、ともにその著書の中で援用しているメラニー・クラインの次のような指摘を想起しよう。

> 口唇的な欲動が優性である時、母親の乳房は、本能的に、食物の起源、より広義には、生命の起源と感じられる。[104]

すでに見たように、リシャールはユイスマンスの作品に見られる食物の劣化を、「罰を受けた食物」というテーマのもとに分析している。ところで、リシャールの分析によれば、ユイスマンスの食物が罰を受けている最も典型的な徴候は、食物に不純物が混じっていることである。

悪い食物、つまり、実際人が食べる、必然的に食べざるを得ない食物は、常に混淆された食物である。[105]

そして、リシャールによれば、混淆された食物の下位カテゴリーである「不純な食物」とは、秩序に叛旗をひるがえし、「人が自分の〝自然〟であると夢見たいもの、自分の起源であると望んでいるものとすべての接触を断ってしまった食物」[106]のことを指す。つまり、混ぜものをされた食物は、「食物の幼年期からわれわれを引き離す」大人の食物であり、さらにいえば、脱母親化された食物、脱象徴化された食物であった。また、『流れのままに』のフォランタン氏に典型的に見られるように、何とか口に入れることのできる食物の探索と平行する形でユイスマンスの主人公たちによって試みられる信仰の探索が、少なくとも『出発』以前には常に失敗を運命づけられているのも、聖餐《コミユニオン》に使われる象徴的な食物が、いずれも近代の工業文明によって不純物を混ぜられているからであった。

一方、クリステヴァが、多神教や旧約聖書に認められる食物の嫌忌に関連して述べているところに従えば、「食物に対する嫌忌は、多産で豊饒な女性の肉体の掻き立てる嫌忌と平行関係を持っている」[107]。ただ、汚染‐穢れをもたらす食物が「混淆」された食物であることは、リシャールの場合と同様である。

> 食物が穢れをもたらす対象として現れる時、口唇的な対象として現れるのは、口唇性がまさに清浄な身体の境界を意味する限りでのことである。食物がおぞましきものとなるのは、まさに、二つの異なった本質ないし、領域の境界である場合である。自然と文化との境界。人間と非人間との境界。[108]

しかしながら、「混淆された」食物が汚染‐穢れをもたらすのは脱母親化されているからではなく、むしろそれとは逆に、「混淆された」食物が「人間の社会条件に対立し、固有かつ清浄な身体に侵入する（自然的な）他者」を指し示し、「人間の他者、すなわち、活力に満ちた恐ろしい権力を保有する母親との原初的関係を作り出す口唇的対象

〈あのアブ‐ジェクト、分離すべく投げ出されたもの〉」である限りである。
こうした理解は、むしろ、リシャール自身が彼の論文の他の箇所で述べていることと、はるかに整合的に結びつく。

ユイスマンスの主人公にとって、食物はほとんど常に、この「混淆された」食物をもたらす者、彼らにそれを準備し、給仕する女性的存在との関係を内包している。そしてユイスマンスの作品において、女性は常に負の価値を帯びて現れる。

すでに触れたリシャールのまことに当を得た定式によれば、「食べさせてくれる者、それは別の意味では、人が食べる当の食べ物でもあるのだが、その人間をいかにして愛さずに食べるか、いかにして食べさせてくれる人間と暮らすか、あるいは暮らさずに済ませるか」[109]というアンビヴァレントな関係がそれであり、リシャールの引く『流れのままに』のシャヴァネル夫人すなわち「食人鬼と化した乳母」における食物の不幸と女性性の地獄との結合は、こうした機制の最もわかりやすい図解であるといえるだろう。このような意味での女性と食物の「猥褻な」、時には「糞尿譚《スカトロジック》的な」結合は、シャヴァネル夫人の他にも、ユイスマンス作品の中できわめて普通に見られ、ほとんど枚挙に暇がないほどである。

クリステヴァは、旧約聖書『レヴィ記』の中に、近親相姦と並んで、ハンセン病や腐敗する身体、排泄物等に対する禁忌が存在することに注目している[110]。

たとえばハンセン病が「生物学的、心理学的な個別化‐個体化する本質的な境界をなす皮膚を冒す」病であるように、それらが禁忌とされるのは、主体を〈自己／他者〉〈内部／外部〉に分離する境界を曖昧にし、主体の同一性を脅かし、「取り入れられたのではなく、貪り食うもの、耐えがたきものとして体内化された母親」というおぞましい共同幻想を発動させるからに他ならない。仮に、皮膚がもはや内部／外部を峻別し、完全な固有性を保証する安定した境界たり得なくなると、身体の内部は腐乱した皮膚を越えて外部に逸出する。セミオティックな権威とサンボリックな法とを隔てる境界もまた破壊され、主体は言語行為者としてはもちろん、生物としても危殆に瀕さざるを得なくなる。

『さかしま』末尾の絶望的な叫び、彼の隠遁所を呑み込もうとしている人間の凡庸の高潮に向けられた叫びとは、実は、侵入する「女性的な力」に対する呪詛なのではないだろうか？「混淆された、不純な」食物が、ユイスマンスの主人公たちに嫌悪と失望しかもたらさず、宗教的救済を遠ざけるのは、それらがアブジェクトとして機能する母性‐女性的なものを過剰に含んでいたためだ。しかし、聖餅の中にまで信仰を不能にする不純物を仕込んだ者こそ、生暖かい閨房《ブドワール》をその特権的な場所として持つ愚劣なブルジョワではなかったのか？

ここで『マルト』『ヴァタール姉妹』『家庭』など、『さかしま』に先行する作品の中で、女性の部屋が放つ脅威の魅惑を想起することも無意味ではあるまい。閨房《ブドワール》こそ、一九世紀において、またユイスマンスの作品において、厨房と並んで、女性的なものの支配する場所であったことは言うをまたない。

ところで、『さかしま』末尾の破局に至るまでの間に、デ・ゼッサントは奇妙な妥協を試みる。第一五章、すでに神経症の病状は進行し、彼は「重苦しい神経的な消化不良」や「胃腸の激しい炎症」「何を食べても戻してしまう抑えきれない吐き気」に悩まされている。身体内部の外部への文字通りの流出という事態に直面したデ・ゼッサントは、肛門から、浣腸を使ってペプトン、肝油、ブルゴーニュ・ワイン、牛肉のスープ、卵黄などといった食物を摂取しようとする。

〔…〕彼は唖然として、錠剤や水薬に煩わされないことに満足を覚えた。そして、召使いがペプトンを詰めた栄養浣腸を持ってきた時、うっすらとした微笑が唇に浮かんできた。彼は召使いに、二四時間に三回ずつこの勤行を繰り返すように命じた。

処置は成功し、デ・ゼッサントは、自ら作り出した生活をいわば完成させるこの事件に、密かな祝福を口にせずにはいられなかった。人工への嗜好は、いまや、望みもしなかったのに、極限の形で実現したのだ。これ以上はどうしたって生きようはないだろう。食物を肛門から摂取するのは、人間が冒すことのできる究極の逸脱に違いなかった。

繰り返せば、幼児は、排泄物を女性のファルス（男根）と想像するという。肛門括約筋の訓練に際して果たされる母親の絶対的な役割を想起すれば、排泄物は幻想的なレヴェルで母の権威と結びついていたのではなかったか？ 肛門を通過することで、糞尿と化した食物を、排除することなく、身体の内に保持しようとすることは、「貪婪な母親」を体内化することを意味する。

デ・ゼッサントはこのような弥縫策によって、象徴化への一過程としての去勢をとりあえず回避‐代行し、同時にヘモラジー（溢出）の危機を回避しようとしたのだろうか？ それとも、口腔と肛門との記号論的差異を抹消することにより、〈内部〉と〈外部〉との差異そのものの解消を夢見たのであろうか？

第四章　『彼方』——昇華の不全

1　『仮泊』から『彼方』へ

『さかしま』のフォントネー゠オ゠ローズの館に代表されるような、ユイスマンスの「閉鎖された空間」は、内部に宿るダイナミックな否定性の力によって、その中に住まう者に、「神」や「神聖なもの」を含む高次の認識をもたらす祭儀の場へと転換する。しかしながら、『さかしま』において主人公に芽生えた信仰は、きわめて脆弱で、不安定なものにすぎない。主人公を信仰へと誘う仕掛けとして機能していた「閉鎖された空間」は、人間の凡庸の波によって、それ自体崩壊してしまうのだ。

しかしながら、『さかしま』で開始されたユイスマンスのイニシエーションの運動は、「閉鎖」と「浸透」という位相的な構造と、女性と食物を指標とするダイナミックな運動という二つの構成要因を維持しながら、一つの作品の枠組みを超えて引き続き繰り返されていく。その過程で「探求」あるいは、象徴的な意味を帯びた「散策」というテーマが、次第に重要性を帯びてくる。また、それにともなって「閉鎖された空間」もイニシエーション的な性格を強めていく。ただし、「探求」といっても、何を求めているかがはっきりとしているわけではないのだけれど。

たとえば『仮泊』において、主人公ジャック・マルルとその妻ルイーズは、パリから、ジュティニーにあるルールの館（城館）に逃げ込む。

この小説は『さかしま』出版から二年後の一八八六年一一月から『ラ・ルヴュ』に連載小説の形で発表された。『ラ・ルヴュ』とは、作家・詩人でマラルメの友人としても知られたエドワール・デュジャルダン（一八六一－一九四九）の経営する独立系の雑誌である。前作『さかしま』が、時間の継起する秩序に従って叙述される「物語」が「略述」という形で本来の小説の外側に押し出されているという点で、自然主義小説の枠組みに収まらない斬新さを持っていたのに比べ、『仮泊』は、小説の叙述形式という観点からは、はるかに穏健な、見方によっては後退したような印象を与える。

主人公ジャック・マルルは、パリでの事業に失敗し、債権者の執拗な督促を逃れるため、妻ルイーズの叔父夫婦であるアントワーヌ、ノリーヌを頼って彼らが管理するルールの城館に赴く。

ルールの館は、セーヌ＝エ＝マルヌ県、プロヴァンから約六キロのところにある廃城で、ユイスマンスは一八八二年前後に版画家ルイ・ベシュレールを介してこの地方を「発見」し、一八八四年から八六年にかけて、毎年、夏になると愛人アンナ・ムニエと彼女の二人の娘、およびレオン・ブロワなどと連れ立ってこの地を訪れている。ちなみに、ユイスマンスは『さかしま』の中で、この館を主人公デ・ゼッサントが先祖から受け継いだ城であるとしている。

ルールの館。

デ・ゼッサントのパリからの逃避が自発的な意図に基づいたものであるのに対し、ジャック・マルルのそれは、小説の冒頭がいみじくも示す通り、やむを得ぬ緊急避難的な性格が濃厚である。

何という人生だろう。彼は頭を垂れてつぶやいた。そして絶望的な思いで自分の事業の惨憺たる状態を思いやった。あまりに目端の利きすぎた銀行家の許しがたい破産の結果、彼は財産を失った。前途には暗澹とした日々が、人を威嚇するように続いていた。没落を嗅ぎつけた債権者の群れがあまりうるさく吠え立てるため、彼は逃げ出さなければならなかった。

しかし、ルール、ジュティニーにおける彼らの強いられた田園生活は、窮乏しているとはいえ、近代都市の提供するさまざまな利便を享受することに慣れたパリ人であるジャック・マルルにとって次第に耐えがたいものになる。また、アントワーヌ、ノリーヌ夫妻をはじめとする村人たちも、田園牧歌劇に登場するような純朴な農民とは異なり、パリの人間に対する敵意、金銭に対する貪欲さ、醜悪なほどの性欲を剝き出しにして彼らを悩まし続ける。主人公を取り巻く状況の、破局《カタストロフ》へ向かっての加速度的な悪化というユイスマンスの作品に見られる一般的傾向は、ジャックとルイーズとの夫婦関係にも及んでくる。

しかし、『さかしま』が単なるデカダントな趣味のカタログにとどまらなかったのと同様、『仮泊』も、単に農村を舞台に夫婦の不毛な愛を描いた自然主義小説ではない。この作品を読み解く鍵は、ジャックとルイーズが滞在するルールの館、およびそこで繰り返される「散策・徘徊」だ。

ユイスマンスの作品の中には「閉鎖された空間」というイメージがさまざまな説話的な機能を担い、またさまざまな意味論的な位相を取りながら繰り返し登場することを指摘したが、『仮泊』のルールの館も、安息所、牢獄・迷宮、審美家の部屋、精神、苦痛に苛まれる身体、イニシエーション的空間など、複数の位相を同時に満たす典型的な「閉鎖された空間」なのである。

「城」＝ルールの館は一八世紀、イタリアの版画家ジョヴァンニ・バッティスタ・ピラネージ（一七二〇－七八）の牢獄を想起させるような複雑な構造を持ち、そこに足を踏み入れる者に底知れぬ不安を引き起こさずにはいない。

ジャックとルイーズは牢獄の回廊へと侵入した。ジャックはがさがさ音を立ててマッチを擦った。マッチの光に照らされて、煤けた切石でできた巨大な胸壁が浮かび上がった。壁には独房の入口となる穴がうがたれており、その上に岩を削って作ったような、巨大なオジーヴ〔尖塔アーチ式〕の穹窿が張り出していた。〔…〕

一条の光が二階から差し込んでいた。彼は中に入った。すると、まもなく言いしれぬ不安がジャックを摑んだ。[2]

ジャックは、全編を通じて、たびたびこの城の内部の「探索や調査や発掘」を行うが、この廃城はほとんど空虚であり、小説に描かれた「現実」のレベルではこの城館の中で格別事件らしい事件が起こるわけではない。しかし、ルールの館という「閉鎖された空間」は、単に即物的に出現する「建物」であるだけでなく、さまざまな位相を取りながら展開する一つの説話構造であり、複数の説話が一時的に収束しては拡散する一種の容器の役割を果たしているのだ。

ジャック・マルルは、この作品の中で、実際、きわめてしばしば「散策」や「徘徊」を行っている。もとより小説のテクストとして行われる散策だから、必ずしも正確な数は確定できないが、ジャックがルールの城館内部、ないしその周辺で行う「散策・徘徊」はおよそ二〇回の多きに及んでいる。

『仮泊』は、農村生活の不快さや、低劣で野卑な農民との交渉、マルル夫妻の不毛な夫婦関係などの「現実」を描いた部分と、それらとは一見あまり脈絡がなく、やや唐突に挿入される三つの「夢」の部分――フォリオ版の編者ジャン・ボリーの命名に従えば、「アシュエリュス」「月面旅行」「サン＝シュルピスの塔」――という際立った対照をなす二つの異質なエクリチュールからなっている。「散策」は、この二つの部分に跨る形で遂行され、ある意味で、両者の世界を統一し、作品に一貫した意味を与える唯一の構成契機となっているのだ。

『仮泊』の中のイニシエーションの旅は、ルールの館における垂直方向の「散策・徘徊」として実行される。ジャックは、美しい全裸の少女と先のとがった冠を被る豪華な衣装の老人が現れる妖しい東洋風の幻想を見た後、階段室から響く不審な足音を追って荒廃した城の中を散策する。[3]この夢に現れる情景は、第三章において、ジャック自身によって、旧約聖書に現れるエステルとペルシア王アハシュウェロシュ（仏、アシュエリュス／クセルクセス一世、前五一九頃‐前四六五）であると解釈されている。ペルシア王アハシュウェロシュの不興を買って退位させられた王

ルーヴル美術館にあるテオドール・シャセリオー（1819-56）の「エステルの化粧」（1841）。若い頃から足繁くルーヴル美術館に通っていたユイスマンスの目にも触れていたはず。ただしこの絵には東洋風のかぶり物を被った老アハシュウェロシュは登場していない。

妃ワシュティ（仏、ヴァシュティ）に代わって王妃となったユダヤ人の娘エステルは養父モルドカイ（仏、マルドシェ）と協力して、ユダヤ人を陥れようとしたアガグ人の高官ハマン（仏、アマン）の謀略を暴き、それを機にモルドカイに率いられたユダヤ人はペルシア帝国内の彼らの敵七万五〇〇〇人を殺害することに成功する。エステルの養父モルドカイはペルシア帝国でアハシュウェロシュに次ぐ地位に栄達し、ユダヤ人はペルシア帝国で平安と幸福な生活を送ることが約束された。[4] すなわち、この挿話の典拠となっている『エステル記』は、ユダヤ人の救出と繁栄を語る挿話であり、この夢に現れた少女は「女性の豊饒さ」に関する比喩とも読み取れる。

しかし、ユイスマンスにおいて「豊饒な女」は常に男性の脆弱な性的能力を枯渇させかねない危険極まりない存在として現れる。実際、「小柄で胸や腰の膨らみも十分ではなく、ほとんど少年のようだ」と描写されるエステルと、『さかしま』において「不滅の淫蕩の女神」として出現するサロメとの類似は明らかだ。[5] そうであるなら、ジャックの城内の「散策」は、死の女神、文字通りの「運命の女《ファム・ファタル》」に先導される一種の地獄めぐりという性格を帯びる。『さかしま』のサロメは、モローの絵画「出現」の描写として現れるが、『仮泊』のエステルの描写も、モローの絵画を思わせる。ただし、『仮泊』のエステルの描写に相当する絵画は見当たらない。

ジャックは杖を携え、自分たち夫婦が眠っていた二階の一室を出ると、階段の屈曲部から下の階へと降り、無数に

ギュスターヴ・モロー「出現」(1875, ギュスターヴ・モロー美術館所蔵)。不滅の淫蕩の女神サロメの前に現れた洗礼者ヨハネの首。

連なる部屋を経めぐって、目に見えぬ相手を追いかけていくが、この「散策＝探索」は、その一時的な終末において、まさに「迷宮」あるいは、豊饒なるがゆえに破壊的な母の胎内における「怪獣」との戦いという様相を帯びることになる。

未知のものに対する「思いがけない激しい恐怖」「暗黒の砂漠の中に響く怪しげな物音に苛立った神経が掻き立てる恐怖」を抱え、「物の怪に取り憑かれた」（？）城をあちこち彷徨ったあげく、彼はついに階段室の奥に巣くう巨大な森梟に遭遇し、手に持った杖でこれを殺すことになるからである。

ばたばたという鞴《ふいご》のような激しい風音を立てて、爛々と光る二つの燐光が彼に襲いかかってきた。そこで彼は後ろに退くと、杖を直刀のように二つの火の玉めがけて突き刺し、サーベルのように振り回して、唸りを上げる塊に力一杯叩きつけた。その塊は壁に身体をぶつけ、階段の手摺りを揺らし、ばたばたともがいた。彼はついに力尽きて打つのをやめ、呆然として巨大な森梟の死骸を見つめた。梟の痙攣する爪が一面に血しぶきの飛び散った木の床に引っ掻き傷をつけていた。

『仮泊』における「散策・徘徊」はこうしたイニシエーション的性格を濃厚に継承しながら、別の場所では、表象空間の巡礼という形式を取って出現する。たとえば、ルールの城内の深夜の徘徊――森梟との格闘から眠られぬ一夜を明かしたジャック・マルルが第三章のほとんどを費やして行う城の前庭の散策や、それに続く昼間の城内の調査がそれであり、また、パリへの帰還を間近に控えた第一一章、いく夜にもわたって悪夢に悩まされ「一種の熱、酒に酔って記憶がふらつくようになった酩酊感、漠然とした不安、全身の節々が痛くなるような感覚」を覚えるようになった彼が行う、ルール、ジュティニー周辺の散策もこのタイプに含まれよう。

これらの「散策・徘徊」を通して主人公が実行するのは、知覚と記憶の迷路を移動・通過することによって、自己の周囲にさまざまな表象を喚起していくことである。もちろん、この場合、主人公ジャック・マルルの背後には、主人公の人称「彼 il」への転移を繰り返しながら、主人公の喚起しつつある表象をエクリチュールへと（またはエクリチュールとして）定位しつつある、作者ユイスマンスという言語主体の働きがあることはもちろんだ。

身体の移動＝「散策・徘徊」が夢想や過去の記憶を喚起する、あるいは、身体の移動＝「散策・徘徊」が精神の移動と対応し、その周囲に新たなエクリチュールを凝集させていくという構造は、「覚醒時」における散策ばかりでなく、「夢」の記述においても等しく認められる。というより、『仮泊』における「散策・徘徊」の表象形成の機能がその十全の力を発揮するのは「夢」——特に、第二、第三の夢においてである。第二の夢についてはG・バシュラールがその著『大地と意志の夢想』[7]（一九四八）の中で、見事な分析を展開していることでもあり、ここでは、その重要度を考えて、第三の夢に触れておこう。

第一〇章は、フォリオ版で一〇ページ強に及ぶ文字通りの悪夢のディスクールとして展開される。この夢の中で、ジャックはその真実性も定かでない、さまざまな宗教や秘教の寓意－表象の散りばめられた空間を経めぐることになる。ジャックの歩行する空間は、何層にも多重化した意味－表象が交差・衝突する場であり、またそうした交差・衝突を通じて新たな表象が組み合わされ、新たな意味が生成してくる場、新たな認識が開示される場である。

夢は、ジャックの訪れる場所と事件から、(I)「緑の布の垂れ下がった部屋」（審判）、(II)「鐘楼の内部」（逃走）、(III)「サン＝シュルピス教会の広場」（井戸＝偽り？の「真理」の出現）、の三部からなり、また、(I)・(II)からなる前半部は、(I)「カバラ」（ユダヤ神秘思想）、(II)－1「魔術師の集うサバト」、(II)－2「キリスト教」、という異なった宗教・宗派への遍歴を示す三つの部分に分かれている。

(I)　ジャックは「暗闇の中を、ねじ山の形をした階段に沿って手探りで昇っていく」が、突然青白い光が降り注ぎ「パルメザン・チーズ特有の緑色」の外套《フプランド》を着て、頭に「衛生バケツ」を戴いた怪物めいた人物に出会う。そして、この怪人に従って、緑色の筒状の布が垂れ下がった広々とした部屋の中に入るが、この布の端には「熱湯で湯

ジョヴァンニ・バッティスタ・ピラネージのエッチング『牢獄』第6図（1761，ローマ）。ルールの館の内部は，ユイスマンスの想像の中で拡大され，ピラネージの「牢獄」を想起させる複雑な構造を持っている。

がいた真っ白な子牛の頭」が舌をみな右に垂らして「八の字形の鉤」で留められており、さらにその先に「赤褐色の庇のついた淡い緑《ピスタチオ・グリーン》のシャプスカ帽」と「バター壺の形をした縁なしの軍帽《シャコ》」が長い釘で留められている。部屋の隅には兎の屑肉と野菜を煮た鍋が掛かっている。フプランドを着た怪人はこの中に「大地の経血」を入れるが、ジャックは以前読んだ古いカバラの書物により、「大地の経血」という言葉が「粗塩」を指すことを知っている。外套を着た怪人が「仏陀のように」手を挙げると、緑の布の端につなぎとめられた軍帽から太鼓の音が響き、「未知の勅令」によってジャックはルールの館に残してきた「時計」の返却を求められる。彼は処罰を恐れて、巨大な鐘楼の中に逃げ込む。

(Ⅱ)-1 内部にいくつもの小空間を持つ悪夢の中の鐘楼は、外套の怪人の部屋と同様、これも一個の「閉鎖された空間」をなしている。

彼は見た。巨大な足場の上部に、梁が、互いに交差し、複雑に入り組んで、抜け出すことのできない籠のように大きな鐘を閉じこめていた。階段が、この網目状になった板の間をジグザグに走り、小屋の形をした木組みに沿って延びていた。その階段は、突然、下に向かって降りていくと、壊れて桟もなくなり、厚板だけになった平面にぶつかって一旦停止する。すると今度は上方に向かって高々と立ち上がって、何の支えもなく中空に浮いていた。[8]

ジャックはいつのまにか、鐘の中に運ばれているが、その中には燐光を放つ星や、三日月、菱形、ハートなど、さまざまな形の天体が閉じこめられ、「イタリア製のパスタ」のように宙に浮かんでおり、続いて踏み込んだ回廊の地面には、西洋カボチャの形をした「モンゴル人の尻」が植わっていて、不気味に蠢いている。何世紀にもわたってこの部屋の中に閉じこめられていると覚しき「食用天体」を救おうとしたジャックは、扉の向こうに、「思春期を迎えた娘たちが、夜、錯乱して呼び求める悪魔たち、結婚適齢期の噴火口を求める怪物たち、冷たい精液をした青白く、神秘的な夢魔たち」の気配を感じる。

ジャックは、「魔術師がソドムの悪行に耽る時、悪魔が威を振るう」という、デル・リオの『魔術の研究』の中にある言葉を思い出して、「モンゴル人の尻」が何を意味するかを悟り、後じさる。つまり、魔術師たちは肛門性交《ソドミー》によって神に背くおぞましき男色行為に耽っていたのだ。その時、足下の床が崩れ、気がついてみると、鐘楼の下の方に立っている。

(Ⅱ)-2 ジャックが上を見上げると、梁の上に奇妙な格好の老婆と足の萎えた男が座っている。こめかみの周囲に「腸詰め」をぶら下げた老婆の方は、ダンス教師用の小型ヴァイオリンを持ち、大粒の涙を流しながら、「ハンサムな兵隊さん、何で私を苦しめるの」という俗謡を弾いており、一方、男の方は、おまるをベレー帽風に被ってバグパイプを吹き鳴らしている。ジャックは、老婆が「汚い涙」を滝のように流しているのは、夫である足萎えの男と諍いをしたからだと考える。――そうすると、この奇妙な夫婦は自分とルイーズとの関係を暗示したものだろうか――そのように想像した彼は、パンに困っている以上「自分が教会の鐘撞きの職を引き受けたのは自然なことだ」と考えるが、この塔には「水」がないので住んでいけるかどうか不安を感じる。そして老婆にこのことを確認しようと梁伝いに彼女の方に近づいていこうとするが、もんどり打って、奈落に落下する。

ジャックは、このように、次から次へと異なった部屋-空間を訪れ、そのつど新たな宗教的な認識(?)へと開かれていく。この「徘徊」は、そこに現れる表象が、外套を着た怪人が兎の屑肉とざく切りにした野菜のごった煮を調理していたり、モンゴル人の尻が西洋カボチャの形をしていたり、ヴァイオリンを掻き鳴らす老婆のこめかみにアメリー王妃風の腸詰めが飾られていたりと、ほとんど例外なく食物と結ばれていることからわかるように、「食物として消費される（あるいは拒絶される）宗教」という、ユイスマンスの別のテーマ系とも密接な関係を持っている。また、外套を着た怪人が、大鍋に「大地の経血」＝粗塩を流し込む挿話は、女性の持つ負の作用性というもう一つのテーマの存在をも暗示している。

しかし、第二章、ルールの城館内部での深夜の「散策＝探索」と同様、この第一〇章における表象空間の「徘徊」は、イニシエーションとしての性格を濃厚に維持している。このことは、最初「処罰を怖れての逃走」という形で始まった悪夢の中の「徘徊＝彷徨」に、何か「失われた貴重なもの」の探索という「聖杯探求譚」（聖杯伝説）へと通ずる契機が加わることでさらに明白となる。

(Ⅲ) ジャックは鐘楼から落下した後、「オノレ・シュヴァリエ街」の路上に降り立ち、第二章、ルールの館の中で、森梟を退治するために用いた「杖」をどこかに置き忘れてきたことを思い出す。

「それじゃあ、私の杖は？」彼はつぶやいた。その時、この取るに足らない出来事は、きわめて重大な意味を帯びてきた。自分の全生涯がこの杖にかかっているのだ、という固い思いが湧き起こった。

ジャックは、「半ば開いている正門の向こう」「彼が今まで一度も訪れたことのない中庭」に、探している「杖」があるという突然訪れた確信に導かれて、「一種の汚水貯め」へと進入する。すると、「隣接する建物と建物の間にある奥の大きな壁が巨大なガラスの仕切りに変貌し」、その仕切りの中の「渦巻く水の塊」から「途轍もなく大きな起重機の鉄の爪」に腰のあたりを挟まれた一人の美しい女がせり上がってくる。しかし、「厳かにして悲愴、高貴にして穏やかな美貌」を湛えた女は、女を救いに駆け寄ったジャックの眼前で、瞬く間に、狂暴で醜悪な姿に変貌して、その正体が明らかになる。[10]

> 女は、サン＝シュルピスの教会の塔の一角に腰を掛けていた。だが、何という女だったろう。やくざで嫌みな笑いを浮かべた淫売だ。頭のてっぺんかららっきょうのような形の髷《まげ》をのせた藁布団だ。額に落ちかかる燃えるような赤毛、幌のような厚ぼったい瞼の下に覗くぬらぬらした目。ひしゃげて潰れた鼻。前歯はすっかりボロボロになって抜け落ち、奥歯は虫歯だらけで、唇はピエロのように二筋の血糊を筋かいに塗りたくったようだった。
>
> 彼女は兵隊相手の娼婦のようであり、椅子張りの女職人のようでもあった。女はにたにた笑って、踵で塔を踏みしめると、天に向かって目配せをくれ、頭陀袋のように萎びた乳房や、でっぷりとした腹に、折り重なった閉じの悪い鎧戸、ごわごわした革袋のように肥大した尻を広場の上に突き出していた。その尻の間からは、見るもおぞましい敷き藁のような海草の乾いた茂みが繁茂していた。
>
> これは何だ、とジャックは恐れをなして、心の中でつぶやいた。それから、気を取り直すと、筋道立って考えようと努めてみた。そして、このように考えて自分を納得させた。
>
> この塔は井戸なのだ。井戸が地に潜る代わりに、空中に屹立しているのだ。だが、やはり井戸であることには変わりがない。鉄のたがの嵌った木製のバケツが、縁石の上に置かれていることで、彼の確信はいよいよ強まった。これで、すべてがはっきりした。このいとわしい安淫売。こいつは「真理」なのだ。[11]

フランスには「真理は井戸の底にある」という「ことわざ」がある。「真理」を発見するには、深い探求が必要だという意味だ。井戸の中から「真理」の寓意である裸体の女性が出てくる場面は画題にもなっていて、特に、一八九〇年代後半には、ドレフュス事件を指す寓喩《アレゴリー》として用いられた。

一八九四年、ユダヤ系の陸軍将校A・ドレフュス（一八五九－一九三五）がドイツのスパイではないかという嫌疑をかけられ軍法会議で有罪と認定され、ドレフュスが軍籍と位階を剥奪され無期流刑に処せされた事件だ。しかし、その後、家族や知人の尽力によって彼の無罪を証明する証拠が発見され、彼の再審請求運動が活発化する。特に、一八九八年、エミール・ゾラが『オーロール』紙上で「我れ弾劾す」で始まる有名な大統領宛の公開書簡を発表するに至り、ドレフュスの冤罪を雪ぎ、共和国の「正義」を守ろうとする左派を中心とする「ドレフュス派」と、ドレフュスの冤罪を主張すること自体が軍とフランスの権威を貶めようとするユダヤ人とフリーメーソンの陰謀だと考える頑迷な「反ドレフュス派」(右派・対ドイツ強硬派、反ユダヤ主義者、カトリック等を糾合)が、互いに争いまさに国論を二分する大事件に発展した。同年、事件の鍵を握っていたH・アンリ大佐(一八四六―九八)がドレフュスを有罪とする証拠を偽造したと認めて自殺。これにより、翌九九年にレンヌで再審が行われ、有罪は覆らなかったもののドレフュスは減刑、大統領特赦で免罪された。さらに新たな証拠が発見され、破棄院でドレフュスの無罪が確定するのは一九〇六年のことである。ドレフュス事件はブーランジェ事件(一八八五年から八九年にかけて対独強硬策を唱えて国民に人気のあったブーランジェ将軍(一八三七―九一)を担ぎ上げ、軍部独裁政権を作ろうとした反議会主義運動=クーデター未遂事件)とともに、第三共和政の社会的・政治的矛盾を露呈した国を揺るがす大事件であったが、それは、ドレフュスの無罪を信じて群れ集い、再審を求めて戦ったドレフュス派の名もなき文人、大学人、ジャーナリスト、学生らを指す蔑称から、「知識人」という新たな語とカテゴリーを生む契機ともなった。普遍的な立場から「公」の場で異議申し立てを行う、自由な批判精神の誕生だ。この間の事情については、クリストフ・シャルル(一九五一―)の『「知識人」の誕生 一八八〇―一九〇〇』(一九九〇)に詳しい。[12]

「真理は井戸の底にある」。この時期、特に新古典派の代表的な画家、ジャン=レオン・ジェローム(一八二四―一九〇四)や、やはり官展派のエドゥアール・ドゥバ=ポンサン(一八四七―一九一三)が「井戸から出る真理」を画題に絵を描いている。ジェロームは、一八九四年から、三年連続して「真理」の寓意画《アレゴリー》を描いているが、特に一八九六年のものは「人類を罰するためにばら鞭《マルティネ》を手に井戸から出る真理」という長い題名を持ち、豊満な肢体の全裸の女性が、いかめしい形相で、鞭を手に井戸の縁からまさに片足を踏み出そうとしている。もう一つ、ドゥバ=ポ

［左］ジャン＝レオン・ジェローム「人類を罰するためにばら鞭を手に井戸から出る真理」(1896, アンヌ＝ド＝ボジョー美術館所蔵)。［右］エドゥアール・ドゥバ＝ポンサン「井戸から出る真理」(1898, アンブロワーズ美術館所蔵)。

ンサンの絵では、「真理」は、やはり豊満な肢体を誇りながら、やや年若い純真な乙女の姿をしている。そして、反ドレフュス派を象徴する軍人・政治家と覚しき二人の人物が後ろから衣服を引きちぎって押しとどめようとする中、上半身を裸にされた「真理」が、井戸から外に逃れようとしている。この絵は、「我れ糾弾す」を発表してドレフュス派の先頭に立つことになったエミール・ゾラに献じられている。

ただ、『仮泊』の出版された一八八六年時点では、ドレフュス事件そのものがまだ起こっていない。

それでは、『仮泊』の末尾に現れるこの醜悪な「真理」の出現を、われわれはどのように理解すべきなのだろうか？

作品の冒頭以来、絶えず繰り返されてきた「散策・徘徊」が、イニシエーション的な性格を持った祭儀であるならば、その祭儀に参加した主体であるジャック・マルルの実存には、何かそれまでとは異なる根本的な変化が生じていなければならないはずだ。しかし、ジャックに現れたものを、イニシエーションに参加した結果得られた宗教的な「真理」と見なすには、「サン＝シュルピスの塔」に出現する娼婦としての「真理」はあまりに期待外れであり、またあまりにも「おぞましさ」を身に帯びた存在といわなければならない。その上、この「真理」の出現の後にも、ジャック・マルルを取り巻く状況に格段大きな変化は訪れず、小説はパリ帰還後のマルル夫妻の暗澹とした未来の予測や、牛の交尾、そしてとりわけ、彼らのもとに迷い込んできた一匹の猫の悲惨な死の物語へと横滑りしていく。

ルールの館に関して、『仮泊』フォリオ版の編者ジャン・ボリーは、「この遺構は、もはやいかなる象徴的な力も有していない」[13]と指摘しているが、果たしてこの主張は正しいといえるだろうか？ いかに、恐ろしげでおぞましさにまみれていても、とりあえず第三の夢において「真理」は出現したことに間違いはなかろう。それでは「散策・徘徊」は、この荒れ果てた城館の中に、聖なる審級を――それと対をなす呪われたものとともに――呼び寄せたわけではないのだろうか？　この問いは、答えのないままにユイスマンスの次の長編小説『彼方』へと引き継がれる。

『彼方』は、『仮泊』のいくつかのモチーフ、特に『仮泊』における悪夢の中の「散策・徘徊」を、規模を拡大しながら繰り返しているという意味で、『仮泊』の第三の夢の延長だといっても過言ではない。そして、その中で、『仮泊』において未解決にされた問題の可能性が、極限まで追求されていくのである。

2　『彼方』あるいは内部の世界

一般に『彼方』は、この作品が書かれた時点での、「悪魔主義」に関する研究の書であるとされる。

主人公で、自然主義作家であるデュルタルは、ゾラ流の自然主義に飽きたらず、「心霊主義的自然主義」を目指して、一五世紀の実在人物で、陰惨な幼児大量虐殺によって「青髯」のモデルとされるジル・ド・レー元帥の伝記を書こうとしている。小説の中の架空の小説家が、自ら小説を書き、それが入れ子状に全体の中に嵌め込まれるという小説技法は、フランス文学史においては「中心紋《アビーム》」の手法と呼ばれ、アンドレ・ジードの『パリュード』（一八九五）あたりがその始まりとされているが、デュルタルが描くジル・ド・レーの物語は、いわばこの「中心紋《アビーム》」の手法を数年先取りする形で、小説の随所に織り込まれている。

この小説のもう一つの興味の中心は、イアサント・シャントルーヴ夫人なる妖しい魅力を持った奇妙な女性との情事と、司教座聖堂参事会員ドークルの主催する「黒ミサ」だろうか。

デュルタルのもとに、未知の女から一通の手紙が届く。デュルタルの小説の熱心な読者だと語り、思わせぶりな表現で、デュルタルに逢い引きを持ちかけてきたのである。やがて、その女は、彼の知り合いの一人である歴史家シャントルーヴの妻であることが判明する。しかし、謎が消えたわけではない。彼女は、司教座聖堂参事会員というカトリックの高職にありながら、ヨーロッパ随一の悪魔主義者であるドークルと、密かなつながりを持っているらしいのだ。ドークルは、日頃から、木靴の裏にキリストの像を描かせ、常に踏みつけて歩くという瀆聖への異常な情熱を持ち、毒薬を夢魔に運ばせるという呪術によってこれまで何人もの人間を呪い殺したとして恐れられている人物である。やがて、デュルタルは、イアサントの導きによって、パリ郊外の教会の一室で、ドークルが司式するおぞましくも色情的な黒ミサに参加し、その後、教会の外の曖昧宿で、欲情したイアサントとの交接に及ぶ。

しかし、たとえば、ジル・ド・レーの伝記は、全二二章三四二ページ（田辺貞之助による邦訳では三八五ページ）に及ぶ『彼方』全編をまだ八〇ページを余した第一六章で、ジル・ド・レーの処刑場面のエピローグを除いて「ほぼ」すべての挿話が終結する。

一方、黒ミサの方は、第一九章のほぼすべてがこれに割かれているものの、黒ミサに参加した後も、デュルタルの生活にさしたる変化が見られるわけではない。おどろおどろしさが喧伝される割には、実際に読んでみると、悪趣味ばかりが目につき、今となっては滑稽にさえ感じられるほどである。

黒ミサへとデュルタルを手引きするシャントルーヴ夫人との情事も、女の異常な性欲の強さとは裏腹のブルジョワ的な陳腐さに辟易する形で、あっさりと幕が下ろされる。

その後は――いや、最初から最後までというべきだろうか――ブーランジェ将軍を一躍国民の英雄に押し上げた一八八九年のパリ補欠選挙の異常な熱狂に沸く世情をよそに、デュルタル宅、あるいはサン＝シュルピス教会の鐘撞きカレー（カレックス）宅に集う、浮世離れした人びとの展開する「悪魔学」に関する衒学趣味《ペダントリー》が延々と続いていく。たとえば、フォリオ版の校訂者イヴ・エルサンは、いかなる中心に回付されることもなく投げ出されるオカルティズム、魔術に関するこれら雑多な情報の渦に、意味の中心を失って理解不能になった「現代」への寓意を読み取り、マラルメの『魔術』（一八九三）を引きながら、『彼方』におけるユイスマンスの慧眼を称賛する。

しかし、それが、一見すると、いかに荒唐無稽に見えようと、また、ある種の現代的な読解から見てどんなに反動的に見えようと、この作品には、確かに作家自身が提示した、明確な主張が一つの結論として書き込まれているのである。

『さかしま』や『仮泊』と異なり、『彼方』には、「出発－逃避－幻滅・帰還という」形で、図式化できるような大規模な「閉鎖された空間」は存在しない。『彼方』のデュルタルはパリの住人であり、事件のほとんどはパリの中で起こるからだ。しかし、『彼方』のパリはそれ自体が、幻想と悪夢の渦巻く、「内部の世界」を構成している。すでに述べたように、『彼方』のパリは、『仮泊』第一〇章の悪夢の中で起こるパリの街の象徴的な「散策・徘徊」の延長であり、デュルタルは、ジャック（『仮泊』）が「ベッドの上で、汗びっしょりになり、死にそうに疲弊しきって飛び起き」[14]たことによって中断した、幻想的なパリの彷徨を再開したといえないこともない。

『仮泊』第一〇章の夢の中には、『彼方』で展開されるいくつかのテーマが、滑稽でグロテスクなタッチですでにはっきりと姿を見せている。夢のテーマが、秘教や悪魔主義にあることは明らかだが、問題は、それの扱われ方だ。悪夢の中では、ジャックの遭遇するあらゆる「宗教的な知識」が、外套を着た怪人が料理する「兎の屑肉の煮込み」や、「西洋カボチャの形をしたモンゴル人の尻」や、「ざく切りにした野菜」、鐘楼で出会った女のこめかみにくっついた「アメリー王妃風の腸詰め」といった具合に、例外なく食物と結びついた形で現れてくる。宗教は、この場合も、「食物として消費されるか、拒絶されている」のである。

また、カバラの用語では粗塩を指す「大地の経血」を煮込み鍋に投げ込む怪人や、夢の末尾に、娼婦として出現する「井戸－真理」は、これらの表象が、「おぞましさ」という女性的な性格を持つ否定性というユイスマンスのもう一つのテーマ系とも密接に関連していることを暗示している。

『仮泊』の中で「真理」が現れるサン＝シュルピス教会の鐘楼は、『彼方』では中世のカトリシズムを象徴する人物として高く評価されている鐘楼守カレーの住み処とされている。ジャックは、「サン＝シュルピスの塔」の夢の中で、次のように考える。

私は鐘撞き堂の中にいるんだ。食べるパンがなくなって、教会の鐘撞きになることを承諾したんだから、鐘撞き堂にいて、全く不思議はない。[15]

ジャックが魔術師の夜宴に参加し奇妙な夫婦に出会う悪夢の中の鐘撞き堂と、『彼方』のサン＝シュルピス教会とでは、小説の中での配置は全く異なる。しかし、「事後」的に考えれば、ジャックは、この夢の中で、『彼方』のカレーになることを望んでいたわけであり、『彼方』を構想した時、ユイスマンスがそれを意識していなかったことはあり得ない。

一方、『彼方』のパリは、『さかしま』のフォントネー＝オ＝ローズの館や『仮泊』のルールの館などと同様、否定性のダイナミズムが作用し、そこに住まう主体の同一性が常に脅かされ、再組織されるという意味でも「内部の空間」である。そして、この作品における「主体」の曖昧な地位を象徴するかのように、『彼方』においては、主人公そのものが二人に分裂しているのである。

『彼方』には、デュルタルの他にもう一人、自然主義文学の仮借ない批判者で、悪魔主義の衒学趣味《ペダントリー》に通じた医師デ・ゼルミーなる人物が登場する。デ・ゼルミーは小説の中の登場人物としては、奇妙に動きのない人物だ。パリ大学の医学博士で、「きわめて洗練されているが、疑り深く、気難しい人間」と紹介された後は、デュルタルの主だっ

ジャン=ルイ・フォラン（1852-1931）による「ユイスマンス像」（1878，オルセー美術館所蔵）。若き日のユイスマンスの肖像。フォランは労働者階級の出身で赤裸々な娼館の場面などを得意とした素描家，画家。ドガやマネの知己を得て印象派に近づき，アンリ・ド・トゥールーズ=ロートレック（1864-1901）に影響を与えた。後には画家・彫刻家のジャンヌ・ボスク（1865-1954）と結婚したが，一時，ヴェルレーヌ，ランボーと男色のとり持つ三角関係にあったこともある。1901 年、ユイスマンスが修練士になっていたリギュジェでカトリックに回心する。

た対話者の役割を務めるにとどまり、「声」として存在するだけで、具体的な小説のアクションにはほとんど絡むことはない。

しかし、小説に描かれたデュルタルとデ・ゼルミーの肉体的、精神的特徴を見ると、自然主義時代に書かれた『家庭』に登場するアンドレ・ジャイヤン／シプリアン・ティバーユという組み合わせと同様、ユイマスンスは自分自身の異なった側面を、自らの中に存在する矛盾を特に解決・融合することなく、二人の人物の中に書き込んでいるのだ。

たとえば、まず、『家庭』のシプリアンと、『彼方』のデ・ゼルミーの外形的特徴を比べてみよう。多少の違いはあるが、まるで、同じ人物の一〇年後の姿を描いたような錯覚を与える。しかもそれは、ユイスマンスが「自伝」に描いた作者自身の姿とそっくりなのだ。
『家庭』のシプリアンは次のように描写されている。

背が高く、痩せた体格で、金髪に青白い顔つきのシプリアンは、明るい色の顎髯をたくわえ、長くほっそりした指は先の方にいくにつれて細くとんがっていた。手がよく動き、鋭い灰色の目をして、髪の毛の先は、白い和毛《にこげ》が毛羽立ったように見えた。ズボンは、細い脛《すね》に比べて、いつもとても短くだぶだぶだったが、彼は、歩きながら、そのズボンの裾に打ちつけるようにして、ライターに火を点けるのが癖だった。背をちょっとかがめ、左肩をやや傾き加減にしているので、病弱で貧相に見えた。少なくとも、彼の歩き方は変わっていた。ぱっと、早足で進んでいたかと思うと、立ち止まって足踏みし、それからまた突然、大きなバッタか何かのように身をひるがえすと、どこかの田舎教師のように腕の下に雨傘を抱え、両手をわけもなくこすりながら、一目散に駆け出していってしまうのだった。[16]

一方、『彼方』のデ・ゼルミーはといえば、こうだ。

背が高く、痩身で、顔色がきわめて青白いデ・ゼルミーは、猟犬のような短い鼻の側に寄った目をしかめた。目は崇高な宝石のような深みを帯びた青で、乾いた光を発していた。髪は金髪で、薄茶色の髯を頬のあたりは剃り上げ、顎の下で、ぴんととんがらせていた。彼の中では、病弱なノルウェー人と、気難しいイングランド人が同居していた。ロンドン製のくすんだ色の碁盤柄の布地で仕立てさせた、身体にぴったりとした背広を、ほとんどネクタイもカラーも隠れてしまうほど、襟元高く着込んでいるため、窮屈そうに見えた。身なりには神経質なまでに気を使い、独特の手つきで手袋を脱ぐと、きゅっきゅっと聞こえないぐらい小さな音をさせてそれを丸めるのだった。それから、彼は椅子に腰掛けると、身体全体を右側に折りかがめながら、酒の神バッカスの杖のように細く長い脚を組み、刻み煙草と煙草を巻く紙の入った平たい浮き彫りのある日本製の煙草入れを、身体にぴったりとくっついた左側のポケットから取り出した。[17]

『家庭』の若い画家と、『彼方』の威厳ある医師とは、性格の点からは必ずしも共通点が多いとはいえないが、極端から極端に振れる「芸術家」気質や、反逆的な性格を共有している。若い画家シプリアンは次のように描写されている。

シプリアンは反骨の精神は抱きながら、精気に乏しく、貧血気味であるのに、常に激しい神経の揺らぎに支配されているという具合で、全く彼の描く絵のような人間だった。彼の精神は、詮索好きで病んでいた。神経症者特有の、密かな憂愁に取りつかれており、自らが奉じる理論とは裏腹に、無意識の情念の赴くまま、熱情に駆られ、不安に支配されることがよくあった。

精神の均衡が欠けていて、右へ左へと揺れ動くので、シプリアンは大作を描くことはできなかった。ただ、時折、極端に走って大胆さを発揮すると、面白い絵を描いた。とりわけ、娼婦を描かせると、思いもかけないような効果を求めて成功することがしばしばあった。彼は、娼婦を、ありのままの姿で、上半身や下半身に腐ったような大きな傷や、恥ずかしい爛《ただ》れのある、残酷で嘲弄するようなタッチで描いたのだ。[18]

片や、威厳ある医師デ・ゼルミーは、

見知らぬ人たちの前に置かれた井戸の綱のように、理路整然としていて、用心深く冷静だった。彼の尊大で、それに加えて、しかつめらしい態度は、笑い方にすら現れていて、笑っても、すぐにもとの真面目な表情に戻るのだった。初めて会った人間には、本当にいやな奴だと嫌悪を催させたが、彼の緻密な話しぶりや、さげすむような沈黙、そして厳しい、あるいは皮肉の利いた微笑によって、いやなかなかの人物だと彼らの考えを改めさせることができるのだった。[19]

しかし、このきわめて謹厳で、冷徹な医師が、もっぱらつきあっているのは、「占星術師や、カバラ学者、悪魔学者、錬金術師、神学者、発明家」といった連中ばかりなのである。

これに対して、『家庭』のアンドレ・ジャイヤン、『彼方』のデュルタルは、しばしば「皮が剝がされて」剝き出しになったような「鋭敏な」神経を持つ、ユイスマンス自身の慎ましく繊細な一面を表したものと考えることができる。アンドレ・ジャイヤンは、決断がつかない優柔不断な性格と、感じやすい心を持った『彼方』のデュルタルをひと回り若くした印象だ。

決断力がありそうな外観の下に、アンドレは、滑稽に見られてるのではないか、人に何と言われるだろうか、といったことを極端に気にする、若い娘のような臆病な一面を隠し持っていた。彼は、人生のほんの些細な場面で、あらゆることが難しく思われて、決断をためらい、心が揺れ動くのだった。時折、臆病者の空勇気を振るって何かを決定すると、その後すぐに、自分の決断を後悔するのだった。[20]

すでに指摘したように、『彼方』のデ・ゼルミーは、行動の面からいえば、必ずしも生彩がある人物とはいえない。ユイスマンスは、『彼方』について、小説の執筆が終わりに差しかかった一八九〇年の四月七日に、アレイ・プリンスに宛てて次のように書いている。

さて私は、心配です。この本は、ほとんど会話でできています。ひどい状態です――もはや、小説の体をなしていないといってもいいぐらいです。私がこれから費やす膨大な努力がどんな結果を生み出すかはわかりませんが、少なくとも、この小説は、斬新で、現在まで、誰も扱わなかった問題を扱っていると思い、自分を慰めています。[21]

ユイスマンスはここで、『彼方』の単調さを自ら批判しているが、このような小説において登場人物の「行動」にどれだけの意味があるのだろうか？　デ・ゼルミーとデュルタルとは、登場人物の「外的な行動」では解決し得ない水準で、ユイスマンスの中に存在していた深刻な「亀裂」を現しているとはいえないだろうか？

デュルタル連作といわれる『彼方』『出発』『大伽藍』『修練士』の中で、ユイスマンスの主人公が分裂して現れるのは、『彼方』だけだ。この分裂は『至高所 *Là-haut*』（『出発』および一部『大伽藍』の前身をなす未完草稿）の冒頭において、デ・ゼルミーとカレーが急な病で相次いで亡くなったことが告げられ、突然、終焉を迎える。しかし、ユイスマンスの主人公が抱える矛盾が、このデ・ゼルミーの消滅によって解消されるわけではない。デ・ゼルミーとデュルタルという矛盾した性格を持つ二人の人物は、『至高所』以降のデュルタルの中に、統合され、内化される。そして、その矛盾は、デュルタルがことあるごとに口にする「確かにその通りだ、だが…だが…」という有名な「矛盾撞着語法《オクシモロン》」となってテクストの中に書き込まれていくのである。

ある意味、『彼方』におけるユイスマンス的な登場人物の二重化は、作品執筆の段階でユイスマンスが抱えていた矛盾の大きさを示しているといってもいいかもしれない。二人の人物を登場させなければ、作品そのものが解体してしまっていたかもしれないのだ。

それでは、この時点におけるユイスマンスの抱えていた問題とは、一体、どんな形のものだったのだろうか？

3　神の死体——マティアス・グリューネヴァルトの「磔刑図」

まず、一つの確認から始めることにしよう。

「生成批評《クリティック・ジェネティック》」という批評方法がある。これは、作家の草稿や、作家が作品を書く際に用いた資料・ノートなどを丹念に集めて、作家の行った作業や執筆過程を物理的に検証可能な形で再構成しようというやり方で、もともと「文献学」や「原典批判」と呼ばれたものだが、構造主義以来のテクスト理論の精緻化と「大きな物語」への幻滅や批判の広がりを背景に、文学研究に科学的な根拠をもたらす方法論として注目を集め、特にフローベールやプルースト研究の分野では、一時期、草稿を読まなければ研究者にあらずというほど流行した。「実学」ばかりが持てはやされ、文学、特に外国文学「研究」そのものが衰退しつつある日本では、あまり光が当たることはないが、今も、国際的な広がりを見せながら一つの研究手法として地歩を固めつつある。以下では、この手法を念頭に話を進めよう。

ユイスマンスの『彼方』については、テクストの話題や、作者がテクストを紡ぎ出す際によりどころとした、取材源、資料といった原テクスト群が存在する。仮にこれらを「道筋《ピスト》」と呼んでおこう。『彼方』で扱われているテーマに従い、これらのピストにとりあえずの「題目」をつけて列挙すると、次のようになる。

一、自然主義批判。
二、マティアス・グリューネヴァルトの「磔刑図」。
三、未知の女、ないし悪魔的な女との情事。
四、サン゠シュルピス教会の鐘楼守。
五、ナウンドルフ事件（完成テクストでは抹消）。
六、ジル・ド・レ――中世の悪魔主義。
七、現代の悪魔主義。

これらのピストは、ある時期まで、個別に発展し、場合によっては、独立した作品として雑誌に発表されたりもするのだが、いつしか相互に絡まり合って、『彼方』という複雑なテクストとして成立していくのである。

このうち、「ナウンドルフ事件」というのは、これまで筆者の話の中でも何度か出てきた、ルイ一七世を騙る偽王

［左］レオン・ブロワ。狂信的で激越な毒舌と借金癖で知られるカトリック作家・風刺文書作家。この時期までユイスマンスと親密な関係にあったが，後に喧嘩別れし，『貧しい女』（1897）では，「画家フォランタン」という，ユイスマンスをモデルとした人物を糞味噌にやっつけている。［右］ジョゼファン・ペラダン。スタニスラス・ド・ガイタらとともに「カバラの薔薇十字」を創立したが，2年後には袂を分かって「カトリック薔薇十字団」を結成。ユイスマンス，ブーランとは敵対関係にあった。ヴァーグナー愛好家であり，両性具有をテーマとする『ラテンの退廃』全21巻をはじめ膨大な小説，演劇，芸術論，エッセイを残したデカダン作家でもある。

太子とその取り巻きの引き起こした陰謀のことだ。ユイスマンスは『仮泊』を発表した翌年の一八八七年一一月にすでに、ナウンドルフ事件に取材した作品を書くことを、友人のアレイ・プリンスに語っている。

私は仕事に没頭しています。今度は、たぶん、聖職者の世界の周縁や、国王シャルル一一世ナウンドルフの一味を題材にした小説に取りかかるつもりです。でも、聖者伝や、錬金術や、マッテイ[22]の医学だとかを調べるため、あとひと月は準備作業が必要です。結構大変な作業です。本の中にはブロワや、ペラダン、ビュエも登場させます。ブロワにその話をしたら、やっこさん、自尊心をくすぐられて大満足していました。目下の調査対象は、金属の変容です!!――といった具合で、結構、楽しんでいます。[23]

一八八八年の一月の段階で、ユイスマンスはやはりアレイ・プリンスに宛てた手紙の中でこう書いている。

私は相変わらず、例の国王に関する資料を探していますが、不幸なことに、何も見つからないまま空中でじたばたもがいています。必要な資料が見つかることに期待しましょう。[24]

この時点では、まだ、ナウンドルフ事件が来るべき小説の主題として挙げられている。さらに、同じ年の四月末、ベルギーの法律家で政治家のジュール・デストレ（一八六三－一九三六）に宛てた手紙にはこうある。

『彼方』の執筆がようやく始まりましたが、すぐに、私が以前書いた『近代美術』を補完する美術批評の本〔『近代画人評（ある人びと）*Certains*』一八八九〕を片づけてしまうため、仕事を中断してしまいました。この美術批評の本には、ドガを論じ直す他、ホイッスラー[25]、シェレ[26]、ロップス[27]、モロー、その他の画家を取り上げる予定です。[28]

ここでは『彼方』の執筆が始まったことを伝えているが、その後の手紙でも、左目が「一種の結膜炎」に罹ったため、仕事ができないなどという愚痴めいた陳述が続き、一向に『彼方』執筆が進んでいる気配はない。

ちなみに、完成した『彼方』には、マッテイの医学や、錬金術などといった話題が出てくるし、アレイ・プリンス宛の手紙で名前の挙がっている実在人物の中ではペラダンあたりが「敵役」としてたびたび話題にのぼっている他、シャルル・ビュエ（一八四六－九七）も歴史学者シャントルーヴとして登場する。ビュエは、カトリック保守派の作家、ジャーナリストで、パリ七区のブルトゥーユ街にあった自宅で文学サロンを開いていた。そこに集まったのは、バルベー・ドルヴィイ、レオン・ブロワ、フランソワ・コペー、ジャン・ロラン（一八五五－一九〇六）、ロラン・テラード（一八五四－一九一九）、ジャン・モレアス（一八五六－一九一〇）、スタニスラス・ド・ガイタ、フェリックス・フェネオン（一八六一－一九四四）、ポール（一八六〇－一九一八）およびヴィクトール・マルグリット（一八六八－一九四二）兄弟、オスカール・メテニエ（一八五九－一九一三）など、カトリック保守派を中心に、デカダン派、象徴派、アナキストなどさまざまな傾向の作家、詩人、批評家、オカルティストが含まれていた。

しかし、最初の構想で中心に置かれるはずだった「ナウンドルフ事件」のピストは、完成した『彼方』の中では全く取り上げられることなく、小説の構想も、先の手紙に書かれたものとはかなり違ったものになってしまう。その契機となったと覚しいのが、マティアス・グリューネヴァルト（一四七〇／八三－一五二八）の「磔刑図」から受けた衝撃だ。

ユイスマンスは、一八八八年の七月から八月にかけて、ベルギーの作家で、文通相手のアレイ・プリンスとドイツ旅行を企てる。この時は、ケルン、ハンブルク、リューベック、ベルリン、ウィーンなどを訪れているが、この旅行の最中、カッセルでグリューネヴァルトの「磔刑図」を「発見」する。

グリューネヴァルトは、A・デューラー（一四七一－一五二八）と並び称される、ドイツ後期ゴシック－ルネサンス期を代表的する画家である。ただし、ユイスマンス自身は、一五世紀から一六世紀初頭にかけて、すなわちイタリア盛期ルネサンスの影響を受けた均衡の取れた人体表現が出現する以前、後期ゴシックから初期ルネサンスに属する画家のことを「プリミティフ派」と総称している。そこには、ルネサンスがギリシア・ローマの古代異教世界の美学の「復興」であったのに対して、イギリスのラファエロ前派の人びとが、S・ラファエロ（一四八三－一五二〇）以前の、技術的には未熟であっても、キリスト教信仰に貫かれた、精神的により「深い」ものを秘めた絵画に憧れを持って、自分たちの派の名前としたのと同じような感情が、働いていると考えることができよう。

マティアス・グリューネヴァルトの名は、最初に彼の伝記『ドイツ・アカデミー』（一六七五）を書いた一七世紀の美術史家・画家のJ・フォン・ザントラルト（一六〇六－八八）が誤って伝えたもので、二〇世紀に入ってから、マティス・ゴルトハルト・ニトハルトという本名が明らかになった。ただし、現在でも、本名よりも、マティアス・グリューネヴァルトの名で通用している。ここでも、それに従っておこう。ちなみに、二〇世紀の作曲家P・ヒンデミット（一八九五－一九六三）のオペラ「画家マティス」（一九三六）のマティスは、二〇世紀初頭、野獣派《フォーヴィスム》の指導的な画家であったアンリ・マティス（一八六九－一九五四）ではなく、このマティアス・グリューネヴァルトのことである。

グリューネヴァルトといえば、普仏戦争でドイツがフランスから奪ったアルザス・ロレーヌに近いコルマールのウ

マティアス・グリューネヴァルトの「磔刑図」(1520-24)。ユイスマンスはこの絵をドイツのカッセルで見た。現在はドイツ・カールスルーエの州立美術館に収められている。左から聖母マリア，キリスト，聖ヨハネ。

ンターリンデン美術館に所蔵される「イッセンハイムの祭壇画」が名高い。しかし、ユイスマンスがこの時目にしたのは、この祭壇画の一部をなしている「磔刑図」ではない。[29]

グリューネヴァルトはその生涯に四枚の「磔刑図」を残している。一枚目は、一五〇五年から一五〇六年に描かれた板絵で、スイスのバーゼル美術館が所蔵するもの。二枚目が、一五一二年から一六年（制作期間年には諸説あり）に描かれた先の「イッセンハイムの祭壇画」。三枚目は、一五一一年から二〇年に描かれた板絵で、ワシントンのナショナル・ギャラリーが所蔵するもの。四枚目は、やはり板絵で、一五二〇年から二四年に描かれた「タウバービショップスハイムの祭壇画」である。[30]

ユイスマンスが一八八八年の夏、カッセルで見たのは、グリューネヴァルトが描いたこの最後の「磔刑図」で、サイズもイッセンハイムのものと比べると、ひと回り小さく、現在はカールスルーエの州立美術館に移されている。ユイスマンスが「プリミティフ派」の巨匠の手になるこの作品からどれほど強い印象を受けたかは、「磔刑図」を見た後、複数の友人に宛てて書かれた手紙が証明している。また、旅行の約半年後に出されたアレイ・プリンス宛の手紙の中では、「シバの女王」との情事とともに、しばしば、「アルマーニュ（ドイツ）についての本」ないしは、単に「アルマーニュ」という符牒めいた呼び方で、グリューネヴァルトの「磔刑図」が話題にのぼり出す。「シバの女王」とは、文壇の名士との恋愛に情熱を傾けていた有閑婦人アンリエット・マイヤのことで、彼女はユイスマンスと文通の始まる以前すでにペラダンやブロワを自分の「コレクション」に加えていた。

> シバの女王についていえば、現在のところまで、私が優位に立っていて、私のペニスにじゃれつく許可は一切与えていません。でも彼女は相変わらず、うるさくつきまとってきます。あの手の馬鹿あまどもには全く、うんざりします。〔…〕
>
> その他には、こちらには変わったことは何もありません。私は、アルマーニュに関する私の本の仕事を少しやっています。しかし、いずれにせよ、ほとんど時間がありません。[31]

さらに、一八八九年の秋頃になって、アレイ・プリンスに、長く準備していた『彼方』をいよいよ書き始めたと伝える手紙の中で、グリューネヴァルトに関する記述を小説の冒頭に組み入れることにしたと告げている。

> 私は例の小説を書き始めています。目下のところ私は、第一章のために必要なグリューネヴァルトに掛かりきりですが、きわめて難しい作業です。[32]

どうやら、ユイスマンスはグリューネヴァルトについての独立した記事ないし、美術批評を構想していたが、やがてその構想は、他のピストとともに『彼方』へと繰り入れられていったようだ。というよりも、むしろこのピストが『彼方』の冒頭に据えられたことで、当初、シャルル一一世ナウンドルフの周辺に群がるオカルティストの奇矯な生態のレポートとして構想されたと覚しい『彼方』に、形而上学的な問題性が付与され、それが作品そのものを一つの「探索」へと構造づけるきっかけを生んだといってもよい。

『彼方』の冒頭のグリューネヴァルトの「磔刑図」の描写は、文学史的には、取材で得た資料に基づく執筆という手法をそれとして堅持しながらも、ゾラ流の自然主義からの乖離を宣言し、より精神的な主題を扱うべく「心霊（神秘）主義的自然主義」の構想を初めて宣言したテクストとして有名である。しかし、実はこの章は、「神の死体」というキリスト教の突きつける解決不能の矛盾にあらためて直面した精神が、すべての実存の変更を迫られるほどの衝撃を受けたことの別様《べつよう》の告白に他ならず、その射程は美学的であると同時に、哲学的であるといわざるを得ない。

友人たちへの手紙におけるユイスマンスと同様、デュルタルはプリミティフ派の絵画、特にグリューネヴァルトの「磔刑図」を、彼がデ・ゼルミーとともに批判する自然主義文学に対し、理想の芸術を体現したものと見なしている。

> デュルタルはデ・ゼルミーが正しいと思うようになっていた。確かに、混乱する文芸の世界の中で、もはや、持ちこたえられるのは何もなかった。何も…超自然への欲求を除いては。それとて、もっと高雅な思想なしに

は、至るところでつまずいて、交霊術やオカルトに落ち込んでしまいかねなかった。

このように考えざるを得なくなって、違う道を迂回することによってそれでもなお求めている理想に近づくために、デュルタルはついに絵画という別の芸術に足をとどめるに至った。その分野で、このような理想が、プリミティフ派の画家たちによって完全に実現されているのを見い出したのだ。

〔…〕

物質は圧力によって伸びたり縮んだりするが、こうした変容によって、ある種、感覚の外へ、無限の彼方へと脱出していくような趣があった。

デュルタルがこのような自然主義への啓示を受けたのは昨年のことだったが、しかし、その頃は、この世紀末のおぞましい光景に、今ほどひどい苛立ちを感じてはいなかった。それは、ドイツの地、マティアス・グリューネヴァルトの「磔刑図」の前においてであった。[33]

ここでデュルタルが目の前にしているのは、最も仮借のない残酷な現実として眺められた腐乱する死体であり、生物学的水準で捉えられた死の「否定性」の跳梁であるといってよい。ユイスマンスの関心は、いささかも手加減することなく、キリストの死体の物質的な「腐敗」と「解体」、もっと正確にいえば、破れた皮膚から流れ出す、「血」と「膿」とを描写することにあるかのようだ。

血膿の時期がやって来た。脇腹の傷から、ねっとりした液体が川のように流れて、黒苺の汁のように黒ずんだ、おびただしい量の血が腰にあふれ出していた。薄赤い漿液や、乳白色の膿汁や、モーゼル・ワインのロゼのような半透明の液体が、胸から滲み出し、波打つ下着の襞のすぐ上のところまで、腹をべっとりと浸していた。むりやり引き寄せられた両膝は、膝頭のあたりでぶつかると、ねじられた両脚は、互いに重ねられた踝《くるぶし》のところまで隙間が空き、痩せ細って下に伸びていたが、すっかり腐乱が進んで、緑がかった色になり、血にまみれていた。

この血液が凝固し、スポンジのように膨れ上がった両脚は、凄まじかった。表皮から飛び出た肉芽が足を止めた釘の頭の方に盛り上がり、痙攣する指は、懇願するような手の動きを裏切り、何かを呪い、角《つの》のように青く突き出た爪で、チューリンゲンの紫がかった土に似た、鉄分を多く含んだ黄土色の土を引っ掻こうとしているかのようだった。

この血と膿の吹き出た死体の上に、取り乱した表情の大きな頭があった。乱れた茨の冠を頭の周りに巻きつけ、憔悴しきって頭を垂れ、片方の目はどんよりと半ば開いていたが、その眼差しはまだ苦悶と恐怖におののいていた。顔はでこぼこしていて、額はくずれ、頬は生気を失いかけていた。動顛した表情のあらゆる部分が呻き泣く様を伝えていたが、半開きになった口は、顎が恐ろしい痙攣の発作に揺すぶられているように笑みを浮かべていた。[34]

この「磔刑図」は、いわば、近代以降の虚無主義《ニヒリズム》や無神論が立脚している「神の死」という寓話を、そのままに図像化したものといってもいいかもしれない。

『セミネールⅦ　精神分析の倫理』の中で、ジャック・ラカンは、彼のいう「もの la Chose」の理論化を視野に入れながら、「キリストの受難という劇《ドラム》」の持つ比類ない射程を次のように述べている。

キリスト教だけが、われわれが神の死と呼んだ真理の本性に、キリストの受難というドラマによって十全な内容を与えている、ということを銘記してください。こういう本性に比べれば、古代ローマの剣闘士たちの流血の戦いのようなやり方は色褪せてしまいます。キリスト教が示しているものは、この神の死を文字通り受肉化したドラマです。[35]

ここでのラカンの指摘自体が、フロイトが『トーテムとタブー』（一九一三）および『人間モーセと一神教』で述べている「父殺しの神話」に基づいていることはいうまでもない。[36]

ユイスマンスがグリューネヴァルトの「磔刑図」から受けた衝撃の意味を探るために、再びいささか迂回することをお許し願いたい。

よく知られているように、当初、フロイトは、一九世紀の科学の水準で、あらゆる社会に広がっていると信じられていた「近親相姦の禁忌《タブー》」の起源を説明するために、この創世神話を持ち出した。

現代の生物学や人類学によれば、「近親相姦のタブー」には、近親婚によって生じるDNAの劣化を避けるという、人類が長年にわたる進化の過程で身につけた本能の知恵が隠されていると説明される。[37] しかし、少なくとも、人類が歴史の中に「意識を持った存在」として現れた時、この生物学的原理はきわめて禍々しい恐怖を発散する神話やタブーとして、人類の心理に内面化された。

フロイトの仮説によれば、はるか昔、人類は群れを作って暮らし、一人の強い雄に支配されていた。群れ全体の主人であり、父でもあるこの人間は、群れのすべての女を自分の自由にすることができた。

女性に対する特権を共有することは許されず、群れの周縁で暮らすことを余儀なくされていた息子たちは、ある日、父親を殺し、父親の遺体を生のまま貪り食うことを決心した。憎しみや恐れからだけではなく、むしろ父親に対する畏敬の念によって、父親の肉の一部を体内に取り込むことによって、彼と一体化したいと願ったためだ。ところが、父親を弑虐し、父親を貪り食った後で、恐怖と畏敬は、罪悪感へと変化した。その後、父親の遺産を獲得するために長いこと争った挙げ句、兄弟たちは、この罪悪感に立脚して、互いにある合意に達した。息子たち各自が、再び人を殺すことを自らに禁じ、また、母や姉妹を所有し犯すことを禁じたのである。この二つのタブーによって重大な一歩が踏み出され、人間の社会組織と人間道徳の最初の形が作られたのだというのである。

四半世紀の後フロイトは、ユダヤ教とキリスト教がどのような過程を経て、他の多神教と自らを区別するように至ったかを説明するために、この父親殺しの神話を再び取り上げ発展させる。ここで、フロイトは、聖書の物語を知的に再構成するのだが、まず彼は、「ユダヤ人の解放者であり、立法者であり、ユダヤ人に宗教を与えた[38]」人間モーセの背後に、エジプト人のモーセと、ミーディアン人のモーセという二人の人物を区別する。エジプト人のモーセは、ファラオ、イクン＝アトン（アクナトンとも。アメン＝ホテプ四世、在位、前一三六四頃－前一三四七頃）によって奨励された、アトン神を崇める一神教集団に属する大諸侯の一人であった。アクナトンの死と、それに続く多神教の反撃によって、この改革が失敗に終わった後、エジプト人モーセは、一神教の宗教を再興するため、ユダヤ民族に接近し、これを自分の民として、エジプトからカナンの地へと導く。

第二のモーセはミーディアン人の祭司エテロの女婿として知られた人間で、エジプトの大貴族とは全く異なる人物である。最初のモーセが突然身罷《みまか》ってからおそらくは一世紀の後、もともと火山の神であり、シナイ＝ホレブで崇拝されていたヤハウェ（エホバ）の信仰がカデスの地で打ち立てられた時、このミーディアン人のモーセが神とユダヤの民との仲介者役を果たしたのだという。

ここでフロイトは、ドイツの神学者・東洋言語学者エルンスト・ゼーリン（一八六七－一九四六）の大胆な仮説、すなわち、「偉人」であり新しい一神教の開祖であるエジプト人のモーセはユダヤ人によって殺され、アトン崇拝も破棄されたという仮説を採用する。エジプトから戻ったユダヤ人たちは、その後、他のユダヤ系部族の者たちと一体となり、ミーディアン人の影響下にヤハウェを信仰するようになった。しかし、唯一の神のメッセージを伝える宗教の創立者を殺害してしまったという説明しがたい罪悪感は、ユダヤ民族の間に世代を経るごとにますます増幅しながら受け継がれた。キリスト教がユダヤ教から分離した時、パウロと呼ばれたキリスト教の「生みの親」は、この感情を原父《ウア・ファーター》の殺害に基づく罪責感、人類史のさらに古層に属する根源的な罪責感と結びつけることによって強化・利用し、これに「原罪」いう名前を与えた。神に対して犯された、死によってしか贖われない罪である。「父」の殺害という原初の犯罪行為は、人びとの記憶の中で完全に「抑圧」されており、思い出すことはできない。しかし、それでもなお、彼らの悔恨と罪責感は「償い」「修復」を求めていた。

このような文脈で、父なる神の子、キリストの十字架上の「犠牲」は、無意識のレベルで、原父の殺害に対して望まれていた贖罪と理解される。そして、贖罪という観念が人類の罪責感を払拭すると同時に、隣人愛に基づく新たな社会契約を打ち立てることになる。ラカンは言う。

〈法〉の起源となる神話が父の殺害として具体化されるとしたら、そこから続々とプロトタイプが、つまりトーテム動物、それから多少とも力を持ち嫉妬深い神、最後に唯一神、つまり父なる神と名づけられるものが出てきます。父の殺害という神話は、まさしく神が死んだ時代の神話なのです。

しかし、われわれにとって神が死んでいるとしても、神はずっと前から死んでいたのであり、まさしくこのことをフロイトは言っているのです。神が父であったのは、息子の神話の中でだけ、つまり父を愛することを命令する神話の中でだけ、そして死を超えた復活があることを示す受難のドラマの中だけです。それはつまり、神の死を受肉する人間が常にいるということです。その人間は、神を愛せという命令とともに常にいるのです。この命令を前にして、フロイトは立ち止まります。そして彼は同時に――これが『文化への不満』〔一九三〇〕で述べられている事柄です――隣人愛の前でも立ち止まりました。この隣人愛はわれわれには乗り越えがたく、了解できないように思われます。[39]

しかし、キリストの犠牲‐贖罪の結果獲得された隣人愛、キリスト教的な愛は、ラカンが指摘するように、なぜ常に不吉で陰鬱なトーンを帯びていなければならないのだろうか？　それはキリスト教の愛が、父親を殺した者たちの間で結ばれた契約や、母親に向けられた近親相姦的な欲望の彼方に成立するものであり、ラカンが「もの la Chose」と名づける領野と密接な関係を持っているからに他ならない。「もの」とは、「死の欲動」に印づけられ、近親相姦のタブーの彼方にあると想定されている接近不可能な領野、死の否定性が支配する領野である。

ラカンの精神分析理論においては、よくいわれるように、無意識は「言語」のように構造化されているわけだが、「もの」は言語によって得られるあらゆる知識から超越した絶対的な否定性の場である。もともと、「もの」は、精神分析固有の概念ではなく、I・カント（一七二四－一八〇四）やM・ハイデガーの哲学、A・コジェーヴ（一九〇二－六八）を介したG・W・F・ヘーゲル（一七七〇－一八三一）の弁証法などの中に見い出される概念である。ラカンは、ジョルジュ・バタイユ、ロジェ・カイヨワ（一九一三－七八）、ジャン・イッポリット（一九〇七－六八）、ピエール・クロソウスキー（一九〇五－二〇〇一）、レイモン・クノー（一九〇三－七六）らとともに、「高等社会科学学院」でコジェーヴのヘーゲル講義に出席している。

さて、「もの」について、ラカン自身は、壺の中の「穴」を喩えに次のように語っている。

> ところで、私がはじめに示した見方によって、壺を、「もの la Chose」と呼ばれる現実界の中心にある空虚の実在を代表象するために作られた一つの対象と見なすならば、代表象の中に現前するこの空虚はまさに「無 nihil」として現れています。だからこそ、陶工はここにいる皆さんと同じように、その手でこの空虚の回りに壺を作ります。つまり、神話的創造者と全く同様に、「無から ex nihilo」、穴から、壺を創造するのです。[40]

欲望の力学の観点からすれば、「もの」の領野は、「死の欲動」が絶対的な力を振るっている領野であり、日常的な経験の側からは乗り越えることのできない「禁断」の領野である。ラカンに比べると、その理論的な射程は限られてはいるが、やはりバタイユに想を得ながら、クリステヴァが「コーラ・セミオティック」と呼んでいるのも、この「もの」の領野であることは間違いない。あえていえば、ラカンの「もの」においては、否定性が死の絶対的な超越性を前提に、極端にペシミスティックな様相を取るのに対し、クリステヴァはそこになお構成的な契機を見ようとするのだ。

ところで、ラカン的な立場からあえてこの領野に近づこうとすれば、逆説的ながら、その実行は「法」の審級、言葉を換えると、「父親の機能」、ラカンが「大文字の他者」あるいは「父の名」と呼ぶ言語（象徴）の審級を介して行う他ない。しかも、その領野への接近は、享楽をともなった「禁断」の領域の「侵犯」ないしは、享楽の領域への

「侵犯」という形を取らざるを得ない。いわば、この「領野」、この「穴」こそ、伝統的に、宗教と文学がそこに直接踏み込むことはできないにせよ、「言語」や、あるいはそれと対をなす「沈黙」によって、「侵犯」を試み、場合によっては、それが発する「恐怖」を封じ込めようとしてきた負の焦点に他ならない。

ラカンの解釈によれば、「もの」が問題となるところで、キリストの受難はすでに「昇華」の規制と論理を発動させていたという。定義からして、「もの」の領野とは、「昇華」の特権的な場所であるからだ。ラカンは言っている。

> 私が〈もの〉と呼んでいる領野、つまりシニフィアン連鎖の起源にある彼岸のものが投影される領野、この領野は存在の場であるすべてのものが問題とされる場であり、昇華が生み出される選ばれた場です。フロイトはこの領野の最も充実した例を示しています…。[41]

「神の子」キリストが、「人の子」として十字架で犠牲に供された事実は、それ自体、「神の死」に対する再検討を要請する。というのも、神は、ラカンもニーチェにならって認める通り、「ずっと前から」死んでいたからだ。そして同時に、この神の二度目の死は、「父の機能の承認」を通じて言語によって実践される「法」の到来を予告するのである。西欧哲学の伝統の中で、死というものが神に列なる「存在」の欠如態を示し、「悪」と同義であるとするなら、「キリストの犠牲」を前に、フロイト以来の精神分析が提起しているのは、「少しばかり真面目に悪の問題を、この問題が神の不在によって根本的に変革を被ったことに気づくことで、考え直すこと」[42]なのである。

これに対して、『テル・ケル』以来のクリステヴァの盟友で、哲学者のベルナール・シシェール（一九四四－）は『悪の物語』（一九九五）の中で、ラカンのこうした「明確に無神論的な」解釈を退け、キリストの十字架上の犠牲をキリスト教の「神聖なる歴史を超えた物語《メタ・イストワール》」の文脈に置き直そうとする。

キリスト教的な真理の出現は、あらゆる人びとの目に示されたキリストの十字架上の受難という究極の図像表現と切り離すことはできない。この図像は、思考を恐怖の一点に導くという意味では、悲劇的といってもよい。しかし、来るべき幾世紀にもわたって（「私の言葉は決して過ぎゆくことがない」[43]）、救済の新たな経済を開始したという輝かしいメタ・イストワールの文脈から考えれば、悲劇とは無縁である。（ラカンの『精神分析の倫理』に見られる）苦痛を賛美する図像表現がある。イタリア・バロック期には恐怖と享楽、苦痛と恍惚との結びつきを暗黙のうちに強調しつつ、苦痛の戦慄が克明に描き出された。まことに結構。しかし、それは肝心のことを忘れての話だ。肝心というのは、そこに描かれたのは神だという一事である。[44]

シシェールの理論的な展望に立てば、ラカンが論じたキリストの受難をめぐる——死と悪との——昇華の議論も、キリスト教の神学的な「メタ・イストワール」の中に位置づけられるとともに、「達成と亀裂と約束という三つの帯域で」生じる「悪の真理」あるいは「死の消滅」を告知する一つの事件、つまりは、神の福音という事件として再解釈される。

確かに、ラカンにおいて、父なる神の死の後——ということはつまり、原父の殺害の後——、昇華を構成する構造的な契機として、「もの」を制御する「父の機能」を担う「大文字の他者」は、主体の欲望から疎外された「シニフィアンの連鎖」に割り当てられていた。したがって、昇華それ自体が、欲望の内在的な——「世界」の内部における——再構造化として実行されるのだ。

しかしながら、シシェールの論理的な配置に従えば、理論的な可能性としてであれ、神の超越が、そのまま、大文字の他者の位置に「復活」する可能性があるというのだ。

まさに神自身の言葉に由来する聖書の文言を成就することによって、神は、イスラエルと新たな契約を結びにやって来るわけであり、イスラエルの民と、イスラエルという土地を選んで、あらゆる人類に、神の死（〈大文字の他者〉の崩壊）および神の復活（恐怖の地点を通過することによる〈大文字の他者〉の再保証）という信じがたい真理を提供しようというのだ。この亀裂は、成就である。なぜなら、それは同時に、信じがたい事件と、その事件に対する忠誠によって、約束に根拠が与えられるということだからである。[45]

デュルタル自身、十字架の犠牲にまつわる「神聖なメタ・イストワール」を知らないわけではない。いや、デュルタルは、「血にまみれ、涙に曇ったこのキリスト受難図」をしかるべき神学的な文脈の中に組み込もうとしているように見える。彼は、「この破傷風の痙攣に襲われているようなキリスト」が、「聖ユスティノス[46]や、聖バシリウス[47]、聖キュリロス[48]、テルトゥリアヌス[49]のキリストであり、初期キリスト教会のキリストであることを知っている」。「キリストが野卑で醜い姿をしているのは、あらゆる罪の重みを担っているからであり、謙譲の美徳ゆえに、きわめておぞましい姿を身に帯びているからだ」[50]。デュルタルはキリストの死体の「悪臭を発する腐敗」を描いているが、彼は承知している。「穢らわしくも腐敗し、膿で覆われ、最悪の恥辱にまみれ」ているこの崩れた死体こそ、まさに神であり、神として崇めなければならないのだ、ということを。

この潰瘍に覆われた頭部から光が滲み出していた。超人的な表情が、糜爛《びらん》した肉と、痙攣する顔の造作を照らしていた。この両腕を広げた腐肉は神の姿なのだった。背光もなく、光輪もなく、ただ、おかしげに乱れた茨の冠だけを被り、血液の赤い斑点を皮膚に点々と浮かばせながら、イエスは、その聖なる超絶性を露わにして、雷のような衝撃に打たれ、さめざめと泣き濡れる聖母と、目を焼き焦がし、もはや涙に暮れることも叶わぬ聖ヨハネの間に姿を現していた[51]。(以下、強調は引用者)

しかしながら、『さかしま』の最後の数章におけるデ・ゼッサント同様、デュルタルは信仰の可能性を希求してはいるものの、この絵を眺めた後――キリストの受難に込められた「メタ・イストワール」に思いを馳せた後――でも、いかなる信仰もデュルタルの心に芽生えることはなく、いかなる「昇華」もデュルタルの魂に兆すことはない。

「いやそれなら」と、夢想から醒めながら、デュルタルは思った。「いやそれなら、論理的に考えるなら、私は中世のカトリシズムへ、心霊主義的自然主義へと赴かねばならぬことになる。いや、そんなことはあり得ない。しかし、そうなのだ」。

このような袋小路の前に立たされたあげく、デュルタルは、その入口を垣間見ただけで、遠ざかった。自分の胸にいくら聴診器を当ててみても、いかなる信仰の高ぶりも感じなかった。神の側から、いかなる働きかけもなく、また、彼自身、変わることのない教義の薄暗い闇に、ためらうことなく身を任せ、奥に踏み込むには不可欠の、あの意志の力を欠いていた。[52]

神の死という形而上学的な水準で捉えられた死の否定性に直面した主体は、恐怖と魅惑の入り混じったアンビバレントな感情を引き起こさずにはいないこの光景の、あえていえば、「もの」性の前で、しばし、動顛し、声を失って立ちすくむ。デュルタルは、通常の意味で理解される「自然主義」が研究する、日常性の実存的な基底が崩壊して、そこに一種の裂開が生じ、主体の心理が激しく揺すぶられ、何ともいえぬ不安に駆られるのを意識する。しかしながら、「キリストの復活」という「メタ・イストワール」は、知的な水準で理解されているにすぎず、神の死体が放つ絶対的な否定性に対しては、いかなる昇華ももたらさない。

すでに指摘したように、フランス一九世紀は、大革命が犯した父殺し－王殺し－神殺しという三重の殺害によって、最初の時点からエディプス的な状況に置かれることになった。西欧の歴史の中で伝統的には神に振り当てられてきた大文字の他者は、この外傷体験によって、衰弱・崩壊して、格別修復されることはなかった。

こうした文脈の中で、グリューネヴァルトの「磔刑図」の前に立ったデュルタルのように、キリスト教のメッセージは、知的なレベルでは理解されるものの、失われた象徴の軸を欲望の深いレベルで回復するという点では、あらゆる道が絶ち切られていた。おそらく、それは永遠に失われたパラダイムであり、少なくともそれは宗教という回路では達成できない何ものかとなったのかもしれない。デュルタルの精神は、「死の空虚」と「キリスト教のメタ・イストワール」に引き裂かれて、一方の極を他方の極につなげる契機は一切欠けたままだ。いきおい、ユイスマンスの主人公は、イギリス生まれで、第二次世界大戦後アメリカ合衆国に渡り、人類学、社会学、言語学、記号学、サイバネティックスなど多くの分野で業績を上げたグレゴリー・ベイトソン（一九〇四－八〇）のいう、いわゆる「二重拘束《ダブルバインド》」的な状況に置かれることになる。

ここから、デュルタルに特徴的な態度が生まれる。一方では、二つの選択肢の間で全く決断することができず、ぱっくりと口を開けた深淵を前に永遠の逡巡を繰り返すか、また一方では、考えや態度をきわめて唐突に変えるか、といった具合に、ある極から別の極へと飛び移るのだ。前者についてはすでに筆者が前頁で引用した、「いや、そんなことはあり得ない。しかし、そうなのだ」というくだりの他、次のような文の中に典型的なパターンが見い出される。

> ああ！　とどのつまり、それがどうしたというのだ。忌ま忌ましい。そんなことは考えない方がましだ。そして、魂が今にも理性の境を超えて、転落する間際になって、虚空に身を躍らせる決心がどうしてもつかずに、もう一度、後じさりしてしまった。[53]

デュルタルは、後の章で、ジル・ド・レーの人物像の中に、三つの異なった性格が次々に現れると指摘しているが、この箇所は、ユイスマンスの主人公の第二の性格をはっきりと示している好例といえよう。ジル・ド・レーは、歴史上の人物であると同時に、中世に仮託されたデュルタルの分身に他ならず、また、ある意味、ユイスマンス自身の分身といっても過言ではないからである。

奇妙なのは、しばらく黙して瞑想に耽った後、デュルタルは突然心の中でつぶやいた。規模が全く違うのは留保した上で、ジル・ド・レーは、彼女〔＝シャントルーヴ夫人〕のように、三人の異なった存在に分裂しているということだ。

まず最初は、勇敢で敬虔な戦士。

次いで、洗練された犯罪を犯す芸術家。

最後に、悔い改めた罪人にして、神秘主義者。

この男は、いつも極端な豹変をとげる。彼の人生を概観してみると、彼の悪行のそれぞれに、それを打ち消す美徳が見い出される。しかしながら、それらをつなぐ目に見える通路は一切存在しないのだ。[54]

しかし、『さかしま』『彼方』以降のユイスマンス文学の一つのパラドクスは――そして、この時代に多くのカトリックへの回心者が続出したことを考えれば、ユイスマンスだけのパラドクスであるとはいえないわけだが――、作品自体が明らかに、主体を失われた象徴へ、あるいは聖性《ル・サクレ》へと架橋する第三項を求めてのイニシエーション的試行として、構造化され、組織化されるという方向性が明確となっていくことである。

『彼方』執筆のおよそ一〇年前、ユイスマンスがショーペンハウアーに関心を持っていた一八八一年、レオン・エニックとの共作で発表された『懐疑的なピエロ *Pierrot sceptique*』というパントマイムの台本がある。演劇嫌いで、生涯に一編の戯曲作品も書かなかったユイスマンスが舞台のために書いた唯一の作品だ。ユイスマンスの妄想が形作るシステムの中で、死の欲動と結びつき、食物の加速度的な劣化を徴候とする「否定性」は、ほとんどの場合「女性」に投影されていたが、その点でも、この作品に登場する残酷で倒錯的なピエロは例外的な存在だ。

「懐疑的な」ピエロは、およそ人間的な感情を欠いた怪物である。若い娘シドニーを部屋に連れ込み、強姦しようとしたあげく、彼女が抵抗すると、生きたまま焼き殺すのだ。そしてこの残酷な行いを犯している間もへらへらした高笑いをやめない。

彼〔=ピエロ〕は、彼女〔=シドニー〕の足下に身を投げ出す。シドニーはピエロを突き放す。身を任せてくれるように頼むが、シドニーはうんと言わない。ピエロは足をひねったり、あらゆる表情を作って懇願するが、シドニーの氷のように冷たい身体を熱くさせることはできない。すると、突然、ピエロは高々と笑う。

彼は、蠟燭を摑むとシーツに近づける。ベッドに火がつき、炎が上がり、ぱちぱち音を上げて燃え始める。火の勢いが強まり、ごうごうと次第に激しく燃え盛る。

シドニーは、白いドレスのまま、猛火の中に立ちすくんでいる。ピエロは後じさりする。

衣装戸棚の内側から扉を叩く音が聞こえ、だんだんと悲痛な調子になる。扉が開くと、焼けて骨とあばらになった仕立屋の遺体が頽《くずお》れる。

ピエロは、もうもうと立ちこめてきた煙をかいくぐって、部屋の外に飛び出していく。まもなくシドニーは煙の中で動かなくなる。[55]

ユイスマンス研究者、ミシェル・ラマールが、このピエロを「〈神の死〉の時代の反キリスト」「ショーペンハウアーのニヒリズムにまみれた仏陀」[56]と形容したように、世紀末のニヒリズムとそこから生じた「悪」を、これほど典型的に体現した形象は他にはあるまい。ピエロが体現している「破壊」とは、存在それ自体の解体であり、無化であり、そこにはいかなる精神的な要素も混じる可能性はない。酷薄で、痙攣的な笑いとともに、宗教はおろか、あらゆる人間的な感情そのものを否定しているのだ。彼にとっては、シドニーや、彼の亡くなった母親をはじめ、どんな女性も「欲望の対象」ですらない。彼女たちは、生物学的な意味での性的な欲求を満足させるために、消費され、蕩尽されるだけだ。[57]ピエロの「対象関係」の欠如、「愛の欠如」は、ピエロが「厚紙の女」と「勝ち誇ったように」逃げ去っていくパントマイムの最後のエピソードで、これ以上ない形で露わとなる。

デュルタルの見たグリューネヴァルトの「磔刑図」は、『懐疑的なピエロ』同様、「死の衝動」に支配された虚無の圏域に根を下ろしており、その事実によって、あらかじめキリスト教的な「メタ・イストワール」の無効が告知されている。それにもかかわらず、この絵を見た時点で、デュルタルの存在は根底から揺すぶられ、虚無に安住して平穏な生活を送ることがもはや不可能になる。それはなぜか？　この絵の読解を通じて、単に死の絶対的な支配という意味における否定性の形而上学的な重みに向き合わされると同時に、同じ否定性の弁証法的なダイナミズムを発動させるべく配置された表象とも向き合うことになるからだ。

すでに筆者が引用したキリストの描写をもう一度見てみよう。ユイスマンスのテクストが強調しているのは、腐乱した死体から大量に流れ出す、血と膿の描写なのだ。血膿、川のように血の吹き出した傷、流れる血、黒苺のような黒ずんだ汁、腐敗、流れる、浸す、滲み出る、ほとばしる、等々、ここに見られるのは、クリステヴァが『恐怖の権力』で規定した意味での、おぞましい「内部からの流出物」の君臨である。

また、ユイスマンスは、キリスト、「父親に捨てられ、悲嘆に暮れたか弱い肉の塊となったキリスト」の悲嘆を描きながら、彼の脇に立ち尽くす聖母マリアの姿を強調する。キリストの傍に付き添っていたのは、「言語を絶する苦痛にのた打つ者たち誰しもがそうするように、幼子が泣き叫ぶような声で呼びかけたに違いない彼の母親だけだった」。しかし、そのマリアも、「この場では、無力で、何の役にも立たない」のではあるが…。

もし、クリステヴァが言うように、流出物のアブジェクションが「欲動からまだ分離することのできない『対象』の（共時的な観点からすると）最も脆弱な、（通時的な観点からすると）最もアルカイックな昇華」（本書一四五頁）であるとするなら、われわれはすでに、ラカン的な構図とはやや違った意味で、すでに「昇華」の圏域に入っているのだ。

デュルタルは、すべてを無にする「もの」と、欠損した「大文字の他者」との間を仲介する契機を求めているかに見えるが、意識のレベルでは、目立った変化は起こらない。そこで、デュルタルはユイスマンスの他の小説の主人公と同じように、「閉鎖された空間」への逃避という解決を選択する。『仮泊』の悪夢の延長上に構想された妄想の「パリ」の内部に、さらにいくつもの「閉鎖された空間」が形成され、そこで、いわば「昇華」に向けた実験が行われていくのである。

デュルタルの世界は三つの極から成っており、他の作品と比べると規模は小さいが、それぞれが「閉鎖された空間」を形作っている。

最初の極は、鐘撞きカレーが彼の妻と住まうサン＝シュルピス教会の鐘楼だ。第二の極は、デュルタルの居宅や歴史学者シャントルーヴの家、あるいはデュルタルが「ジュポンの危機」すなわち中年男の「性欲昂進」を解消するため通う娼館など、デュルタルの日常生活が営まれる複数の異なった空間。そして最後の極は、悪魔主義者の司教座聖堂参事会員ドークルが黒ミサを行うヴォージラール街の小さな聖堂である。サン＝シュルピスの鐘楼は、見かけの上では、神や信仰に開かれているように見える。確かに、この鐘楼は、一九世紀のパリの日常から隔絶した異境を造っており、カレーの妻の調理する鍋料理《ポ・ト・フ》の滋味と相まって、デュルタルに束の間の幸福感を与える。しかし、それだけだ。サン＝シュルピスの鐘楼に滞在することによって、デュルタルの心性に何か格別な変化が起こることはない。これは、ドークルの教会についても同じことがいえる。ドークルが司式する黒ミサに参列した後も、デュルタルの日常には何の変化も見られない。

しかしながら、この『彼方』には、右に上げた三つの極の他、ジル・ド・レーのティフォージュの城という、時間を隔てた中世のブルターニュに屹立するもう一つの「閉鎖された空間」が用意されている。この青髯の居城で展開する信仰回復の物語は、一九世紀のパリの意味を問い直す寓話として機能するのだ。

4 ジル・ド・レーの物語――昇華の寓話

ジル・ド・レーは、一五世紀前半に生きた実在の人物だ。フランス貴族えりぬきの名家に生まれ、若くしてフランス軍元帥の地位を得た。英仏百年戦争の後期、イギリス軍の攻勢の前に、国土の大半を奪われ意気消沈していたフランス国王シャルル七世（一四〇三‐六一）の前に忽然と現れた奇跡の少女ジャンヌ・ダルクのもと、勇猛な武将として戦いながら、ジャンヌ・ダルク没落の後は、故郷ブルターニュに隠棲して、瞬く間に先祖から受け継いだ莫大な財産を蕩尽したあげく、失った財産を回復するために錬金術や悪魔主義に走り、果ては悪魔に捧げるために多数の幼児を虐殺し、殺人と異端の罪で火炙りの刑に処せられた。

また彼は、詩人、童話作家のシャルル・ペロー（一六二八－一七〇三）が、一七世紀、民間に伝えられていた民話を子供にもわかり易い散文にまとめて出した『童話集』（一六九七）の登場人物として有名な「青髯」のモデルともいわれている。広壮な館を持っているが、青い髯のために気味悪がられていた男のもとに、身分ある美しい娘が妻として嫁いでくる。結婚後ひと月ほど経って、青髯は若妻に対して、自分はよんどころない理由で六週間家を空けることとなったが、館のすべての部屋の鍵を置いていくので、どの部屋に入ってもよいけれど、ただ一部屋、大廊下の奥にある小部屋だけは開けてはいけないと言い置いて旅に出かける。若妻は夫の留守中、好奇心に駆られてついに禁じられたその部屋の鍵を開けてしまう。その部屋にあったのは、彼女の前に青髯と結婚していた六人の妻の血塗られた死体だった…。

この「青髯」の物語は一九世紀、ドイツのグリム兄弟（J・グリム、一七八五－一八六三、W・グリム、一七八六－一八五九）の童話集にも再録され、その後、名立たる作家、音楽家の想像力を刺激して多彩な作品にインスピレーションをもたらした。たとえば、ベルギーの劇作家で詩人のモーリス・メーテルリンク（一八六二－一九四二）による『アリアーヌと青髯』（一九〇一）、これを原作としたポール・デュカス（一八六五－一九三五）のオペラ『アリアーヌと青髯』（一九〇七）、アナトール・フランスの『青髯公の七人の妻』（一九〇九）、ベラ・バルトーク（一八八一－一九四五）のオペラ『青髯公の城』（一九一一）などがそれだ。ただし、ペロー童話以来の「青髯」とジル・ド・レーの所業との間に一致するモチーフは少ない。

さて、ユイスマンスの書簡集などを見る限り、ナウンドルフ事件に代わって、ジル・ド・レー元帥の物語が大きく彼の関心を引くようになったのはいつ頃なのか、それを正確にうかがい知るのはなかなか難しい。

ユイスマンスは、一八八八年の四月の終わり、つまり同年夏にグリューネヴァルトを発見する以前に『彼方』の執筆を始めているが、左目の病のために執筆を中断している。この時『彼方』が、差しあたってどういうテーマで書き始められたかは定かではない。はっきりしているのは、翌八九年九月、若い友人のフランシス・ポワクトヴァンとともに、「青髭」の故地であるブルターニュ地方を旅行していることだ。これには、ユイスマンスが私淑し、ある意味、ゾラよりも尊敬していたフローベールの『ブルターニュ紀行』が一八八五年に死後出版されことも関係しているようだ。[58]

ユイスマンスがジル・ド・レーの物語を書くのにどんな資料を使ったかについては、もう少し正確なことがわかる。『彼方』の第二章、現代の歴史家たちの手法を批判した後で、デュルタルは、想像力を飛躍させる「トランポリン」として、自分が手にしている資料を列挙している。

一、「ジル・ド・レーの遺産相続者による、王へ宛てられた陳述書のコピー」。
二、ナントで行われた原裁判記録の複数の謄本から、デュルタルが作成したノート。
三、ヴァレ・ド・ヴィルヴィル（一八一五－六八）によるシャルル七世の歴史からの抜粋。
四、アルマン・ゲロー（一八二四－六一）の覚書。
五、ボサール神父によるジル・ド・レーの伝記。

このうち、一の資料は、ジルの弟、ルネによる「ジル・ド・レーの遺産相続者による、彼の浪費に関する陳述書」であると覚しい。[59] これは、ベネディクト会士イアサント・モリス（一六九三－一七五〇）が編纂した『ブルターニュの教会および市民生活に関する歴史資料集』の第二巻に収められている。また、二については、フランス国立図書館が、十数種の裁判記録を所蔵している。[60] 三は、オーギュスト・ヴァレ・ド・ヴィルヴィルが、一八六二年から六五年にかけて公刊した三巻本『フランス国王シャルル七世と、その治世についての歴史、一四〇三－一四六一』[61] のこと。四は、アルマン・ゲローが一八五五年に書いた「ジル・ド・レー」に関する覚書。[62] 最後の五は、すでに本書の序章で挙げたユージェーヌ・ボサール神父の『フランス元帥ジル・ド・レー、別名青髯（一四〇四－一四四〇）』[63] で、一八八六年にオノレ・シャンピオン書店から第二版が出ている。

ただし、ユイスマンス自身がここに挙げられた資料を自分の小説を書くためにきちんと使用したかというと話は別だ。おそらく、ユイスマンスは、ヴァレ・ド・ヴィルヴィルや、アルマン・ゲローの書物に目を通したことは通したのだろう。しかし、小説を書くためのほとんどの情報を、小説の中でデュルタルが「ジル・ド・レーについて書かれた最も詳細で最も完璧な作品」と認めているユージェーヌ・ボサール神父の著作に仰いだことは間違いない。

本書の一四頁で指摘したように、ユイスマンスによるボサール神父の著作の利用の仕方はきわめて徹底している。たとえば、『彼方』第四章でデュルタルは、彼のジル・ド・レー伝を次のように始める。

> ジル・ド・レーについて、幼児期のことは知られてないが、ブルターニュとアンジューの境にあるマシュクールの城で、一四〇四年頃に生まれた。彼の父は、一四一五年一〇月の終わり頃に亡くなった。母親は、そのほとんど直後に、エストゥヴィル殿なる男と再婚し、ジルと、彼の弟のルネ・ド・レーとを捨てたため、ジルの祖父で、シャントセとラ・シューズの領主であり「齢長大なる老人」であるジャン・ド・クラオンが後見人となった。ジルは、この人のよい、ぼんやりした老人から、監視も指導も受けなかった。ジャン・ド・クラオンは、一四二〇年一一月三〇日、ジルをカトリーヌ・ド・トゥアールと結婚させ、彼を厄介払いした。[64]

デュルタルは、自分が手にした資料を「要約」したと言っているが、ここに見られるほとんどすべての要素が、ボサール神父の書物の最初の数頁に書かれているのだ。

たとえば、ボサール神父の書物の五頁に次のような記述がある。

> ジル・ド・レーの生涯は、きわめて多くの解きがたい神秘を秘めているが、始まりもほとんど闇に包まれている。生誕の日は不明である。彼の生まれた都市についても、諸家の間で、まだ議論の的となっており、矛盾だらけだ。しかしながら、彼がいつ生まれたかを確定することは重要である。ジル・ド・レーの全生涯に大きな光を当てることになるに違いないからだ。宗教裁判・世俗裁判で示された告発状や、判決書、その他の文書によれば、彼はマシュクールの城で生まれたことがわかる。また、これらの文書を子細に検討してみると、彼の生誕し

たのは一四〇四年であるとはっきり言うことができる。[65]

ボサール神父のジル・ド・レー伝の別の一節は、ジルの父親の死、母親の早すぎた再婚、祖父による後見といった事実を、ほぼ『彼方』に使われた表現のままに、伝えている。

一四一五年一〇月下旬のある日、彼の父ギー・ド・ラヴァル〔＝ギー・ド・レー〕が急死した。子供にとってこれ以上の不運が訪れることはあり得なかった。これに、二つの不運が続いて起こり、彼の不幸は絶頂に達した。まず、彼の母、マリー・ド・クラオンが、寡婦となっていくばくも経たずに、ヴィルヴォンの領主、シャルル・デストゥヴィルと再婚した。[66]

いかなる不都合な事情が重なったためかわからないが、ジルとルネは、父親の死後数ヶ月も経たずに、彼らの祖父のもとに預けられることになった。〔…〕老人が彼らに施した教育は、お粗末で、嘆かわしいものだった。歴史家も、ジル・ド・レーの裁判記録も、ジルや彼の弟ルネの証言も、あらゆる原資料が、このシャントセの老いた領主の後見ぶりに言及しているが、いずれもこの老人が、柔弱で、子供を甘やかした、いや、子供を甘やかしすぎたと述べている。彼は、自分の孫たちを健やかな理性の諸規則に従って躾けるより、彼らの気まぐれな性格のままに放置したのだ。[67]

孫の後見を任されていたジャン・ド・クラオンの第一の関心は、ジルを結婚させることだったように思われる。

カトリーヌは、難なく結婚を承諾し、婚儀は一四二〇年一一月の末日に挙行された。[68]

また、ボサール神父は、一五世紀の書物や資料を多数、引用や巻末の補遺に掲載している。たとえば、その中の一つ『ジル・ド・レーの遺産相続者たちの覚書』には次のような箇所が見られる。

ジル・ド・レー殿の父君にあらせられるギー・ド・レー殿の死去の後、かのジル殿は、いまだ成年に達せず、幼少にて、母方の祖父、ジャン・ド・クラオン殿の後見・監督のもとに置かれたままであったが、このお方は、齢長大なる老人であった。[69]

この手法は、『彼方』において、ブルターニュ公ジャン五世（一三八九－一四四二）の特任官ジャン・トゥシュロンドが、ジル・ド・レーによって誘拐・殺害された子供の調査を行った箇所についても確認できる。ユイスマンスは、ここでも、ボサール神父が巻末の補遺に収めた『ブルターニュ公の特任官が行ったジル・ド・レーの犯罪についての調査』を大巾に利用している。つまり、ユイスマンスは、ボサール神父の書物から、一五世紀の古語で書かれた適当な箇所を抜き書きすることで、自身の手できわめて珍しい中世の資料を検証したような印象を『彼方』に与えることに成功したのだ。

しかし、ユイスマンスのジル・ド・レーにオリジナリティーがないのかといえば、そんなことはない。ユイスマンスは、『彼方』の中でこう綴っている。

デュルタルにとって、歴史とは〔…〕最もしかつめらしい嘘であり、最も子供じみた過ちにすぎなかった。〔…〕真実をいえば、正確さなどは不可能なのだ。残された方法は、自分の幻想を作り出すこと、自分自身で別の時代に生きた人間たちを想像することであり、彼らに成り代わって彼らの人生を生き、でき得ることなら、彼らに似た衣服をまとい、巧みに細部を案配して、まことしやかな全体像を作り上げさえすればよいのだ。[70]

ユイスマンスは、大筋のところ、ボサール神父のジル・ド・レー伝を種本として、現代なら「剽窃」のそしりを受

ジル・ド・レーが居城としたティフォージュの近影。

けかねないほど大胆にこれを借用しながら、ジル・ド・レーを全く違う人物像に作り変えているのだ。

ボサールのジル・ド・レーは、「奢侈《プロディガリテ》」や「虚栄《ヴァニテ》」というキリスト教の禁じた悪徳に溺れ、堕落した肉欲と、獣のような魂を満足させるため、自然の本性に反した野蛮な快楽に耽り、祖先から受け継いだ莫大な遺産を食い潰したあげく、神を忘れ、悪魔に身を売った粗野な武人として描かれている。しかし、ユイスマンスのジル・ド・レーは、まさに中世的世界に生きたデ・ゼッサントに比すべき洗練された趣味を持ち、「博学なラテン学者」であり、芸術家や詩人、学者を歓待し、「美術と文芸に対する趣味」をそれ自体として追求する耽美主義者、時代から「孤立」し、「神秘主義」に憧れる「奇妙な審美家」として描かれている。そして、彼の城ティフォージュは、ユイスマンスの主人公の夢見る「閉鎖された空間」、孤立した人外境にそびえ立ち、外部から遮断された美の犯罪の殿堂となっていく。

『彼方』におけるジル・ド・レーの物語は、中世の悪魔主義の物語だといわれる。デュルタルもデ・ゼルミーや他の人びととの会話の中で、しばしば、これを裏づける発言を繰り返している。

だが、『彼方』のジル・ド・レーが悪魔主義に溺れていくのは、ボサールが言うように、彼が迷信深かったからでも、パリのビセートルにある精神病棟に閉じこめられた狂人のように妄想に駆られたからでもなく、彼が「神秘主義者」であったからだ。ユイスマンスによれば、「高揚した神秘主義と、昂進した悪魔主義へは、ほんの一歩を踏み出せばよいだけであり、現世を越えたところでは、すべてが通じ合っているのである。ジル・ド・レーは、神に祈りを捧げたいという狂おしい願望を、〈逆しま〉の領域に移しただけなのだ」[71]。

ユイスマンスは、彼のジル・ド・レーの物語を「神秘主義」と「悪魔主義」とが通底したこの「逆しま」な問題圏に置こうとする。しかもここでも導きの糸となるのは、ティフォージュにおける「女」と「食物」の関係である。これは、ユイスマンスがボサールのテクストに施したもう一つの重要な改変である。ジル・ド・レーが逼塞する閉鎖空間、ティフォージュの城からは、奇妙な形で「女」が排除されているのだ。

ドイツのユイスマンス研究者リタ・ティーレは、一九七九年に出た『ジョリス＝カルル・ユイスマンスによる時代批評としての悪魔主義』と題された研究書の中で、歴史上のジル・ド・レーの母親は、一四一五年ジルが一一歳になった頃、父親に先立って亡くなっているのに対し、ユイスマンスの『彼方』においては、父親の死後、子供たちを残して再婚したことになっている旨を指摘した上で、「これは、ユイスマンス自身の父親の死と、母親の再婚という、おそらく、ボードレールのケースに似た母親コンプレックスを引き起こした経験を想起したためであろう」[72]と述べている。確かに、ユイスマンスが若い時代からボードレールに熱烈な賛美を捧げていたことは事実だし、ユイスマンスの幼年時代とボードレールの幼年時代には符号する点がないではない。しかし、歴史的な事実をねじ曲げてまで、ユイスマンスが自らのエディプス的外傷体験をジル・ド・レーの物語に投影したというなら、それはあり得ない話だ。ジルの母親が父親の死後、再婚したという錯誤の原因は、ここでもボサールの著書であるからだ。ジル・ド・レーの母親が父親の死後子供たちを残して再婚した、という事実誤認を犯したのはボサールであり、ユイスマンスはボサールの著書の記述をその「誤り」を含めて、ほとんどそのままに引き写しているにすぎない。

しかし、『彼方』のテクストは、ボサールのテクストとは、ある一点において決定的に異なっている。ボサールのジル・ド・レー伝においては、古代の豊饒の女神ウェヌス・アスタルテに関する謎めいた記述によって、ジル・ド・レーの度外れた放蕩がほのめかされている。

> ウェヌス・アスタルテが、苦痛と愛欲の渾然と入り混じった崇拝を望む、官能的で、血塗られた、アジア的な特徴を帯びた古代の彫像の姿のままに再臨した。〔…〕ジルは、堕落につぐ堕落を重ね、放蕩の底なしの泥沼へと落ち込んでいった。とても筆舌に尽くせぬ浅ましい乱脈三昧だった。ジルは、顔を青ざめさせることもなく、

その怪物をまじまじと見つめ、残った若さと、身を苛む羞恥を投げ捨てたのだった。そしてこの女性は、あらゆるものを呑み込んだ。[73]

おそらく、読者のエロティックな感性を刺激して受けを狙う三文文士なら、これほど魅力的な題材もあるまい。残酷な青髯を淫蕩の極致にまでたらし込んだ、豊満な肢体を誇るアジアの愛欲の女神。その官能的な妖婦との情事を微に入り細に入り描けば、大衆小説として相当の売り上げも見込めたかもしれない。

ところが、ユイスマンスの描写においては、ティフォージュの空間からは、女は徹底的に排除され、むしろ、ジル・ド・レーの男色趣味が強調されているのだ。

さて、城には女はいなかった。ジルは、ティフォージュにおいて、性の営みを忌避していたようだ。野営でさんざんあばずれた淫売をもてあそび、グザントラーユやラ・イールといった輩とともにシャルル七世の宮廷に侍る名うての遊び女と交わった後、ジルは女の身体を軽蔑するようになったらしい。肉欲の理想が変質し、奇態な趣味に走る人びとの例に漏れず、ジルも、あらゆる男色者が怖気を振るう繊細な柔肌や、女の臭いに嫌悪を抱くに至ったに違いない。[74]

男色趣味に関していえば、たとえば『仮泊』の第三の夢の項ですでに述べたように、ユイスマンスは、悪魔主義者や魔術師は男色者でなければならないという奇妙な偏見を抱いていたことを指摘しておく必要がある。土の耕された回廊でぴくつく、カボチャ形をしたモンゴル人の尻は、「魔術師がソドムの悪行に耽る時、悪魔が威を振るう」というデル・リオの言葉通り、魔術師のサバトを象徴していた。[75]また、この頃、アレイ・プリンス宛ての書簡では、わざわざ、「黒ミサを行う悪魔主義者で男色趣味の神父を捜している」[76]とも書いているのだ。

ここで重要なのは、ジル・ド・レーが、『流れのままに』のフォランタン氏や『さかしま』のデ・ゼッサント同様、ユイスマンス特有の類型に属する登場人物として現れていることである。「閉鎖された空間」に逃げ込むユイスマンス的な主人公にとって、女性嫌悪とホモセクシュアル的な傾向は、彼らの本源的な欲望の在りかを示す徴候である。『彼方』の最初から、「閉鎖された空間」は「女性を避ける」目的で構想されたのであり、この空間を構成する重要な要件なのだ。

ただ、だからと言って、ユイスマンスの主人公たちが女性に無関心であるわけではないし、女性の脅威から免れているわけでもない。女性をここまで臆病、細心に排除しようとするのも、彼らの空間が女性の「おぞましさ」に対していかに脆弱であるかを、逆に証明しているようなものだ。このようなオブセッションを端的に示すのは、J＝P・リシャールの公式が示す通り、ユイスマンス文学における女性と食物の特殊な関係だ。ユイスマンスの欲望の体系にあっては、女性と食物との間には常に隠喩《メタファー》ないしは換喩《メトニミー》の関係が成立しているのだ。

それは『彼方』のジル・ド・レーについても同じことがいえる。そして、ここでも、ユイスマンスの典拠はボサールのジル・ド・レー伝に求められる。

ボサールがジル・ド・レーの食物に関して述べているのは、次の三点に要約される。

一、ジル・ド・レーは彼の旺盛な食欲を満足させ、性的享楽を一層増すために、酒や食事の快楽を追い求めた。

二、ジル・ド・レーの食卓には、「きわめて珍奇で凝った料理と、滅多に手に入らない強い酒」が饗された。彼は、常に「人を酩酊させるあらゆる種類の飲み物」を嗜んだ。

三、「この堕落した肉」と「獣じみた魂」を満足させるためには、「粗野で自然に反した快楽」が必要だった。

実際、『彼方』のテクストにおいても、ジル・ド・レーは「熾火《おきび》のような料理によって、官能の狂乱を煽《ア》った」と書かれている。ただし、そこには、「史実」の次元に立つボサールのテクストとは異なるいくつかの特質が書き込まれている。

『彼方』のジル・ド・レーが口にする食物、特に肉は、強い風味を持ち、感覚の秩序を破壊する肉汁がたっぷり含まれており、さらにこの歯ごたえのある物質は、錬金術師の用いる鞴《ふいご》のように彼の官能を「煽り」「爆発させる」香料や香辛料によって強化されている。リシャールが「犯罪的な食物」と呼んだように、『彼方』のジル・ド・レーは、欲動を過剰に含んだ風味を注入することによって、自分の食べ物を「悪魔的」なものに変えようというのだ。

> 黄昏時、獣肉の強い肉汁に強く叩かれ、香料の混ざった燃え立つような強い酒に煽られて、彼らの官能が怪しい光を発する頃、ジルと彼の友人たちは、城の奥まった部屋に退いた。[78]

　ティフォージュの空間からは、一切の女が排除されていた。しかし、リシャールが指摘するように、ユイスマンスの作品に現れる食物が常に、それを給仕する者との関係を持つなら、この「犯罪的な食物」の中には、それが綿密に排除され、あるいは抑圧され、それと名指されることがないだけに、一層激しく、女性のネガティヴな力の、理性では抑制し得ない横溢が見られないだろうか？「犯罪的な食物」、より正確にいえば、食物に注入され、食物の犯罪性を構成する「悪魔的な力」とは、ユイスマンスにあって、抑圧された女性的なものの回帰に他ならない。

『彼方』におけるジル・ド・レーのやり方は、矛盾を孕んでいる。ジルは、少なくとも意識のレベルで自分自身が排除し、禁止したものを補助剤として使って、悪魔的な力を呼び出そうとするのであり、「犯罪的な食物」が嫌悪と落胆しかもたらさず、宗教的な救済の可能性を遠ざけさえするのは、クリステヴァが定義したような意味で、「おぞましさ」として機能する女性的なものを過剰に含んでいるためだ。ユイスマンスの「犯罪的な食物」が、幼児殺戮と直接結びついているのも同じ理由からである。悪魔的なものの支配下にある食物は、それを食べる者をも汚染するのだ。

　先に引用した「犯罪的な食物」にすぐに引き続いて、身の毛のよだつ恐ろしい幼児殺戮の描写が現れる。

> ここに地下蔵に閉じこめられた幼い男の子たちが連れてこられた。彼らは、衣服を脱がされ、猿轡をかまされた。元帥は、彼らをなで回し、彼らを犯し、短刀で皮膚を傷つけ、手足を一本一本もぎ取って楽しんだ。別の時

には、彼らの胸を裂いて、肺から漏れる喘ぎを吸い込んだり、腹を断ち開いて、その臭いを嗅ぎ、両手で傷口を押し開けて、その中に座った。そういう場合、泥のようにぐじゃぐじゃになった生暖かい臓腑の中にどっぷりと身を浸しながら、ちょっと顔を背けると、肩越しに後ろを見やって、断末魔の痙攣や、最後のわななきを眺めるのだった。彼自身こう証言している。「私は、他のあらゆる快楽よりも、拷問や、涙や、恐怖や、血を楽しむことに満足を覚えた」[79]。

別の言い方をすれば、幼児に対する凌辱と殺戮とは、不安定な性的同一性をベースにして、女性に対する恐怖や嫌悪と密接な関係を持っている。この二つの現象はおそらく、同じ欲動のネガティヴな力の、二つの異なった表現にすぎないのだ。

5　昇華の失敗

グリューネヴァルトの「磔刑図」は、ユイスマンスの主人公の抱える「問題」の本質が、本源的には、エディプスの三角形の内部における父親の審級の欠損に由来する象徴的な秩序の脆弱さにあることを示していた。

ここで、クリステヴァの「おぞましさ」という概念が、不十分にしか達成されなかった初期的な昇華であったことを思い出しておこう。主体——というよりむしろ未来の主体——を象徴的な軸に架橋し、それによって言語の秩序へと参入させることを担う父の審級が、全くとはいわないまでも、きわめて不完全にしか機能しない時、母と子との想像上の双数《ディヤッド》関係もまた、きちんとした形では切断されない。「おぞましきもの《アブジェクト》」とは、このように前エディプス期的な心性を解消し得ていない精神において、不完全な形で、主体の外部に排除された——分離され＝投げ捨てられた《アブージェクト》[80]——擬似的な対象であり、これが、本来的な「対象」関係が脆弱であることに起因する主体の失調を安定させる働きをするのだ。

ユイスマンスのテクストには、父親の審級の欠如または欠損を示す、きわめて多くの兆候が確認されるが、すでに指摘したように、この背後には、一九世紀末の究極の問題である「神の死」というもう一つの形而上学的な問題が隠されている。

ティフォージュの空間から女性が排除されていること、ジル・ド・レーの同性愛が強調されていることも、そこに住まう主体の性的な自己同一性、あるいは自己同一性そのものが危機に陥っていることの証左と考えなければならない。

フロイトが研究した「一七世紀のある悪魔神経症」[81]（一九二三）では、もともと父親に向けられていた同性愛的愛情――つまり、父親に女性として愛されたいという、隠れた欲望――は、この症例の主体である子供が、女性という態勢が場合によってはエディプス的な去勢脅迫を含むということを理解したことによって、抑圧され、最終的に悪魔に乳房のような女性の特徴を与えるようになった。しかし、この場合も、悪魔に仮託された女性的な特徴は、貶められた父のイメージに他ならなかったのであり、この悪魔憑きの患者の同性愛的傾向の別の形を取った現れにすぎない。この症例については本書第七章（三一〇頁）および第八章（四五〇頁）で再度検討することにする。

ユイスマンスのジル・ド・レーの場合、抑圧されたのは、父親の軸がまだ安定した審級として確立していない時期にさかのぼる母親に対する両価的で曖昧な感情だ。しかし、一旦抑圧されたはずのこうした欲動的な感情は、それを象徴的な面に誘導する心理的な軸を持つことなく、「犯罪的な食物」の中に流れ込む。しかも、ジル・ド・レーの食卓に載る「料理」は、その後に味わわれる「おぞましい食事」、文字通りの「犯罪」に比べれば単なる前菜にすぎない。「おぞましさ」を適度に含んでいる限りで、これらの料理は、「欲望をそそる強力な魅惑を持ったもの」として現れ、食事に続く行為を準備する「催淫剤＝強壮剤」として機能するのだ。

『彼方』における幼児殺しの描写が強調しているのは、ここでもボサールのジル・ド・レー伝とは異なり、その犯罪性ではない。すでに引用した箇所にある通り、グリューネヴァルトの「磔刑図」で神の死体から流れる血や膿が本来の「昇華」の代替作用を果たしていたように、『彼方』のジル・ド・レーが最も執着するのは、腹をえぐられ、どろどろになった子供たちの臓腑、「液体のようになった」子供たちの死体が放つ曖昧な魅力なのだ。

いずれか一点に安定することなく、両極端を行き来するのは、ユイスマンス作品の主人公に共通して見られる特質であり、ジル・ド・レーの場合も例外ではない。常に母性の強い影響下にあり、母性に飲み込まれ、同化されることを恐れるあまり、心的な体制の中で、安定的な位置を見つけることができず、ある極から別の極へと、何らの中間項も経ることなく移動し続ける。何らかの象徴的な固着点を持ち得ないため、主体の自己同一性は常に不安定なままに置かれ続けるのである。

そして、デュルタルによれば、こうした両極性こそが、ジル・ド・レーを最後の豹変、特に、正統カトリシズムへの回心へと駆り立てた要因となる。先の『彼方』からの引用を繰り返せば、「高揚した神秘主義と、昂進した悪魔主義へは、ほんの一歩を踏み出せばよいだけであり、現世を越えたところでは、すべてが通じ合っている」のである。いわば、神秘主義的なキリスト教から悪魔主義への、またその逆に、悪魔主義から神秘主義的なキリスト教への転向は、こうした両極性の一つの結果、ないしは効果にすぎない。

『彼方』の別の箇所でも、心理的な両極性と、液状化した臓腑のおぞましい魅惑との密接な関係性が示される。そして、あらためて「閉鎖された空間」に与えられた特権的な役割が強調される。

彼〔＝ジル・ド・レー〕は、亡霊につきまとわれ、獣のように死に向かって咆哮しながら、贖罪の夜を過ごした。彼は、人気のない城の部屋部屋や回廊を駆け回った。彼は泣き、跪いて、神に告解を行うことを誓い、修道会を創設することを約束した。〔彼の領地〕マシュクールに、幼児殉教者《サン＝ジノサン》のための参事会聖堂を建設した。修道院に閉じこもり、麺麭《パン》を乞いながらイェルサレムに赴くと語った。〔…〕それから、突然、悲嘆に泣き暮れながら、新たな放蕩に走るのだった。かくも激しい狂気に駆られていたので、連れてこられた子供に飛びかかり、両の目玉をくり抜き、眼窩からほとばしるべっとりとした血を指で掻き回し、茨の鞭を手に取ると、頭蓋骨から脳漿が飛び散るまで、頭を叩き続けた。[82]

ジル・ド・レーの信仰回復に関しても、ユイスマンスは、少なくとも事実関係においてボサールのテクストを忠実にたどる一方で、ジル・ド・レーの回心の理由に関するボサールの冗長で教訓的な説明については拒絶している。ユイスマンスのテクストの上では、ジル・ド・レーの回心の理由や、心理的・哲学的な解釈は示されることなく、ただ、ジルの性格の両極性だけが強調されるのだ。

第一六章において、逮捕され、異端審問所に連れてこられた後も、ジル・ド・レーは態度を改めず、異端審問官を面罵し続ける。ところが、第一八章冒頭においてはすでに完全な変貌が達成され、ジルは神秘主義的な改悛者として登場する。

彼は、頭を垂れ、手を組んだ姿で現れた。彼は、もう一度、極端から極端への跳躍を行ったのだ。激高した悪魔憑きが穏やかになるには数時間で十分だった。彼は、異端審問官の権威を認め、自分の発した侮辱の言葉を謝罪した。[83]

回心に至る一連の経過を見ると、『彼方』には、ボサールのジル・ド・レー伝とは全く異なった要素がある。第一一章では、子供たちの臓腑をもてあそんだ後、ジルはティフォージュの森の中を幻覚に襲われながら彷徨うのだ。この描写において、ジル・ド・レー、デュルタル、『彼方』の語り手、作家ユイスマンスという『彼方』の「中心紋《アビーム》」的構造を形作る四者の関係は限りなく接近し、あたかも、ユイスマンス自らが、ジル・ド・レーの譫妄を共有しているような印象すら与える。この象徴的な「散策・徘徊」が、イニシエーション的な意味を持っていることは否定できない。

彼は、今でもまだブルターニュのカルノエに残っているような、ティフォージュを取り巻く、か黒く鬱蒼とした森の中を彷徨った。[84]

エリアーデやヴィエルヌによれば、どこまでも広がる深い森は、迷宮や洞穴などとともに、イニシエーション、特に「彼岸への旅」と呼ばれる第二段階の場となるという[85]（本書一二一–一二二頁）。また、他のイニシエーション空間同様、森における「徘徊」は、母親の胎内への回帰の意味も持っている。別の表現を用いれば、この伝統的な儀式の本質は、定立的ないし論理的な言語が支配する日常生活の圏域――ジョルジュ・バタイユが「ファシズムの心理的構造」[86]（一九三三）の中で言うところの「等質的」な圏域――を破壊し、また同時に、この圏域との関わりにおいて自己同一性を確保している日常的な人格を危機に陥れることにある。

　母親の胎内への回帰は、言語の主体としての人格の統一が、たとえかりそめにせよ失われ、主体の心理的なシステムが母親と子供とがまだ分離していなかった原初的な溶解状態にまで退行し、回帰することを意味する。

　この観点からすれば、ジャック・ラカンが『セミネールⅦ　精神分析の倫理』[87]の中で分析している古代ギリシア悲劇の傑作、ソフォクレス（前四九六頃–前四〇六）の『アンティゴネ』（上演、前四四二）に、オイディプスの墓の中への下降というイニシエーション的契機が含まれていることは意味深い。

　アンティゴネは、テーベの王オイディプスとイオカステの娘である。アンティゴネの兄ポリュネイケスは、オイディプスの死後、テーベの王座を取り戻すためにテーベを攻めるが、奮戦むなしく弟エテオクレスと相打ちになり戦死する。エテオクレスの死骸は手厚く葬られるが、反逆の罪に問われたポリュネイケスの死骸は城門の外に放置された。アンティゴネは、母イオカステの弟でテーベの支配者となっていたクレオンの禁令を無視して兄を葬ったため、クレオンの怒りに触れて、「生きながら、岩屋の中に掘りあけた空洞に閉じ込め」[88]られ自害するのだ。

　死の欲動が支配的な力を振るうこの圏域において、主体は、文字通り、「生」と「死」とが踵を接し、人格解体の危機にさらされる。象徴的な軸の相対的な弱体化は、言語の統辞機能を壊乱し、同時に詩的な創造性を増幅させる。退行によって、定立的な意識の閾は下がり、大量の「リビドー」が解放され、必ずしも新たな統合の軸を持たずに――食物、身体からの流出物、臓腑、泥などといった――ある種の特権的な表象に流れ込む。その結果、主体の意識にとって、これらの表象が、強い感情的な価値を持つに至るのである。

ジル・ド・レーの錯乱した幻覚の中心にあるのが、彼が昼間の思考の中で何としても抑圧しようとしていた女性の身体であることは明らかだ。女性的なものが、彼の幻覚の中で、エロティックな意味合いを帯び、悪魔的なものに姿を変えていく。きわめて年経《ふ》りた木々は、肉肌の性器に姿を変え、とめどなく増殖し蠢き続ける。とりわけ、強調されるのは、血液や、他の浸出液にまみれた、女性器や、肛門、乳房、尻といった形象だ。

猥褻な形をしたものが、地面から沸き上がり、悪魔の気を孕んだ空へと、ぐしゃぐしゃと立ち上がった。雲は、女の乳房のように膨らみ、尻のように二つに割れ、豊饒な女性器のようにこんもりと盛り上がり、乳汁のように筋をなしてほとばしり、鬱蒼と繁り合った木々と一つに混じり合った。いまや、見えるのは、大小さまざまな尻の群れ、女性の三角地帯、巨大なV字文様、ぽっかりと空いたソドムの口、傷跡のような女性器のなだらかな窪み、じっとりと汁をしたたらせる孔穴ばかりだった。[89]

もう少し先にいくと、ジル・ド・レーの幻覚は、内部と外部の境界を抹消し、生命とはいわないまでも、主体の安定した自己同一性を危険にさらすという意味で、ユイスマンスの主人公たちに常に恐怖をもたらす、破れたり腐敗した皮膚に対するアンビバレントな妄執へと結晶する。

ジルは、木の幹に、不気味な茸腫《ポリープ》や、恐ろしい嚢腫《ループ》が生じるのを目にした。盛り上がった瘤《こぶ》や、潰瘍、癌腫のような結節、骨疽《カリエス》を起こしたように無惨に膿を吹いた樹皮、鋭い刃物で深々とつけられた切り傷。それは大地から生い出した癩病院のようであり、樹木の性病治療院のようだった。[90]

この点で、これらの幻想は、デ・ゼッサントのニデュラリウムの悪夢（『さかしま』）や、ジャック・マルルの第三の夢（『仮泊』）と同じオプセッションを含んでいるといえよう。

しかし、感情や欲動を通じて行われるこの表象空間の「徘徊」が、ジル・ド・レーの回心にどのような影響を与えたのか、『彼方』のテクストは何も語っていない。新たな象徴の軸が与えられたという形跡はなく、少なくとも、これがジル・ド・レーの回心に何らかの影響をもたらしたという形跡は見られない。

幻覚の最後の段階において、というより、正確には、ティフォージュの城に戻った後に彼が見る夢の中で、ジル・ド・レーは、十字架像の足下に這っていき、あるいは罪の贖いができるかもしれないという希望を抱いて、神に祈りを捧げる。

> 彼は激しく身もだえし、血をざわつかせて飛び上がると、そのまま身をかがめ、狼のように四つんばいになって、十字架像のところに這っていき、唸るような声を上げて、十字架像の足を口にくわえた。
> するとして、突然の変化が訪れ、彼の心を激しく揺さぶった。
> 彼は顔を引きつらせて、彼の方を見つめるこのキリスト像の前で身を震わせた。彼は、キリストの慈悲にすがり、許しを懇願すると、すすり泣きを漏らし、声を上げて泣き出した。もはや泣く力もなくなり、低い呻き声を漏らすようになった時、彼は、自分自身の声の中に、母親の名を呼び、許しを請う子供たちの涙のしたたる音を聞いて慄然とした。[19]

このキリスト像のイメージは、グリューネヴァルトの「磔刑図」を思い出させる。しかし、この直後に続くのは、夢想から醒めたデュルタルが、ジル・ド・レーの時代の偉大さと比較して、自分のブルジョワ的でけち臭い恋愛を揶揄する短いコメントだけである。ジル・ド・レーのティフォージュ彷徨と、第一八章から始まる彼の贖罪の物語との間に、論理的な連関は見られない。ジル・ド・レーの物語の枠内では、回心、ないしは主体の再統合がどのようなメカニズムで起こるかを知ることはできない。ジル・ド・レーの贖罪と昇華の物語は、すでに述べたように、主体の両極性の結果という説明によって、あるいは、デュルタル自身の希望の表明という形で、それ以前の物語と、整合性なく接合されるだけなのだ。

それでは、このジル・ド・レーの物語は、『彼方』の物語にどんな影響を及ぼしたのか？ ナントの大司教で、宗教裁判所の議長を務めるジャン・ド・マレストロワ（一三七五－一四四三）が、ジル・ド・レーの懇願を聞き入れ、共犯者であるジル・ド・レーの友人たちと一緒に彼を火刑に処することを許した時、このくだりを書いていたデュルタルの部屋にシャントルーヴ夫人が飛び込んできて、ジル・ド・レーの物語を中断させ、デュルタルに、司教座聖堂参事会員ドークルによって司式される黒ミサの情報を提供する。そして、ジル・ド・レーの物語が語られた後も、デュルタルの生活にさしたる変化は見られない。

ところが、物語の末尾で、エピローグのようにジル・ド・レーの火刑の場面が描かれる時、『彼方』のテクストには、そこでも、原資料となっているボサールの伝記と比べて、一見すると無意味に見えるが、その実、見過ごしにできない改変が加えられることになるのだ。

それに触れるためにも、いよいよ、ユイスマンスと並ぶ本書『ユイスマンスとオカルティズム』のもう一人の主人公、ジョゼフ＝アントワーヌ・ブーラン元神父にご登場願うことにしよう。

第II部

J.-K. Huysmans et l'occultisme

ユイスマンスが『彼方』の執筆過程で出会った奇怪な還俗神父，Ｊ＝Ａ・ブーランとは何者か？　罪や穢れ，苦痛，呪詛など，さまざまな超常現象の基体とされる不可思議な「流体」の正体とは？

大革命の象徴的審級の失墜から生じたオカルト現象＝聖母マリアの「出現」や，この現象の周縁に蠢く異端宗派の教義＝聖母マリア崇拝と深い関わりを持ったブーランに光を当て，彼の教説とフロイト，バタイユ，ラカン，クリステヴァらのテクストとの認識の切断線を越えた「連関」に迫りつつ，ユイスマンス文学に与えたブーランの影響を探る。

第五章　ブーラン元神父――マリア派異端の系譜

1　ブーラン元神父――オカルティスト？　悪魔主義者？

ブーラン元神父。ジョゼフ＝アントワーヌ・ブーラン。聖母マリアやその他「聖なる存在」の相次ぐ「出現」で騒がしい一九世紀キリスト教社会の周縁で生きたこの奇怪な人物は、一八二四年二月一八日、フランス南西部に位置するタルン＝エ＝ガロンヌ県サン＝ボルキエに生まれた。現在はミディ＝ピレネー地域圏の中にあるが、古くは北フランスとは独立した文化圏を形成していたオック語（ラング・ドック）文化圏に属し、一一世紀から一三世紀にかけてはマニ教的な二元論と禁欲主義を特徴とするカタリ派の異端が栄えたところである。一八五八年に聖母マリアが出現することになるルルドも近い。

ブーランの宗教家としてのスタートは当時としてはむしろエリートといっても過言ではない。生まれ故郷に近いモントーバンの神学校でラテン語とキリスト教を修め、モントーバンのサン＝ジャック教区で助祭を務めた後、ローマに赴き「優秀な成績で」神学博士号を取得している。フランスに帰国後にはアルザス地方のトロワ＝ゼピにあるプレシュー＝サン（聖血）修道院の上長者《シュペリユール》に任命されたという。ただしこれはブーラン自身の証言であり、ロバート・バルディック以下、現代の研究者はこの点には疑義を呈している。

ブーランの関心は最初から神の天啓や奇跡、「超自然的なもの」に向けられていた。その中でも、最も興味を惹かれたのは聖母マリア信仰だった。彼はローマ滞在中に習得したイタリア語の学力を生かして、聖母マリアについて書かれた何冊かのイタリア語の著作をフランス語に訳した。この中には、ボナヴェントゥーレ・アメデオ・デ・チェーザレ神父の書いた『聖母マリアの生涯』[2]（一八五二）が含まれている。これはもともと、一七世紀のスペインの尊者アグレダのマリア（一六〇二－六五）が書いた『神の都市』（一六七〇）を要約したものだったらしい[3]。現代のカトリック系の研究者は、この書物の中には相当異端的な内容が含まれており、出版当初から聖職者の間で物議を醸したと指摘しているが[4]、当時の読者への受けは悪くなかったようで、一八六八年までに第六版を数えている。

一八五四年、ブーランは教区に属さない無役の司祭としてパリに出てきたらしい。ジョアニ・ブリコー（一八八一－一九三四）によれば、一八五四年のブーランのパリ行きは、修復礼拝女子修道院の創立者かつ経営者である女性から、この修道院に男子部を新設する計画に参画するのを懇請されたのに応えて長期滞在したにすぎず、ブーランはこの計画が頓挫した後、翌五五年に、トロワ＝ゼピの修道院の上長者に任命されたのだという。いずれにせよ、ブーランは一八五六年には、最終的にパリに移り住むことになる。一八五五年から五六年にかけて、彼は相次いで翻訳その他の著作を発表するかたわら、ピヨン・ド・テュリ神父（一八一四－？）が創立し、カトリックの僧侶や信者の間にかなりの読者を得ていた『ロジエ・ド・マリー（マリアのバラの木）』誌をはじめ、複数の宗教雑誌にも寄稿している。

そうこうするうち、ブーランは一八五六年、彼の聖母マリア信仰、特にラ・サレットの「出現」（本書四五－四六頁）に寄せる熱い思い入れが機縁となり、フランス北部の都市ソワッソンにあるサン＝トマ・ド・ヴィルヌーヴ修道院の助修女アデル・シュヴァリエという若い女性と知り合うことになる。彼女は原因不明の病で視力を失った他、肺の鬱血に悩んでいたが、ブーランと知り合う二年前の一八五四年、ラ・サレットの聖母のおかげで「奇跡的に」病が治癒したという。アデル・シュヴァリエはこの病からの回復を境に、不思議な声を耳にするようになった。それはマリアからのお告げだった。声は、彼女に「修復」に捧げられる新しい修道会を創立するように命じた。

「修復」とはすでに述べたように、カトリシズムで、神に加えられた不信心や瀆神の罪を特別な祈りや贖罪の勤行によって取り除く行為を指している。
少なくとも最初の頃、彼女の周囲にいた聖職者たちが、彼女の身に起こった奇跡や聖母からのお告げを疑った形跡はない。ソワッソンの司教から調査のために派遣された副司教も、報告書に、「彼女が視力を回復し、かくも重篤な肺の病が快癒した情況を慎重に考慮した上からは、躊躇なく神の母の超自然的な介入のあったことを信ずるものである[5]」としたためている。また彼女のお告げの内容は一八五七年『救いの叫び』の題のもとに匿名で出版され、後にJ＝M・キュリック神父の『預言の声[6]』の中に収められた。

一八五六年、アデル・シュヴァリエは、サン＝トマ・ド・ヴィルヌーヴ修道院を離れてノートル＝ダム・ド・ラ・サレット教会に赴いた。ラ・サレットの上長者は、この修道女の精神的な指導を、該博な神学上の知識ゆえに教会関係者の間ではちょっとは知られた存在になっていたブーラン神父に委ねることにした。ブーランはこのうら若い修道女との出会いを文字通り聖母のお引き合わせと思ったらしい。

ブーランはその年、早速ローマに赴き、新しい修道会を設立する許可を取ろうとした。この時ブーランは、アデル・シュヴァリエの他にもう一人女を伴っている。マリー＝マドレーヌ・ロッシュという名で、やはり神の声を聞く特殊な能力を持った幻視者で、すでに数年前から「修復」の使命に身を捧げていた。しかし、ローマ行きの結果は期待を裏切るものだった。アデル・シュヴァリエが神の言うままに書き取ったと主張していた未来の修道院の規則の中に、聖フランソワ・ド・サール[7]（一五六七－一六二二）から剽窃した文章があったからである。ブーランは失敗を取り繕って、何とか教皇ピウス九世との謁見にこぎつけたが、教皇からは「修復」について曖昧な励ましの言葉をもらっただけだった。しかし、こんなことでくじけるブーランではなかった。フランスに戻ると、彼はアデル・シュヴァリエをはじめ、数人の協力者の助けを得て「修復の御業」と称する新しい修道会をセーヴルに設立した。また、一八五九年には『聖職年報《アナール・デュ・サセルドス》』と題する雑誌を発行し、彼が構想する「神秘的な」修復の学説を精力的に説き始めた。

しかし、ブーランとアデル・シュヴァリエの伝道事業は、スキャンダラスかつ冒瀆的な理由で開始早々破綻の道をたどった。修道会に属するカトリーヌ・ヴァン・グリークという名の修道女から、修道会の内部で、修道女に対していかがわしい「治療」を施しているという告発が修道会を管轄するヴェルサイユ司教マビーユ猊下（一八〇〇－七七）のもとに寄せられたのだ。事件から二〇年後、ブーラン教団を告発した書物の中で、シャルル・ソヴェストルは次のように書いている。

> まもなく、新設された修道会の内部で前代未聞の行為が行われているという評判が立った。ブーラン神父が「悪魔に由来する」病の治療を行っているというのである。彼が処方した興味深い治療法のいくつかの例を挙げてみよう。悪魔に悩まされていたある修道女に対して悪魔祓いを行うため、ブーラン神父は彼女の口の中に唾を吐きかけた。別の修道女には、自分の尿とシュヴァリエ修道女の尿を混ぜたものを飲ませた。修道女たちはブーランとシュヴァリエの尿を捨てないで取っておくように命じられていた。また、もう一人の修道女には大便を混ぜた湿布を貼るように命じた。[8]

修道女カトリーヌはまもなく前言を取り消したため、ヴェルサイユ司教の調査は途中で打ち切られた。しかし、悪い噂の立った「修復の御業」修道会は一八六〇年一月にセーヌ゠エ゠オワーズ県のトリエルへ、次いでヴォーへと移転を余儀なくされた。

こうしたエピソードに加えて、この時期のブーランの行動についてはさらに陰惨なもう一つの事件が伝えられている。嬰児殺しである。

アデル・シュヴァリエはどうやらブーランの愛人になっていたらしい。ブーラン自身が数年後、教皇庁の審問の際に告白したところによれば、一八六〇年一二月八日、ブーランはアデルが産み落としたばかりの自身の子供を密かに殺害したのだという。ただ少なくとも事件当時、このおぞましい犯罪は当局に発覚することはなく文字通り闇から闇へと葬られた。

一方それ以前、ブーラン、アデルは全く別の事件で司直の手に落ちている。それはある意味でつまらない詐欺と公序良俗の壊乱の廉である。複数の被害者が、ブーランとアデルを裁判所に告発したのである。被害者の一人は、サン＝ガブリエル修道院の上長者シメオン神父である。彼は信者に寄付を呼びかけ、当時のお金で二万フランという大金を集めることに成功した。教会のつながりでこれを知ったアデル・シュヴァリエは、聖母マリアからお告げを受けたと偽って、シメオン神父にそのお金を「修復の御業」修道会に寄託するよう勧めた。シメオン神父は、お金の寄託に際して「修復の御業」修道会が本拠を置く建物を抵当として差し出すという条件をつけていた。告発の理由は、ブーランとアデルが基金を受け取りながら、この条件を果たさなかったというものである。ブーランとアデルは、一八六〇年の早い時期に、ヴェルサイユの軽罪裁判所に出頭を命じられているが、この時間関係が正しければ、アデル・シュヴァリエはトリエルからヴォーに逃避行中の一八六〇年初頭に妊娠し、身重のまま、裁判を受けていたことになる。

二人は修道女に対して奇妙な治療を行ったことは特に否定しなかった。自らの信仰に従って正しい治療行為を行ったまで、と主張したのである。ただ、詐欺行為については激しくこれを否定した。彼らは「死の床にあるがごとく、死刑執行人を目の前にしているがごとく」、断固とした口調で、間違いなくアデル・シゥヴァリエは聖母からお告げを受けたのだと主張してやまなかった。

裁判の結果は彼らには厳しいものだった。一八六一年六月四日、軽罪裁判所は、検察局から出されていた風俗壊乱の論告については免訴としたが、詐欺罪でブーランとアデル・シュヴァリエ双方にそれぞれ三年と二年の懲役および罰金刑を言い渡した。判決文は彼らが主張する「聖母のお告げ」を、またひいてはブーランの「教説」も、「迷信に基づく、荒唐無稽な」ものと切って捨てた。同年九月一二日、彼らの上告は控訴院で棄却され、アデル・シュヴァリエはレンヌの刑務所に、ブーランは最初はサント＝プラージュ、次いでルーアンのボンヌ＝ヌーヴェル刑務所に収監された。ブーランが出獄するのは、刑期通り、一八六四年のことである。

奇跡の女《ラ・ミラキュレ》と呼ばれ、ブーランの子供まで産んだ修道女アデル・シュヴァリエは、服役後どうなったのか？　彼女の足跡はぷっつりと途絶え、ブーランの伝記作家の記述から完全に姿を消す。少なくとも彼女がその後再興されたブーランの教団に合流した形跡はない。

一方、ブーランの方は、自由を回復した後、一八六八年に、ローマ教皇庁にあり信者や聖職者の信仰と風俗の問題を扱う検邪聖省に出頭して、自らが犯した罪について教会側からの審理を受けた。ブーランの活動が三つの教区にまたがっていたため、フランス国内の教会組織ではそれぞれの権限の関係から彼の行いを裁くことができなかったのである。

翌一八六九年五月にかけて、ブーランは検邪聖省に対して、嬰児殺しを含む自らの「罪」を洗いざらい告白する手記をしたためた。ローズ・ピンクの用紙が使われたので、この文書は、研究者の間で「カイエ・ローズ」（ピンクの手帳）と呼ばれている。ブーランの死後ユイスマンスは彼の遺品の中からこの手記を見い出し、ブーランの「犯罪」を発見したといわれている。この文書は、さらに後年、ユイスマンスが亡くなって以降一九三〇年に至って、ブーランに関係する他の資料と合わせて、ユイスマンスに近い厳格なカトリック教徒で、イスラム学の権威として高名なルイ・マシニョン（一八八三－一九六二）の手で、ヴァチカン図書館に寄贈され、秘密文書館《シークレット・アーカイヴス》に禁書として封印された。ちなみに、ヴァチカン秘密文書館に収蔵された資料は、時代とともに徐々に閲覧禁止が解除され、一九三九年までに登録された資料に関しては、二〇〇六年以降原則閲覧が可能になった模様である。ただし、残念ながら、現在のところブーラン文書が何らかの媒体で紹介されたことはもちろん、実際に閲覧が可能になったという報告すらなく、筆者自身も研究者の証言やコピー断片を除いて文書全体を参看したわけではない。

詳細は今後の研究の進展を待つ他ないが、ユイスマンスの周囲の人間や、研究者が非難してやまないこの嬰児殺しの事実関係については不明な点が多い。後にブーランが彼の書簡などで仄めかしているところによれば、嬰児の姿で現れた悪魔を悪魔祓いの修法により退散させたということになっている。一方、後年、ブーランに批判的な人びとの間では、彼が自分の指導する修道女との密通という神を恐れぬ罪によって生まれた我が子を殺して黒ミサを行い、悪魔に捧げたという風聞がまことしやかに流布された。

少なくとも確かなのは、この段階ではブーランはカトリック教会から破門されなかったということだ。彼は罪を告白し、教会はブーランの悔悛の情を認め「赦免」した。ブーランはこの時司祭の権限も併せて回復したと言っているが、どうやらそうした事実はなかったようだ。

ブーランはパリに戻る以前の一八六九年から、『一九世紀聖性年報《アナール・ド・ラ・サントテ》』[10]と題する新しい宗教雑誌の主要な執筆者になっていた。『一九世紀聖性年報』は、戦争やパリ・コミューンでフランス国内が混乱した一八七〇年を除いて一八七五年まで毎月一冊ずつ発行されたが、発刊からまもなく、実質的な執筆者はブーラン一人になった。つまり、一年一二分冊、総ページにして一〇〇〇ページに達するこの雑誌を、ブーランはさまざまに筆名を変えて、七年間ほぼ一人で書き続けていたらしい。内容は、一九世紀、つまり当時の現代に「生き、そして亡くなった」聖者、福者、尊者の伝記を集めたもので、聖者伝では特に聖母マリアにまつわる奇跡譚に異様に大きな役割が与えられている。この世界がいかに悪魔の脅威にさらされ、彼らの災いに満ちているかが強調されるなど、オカルト的色彩が強いばかりか、本編の間に織り込まれたコラムでは、ブーランは特異な「修復」概念を中心とする彼の「神学」を布教していた。

すでに彼は一八六九年、神に捧げる「修復」を目的とし、ラ・サレットの秘密および聖母マリア崇拝と密接な関わりを持つ新しい修道会「マリアの御業」を立ち上げていた。しかし、ローマ教会との決裂の時期は迫っていた。新しい教団においても、ブーランは「悪魔祓い」や催眠術を用いた「治療」を繰り返していた。教義にも正統信仰が容認できない奇妙な教えがたくさんあった。ついに一八七五年二月一日、パリ大司教J＝H・ギベール（一八〇二―一八八六）はブーランを異端として断罪し、キリスト教会から追放した。

ユイスマンス研究者で、自身もドミニコ会の修道士だったモーリス・M・ベルヴァルは次のように述べ、驚きを隠さない。

今日、『一九世紀聖性年報』を読むと、この雑誌がこんなに長く出版が許可されていたことに驚かされる。

神学上の教説には最初から問題の箇所が少なからず見られる。[11]

しかし、一九世紀の社会の中には、聖職者の中ですら、ブーランの教説の正統性に特段の疑義を持たず、これをそのまま受け入れる心理的、思想的な素地があったことも事実だ。実際、『一九世紀聖性年報』は教会関係者の間に多くの読者を獲得していた。教会の中で信者の尊敬を集める「真っ当な」神父の中にも、ブーランの教説を全く妥当な思想と考える人間が少なからずいたのだ。二〇世紀初頭広く読まれた『内的な祈りの恵み』(一九〇一)を著すことになるオーギュスタン・プーラン(一八三六―一九一九)や、文学者レオン・ブロワの精神的な指導者だったR・タルディフ・ド・モワドレー神父(一八二八―七九)なども、そうした人物として名前を挙げることができる。[12]

ティリー＝シュル＝ソールのマリア派異端教祖ユージェーヌ・ヴァントラス。

さて、ローマ教会から離れたブーランは、直ちにノルマンディー地方ティリー゠シュル゠ソールに本拠を置く異端宗派「慈悲の御業」の開祖で幻視者のユージェーヌ・ヴァントラスに接近した。

「慈悲の御業」はそれ自体、神的な存在の幻視や、聖霊崇拝、千年王国説、ナウンドルフ派(偽王太子ナウンドルフを中心とするグループ)のオカルト神秘主義的政治運動などの交点に出現した奇妙な小セクトである。ナウンドルフ派の活動家フェルナン・ジョフロワなる男から水車小屋の番を任されていた元紙作りの若い職人ユージェーヌ・ヴァントラスのもとに一八三九年八月九日から「襤褸《ぼろ》をまとった老人」の姿をした大天使聖ミカエルが現れ、ヴァントラスをピエール゠ミシェルと呼んで神からの啓示を伝えた。ピエール゠ミシェルはヴァントラスの名前《プレ・ノン》の一部だが、普段はユージェーヌと呼ばれていて、この名前を知っている人は周囲にはいないはずだった。フェルナン・ジョフロワはブッシュ夫人なる女性をヴァントラスに引き合わせた。彼女は一八世紀にさかのぼる幻視――神的な存在の出現――の伝統を継ぎ、当時パリで「福音の三人のマリー」という、文字通り女性三人からなる宗教セクト(一八二一年創設)を組織していた「幻視者」である。ブッシュ夫人はヴァントラスこそが洗礼者ヨハネが到来を告知した預言者だと宣言し、直ちにセクトの権能をすべてヴァントラスに譲った。この時から、ヴァントラスは、ピエール＝ミシェル・ストラタナエルの名で新セクト「慈悲の御業」の教祖となった。

　神からの天啓は、その後、恍惚状態になったヴァントラスに毎晩のように訪れた。その内容はヴァントラスや彼の周辺の信者の手で書き取られ、セクトの神学者シャルヴォーズ神父によって体系化され、一貫した教義にまとめ上げられた。この体系については、ブーランの教説に包摂されるので、詳しくは後で述べるが、その柱は、神の怒りを強調する終末観、聖霊の支配する千年王国の到来、王太子生存説に基づく神聖な王の君臨、聖母マリア信仰と聖霊信仰の奇妙な結合など、オカルト神秘主義にかぶれた一九世紀のカトリック＝王党派が抱いていたさまざまな「教理」を寄せ集めたものである。ヴァントラスは、栄光のキリストの君臨する聖霊の時代を準備するべく天から遣わされた預言者エリヤ、旧約聖書『列王記』にバアル信仰の反対者として描かれているモーセ以来最大の預言者の再来なのである。

　特に注意すべきは、この教団が聖母マリアに特別な関心を寄せ、カトリック教会が公認する以前から「聖母マリアの無原罪の御宿り《インマキュレ・コンセプション》」を主張していたことである。また信者は聖母マリアの特別の加護を受けるため、マリアにちなんだ「お守り」――明るいブルーのリボン――を身につけることになっていた。一八三〇年、聖母マリアの「出現」に立ち合った見習い修道女カトリーヌ・ラブレーは、マリアの命により、自分の見たマリアの姿をメダルに刻ませ、売り出したところ、信者の間に大流行を引き起した。世にいう「奇跡のメダル」である。ヴァントラス教団の「お守り」もこれにならったものだ。このようにさまざまな面で、ヴァントラスの教団はブーラン教団などとともに「マリア派異端」とひと括りにできるような側面を備えている。

「慈悲の御業」は教団設立直後より教会や世俗権力から猛烈な弾圧を受けた。もちろん「慈悲の御業」の教理には正統キリスト教とは相容れない数々の教理が含まれていたことは確かだ。しかし、それだけでなく、セクトの持つ政治性が問題となった。「慈悲の御業」創立時の中心メンバーには、自らをルイ一六世の忘れ形見と称する偽王太子ナウンドルフを、タンプル牢獄から脱出して生き残った正真正銘の王太子ルイ一七世と信じ、ブルボン王朝の復辟を図る正統王党派が多く含まれており、彼らは、七月革命でフランス王となったルイ・フィリップ（一七七三－一八五〇）を王位の簒奪者だと見なしていた。また、これもブーランのセクトと共通するが、教団には、内部で風俗を壊乱するいかがわしい行為が行われているという風聞がつきまとっていた。

一八四一年一一月八日には、ベイルーの司教が教区の聖職者に宛てて、カトリック教会の教えと信仰に反する「異端の宗教団体」の活動を非難する書簡を送付した。一八四三年一一月八日には、教皇グレゴリウス一六世（一七六五－一八四六）が、教皇書簡を発してヴァントラスとナウンドルフを破門した。ルイ・フィリップの政府も迅速に動いた。二人の破門に先立つ一八四二年四月八日、教団本部に憲兵と王室検事を派遣してヴァントラスとフェルナン・ジョフロワを逮捕させ、五年の懲役刑に処している。すでに「異端」という罪は消滅していたので、詐欺と公金横領の罪である。服役後も教団に対する迫害は続いた。一八四八年五月二五日、「預言者」は刑務所を出るとベルギー、次いでロンドンへと長い亡命生活を強いられた。しかし、この間も教団は各地で「七人組《セプテーヌ》」と呼ばれる細胞を組織し、地下に潜って布教を続けた。分派運動、内輪もめ、側近の裏切り、中傷、告発等々の波乱にもめげず、ヴァントラスは一八七五年、リヨンで生涯を閉じるまで、次々に訪れる神からの新たな「啓示」を取り込みながら教団の教義や儀式を拡充し続けた。

ブーランがユージェーヌ・ヴァントラスと会ったのは従って、このティリーの預言者＝ヴァントラスの死の直前である。最初は一八七五年八月一三日、ブリュッセルで。二度目は、一〇月二六日、パリで。この二回目の面会の際、ヴァントラスはブーランに「奇跡の聖餅《せいべい》」をいくつか与えた。アジェンの悪魔憑き事件に由来し、表面にさまざまな血の文様が浮かび上がって、贖罪と悪魔祓いに効果があるという曰くつきの代物だ。

アジェンの悪魔憑き事件について、ヴァントラスの伝記作家モーリス・ギャルソン（一八八九－一九六七）は、「パリ国立図書館で発見された手稿に基づくもの」として次のような逸話を伝えている。

フランス南西部のアジェンの町に、悪魔を崇拝し神を冒瀆する数々の所行を目的とする悪魔主義者のグループがあった。集会には悪魔自らがたびたび姿を現したという。洗礼を受けていない一人の少女が、一二歳の時からこのセ

ジュリー・ティボーの祭壇。上部に見えているハート形をしているのが，ヴァントラス由来の「奇跡の聖餅」（アルスナル図書館ランベール文庫所蔵）。

クトに加わり、教会に行って聖体拝受に用いる聖餅を盗み出す行為を繰り返していた。キリストの魂の宿った聖餅をさまざまな手段で穢した上で悪魔に捧げるためだ。資料には「おぞましい行為の機微を尽くして」とあるので乱交など放埒の限りが尽くされたということなのだろう。少女は時折善の道に戻ろうと、教会で告解しようと試みたが、悪魔は彼女の舌を麻痺させて、悔悛の手段を封じた。こうして二五年が過ぎた。くだんの女は、今度こそ神の信仰に戻ろうと決心してベロック夫人なる人物に相談した。そこで、ベロック夫人は彼女を小神学校の上長者を務めるドゥガンという神父に紹介した。悪魔主義のサークルに足を踏み入れることをやめて一年が経ち、女に洗礼を受けさせようということになったが、今度も悪魔が邪魔をした。悪魔主義のセクトの祭司を務める悪の神父が、奸計を弄してドゥガン神父にすり替わり、悔悛した女の頭に水をかけたのである。神聖な洗礼は新たな神への冒瀆となり、悪魔ルシフェルに取り憑かれた女は、首を絞められたり、打擲《ちょうちゃく》されたり、針で刺されたり、全身をひねられるなど、日夜、悪魔から苦しめられ、苦悶の叫びを挙げた。悪魔は、時折、穢された聖餅を砕いて、女の頭や衣服の上にばら撒いた。ある日、聖餅の一つから血が流れ出しているのに気づいて、悪魔は叫んだ。「裏切り者め、俺にキリストの血なんか見せやがって」。女は、毎日ひっきりなしに苦しめられ、身体は完全に麻痺していたが、しばらく前から、悪魔とは別に、彼女の床のそばに形の定かでない小さな存在が現れるようになった。それは彼女の守護天使だった。悪魔はそれからも聖体拝受の秘蹟の際に盗まれ、穢された、何千という聖餅を女の身体に浴びせ続けた。一八三八年八月五日、聖母秘昇天祭の日、ルシフェルがやはり何十もの聖餅を持ってきた後で、守護天使が「主よ、すべての聖餅が御許に戻りました」と告げた。まもなく女は激しい苦悶に襲われたが、しばらくすると病床から身を起こして快癒した。

ところで、ベロック夫人、ドゥガン神父をはじめ、悪魔憑きの女の周囲の人間はいずれも「慈悲の御業」の信者であり、アジェンの「七人組《セプテーヌ》」のメンバーだった。事件を聞いたヴァントラスは、大天使からアジェンの聖餅に対し贖罪の礼拝を行うよう命じられたと主張し、ベロック夫人に聖餅を「慈悲の御業」が譲り受けたいと願い出た。ベロック夫人はきっぱりとこの依頼を断った。するとヴァントラスは、一八四一年一二月、カッシーニ夫人という信者をアジェンに送り込んで、聖餅を二つ盗ませ、一つはティリーに、一つは教団の後援者ラザック男爵の城のあるサント＝ペに送らせた。聖餅の「奇跡」は聖餅がティリーにやって来てからも続いた。聖餅の包みを解くと、聖餅の表面には今流れ出したような新鮮な血でハートのマークが浮かび出た。また、聖餅はガラスの容器に入れられて保存されていたが、翌四二年三月から、容器の中に次々に新しい聖餅が現れるようになり、この現象はその後もずっと続いた。これらの聖餅には、ハートや十字架、アルファベットなど、さまざまな文様や記号が描かれていた。「慈悲の御業」内部の解釈によれば、この「奇跡」はアジェンの奇跡と同様、悪魔主義者によって穢された聖餅が贖罪の祈りを捧げてもらうために「慈悲の御業」のもとに避難してくるためだという。

モーリス・ギャルソンは、この奇跡は明らかに「慈悲の御業」の作為であり、ヴァントラスは以後数十年にわたって「奇跡の聖餅」を偽造し続けていたと推定している[13]。

ヴァントラスは一八四一年以来、彼の周囲の人間にこの聖餅を与えていた。ブーランに聖餅を与えた時も、単なる自分の信奉者に対する儀礼的な贈り物のつもりだったのだろう。しかし、一八七五年一二月にヴァントラスが死ぬと、ブーランは、ジョゼフィーヌ・ランシエという名の幻視者が天からお告げを受け、自分（＝ブーラン）がヴァントラスの後継者に指名されたと主張し出した。ブーランはヴァントラスの教義を自らの従来の教義に組み入れた上、自分がヴァントラスに代わって新しい預言者に昇格したとして、ジャン゠バティスト（「洗礼者ヨハネ」という意味がある）という「司教」名を名乗り、一八七六年に「慈悲の御業」の別派を設立、翌年一月にはリヨンに居を定めて布教を始めた。

すでに述べたように、ブーラン教団は「慈悲の御業」という呼称や「マリア派カルメル会」「カルメルの子供たち」「慈悲の兄弟たち」などという異称を引き継いで自らの呼称としたが、ヴァントラスが預言者エリヤ（仏、エリー）の化身であるのに対し、ブーランは洗礼者ヨハネ、ジャン゠バティストの化身であるというわけで、ヴァントラスが用いた「エリヤのカルメル会」という別称は使わず、その代わり、時に「ジャン゠バティストのカルメル会」という別称を用いた。

「慈悲の御業」の大部分のメンバーはブーランのこの動きに同調することはなかった。本家の「慈悲の御業」は、一九世紀の終わりまで、パリなどを中心に細々と命脈を保っていたようだ。一方、ブーランは一八八四年からパスカル・ミスムという建築家の家に寄宿するようになり、数人の信者からなる小教団を維持していた。その中に、後にユイスマンスの小説『至高所』『大伽藍』の主要登場人物バヴォワル夫人のモデルとなり、また、作家の実生活において彼の家政婦となるジュリー・ティボー（？－一九〇七）がいた。

2 「修復の御業」

ブーランのオカルト神秘主義的なシステムは、彼がリヨンで布教を始めた一八七五年頃に完成されたものと思われる。ブーランの教説は主として、「修復」概念と「第三の支配」ないし「助け主《パラクレ》（＝聖霊）崇拝」からなる。このうち「修復」の教説は、一八七五年にブーランがカトリック教会から破門される以前にはほとんど最終的な形態に練り上げられていた。一方、「第三の支配」と呼ばれる聖霊信仰を中心とした終末論的な世界観は、ヴァントラスの教団「慈悲の御業」からブーランが引き継ぎ、少なからぬ改変を加えて彼独自のシステムの中に包摂したものである。ただ、いずれにせよこの二つの「思想」は、互いに相容れないものではない。それどころか、ある意味で同じ宗教的な伝統に由来し、しばしばイデオロギーや宗教的なシンボルすら共有してきた近縁関係にある教説である。

「修復」という教理をカトリック教会が公認するのははるか後年の一九二八年、回勅「ミゼレンティシムス・レデンプトル（いと慈悲深き贖い主）」によってである。しかし、この概念自体はカトリシズムの圏内ではとりたてておかしな思想ではない。一九八八年刊行の『霊性辞典』第一三巻の「修復」の項目を書いたイエズス会士でカトリック史家のエドゥアール・グロタン（一九二七－）によれば、カトリック教会の最近の解釈は、この教理を次のように整理している。

> 主の到来が常に目前に迫っている（『マタイによる福音書』二四章四二節）ことに鑑み、秘蹟によって主キリストに結ばれ（『ヨハネによる福音書』一五章五節）、人類を愛徳のうちに包み込む教会は、罪深い信徒の過ちをすみやかに「修復」することを望んでいる。キリストの浄配たる教会の心は、「慰め主なる」聖霊（『雅歌』六九章二一節）によってキリストへの思いに燃え立ち、ご自身の子の血を与えた（『使徒行伝』二〇章二八節）、「自分に属するもの」（『ヨハネによる福音書』一章一一節）であるこの民の忘恩に傷ついた救世主の御心に、慎ましく「愛によって愛を返したいという思い」（『ヨハネによる福音書』二一章一一節）を抱くのである。[14]

実践の面では、すでに述べたように、特別な祈りを捧げたり、身体的・精神的な苦痛を受け入れることにより、不信心者によって絶えず犯される神への冒瀆行為、忘恩行為を贖罪することを指している。グロタンによれば、この「修復」という理念は、中世の「公然告白の刑《アマンド・オノラーブル》」から語彙やシンボルを引き継いでいるといわれる。これは、神への冒瀆、暴動参加、貨幣偽造、偽装倒産、流血犯罪、暴行、「配偶者に対する重大な侮辱」などの罪に対し、自分が犯した罪を公衆の面前で告白し、恥辱を身に引き受けることで、罪の許しを受けるという刑罰だが、その背後には文化人類学的、精神分析学的な欲望の力学が働いている。これらの罪は、「欲望や攻撃性」に基礎を持ち、具体的にはセックスや暴力、お金に関わる、いわば精神・身体の発達段階において「古層」に属する犯罪だ。こうした罪を償うため、「犠牲」的な性格を持った「象徴的な」行為を行うことによって、衝突と復讐の連鎖を断ち切ろうというのだ。「犠牲」とは、もちろん、もともとユダヤ＝キリスト教の文化において、「生け贄」となる獣を屠《ほふ》って神との間に愛に基づく交流を行うという形が原形だが、相手に損害を与えたことによって生じた「借財」を同じ価値の財物で購うという意味もある。ただし、この場合、「目には目を」「歯には歯を」というバビロニアのハムラビ法典以来広く行われてきた、文字通りの報復制裁を施すのではなく、自分の身に「恥辱」を引き受けるのである。また、倫理的な「借財」「借金」を暴力に訴えることなく返済し、犠牲者の許しを得るには、もともとの不正が消滅し、損害が償われる必要がある。ここから「修復」と「犠牲」という二つの思想が交わる根拠が生じてくる。

キリスト教においても「犠牲」という観念はその中心に位置している。キリストの十字架の犠牲は、神が自分の子であるイエスを人間のために犠牲に捧げたことだとされる。しかし「三位一体」によって父なる神は、子なるキリストと同一であるから、神は人類への愛のため、人類の犯した罪を償うために、自分の「血」を流したことになる。

したがって、人間がこのキリストによる「血の犠牲」を忘れることは、人間と救い主である神との間の「貸借関係」のバランスを崩すことになる。そこで「聖なる心《サクレ・クール》」に傷を受けた神は、人間に神への忘恩を非難し、相応の償いを行うように人間に要求する。神の代理人である教会が堕落して役に立たないとみると、キリスト自身が姿を現したり、聖母マリアや大天使を遣わして、借金の取り立てを行うのだ。これが、一九世紀に頻発した「聖なるもの」の出現という民衆起源の「オカルト現象」のイデオロギー的背景である。

「修復」という霊的な原理が活発になるのは、第一章で「聖心《サクレ・クール》」について触れた折に紹介したように（本書四二頁）、一六七三年、パレ＝ル＝モニアルの聖母訪問会修道院でマルグリット＝マリー・アラコックの前にキリストが現れてからといわれている。「修復」の思潮は、その後、ヨーロッパ全土に広がっていった。そして、一九世紀に入ると、王政復古の後、革命やナポレオン戦争の過程で教会や神に対して犯された罪に対する民衆レベルの罪責感を背景に、「修復」に対する新たな熱意が生じる。そして、これもすでに述べたように、キリストや聖母が直接現れて、民衆に対して預言を行うというもう一つの「伝統」、とりわけ一八四六年のラ・サレットの聖母マリア出現（本書四五、五〇－五八頁）と結びつくことによって、きわめて奇妙な発展をとげるのである。

それではブーランの「修復」の教理は、どの点で、「正統」とは異なるのだろうか。ブーランが詐欺と風俗壊乱の廉で裁判所に告発される以前の一八五七年に書いた『真正なる修復』という三六〇ページの書物がある。[15] この書物を読むと、彼の修復理論が当時の修復運動と多くの共通点を有しているのがわかる。

一、神秘主義、特に超自然現象や奇跡に対する強い嗜好。

二、ラ・サレットの聖母出現、および聖母がメラニー・カルヴァ、マクシマン・ジローに与えた秘密に対する深い思い入れ。

三、世界の終わりが切迫していることを告げ知らせる終末論的な傾向。

四、特に、日曜礼拝を守らないこと、神に対して冒瀆的な言葉を口にすることに対する神の怒り、神による処罰の強調。

五、最近起こったあらゆる事件を、神の意志との関連で解釈する特異な歴史解釈。この観点から「修復」はフランス革命との関連からその必要が論じられる。

したがって、ブーランの主張が以上の枠内に収まっている限りは、少なくとも当時の「正統」信仰に抵触することはない。実際、ブーランがユイスマンスに強調しているように、[16] この書物は発売から三年で第三版が出るなど、当時の読者にはとても好評だった。いや、驚くべきことに、ブーランがカトリック教会を破門された後も版を重ね、一八八七年には第八版が出版されているのである。

ところで、エドゥアール・グロタンは先に挙げた『霊性辞典』第一三巻の「修復」の項で、「フランスでは、贖罪の博士アルフォンソ・マリア・デ・リグオリの著作を何度も版を改めて刊行することで、この分野の文献の欠如を補っていた。フランス人による最初の総括は、J＝M・ド・N神父による『真正なる修復』（パリ、一八五七年初版、一八八七年第八版）という形で現れた」[17]（強調は引用者）と書いている。ブーランの著作『真正なる修復』は「J＝

M・ド・B神父」という縮約された著者名のもとに、一八五七年に初版が出て、一八八七年に第八版が出版されている。偶然の符合にしては近似しすぎているとは思えないだろうか。もしこれがグロタンの思い違いで、両者が同一人物だとするなら、ブーランの著作は、現代のカトリック史家の目から見てもそれなりの重要度を持つ書物ということになる。

しかし、この著作の後、ブーランは「修復」による贖罪の構造に、これと関わりの深い罪と病の関係、さらには「功徳の転換 réversibilité」と呼ばれる教理をめぐって、無視し得ない変更を加えることになる。

きっかけになった事件は一八六〇年頃起こったらしい。ブーランは個人的な手帳の中にこう書き記している。

> アンヌ＝マリーは病気だった。私はこの病がトリエルの司祭が送った呪いが原因で起こったことを知っていた。呪いをかけられると助からないのが普通だが、清めた白ワインによって治癒した。
>
> この時、私は以下のことを理解した。つまり、病同様、罪も場所を変えるのだ。そして、別の人間の内で活動し、効果を現すのだ。[18]

ここで、アンヌ＝マリーといわれているのは、先の奇跡の修道女アデル・シュヴァリエのことだ。まず、確認しておかなければならないのは、もともとブーランにとって、呪いと罪とはほとんど同じものを意味しているということである。その上で、ブーランは、病と罪に何か共通のベースがあると結論づける。

罪や呪いは簡単に病に転換する。だから罪や呪いは病が人から人へと伝染するのと同様、ある人から別の人へと移転させることが可能なのだ。

神が超自然的な特別の恩寵状態へと引き上げた多くの聖者や聖女の人生をたどると、自分とは無関係な、他の人びとの病を自分の身に引き受けて苦しんだといわれる事例が多々見られる。一言でいえば、彼らが自分本来のものではない病に冒されたことで、他の人間が救われたというのである。

ここから私は、罪もまた、修復を祈願する魂が同意すれば、他の人間に移せないことがあるだろうか、どうしてそれを厭わしく思うゆえんがあるだろうか、と思うようになった。[19]

一八五七年版の『真正なる修復』の中では、ブーランはジョゼフ・ド・メーストルを参照しながら「功徳の転換」の教理を紹介していた。しかし、一八六〇年の「発見」を契機に、「功徳の転換」と「神秘的な身代わり」が彼の修復理論において中心的な位置を占めるようになってくる。

修復の基底にあり、まさしくこの教理の真の要石となるのは、罪が可能性として転換し得るということではなく、罪が実際に転換するということだ。ある人間が、それを受け入れることを了承すれば、他人の罪がその存在と種別はそのままに、ある人間から別の人間に移るのである。

ある人間から別の人間への罪の移動は、きわめて確実な方法で検証し、確認することのできる事実なのだ。[20]

ブーランの体系においては、罪と呪いとは通底し合っている。そこで、上に述べた原理から、ブーランが「修復」や呪い返しの修法を行う際の一般的な戦略が導き出される。つまり、ブーランは、修復行為や、悪魔祓い（呪い返し）の志願者に、他人の罪や呪いをまず自分の身体に引き受けた上で、キリストの力を借りて、その効力を弱めたり、消滅させたりしようというのだ。もう少し具体的なイメージを借りれば、「修復」を行う者の身体はここで一種の「容器」のようなものとして考えられている。そこにあらゆる種類の罪や呪いを詰め込んで、キリストという「殺菌剤」ですっかり消毒してしまおうというわけだ。

しかし、他人の罪を自分に引き受ければ、自分も無垢な善人のままにとどまるというわけにはいかない。身体の中に取り込んだ罪によって、一時的にしろ、自分も罪に穢れた存在になる。これは、一歩間違えば、悪を滅ぼすため、自分もまた悪に染まることも辞さないという論理にも転化しかねない危うさを持っている。マルセル・トマ（一九〇九－二〇〇〇）は、ブーランの教説に一七世紀スペインのカトリック神秘主義者ミゲル・デ・モリノス（一六二八－九六）によって唱えられた静寂派《キエティスム》の影響があるのではないかと疑っている。

修復を志願するというのは、われわれが自分自身の罪を償い清めた限りにおいて、われわれの兄弟の罪を引き受けることに同意することだ。それは、われわれの身の内にあり、またわれわれに授けられる生成の恩寵の加護を受けて、イエス＝キリストの徳により、罪の重みに耐え、罪をわれわれの身体の内で滅ぼすことなのである。このように、聖なる修復の御業においては、罪は、それを犯した人間の内にあった時と同じ属性、種別、性格を持ち、実にさまざまな形態を取って、われわれの内に存在する。修復を行う魂は、自分の身体の内に、罪人の身体にあったままの罪を体験し、感じもするのだ。修復を行う魂は、悪や、欠点や、情念のあらゆる局面、あらゆる進行を確認し、一言でいえば、罪の法則のあらゆる危機を被ることになるのである。[21]

『一九世紀聖性年報』の中でブーランが述べている計画によれば、「修復」は三つの段階を経て実行されるという。まず第一段階、修復志願者は自分の身体に「どんな科学的な手段を用いても原因がわからず、人間の技術で治すことができない」[22]病気や苦痛を引き受ける。ブーランは、人間の医学では治せない病を二つのカテゴリーに分けている。悪魔的な病と神秘的な病だ。

悪魔的な病とは、黒魔術を使う悪魔の代理人が送りつけてくる呪いが原因で起こり、病人を悪魔の影響のもとに置く病のことだ。一方、神秘的な病というのは、神が修復を行うために選んだ特別な人間に与える病だという。外見的にはこの二つの病は全く区別がつかない。二つを見分けることができるのは、神秘学やそれと表裏一体の関係にある悪魔学に通じた専門家だけだ。ブーランによれば、フランスやヨーロッパの至るところに、そして特に修道院や精神病院には、悪魔の代理人が送りつける呪詛の犠牲となった人びとがおびただしくいる。「神から特別な霊的能力を賦与された人びと」は、こうした悪魔的な病を治療する義務がある。ブーランが従事してきたのは、まさにそうした治療であり、しかも「しばしば成功を収め」てきたというのだ。

しかし、もう一つ、「神秘的」と呼ばれるジャンルの病気がある。これは、神から選ばれた敬虔な魂を持った人物が、キリストの代わりに犠牲的な行為を行うため、自ら進んで自分の身に引き受ける病だ。そしてこのように積極的な贖罪として、他者の病気を自分が肩代わりする行為のことを「神秘的な身代わり」という。悪魔的病同様、医学的には原因不明だが、呪いによって起こるのではなく、それ自体が神の恩寵なのである。

自ら犠牲になったことから生じた病、最初から自ら進んで病を受け入れたことに起源があったり、よく見られるように、隣人・同胞のために祈りを捧げた結果発症した病については、これを治してはならない。ただ、義人の魂が引き受けた荷物の重さに潰れてしまわないように、適切な限度にとどめてやる必要がある。

ああ、われわれはよく知っているが、現在、世界には、恐ろしい量の呪詛が行われている。しかし、他方、修道院や一般の家庭で、おびただしい数の魂が「身代わり」を原因として考える以外、説明のつかない病に苦しんでいる。彼らこそ、一言でいって、修復の御業に従う魂なのだ。[23]

「修復」の第二の段階は、犯した罪に対して下された罰としての病を受け入れるだけでなく、「身代わり」という手段を用いて魂の中にある「罪」――他人が犯した罪――を引き受けることである。さらに、第三段階においてブーランは、地獄に巣食う悪霊たちと戦い、彼ら全員を屈服させるキリストの姿にならって、「修復」に従う魂を「結集」して、悪魔に対して直接的な戦いを挑むといったことを考えていたようだ。ブーランはこの戦いが、「筆舌に尽くせないほど、苦しく、難しく、激しい」戦いだと述べているが、それでは、彼は具体的には何をしようとしていたのだろうか？　この点になるとブーランの説明は最後まで曖昧なままだ。ブーランが示唆しているのは、この神秘的修法の最後の段階は、聖母マリアやラ・サレットの秘密と何らかの関係があるらしいということだけである。

リチャード・グリフィス(一九四七―)は、ブーランが「修復」の第三段階で行おうとしていたのは一種の悪魔祓いの儀式だと言っている。[24] しかし、それでは少し辻褄が合わないことになる。なぜならブーランにとって悪魔祓いは秘密でも何でもなく、むしろ彼の最も公然たる活動に属しているからだ。事実、異端とは無縁のカトリック教会内部でも、悪魔祓い師=祓魔師《エグゾシスト》としてのブーランの声望は高く、すでに名前を挙げたオーギュスタン・プーランやR・タルディフ・ド・モワドレーといった篤実な聖職者たちからも尊敬を集めていたのである。

われわれとしては、「修復」の第三段階に関して、少なくとも以下の三点を確認しておくにとどめよう。

一、この段階においても、中心となるのは、「病気や、誘惑や、罪は移転可能であり、他人の病、誘惑、罪を自分の身体に引き受けることができる」という「身代わりの原則」である。

二、ただし、戦う対象は、「肉や血」に関わる誘惑ではなく、霊的な力が原因となるような誘惑である。

三、この段階の御業を達成するためには、「昼も夜も犠牲の祭壇で心身を捧げる清浄で聖なる魂の軍団」を動員する必要がある。

ブーランが「修復」を目的とする修道会を設立しようとしたのも、本来はこのような見通しに立ってのことだったようだ。カトリック教会を離脱し、ヴァントラスのセクトに接近した後も、「修復」に関するブーランの考え方には大筋で変化が見られない。二つの異端セクトの思想は歴史的にも、教理の面でも、きわめて近い関係にあるが、この親近性のおかげで、ブーランは自分が作り上げた教義をヴァントラスの教義に特段の矛盾もなく接合することができたのだろう。

3　聖霊と聖母マリア

さて、ブーランの教理のもう一つの重要な柱は、修復=贖罪の儀式において女性に与えられた特別な地位だ。

ブーランは一八七五年以降、ヴァントラスのセクトの分派を作り、「近い将来における助け主《パラクレ》の到来」と、「栄光のキリストの再臨」を柱とする教えを布教し始めた。「修復」の教義と同様「第三の支配」の教義も、カトリックの正統教義の中に典拠があり、それ自体としては全く「異端」ではない。

『創世記』以来、世界の歴史は、五つの祝福と三つの支配によって特徴づけられるそれぞれの時代に区分される。

聖霊が君臨する「第三の支配」は、第五の祝福の行われる時代に実現するといわれる。一八四〇年六月一一日、ヴァントラスの幻視の中に現れた聖ヨセフによれば、神は過去に四度、人類を祝福したのだという。

第一の祝福においては、アダムの一族の繁栄に対してアダムを、第二の祝福においては、人類の再生に対してノアと彼の家族を、第三の祝福においては、あらゆる人間が持つイエス゠キリストへの信仰の使命に対してアブラハムを、そして第四の祝福においては、神自らが御子を地上に遣わし贖罪の御業に当たらせるという貴重な恩沢に対してイエス゠キリストを祝福した…。

一方、第一から第三までの三段階の「支配」は、父・子・聖霊というカトリックにおける神の三位一体のそれぞれの位格《ペルソナ》に対応している。モーセからイエス゠キリストまでは「第一の支配」と呼ばれ、世界は旧約の神、すなわち父なる神の支配に置かれていたとされる。怒れる父の支配する恐怖の時代である。次いで、キリストから（一九世紀半ばの）現代までの「第二の支配」は、新約の神、すなわち子なるキリストの支配する恩寵と贖罪の時代である。そしてやがて訪れる「第三の支配」は、『ヨハネによる福音書』の神である聖霊の支配する贖罪と愛の時代だとされる。第五の祝福の時代に実現する第三の最後の支配においては、勝利のキリストが再臨し、しばしば「助け主《パラクレ》」と呼ばれる聖霊が新たに世に満ち広がって、地上に神の愛を教え知らしめることになるのだ。助け主《パラクレ》という呼称はわれわれ日本人には聞き慣れないが、「われわれに助けを与えに来る者」という意味で、一般に聖霊の別称として用いられる。また、『ヨハネによる福音書』などでは、「もう一人の助け主」という形でキリストの称号としても使われる。

ヴァントラスのセクトは、人類はもともと天上に属し、天使の名前をもって、清浄で無垢な男女両性具有の生を享受していたと考えた。実際、セクトに入信した信者には、ガブリエルやラファエルをはじめとする天使の名前にちなんで、－エルで終わる名前が与えられた。

聖霊の到来は再生の時代の訪れを告げるものだという。この時代にあっては、「信者をキリストの優しい御心の内に導く、燃えるような慈悲が、恩寵と聖性によって贖罪の御業を栄えあるものとする」[25]のである。しかし、このような「慈悲の奇跡」が「おびただしい悲惨と、闇と腐敗」の中に沈み込んだ「啓蒙の世紀」にどうしたら実現するというのだろうか？

当時の多くの宗教運動や神秘主義と同じように、ヴァントラスのセクトは、イエスの聖心《サクレ・クール》の重要性、あるいはとりわけ、「慈悲の母」聖母マリアの加護の力を強調し、これらに頼って、神の怒りをなだめ、聖霊の到来に対して人間に心の準備をさせようと図った。このため、「慈悲の御業」の信者たちは、聖母マリアの加護を仰ぐ目に見える証しとして、「恩寵の十字架」と呼ばれる特別な十字架を身につけた。

ヴァントラスのセクトの教理によれば、人間は、イエスや聖霊に対して直接働きかけることはできない。いかなる神の恵みを要請するにも、女性という「審級」、より具体的には聖母マリアを経由しなければならないのだ。

> 彼女〔＝聖母マリア〕が関わらない救いの御業などあるだろうか？ 慈愛深い母である聖母マリアはあらゆる神の恩寵の通路である。まさに奇跡の日々にこそ、聖母マリアは罪人の避難所というこの美しい称号にふさわしい方であることをかつてないほどお示しになるだろう。数々の預言は語っている。聖母は契約の櫃であり、神の御業の最初の使徒であると。救世主イエスが父の哀れみを求めるのも聖母の祈りに応じてのことであり、イエスが人間の上に新たな聖霊を招き下すのも聖母の祈りがあればこそである。新たな聖霊の到来する時、人間はもはや肉の存在から浄化されるのだ。[26]

聖母マリアに関するヴァントラスの「神学」は、一八四三年に発刊された「慈悲の御業」の機関誌『セプテーヌの声』[27]第三巻でもすでに言及されている。ヴァントラスの信者は相互に信仰を高め、迫害から身を守るため、七人一組のセプテーヌという単位にまとめられ、これが集まって大きな信者組織を形成していた。セプテーヌはすでに記したように「七人組」ほどの意味である。

ただ、その教理体系の中で占めるマリアの特異な役割がまとまった形で提示されるのは、ヴァントラスが神から、ローマ教会に代わる「エリヤの祭司職」に叙せられたという一八五〇年以降、「マリアの犠牲のミサ」(28)と称する典礼の中でのことだ。

ブーランは、このような聖母マリアに対する特異な執着をヴァントラスと共有していた。ブーランは、一八七五年以降、ヴァントラスのセクトの教義や儀式を自分の教義の中にそっくり取り入れたが、それが可能になったのも、聖母マリアへの執着という共通点があったからだ。「マリアの犠牲のミサ」の執筆者はヴァントラスであるが、ブーランは、ヴァントラスの教義に「改宗」した後、自分がイニシアティブを取ってこの典礼を書物にして印刷させている。

栄光に満ちた聖霊の支配は近づいている。しかし人類の再生が約束されているこの聖霊の支配の到来を早めるために、「慈悲の御業」では「犠牲」や「修復」の儀礼を執り行う必要がある。「マリアの犠牲のミサ」もそうした儀礼の一つだ。このミサ典礼のテクストにおいて語られるヴァントラス＝ブーランの教説の中には、異端的な性格の強い聖母マリア信仰と、伝統的な聖霊信仰とが奇妙な思弁によって結びつけられている。

「マリアの犠牲のミサ」の内容をかいつまんで述べてみよう。

「慈悲の御業」の信者は「非被造の神智」と呼ばれる形而上学的な第一原因を想定する。ヴァントラス派やブーラン派セクトが考える「非被造の神智」というのは、創造者＝神であるとともに、聖母マリアが「具現する」女性的な側面を賦与された聖霊と同じものだと考えられる。(29)ロベール・アマドゥーの言葉によれば、「神が、その前で、それと向き合い、それとの関係で自らを確立し、自分が三位一体の神であることを自覚する女性的な性格」である。

ヴァントラス＝ブーランの「神智学《ソフィオロジー》」は、マリアは「第一の天使」だというわけで、聖母マリアに「シャアエルShahaël」という特別な呼び名を与える。「非被造の神智」は、「それ自体で存在し」「他のいかなる助けを借りることなく自分自身からすべてのものを作り出す」「無限の本質」であり創造者であるが、マリアは「被造物」であり「神」

の本質を欠いているため、「非被造の神智」の「変わることのない反映」である「被造の神智」にすぎない。「被造の神智」であり「非被造の神智の反映」であるというこのマリア＝シャアエルの根源的性格と並んで、彼女が、「現実の世界に現れた、時には受肉した女性原理」であることから、いくつかの副次的な性格が引き出されることになる。

まず、贖罪と修復の経済の観点から、「原罪なくして受胎した」マリアの「媒介者」としての性格が強調される。ヴァントラスのセクトは、一八五四年にローマ教会が公認する以前から「聖母マリアの無原罪の御宿り《インマキュレ・コンセプション》」の教義を主張していた。人類はイヴのために堕落し、エデンの園を追放された。しかし、マリアは男女の性交の結果子供が生まれるという通常の人間の生殖原理から外れ、聖アンナの胎内に奇跡によって受肉したというのである。「聖母マリアの無原罪の御宿り」という教義はこのようなマリア自身の生誕の起源を考えて初めて意味を持つ。前もって、「淫欲の不順な残滓」や「官能的で、動物的で、地上的な魂[30]」など、イヴの属性から解放されている完全な処女であるマリアは、「女であるという本性によって」「人類全体に毒を撒き散らす腐敗の瘴気を追い払うため、神によって特に作られたパン種[31]」であると考えられる。イヴは人類の破滅の原因であったが、マリアは人類の修復の基となる。イエスは、人類の罪を贖うために受肉したわけだが、マリアは、イエスに肉の身体を与えることで、贖い主がこの世に現れる道筋を準備したのだ。人類の救済のためには、神の血が流されることが不可欠だったが、マリアの献身と同意がなければ、そもそもその血がこの世に存在することはあり得なかったわけである。この意味で、マリアは「われわれの生の希望であり、イエス＝キリストとともに人類を救う贖い主であり、生けるものたちの真の母である[32]」という。

興味深いことに、ヴァントラス＝ブーランの教説は、マリアの「移行機能」を強調している。「被造の神智」であるマリアは常に「非被造の神智」、すなわち、創造者たる神＝キリストに先立って現れ、「言葉」の受肉を準備し、仲介の役割を果たす。「マリアが現れたのは、ひとえに、〝言葉〟が受肉するのを助ける道具となるためであり、母として言葉に結びつくことによって、言葉が人びとの間に棲まうという、いとも心を慰める奇跡の補完物となる[33]」ためである。「被造の神智は非被造の神智に先立って現れなければならなかったのであり、被造の神智は非被造の神智の現れる道の端緒なのである」[34]。

つまり、イエス＝キリストによる栄光に輝く支配が実現し、聖霊の愛がこの世に満ちあふれるのは、マリアという形象に受肉した女性原理の働きによるのだ。だから、「慈悲の御業」の信者たる「カルメルの子供たち」あるいは「慈悲の兄弟たち」は、聖霊の妻であり、神の母たるマリア＝シャアエルが放つ慈愛の光に祈りを捧げるように勧められる。

> おお、カルメルよ。マリアの霊の象徴であるあの光が、我らに教えてくれる。我らが女王、我らが母を通じて、イエスのもとに赴かなければならない。マリアを通じて、我らの贖いであり、我らが救いであり、我らが生命である尊い救い主と結ばれることを目指して。我らは栄光に満ちた支配の日に、かの救い主とともに君臨し、栄光の神の御国に帰り、とこしえにこの世を統べることになるのだ[35]。

さらに、このセクトの特異性を極立たせるもう一つの特徴は、カトリック教会においては、現在に至るまで、聖職者になれるのは男性に限られているのに対し、女性に特別な地位を与えていたことだ。ヴァントラス＝ブーランの「慈悲の御業」では、ミサの典礼は「女祭司」ないし「強き女《ファム・フォルト》」と呼ばれる女性信者によって執行された。救いを求める時、どうしてこのセクトは現実の女に頼るのだろうか。その論理はすでに述べたマリアに対する「形而上学的」な思弁の中に探ることができる。

「非被造の神智」の反映である「被造の神智」にすぎない以上、マリアは、本来の意味での「神性」を持っているわけではない。彼女は被造物にすぎないという意味で、肉体を持った他の女性と変わるところはない。「マリアの犠牲のミサ」のテクストには、「シャアエルの精神と美徳は、イヴに伝えられ、代々、我らの母に分与された[36]」とある。言葉を換えれば、「現実」の女たちも、マリアと同じ「女性原理」を分かち持っていることになる。「慈悲の御業」の「女祭司」の場合、聖母から彼女の精神と美徳を受け取ることにより、女性的な叡智《サジェス》を強化されるというのである。

キリスト教的な伝統の中では、女性は、蛇＝悪魔に唆かされて、最初の人間アダムを誘惑し、人類を堕落させる原因を作ったとして常に非難の対象になってきた。しかし、栄光の天にて世を統べる「我らが母であるシャアエル」であるマリアの精神と美徳は、限りある生の条件の中に生きる「選ばれた女」に伝えられる。「イヴの中のイヴ、新しき救世のジャンヌ（・ダルク）」であるこの選ばれた女は、こうして「現世における強き女」となり、この神秘的な資格で、「勝利するキリスト」の到来を準備し、彼の輝かしい支配の実現した世界において、人類の更正と革新を司ることになるのだという。

マリア＝シャアエルとは、「普遍的な仲介者」として人類に救済をもたらす女であるが、こうした規定は「慈悲の御業」の女祭司にも当てはめることができる。仲介者であるマリアのさらなる仲介者という意味で、二重の仲介者として典礼を司る権限を付託された女祭司は、マリアの犠牲によって得られた力を世界にもたらすという使命を帯びることになる。

　マリアによるイエスとの神秘的な融合が真実のものとならなければならない。我らの教会によって、あらゆる霊的世界の間の聖なる交流が再び回復されなければならない。人類は、再びエデンの園に戻れるよう働かなければならない。カルメルの子供たちはそこに至る道筋を開こうとしているのであり、我ら聖油を塗られた女たちは、このミサを捧げて、我らが兄弟・姉妹たちのために、再び光と正義と愛と再生の道を見い出すのだ。[37]

実際、本家のヴァントラスのセクト「慈悲の御業」（「エリヤのカルメル会」）では、ヴァンデ地方の王党派反乱軍フクロウ党に所縁があり、「新しいイヴ」という称号を与えられたアルマイエ伯爵夫人なる女性がセクトの典礼において女祭司の役を務めていたようだ。また、本家を継いだブーランの「慈悲の御業」（「ジャン＝バティストのカルメル会」）では女性教皇庁を設け、ジュリー・ティボーが「マリアの犠牲のミサ」の典礼を執り行った。ジュリー・ティボーとは、すでに一度述べたように、後にユイスマンスの家政婦となり『至高所』『大伽藍』のバヴォワル夫人の「モデル」となった女性である。

しかし、救済が現実の女性によって実現される、あるいは少なくとも仲介されるという考えは、もう一つの「教理」と結びついた時、あらゆる性的な放縦に理論的な根拠を与える危険がある。そのもう一つの「教理」とは、「聖霊は浄化の力を持っており、その作用は生殖原理にも及ぶ。助け主《パラクレ》の働きにより、生殖器官が穢れを祓われ浄化されると、その時点から、この器官は原罪による欠陥を免れた選ばれた存在を生み出すことができる[38]」というとんでもないものだ。

4　秘法——生命の交わり

ヴァントラス＝ブーランのセクト「慈悲の御業」（「エリヤのカルメル会」＝「ジャン＝バティストのカルメル会」）では、鉱物、植物、動物、人間、天使、霊に至るあらゆる存在からなる一種の階梯を想定していた。このセクトが説く「生命学的階梯の法則」によれば、たとえ無生物であっても「無意識のレベルでは秘められた本能が潜んでおり[39]」、魂はそれぞれ物質的な圏域から精神的・霊的圏域へと、この階梯を上っていき、やがて物質の軛から解放されて、最後には、天上の「一者」に融合するのだという。

人類の霊的な再生という視点に置かれると、この魂の上昇は個人レベル、集団レベルという二つのレベルでの贖罪と考えられる。こうした一つひとつの魂のことをヴァントラス＝ブーランのセクトは「アダムの単子」と呼んでいる。「アダムの単子」は人間の場合もあるし、人間に至らないもっと低次の存在であることもあるが、それぞれが、自分を高めるために生命の階梯を上昇していかねばならない。しかし同時に、階梯の上位にある者は、階梯の下位にある者（もの）が「生命の上昇階段を、一段、また一段と上がっていくのを助けることができる[40]」のだという。

カトリックには「諸聖人の通功」（聖徒の交わり）という教理がある。現世を生きる者も、眠りについた者も、キリストの功徳によって信徒全体が一体をなしており、かつての聖人の功徳を、現世にいてまだ功徳の不足している者に対しても融通することが可能だという思想である。したがって、下位の者は、上位の者に功徳を融通できるよう取りなしを頼むことができる。中世に盛んだった巡礼も、この「諸聖人の通功」を一つの根拠にしているといわれる。「慈悲の御業」の「生命の交わり」においては、「諸聖人の通功」と、先に述べた「功徳の転換」とが入り混じることにより、生命の階梯が集団的な贖罪の階梯となっているということができる。

そして、ここからがかなり話がいかがわしくなるのだが、集団的な贖罪のための「生命の伝達」は、「生命の交わり」と名づけられた「秘儀」によって行われるのだという。「生命の交わり」とは何か？「エデンの園からの失墜は罪深い愛の行為によって起こった。人類の贖罪は、まさに宗教的に成就される愛の営みによって実現することができ、また実現されなければならない」[41]。

一八八七年、後にオカルト結社「カバラの薔薇十字」を創設するオスヴァルド・ヴィルトやスタニスラス・ド・ガイタらはブーランに対する調査を行い、秘儀法廷の名でブーランを「猥褻な教理」を流布した廉で死刑の判決を下した。そして、ガイタは一八九一年に出版した『悪魔の寺院』という本の中で、ブーランとヴィルトの間で交わされた書簡や、マリー・Mなる女性の「供述書」などをはじめ多くの証拠を提示してブーランの「忌まわしい」教理や実践を暴露した。エデンの園から失墜する以前の両性具有の「輝かしい霊的身体」を回復させる「生命の交わり」とは、スタニスラス・ド・ガイタの非難するところによれば、とりもなおさず、「慈悲の御業」のメンバーの間で、広く行われている性行為のことだというのである。

ブーランは、罪深い地獄の性交と清らかな天界の性交という二種類の性行為を区別しているという。性行為が、「生殖の法 le droit de la génération」つまり自然の法に従って行われる場合、それは汚辱にまみれた堕落をまねく犯罪である。しかし、同じ性の交わりが、「生出の法 le droit de la procréation」によって行われる場合、つまり、霊的に正しい意図をもって、入信の秘儀によって到達することができる「清浄な状態で」行われると、神聖なものに変化するのだ。

秘儀を授けられたセクトの上級者は「あらゆる場面で、生命の階梯のあらゆる段階に属する存在と、愛の交わりを交わす」[42]ことが許されている。

「生命の交わり」が、「自らを清浄化し、自らに美徳を獲得し、個人として上の階梯に上昇するために」上級の霊位を持つ選ばれた人びととの間で行われる時、それは「叡智の交わり」と呼ばれる。逆に、「生命の交わり」が、秘儀に与っていない俗界の人びとや、下級の霊位しか持たない自然物や動物との間で、これら恩寵を失った哀れな存在を浄化《セレスティフィエ》し、自らの獲得した美徳を分け与え、生命の階段を一段一段上昇させるために行われる時、これを「慈悲の交わり」と呼ぶ。この浄化＝セレスティフィエという言い回しは、今後、ブーランとユイスマンスとの関係を考える際、見逃し得ない意味を持つことになるので、ちょっと記憶にとどめておいてほしい。スタニスラス・ド・ガイタは、こうした観察から次のような結論を導き出している。

道徳や宗教社会学の面で、こうした教説がどんな結果に導かれるかは明らかだ。まず第一が誰彼かまわない性の放縦であり、時と場所を選ばず破廉恥な行為が行われるようになることだ。第二に、不倫や近親相姦や獣姦。第三は、夢魔との交接や自慰行為だが、これらは、このセクトの信仰にとって本来的な行為として認められており、称賛に値する秘蹟と考えられているのである。

以上がこの宗派の教理的な基盤である。その神殿は聖なる娼館であり、贖罪の十字架は肉の男根なのである。[43]

もちろん、こうした発言はいわばブーランの不倶戴天の敵の口から出たのであり、かなりの悪意が入っていることも予想される。

しかし、それにしても、この不可解な教理をわれわれとしてはどう解釈すればよいのだろうか？　これは単なる頭のいかれた人間が妄想した世迷い言にすぎないのだろうか？　そしてユイスマンスは、この異端の教祖のわけのわからない教理から、一体何を自分の文学の中に取り入れたというのか？　次章以降、われわれは、一見すると、キリスト教異端のあちこちから寄せ集めたかに見える、この奇妙な教理の背後に、ある一貫した理路とシステムがあることを、そして、それがユイスマンスの文学の中にどれほど深い痕跡を残しているかを、逐次跡づけていきたい。

第六章　歴史の中の「流体」――「動物磁気」と「欲動」をつなぐもの

1　ブーランの手紙の中の「流体」

ブーランとユイスマンスの関係についてすでに多くのことが語られている。しかし、一つ確認しておかなければならないことがある。一般にユイスマンスの専門家といわれる人たち、特にカトリック的な立場にある人たちは、ローマ教会とオカルティズム、それぞれの周縁に生きたブーランというこの特異な人物に早くからきわめて強い関心を寄せてきた。ここでは先学に敬意を示す意味で、ピエール・ランベール（一八九九―一九六九）、ピエール・コニー、モーリス・M・ベルヴァル、リチャード・グリフィス、ロバート・バルディックといった人びとの名前を挙げておこう。しかし、なぜか彼らはブーランのユイスマンスに対する影響を過小評価する傾向にある。彼らは、仮にユイスマンスがブーランに一次的に影響を受けたにせよ、それにもかかわらず、神の恩寵によって、ユイスマンスは正当信仰を回復したと主張する。彼らが間違っているとはいえない。ユイスマンス自身が生前、自分は神の計らいによってブーランという「悪魔の曲がった爪」によって真正なカトリシズムに至ったと言明しているからだ。

ただ、ユイスマンスとこの奇妙な異端セクトの教祖との関わりは、何らかの挿話にとどまるような性格のものではない。ブーランのセクトはユイスマンスの小説に何人かの作中人物のモデルを提供した。また、ユイスマンスは小説のプロットの中に「功徳の転換」や「神秘的な身代わり」といったブーランの教理を取り入れた。それだけではなく、ブーランとの接触は、ユイスマンスのオブセッションの総体に、根源的で、システマティックな変化を引き起こしていくのだ。

第一に、ブーランは、欲動のレベルで作家の欲望の配置にダイナミックな変化をもたらすある種の「物質」を提供した。また第二に、ブーランは、ユイスマンスの欲望のシステムが再構成される際、その構造上の軸となるものの形成に示唆を与えた。こう言っただけでは、何のことを言いたいのかわからないだろう。それぞれについて、以下に内容をかいつまんで語ることにする。まずは欲動に作用するダイナミックな「物質」の方だ。

ブーランの教説は、「修復」「悪魔祓い（除霊）」「魔術」「生命の交わり」等々、きわめて雑駁な内容からなる広大な領域に跨っている。ただこの教説は見かけは多彩ではあるけれど、それらの内容を統一する原理というか、中心となるインスピレーションの核がないわけではない。

ブーランのオカルト神秘主義のシステムの中では、罪や、呪い、病気、瀆聖、さらには恩寵までを含むすべての要素が一つの「量」として計量可能であり、また、これらすべてを操作したり、空間移動させることもでき、お互いに置換・変換することが可能であるとされる。罪も、呪いも、病気も、瀆聖も、恩寵も、一つひとつ個別に切り離し、ある対象から別の対象へ、ある個人から別の個人へと移し替えることができるのである。

すでに見たように、キリスト教の修復や贖罪には、借金や欲望の論理と重なる形で、罪や恩寵を「量」として捉える論理が働いていた[2]。したがって、このこと自体は必ずしも「異常」な現象とはいえないかもしれない。

しかし、ブーランは彼の思考のあらゆる水準で、罪や呪い等々を文字通り「物質」的なものと考える方向に傾いていた。彼のシステムにおいては、それが罪と呼ばれようと、病と呼ばれようと、はたまた呪いと呼ばれようと、計算することのできる「量」であり、それゆえ、空間の中を自由に移動できる物質的な「基体」が想定されている。ブーランの用語によれば、それは「流体《フリュイド》」と呼ばれるものである。

たとえば、オスヴァルド・ヴィルトへ宛てた手紙の中で、「生命の交わり」に関する質問に答える形で、ブーランは人類の贖罪は性行為によって完遂されるが、それを仲介するのは「流体」だとはっきりと述べている。

> 生命の酵素こそが、三つの支配に生きる存在を統べる生命の原理と結びついて、生命の階梯を上に向かって一段一段昇らせるのです。これこそが、あなたのおっしゃる通り、秘儀の中の秘儀というべきものです。
> しかしながら、こうした産出の権利を行使する時、誰も一人で行うことはできないのです。一人の人間はただ、流体を持っているにすぎません。生命の酵素が作用するためには、二つの流体が結びつかなくてはならないのです。[3]

オスヴァルド・ヴィルトやスタニスラス・ド・ガイタなど、ブーランとは反対陣営にいた者だけではなく、ピエール・ランベール、ピエール・コニー、リチャード・グリフィスなど後の研究者も、ブーランの信者たちは、失墜以前の霊的身体を取り戻すために、現実に性行為を行ったと考えている。ところで、スタニスラス・ド・ガイタによれば、「生命の交わり」の原理は、最も初等の算術的公式で表すことができるのだという。「何者も、自分が持っているものしか与えることはできない。したがって、与えようと望む前に、獲得しなければならない」。「清浄な《セレスト》」本性を取り戻すことができるよう他人を助ける前に、自分自身を「清浄に《セレスト》」しなければならないのだ。

したがって、「流体的な《フリュイディック》」論理に翻訳すると、さまざまな存在を贖罪によって上昇させるには、まず自分自身の「流体」を聖霊の力を借りて純化――清浄化《セレスティフィエ》――した上で、清浄になった《セレスティフィエ》「流体」を他者に配分してやればよいということになる。

実際、ユイスマンス自身は、「生命の交わり」とは、「性行為」を通じて行われるのではなく、「流体」を媒介にして行われる儀式にすぎないと信じていた節がある。しかも、ブーラン死後、元神父の数々の常軌を逸した行動を知った後でも、この確信が揺らいだ形跡はない。

一九〇〇年二月、ジョゼフ・エスキロルこと、アドルフ・ベルテに宛てた手紙の中で、リヨンの異端を題材とした小説を準備していたこの若い友人にユイスマンスは次のように助言を与えている。エスキロルは、リヨン在住の作家で、彼がこの時書こうとしていた小説は一九〇三年に『異端を探そう!』という題で刊行された。

ブーランについての情報はあまり正確とはいえません。実際にははるかに複雑ですし、私の知る限りは、彼のところで売春宿でのような痴態が繰り広げられていた事実はありません。ブーラン一派の交接は何よりも「流体」を使ってなされるものでした。男性夢魔《インクブス》や淫夢女精《スクブス》の類いです。ブーランの死後私が見つけた書類からは、およそあり得ない性行為の記述が出てきました。たとえば何某夫人とハバクク[4]との交接とか、やはり多少なりと聖書に関係しているずっと以前に亡くなった別の人物との交接などといった具合です。夜の暗示のための手段や、器具などというものすらありました（かつて『メルキュール・ド・フランス』誌にこれに関する記事が出ています）。ブーランはこうした方法を使ったのでしょうか？　個人的にはそうは思いません。[5]

「流体」の介在は、「生命の交わり」だけに限ったことではない。ブーランのシステムにおいては、罪と病と呪いとは相通じているのである。ブーランによれば罪と病気とは、いずれも悪魔の呪いの介在で引き起こされるという意味で、悪魔の作り出すものである。罪は、病気と同じ本質を持っているので、人から人へ移動することができる。そして、呪いはもともと「流体」の性質を持っている。ブーランは「カバラの薔薇十字」のオカルティストから呪いの攻撃を受けたと主張したが、この場合の呪いがその典型だ。

序章に書いた通り、ユイスマンスがブーランと知り合った頃、ブーランはスタニスラス・ド・ガイタやオスヴァルド・ヴィルトとオカルト戦争の真っ最中だった。ブーランや、彼の信者集団（ユイスマンスを含む）に共有されていた妄想によれば、「カバラの薔薇十字」のメンバーは、ブーランの教団に「流体」による一種の衝撃波の形で呪いを送りつけたのだという。この戦いの模様は、ユイスマンスとともにブーランの弟子だったジャーナリストのジュール・ボワ（一八六八－一九四三）が残した記事の中に活写されている。

「呪いを行う者たち」は、ブーラン師に復讐を行い、彼にかたときも平穏に生活することを許さなかった。師は、私に脚を見せてくれたが、悪魔的な一撃によって骨まで貫かれていた。流体の弾丸はさらに師の隠者のように痩せさらばえた胸にまで穴をあけていた。
たまたまリヨンに滞在していた画家のローゼ（一八六五－九八）は戦いの行われた晩、見えない拳骨がミサを執り行う師の額めがけて唸りを上げて襲いかかる様を確認した。師の額は、瘤で腫れ上がった。応戦するには時すでに遅く、師は不意を突かれてしまったのだ。
J＝K・ユイスマンス同様、私はこの虚空で行われるワーテルローの戦いに強い衝撃を受け、今もはっきりと覚えている。[6]

ジュール・ボワはブーランの死がガイタによる呪殺だと『ジル・ブラース』『レヴェヌマン』両誌に四度にわたってガイタを非難する中傷記事を書き、これがもとで、ボワとガイタは実際ヴィルボンの塔の下でピストルを用いて決闘するところまでいった。実際には、弾がそれて両者ともかすり傷すら負わなかったようだが…。ボワと、立会人でユゴーの甥のポール・フーシェ（一八四九－九四）は、ガイタの「魔法」によって馬車を曳いていた馬の一頭が転んで馬車がひっくり返り、もう一頭の馬はあたかも悪魔そのものを目にしたように身体が麻痺し、二〇分間ぶるぶると震えていた云々と、ガイタの使った魔力の恐ろしさについておどろおどろしい報告記事を書いている。[7]

さて、この「流体」という物質は、悪魔や死者の降霊の材料としても使われる。ユイスマンスとの間で交わされた書簡の中で、ブーランは述べている。男性夢魔《インクブス》や淫夢女精《スクブス》は、ある時には、呼び出された死者に「流体」でこしらえた身体をまとわせ、それを被害者のもとに送りつける。また、別の時には、自分自身が「汚物」から立ち上る「流体」を使って人間の姿となる。[8] 彼らは、こうして「流体から作られた人間の姿」で、死者の霊や生身の人間と交わるのである。

呪いや降霊が「流体」を用いて行われるなら、「修復」や悪魔祓いも同じ方法を用いて実行される。

ブーランの考えでは、罪や、病気や、呪いは通底しているのであるが、それは、罪や病気は呪いと同じ性格を共有しているためである。別の言葉でいえば、罪や病気も「流体」的であると考えることができるのである。

だから、ブーランの「流体」的な経済の用語を用いて表現すれば、「修復」=「功徳の転換」とは、自分自身の体に、一定の量の他者の悪しき「流体」を移し替え、引き受けるということなのだ。悪魔祓いも同断である。やはり悪魔の「流体」を自分の身体に引き受け、神の恩寵の助けによってこれを浄化し、最後に、良性になった「流体」を他者に移し替えてやればいい。あるいは、護符（悪魔祓いの聖ベネディクトゥス（四八〇頃 - 五四三頃）のメダルなど）や特殊なミサ（「メルキゼデクの栄光のミサ」）を使って、より直接的に呪いを相手に叩き返すという方法もある。

ブーランの教説がユイスマンスに与えた影響は、「神秘的な身代わりの秘義」を中心に、『彼方』以降、『出発』から『スヒーダムの聖女リドヴィナ』に至る彼の後期作品群のそここに確認できる。しかし、ユイスマンスとオカルティストとの関係は、単なる一方的な影響関係ではあり得ない。そもそもユイスマンスの想像世界には、「流体」をめぐってブーランのオカルト神秘主義との親近性が認められるのである。事実、ユイスマンスはブーランと出会う以前から、というより創作活動の初期の段階から、泥や穢れ、金、食物、女性などをめぐる「流体」的なイメージに執着し、それらを彼の主人公たちが理想の隠れ家として構想する「閉鎖された空間」から排除することを、彼の文学のある意味で唯一のテーマとしてきたのだ。

2 『彼方』の中の流体現象

最も普通の、そして同時に科学的な意味に解せば、「流体」というのは、「水や空気のように、ごく小さな力の影響で形を変えるあらゆる物質で、剛性を欠き、同じことだが、固有の形態を持たないもの」のことである。したがって、液体は「凝縮された流体であり」、ガスは「希釈された流体」ということになる。

ユイスマンスの小説世界に棲まう作中人物は、いずれも、生暖かく「閉鎖された空間」の中のみに安らぎを見い出す傾向のあることはすでに述べた。

ところが、ユイスマンスの妄想的な宇宙の中で「否定的な」価値を帯びているもの、ユイスマンスの作中人物が身を潜める特権的な空間を攪乱させ、彼らがこの空間で生きていくことを不可能にし、彼らを排除しようとするものは、いずれも「流体」的な性格を帯びている。またこの「流体」という性格は、本書第三章に見たような、女性や食物に関わる「穢れ」と密接な関わりを持ち、テクストの深層において作家の古層に属する欲望とつながっている。たとえば『マルト、ある娼婦の物語』（以下、『マルト』と略す）の主人公は「泥」という様態を取った穢れに貫かれ、脅かされる。娼婦マルトは、女性をめぐる穢れと恐怖の中心である娼館を出て、パリの街を彷徨い歩くが、この「散策」は、この自然主義の小品の中で、あらゆる「泥」のテーマが流れ込み、交錯する通路の役割を果たしている。

マルトが閉じこめられている娼館は「踏み越えることのできない監獄」であり、そこに閉じこめられた不幸な女たちが「これまで詩人が想像したあらゆる地獄、あらゆる徒刑場、あらゆる牢獄船より恐ろしい生活」[10]を送ることを強いられる場所だ。またそこは、風俗取締警察の厳しい監視の目にさらされ、権力の罠が張りめぐらされている場所でもある。娼館に起源を持つ泥の穢れはこの意味で、強力でダイナミックな権威に従属している。一度身体に沁み込んだら、二度と痕を消すことができず、逆にその恐怖と執拗さに魅惑されて、光に惹かれて身を滅ぼす虫のように、思わずそちらに引き込まれかねない負の光源なのである。

恐ろしい穢れを自分の身体に引き受ける下層階級に属する「虐げられた女たち」は、通常ユイスマンスが女性に対して抱く嫌悪感を、一次的にせよ免れているという意味で例外的な存在である。

同じ貧しく虐げられた女たちの系譜に属する例としては、『ジレンマ *Un dilemme*』（一八八四）のソフィーや、とりわけ『ビエーヴル川 *La Bièvre*』（一八九〇、一八九八）が挙げられるだろう。ビエーヴル川とは、その名の通り生身の女ではない。かつてパリの南側の郊外に水源を発し、パリの下町、ゴブラン織りの工場などが建ち並ぶパリの巷を抜けてセーヌに注いでいた小さな川である。都市化が進んだ現在は、パリ市内に入ってからの部分は蓋がかけられて暗渠になっている。ユイスマンスは同名を冠したいくつかのスケッチ、エッセイの中でさまざまな変奏を奏でながらこの川を繰り返し取り上げているが、ユイスマンスにとってビエーヴル川は「今日、大都市において搾取され、悲惨な境遇に堕とされる女性の最も完璧な象徴」[11]である。

川－迫害される女－娼婦－泥という系譜はユイスマンスの想像力の中にしっかり錨を降ろしている。たとえば『ビ

ビエーヴル川。大都市に搾取され，悲惨な境遇に堕とされる女性の象徴。

エーヴル川』の末尾の次のような一節を見れば明らかだろう。

都市の罠の中におびき寄せられる女性たちの悲惨な境遇を象徴するビエーヴル川は、また、修道女や、古い家柄を誇る女たち、貴顕の階層に属する女たちが、次第に身を落とし、転落に転落を重ねたあげく、ついには、娼館に閉じこめられて、稼ぎのよい商売の恥ずべき泥となり果てる、そうした運命の見事な表象となってはいないだろうか[12]。

泥との近縁性、そしてそれを運ぶ水との近縁性から、迫害される女たちは文明によって「異物」として排除され、抑圧される自然というもう一つの神話との関わりをも暗示する。『ビエーヴル川』の別のヴァージョン（一八八〇、『パリ・スケッチ』所収）で、ユイスマンスは述べている。「自然が興味をそそるのは、虚弱で悲嘆に暮れている時だけだ」[13]。

女性たちは、パリの地下に張りめぐらされた下水網をたどって上ってくる泥の穢れにより浸潤され、脅かされているだけでなく、しばしば泥と同一視される。娼婦マルトは自分自身が消すことのできない穢れだと述べている。

「あなたは、泥を拾ったんだわ。いい？　どんなにこすっても絶対に消えないし、布についた油染みみたいにまた浮き上がってくるんだわ」[14]。

さらに、泥＝穢れは、ユイスマンスの作品に登場する犠牲となる女性たちが自らの身体にそれを引き受ける時、解放や贖罪のテーマとも結びつく。

風俗取締警察の恐怖に怯える生活に疲れ、娼館に戻って、泥の中に底の底までどっぷりと浸かる覚悟を決めたマルトに対して、落ちぶれた役者で酔っぱらいの浮浪者、つまりは娼婦の永遠の連れ合いであるジャンジネは厳かに告げる。「泥水の中に首を突っ込み」「汚辱の最後の階段を降りること、私は、これを罪の贖いと呼び、誠実への回帰と呼ぼう」[15]と。

こうした泥＝穢れと、贖罪＝昇華の弁証法的な関係は、『彼方』のテクスト、ちょうとグリューネヴァルトの「磔刑図」の描写の後にも書き込まれている。主人公デュルタル自身の救いが問題となっている部分である。

自分を捨てて心から神に従う喜びを味わうためには、魂が単純で、あらゆる穢れから解放されていなければならない。虚飾のない生まれたままの姿でなければならない。しかし、デュルタルの魂は泥にまみれ、古い海鳥の糞から滲み出た凝縮した粘液にどっぷりと浸かっていた。[16]

そしてここで奇妙な比喩が持ち出される。修道院に引きこもりたいというデュルタルの希望が、自ら進んで娼館に戻ろうとする娼婦と比較されるのである。まるで、キリスト教の信仰の中心となる修道院と、穢れと汚辱の中心である娼館とが、比較可能な何らかの共通点を持っているかのように…。

このテクストが暗黙のうちに今し方述べた『マルト』の筋書きをなぞるものであることは明らかだ。

彼はちょうど風俗取締警察の私娼狩りに捕まる危険を避けたり、食費や部屋代や下着の掛かりにあれこれと思い煩うのを避けるために、娼家に入る娼婦たちのように何となく修道院に逃げ込むことを考えていた。[17]

ユイスマンスのファンタスムの中では、「流体」的なイメージはしばしば否定的な価値、その特権的な空間に侵入してくる穢れや恐怖——特に何かの意味で女性と密接に関わる穢れや恐怖——と結びつけられてきた。また、女性たちが発散する穢れや恐怖は、ある場合には隠喩的に、ある場合には猥褻なばかりに直接的に、彼女たちが給仕する食物を「流体」として汚染する。

司教座聖堂参事会員ドークルが司式する黒ミサに参加した後、シャントルーヴ夫人は、曖昧宿を兼ねた酒屋の二階にデュルタルを連れて行き、彼を誘惑する。行為が果てた後、デュルタルは、ベッドの上に女の分泌物で穢された聖体のパンが散らばっているのを見つけ戦慄を覚える。

シャントルーヴ夫人はデュルタルの身体にしがみつき、彼を捕らわれ人のように自分の意のままに扱い、普段の彼女からは想像だにできない痴態をさらけ出した。彼女は女吸血鬼のように欲望に猛り狂い、破廉恥極まる振る舞いに激辛の唐辛子のように一層の刺激を効かすのだった。デュルタルは、突然、彼女の抱擁を振り切ることができると、身の毛のよだつ思いをした。シーツの上に、聖体の欠片が散らばっているのを目にしたのだ。[18]

さらに、単に個人のレベルにとどまらず、金銭=資本とか、アメリカニズムとか、ブルジョワ社会の凡庸さなども、ユイスマンスのファンタスムの中では「流体」的なイメージを取り、しばしば食物-女性に関わる穢れや恐怖と関わりを持つ。

なかでも「重大な罪の最も滋養ある食物」[19]とされる金銭は有害で穢れをばら撒く食物という性格を保ちながら、その流動性、偏在性、繁殖力、自己増殖力によって、禍々しくも悪魔的な「資本」へと変貌する。

しかし、金銭が本当に恐るべきものとなるのは、そのまばゆい名前を言葉の黒いヴェールに隠し、資本と名づけられる時だ。そうすると、個人を唆かして、盗みや殺人を犯すように仕向けるのにとどまらず、その活動は人類に広がり、銀行を建てたり、物を買い占めたり、人の命を自由にし、そうしようと思えば、何千という人間を飢え死にさせたりするのである。

この間、金は滋養を補給し、肥え太り、金庫の中で、ひとりでに利子を生んで増殖していくのだ。そして、新旧二つの世界は跪いて資本を敬い、まるで神のように、死ぬほど金を追い求める。

なるほど、かくも人びとの魂を支配する金というものは悪魔的なものであり、さもなくば、説明不能なものなのだ。[20]

いつと明確に決定することはできないが、『彼方』の執筆の後半になって、ブーランのオカルト神秘主義的システムは、ユイスマンスの想像力の中に微妙な影響を与え出す。別に、ユイスマンスが最初からブーランの思想に完全に取り込まれたというわけではない。『彼方』のテクストはデュルタルをはじめ、医師デ・ゼルミー、サン＝シュルピス教会の鐘楼守カレー（カレックス）、占星術師ジェヴァンジェーなどといった人びとの悪魔学をめぐる対話によって進行する。この対話の手法によって、作品自体が一つの言説やイデオロギーに全面的に同意することを避けながら、複数の異なった水準に属する言説同士を関係づけ、ユイスマンス自身の想像的宇宙に一つの統一を与えることが可能になっているといえよう。

しかしながら、テクストの多くの箇所でブーラン由来の「流体」的な発想の痕跡ははっきりと見て取れる。たとえば、『彼方』第一四章には呪詛をいかにして遠隔地まで運ぶかという話が出てくる。占星術師ジェヴァンジェーが、現代の最も恐ろしい悪魔主義者で黒魔術師の司教座聖堂参事会員ドークルに呪詛をかけられ、リヨンに住む白魔術師ジョアネス博士のもとに逃げていくという挿話である。

この箇所は、ユイスマンスがブーランの「思想」を取り入れた典型的な例だが、それもそのはず、ユイスマンスは例の「ポンプ」（本書一四頁）と名づけられた彼独特の手法で、ブーランの手紙を下敷きにし、字句もそのまま自分の小説のテクストに組み入れているのである。ブーランは手紙の中でユイスマンスに事件や状況を細かく指示した一種のシナリオを提示して、小説のプロットを提案することすらあった。

ブーランが提案したプロットは、占星術師が黒魔術師に呪詛を送りつけられ、白魔術師ジョアネス博士がそれを「呪い返し」で救うために大活躍を演じるというもので、ブーランは、さらに、占星術師を呪詛によって殺すのにひと役買う「毒を運ぶ女」を登場させるように、ユイスマンスに勧めている。[21]

小説生成の観点からすると、ユイスマンスがジェヴァンジェーという占星術師を造形したのはこれよりはるか以前で、直接ブーランの提案によって生まれたわけではないが、これ以降、ブーランの教説や意見の多くが、この作中人物の発言を通じて紹介されていく。

『彼方』の中で医師デ・ゼルミーは、「ジェヴァンジェーの受け売り」だとして、悪魔主義者が使う呪詛の材料を説明しているが、それは、やはり食物=女性をめぐる穢れに関わりを持つものばかりが選ばれている。

悪魔主義者の毒は、「〝聖別〟された聖餅《せいべい》を食べさせて育てたハツカネズミの血」だの、「小麦粉と、肉、聖餅、水銀、動物の精液、人間の血、酢酸モルヒネ、鎖蛇の脂などを混ぜ合わせたもの」だの、「聖体のパンとワインと、巧みに量を加減した毒物を食べさせた魚」[22]などといった成分からできているというのだ。そして、悪魔主義者ドークルが占星術師ジェヴァンジェーを脅かす最も恐ろしい毒は、「短刀を突き刺した聖体と、巧みに調合された毒薬の混ざった飲み物や料理を食べた女性の経血」[23]だという。

しかし、さらに重要なのは、悪魔主義者によってこうして準備された毒物を、どのような手段で敵に送りつけるかだ。医師デ・ゼルミーはここでもジェヴァンジェーの打ち明け話を報告しながら次のように語っている。

「狙った敵に呪詛を送り届ける手段には二つあります。最初の方法が使われることは稀ですが、次のようなものです。魔術師は霊能者つまり〝飛翔する霊〟と呼ばれている女を使います。この女は夢遊病者で、催眠状態に置かれると、霊となって望むところに飛んでいくことができます。そうすると、霊能者は何百里先にある、指定された人物に悪魔の毒を運んでいくことが可能になるのです。このような方法で攻撃された者には、誰も見えません。そして気が狂ったり、死んだとしても毒を盛られたなど夢にも思いません。しかし、こうした霊能者は数が少ないとはいえ、このやり方に危険がないわけではないのです。誰か他の人間が、霊能者を催眠状態のまま硬直させて、自白を引き出すこともできますからね。だから、ドークルのような人間は、二番目のもっと確実な方法、つまり、交霊術《スピリティスム》のように死者の霊を呼び出し、あらかじめ用意した呪いを持たせて、相手のところに運ばせるという方法を使います。結果は同じですが、運搬方法が異なるというわけなのです[24]」。

しかしながら、そもそもブーランの説によれば、「流体」は「死者の霊」や「悪魔」を呼び出すための材料として用いられるのである。『彼方』の別の箇所では、「飛翔する霊」や「死者の霊」(亡霊 larve) に毒のエキスを運ばせる呪いの手法は、「カバラの薔薇十字」のメンバーのような悪魔主義の初心者も使うきわめて普通の「流体的な操作[25]」だと指摘されている。

『彼方』の中では、男性夢魔《インクブス》や淫夢女精《スクブス》も「流体」的世界と密接な関係を持っている。ここでもブーランの手紙に直接由来する見解がジェヴァンジェーの口から述べられている。

「現在誰も打ち勝つことのできない男性夢魔《インクブス》や淫夢女精《スクブス》の役割を果たすのは、悪魔ではなく死者の霊なんです。言い換えると、かつては、淫夢女精《スクブス》現象は、その犠牲になる人間にとっては〝憑依〟されるということだったのです。死者の呼び出しが悪魔的な側面に、死者との交合《ヴァンピリスム》というおぞましい官能の側面を加えることによって、言葉の厳密な意味ではもはや憑依ではなく、さらにひどいものになっていきました。こうなると、教会はもはやなすすべを知りませんでした。教会としては、沈黙を守るか、すでにモーセによって禁じられた、死者の呼び出しが可能なことを明らかにするしかありませんでした。しかしそれを認めるのは危険なことでした。というのも、以前より現在の方が、こうした現象を簡単に作り出せることを一般に知らせることになったからです。少し前から、交霊術がそれと知らずに道筋をつけていたのです。

ハインリヒ・フュスリ（1741-1825）の「夢魔」（1781，ミシガン州デトロイト美術館所蔵）。

だから、教会は口をつぐみました。しかしながら、教会は、今日、夢魔が修道院で猖獗を極めていることを知らないわけではなかったのです」[26]。

ユイスマンスの小説に取り込まれたブーランの説によれば、女子修道院で多発しているヒステリーの発作は、男性夢魔《インクブス》の仕業であり、しかもそれ自体が、魔術師によって送り込まれる呪詛によって引き起こされているというのである[27]。

これは、『彼方』に記述されている他の論者の観点からすれば、かなり特異な解釈だ。たとえばデル・リオやボダン（一五二九‐九八）によれば「男性夢魔《インクブス》は人間の女性と交接する男性の悪魔であり、淫夢女精《スクブス》とは人間の男性と肉の交わりを結ぶ女性の悪魔」[28]にすぎない。しかし、ジェヴァンジェーは、男性夢魔《インクブス》や淫夢女精《スクブス》の正体は、一般的な「呪詛」の場合同様、悪魔自身ではなく、悪魔に仕える魔術師によって呼び出された「死者の霊」だというのである。そして、ブーランがユイスマンスに宛てた手紙によれば、この時、死者は、「地上では解体してしまった元の身体ではなく、流体によって作られた身体をまとって」[29]現れるのである。

一八七〇年代後半から『彼方』が執筆されつつあった一八九〇年までの一〇数年間は、ルイ・パスツール

（一八二二－九五）によって、微生物学が急速に発展させられた時期にあたっている。[30]
普仏戦争後、パリを離れてフランス中部のクレルモン＝フェランに居を移したパスツールは、顕微鏡を使って、次々に動植物や人間の病気の原因となる微生物を発見していた。一八七七年、悪性水腫菌、八〇年、ブドウ球菌、連鎖球菌、鳥コレラ菌、八一年、肺炎球菌…、そして、狂犬病のワクチンを発見した後、八八年にはパリに戻ってパスツール研究所を設立している。
大気中に目に見えない微生物が蠢き満ち、人間や動物の生命をも脅かす…当時、世上を騒がせた科学上の最新の知見も、ユイスマンスの「流体」に関するオプセッションを刺激したようだ。

> 空間は微生物であふれている。それなら空間が精霊や亡霊で満ちていても何の不思議があるだろうか。顕微鏡で見ると、水や酢の中には、小動物が蠢いている。人間の目や、器具では感知できない大気中に、姿形も定かでない魑魅魍魎やら、生育の程度もさまざまな胎児のようなものなど、微生物以外の要素が蠢いていることはないのだろうか。[31]

『彼方』の主人公デュルタルは、第一五章であらためて空気中に漂う得体の知れないものたちの問題を取り上げ、「流体」との関わりをさらにはっきりと述べている。

> 亡霊や飛翔する霊は、遠くからやって来て知らないうちに人間に害をなす微生物に比べて、結局、それほど異常というわけではない。大気は、バクテリアと全く同じように霊も運ぶことができるのだ。大気は、霊気や瘴気、電気、あるいは催眠術師の操る流体を、性質を変えることなく運搬するのだ。催眠術師はこの流体の働きによって、離れたところにいる人間に、パリの街を突っ切って、自分のところまでやって来るように命令を送ることができるのだ。[32]

オディロン・ルドン「眼に見えぬ世界があるのではないか…」(1887, 個人蔵)。

ここまでくると、「流体」に関するユイスマンスの想像力はいささか悪夢の様相を帯びてくる。あたかも、宇宙の空間という空間がすべて「流体」を伝達・運搬する媒質であるかのように考えられている。もしかすると、空間そのものが、「流体」で満たされているということなのかもしれない。そして、その空間の中を、無数の目に見えない微生物や、穢れや毒を孕んだ「流体」が自由に移動するのだ。

ユイスマンスがオディロン・ルドンの絵画の中に見い出したのも、まさにこのような「流体」からなる「怪物」だ。ユイマスンスはギュスターヴ・モローと並んでまだ一般には無名だったルドンを『さかしま』の中で絶賛した他、独立した美術評論「怪物」(『近代画人評(ある人びと)』所収)の中でも論じている。

後に画家は、ユイスマンスの評論が自分の意図を全く読み損なっていると批判しているが、それもそのはず、ユイスマンスはルドンの中に描かれた形象を見て、顕微鏡で拡大した微生物を連想し、画家の意図などおかまいなしに、自分が描く「流体」に対する恐怖や嫌悪をぶちまけているのだ。

> ルドンは波立ち流れる世界、投射によって拡大された不可視の領域から想を得て彼の怪物を作り出そうとしたのだ。古えの名匠は、しばしば黙示録の怪獣を誇張して描いているが、それら目に見えぬほど微小な怪物たちは、黙示録の怪獣が群がりひしめく世にも恐ろしい光景よりも、さらに一層激しい恐怖を掻き立てるのである。
> 〔…〕いつまでも続く暗黒の空に、液状で燐光を放つ存在、水泡や棒のような形をしたもの、周囲をぐるりと細

かい毛に囲まれた粒状のもの、繊毛の密生した嚢状のもの、水を吸って膨れたり、柔毛で覆われた球状のものが浮き上がり、鞭毛虫や真田虫に似た帯の中を、羽もないのに飛び回り、くねくねと互いに絡み合っているのだ。この版画の真っ暗な夜に蠢くあらゆる種類の線虫や寄生虫の中に、不完全な人間の顔のようなものが突然現れ、ゆらゆらと生きた巻き髯の先にぶら下がったり、ぶよぶよと蠢くゼラチン状の原形質の中に細胞の核のように沈み込む。[33]

ユイスマンスの文章の中にはしばしば先ほど例に挙げた金銭＝資本に対する嫌悪をはじめ、アメリカニズム、ユダヤ人、フリーメーソンなど、社会的・文化的な「脅威」に対する恐怖や、場合によっては差別感情が表明されるが、その背後には、「流体」の形で、あるいは「流体」状の大気を通じて、自分の安らう「閉鎖空間」に侵入してくる微小で目に見えない怪物――微生物、精霊、亡霊等々――に対する恐怖が隠されている。その逆では決してない。

3　ブーラン、ユイスマンス、バタイユ、ラカン

ところで、ブーランの教説や『彼方』のテクストに現れる「流体」は、先に挙げたような「科学的」な定義に還元されるものではない。一九世紀の科学は「流体」から超自然的な要素を注意深く排除しようとした。しかし、にもかかわらず「流体」には、単に物質のある「様態」を指す以上に、この時代の科学や医学が、いやそればかりか、オカルト神秘主義や文学までもが、こぞって強い興味を示したもう一つの側面がある。というより、もう一つの「流体」があるのである。

それは最初「動物磁気」という名前で呼ばれ、後に「催眠術」「催眠療法」という名で指差された奇妙な社会現象の中で中心的な役割を示す奇妙な「物質」のことである。

「動物磁気」はウィーン出身の医師フランツ＝アントン・メスマー（仏、メスメル。一七三四－一八一五）が行った風変わりな治療が始まりだ。[34]

フランツ＝アントン・メスマー。

メスマーはウィーン大学で医学博士の学位を取った後、ルネサンス以来の「普遍流体」の理論に触発され、一七七八年以降、パリに移り住んで「流体」の原理を利用した治療を始めた。

「流体」とは人間の身体から出てくる磁気や電気に似た性質を持った目に見えない「物質」である。「普遍流体」それ自体は、一六世紀の後半、ミクロコスモスとマクロコスモスとの照応というルネサンス的な世界観に立って生まれた理論である。宇宙の中にも、地上の生物や物質の中にも、「普遍流体」と呼ばれる物質が存在する。そして恒星界をめぐる「流体」の動きが、地上の生物や物質の「流体」に影響を及ぼしている。したがって、「流体」の原理によって自然界に起こるすべての現象が統一的に説明できるというのだ。この理論の有力な支持者には、スイス生まれの医師で、医学・哲学・宗教の面で後世に多大な影響を残したパラケルスス（一四九三－一五四一）や、オランダの生理学者、化学者で、錬金術から近代化学を生み出す架け橋の役割を果たしたとされるJ・B・ヴァン・ヘルモント（一五七七－一六〇三）などの著名な学者も含まれている。

この理論はさらに、イギリスの医師・物理学者で、エリザベス女王（エリザベス一世、一五三三－一六〇三）の侍医を務めるかたわら、磁石や磁力の研究を行ったウィリアム・ギルバート（一五四四－一六〇三）の『磁力について（磁石および磁性体ならびに大磁石としての地球の生理）』（一六〇〇）以降「磁力」の性質に関する研究が進み、磁力が遠く離れた場所にも影響を及ぼすことが一般に知られるようになると、「事実」の裏づけを受けて一層流行し、これを病気の治療に応用しようとする者も現れた。

メスマーはさまざまな病の原因は、人間の身体の中の「流体」の分布に不均衡が生じたためだと考え、最初は磁気を使った治療を試みた。しかしやがて、本来の磁気以外の手段でも、磁気以上の効果が生み出せることを「発見」する。患者の身体に軽く手を触れるなど外部からの操作や、さらには単に治療者の意思によって「流体」をコントロールし、生きた患者の身体を流れる「流体」に影響を与えることができると主張し出したのである。こういう手段で、

「流体」の均衡を失った身体の中に、さまざまな方向の流れを作り出すと、患者は痙攣性の発作を起こすが、これによって患者の身体の中の「流体」は自然な流れを回復し病気が治るというのだ。

そして、メスマーは、鉄など鉱物から発生する「鉱物磁気」に対して、生体から発生する磁気という意味で「動物磁気」という言葉を使い出した。

しかしながら「動物磁気」という現象の広がりはそれだけにとどまらなかった。まだ「心理療法」という言葉が作られる以前の心理療法である動物磁気は、後に、催眠療法、精神分析、超心理学に分化・発展する要素や、さらには純粋なオカルティズムまでをも包含する広大な領域をカバーしていた。

ある意味で、真の「動物磁気」の歴史は、メスマー自身ではなくメスマーの晩年の友人で、メスマーの影響で動物磁気を用いる治療を始めたピュイセギュール侯爵（一七五一－一八二五）が「催眠状態」（誘導催眠状態あるいは夢遊症）を発見した時に始まるといっても過言ではない。ある時、ピュイセギュール侯爵はヴィクトール・ラスという名の若い農夫に動物磁気を用いた施療を試みた。メスマーの理論によれば身体の「流体」の流れを操作すると、痙攣性の発作が現れるはずである。ところが、この若者は静かで深い睡眠状態に陥った上、その状態で施術者であるピュイセギュールと言葉によるコミュニケーションを交わすことができた。

ピュイセギュール侯爵。

しかも注目すべきことに、この若者は催眠状態に置かれると、教えられてもいないのに、知識人が話すような美しいフランス語で、普段考えているはずのないような高尚な話題について語り、前もって自分の病の経過を予言し、相手の心を読み取るなど、信じられないような能力を発揮し始めた。

しかし、こうした異常な能力を示したのは、ピュイセギュールの患者だけではなかったのだ。『彼方』出版に先立つ五年前の一八八六年に書かれたある書物の中では、磁気催眠にかけられた「夢遊症者」や「霊媒」にしばしば異常な能力が認められると報告されている。「霊媒」という言葉が用いられているのは、この時代、動物磁気は「交霊術《スピリティスム》」などのオカルト現象と同じ枠組みで考えられるようになっていたからだ。

催眠状態に入った患者の中には、過去や未来を知ったり、他人の考えを読み取ったり、不透明な物体の向こう側や、ずっと離れたところにあるものを透視したり、首筋や胃で文字を読んだり、病気の種類やそれに対する適切な治療法を言い当てたりするなどの能力を示す者がいた。[35]

「プレフォールストの千里眼」こと、フリーデリケ・ハウフェ。

同じ書物に「プレフォールスト（仏、プレヴォー）の千里眼」という名前で呼ばれた女性、フリーデリケ・ハウフェ（一八〇一－二九）の話が出ている。ヴュルテンブルク公国生まれの医師でロマン派の詩人としても知られるユスティーヌス・ケルナー（一七八六－一八六二）の研究によって有名になった症例である。

今世紀（一九世紀）初めに生きていたある女性は催眠状態に入って、別の人の右目を覗き込むと、普段より重々しかったり軽薄だったりするその人のありのままの姿が浮かび上がった。彼女はシャボン玉を見ると、その場にいない人や、これから起ころうとしている出来事が見えた。文字を書いた紙を胃のあたりに置くと、その文字が読め、自分や他の人の体内の器官を見ることができ、予知夢を見て、未来の事件や近親者の死を予言した。また、彼女は病気の人を見分けて、症状に合わせて何を飲めば治るかを教え、手を腹にあてて寄生虫を追い払い、月桂樹の葉のお守りで、心の病気を治した。自分の身体でどこか苦しいところがあると、馬の疣《いぼ》をすり潰した粉薬を処方して、それで病気を治した。磁気を帯びた手を患部に七度あてると、胸の苦痛が消えた。二一回あてると、頭痛が治った。四九回あてると、身体の他の部位の苦痛が癒された。他の病を治すにはカバラの呪文をお守りに書きつけるだけで十分だった。そして最後に、不思議の中の不思議なのだが、彼女には人間の魂がはっきりと見え、形や色を言い表すことができた。[36]

『彼方』やブーランの手紙に出てくる謎めいた記述は一九世紀に流行した動物磁気や、催眠現象、交霊術《スピリティスム》、超常現象などの光に照らしてみる時、初めて、納得のいく理解が得られる。

交霊術はまずはじめ、一八四〇年から五〇年にかけて、当時急速に領土を拡大しつつあり、特有の宗教風土を背景に、多数の小セクトが活動していたアメリカ合衆国で、突発的に流行が始まった。アンリ・F・エレンベルガーの『無意識の発見』（一九七〇）における記述によると、それは一八四七年、ニューヨーク州アーケイディアでポルターガイスト（騒がしい霊）現象――一般に、人もいないのに物音や震動がしたり物体が移動するなどの異常が発生する現象――を起こした家を買い取った農民ジョン・フォックスの妻と娘が、この世を去った「霊」だと主張する怪しい雑音と交信を始めたのを機に作られた交霊会に始まるといわれる。この心霊ブームは「伝染病のように急速に合衆国中に広まり」「霊と通信するための暗号システムができ上がり」、また一八五〇年には、物化現象も確認された。この交霊術の波は、一八五二年にはドイツ、イギリスに伝播し、一八五三年にはフランスを席巻したという。こうした事情を考えれば、ユイスマンスがアメリカを悪魔主義の跳梁する人外境と考えていたことにも、それなりに理由があったことになる。交霊術というのは、動物磁気や催眠現象のオカルト・ヴァージョンだと思えばわかりやすい。[37] しかし、それだけではまだブーランの「流体」の持つ射程を正確に測るには不十分だ。

ブーランによれば、呪詛や男性夢魔《インクブス》、淫夢女精《スクブス》といった現象は「流体によって作られた身体をまとった」死者の呼び出しという同一の方法によって起こる。[38] ところで、別の一節では、ブーランは呪詛の歴史の中に「流体」が使われるようになったのは比較的新しい、と語っている。「流体」を用いる方式が悪魔主義に導入されたのはたかだかこの一〇〇年にすぎず、催眠幻視術や交霊術の発見と軌を一にしているというのだ。「死者の呼び出し」と「交霊術」との関係については、『彼方』のテクストの中では、やはりジェヴァンジェーの口から次のように語られている。ここでも出典はブーランの手紙だが、かなり修正が加えられている。

「交霊術は大きな仕事を成しとげました。未知の閾を超え、聖域の扉を打ち破ったのです。交霊術はフランスで一七八九年の革命が地上で実現したのと似たことを、超自然の領域で行いました。これによって秘儀に通じた悪魔主義の達人が行っていた死者の呼び出しが誰にでもできるようになり、特に悪魔学の知識がなくても、よい霊も悪霊も機会構わず動かせるようになったのです。それからは何でもありで、いわば、神秘などというものはすっかりだめになってしまったのです[39]」。

「この告白によって、交霊術がそれとは知らずに道を切り開くことになったため、以前に比べて現在は死者を簡単に呼び出せるようになったという知識が、多くの人間に共有されるようになったのです[40]」。

『彼方』の右のテクストでは、ブーランの手紙にある「流体」という言葉が省かれている。またユイスマンスは交霊術と、霊媒・誘導催眠術とを区別した上で、交霊術を霊媒・誘導催眠術より上位に置いている。どうやらユイスマンスには、ブーランが唱える「流体」があまりに「物質」主義的なのがお気に召さず、「流体」の物質性を減らそうというつもりがあったらしい。ブーランの教説では、多かれ少なかれ精霊や魂も「流体」の一種なのだが、ユイスマンスは、これらを、霊媒や霊能者が発する「流体」の物質的「穢れ」とは異質のものと考えたかったようだ。しかし、このことによって『彼方』をめぐる状況はかなり複雑なものになってしまった。

ユイスマンスは時として「聖霊」「精霊」「悪霊」「亡霊」などの「霊」的存在を、「流体」を介さない非物質的な性格を持っているもの――あるいは非物質的な性格を持った上位の「流体」――と見なす傾向がある。ところが、実際のところ『彼方』の筋立ては動物磁気説、催眠幻視術、交霊術を問わず、さまざまな領域で使われるブーラン的な意味での「流体」のシステムに従って進行している。読者は、『彼方』の背後にある「流体」的な考え方を、時と場合に応じて補っていかなければ、『彼方』の語っている現象の本質を見誤ってしまうのだ。

ジェヴァンジェーによれば、女子修道院や精神病院には悪魔主義者が「呪詛」によって送り込んだ男性夢魔《インクブス》や淫夢女精《スクブス》の犠牲者にあふれている。医者や大部分の神父にとっては、こうした病の理由は全く原因不明だ。しかし、「誰も打ち勝つことのできない男性夢魔《インクブス》や淫夢女精《スクブス》」の役割を果たすのは、他ならぬ交霊術によって呼び出された「死者の霊」である。しかし、ブーランのシステムでは、死者の霊や、夢魔や、精霊はいずれも「流体」という本質を共有しているのだ。

ジョアネス博士の悪魔祓いは、こうした観点から見た時はじめて理解可能となる。ジェヴァンジェーは言う。

「現代最強の祓魔師で、悪魔祓いの奥義に最も通じた人間である神学博士ジョアネスは、二日、三日、四日間、休む間もなく夢魔に馬乗りにされて責められていた修道女たちを救ったと私に語っていました」[41]。

「ジョアネス博士は悪魔主義の害毒と戦う専門家です。この方が治療するのはとりわけ精神異常者ですが、ジョアネス博士によれば、彼らは大部分、呪詛の犠牲となり、悪霊に取り憑かれた人びとであり、それゆえ、安静にさせても、灌水療法を行っても効かないのです」[42]。

確かに『彼方』に描かれたジョアネス博士の姿は本来の動物磁気療法師《マニエティズール》や催眠幻視術師《イプノティズール》のイメージとは必ずしも重ならない。一八世紀のメスマー主義者といえば、科学の進歩を信じる啓蒙主義の遺産を継承した進歩主義者・博愛主義者という面影があったからだ。しかし、ジョアネス博士が——あるいはブーラン自身も——「流体」の治療効果や、夢遊症者＝霊視者《ヴォワイヤン(ト)》（千里眼）の媒介能力を利用して、精神を病んだ病人を治療する治療師《ゲリスール》あるいは療法家《テラプット》の役割を果たしていることは否定できない。
『彼方』において呪詛は「飛翔する霊」と「死者の霊」といういずれも「流体」に起源を持つ二つの方法で被害者のもとに届けられた。「飛翔する霊」とは、被催眠状態に置かれた女性霊視者《ヴォワイヤント》の霊が身体を離れて遠方まで飛んでいくというものであるから、「死者の霊」と並んで、その本体は「流体」と考えてよい。
ところで『彼方』のテクストは呪詛の探知や、呪詛に起源を持つ病気の治療も、「流体」や霊媒を使って行われるとしている。たとえば、ジョアネス博士は、呪詛の襲撃を雄のハヤブサあるいはハイタカの羽ばたきや叫びで知るのである。話者はやはり占星術師のジェヴァンジェーだ。

「博士はこうした衝撃をある種の鳥の羽ばたきや叫びによって知るのです。雄のハヤブサ、ないしハイタカが歩哨の役を務めます。これらの鳥が博士の方に飛んでくるか、遠ざかるか、東に向かうか、西に向かうか、ただ一声鳴くか、それとも何度も鳴くかによって戦闘の時間を知り、それに備えるのです。ある日、博士が私に話してくれたんですが、ハイタカは霊の影響を受けやすいので、動物磁気療法師《マニェティズール》が被催眠者を、交霊術師が石版やテーブルを使うように、博士は鳥を使うのです」[43]。

『彼方』は呪詛の場面で、女性霊視者《ヴォワイヤント》を登場させている。女性霊視者《ヴォワイヤント》は、ハイタカ同様、催眠状態に入ると「流体」や霊に対する感受性が高まり悪魔主義者から送られる呪詛を感知できるのだ。

「それから、まもなくジョアネス博士は彼の家に住んでいるある女性を呼びました。彼女は霊視者《ヴォワイヤント》でした。ジョアネス博士は彼女を眠らせました。そして博士が指示すると、霊視者の女性は私〔＝ジェヴァンジェー〕が受けた魔術の性格を説明してくれました。彼女は呪詛の場面をありありと語ってくれ、文字通り、私に毒が送られるのを見たというのです。その毒というのは、刃物でずたずたに傷つけた聖体を食べ、巧みに調合して飲み物と料理に混ぜた毒薬を口にした女性の経血だそうです。この種の呪詛はとても恐ろしいものなので、ジョアネス博士以外、フランスではいかなる魔術の専門家も治療しようなどという気を起こさないのです」[44]。

ここでもジョアネス博士は動物磁気治療師そのものではないが、被催眠霊視者《ヴォワイヤン(ト)》＝霊能者（千里眼）を自由に操る特異な能力を持ったこの分野の専門家として描かれていることは明らかだ。

しかし『彼方』が書かれつつあった一八九〇年、動物磁気や「流体」といった現象は当時の文学者や知識人が真面目に考慮するに値するような事柄だったのだろうか？

一八世紀末にフランスに導入されて以降、この新しい治療法はフーコーが『臨床医学の誕生』や『言葉と物』で指摘するように（本書三四頁）、認識論的な大転換に巻き込まれ変質しつつあった臨床医学の側から激しい攻撃にさらされてきた。当時の権威ある科学者たちはメスマー主義の理論的な根拠は勿論、その効果や、メスマー主義者の倫理的な資質に対してすら疑問を呈した。

一七八四年、国王ルイ一六世は科学アカデミーとパリ大学医学部から九人の委員を任命してメスマー主義に関する調査報告書を書くように命じた。科学アカデミーからは科学者ベンジャミン・フランクリン（一七〇六－九〇）、物理学者ジャン＝バティスト・ル・ロワ（一七一九－一八〇〇）、木星の衛星に関する研究で有名だった天文学者ジャン＝シルヴァン・バイイ（一七三六－九三）、海軍士官で測量家として知られたガブリエル・ド・ボリー（一七二〇－一八〇一）、化学者アントワーヌ・ロラン・ラヴォワジェ（一七四三－九四）の五人、パリ大学医学部からはパリ市立病院の医師M＝J・マジョー、Ch・L・サラン、化学者J・ダルセ（一七二五－一八〇一）、断頭台《ギロチン》[45]で有名なJ・I・ギヨタン（一七三八－一八一四）の四人が参加した。ただし、マジョーが調査中に亡くなったため、J＝F・ボリー医師が彼に代わった。委員長はバイイが務めた。また王は同じ目的で、王立医学協会のメンバーからも委員を任命した。こちらの委員会にはP＝I・ポワソニエ（一七二〇－九八）、C＝A・カーユ（一七四三－？）、P＝J＝C・モデュイ（一七三二頃－九二）、C＝L＝F・アンドリ（一七四一－一八二九）、A＝L・ド・

ジュシユー（一七四八－一八三六）が参加した。いずれも当代一流の科学者・医学者である。二つの委員会は同年八月、相次いで国王に動物磁気や「普遍流体」の存在を否定し、動物磁気療法が引き起こす激しい効果を、身体の接触や、想像力、機械的な模倣によるものと結論した。さらにバイイの委員会は、公開された報告書とは別に国王だけに宛てた秘密の報告書を提出し、メスマー主義者の行う「治療」が公序良俗のために危険であると警告を発した。

しかし、メスマー主義者の活動は大革命期から一九世紀を越えて生き残った。確かに初期の純粋なメスマー主義者の数は減少したものの、時代の「心霊主義」[46]や「隠秘主義《オカルティズム》」の雰囲気の中でフランス社会の中に拡散し、ロバート・ダーントン（一九三九－）の言葉を借りれば、「やがて一九世紀の哲学の諸体系の中に同化されていった」[47]のである。

また科学者や医者の間での論争も「流体論者《フリュイディスト》」と「生気論者《アニミスト》」との対立に形を変えて論争が続いた[48]。流体論者というのは、立場によって「流体」の捉え方はさまざまだが、とにかく動物磁気療法師の身体から出てくる「何か」が存在し、その「何か」の物理的な作用によって、心身のバランスがたちどころに回復すると考える人たちである[49]。

一方、生気論者の方は、動物磁気療法によって起こるあらゆる現象は患者の心の中で起きる心理現象に起因する、と考える人たちのことを指す。動物磁気療法師の施術は患者の精神に変化をもたらすが、その他の現象はすべてここから生じるというわけだ。

臨床医学がいかがわしさのともなう動物磁気の世界から決別する重要な一歩を踏み出したのは、マンチェスターの外科医ジェイムズ・ブレイド（一七九五－一八六〇）だった。彼は、当時ジュネーヴで動物磁気を用いた実験を一種の興業として組織し、人気を博していたCh・ラフォンテーヌ（一八〇三－九二）という動物磁気療法士が公衆の面前で行った「治療」を観察した。そして、催眠状態《イプノティスム》という概念を導入することによって流体説をはっきり否定し、動物磁気現象を「心理－神経－生理学」的に考察しようとした。

ブレイドは催眠状態にある患者が起こすさまざまな現象は、動物磁気療法師が考えるように、何らかの「外部」の力によるのではない、と主張した。それらはいずれも大脳生理学の枠内で特定することができ、「主観的な」メカニズムとして解明できるというのだ。

こうして、動物磁気現象の中で理性的・合理的に説明可能な部分は、正規の医学界の中に回収・統合され、残余の「いかがわしい」部分は一九世紀を通じて常に強い影響力を持っていたオカルティズムの側に押しやられたというわけだ。

ブレイドの催眠状態に関する理論は、一八五〇年代末からE・E・アザン[50]（一八二二-九九）、P・ブロカ[51]（一八二四-八〇）、D・ゲリノー、A・ヴェルポー（一七九五-一八六七）、F・ジロー=トゥロン[52]（一八一六-八七）といった研究者によってフランスに紹介された。当初、フランスの医学者の関心は、ブレイドによって再発見された「催眠術」を外科手術の麻酔として使えないかということだった。たとえば、ポワティエの医師ゲリノーは、一八五九年に、患者を催眠状態に置いて大腿部の切断に成功した。また、同じ一八五九年には、ヴェルポーがブロカの協力を得て、患者に催眠術を施した上で、肛門周囲の腫瘍の切除に成功、科学アカデミーに報告し大評判を得た。ところが、ちょうど同じ頃、外科手術の麻酔薬としてクロロフォルムが脚光を浴びるようになっていた。

麻酔剤としてのクロロフォルムの薬功は、無痛分娩に効果のある麻酔剤を探していたエジンバラ大学の産婦人科教授ジェイムズ・ヤング・シンプソン（一八一一-七〇）によって一八四七年に発見されていた。そのクロロフォルムが麻酔剤として最も効果があり、副作用も少ないという評判が一躍世界に広まったのは、一八五三年、ヴィクトリア女王（一八一九-一九〇一）が八番目の子供にあたるレオポルド王子（一八五三-八四）を出産した時、ジョン・スノウ医師（一八一三-五八）が女王にクロロフォルムを処方して、無事、王子が誕生してからだ。

やがてクロロフォルムは産婦人科を越えてさまざまな外科手術に使われるようになり、フランスでもクロロフォルムによる麻酔が一般化したため、せっかく光の当たりかけた催眠術は医学者から全く顧みられなくなってしまった。

ジェイムズ・ブレイド。

フローベールの『ボヴァリー夫人』(一八五八)にエンマの夫のボヴァリー医師が麻酔による大腿手術を試みて大失態を演じる様が描かれているが、フローベールの小説がこうした時代背景の影響を受けているのは間違いない。[53]

しかし、催眠術に対する関心の翳りは一時的なものにすぎなかった。外科手術の麻酔への応用の道が絶たれた後も、少数の篤実な医学者たちは誘導催眠という特異な現象に関心を持ち、地道でねばり強い探求を続けていた。研究の中心となったのは、今度は外科医ではなく、ナンシーとパリの精神科医や精神病理学者だった。彼らは研究の中心地の名前にちなんで、ナンシー派、サルペトリエール派と呼ばれている。

ナンシー派の実質的な創始者であるA=A・リエボー(一八二三-一九〇四)は、一八六〇年にフランス東部ロレーヌ地方の中心都市ナンシーに診療所を開設した。そして、神経症をはじめとする精神疾患の治療に積極的に催眠術を取り入れた。リエボーの考えでは、催眠現象が起こる原因は何らかの物理的な作用によるのではなく、言葉や身振りなど、施術者の働きかけによって観念や暗示が患者の脳に移転することから生じる。催眠治療によって引き起こされる睡眠は「部分的な」睡眠であり、それ自体は誰にでも起こる正常な心理的な過程ということになる。この観点から、リエボーは催眠状態を誘導するため、言葉による暗示を組織的に使用した。リエボーの熱心な協力者でナンシー大学の医学部教授だったH・ベルネーム博士(一八四〇-一九一九)は、こうした方向をさらに推し進め、催眠を暗示と同じものだと考えるようになる。

一方、サルペトリエール派の中心は、有名なJ=M・シャルコーである。シャルコーと彼の弟子たちは、当時、医学アカデミーで主流だった臨床解剖学的な思想や手法によって催眠の問題に取り組んだ。生理学的に観察可能な現象から催眠現象を解明するという道を選択することで、パリ大学医学部、パリ生理心理学会をはじめとする当時の権威ある医学団体に、催眠の問題が医学者にとって真剣に取り組むに値する研究対象であると認めさせることに成功したのである。そして、これを期に、有力な医師や研究者が催眠現象の研究に次々に名乗りを挙げ、一八八〇年から九〇年にかけて、「催眠現象研究の黄金時代」といわれる大ブームを巻き起こした。[54]

ところが、ここで事態がもう一つややこしくなってくる。

この時期、医学者たちが特に関心を寄せたのは、ヒステリー患者が催眠状態に入ると普段は麻痺したり硬直していた筋肉が弛緩し、精神も緊張や抑圧から解放されるという現象だった。シャルコーもこの現象に注目して彼のヒステリーの理論を練り上げるのである。しかし、この現象こそ、メスマー、ピュイセギュール以来の動物磁気催眠療法が「発見」し、数々のいかがわしい後継者たちがそこから生ずる数々の不思議な情景を公衆の面前で披露してきた当のものだった。この問題を詳細に研究しパリ第四大学（ソルボンヌ）に大部の博士論文を提出した社会学者のベルトラン・メウスト（一九四七－）が指摘するように、[55] シャルコーは科学が実証主義の名で排除してきた動物磁気の奥の院に踏み込み、オカルティズムと超心理学の「パンドラの箱」を開けてしまったのである。

シャルコーや彼の弟子たちが催眠現象に取り組むきっかけを与えたものの中には「金属検査《メタロスコピー》」なる検査によって確認された奇妙な現象がある。

一八五〇年頃、フランス西部の港町ロッシュフォールで海軍の軍医をしていたアンリ・ブリュ（一八四〇－一九一四）とフェルディナン・ビュロ（一八四九－一九二二）という二人の医学者が、ヒステリー患者を催眠状態に置くと、金属に対して特異な反応を示すという事実を発見した。場合によっては、火傷を負うほど強い反応だというのである。たとえば金は、皮膚に接触させた場合ばかりか、一〇センチほどの距離に近づけただけで、火傷を起こした。またヨウ化カリウムは患者から離しておいてもあくびやくしゃみの症状を起こした。

その後、医学アカデミーのジュール・リュイス博士が、近代科学の規範が命ずる厳密な条件のもとで、二人の実験の追試を行った。水、モルヒネ、ストリキニーネ、アトロピン、ナルセイン、臭化カリウム、アルコール、香料エッセンスなど、さまざまな薬品をガラスの瓶に密閉して、ヒステリー患者から少し離れたところに置き、その反応を見ようというのだ（本書一一頁）。この時、患者が瓶の中に何が入っているかがわかってしまえば、患者がそれに反応することも考えられるから、瓶は一様に黒い紙で覆い、後ろから患者の目に入らないように耳元にかざす。すると、暗示が起こる可能性は一切排除されているはずなのに、これらの物質は患者に「喜び、悲しみ、苦痛などさまざまな感情や、痙攣、幻覚を引き起こした。また瞳が動いたり、甲状腺の周辺が一時的に膨張したり、心臓や肺、腹部の神経に随伴的な変調が起こった」[56]のである。

二人の患者を六メートル離れて背中合わせに座らせ、一方に薬の瓶を近づけると、薬瓶がその患者に引き起こした感情の変化や身体的な反応が、もう一人の患者にも引き起こされた。知ってか知らずか、リュイス博士はかつて動物磁気催眠治療師たちによく知られた「苦痛の伝染」を再現していたことになる。[57]

被験者の中でエステルという名の女性ヒステリー患者が特にこの実験に強い反応を示した。リュイス博士は自分の勧めるシャリテ病院でこの実験を一般の人間にも公開した。実験は忽ち評判となりパリ中の名士がエステルを見ようと詰めかけた。本書第四章で紹介したが、ユイスマンスがアレイ・プリンスに宛てた一八八七年一一月付の手紙の中で「目下の調査対象は、金属の変容です!!」（本書一八二頁）と謎めかした言葉で述べていたのは、どうやら、この金属検査のことらしい。

本書の序章でも触れたように、一八八七年のある日、ユイスマンスは友人で当時シャリテ病院のリュイス博士のもとで外勤助手を務めていたフォヴォー・ド・クルメル博士を訪れ同種の実験に立ち会っている。フォヴォー・ド・クルメルは、はるか後年の一九二七年にある医学雑誌に掲載された記事の中で、この時のことを回想しているが、施術者はリュイス博士ではなくフォヴォー・ド・クルメル自身であり、彼が催眠術を施した女性はガブリエルという名で登場する。どうやらこちらがエステルの本名であるらしい。実験から四〇年近くの時が流れ、時代の雰囲気が変わったためだろうか、フォヴォー・ド・クルメルは、この回想の中では、患者の反応は単なる暗示のせいだと述べている。

ユイスマンスは人に連れられて病院にやって来ました。医局長も、当時、医局付きで、その日は誘導催眠に関心のないインターンたちもいなかったので、私がガブリエルという名の女を眠らせました。この女は診察室に出入りしていたモルヒネ中毒者で、下半身が麻痺して歩くことができませんでしたが、あらゆる暗示に驚くほどよく反応しました。ユイスマンスはよほど興味をそそられたと見えて、一八九一年に出た『彼方』という本の中でこの実験のことを書いています。[58]

確かに『彼方』の中にはリュイス博士の実験に関する記述がある。しかし、明らかにブーランの影響によって大きな変更が施されている。『彼方』において患者から患者に移るのは、瓶に入った薬剤によって引き起こされた感情の変化や身体的な反応ではなく、病気そのものなのだ。リュイス博士の実験は、「目に見え、手で触れる幽霊の写真を撮ることに成功した」ウィリアム・クルックス博士（一八三二―一九一九）の実験などとともに、『彼方』の中で展開されている「流体」的な宇宙の存在を証明する有力な証拠として持ち出されているのである。

ウィリアム・クルックス。

ウィリアム・クルックスとケーティ・キング。

「〔デ・ゼルミーは言う。〕だがしかし！　かくも長い間、中世の迷信だとされてきた数々の神秘が、今日も説明がつかないままに、別の名前で生き残っていはしないでしょうか？　シャリテ病院でリュイス博士は催眠術をかけられた女性から別の女性へと病気を移すのです。魔術師や羊飼いが送りつける悪運とか、呪詛のさまざまな術策ほどには驚くにあたらないなどと、どうしていえるでしょうか。幽霊や飛翔する霊といったものも、結局のところ、遠くからやって来て、知らないうちに私たちに害毒をもたらす微生物以上に不思議な存在というわけではないのです。大気は、バクテリアを運ぶのと全く同じように、精霊をも運ぶことができます。大気が、たとえば瘴気や瓦斯《ガス》、電気や流体を、それらの性質を変えずに運んでいくのは全く確かなことです。動物磁気治療師は遠くにいる患者に流体を送りつけて、パリをずっと横断させ、自分のところに来させるのです。科学もこうした現象をもはや否定しようとすらしません」[59]。

真空に近いガラス管（クルックス管）の中で放電によって生じた陰極線が管の中のわずかな物質に出会うと、蛍光を発する。クルックス博士はこの現象を突き止めたイギリスの化学者・物理学者である。タリウムの発見者としても知られている。しかし、彼は心霊研究者という別の一面も持っていた。彼の実験対象となったフローレンス・クック（一八五九－一九〇四）という霊媒は、一八七二年、ケーティ・キングという霊魂を物質化させ、自由に写真を撮らせた。いわゆる心霊写真だ。ちなみに、世界で初めて心霊写真を撮ったのはアメリカのウィリアム・H・マムラー（一八三四－八四）で、一八六一年のことだとされている。マムラーは心霊写真家として瞬く間に有名になり、彼に心霊写真を撮ってもらった中には、アメリカの第一六代大統領で暗殺されたA・リンカーン（一八〇九－六五）の未亡人メアリー・トッド・リンカーン（一八一八－八二）なども含まれているという。しかし一八六九年、ニューヨーク地裁に詐欺罪で起訴され、彼の撮った写真が二重焼き付けや多重露出など初歩的な写真技術のトリックによるものであることが暴露される。にもかかわらずこれ以後、同様の心霊写真は爆発的な流行を見たのである[60]。

ウィリアム・H・マムラーの撮ったリンカーン夫人（1869年頃）。

さて、『彼方』の第一九章において、リュイス博士の催眠治療はジョアネス博士による「宝石治療」を導入する役割を果たしている。リュイス博士は、ここではむしろ「ある種の治療の超自然性」を否定する近代医学の代表者として描かれている。

『彼方』の中でデ・ゼルミーは言う。近代医学はイエスやマリアが起こした奇跡的な治療を暗示のせいだと主張する。「〔イエスやマリアが〕患者の想像力を刺激し、治りたいという意思を吹き込んですっかり丈夫になったと説得し、いわば、覚醒状態で催眠術にかけ」たのだというわけだ。すると、「曲がっていた脚が伸び、傷が癒え、肺病でできた肺の空洞が塞がり、癌腫は普通の疣《いぼ》となり、盲《めしい》の者が見えるようになる」[61]。

暗示で病気が治るなら、こんなに簡単な話はない。なぜ、彼らは自分たちでやってみないのか？というデュルタルの問いに対して、デ・ゼルミーは、自分が見たというリュイス博士の催眠治療を話して聞かせる。

両足が麻痺した少女に、リュイス博士が催眠術を施し、立ち上がるように命じたが、実験は見事に失敗したというのだ[62]。

現実とフィクションの間には、奇妙なずれが生じている。というのも『彼方』の中でジョアネス博士が行う宝石治療は、リュイス博士が「実際に」行っていたという金属治療の別バージョンに他ならないからだ。金属治療も宝石治療も原理は同じだ。両者ともに、金属や薬剤から磁力のように目に見えない物理的な力が出て、その性質に応じて特有の効果を発揮するというものだからだ。

ジョアネス博士の宝石治療では、「宝石はそれぞれある種の病、さらにはある種の罪に対応している」[63]。たとえば「アメジストは酩酊によく効くが、特に、倫理的な酩酊である傲慢の治療に効果がある。ルビーは性欲の昂進を抑える。緑柱石は意思を強め、サファイアは神への思いを強める」[64]といった具合である。

ジョアネス博士の考えはリュイス博士よりはるかに明確だ。彼は、宝石の治療効果が「流体」に由来することをはっきりと認めているからだ。

「彼〔＝ジョアネス博士〕は、呪詛の攻撃を受けた人間の手や患部に症状に応じた宝石を載せると、手にした宝石から流体が流れ出て、病気の原因を教えてくれると言っています。それについて、彼が私〔＝ジェヴァンジェー〕に話してくれたことですが、ある日彼のもとに、一人の見知らぬ女性が訪ねてきました。彼女は子供の頃から不治の病に悩まされていました。彼女の口からははっきりした病気の原因を聞き出すことはできませんでした。いずれにせよ、いかなる呪詛の痕跡も見つかりませんでした。ほとんどすべての宝石を試した後で、ラピス＝ラズリを試してみました。ジョアネス博士によればこの宝石は近親相姦に対応しているのです。博士はラピス＝ラズリを患者の手にあて、触診してみました。

『あなたの病気は、近親相姦の結果です』と博士は言いました。

『でも、私はあなたのもとに告解をするためにやって来たわけではないです』と婦人は答えましたが、しかし、最後には、まだ思春期にならない頃父親に犯されたことがあると告白したのです」[65]。

悪魔に由来する病の専門家であるジョアネス博士は、ある意味、リュイス博士が与えられるべき位置を不当に簒奪しているといってもよい。彼の治療は、まさにリュイス博士の治療と同じ原理に立っているからだ。ユイスマンスはリュイス博士に病気治療師の位階の中で、第一の地位を与えたくないそれなりの理由があったのだろう。ユイスマンスには、リュイス博士の体現する医学アカデミーの「科学主義」「物質主義」を批判し、ジョアネス博士の治療の超自然的な性格を強調する必要があったのだ。

しかし、本書の序章でも指摘したように、ユイスマンスはリュイス博士の実験が「物質主義」どころが、きわめて曖昧でいかがわしいものであることを知っていたはずなのだ。リュイスの協力者の中には、若きジェラール・アンコースが含まれていたのだから。アンコースはパリ大学で医学博士号を取得したれっきとした医者だが、パリ大学在学中からA・サン＝ティヴ・ダルヴェードル（一八四二―一九〇九）、ジョゼフ・ハーネー＝ウロンスキー（一七七八―一八五三）、エリファス・レヴィ、ブラヴァツキー夫人など隠秘学《オカルティズム》や神智学《テオソフィー》の大家の影響下にオカルト界に入り浸っていた。ちょうど、ユイスマンスがリュイス博士の研究室を訪れた頃、アンコースは、すでにオカルト界では「パピュス」というペンネームで知らぬ者のない存在だった。

一八八八年、アンコースはブラヴァツキー夫人が主宰する神智学協会と袂を分かつと、スタニスラス・ド・ガイタやジョゼファン・ペラダンらが同年に設立した「カバラの薔薇十字」に加入し、一八九一年には、オーギュスタン・

シャボゾー（一八六八‐一九四六）とともに、サン＝マルタン主義を掲げてマルティヌス協会を設立する。一八世紀末に活動した神秘家で哲学者のL・C・ド・サン＝マルタン（一七四三‐一八〇三）の思想の影響を受けているが、協会の名前は、サン＝マルタンだけではなく、彼の師で、魔術的なシステムを用いて堕落した人類を原初の神との合一へと「再統合」するという独特な教義を持つ神智学の創始者として、また、奇跡を起こす魔術師として知られたJ・マルティネス・ド・パスカリ（一七一〇‐七四）にも由来するという。マルティネス・ド・パスカリは秘儀を伝えたエリートを「コーエン」と呼び、彼らを集めてフリーメーソン色の強い宗教結社を設立したが、アンコース博士＝パピュスのマルティヌス協会もフリーメーソン的な信者の位階と支部組織を持っていた。このマルティヌス協会は現在もなお秘密結社として活動を続けているという。

「カバラの薔薇十字」はブーラン元神父とは対立関係にあったオカルト宗教結社であり、そのためもあってかユイスマンスは、『彼方』の中ではパピュスについて「ペラダンやパピュスのような手合いは、何も知らないで満足している」ときわめて否定的な評価を下している。しかしパピュスはこの後、二〇世紀の初めまで、隠秘主義《オカルティズム》・秘教主義に関する膨大な数の記事、入門書・啓蒙書を書き、オカルト界に隠然たる勢力を築いていく。ちなみにパピュスが一八八八年に創刊したオカルト雑誌『リニシアション（秘儀伝授）』は一九一四年まで続いている。また、パピュス＝アンコース博士はリュイス博士との共著で、一八九一年に『磁気を帯びた鉄の冠を用いた、覚醒状態の患者から催眠状態の患者へのさまざまな神経症症状の遠隔転移』という書物すら出版しているのだ。書物の内容は題名から容易に推察できよう。

時代は大きな曲がり角に差しかかり、人びとは精神的なもの、神秘的なものへの希求を強めていた。その時、まさに実証主義的科学の中心にある医学の分野で、科学とオカルトとの曖昧な相互浸透が生じ、それとともにある意味で一代前の認識論的な布置に属する「流体」というこれも曖昧極まりない物質が、科学・医学の分野においてはこっそりと、そしてオカルトや文学の世界においてはおおっぴらに、表象のシステムの中に回帰してきたのだ。

たとえば一八八六年に出版されたオーギュスト・ヴィリエ・ド・リラダンの小説『未来のイヴ』には科学とオカル

トの奇妙な交錯が描かれている。小説の中で、発明家エディソンによって作られた人造人間の美女アダリーは、ミステリアスな霊視者ソヴァナ（小説の登場人物の一人アンダーソン夫人に現れた別人格）によって人間の魂を吹き込まれる。それを媒介するのが「流体」なのである。アメリカ、ニュージャージー州モンロー・パークの奥深い館に住む科学者エディソンは、もちろん実在の発明家T・A・エディソン（一八四七－一九三一）をモデルにしているわけだが、動物磁気＝催眠幻視術の圏域に深く根を下ろしたこの作品の中では、誘導催眠術に通じた一種の魔術師として描かれている。エディソンはエヴァルド卿に、ソヴァナが人造人間アダリーと一体になり「超自然的な」力でアダリーに命を吹き込む神秘的なプロセスを次のように説明するのである。

> 鬱蒼と繁る葉陰に、何千と咲く花のような地下の光に照らされて横たわると、ソヴァナは目を閉じ、身体のすべての重みからすっかり自由になり、目に見えぬ流体となって、アダリーと一つになりました。彼女〔＝ソヴァナ〕の死人のような孤独な手は、人造人間の金属の身体と結ばれていました。アダリーが歩くと見えて、実際には彼女が歩いていたのです。アダリーの身体を借りて彼女が話していました。どこか不思議な彼方から聞こえてくるようなあの声は、こうして神秘的な眠りに落ちている間、彼女の唇から震えて出ていたのです。〔…〕そうなのです。人を不安にさせずにはおかないこの女は、高い支柱の上に載った幅の広いガラス板に敷かれた褥《しとね》に横たわって、夢幻の境にありながら、手に電気を誘導する鍵盤を握っていました。それに触れると彼女の身体は弱い電気を帯び、彼女と人造人間の間が電流でつながります。つけ加えていえば、彼女が身を委ねる二つの流体はとても似通っているので、とりわけ私たちを取り巻く条件下で体外離脱《エクストラヴォワイヤンス》現象が起こったとしても、それほど驚くべきこととはいえないように思います。〔…〕
>
> アンダーソン夫人は硬直症《カタレプシー》状態にあって外部からの影響が届かなくなっており、アンダーソン夫人を生きながら火で炙っても、ソヴァナが目覚めることはありません。ところが、たとえば、（電気の作用で）アンダーソン夫人の身体がわずかに痙攣するのです。ソヴァナの不思議《オカルト》な感性が電気的な流体の秘密の作用に反応している以

上、神経的な流体は電気的流体と完全に無関係なわけはなく、両者の特性が何らかの未知の性質や力によって統一され、一つに融合することもあり得るということは明らかだと思います。この新たな流体を発見し、意のままに操ることができる人間は、インドのヨガ行者や、チベットの僧、コロマンデルの魔術師、中エジプトのイスラム修道僧にも匹敵する超常的な能力を獲得することになるのです。[67]

一九世紀末における「流体」の回帰は、誘導催眠を心理主義的に解釈するナンシー学派の創始者リエボーの「流体」に対する曖昧な態度が示しているように、確かに、時代の最も明晰な人間すら抗えない非合理なものに対する誘惑に一つの原因があるのは確かである。たとえば、彼は一九〇〇年、七七歳の時、東部フランス心理学研究協会の名誉会長を引き受けるが、この協会の会員には名だたる「流体論者」が含まれていた。また、ベルネームは、リエボーの死の二年後の一八〇六年に行った講演の中で、「リエボー博士は誘導催眠が心理的な原因で起こると考えていたが、〝流体〟の活動を完全に否定していたわけではありません」と述べている。[68]

しかし他方、この時期の医学者、科学者の言説をもって、メスマーをはじめ動物磁気治療師やオカルティストがかつて主張した「流体」が、そのままの形で復活したと考えるのも早計だ。「流体」は新たな知の布置の中に置き直されようとしていたのだ。

ジュネーヴ生まれの文学者・思想史家で、医学者でもあるジャン・スタロバンスキー（一九二〇－）は『生きた目』（一九七〇）所収の「想像的流体の歴史について」と題された論文の中で、この過程を「外－流体主義」から「内－流体主義」への移行として説明している。[69]「外－流体主義」というのは、「流体」が宇宙的な原理である動物磁気として人間の身体の外に実在し、それが患者の体内に入ってくるという考えである。一方、「内－流体主義」というのは、神経生理学が仮定する法則に則って神経的なエネルギーが体内を移動する物質として表象されるというものだ。後者の場合、「流体」の配置がアンバランスになることはあるが、いずれにせよ、個体の外に出ることはない。スタロバンスキーによれば、催眠現象は心理的・神経的な過程であるとする生気論者がブレイドによって勝利した後も、「流体」が移動するという仮説は、一定の影響を持ち続けた。もちろん限定された、時には完全に隠喩的な形ではあったが…。この点で、精神分析の創立者ジークムント・フロイトの場合も例外ではない。

催眠現象の歴史にとって決定的な時期である一八八五年から八六年にかけて、フロイトは助成金を得てパリのシャルコーのもとで研修を行う。この時、フロイトはとりわけシャルコーが行う催眠による暗示によってヒステリー性の麻痺やその他の症状を再現する実験に魅了された。[70] また、一八八九年、短期間ナンシーに滞在した際、「無産階層の貧しい女性や子供たちを診察する年老いた感動的なリエボー」[71]に会いに行っている。そしてこれがきっかけになって「無意識の現実性を証明する後催眠暗示の重要性や、施術者が執拗な働きかけを行うと後催眠後の健忘が解除されること」を発見した。フロイトがこの後、催眠術を捨て「自由連想」と「転移」の治療効果に重点を置く新しい心理療法を考案したことは誰もが知る通りだ。

しかし、興味深いことに、「催眠術の圏域」を離れた後もフロイトの書いたものの中には「流体」という表象が引き続き残存し続けるのである。

一九〇〇年以降、フロイトにとって「流体」は電気力学や水力学をモデルとした枠組みで理解される脳内の興奮ではなくなる。スタロバンスキーによれば、本来の意味でのリビドー＝欲動の概念が出現するのは、フロイトが水力学的なモデルを乗り越え、「流体」を「意味と人間関係の解釈学の中で」「神話の規模」にまで高めてからだという。[72] しかし、スタロバンスキー自身が認めるように、欲動やリビドーをめぐるフロイトの考えには、起源となった「流体」のアルカイックで多形的な性格を反映してか、最後まである種の曖昧さが残っている。[73]

ジョルジュ・バタイユ（一八九七－一九六二）はユイスマンスと特殊な関係にある思想家だ。もちろん、一八四八年生まれで一九〇七年に亡くなったユイスマンスとの間に直接の接点があったはずはない。また思想面でも、若い頃に修道院を志したが信仰を失ったため還俗し、民俗学の道に入り『内的体験』（一九四三）、『有罪者』（一九四三）、『ニーチェについて』（一九四五）からなる三部作〈無神学大全〉を著したバタイユと、次第にカトリック神秘主義への道をたどったユイスマンスの歩みは、一見するとむしろ対蹠的である。

しかし、バタイユの著作目録を眺めて彼が扱った主題をユイスマンスの作品群と比較してみるとよい。ジル・ド・レーはいうまでもなく、グリューネヴァルトの「磔刑図」「大聖堂」——もっともユイスマンスの場合はシャルトル(『大伽藍』一八九八)、バタイユの場合はランス(『ランスの大聖堂』一九一八)だが——、アヴィラの聖女テレサ(一五一五‐八二)をはじめとする聖女たち、十字架の聖ヨハネの「神秘体験」(バタイユ『内的体験』)と、多くのテーマが重複する。バタイユ自身はユイスマンスの「抹香臭さ《ボンディユズリー》」に辟易したと否定的な見解を残しているが、あたかもユイスマンスが残したテーマ群をバタイユが彼の立場からたどり直してみたという趣なのだ。

そのジョルジュ・バタイユが一九三三年に書いた「ファシズムの心理的構造」と題されたテクストがある。[74] フロイトとコジェーヴの二重の影響のもとに自己の立場を形成しつつあったバタイユは、このテクストの中で動物磁気以来の「流体」的な問題圏を彼の哲学的な展望の中に組み入れようとしているように見える。

バタイユはフロイトのテクスト、特に、『トーテムとタブー』(一九一三)、『快感原則の彼岸』(一九二〇)、『集団心理学と自我の分析』[75](一九二〇)を読んで、社会の中に「等質性」(同質性)と「異質性」という二つの構造の軸を立てて区別している。等質性というのは社会の生産的で有用な面で、「通約」可能で意識的な原理により規制されている。一方、異質性とは、同化したり象徴化することが不可能なもの、異常で不調和で役に立たない、端的に「異質なもの」として等質的な領域から排除される要素のことを指す。異質な世界というのは「等質的な社会が屑としてか、あるいは超越的な上位の価値として捨て去るあらゆるもの」から構成される。それは片やバタイユがマナやタブーとして描いた宗教や魔術など「聖なるもの」の領域であり、片や、もう一つの極には、「非生産的な」浪費の領域が広がっている。この「非生産的な」領域がカバーするのは、「人間の身体からの排泄物や、それに類似した物質(汚物や寄生虫等々)、エロティックな価値を暗示する身体の部分や言葉、行為、人物そのものなど」ばかりでなく、群衆(モッブ)や戦士、貴族、貧民、狂人、カリスマ的指導者、詩人などおよそ規範から外れた社会グループ、個人なども含まれる。[76]

しかし、ここで興味深いのはバタイユが「異質(的)な現実」と呼ぶものの性質である。

異質的な現実は力と衝撃を持った現実である。それは攻撃または効力となって、一つの客体《オブジェ》から別の客体《オブジェ》へと、大なり小なり気ままなやり方で伝播しつつ、あたかも変化は客体《オブジェ》の世界ではなく、ただ主体の判断の中で起こっているかのようにして現れる。しかしながら、この後者の様相は、観察される諸事実が主観的と見なされねばならないことを意味しない。エロティックな活動の対象が持つ働きは、明らかに、それらの客体《オブジェ》としての性格の内に基盤を持っている。けれども、主体というものは、人を面食らわせるようなやり方で、ある要素の持つ興奮を引き起こす効力を、よく似た他のものへ、あるいは隣にあるものへと、移動させることができる。異質的な現実の中では、情動的な価値を帯びたシンボルが、基礎となる諸要素と同じ重要さを持ち、部分は全体と同じ効力を持つ。容易に見て取れようが、同質的な現実の持つ認識の構造が科学の構造であるとしたら、右のような異質的な現実の構造は、未開人たちの神秘的な思考の中、および夢の表象の中に見い出される。すなわちそれは、無意識の持つ構造と同一である。[77]（強調は引用者）

ブーラン＝ユイスマンスの「流体」は、病や罪、呪詛、夢魔など場合によってさまざまな形を取るが、ある人間から別の人間に移すことができ、ある量として表象される。むろん、ユイスマンス文学を支配する欲望の配置が、バタイユや、ましてやフロイトの精神分析が指し示すものと完全に同じものと主張するのは軽率かもしれない。しかし、これら三者、あるいはラカンを含めて四者の思想圏は、単に機能的・構造的な類似だけではなく、認識論的な起源の面でも共振しているのは明らかであるように思われる。ここにラカンを加えたのは、ラカンの「現実界」という概念は、バタイユの「異質な現実」をもとに練り上げられたものだからだ。[78]右に引用したバタイユのテクストが、混乱しているとはいわないまでも複雑に見えるのは、バタイユがここで、一方では、単に個人の心性の分析だけを目指しているわけでなく、宗教集団やファシスト集団を念頭に置いているからであり、また他方で、力動的なエネルギーに関わる現象ばかりでなく、精神分析が「対象関係」と呼ぶ無意識の心の配置（の起源）をも同時に問題にしようとしているからである。

バタイユはフロイトが欲動とかリビドーという用語で呼んだ力動的なエネルギーの基本性格を描写している。しかし、バタイユが「異質な現実」と名づけているのは、人間の心的な装置の最も初源的段階で主体の清潔さや自己同一性を守るために主体から分離され、魅惑と嫌悪の入り混じったアンビバレントな感情とともに主体の外に排除・棄却される最初の「対象」——すなわちクリステヴァのいう「アブジェクト」「アブジェクション」——のことでもあるのだ。

こうした理論的な構成はユイスマンスの妄想的な宇宙がどのように機能しているかを説明する場合にもほとんどそのまま当てはまる。すでに指摘したように、「流体」的な表象は、当初からユイスマンスの作品の中に、嫌悪すべきもの、穢れたもの、おぞましきもの、マイナスの価値を持つあらゆるものとの関わりで現れ、まさにそれゆえに、特権的な「閉鎖された空間」から排除された。こうした配置は『彼方』という作品の枠組みを超えて維持されることになる。

ユイスマンスにおける「流体」的表象は、ユイスマンスがブーランの「直接」の影響を離れた後も、当初のオカルト神秘主義的な色彩を弱めながら、こうしたマイナスの価値を帯びたダイナミックな力の「比喩」として、繰り返し繰り返し現れてくる。

われわれが問題にしなければならないのは、その過程で「流体」が被る変化だ。

近代医学の領域においては、動物磁気説に由来する「流体」はメスマー的な物質的な力から、心的なエネルギーへと変化をとげた。ユイスマンスの「流体」の変化も、このような認識論的な布置の移動と相関的に起こるものと考える必要がある。『彼方』以降のユイスマンスの文学がたどるのは、特に「神秘的な身代わりの秘儀」をはじめカトリック神秘主義へ向けた「昇華」の過程だ。しかも、この変貌自体が、「流体」的な事件として発生するのである。

しかし、ユイスマンス文学の世界が根源的な変貌をとげるためには、力動的なエネルギーのレベルの変化だけでは十分ではない。バタイユの「異質な現実」が、心的なエネルギーだけでなく、主体が主体として成立するための構造的な契機をも含意していたように、ユイスマンスの場合にも、彼の「閉鎖された空間」をめぐる欲望の布置を大きく変える構造的な契機が必要となるのだ。

ところでこの面の変化に関しても、ブーラン元神父の教説はユイスマンスに無視しがたい示唆を与えている。次章ではそちらを検証してみることにしよう。

第七章　聖霊と異端のマリア

1　『彼方』とブーラン派聖霊説

すでに見たように、ヴァントラス＝ブーランの「神智学《ソフィオロジー》」においては、異端的なマリア崇拝と、助け主《パラクレ》と呼ばれる聖霊信仰が奇妙な思弁で結ばれていた。そして、彼らのシステムにおいては、常に非被造の神智、つまり、創造者たる神＝キリストに先行して現れ、「言葉の受肉」を準備し、非被造の神智の仲介者の役割を果たすという意味で、シャアエルという「第一の天使」の位階を与えられた聖母マリアの「移行」機能が強調されていた。イエス＝キリストの栄光の支配と、聖霊の愛の充満は、マリアの姿を取って受肉したこの女性原理の働きによって達成されるというのである。

歴史的な文脈からいえば、キリスト教の伝統の中で、聖霊に女性ないし母性の本性を見る思潮を見い出すことは稀ではない。たとえば、「精神分析的観念から見た聖霊」という論文の中で、R・シュブロン（一九三四－）は、この現象に対して次のような説明を試みている。

アブラハムから、聖家族を経て三位一体に至る宗教的表象のそれぞれには、近親相姦の潜在的な不在が共通しているが、こうした関心の中心には殺戮の大規模な存在が認められる。さて、この不在は、三位一体の教義の材料から女性の参加を一切排除するところまでいっているが、そこには暗に近親相姦の欲望の抑圧が内包されている可能性がある。したがって、聖霊が父と子に対して第三項にすぎないという限りにおいて、この審級は、父親と子との関係においてきわめて重要な役割を果たす母の存在を指し示しているといえるかもしれない。だから、三位一体の中で、聖霊が女性的な位置を占めているということは、あり得る話である（ヘブライ語で精神を意味する ruah は女性である）。このことはグノーシス派によって主張されている。聖霊が母性の位置を取るということに関しては、A・ルモニエ[1]（一八七二－一九三二）のような論者が検討している。この女性的な位置はさらに間接的には、一方に父－子、別の一方に教会－聖母マリア－聖霊を置く諸関係の弁証法の中に存在する。もっとも、新しい時代の到来を予告する第二の組み合わせに過度の価値を置く考え（ジョアシャン・ド・フロール〔一一三〇頃－一二〇二頃〕）は、父親の特権と子の役割を疑問に付するものという嫌疑をかけられた[2]。

一八九〇年七月二四日付のアレイ・プリンスに宛てた手紙の中で、ユイスマンスはブーランの宗教をジョアシャン・ド・フロールの思想と同一視しているが[3]、シュブロンの述べている最後の宗教的偏向こそ、ヴァントラス＝ブーランの異端宗派の立場であったことは疑いがない。しかし、あらためて確認しておくと、ユイスマンス文学へのブーランの影響を考える時、問題となるのは、「女性」原理を体現すると見なされる神格たる聖霊ないし、その「受肉」した表象＝マリアの持つ「媒介者」「移行機能」としての役割である。

ジュリア・クリステヴァは、『愛の物語』所収の「スターバト・マーテル」と題する論文の中で、キリスト教社会において聖母マリアという形象が占めている特殊な位置を論じ、聖母マリアを「一次ナルシシズムの理想化」[4]であると解釈している。そして、母子が完全に融合した状態、フロイトが自己愛と名づけた段階から主体－客体が明確に分離し、エディプス的自我が確立する中間に、エディプス的自我や鏡像段階にすら先立って、それらが時間的にも論理的にもその結果でしかないような段階として、「一次ナルシシズム」段階を想定する。

クリステヴァは、鏡像段階に先立つ一次ナルシシズム期において、未来の主体が対象以前の原初的な母を棄却して、母子の融合状態を脱して不安定ながら自己確立をとげるためには、主体がそれに同一化することで象徴的段階への移行を促される一種の「理想」の審級ないし「第三者」の審級が要請されると考え、これに「想像的父」という名を与える。ただしこの象徴的な第三者は、エディプス段階の「他者」ではなく、まだ「私」でないものとまだ「対象」でないものとの一時的分離が生ずる空虚であり、後にそれを足がかりとして真の主体が成立する隠喩的《メタフォリック》な場所にすぎない。

ところで、クリステヴァによれば、ここで「想像的父」と呼ばれている審級は、「父」と名づけられてはいるが、実は、母親が担っている。つまり、融合状態の子供を象徴的過程へと導く際に果たす「父親」的な役割は、現実には母親が果たしている。

また、クリステヴァによれば、キリスト教は「女性的なもの」を、それが母性、すなわち聖母マリアを通して現れる限りで保存し、最も洗練された象徴的構築物を造り上げた。聖母マリアに残された身体性、すなわち耳、涙、乳房は、一神教において抑圧されたものの回帰を促す特権的な場として機能している。特に、幼児の口唇性格と密接な関わりのある乳房と、エロティシズムの間欠的な痙攣を示す涙は、ともに「言語的伝達が覆い尽くすことのできない〈セミオティック〉なもの、非言語性の隠喩《メタファー》であり、これらの属性を帯びた母親は、一時過程の意味作用の受容体として現れる」[5]。すなわち、聖母マリアは、幼な子イエスが絶対的一者へと移行する第一次ナルシシズム体制において、「想像的父」の役割を果たしていることになる。キリスト教圏でこうした母性の移行機能を初めて神聖化したのは、正統キリスト教の範囲では、コンスタンチノープルの大司教でその雄弁ゆえに「黄金の口の聖ヨハネ」と呼ばれたジャン・クリゾストム（三四五－四〇七）であるとされるが、彼はまた、「紐帯、媒体、間」としての聖母を聖霊と同一視する異端的傾向への門戸も開いたといわれている。

ここで、ヴァントラス＝ブーランの異端的信仰の中でその対象であるマリア＝シャアエルが持っていた特殊な意味づけを想起してみるのも無駄ではあるまい。ヴァントラス＝ブーランの異端信仰の対象となったマリア＝シャアエルは、「いかなる援助も受けず、自己のすべてを作り出す第一存在」である「非被造の神知」の不変の反映である「被造の神知」であるとされる。ところで、「非被造の神知」たる第一存在自体、マリアが具現している女性的側面を付与された聖霊、神がその第三項を媒介として自己の三位一体を確立する女性性に他ならなかった。ここに認められるのは、ほとんどカリカチュアといえるほど典型的な姿を取って現れた移行機能としての母性であり、昇華の機制である。

『彼方』の最終三章は、ほぼ全面的にジョアネス博士＝ブーランの教説、特に第三の支配と聖霊信仰に関する教説の要約と擁護に充てられている。「流体」の場合同様、ユイスマンスはブーランの教義のさまざまな傾向を、数人の作中人物に代表させて議論が一つの方向に偏らないように注意を払っている。

ユイスマンスをカトリック的な立場から解釈する研究者の代表格であるパリ第四大学（ソルボンヌ）比較文学科教授ドミニック・ミエは、『彼方』を扱った「ユイスマンスの黒ミサ、聖霊降誕のミサの悪魔的な書き換え」と題した論文の中で、『彼方』の悪魔主義のシンポジウムに集う人物たちのうち、サン＝シュルピス教会の鐘撞きカレーの発言は中世の神学者で聖霊による「第三の支配」を唱えたジョアシャン・ド・フロールの「正統」教義を体現しているのに対し、占星術師ジェヴァンジェーの発言は異端の諸教説が集約されているとの考えを明らかにしている。彼女によれば、「ジョアネス博士」の名で呼ばれる祓魔師《エグゾシスト》――「ジョアネス博士」はブーラン自身のペンネームである――の「ヴァントラス主義」も含め、あらゆる異端の教義、儀式が、明示的にせよ暗黙にせよパロディー化されて否認されており、『彼方』のテクストには、まだはっきりとその形を取っているわけではないが「ただ一つユイスマンスの絶望を癒してくれる、別の聖霊に対する内的で、十字架の苦しみを強いる探求」[6]の開始が示されているのだという。

その上、このように、三位一体の第三の位格を黒ミサの中心に置いたことは、この「世紀の尻尾」にくっついている「物知り顔をした男たちや、王党派のたいこ持ち」の持ち出すさまざまな奇抜な解釈を通して、ジョアシャン・ド・フロールの第三の支配に強い関心を見せている小説全体に統一を生み出すのに役立っている。この領域で、時代の崩壊によって千年王国主義への熱望が促されているとするカトリック正統教義は、福者ジョアシャンの真正な弟子であるカレーによって述べられている。しかし、その正統教義は、「真正で肉体的な受肉」を認めるという、ジェヴァンジェーが列挙する助け主《パラクレ》〔聖霊〕信仰に関するさまざまな戯画的な逸脱は別にしても、薔薇十字派の教説と、ジェヴァンジェーのヴァントラス主義という、モンタヌス派[7]異端の二つの近代的な形態と踵を接している。〔…〕ヴァントラスの観衆、カレーによって「逸脱した儀式」と宣告された「メルキゼデクの栄光のミサ」の信奉者たちも、ここで、密かに茶化されていることになる。黒ミサは、もっと先でジェヴァンジェーによって描かれる儀式の皮肉をこめた告示のようなものなのだ。それは、聖霊の支配のため、「愛と贖罪の支配」の徴として、〔黒ミサ同様〕赤い祭服を着て執行されるのだが、黒ミサの二重の祈禱〔聖霊降誕のミサのパロディーという含意をともなう黒ミサの祈禱〕は、ヴァントラス派のミサを冷笑的に逆転したものになっているのである。[8]

しかし、ユイスマンスが『彼方』全編を通じ採用してきた手法の点から見て、この指摘は受け入れがたい。カレーとジェヴァンジェーの発言を書くにあたって、ユイスマンスは他の箇所と同様、自分に宛てて書かれたブーランの書簡やヴァントラス＝ブーラン派のセクト由来の文書を「利用」したことは確かである。まず、ジェヴァンジェーが、ヴァントラスやブーラン由来の特殊な三位一体説の概容を要約する。

ジョアシャン・ド・フロール
(伊、ジョァッキーノ・ダ・フィオーレ)。

「三つの支配が存在するのです」、占星術師〔＝ジェヴァンジェー〕は、パイプの灰を指で押し込みながら再び語り出した。「旧約の支配、父の支配は、恐れの支配です。新約の支配は、贖罪の支配です。ヨハネ福音書の支配、聖霊の支配は、償いと愛の支配です。それぞれは、過去、現在、未来——冬、春、夏の支配に相当します。ジョアシャン・ド・フロールは、第一の支配は麦の茎と葉を、第二の支配は麦の穂をもたらしましたが、第三の支配は麦の実りをもたらすのだと言っています。聖なる三位一体の二つの位格が姿をお示しになられた。論理的に考えて、第三の位格が現れないはずがありません」[9]。

このような教理はこの異端セクトの資料中に繰り返し、さまざまなヴァリエーションで登場する。ユイスマンスが定式化した限りでは、ヴァントラスとブーランの三位一体説は、ジョアシャン・ド・フロールの三位一体説と矛盾するものではない。このことはジェヴァンジェー自身がジョアシャン・ド・フロールの名を援用していることからも裏づけられよう。もっとも、だからといってこの神学者の説が、カレーが「議論の余地がない」[10]と述べているほど、カトリックの枠内で正統と見なされているわけでないことはすでに指摘した通りである。たとえば、ドミニック・ミエ自身が参照を促している『カトリック神学辞典』中のジョアシャン・ド・フロールおよびその教説に関する記事は、ジョアシャンの教義を「明々白々たる異端」と断じている[11]。

ジェヴァンジェーに対しカレーは、一連の聖書のテクストを挙げて、第三の支配の正当性を弁護しているが、彼の発言は次のような言明によって始まる。

「そうですとも、聖書には数多くの記述があり、何度も、はっきりと語っており、異論の余地はありません」とカレーは言った。「イザヤ、エゼキエル、ダニエル、ザカリア、マラキなど預言者はいずれもこのことに触れています。使徒行伝もこの点に関してはきわめてはっきりとしています」[12]。(以下、強調は引用者)

ここに見られる預言者の列挙は、ブーランがユイスマンスに宛てた一八九〇年七月一八日付の手紙に由来している。

イザヤ、エゼキエル、ダニエル、キリスト、聖パウロ、聖ペテロが「正義の住まうことになる新しき天と新しき地」を告げましたが、このことは、天の惑星、恒星の動きを支配する法則が確かなのと同様、確かなことです。[13]

ここでは三人の預言者の名前が『彼方』に出ている通りの順序で並んでいることが見て取れるが、残りの二つのうち一つも、同じ手紙の少し先の部分に出てくる。

愛心の使徒、ヨハネに基づく至高の法王位が実現しなければなりません。というのも、この世はそうでなければ預言者マラキが言うように、禁じられたるものを避けることができないからです。[14]

さらにブーランのテクストの影響は、「正統」信仰を代表すると見なされるカレーの発言の中心部分にまで及んでいる。カレーは「助け主《パラクレ》信仰に関わるさまざまな逸脱」をあげつらうジェヴァンジェーの後で、次のように発言するのだ。

「聖霊も、栄光のキリストを介して、諸存在の中に内在することになります。聖霊は、諸存在を変容させ、生まれ変わらせる原理となるのです。しかし、そのために聖霊が受肉することが必要とされるわけではありません。聖霊は子を介して父に与ります。聖霊は、働きかけるべく遣わされるわけですが、物質化されることはありません。逆のことを主張するのは、全く馬鹿げたことです[15]」。

ブーランはユイスマンス宛の手紙の一つに書いている。

聖霊は神の位格であり、われわれの内で作用します。聖霊は受肉しません。聖霊は父と子に発し、受肉することができません。発し、働き、作用するものは、ペルソナの統一の内に一体化することはできません。それは全

> く不可能なのです。
> 言葉は受肉することができました。それで十分です。言葉は慰めるものをわれわれに送り、どうあってもわれわれは救われるでしょう。サタンは被造物です。彼と彼の眷属《けんぞく》は打ち破られるでしょう。アーメン。[16]

確かに、『彼方』のテクストは、ユイスマンスがブーランのテクストにもたらした重要な修正の跡をはっきりと示している。最も目につくのは「フィリオークエ Filioque」、すなわち「子」の位格をめぐる政治的・神学的論争にさかのぼる三位一体の構図に関わる変更である。ブーランは、ローマ教会が一般に採用している通常の図式、つまり「底辺を上にした二等辺三角形の構図」(「聖霊は父と子から発する L'Esprit Saint procède du Père *et* du Fils」)を考えているのに対し、カレーは、奇妙なことに、「むしろ線状的な構造を持つ」東方教会、ギリシアやロシア正教会の図式(「聖霊は子を介して父親に発する L'Esprit Saint procède du Père *par* le Fils」)を採用しているのである。[17]

一九九九年、コソヴォ紛争に際して『ル・モンド』紙に寄せた記事[18]の中で、ジュリア・クリステヴァは、父と子を「そして et」という接続詞によって結ぶカトリック的構図は「子」すなわち信者の主体の自立と独立を予示するものであり、西欧の個人主義や人格の尊重に道を開くものであるのに対し、東方教会の構図は「子」=「信者」の「甘美ではあるが危険な消滅」を示唆していると主張している。もし、この分析に何がしかの正当性が認められるとするなら、カレーの予想する主体は、ブーランが予想する主体に比べて、神的な権威からの独立性が薄弱で、容易にそれと溶融する「神秘的な主体」であるということになる。しかし、実は、東方教会との親近性、スペインのミゲル・デ・モリノスの静寂主義《キエティスム》にも通ずる神秘主義との類縁性は、むしろヴァントラス=ブーランのセクトの特徴として指摘されているものなのである。[19] 静寂主義とは、魂を完全に受動状態に置くことによって神との完全な合一を目指す神秘主義の一類型で、B・パスカルをはじめジャンセニストなどにも影響を与えたが、一六八七年にローマ教会から異端として断罪されている。『彼方』の構図に戻ると、異端とはいわないまでもカトリックに対してより異質な性格をとどめているのはジェヴァンジェーの方ではなく、カレーの方なのである。

この「係争点」を除いては、両者、すなわちブーランとカレーの立場は、神学的に見て隔たりがあるとはいえない。すなわち、聖霊は父と子に内在しており、したがって受肉することはなく、物質化することはない。つまり全体的にいえば、イデオロギー的にも、原資料の点でも、カレーの圏域はジェヴァンジェーの圏域とさしたる隔たりは認められない。せいぜい言えるのは、ブーランから提供された情報のうち、カトリック正統信仰の立場から容認し得る要素が、カレーの発言に配当され、より異端的な色彩の強い要素がジェヴァンジェーに配当されているにすぎないということである。カレーが「福者ジョアシャン・ド・フロールの真正の弟子である」[20]と言い得るとしても、それはブーランもまた、ある程度まではジョアシャン・ド・フロールの弟子であるという限りでのことなのである。そう考えるなら、ドミニック・ミエが主張するように、黒ミサとメルキゼデクの犠牲とを並列関係に置いて冷笑するといった挙に出るほど、ユイスマンスがヴァントラス＝ブーランの聖霊（助け主《パラクレ》）に関する教義を貶しめたいと願う理由があるとは思えない。

この観点からすると、一八九〇年九月、ユイスマンスが最初にリヨンのブーランのもとを訪れた前と後でのブーランに対する微妙な態度の変化は注目に値する。確かに、最初のうちユイスマンスは、ブーランに対し、批判的ではないにしろ、かなり冷静で懐疑的な態度で臨んでいた。この時期、アレイ・プリンスに宛てた何通かの手紙には、ブーランのことが「淫夢女精《スクブス》を呼び出すあの神を恐れぬ神父」[21]とか、「我が忌まわしき神父」[22]といった調子で語られている。リヨンに旅発つ直前には、ユイスマンスはこのベルギーの友人に「この連中は、悪魔的な人びとであることは間違いありません」と自分の見通しを語っている。[23]

約一〇年後――カトリックに改宗後、内務省を引退して修練士として隠棲すべく、フランス西部ポワトゥー＝シャラント地域圏の中心都市ポワティエから一〇キロほどのところにある小村リギュジェのメゾン・ノートル＝ダム（聖母の家）に移り住んだ後で、ユイスマンスは、当時、リヨンの異端に関する小説[24]を書く計画を持っていた若い小説家エスキロルことアドルフ・ベルテに、風変わりではあるが価値のない異端やオカルティストたちをどのように利用したらよいか、特に忠告を与えている。

ユイスマンスが修練士として滞在したリギュジェのメゾン・ノートル＝ダム（聖母の家）。ここでも彼が望んだような彼の終の住み処にはならなかった。

こうした人びとは、情報を搾り取ってから放り出せばいいんです。連中は穢らわしい動物みたいなものです。観察して、解剖してやらねばなりません。それが済んだら、連中の死骸を連中の真の住み処である汚水溜に捨ててしまうのです。[25]

最初のリヨン滞在の前のユイスマンスの態度は、一九〇一年に下したこうした判断と大して変わらなかったと想像される。

しかし、二週間ほどリヨンのブーランのもとに逗留して帰還した後、彼の書簡の調子は一変する。リヨン滞在からしばらくしてアレイ・プリンスに宛てて書かれた書簡の中で、ユイスマンスは思いがけない発見を前にした驚きとともに、当惑すら隠さない。

あれは、深遠な知識を備えた中世そのものではないのか、古えの秘密があの時代以来失われずにいたのではないのか、あるいは、ある人びとのもとに、口承による伝統によってまだ保持されていたのではないかと自問しながら、私はリヨンからひどく混乱して戻ってきました。[26]

一八九一年初頭、同じ文通相手に書かれた別の手紙では、リヨンの異端サークルに対するユイスマンスの理想化は、このサークルを「神秘主義的」と形容するほどまでに進んでいる。

ああ！　私は我がリヨンの神父を何と懐かしく思ったでしょう。リヨンでは、荒唐無稽な考えを抱いた人びとが神秘的な雰囲気に包まれて居心地のよい部屋に仲良く座っていました。中世の超自然に耽って生きていました。私は自分の本の中でこのあり様を表そうとしました。しかし…、しかし…。[27]

書簡に記されたこれらの表現は、『彼方』の中でジェヴァンジェーが自身のリヨン滞在を報告するくだりと直接の関係を持っているだけに一層重要といわねばならない。確かにこれら二つの書簡は、『彼方』の執筆が終わった後に書かれており、厳密な意味では「前テクスト」と呼ぶわけにはいかない。しかし、二つの書簡は庇護を与えてくれる居心地のよい「閉鎖された空間」というユイスマンスの根元的なオプセッションへと差し向ける共通の核を共有している。『彼方』第二〇章、現代の悪魔主義者ドークルの呪いを避けるためリヨンのジョアネス博士のもとに滞在していたジェヴァンジェーは、リヨンから帰還後、次のように語る。

「私は、リヨンでジョアネス博士がともに暮らす家族の間で甘美な数日を送りました。私が受けた衝撃の後では、このきわめて穏やかな親愛の情に包まれた環境で、完全な恢復を図ることは、私にこの上ない恩恵をもたらしました[28]」。

ジル・ド・レーに関してと同様、ここでもジョアネス博士に関し、一種の価値の横滑りが起こっているかのようである。現代の悪魔主義を体現した司教座聖堂参事会員ドークルは「ジル・ド・レーには遠く及ばない」。ドークルの行為は「不完全で、味わいに欠け、軟弱だ[29]」。「閉鎖された空間」すら変質して、「奥行きや深みを欠いた文字通りヒステリー性痙攣症患者や色情狂の集う後宮」と化してしまった時代の「魔術師」の一人にすぎないドークルに対し、ジル・ド・レーは中世の精神性を保持する神秘家と見なされていた。ブーラン＝ジョアネス博士は、少なくともユイスマンスの妄想的《ファンタスマティック》な宇宙においては、中世にさかのぼる伝統を保持する「神秘的」な人物と見なされるに至る。彼の住居は、理想的な「閉鎖された空間」、新しい「洗練された隠遁地 thébaïde raffinée」に変貌する。そしてまさにこのようなブーラン復権の文脈において、ジェヴァンジェーに代わって、鐘突きのカレー――「かぐわしくも心地よい居室」「生暖かい隠れ家」[30]の住人であり、「罪を修復する孤独者の生活を送って」いることにより、『彼方』の中で中世のカトリシズムの失われた諸価値を代表している人物たるカレー——が、ジョアネス博士の聖霊（助け主《パラクレ》）信仰をより積極的に擁護するようになる。おそらく正統カトリックの立場からすれば最も異論のある教義——「未来における聖霊のほとばしり」や、ローマ教会に代わる新しいヨハネによる教皇の戴冠に関する議論を聞いた後で、デュルタルはヴァントラスの理論の非現実的な楽観主義を排撃する。

「私は、人間には改善の余地があるなどと考えているこのユートピアのお気楽さに感嘆しますよ」とデュルタルは叫んだ。「冗談じゃない。結局のところ人間という奴は、自己中心的で、自分勝手で、浅ましく生まれついているんです」[31]。

カレーは即座に口を挟んで、この意見に反駁し、ヴァントラス＝ブーランの中心教義である人間の「再生」を擁護する。

「だからなおさらのことだとはいえますまいか」とカレーは答えた。「社会があなたがおっしゃったような状態だからこそ、瓦解する必要があるのです（...*il faut qu'elle croule*）。そうですとも、私とても、今の社会は腐りきっていると思います。骨はカリエスに冒され、肉は腐れ落ちようとしています。だから、この社会は葬られ、新しい社会に生まれ変わらねばならないのです。神のみがそうした奇跡を成しとげることができるのです[32]」。

同じ図式がもう一度、第二二章の最後の場面で繰り返される。「地平に響く汚辱のラッパ」を嘆くデュルタルに答えて、カレーは叫ぶ。

「いいえ、そんなことを言うものではありません。この世ではあらゆるものは解体します。すべてのものは滅ぶのですから。ああ、告白いたしますが、聖霊のほとばしり、聖なる助け主の到来が何と待ち遠しいのでしょう。しかし、聖霊の到来を告げる書物は、神の霊感を受けて書かれたものです。だから未来は保証されているのです。曙の空はもうじき白んでくるのです」[33]。

興味深いことに、カトリック的色彩の最も濃く、『彼方』の中で最も肯定的に描かれたカレーが、ブーランがユイスマンスに宛てた手紙の中で何度となく口にしている助け主《パラクレ》の到来を期待する定式を口にしているのである。

しかし、やや悲壮感の混じった調子で述べられるこの希望とは裏腹に、他の登場人物は底なしの絶望に浸っていく。小説は、食物に関わる「おぞましさ」の隠喩《メタファー》を通して、「超自然を汚染し、彼岸に嘔吐する」現代、そして「臓物料理をたらふく食らい」「魂を下腹からひり出す」「汚らしい世紀の下劣なブルジョワから生まれた餓鬼ども」[34]に対する呪詛の言葉で終わる。しかし、この呪詛はむなしく響くだけで、一八八九年の選挙で勝利したブーランジェ将軍の支持者たちが窓の外でがなり立てる歓声や怒号に掻き消されていく。『さかしま』の末尾同様、「人間の愚かさ」は津波のように押し寄せ、ユイスマンス的な主人公に彼の隠遁地——「女性的なもの」の浸入を阻止することにより[35]、魂の安寧をもたらす隔壁として機能し、構造化と意味賦与機能を担う秩序を保証する「閉鎖された空間」を脅かし、その境界を越えて浸入する。

それでは、この現代の悪魔主義の彷徨、魂の暗部への下降は『さかしま』や『仮泊』同様ユイスマンス的な世界に何ももたらさなかったのか。いや、そんなことはない。『彼方』のテクストはユイスマンス的空間の欲望の布置に関して一見すると無意味に見えるが、無視することのできない変更の跡をとどめている。それはジル・ド・レーの道筋《ピスト》に加えられたある字句の修正であるが、この修正によってジル・ド・レーのピストは、イデオロギーのレベルで現代の悪魔主義のピストと結ばれることになるのである。

2 ジル・ド・レーと聖母マリアの復権

デュルタルとデ・ゼルミーの会話に、途切れたままになっていたジル・ド・レーの伝記が再び取り上げられ、ブーランジェ将軍の選挙運動を背景に、ジル・ド・レーの処刑の場面が挿入される。ここでも、ユイスマンスの創作方法はこれまでと全く変わらない。ユイスマンスのテクストは、ボサール神父によるジル・ド・レー伝の多少なりとも小説的に粉飾された引用にすぎないといっても過言ではない。

やや長くなるが、ボサール神父のテクストと、ユイスマンスのテクストそれぞれを比べてみることにしよう。ボサールのテクストは以下の通りである。傍点の箇所は、ユイスマンスが『彼方』を書くにあたって利用した部分、あるいは彼が特に修正した部分である。

> 少なくとも確かなことは、三人の死刑囚が到着する前に、ビエスの野にある刑場にはすべての住人が集まっていた。ブルターニュ公〔＝ジャン五世〕自身が、宮廷貴族の面々とともに臨席していたとつけ加える年代記作家も何人かいる。モンストルレ[36]〔一四〇〇頃－五三〕のいうところを信じなければならないとするなら、ブルターニュ公は当時ナントに滞在していたから、ビエスの野にいたという記述は、きわめてあり得る話だということになる。裁判官たちもそこにいた。
>
> 三本の処刑台が、三つの薪の山の上に立てられていた。ナントの何本かの橋の上流で、しかしこれらの橋からほど遠からぬところ、ラ・トゥール＝ヌーヴ城とブフェのほぼ正面、だいたい現在のオテル＝デュー〔市庁舎〕のあるところだった。〔…〕
>
> 死刑台への行進の間中、ジル・ド・レーは絶えず神と聖母と聖人に祈り、アンリエとポワトゥーを希望にあふれた言葉で励まし続けた。
>
> 彼らが刑場に着き、死刑の準備がなされている最中、彼の祈りと励ましは一層強まった。ジルは魂の救いを考

えるように、強くまた「徳深く」身を持して悪魔の誘惑に立ち向かうように、自分たちの犯した過ちを大いに憎み、痛悔の念を抱くとともに、一瞬たりと神の慈悲を疑ってはならないとかつての配下に言い聞かせた。ジルは彼らに語った。その言葉は神学的に正しく、彼がいかにキリストの真理に通じているかを示すものだった。「人間が犯すことのできるいかなる罪でも、その人間が、自らの犯した罪を心から憎み、痛悔しさえするなら、そしてその人間がよき希望を抱いて神にその許しを請いさえするなら、父親のように善良にして〝寛容なる〟神が許すことのできないものはないのだ」と。そして彼は、「神は、罪人が彼に許しを乞う以上に、罪人を慈悲深く許し受け入れる用意があるのだ」とつけ加えた。彼は、かくも高邁な感情を彼の心から汲んだのであろうか、それとも彼自身、彼の聴罪司祭たるジャン・ジュヴェナルから聴いたのであろうか。「神に感謝せよ」とジルは再び彼らに語った。「汝らに、我らが〝神の愛のもとに〟死すことを望まれたことにおいて、また、我らがしっかりとした意識と記憶をもって死すことを望まれたことにおいて、そして我らが苦しむことなく突然、我らがなした悪行の罰を受けることがなきよう望まれたことにおいて、明らかな愛の徴をお見せになった神に感謝せよ。神を愛せ。この世の死を恐れることなきほどに、汝が犯した罪を悔いよ。この世の死は、小さな他界にすぎず、それなくしては、神を神の栄光において見ることはできないのだ」[37]。

これに対応する『彼方』末尾のテクストは次のようである。

「それから」と、デュルタルは言葉を継いだ。「人びとはジル・ド・レーを獄舎に迎えに行き、ビエスの野まで連行しました。そこには、死刑台が建てられ、下にうず高く薪の山が積まれていました。

元帥は、彼の共犯者の身体を支え、彼らを抱擁して、〝自分たちの犯した過ちを大いに憎み、痛悔の念を抱く〟ように頼みました。そして、自身の胸を叩きながら、彼らの罪を許してくれるよう聖母マリアに懇願しました。

その間、聖職者や、農夫や、町の人びとは死者のプロザ（押韻した）散文体賛歌）の、陰鬱で哀願するような章句を唱えていました。

我らは裁きの神を懼《おそ》れたてまつる。
我らが罪の深さを知ればなり。
なれど、汝、至高の助言者たる母よ
我が同胞に避難の場を与えたまえ
おお、マリアよ
やがて怒れる裁きの司が……」[38]。

「自分たちの犯した過ちを大いに憎み、痛悔の念を抱く」という共通の引用が示すように、ユイスマンスがボサールのテクストを利用したことは明らかだ。この引用の箇所まで、ユイスマンスはボサールの伝記に描かれた死の行進を要約することで満足してきたのであり、事実、『彼方』の物語を構成するすべての要素がそこには認められる。

しかし、最後の場面で、二つのテクストは明らかな違いを見せている。ボサールのテクストでは、ジル・ド・レーの祈りや感謝はいずれも「神」に向けられ、神の「父性的な」善良さ、寛大さが強調されていた。これに対し、ユイスマンスのテクストでは、ジル・ド・レーは、彼の共犯者に神の慈悲を思えと促す代わりに、聖母マリアに、彼と彼の友を寛大に扱ってくれるよう祈りを捧げ、続く節では、神へと向けられた賛美は、民衆の歌う「死者のためのプロザ」、聖母に捧げられた祈りへと置き換えられている。『彼方』のテクストおいて神が聖母マリアへと組織的に置き換えられていることをどう説明したらよいのか。ユイスマンスは、単により悲壮でより効果的な演出を狙っただけなのだろうか。

一九二三年に発表された「一七世紀のある悪魔神経症」の症例研究の中でフロイトが分析した画家クリストフ・ハイツマンは、マリアゼルへと巡礼に赴き、聖母マリアの加護を祈った。フロイトの解釈によれば、この画家の悪魔憑きは「去勢」の否認によるものとされていた。

去勢を認めることの嫌悪感ゆえ我らが画家は、父親への郷愁を解消することができなくしたとするなら、援助や救済を得るために、彼が母のイメージに向かったのは全く理解し得ることである。それゆえ、彼はマリアゼルの聖なる神の母のみが、悪魔との契約から解放することができると宣言したのであり、聖母の生誕記念日の当日（九月八日）に再び自由を回復したのである。[39]

しかし、すでに述べたように、ユイスマンスの問題とは、母性ないし女性一般が常に多かれ少なかれ否定性、あるいはクリステヴァ的な意味での「おぞましさ」の徴候に浸透されたということではなかったろうか。たとえば『彼方』においては、グリューネヴァルトのキリストのかたわらにもやはり聖母の姿が描き込まれていた。『彼方』のテクストは、「拷問の責め苦に苦しむあらゆる人びと同様、キリストは幼子の声で彼女に呼びかけたに違いない」[40]と語る。しかし、この聖母は「衝撃を受け、涙に暮れている」だけで「無力で役に立たない」存在だった。彼女にできることといえば、「雷のような衝撃を受け、涙に暮れる」しかなかった。『彼方』のこの冒頭のテクストと先に引用した同じく『彼方』の末尾のテクストとでは、聖母の描き方に何ゆえこのような差が生じたのだろうか。あるいはこうも問うことができよう。ジル・ド・レーの「閉鎖された空間」たるティフォージュの居城からは、あらゆる女性が排除されていた。にもかかわらず、この措置によってすら、この空間に「昇華」の機制を阻害する女性の不吉な力が浸透することを妨げられなかった。

それではユイスマンスにこの根強い女性嫌悪を克服させ得たものは何であったのだろうか。彼をして、聖母を復権させ、「父」なる神を差し置いて、聖母に『彼方』の「意味」を左右する中心的な位置を与えさせた動機は何であったのか。おそらく、『彼方』の段階でその結論を求めるのは時期尚早かもしれない。しかし、作品成立時のさまざまなテクストの織りなすドラマを見る限り、そこに異端の聖霊信仰ともう一人のマリア、すなわちブーラン起源の異端のマリアが何らかの影を落としていたと見なすことは、あながち無理な推論ではないのではなかろうか。

われわれは、こうしてあたかも偶然のようにユイスマンス作品の中に導入された「聖母マリア」という表象が、ユイスマンスの「回心」が問題となる『出発』以降の作品においてどのような展開を見せるのか、次章以降でたどっていくことにしよう。

第Ⅲ部

J.-K. Huysmans et l'occultisme

デュルタル連作の主人公デュルタルは『出発』において，十字架の聖ヨハネにちなんで「暗黒の夜」と呼ばれる神秘体験＝内的体験に参入し，カトリックに回心する。『出発』には『至高所』と題された未完の草稿群が存在しているが，この草稿群には，ブーラン由来の異端の教説が濃厚に影を落としている。

ユイスマンスは，いかにして，少女の身体を持つ悪魔的娼婦の「薔薇の花弁」の誘惑を克服し，彼の「神秘主義」に到達したのか？　拒食症の聖女「スヒーダムの聖女リドヴィナ」に回帰する抑圧された欲望とは？　そして，死の直前に到達した「おぞましき美」の意味するものとは？

第八章　オカルトから神秘へ

1　「デュルタル連作」における作品の連関

まず、形式的な確認から始めることにしよう。「デュルタルの連作」と呼ばれる、『彼方』（一八九一）、『出発』（一八九五）、『大伽藍』（一八九八）、『修練士』（一九〇三）の四作品と、『スヒーダムの聖女リドヴィナ』（邦題『腐乱の華』一九〇一）とは、複雑な間テクスト性によって緊密に結ばれている。『彼方』を検討しただけでも、ユイスマンスのエクリチュールは、一つの枠組みを超えて、他の時期に他の目的で書かれた外部のテクストと結びつく傾向を持っているが、『彼方』発表以降の作品においては、この傾向はますますはっきりしてくる。

まず、「デュルタルの連作」や、『至高所、またはラ・サレットのノートル＝ダム *Là-haut, ou Notre-Dame de la Salette*』（『出発』および一部『大伽藍』の未完の草稿。以下『至高所』）についていえば、これらの作品の連続性・統一性は、再登場人物デュルタルによって保証されている。

『出発』の出版の少し前に、ユイスマンスはジャーナリストのジュール・ユレ（一八六三－一九一五）の質問に答えて、次のように作品の構想を明らかにしている。

小説の筋立てはきわめて単純です。私は、『彼方』の主人公であるデュルタルを再び取り上げ、彼を回心させて、トラピスト修道院に送り込んだのです。私は、彼に関して神の恩寵に畏怖を抱き、礼拝堂を経めぐり、神秘主義文学や、典礼、グレゴリオ聖歌など、教会の作り出した称賛すべき芸術の只中を、これらを友として、成長していく魂のさまざまな挿話を記録しようとしたのです。[2]

実際、『出発』の第一部第二章で、語り手は『彼方』の中でデュルタルが取り結ぶ友情について語りながら、『彼方』と『出発』の主人公が同一の人物であることを確認する。

かつて、偶然に任せてさまざまな人びとつきあい、自分とはいかなる関係もないつまらない人間と交わって、無意味な放浪をさんざん重ねた後で、彼は、ついに落ち着いた。彼は、悪魔主義や神秘主義に造詣の深い医師のデ・ゼルミーと、ブルトン人でサン゠シュルピス教会の鐘撞き、カレーの親友となったのである。[3]

しかし、この言及があった直後、この二人の友人は、人工的にと思えるほど唐突に作品から抹消されてしまう。

ふた月の間を置いて、一人は、チフス熱によって、もう一人は、夜、鐘楼でお告げ《アンジェルス》の祈りの鐘を衝いた後、寒さがもとで床に就き、亡くなってしまった。[4]

ユイスマンスの伝記作家、ロバート・バルディックも言うように、[5]デ・ゼルミーも、カレーも、ある意味、ユイスマンス自身の別の側面を形象化した分身的な人物であり、単調になりがちな自然主義、オカルティズム、悪魔主義等々の説明を「議論」の応酬によって盛り上げるために創造された人物にすぎない。彼らは『彼方』の完成の後、役割を終えたものとして抹消されたということなのだ。

ユイスマンスは『出発』の初稿と見なされる『至高所』の段階から、登場人物の役割の再配分を行ってもいる。たとえば、『出発』以降、デュルタルの魂の指導者として活躍するジェヴルザン神父は、カレーが鐘撞きを務めていたサン＝シュルピス教会から取られたことが明らかな「シュルピス」という名前《プレノン》を持ち登場する。

こうして、『彼方』から一人だけ生き残ったデュルタルは、その後に書かれる三つの作品それぞれが、「神秘主義」に至る一過程を体現する三部作の一つを成すとするユイスマンスの構想のもとに、デ・ゼルミーの性格をも統合する形で、後続する作品の主人公として、内的な深化をとげていく。

ユイスマンスは、『出発』出版から一年後の一八九六年八月二八日付『レコー・ド・パリ』紙上で、ジャーナリストで劇評家としても知られたT・マシアックのインタヴューに答えて、『出発』『大伽藍』『修練士』の三作を（カトリック）三部作としてまとめる計画を明らかにしている。

> 『大伽藍』は『出発』の続編です。しかし、いずれにせよ、思い違いが起きないようにしておきたい点が一つあります。『出発』のデュルタルに私と似たところがあるので、彼と同じように、私も、修道士の立願をしたいと思っているのだと結論した人がいました。それは間違いです。未来のことはわかりませんが、現在まで、私は、頭巾のついた修道服を身にまとおうとは一切考えておりません。〔…〕
>
> 結局いずれにせよ、デュルタルに対する私の大聖堂の影響は甚大なので、それがきっかけになって、私の主人公はトラピスト修道院に関心を持つようになり、最終誓願を立てることなく、生涯、修道院に入ります。そしてこれが『修練士』のテーマになるでしょう。

『彼方』においてデュルタルは、ジル・ド・レーの伝記を書きつつある作家として現れたが、それ以降、この「中心紋《アビーム》」の手法は、フィクションと「現実」との境界を曖昧にしながら拡大される。『出発』と『大伽藍』の中のデュルタルは、スピーダムの聖女リドヴィナ（一三八〇－一四三三）に関する作品を書くために神秘主義の周辺の資料を集め、同時に、信仰を求めてパリの教会を訪れている作家である。

こんな妄想は仕事で追い払ってしまえ。彼は、心の中で叫んだ。しかし、何について書けばいいのか？彼は、ジル・ド・レーについての物語を出版し、その作品は何人かの芸術家の興味を掻き立てることができたが、その後は、何か書物を書きたいと望みながら、さしたるテーマもないままだった。芸術の分野においては、過激な人間だったので、まもなく彼は極端から極端に飛び移った。そして、レー元帥の物語を書くために中世の悪魔主義を渉猟した後では、もはや、探索して面白いテーマは聖人伝しか見当たらなかった。そこで、ゲレスやリベの神秘主義に関する研究の中で見つけた記述がきっかけで、福女リドヴィナの足跡に興味を持ち、新たな資料を探していた。

『彼方』においてジル・ド・レーの物語は、「完成された小説」としてではなく、単に作中人物の間で交わされる会話の中や、主人公デュルタルの夢想として語られていた。しかし、興味深いことに、ここで語られているリドヴィナに関する「聖者伝」は、『彼方』や『大伽藍』の中における狭義のフィクションの枠組みの中では完成せず、『大伽藍』刊行後に、「ユイスマンス」と呼ばれる現実の作家の小説として出版されることになるのである。

作品間の連関はこれだけにとどまらない。

一八九五年に発表された『出発』は二部に分かれているが、第一部（全一〇章）では、一応は信仰を回復したものの、相変わらず肉欲に悩まされる古い人間の残滓を拭い去るべく、信仰を確固たるものにする道を探してパリの教会を訪れるデュルタルの姿が描かれる。一方、第二部（全九章）は、ノートル゠ダム・ド・ラートルと称するトラピスト会修道院でのデュルタルの短い滞在のみで構成されている。デュルタルは、幼年期以来、初めて聖体を拝受し、「暗黒の夜（暗夜）」と呼ばれる神秘的な体験をすることになる。

一八九八年に発表された『大伽藍』では、デュルタルの霊的な指導者であるジェヴルザン神父に従って、シャルトル大聖堂の近くで暮らすようになった彼の精神生活の成長・深化が描かれている。

ところで、『出発』には『至高所』と題された草稿が二系統存在している。『至高所』のために書かれた草稿は、作品が中断された後、『出発』執筆時にばらばらにされ、徹底的に再利用されるが、『出発』に使われなかった原稿は、次作の『大伽藍』にも繰り入れられる。

つまり、結論から先にいえば、『至高所』のために書かれた草稿《マニュスクリ》（手稿）が、完成された二つの作品に配分され、それぞれの原稿に組み入れられることによって、三つの作品は「生成批評《クリティック・ジェネティック》」（草稿から作品の成立過程を復原する研究方法）的な意味で、内的に強く結びつけられているのである。しかも、この「前テクスト」の分配によって、すでに述べたリヨンのマリア派異端や、他の、同様に怪しげな典拠に由来するさまざまな奇矯な思想が、少なくとも一見すると正統カトリックの教理を伝えていると思われるテクストに紛れ込んでいるのだ。

『彼方』の執筆が終わりに近づく頃、危機的な精神状態を抱え、またブーラン元神父の強い影響下にあったユイスマンスは、新たな作品『至高所』の構想を練り始めた。

書簡集や他の証言から判断する限り、ユイスマンスは、外的な事件や、自身の精神の起伏などのため、数度にわたって作品の内容・構成を変えている。この小説の構想・準備にとっても、ユイスマンス自身の人生にとっても、きわめて重要なこの期間、ブーラン元神父は、おそらくは作家を自分の教理に引きつけようとして、ひっきりなしに手紙を書き送り、作品に関してアイデアや資料を提供し続けた。しかも、ルイ・マシニョンも言うように、この間ブーランは、「奇妙なことに」ユイスマンスに対して、「霊的指導者」と言うにふさわしい態度を示し続けたのである。[8]

一八九一年一月八日付のアレイ・プリンス宛の手紙によれば、最初の頃ユイスマンスは、パリの下町サン・セヴラン界隈やリヨンなど、多かれ少なかれ異端の影響のある神秘主義的な雰囲気に包まれた地域に、一九世紀末の現代にも脈々と生き続ける中世についての本を書こうとしていたようだ。このため、彼はパリ国立図書館で資料を集め始めていた。

私は、中世のパリに関して、猛烈と言っていいほど、資料を渉猟しています。私は、国立図書館で、私が準備している地域に関するとても興味深い資料を見つけました。しかし、まだ、作業は膨大で混乱しています。

この手紙が書かれた少し前、一八九〇年の九月末、ユイスマンスはリヨンのブーランのもとを訪問し、ほとんど「神秘的」な人びととの邂逅に衝撃を受けた。すでに触れた通り、リヨンから戻った後、彼の手紙の調子に明らかな変化が伺える。新しい小説の構想を述べた先の手紙の中で、彼は、リヨン滞在を懐かしみ、リヨンのセクトの人びとの生活を未来の小説の中に繰り入れたいと述べている。

また、ほぼ一ヶ月後に書かれた別の手紙には、次のようなくだりがある。

さて、こうした出来事を除いて、私はうんざりしています。神経痛がひどくなり、私の小説〔『彼方』〕が終わって以来、途方に暮れています。この小説には、本当に苦労しましたから、なかなか別の題材に取りかかる気になれません。例のリヨンの司祭は、仕事をしろ、仕事をしろと、しょっちゅう書いて寄こしますが。あのリヨンの一家は、とても奇妙で善良な人びとです。みんな、神秘主義者で、時代の外に生き、世の中の移りゆきは何も知らず、男も女も、われわれからかけ離れた人びと特有の、無邪気な調子で私に手紙を書いてきます。彼らは真の白い本を書くに相応しい人びとです。しかし、世の連中は悪魔主義についての私の本に対してと同様、自然界を超えた人間をでっち上げたと言うことでしょう。ただ、彼らはちゃんと存在しているし、彼らのような存在を否定したのは自然主義の、大きな愚行の一つでした。[10]

ブーランの働きかけは無駄にはならず、ユイスマンスはどうやら、一八九一年に入って、新たな作品に取りかかったようだ。

ただ、ユイスマンスにとって、問題は、美学上のそれにとどまらず、一八九一年四月二七日付のアレイ・プリンス究の手紙が示すように、「白い本」執筆を実現するための理論的前提となる「清浄な《セレスト》」魂の状態に達するにはどうしたらよいかという宗教的な課題でもあった。

私は、今度は、『彼方』〔原題 *Là-bas* は「かの低きところ」の意〕の逆しまに位置づけられる書物、一種の「かの高きところ」〔『至高所』の原題 *Là-haut* は「かの高きところ」の意〕「白い本」を書きたいのです。これは、悪魔主義と同様、芸術の中ではまだ探求されていない道です――私は、神聖なるものに挑戦してみたいのです。

これは、ご想像のように簡単なことではありません。おそらく一年の準備作業が必要でしょう。しかし、それはどうでもよいことです。

一番難しいのは、それを書くに必要な魂の状態を潔斎と祈りによって実現することです。しかし、それには、私自身がその状態にならなければなりません。私は、そのため、修道院に滞在してみようかと考えています。[11]

ミュニエ神父。

自分の魂を浄化する「塩素」を求めて、ユイスマンスは、ベルト・クリエールの仲介によって、当時、サン＝トマ＝ダカン（聖トマス・アクイナス）教会の助任司祭ミュニエ神父（一八五三－一九四四）に面会した。後に、マルト・ビベスコ公妃（一八八六－一九七三）をはじめ、フォーブール・サンジェルマンの貴族のサロンに親しく出入りし、M・プルースト、P・ヴァレリー、J・コクトーらの敬意を集め、「全パリ人士の告解士」と謳われた名物神父である。[12] 特に、ルーマニア生まれの作家で第一次世界大戦から第二次世界大戦に挟まれた戦間期、芸術の保護者としても知られたビベスコ公妃とは親しく、彼女はミュニエ神父と交わした書簡をもとに三巻からなる『ある友情の行方』（一九五一－五九）を残している。

ユイスマンスは、それと平行して、レオン・ブロワの例にならって、イゼール県サン゠ピエール゠ド・シャルトルーズにあるグランド・シャルトルーズ修道院への巡礼を計画していた。しかし、ブーラン元神父の勧めによって、考えを変え、ブーランに同行して、聖母マリア信仰の聖地であるラ・サレットに赴いた。[13]

一八九一年七月一八日、彼はブーラン元神父、パスカル・ミスム、ジュリー・ティボーと四人でここを訪れ、深い印象を受ける。

この時期から、未来の小説は、ラ・サレットへの巡礼の経験をもとに構成されることになったようだ。ラ・サレットから帰還するとすぐ、ユイスマンスは、新たに彼の霊的指導者となったミュニエ神父に、自分が今計画中の「白い本」は『肉の戦い』ないし『ラ・サレット以前、その間、それ以後』という題になると知らせている。[14]

これ以降、重要な出来事や事件がユイスマンスの人生に次々と起こった。

一八九二年七月、ミュニエ神父の仲介により、ユイスマンスは彼の回心を完成させるため、ノートル゠ダム・ディニー（イニー）のトラピスト修道院に一週間の静修修行を行う。そして翌九三年一月四日には、ユイスマンスやジャーナリストのジュール・ボワらブーランの信奉者の信じていたところでは、ブーラン元神父が「スタニスラス・ド・ガイタの送った呪詛によって」急死する。

これらの出来事、事件にもかかわらず、この時期まで、小説の最初の構想は大筋で維持されていた。ブーラン元神父の死を伝えるアレイ・プリンス宛の手紙の中で、ユイスマンスは小説の進行状況を次のように報告している。

私は、小説に掛かりきりになっています。ほぼ第一部が終わりましが、四部まであるのです。しかし、ひとりでに筆が進むというわけではありません。いまだかつて、これほど難しく、読者の求める規範からこれほど外れたテーマに取り組んだことはありません。悪魔主義をも超えています。いやはや、白い神秘主義の扱いにくさといったら。[15]

『至高所』は、最も発達した形では、四部で構成されることになっていたのである。しかしながら、彼の企図は、少なくとも彼が当初予想していた形で実現することはなかった。数ヶ月後、ユイスマンスは彼の仕事を続けることをあきらめざるを得なかったからだ。

私の方は、ますます厄介な状況に追い込まれています。私はすでに私の本の大部分を完成しました。優に普通の本一冊分の分量です。ですが、一切を、うっちゃることにしました。

二年間の仕事をこのような形であきらめるのはつらいことです。しかし、書いていてもうまくいっていないし、自分で満足できていませんでした。私は、再び仕事に取りかかり、別の土台で書き直し始めました。[10]

一九六〇年代の半ばまで、このラ・サレットを主題とし、ブーラン元神父の強い影響のもとに書かれた未完の小説の草稿は、ユイスマンスが亡くなった時、彼の遺言により破棄されたものと思われていた。ルイ・マシニョンが、ユイスマンスの最後の聴罪神父だったダニエル・フォンテーヌ神父（一八六二―一九二〇）から聞いた話として、ユイスマンスが『至高所』と題された未完の草稿を焼却させたと伝えていたからだ。

ブーランの死によって、この堕落した魂の恐ろしい秘密を知らされた後も、ノートル＝ダム・デ・ラルム〔涙の聖母〕、ブーランの語法に従えば、「苦しみのマリア」への愛着を持っていることを、彼〔＝ユイスマンス〕は認めていたし、親しい人間にも語っていた。ユイスマンスはいつか、それを書物によって公に表明できるとすら考えていた。その書物は実際に書かれた。この点について、あまり事情に通じていなかったレオン・ブロワは疑っていたが、それはブロワの誤りで、本の中では、苦しみのマリアに対する崇敬が表明されていたのだ。ユイスマンスの『ノートル＝ダム』（私は、正確な題名は知らない。複数の自筆原稿全文が存在したことが知られている）の原稿が再発見される可能性はあり得ない話ではない。しかし、私は、ユイスマンスの最後の聴罪神父〔期間〕

一九〇二－一九〇七）であるダニエル・フォンテーヌ神父から、ユイスマンスが死に際して（他の書類と併せて）元原稿を焼かせたという話を聞いている。彼は、この最後の犠牲によって、教会の規律へ服従し、われわれの現在の調査では明らかにすることができないが、いくつかの係争事項に関して論争が再燃することを避けようとしたのだ。[17]

しかし、一九六〇年代、『至高所』の二つの異なった草稿群がユイスマンス研究者によって相次いで発見された。どうやら、軽率で知られたユイスマンスの最後の秘書ジャン・ド・カルダンが、主人の遺言を字義通りには実行しなかったものとみえる。

存在していた草稿群の一つは、ブルガリア生まれのアルメニア人で、アメリカに移住してフランス文学研究者・草稿収集家として知られたアーティン・アーティニアン（一九〇七－二〇〇五）により発見されたもの。「引き裂かれたものを修復した痕のある」この草稿群はその後、ピエール・コニーとピエール・ランベールの協力を得て『至高所、またはラ・サレットのノートル＝ダム』の題のもと一九六五年に出版された。『至高所』草稿全二部のうち、第一部（全六章）の第一章と第四章を欠き、また、出版に際して編者の判断によってテクストの一部が短縮されている。

もう一つの草稿群は、アーティニアンの発見からほどなく、パリ国立図書館の自筆草稿部門の首席司書を務めていたマルセル・トマが「『出発』の重要な自筆草稿」を見つけて国立図書館のために購入したもの。この草稿群は、パリの商人でユイスマンスの友人であったルクレール夫妻がユイスマンスより直接譲り受けた書籍や草稿類が夫妻の死後一九三四年に競売に付された際、そのリストに記載されていたものだ。四八八枚のフォリオ（紙葉）からなるが、全体は二系統に分かれている。第一系統は、アーティニアン発見草稿群に対応し、ただし時系列的にはアーティニアン発見草稿群より以前に書かれた最初期の『至高所』全草稿（第一部全六章、第二部全三章）であり、第二系統は、『出発』のほとんど決定稿に近い状態の草稿である。

マルセル・トマは『至高所』のこれら二つの草稿群を発見順に草稿A、草稿Bと名づけたが、ミシェル・バリエールが一九八八年に『至高所』の「校訂版」を出版した際に、執筆された時間順に、トマ発見草稿群の方を草稿A、アーティニアン発見草稿群の方を草稿Bと名づけた。拙著では、執筆順に沿った後者の呼称に従い、トマ発見草稿の第一系統を『至高所』草稿A、アーティニアン発見草稿を『至高所』草稿B、そしてトマ発見草稿の第二系統を『出発』草稿と呼ぶこととする。なお、バリエールによる『至高所』校訂版は、一九六五年版同様アーティニアン発見草稿（草稿B）をベースにしているが、トマ発見草稿（草稿A）をも参照することにより、一九六五年版の欠落・短縮部分を補っている。

現在、『至高所』草稿Aおよび『出発』草稿はフランス国立図書館旧館（リシュリュー分館）で閲覧が可能である。『至高所』草稿Bについては、特定施設での公開は確認できておらず、レファランスは困難と思われるが、筆者の場合は、パリ滞在中に『至高所』校訂版の出版元プレス・ユニヴェルシテール・ド・ナンシーを介してミシェル・バリエール氏宛、筆者の所在を通知したところ、当時パリ郊外のリセで教鞭を執っておられたご本人から連絡があり、パリのカフェで直接お会いし、自分にはもう必要ないからと、彼女のもとに保管されていたその写真複写版を博士論文の執筆の間お借りすることができた。この複写版は、彼女の師である故ピエール・コニー教授が作ったものを、教授亡き後も彼女が預かっていたものらしい。

さて、こうして発見された『至高所』草稿群は、すでに触れたように、『出発』完成テクスト同様二部構成で成り立っている。大まかに言って、第一部は『出発』完成テクストの第一部に相当し、信仰を求めて、パリの教会を経めぐるデュルタルの姿を描いている。第二部は、第一部に比べ短く、「未完」に終わっているが、デュルタルのラ・サレット巡礼を描いている。また、これもすでに述べたように、『至高所』は『出発』の第一稿をなしているだけでなく、『大伽藍』の草稿の一部分をなすものとしても使われているので、この『至高所』の草稿群は、ばらばらに分解され、『出発』と『大伽藍』の二作品に分配されることにより、徹底的に再利用されている。

ユイスマンスの書簡や、同時代者の証言が示すように、カトリックに回心した後、ユイスマンスは『至高所』においてはまだきわめて多く見られた、リヨンのマリア派異端に発する「非正統的な」要素を、誠実な意図に基づいて取り除き、自作を「白く」洗い清めようとした。このため、十字架の聖ヨハネや、アヴィラの聖女テレサをはじめ、カトリック教会内で最も正統と見なされている「神秘主義者」の著作を作品の中に取り入れようとした。しかし、にもかかわらず、ユイスマンスは同時に自らのオプセッション、すなわち、自己の内奥に発する文学的な妄想に忠実であり続けたということができる。

必要なのは、『出発』『大伽藍』に移行する過程で、意図的に隠されたり、抑圧されていった古い層を掘り出し、ユイスマンスの文学の変貌過程を跡づけることだ。それはユイスマンスの回心の意味を探ることでもある。

この観点からすると『至高所』の第一部第二章が最も興味深い材料を提供してくれる。この章においては、ジェヴルザン神父、バヴォワル夫人、娼婦フロランスという、悪魔主義の圏域に起源を持つ三人の作中人物が創造されているからだ。

また、この章は、草稿の構成の点からも重要だ。この第二章に限って、草稿Aに、二系列の異なった草稿が存在しているのである。これを、それぞれ草稿A-1、草稿A-2として区別しておくことにしよう。草稿A-1は、「至高所」の中で、最も古い層に属する草稿であると考えられる。

2 キリスト教信仰の回復と食物

『至高所』の第一部と『出発』の第一部を比較するならば、確かにその規模は、全六章立てから全一〇章立てに拡大はしているが、『至高所』の第一部は『出発』の第一部の文字通りの第一ヴァージョンを構成している。両者は、基本的な物語の運びも同じだし、主題もかなりの部分を共有している。

しかし、両者の世界はある一点において根本的に異なっている。すなわち、『出発』においては、物語の始まった時点で、行動-倫理レベルの実践はともなっていないにしても、一応、デュルタルに信仰が成立している。具体的に見ていこう。たとえば、サン=シュルピス教会において荘重なオルガンを伴奏に合唱団が歌う「デ・プロフンディス（深き淵から）」の響きを背景に、教会音楽と信仰について、デュルタルの内なる思索が展開される感動的な第一章に関しては、『至高所』も『出発』も、右の根本的な違いを別にすれば、ほぼ同一の内容になっている。

一方、『出発』の第二章の冒頭は、次のような意味深いくだりで始まる。


どうやって、彼はカトリックに戻ったのか？　どうやって、彼はここに至ったのか？

そして、デュルタルは答えた。私は知らない。私が知っているのは、何年もの間、神を信じていなかったのに、突然信じるようになったということだ。[18]

そして、それに続いて、「先祖返り」「孤独」「芸術への愛」という、デュルタルを回心に導いた三つの理由に関する説明が始まるのだ。

一方、『至高所』の第三章の冒頭は、第二章で形作られた構図を総括するものとなっているが、『出発』第二章冒頭に相当する魂の現状証明は、『至高所』草稿Aでは次のように始まる。


デュルタルは、淫らな官能が、敬虔な思想に触れて、ますます掻き立てられるという奇妙な状況を体験した。宗教を実践することなく、芸術という観点からのみそれに触れることによって、空虚な中で心の高まりを覚え、カトリシズムの中に入らずその周辺をうろつく時に、カトリシズムが掻き立てる嘆くべき影響を自ら経験したのだった。

彼は、色欲と教会との間で水泡のように漂った。これら二つは交互に［満ち引きする潮のように］彼を互いの側に押しやり、一方に近づくとすぐに［別の方へ］（離れてきた方へ）戻らざるを得なくした。そして、礼拝堂に連れて行くかと思えば［娼婦たち］フロランスのもとを訪れ、代わりばんこに、双方を望み、懐かしみ、最後には、自分のあり様に憤激しながらも、我れ知らず、また、同じこの道に引き戻されるのだった。[19]

つまり、デュルタルは、『至高所』の物語が始まった段階で、官能の軛と宗教的な強迫との間で引き裂かれ、まだ未決定の状態の中にあって、神の存在とカトリック教理の真実性に対する根源的な疑懼《ぎく》を解決し得てはいないのだ。草稿では、「満ち引きする潮のように」「別の方へ」「娼婦たち（のもとへ）」という語句が抹消され、「交互に」「離れてきた方へ」「フロランスのもとを」という語句が付加ないしは、もとの表現のまま残されるなど、この時点での作家の微妙な揺れが見て取れる。

ある意味、われわれは、奇妙な状態に置かれることになる。『至高所』のテクストと『出発』のテクストは、草稿の分配と再利用という手法によって、多くの挿話を共有している。その結果として、これら二つのテクストをたどっていくと、作家の意図は別にして、主人公が信仰に向かって進んでいく物語（『至高所』）と、始まりの時点で主人公がすでに信仰を回復している物語（『出発』）とが、同じような行路をたどって進行していく印象が生ずるのだ。つまり、『出発』という作品は、常に、その背後のより「古層」にある『至高所』のテクストと、それが書かれた文脈にわれわれを差し向け、二重の読解を要求するのである。

それでは、『至高所』から『出発』への、この移動はいかなる方途により達成されたのだろうか？　すでに指摘してきたように、『彼方』以前のユイスマンスの作品においては、主人公の魂の状態の変化は、食物の比喩によって表現されていた。『出発』においても、神の恩寵は食物の消化によって達成されたという説明が与えられている。

それは、何か、知らない間に、胃が働いて消化が起こるように起こったのだ。[20]

しかし、興味深いことに、『至高所』においては、このテクストはデュルタルと、その霊的指導者ジェヴルザン神父、バヴォワル夫人との会話の中に見い出される。しかも、その言葉を口にするのはデュルタルではなく、ジェヴルザンなのだ。

お聞きなさい。あなたは、回心について、先入見を抱いておいでだ。雷の一撃のように、突然、激しい魂の変化が訪れるとか、ゆっくりと、巧みに地面に爆薬が仕掛けられて、最後に爆発するように信仰が立ち上がるといった話を聞いておられるのでしょう。回心が、そういうやり方で起こる人がいることは私も否定しません。神は、ご自身がよいと思われるように動かれるのでな。しかし、別のやり方で回心が起こることもある。それこそ、きわめて不思議で、きわめて単純で、なぜそうなるのかもわかりません。あえてこんな比較をすることが許されるなら、何か、知らない間に胃が働いて、消化が起こるようなものです。ダマスカスの道も、危機を一挙に解決する事件も、起こらない。一言でいえば、何も起こらなかったというわけです。ある朝、目覚めてみると、なぜだかも、どのように起こったのかもわからないが、回心が成就しているのです。[21]

つまり、恩寵が食物の消化の比喩で語られるという図式は、ユイスマンスの企図に最初の段階から組み込まれていたことになる。

話を先に進めよう。『至高所』『出発』のテクストと食物との結びつきは、これにとどまらない。例によってユイスマンスの食物の圏域は、その周囲に他の奇矯な要素を引き寄せないではおかない。たとえば、デュルタル、特に信仰にまだ到達していない『至高所』のデュルタルのカトリック教義への関心は、特に化体の秘儀に集中している。

その通りだ。しかしそれなら、とデュルタルは続けた。眉をひそめずに、あり得ないことを綴った章句に賛同する必要がある。たとえば、聖体の中にイエスが現実に存在していることを認めなければならないし、悪人や下卑た輩が常に勝利するためにわざと作られているような、この世界の不正を受け入れなければならないのだ。これは、しかし、つらいことだ。[22]

しかし、この教理への彼自身の疑いを払い去るために、デュルタルは、彼が「おぞましさによる証明」と呼ぶ手段に訴え、この奇跡による食物の変化と、降霊術の実験とを比べる。

まず、第一に、形色の化体は認めがたいように思われる。神がパン切れの中に受肉し得るなどということを信じるのは馬鹿げている。しかし、私は、いかなるごまかしもできない状態で、降霊術の実験に立ち会った。答えを教えたのが、参加者の流体でも、テーブルの周りにいる人間の暗示でもなかったのは、これもまた明らかなことだ。なにしろ、このテーブルは、私たちのうち誰も英語を知らなかったのに、突然、英語で話し出したし、その数分後には、テーブルから離れたところにいた私に向かって、私が忘れていた、私だけしか知り得ない出来事を、今度はフランス語で私に語った。だから私は、超自然的な要素が、円卓を媒介手段として使っていたのだと想定せざるを得ないし、死者の降霊ではないにせよ、こちらの方がよりあり得ることに思われるが、少なくとも亡霊 larves の存在が明らかになったと、認めざるを得ない。[23]（以下、強調は引用者）

このテクストの中で、デュルタルは「参加者の流体」の存在をあらかじめ否定している。しかし、今一度確認しておこう。『彼方』の読解において明らかにしたように、ユイスマンスは二種類の「流体」を区別しているのだ。一方には、降霊術の参加者や、恍惚状態にある霊媒が発する物質的な基体がある。これは、古典的なメスマーの動物磁気説でいわれる意味での「流体」だ。しかし、もう一つ、別のグループに属する「非物質的な流体」が存在し、こちらは、精霊、魑魅魍魎、死者の魂、男性夢魔《インクブス》、淫夢女精《スクブス》など、大気の中を目に見えない微生物のように浮遊したり飛翔したりするとされている基体である。ブーラン＝ユイスマンスの体系においては、亡霊 larve とは、身体が「非物質的な流体」で構成された悪霊を指す婉曲表現に他ならなかった。ここに含まれている論理は確かに、瀆神的で、「おぞましい」が、それなりに一貫しているのだ。

「流体」の「物質性」が増加すると、精神的な価値の尺度からは評価が下がる。メスマー的な催眠幻視者（霊媒）は、ユイスマンスにとっては、近代医学と同様物質的なのである。

『彼方』の占星術師ジェヴァンジェーが語る、男性夢魔《インクブス》や淫夢女精《スクブス》が、他の作中人物から悪く見られるのも、これらの下級の霊が物質的な基体を持っているのではないかと疑われているからだ。だとすれば、筆者が引用した『至高所』と『出発』の意味は明らかだろう。降霊術の実験の中に亡霊の関与を求めるならば、「聖霊」も「流体」的性格を有しており、十分「非物質的」である以上、聖体のパンの中に入り込めないはずはない。

『至高所』の第三章の大部分が『出発』の第二章に繰り入れられた時、問題の箇所は一旦抹消され、残りのテクストはばらばらに本文の中に組み入れられるが、聖霊が「流体」の一種だとする思考はそのまま維持される。たとえば、『出発』第五章の終わり近くに、以下のような記述がある。

それ〔＝第三の位格である聖霊〕は、光として、流体として、息吹のようなものとして思い描かれている。[24]

また、精神（魂）＝流体という等式が、ユイスマンスの思考の中にはっきりと刻み込まれていたことについては、『至高所』と『出発』の執筆が進行していた一八九二年頃、「緑の手帳《カイエ・ヴェール》」と呼ばれるユイスマンスの手記に以下のような記述があることからもうかがえる。ここに見られる通り、ユイスマンスにとって「魂＝流体」とは、女性なのだ。

魂、この流体、この精髄、この霊、このわけのわからない何かは女性である。常に精神は夫たる神を待ち望んでいる。精神は、それが属しているいずれかの性の身体の中で、女だ。神秘主義は常に精神を妻だと考えている。

たった一つわかっていることは、精神は何らかの意味で、霊的な母胎だということであり、霊は神と合一したり、あるいは神を受け入れることができるということだ。神の前に身を投げ出すか、神を受け入れるべく身をかがめるか。何と馬鹿げたことか。霊的な射精か、それとも流体でできた女陰、受容器か。[25]

一方、聖体の秘蹟の問題は、『至高所』と『出発』の物語を前進させるための一つの動機づけになっているということからも重要だ。ユイスマンスの主人公にとって信仰は食物の消化である。未完のため、どのような結末が用意されていたかは明らかではないが、『至高所』の物語とは、いかにして聖体拝受に参加するか、いかにして信仰＝食物を受け入れるか、さらにはいかにしてそれに値するような人間となるか、という筋立てで構想されているのであり、この構想は『出発』へと引き継がれてもいるのだ。

ただ、『至高所』においても『出発』においても、この構想に対してデュルタルは乗り越えがたい障害に直面する。『至高所』においてデュルタルは聖餐に参加したいという欲求を語る。

「それでは、あなたは、自分が信仰を持っていないということを自覚していらっしゃるわけですね」と〔ジェヴルザン〕神父は言った。神父の目は、格子のような白い眉の後ろできらりと光った。

「おそらく」とデュルタルは答えたが、どういうわけかわからぬままに躊躇した。「でも、結局」と彼は言葉を続けた。「たとえ私が信仰を持ったとしても、また、たとえ私が告解を行い、聖体拝受を受けたとしても、それによって私はどうなるというのでしょうか？　私が教会の外に出て、私の官能をそそる女に出会ったなら、そうですね、後悔に暮れる感動を味わうというそれだけのためでも、私は自分を失い、女の家について行ってしまうでしょう」[26]。

ここから――デュルタルがやはり消化の比喩を用いて、「魂の消化不良」と呼ぶ状態に最終的に決着をつけるために――彼の中の肉欲を排除する必要が生じてくる。

『至高所』の物語はユイスマンスの欲望の最も深いレベルで、食物というもう一つの特権的なテーマを介して、女性の否定的な力という問題系に組み込まれている。後に見るように『至高所』も『出発』も、いかにして、女性に発する禍々しい力を厄介払いできるか、という問題をめぐって展開するのである。

すでに『至高所』においても、小説の始めから、ユイスマンスの女性に対する態度には注目すべき変化が見られる。デュルタルが自分に回心を促した理由の一つとして挙げている「先祖返り」の例として、女子修道院に入っていた従姉妹や叔母のもとを訪れた自身の思い出が、彼女たちを閉じこめる「閉鎖された空間」への尽きせぬ憧れとともに、優しく甘ずっぱい感傷をともなって語られていた。しかも、自然主義期の中編『流れのままに』第四章においては、同様の記憶が、キリスト教の教理の荒唐無稽を揶揄し、ショーペンハウアーの諦念に対する賛意として表明されていたのに対し、『至高所』ではその関係が逆転されているのだ。

もっとも、『出発』においては、回心を促した理由について『至高所』同様の「説明」が提示されるものの、信仰回復の起源にさかのぼることはあらかじめ禁じられている。

『出発』では、小説の始めから、すでに「回心」という決定的な事件は起こった後だ。『出発』のデュルタルによれば、どうしてだかわからないが、「前日には、神を信じてはいなかったのに、一晩のうちに、神を信じるようになっていた」し、「神の行為は、後を残さず消え去っていた」[27]のであり、「回心の心理学は無意味」だとされるのだ。とはいえ『出発』のデュルタルも、彼の回心のために働いたある力、「聖母マリア」の力の存在を否定してはいない。

> 彼は、しばらく黙って考えてから続けた。こうしたケースで、私たちに働きかけたのはマリア様だ。私たち罪人のパン生地を捏ね、息子であるイエス様の御手にお渡しくださったのだ。[28]

しかしながら、作品生成の観点からすると、デュルタルのこの発言は記憶と起源の奇妙なパラドックスへと、われわれを送り返す。食物として消費される恩寵に関する言葉と同様、『至高所』の版では、このテクストは第三章の終わり、ジェヴルザンとバヴォワル夫人の会話の中に現れるのだ。まず、ジェヴルザン神父が『出発』とほぼ同じ語句を用いて回心における心理学の無効を説く。

「しかし、それらの糸を結び合せて一つの房にまとめたといって、あなたの中で、突然発生する音のしない爆発、あの目に見えない光のきらめきを理解することなどできませんよ。どういうわけで、前日、神を信じていなかったあなたが、一晩のうちに、それと知らずに神を信じるようになっていたか説明しようとしても、さて、あなたは何も見つけられますまい。というのも、その時には、神の働きは、痕を残さず消え去っているんですから」。

バヴォワル夫人が言った。「神父様、そういう場合には、ほとんど、常にマリア様がお働きかけくださっているんだということをおっしゃらねば。罪人というパンを捏ねて、息子であるイエス様の手に渡してくださるのはマリア様なのですから」[29]。

つまり『至高所』においてのこの対話は、ジェヴルザンとバヴォワル夫人が、まだ信仰を回復していないデュルタルに告げる彼らの「予測」なのである。

それでは、ジェヴルザンとバヴォワル夫人とは一体何者なのか？

3 異端の教祖ブーランの帰趨

リヨンのマリア派異端は、『彼方』以降のユイスマンスの小説にも大きな影響をもたらした。

その第一は、この異端が、ユイスマンスに主要作中人物のモデルを提供したことだ。

公刊された『出発』の第一部第三章に、デュルタルを回心へと導くに際し、決定的な役割を果たすジェヴルザン神父の人物描写が出てくる。この人物の造形に関しては、少なくとも、ユイスマンスは六段階にわたって草稿を全面的に書き換え、入念に推敲を行っている。まず、『至高所』の草稿A‐1、A‐2、Bの三つにおいて初期の粗描が試みられる。次に、『出発』の草稿フォリオ２０（この草稿には第三章No.７という記号がつけられている）で、それまでとは異なる四つめのヴァージョンが提示される。さらにフォリオ２１（第三章No.７‐２）として、フォリオ２０の後に挿入されたと覚しき五つめの人物描写がくる。そして、それまでのヴァージョンに若冠の修正を加えた六つめのヴァージョンがそのまま『出発』の印刷原稿（完成テクスト）となる。[30] しかも、『大伽藍』の第二章では生成批評的には同じ起源に属するテクスト断片が採録されている。ジェヴルザン神父に関わる限りで、ユイスマンスは七段階のステップを踏んで、この人物の描写を変貌させていったことがわかる。

一方、本書の序章に記したように、ユイスマンスがブーランについて最初の情報を得たのは「カバラの薔薇十字」の指導者の一人、オスヴァルド・ヴィルトからであった。

一八九〇年二月七日、ユイスマンスはヴィルトに対する不快な印象を綴った同じメモに、ヴィルトから聞いたブーランの人物像を次のように書き記している。

彼は胴体ばかりで、足のない小男で、きょろきょろと不安げな目つきで、もしゃもしゃの髯を生やし、かつて神父だったという面影は善人ぶった物腰にしか残っていない。[31]

『彼方』において、ブーランは、彼が実際に用いていた変名であるジョアネス博士の名で登場するが、ここではブーランとジョアネス博士の経歴的な類似は歴然だ。

たとえば、第一四章。デュルタルは、シャントルーヴ夫人との情事のあった翌日、デ・ゼルミーとともに、カレー宅へ夕食に訪れる。そこでジョアネス博士の来歴が話題となる。ここでジョアネス博士に関する情報を提供するのは、デ・ゼルミーだ。

「ああ」とデュルタルはシャントルーヴ夫人のことを思いながら言った。

「あなたは、ジョアネス博士がどうなったかご存じですか？」とカレーが〔デ・ゼルミーに〕尋ねた。

「彼〔＝ジョアネス博士〕はリヨンに引きこもりきりで、悪を祓う治療を続け、至福をもたらす助け主《パラクレ》の到来を説いていると思いますよ」。

「ジョアネス博士とは、一体、どんな方なのですか？」とデュルタルは〔デ・ゼルミーに〕尋ねた。

「彼は、きわめて頭脳明晰で、博学な神父です。彼は、修道会の上長者を務め、パリでも神秘主義を論じる唯一の雑誌の編集者を務めていました。彼はまた、信頼を集めた神学者にして、教会法の権威だったのですが、その後、ローマの教皇聖庁およびパリ大司教枢機卿との間で、痛ましい論争が起こりました。彼は、女子修道院を訪れ、修道女を苦しめる夢魔と戦い、彼らの害を取り除いていたのですが、それが、ジョアネス博士の失脚の原因となったのです[32]」。

それでは、その後に書かれた『至高所』の登場人物ジェヴルザン神父の方はどのように描写されているだろうか。とりあえず、ここでは一番古層に属するA－1のテクストを取り上げよう。リドヴィナに関する書物を探しに（『出発』にも登場する）狷介なトカーヌの経営する古書肆を訪れたデュルタルは、神秘神学に通じたあるミステリアスな神父（ジェヴルザン）と友人になり、彼の家に招かれる。神父は、リドヴィナをはじめ神秘主義に関してデュルタルと語り合い、最後に、自らを次のように語る。

> 私は、こうした問題について、経験に基づいて語ることができると思っています。私は、修道院で、修復を行う修道女たちの指導者なのです[33]。

デュルタルはその後、書店主トカーヌの口より、神父の素性を明かされる。

> ある日、トカーヌの口から、シュルピス・ジェヴルザン神父はすでに齢六〇を過ぎていて、リウマチを患い、身体の自由が利かないために、ミサを挙げられなくなってしまった、だから、修道院付き司祭になって、もうど

この教会にも属してはいないのだ、と教えられた。「あの人は、やっと食べていけるだけの収入しかないし、それに、神秘主義的な思想がもとで、大司教からよく思われていないんですよ」。トカーヌは、軽蔑したようにこうつけ加えた。

書店主からもたらされたジェヴルザン神父に関する情報はこれで終わりだった。

デュルタルは考えた。彼は、明らかに、よい神父だ。顔つきや、全体の印象は、人を騙せない。彼は背が高く、血色がよかった。頬には、熟した杏の実のように、血のような赤い斑点があった。髪の毛は薄かったが、真っ白で、短く切りそろえてあった。分厚く、紫がかった唇は愛情に飢えたように、半開きで、ちょっとぬめぬめしていた。微笑んだ顔は悲しげで、口元からは手入れのいき届いた若々しい白い歯がこぼれていた。しかし、この顔にいくぶん奇妙な調子を与えるのは、この老いた顔の、太く白い眉の下に、小さな子供のような青い目が、いつも驚いたような笑みを浮かべているからだ。

そして、初めて聖体拝受を受ける幼い女の子のように、皺の間をきょろきょろ動くこの目は、神父の内気で戸惑ったような挙措とよく合っていた。高い上背が邪魔で、腕をどこに置いてよいかわからず、長い足に困っているようだった。[34]

まず、この引用文中にある「彼は、明らかに、よい神父だ」（『至高所』草稿A‐1、フォリオ27、三四行）という表現に着目してほしい。この公式は、先に述べた通り、『出発』の完成テクストに至るまで、改稿ごとに徐々に変化していく。

彼は、明らかに、純朴な（よい）神父だ。（『至高所』草稿A‐2、フォリオ40、二八行）

彼は、明らかに、純朴な神父だ。（『至高所』草稿B、フォリオ26、二行）

いずれにせよ、彼は、きわめて頭脳明晰で、とても感じのよい神父（司祭）だ。（『出発』草稿、フォリオ20、一行）

いずれにせよ、彼は、きわめて頭脳明晰で、とても優れた人間だ。(『出発』草稿、フォリオ21、一行)

彼は、明らかに、きわめてよい神父だ。(『出発』完成テクスト、六三頁)

この一連の表現＝公式が、すでに引用した『彼方』第一四章に出てくる、「彼は、きわめて頭脳明晰で、博学な神父です。彼は、修道会の上長者を務め〔…〕」というジョアネス博士についての記述ともきわめてよく類似していることは見て取れよう。

同様に、ジェヴルザン神父が「修道院で、修復を行う修道女たちの指導者」であるという先の『至高所』(A‐1)での表現と、同上の『彼方』第一四章におけるジョアネス博士の描写の後段との類似も明らかだ。すでにブーランの生涯を紹介した際に指摘したように、彼は、一八五六年、当時彼の霊的指導下にあり、神を恐れぬ冒瀆的な愛人関係にあったアデル・シュヴァリエらと、「修復」を行う女子修道院である「修復の御業」を設立した。また、ブーランはユイスマンスに宛てた手紙の中で、何度も、自分が修道院あるいは宣教団の上長者だった事実を強調している。

要するに、「現実」のブーランと、『至高所』以降のジェヴルザン神父とは、『彼方』のジョアネス博士を介して、親縁関係で結ばれているのだ。

また、ジェヴルザン神父は、『至高所』の最初の草稿(A‐1)では「修道院付き司祭」であり、「もうどこの教会にも属してはいない」とされている。これには、一九世紀を通じて、司祭、特に教会の司祭の知的な低下が進んでいたという社会学的な要因も働いていると思われる。[35] しかし、「閉鎖された空間」に対して特別の執着を持つユイスマンスにとって、デュルタルを回心させる神父は「修道院」という閉ざされた場所の住人でなければならなかったと考えることもできる。ユイスマンスの主人公の主体は、不安定で、常に生暖かい方舟の内部に閉じ込もりたいという欲求を抱いている。修道院は、このテーマ系の数多い変化系の一つであり、そのカトリック・ヴァージョンともいうべきものだ。したがって、この「閉鎖された空間」の住人である修道会付き聖職者は、ユイスマンスの妄想的な世界の中では特権的な地位を獲得する。それに対して、在俗神父は、フリーメーソンや、ユダヤ人、アメリカ人などとともに、この閉鎖された空間の秩序を乱す、悪の集団の側に位置づけられる。

ジェヴルザン神父のモデルとしては、かつては、ユイスマンス自身の回心に大きな役割を果たしたミュニエ神父でないかと考える研究者も多かった。しかし、彼の経歴とブーランの経歴を比べてみる時、どちらがジェヴルザンの肖像に近いかは明らかである。

ミュニエ神父はノジャン゠ル゠ロトルー、イシー゠レ゠ムリノー、サン゠シュルピスの神学校に学び、三年間、ノートル゠ダム・デ・シャンの神学校で教鞭を執った後、九年間、サン゠ニコラ゠デ゠シャン教会の助任司祭を務め、一八八八年、サン゠トマ゠ダカン教会の助任司祭に任じられた。彼が、修道院と関係を持ったことはない。

年齢の点でもミュニエ神父は、ジェヴルザン神父とはあまり似ていない。

トカーヌは、ジェヴルザンが六〇歳を過ぎていると語っているが、ミュニエ神父は、一八五三年生まれで、ユイスマンスより五歳若い。一方、ブーランは、元、「修復」を目的とした「修道院付き司祭」であり、ユイスマンスと出会った頃は、すでにカトリックから破門されていたので、ジェヴルザンと同様、もうどこの教会にも属していなかった。そして、「薔薇十字による呪詛によって」亡くなった時には、六八歳であった。

先の『至高所』（A‐1）の引用の中でトカーヌが提供しているジェヴルザン神父に関する情報のうち、最後の数行は特に注意に値する。

あの人は〔…〕それに、神秘主義的な思想がもとで、大司教からよく思われていないんですよ。

これだけを読めば、字義通りの意味に解することも可能だろう。しかし、先の『彼方』のテクストと付き合わせれば、形式的に見ても、これがジョアネス博士とローマ教会との「さまざまな教理」をめぐるいざこざを描写したくだりの要約になっていることがわかるだろう。この時代、神秘主義一般がカトリック界からどのように見られていたか、はっきりと断言する自信は筆者にはない。ただ、この箇所が『彼方』の公式の採録であるとするなら、話は簡単だ。ミュニエ神父は、すでに記したように、後に「すべてのパリ人士の告解師」とあだ名されたほど、温厚で社交に長けた人物だった。それに対して、すでに見た通り、ユイスマンスはブーランを類い稀な神秘家と見なしていたのだ。

とはいえ、『至高所』の最も早い草稿（A－1）段階から、ジェヴルザン神父の外見、特にその身長については、ブーランとはっきりした違いが認められる。

「カバラの薔薇十字」のオスヴァルド・ヴィルトは、ブーランについて、「彼は胴体ばかりで、足のない小男」だと語っていた。別の資料によれば、彼の背は一五八センチ以下だということだ。『至高所』におけるジェヴルザン神父の描写は、この特徴を真っ向から否定している。ジェヴルザン神父は、「背が高く」その「高い上背が邪魔で、腕をどこに置いてよいかわからず、長い足に困っているようだった」とされる。

ところが、この描写は『出発』の草稿（フォリオ21、欄外への書き込み）の最終段階までは残っているものの、最後の最後『出発』の印刷原稿（完成テクスト）からは抹消されてしまうのである。この現象をどう解釈すればよいのか？

ブーランとその教理は、ブーランの死後に明らかになった彼の犯罪により、とりわけカトリック界からはきわめて悪い目で見られていた。

重要なのでもう一度確認しておくと、ブーランの「罪」とされているのは、主として、以下の三点にある。

一、ブーラン派の秘儀「生命の交わり」の性的性格。ブーランは、カトリック教の「諸聖人の通功」にならって、物質的な生から精神的な生へと魂を上昇させる「階梯」があると主張していた。「上昇の階梯というのは、集団的な贖罪の階梯である。それぞれの者は、自分自身の上昇のために務めることができると同時に、他の人間の上昇を助けることができる。このような参加は〝生命の交わり〟によって可能になる。自分の上昇を早めるためには、誰か自分より高い霊位を持った人間と〝生命の交わり〟を結ばなければならない。同様に、自分よりさらに下の階梯にある者と交わることによって、その人間の上昇を助けることができる」とする思想だ。[36]「カバラの薔薇十字」団員をはじめ、ユイスマンスの同時代人や、後世の研究者の顰蹙を買ったのは、この「交わり」が、性関係を通じて達成されると考えられたことだ。

二、ブーランは、自分の指導下にあったアデル・シュヴァリエとの間にもうけた我が子を殺した。

三、悪魔に由来する病を治すと称して、彼に任されていた修道女に猥褻ないしは糞尿趣味的《スカトロジック》な「治療」を行った。

ブーランに対する、ユイスマンス周囲のカトリックの人びとの嫌悪は、彼らが倫理的にきわめて厳格な人びとだっただけに理解できる。彼らは、回心後のユイスマンスが、ブーランから何らかの影響を受けたということすら許しがたいと思っていたのだ。

カトリック教会に関係する人びとの考えをまとめると、以下のようになる。

確かにユイスマンスは、あの忌まわしい脱落神父が、自らの穢らわしい教義や所行を隠し、「神秘主義者」を装っていたために、回心前の一時期、ブーランに惹かれていたかもしれない。しかし、ブーランの死後、彼の残した資料を見て、ユイスマンスは理性を取り戻し、ブーランにまつわる一切を捨て去った。幻滅を感じたユイスマンスは、準備していた小説に登場するジェヴルザン神父の人物像から疑いを招きかねない特徴を抹消し、ブーランの痕跡を隠した。

実際、ブーランの死後ユイスマンスは、ブーラン教団の女祭司であり実生活ではブーランの家政婦を務めていたジュリー・ティボー（後にユイスマンスの家政婦となる）から、ブーランが検邪聖省の前で嬰児殺しや他の瀆聖的犯罪を告白した手記「カイエ・ローズ」（ピンクの手帳）を含む資料を渡されたとされている。カトリック教会の人びとの考えでは、これを機にユイスマンスは、「神の摂理」のおかげで、当初はいくらか異端的な経路から——ユイスマンス自身の言葉を使えば「屋根の樋を伝って家に入る猫のように」——「神秘的な身代わりの秘儀」の正統的な理解に到達したのだ。

こうした解釈の傾向を典型的に示すのが、以下のルイ・マシニョンの記事である。

一八九三年一月四日、J＝A・ブーランが、リヨンで急死した。〔パスカル・〕ミスムの電報と、忠実なジュリー・ティボー（未来のバヴォワル夫人）の手紙を受け取ったユイスマンスは、〔ユイスマンスがブーランに宛てたこれまでの〕手紙類を回収するためにリヨンに駆けつけた。その折、彼女〔＝ティボー〕はその手紙類を返すとともに、誰に預けたらよいかわからずにいたカイエ・ローズ、つまり、ローマの法廷でのブーランの「告白」を含む、主人の個人的な資料をユイスマンスに手渡した。ユイスマンスはすでに、いかがわしい「治療」や、性的な逸脱についての知識を得ていたが、A・Ch〔＝アデル・シュヴァリエ〕が聖別の日（一八六〇年一二月八日）に産み落とした我が子をミサの終わりに殺した恐ろしい嬰児殺人については知らなかったし、とりわけ、彼の指導下にあった修道女に対して「試しに」実行した恐ろしい行為、ヒトラー〔一八八九‐一九四五〕配下の外科医がポーランド女性を生きながら解剖したのにも匹敵する行為についても、何も知らされていなかった。〔…〕

ユイスマンスは、神がブーランと会わせることによって、自分をどうされようとなさったかを理解するには数年を要したが、ブーランの貧弱な文体や、馬鹿げた悪魔祓いの儀式に興味を失うのには、それほど時間はかからなかった。〔…〕

この堕落した神父が作り出した超自然的な現象の実態についていえば、ブーランは、（ちょうど、堕天使サタンが、神の秩序の証人であったように）聖なるものを証しする祭司として振る舞った。ユイスマンスは、ブーランのために祈り、苦しんだに違いない。それは、ジュリー・ティボーに救いの手を差し伸べたことからも、また、修道女たちの手紙を彼女たちの上長者に返した（アンリ・シュレ神父の証言）り、ドミニコ会のヴァレ神父の勧めに従って呪いをかけられた聖餅を探し出し、焼き捨てたことからも見て取れる。癌で苦しんでいた時、ユイスマンスは瞑想しながら、ブーランのことをどれほど思い出していただろうか？[37]

しかし、ここでまず問題となるのは、ユイスマンスが自分がブーランにしたためた手紙を回収するためにリヨンに行った日付である。

友人や、当時のブーラン信徒などとの間で交わした手紙から判断する限り、彼がリヨンに赴いたのは、一八九四年の「六月終わりの某日」以前にはあり得ない。そして、この段階では、『出発』の原稿はすでに脱稿されている。[38]まだ筆者が見ていない資料が出てくる可能性は否定できないが、ブーランにまつわる疑いを招きかねない資料を見て、それに対する嫌悪から、『出発』のテクストを書き換えたという仮説は疑わしいといわざるを得ない。

むしろ、一八九四年六月以降も、ブーランに対するユイスマンスの態度に大きな変化は見られないのだ。確かに、ユイスマンスは彼のカトリック回心以降、ブーランに対する態度をカトリックの正統派の見解に適合するような形で変化させていく。この傾向は、相手に対する配慮からであろうか、カトリック教会のメンバーを相手にした時には一層顕著となる。だが、一方でユイスマンスは、その後も終生、ブーランに対するある種の共感——哀れみと、敬意と、畏怖の念の混じった複雑な共感——の念を抱き続けていたことは確かなのだ。

ところで、もっと重要なのは、ある「現実」の人物（＝ブーラン）がジェヴルザン神父のモデルになったという事実ではなく、ジェヴルザン神父の創造と変形を通じて、ユイスマンスの欲望の布置に大きな変化が生じ、それが彼のオプセッションに新たな結節を生じさせたということなのだ。その過程を明らかにするためには、ブーランの異端思想が、どのようにユイスマンスのテクストに包摂されたかを見ていく必要がある。

4 「身代わりの秘儀」と流体説

『至高所』第一部と『出発』第一部が同じような構造を持っていることはすでに述べた。両者ともに淫欲と宗教に引き裂かれながら（堅固な）信仰を求めてパリの教会を経めぐり、信仰の理論的な基礎となる神学思想についてあれこれ考えをめぐらすデュルタルを描いている。そして両者ともに、思索の中心に置かれているのが「神秘主義」だ。『出発』完成テクストの中で、神秘主義とは、「神に対するブルジョワ的な理想」の対極に位置するものと考えられている。デュルタルは考える。

というのも、思い違いをしてはならないのだが、カトリシズムとは単に、私たちの前に提示されているあの穏健な宗教ではないのだ。カトリシズムは細々とした枠や公式からでき上がっているわけではない。こやかましい勤行や、婚期を逃した老嬢の慰みごと、サン＝シュルピス通り沿いの祭具屋の店先いっぱいに並んだ趣味の悪い祭壇飾りや、キリスト、マリアの人形がカトリシズムのすべてではない。はるかに高貴で、はるかに純粋なものなのだ。しかし、そのためには、灼熱した領域に踏み込まなければならず、カトリシズムを教会自身の芸術であり、本質であり、魂である神秘主義の中に探し求めなければならない。[39]

しかしながら、ユイスマンスの「神秘主義」は、概念的な定義のレベルでは必ずしも明確ではない。「ユイスマンスと神秘主義」と題された記事の中で、ジャン・レルミットは、「ユイスマンスの言うような神秘主義は、真正な神秘主義といえるか？」という問いに、明確に「否」と答えている。

確かに、ユイスマンスは、本当の神秘主義者たちの著作の読書に耽ったり、象徴の散りばめられた典礼音楽のモチーフを聞くことに、内心の震えを感じていた。しかし、真正な神秘主義者がそうであったように、神と直接交流するような状態にはなれなかった。[40]

ユイスマンスの「神秘主義」は、見たところ、彼の「閉鎖空間」へのファンタスムと密接な関係にある。実際、『出発』において「神秘主義」という言葉が初めて使われるのは、デュルタルの在俗司祭に対する反発の念が表現されるくだりにおいてである。

彼（＝デュルタル）は、以前、何人かの聖職者（＝在俗司祭）のもとを訪れたことがあるが、彼らが、きわめて凡庸で、生ぬるく、とりわけ神秘主義に敵意を抱いていたため、彼らに自分の心の叫びや後悔の念をつまびらかに語ると考えただけでも、反発を覚えるのだった。[41]

在俗司祭に対するユイスマンスのこうした激しい反発は、すでに述べたように、彼にとって特権的な場所である「閉鎖された空間」の選ばれた住人である修道院付き聖職者との対比で考える必要がある。在俗司祭は「水っぽい食物」（ここでは「飲み物」）として、ユイスマンスの価値評価の最下層に追いやられる。

しかし公正に判断することが重要だ。在俗聖職者は、残り滓でしかないのである。というのも、観想修道会や、伝道団は、毎年、さまざまな魂の入った籠の中から最も美しい花を摘み取っていくからだ。神秘主義者たち、苦痛を求め犠牲に酔いしれる司祭たちは、修道院に閉じ籠もったり、彼らが教化する野蛮人の住む僻遠の地に引きこもってしまう。こうして優れた者たちが引き抜かれるため、残りの聖職者たちは、当然ながら、神学校を出た者の中でも、薄められたミルクのようにまずくて水っぽい飲み物にすぎなくなってしまうのだ。[42]

「神秘主義」とは、ユイスマンスにとってはまず何よりも、修道院を典型とする「閉鎖された空間」において激しい苦痛にさらされる現象を意味している。たとえば『至高所』の三つの草稿（A-1、A-2、B）における「神秘主義」に関する議論は、「修復」、より正確にいえば「神秘的な身代わりの秘儀」に関して展開されているのに対し、『出発』の草稿および完成テクストでは、これに、一六世紀スペインの神秘家、十字架の聖ヨハネと、アヴィラの聖女テレサに由来する「暗黒の夜（暗夜）」と呼ばれる特異な神秘経験がつけ加えられている。「暗黒の夜」については本章第9節で詳しく検討するとして、ここではまず「身代わりの秘儀」の方を見ていくことにしよう。

『至高所』において、「身代わりの秘儀」は、聖女や福女の選択を通じて、女性の問題と密接に結びついている。

『至高所』には、マグダラのマリア（一世紀）、アンジェル・ド・フォリニョ（一二四八－一三〇九）、アヴィラのテレサ（一五一五－八二）、アグレダのマリア（一六〇二－六五）、アンナ＝カタリーナ・エメーリック（一七七四－一八二四）、スヒーダムのリドヴィナ（一三八〇－一四三三）といった聖女、福女の名が挙げられているが、このうち、「身代わりの秘儀」と直接関係するのは、後の方の四者だ。

「身代わりの秘儀」が最初に登場するのは、第一部第二章の冒頭、デュルタルとジェヴルザン神父との会話の中である。デュルタルは、リドヴィナの生涯について書こうと、彼女に対する資料を集めているが、まだ、その決意は定まっているわけではない。ところが、トカーヌの古書肆で出会ったミステリアスな神父ジェヴルザンが、このリドヴィナに関する情報を提供し、具体的な資料を引用しながら、アヴィラの聖女テレサ同様、このリドヴィナと「身代わりの秘儀」との関係を示唆する。

> 「この女性は列聖されてはいませんが、ここにイエズス会師ベックマン《（ママ）》が書いた小冊子があります。この本は、無味乾燥で平板ですが、それでも読んでみてご覧なさい」。
>
> そして、しばらく黙った後つけ加えた。「高遠な神秘主義の観点からして、リドヴィナは素晴らしい女性です。彼女の生涯をたどることで、過去においても、また現在においてもなお、修道院の栄光ある存在理由である身代わりの修法の意義を確認することができます[43]」。

ここでジェヴルザンが触れている書物は、フランシスコ会士で詩人のヨハネス・ブルクマン（一四〇〇頃－七三）が書いた『リドヴィナ伝』で、ボランディスト版に収録されたものを匿名の人物が翻訳し、一八五一年にクレルモン＝フェランで出版したものである[44]。ボランディストとは、ラテン語の聖人伝集成を編纂するため、一七世紀に当時、スペイン領だったベルギーで活動していたイエズス会士ジャン・ボラン（一五九六－一六六五）によって創設された学者集団のことだ。彼らの編纂したラテン語聖者伝『アクタ・サンクトールム』は、一六四三年に最初の二巻が刊行され、それ以来、ベルギーのアンヴェール、後にブリュッセルで、一九世紀まで断続的に出版が続き、六六巻を刊行した。また、別に、一八六三年から六七年にかけて、パリで全体を六〇巻にまとめた別ヴァージョンが出た。

この叢書の編集は一風変わっていて、編年体ではなく、ローマ・カトリックの典礼暦の順序で聖者が配当されている。カトリックをはじめ、聖人崇拝の習慣を持つ宗派では、それぞれの聖人にその聖人を守護聖人とする聖名祝日を割り当てている。もともとは、初期キリスト教の有力な信者が殉教した命日を記憶し、それを祝う目的で作られた習慣だが、聖人の数は時代とともに増えてくるから、後世になると、一年三六五日、何らかの聖人の名前がつけられることになった。実際には、それでも足りなくなって、一日に何人もの聖人が配当されているのだが、普通は、最も有名な聖者の名前を取って、たとえば四月二五日なら福音記者の聖マルコの日、五月三〇日なら聖女ジャンヌ・ダルクの日というように、それぞれの日が特色を持った聖人によって記憶されており、主だった聖名祝日にはそれにちなんだ典礼が行われる。よく知られている二月一四日のヴァレンタイン・デーなども、聖ヴァレンティヌス（？－二六九？）の聖名祝日がその起源だ[45]。また、信仰が篤かった時代には、子供にその子が生まれた日の聖人にちなんだ名前をつける習慣もあった。

ボランディストの聖人伝集成『アクタ・サンクトールム』は、この聖名祝日の順番に聖者や福者の事蹟をまとめてあるのだ。リドヴィナは、四月一四日の項に載っている。ユイスマンスが見ていたのは、この聖者伝の翻訳ということになる。

ただし、ユイスマンスがこのくだりを書いていた時、彼がこの書物のみを参照していたという証拠はない。ピエール・ランベールによれば、ユイスマンスはリドヴィナの名前を、彼が『彼方』を書く時すでに使っていたヨーハン・ヨーゼフ・フォン・ゲレスの『キリスト教神秘主義』（仏訳『神と自然と悪魔の神秘主義』[46]）によって知ったのだという[47]。『至高所』や『出発』で紹介されるリドヴィナの生涯はごく簡単なものだ。そして、ユイスマンスが描くこの簡略化されたリドヴィナ伝に現れるほとんどすべての要素は、ゲレスの『キリスト教神秘主義』の中に見い出せる。

さて、ジェヴルザンは、リドヴィナとの関連で「神秘的な身代わりの秘儀」を持ち出し、この教義が、修道院や女子修道院と密接な関連があると述べている。ブルクマンやゲレスは、リドヴィナが修道院や「身代わりの秘儀」と関連があるとは述べていないので、これは興味深い主張と言わなければならない。『至高所』草稿A－1を見てみよう。

あなた〔＝デュルタル〕がご存じないはずはないと思いますが、修道女たちは、贖罪を行う犠牲として常に天に身を捧げているのです。こうした犠牲を渇望し、苦痛を熱心に望み、忍耐深く身に引き受けることに生涯を捧げた聖女がたくさんいるのです。アヴィラの聖女テレサを読んでご覧なさい。彼女は、ある神父が誘惑の罠にはまり、耐えきれず屈しようとしているのを見て、自分にその誘惑を引き受けたのです。強い魂が、弱い魂を、危険や恐怖から救ってやる、こうした身代わりは、神秘主義の最大の原理なのです。[48]

ジェヴルザン神父は、次のパラグラフで、「身代わりの秘儀」に関するもう一つの重要な性格をつけ加える。

彼はこう続けた。「ある場合には、この身代わりは、純粋に精神的なものです。しかし別の場合には、身代わりが身体的な病にのみ向けられることもあるのです。聖テレサは、苦しんでいる魂のために身代わりになりましたが、修道女カタリーナ・エメーリックの場合は、身体の動かなくなった女たち、少なくとも最もひどい病を患った人びとの身代わりになったのです。ですから、たとえば、彼女は、肺病や、水腫に罹った女の苦しみを自分の身に引き受け、彼女たちが、心静かに、死への準備ができるようにしてあげたのです。[49]

ここまでくると、ユイスマンスはこれらのパラグラフで、ブーラン元神父が『十九世紀聖性年報《アナール・ド・ラ・サンテテ》』や手紙の中で飽きることなく繰り返していた「修復」の教理の図式を忠実に要約しているという他はない。

ブーランは、彼の「修復」のシステムの中で、一九世紀の他のオカルト神秘主義者たちと同様、革命以降の人間の堕落と父なる神の怒りを強調する。そして、ブーランが描く終末論的な展望においては、「悪魔が、彼らの憤怒と威力の凄まじさをわれわれに思い知らせんものと、世界の至るところに跳梁跋扈している」[50]のだ。

こうした状況を憂えて人間の前に姿を現したイエスや聖母マリアの嘆きに応えるべく、ブーランは「修復」を目的とした修道会「修復の御業」を設立し、この修道会に、「神聖なる修復者」であるキリストの犠牲にならって、人類のために、人類に代わって、苦痛に耐え、キリストの贖罪の御業に協力するという使命を与えるわけである。

すでに述べたように、「修復」の具体的な実践は、「我らの兄弟のために祈りを捧げ、罪を贖う」[51]ことによって行われるのが普通だ。

しかし、ブーランはこれに、もっと「積極的な」贖罪の方法をつけ加える。ブーランによれば、三段階の「修復」があるという。第一段階は、「自分の身体にあらゆる種類の病を受け止め、堪え忍ぶ」ことである。第二段階は、「罪の罰として与えられる病だけでなく、他人の犯した罪の重みそのものを自分の魂に引き受ける」ことである。ブーランのシステムにおいて、「修復」と「悪魔祓い」とは、きわめて近い関係にある。というより、「悪魔祓い」は「修復」と同じ原理によって、その延長線上で行われる。そして、最後にして第三段階の「修復」とは、「修復」に従う魂を「結集」して直接悪魔と戦うことを意味しているのだ。ただし、本書二四二頁でも述べたように、この第三段階の「修復」が普段からブーランが行っていた悪魔祓いの修法とどの点で異なるのか、それとも同じなのか、手に入る資料からはわからないのだが…。

『出発』においてはもちろん、『至高所』においても、おそらくカトリックの正統への配慮であろう、第二段階と第三段階の「修復」は排除されている。しかし、小説中の「神秘的な身代わりの秘儀」にも、ブーランの悪魔学の影響は顕著に残っている。「身代わりの秘儀」による「病気の転換」は、ブーランのいう第一の「修復」に相当するわけだ。

一八七二年、『一九世紀聖性年報』に現れた記事の中で、ブーランは、悪魔が「原理であり、犯人であるさまざまな病気」[52]を三つのカテゴリーに分類している。

まず、フランスでも、また広くヨーロッパでも、至るところで猛威を振るっている悪魔憑きや悪魔が関与した「呪詛」に起因する病気が挙げられる。興味深いことに、ブーランは「神秘的な身代わりの秘儀」に帰せられる第三の病気も「悪魔的な病気」の特殊なケースにすぎない、と言明していることだ。

しかし、これら二種の悪魔に起因する病気（悪魔憑きおよび悪魔が関与した「呪詛」に起因する病気）の他に、踏み込むことのできない一層玄妙な神秘に包まれている第三の病気がある。悪魔のために、たくさんの病気に罹患して苦しむ人びとがいるが、それは、彼らが犠牲となって、フランスを救い、罪人たちを地獄の劫罰への道から連れ戻さんとしているからなのだ。この種の人びとが受けている悪魔に起因する苦しみは、呪いではなく、神なるイエス様と厳かなマリア様がお与えくださる格別の恩寵なのだ。ただ、彼らには、なぜ自分が悪魔にひどい目にあわされ、聖なる美徳に反した、きわめて凄まじく、難しい誘惑にさらされなければならないのか、その理由がわからないだけなのだ。[53]

ここから、ブーランの説く「修復」のシステムに関して、修道院のきわめて曖昧な地位が生じてくる。ブーランによれば、修道院や女子修道院は、精神病院とともに、最も悪魔の攻撃にさらされやすい場所であり、また、それゆえ、悪魔の活動に基づく「神秘的な病」の発生率が最も高い場所だというのだ。しかし同時に、というよりそれゆえに、修道院は二重の意味で「神聖な修復」に対して特別な場所となる。

ブーランは、悪魔起源の病は治療する必要があると言っていた。彼のような神父や、「神聖な修復」を目的とした修道会の上長は、神から、罪や病を自分自身の身体に移すことによって、悪魔と戦う力を与えられているのだ。

他方、「修道院でも、家庭の中でも、おびただしい数の人間が、神秘的な起源を持ち、身代わり状態以外の理由が考えられない病に苦しんでいる」[54]のだという。「身代わり状態」はきわめて「凄まじく、悪魔的な」様相を呈するので、これが神の意志による病なのか、単なる呪いによるものなのか、区別することはできないし、病人本人も、なぜ自分が悪魔の試練にさらされなければならないのか、自分が本当に神に選ばれた犠牲なのかはわからない。だから逆に、医学によって治せない病に冒された病人は、自分がキリストや聖母マリアに贖罪の犠牲として差し出された特別な人間だと考えてもよいことになる。まさに、こうした理由から、「あらゆる宗派の修道会」は「身代わりの秘儀」という「この王道を取るように求められる」のだ。

『至高所』の草稿A－1の中で、カタリーナ・エメーリック（三六三頁写真）が偶然のように持ち出される。彼女は、ウェストファリアの農夫の娘で、幼い頃からキリストや天使などの幻視体験を持ち、また、キリストが十字架に架けられた際にできた傷と同じ位置に傷ができるいわゆる聖痕を持っていた。折しもドイツはナポレオンの軍隊によって蹂躙され、ナポレオンの三番目の弟ジェローム＝ナポレオン・ボナパルト（一七八四－一八六〇）はカタリーナ・エメーリックが身を寄せていたデュルメンの修道院の閉鎖を命じたため、修道院内に秘されていた彼女の幻視や奇跡が一般に知られるところとなり、多くの人の関心を集めるとともに、宗教的、政治的迫害にもさらされた。なかでも、ドイツ・ロマン派を代表する詩人、小説家として名高いクレメンス・ブレンターノ（一七七八－一八四二）が彼女に強い興味を抱き、デュルメンに滞在して、彼女の幻視体験を詳細に聞き書きして出版したため、彼女の存在は広くヨーロッパ中に知られるようになった。

ユイスマンスのこの聖女へのこだわりは、ブーランの教説を考慮に入れなければ説明できない。ブーランは、『一九世紀聖性年報』掲載のある記事において、聖母マリアがなぜ「修復」を目的とした修道会の設立を呼びかけたか、という文脈の中で、アグレダのマリアとともにこのドイツの聖女の名前を挙げているのだ。

しかし、筆者がすでに引用したユイスマンスのテクストは、単にブーランへの傾倒だけではなく、ユイスマンス自身の、もっと深いレベルでの彼の欲望を示している。

『至高所』においても『出発』においても、苦痛を受けるのは男よりも女の場合が圧倒的に多い。ある箇所では、「このような犠牲を希求し、苦痛によって修復を行った聖女たち」であり、また別の箇所では、「贖罪を行う者として、犠牲者として、キリストに選ばれた修道女たち」である。[55] これはブーランの文書と比べても顕著な特徴だ。また、彼女ら聖女、修道女たちが苦痛にさらされる特別な舞台となるのは、修道院という閉鎖空間なのである。

ユイスマンスにとって重要なのは、女性があらゆる種類の身体的な苦痛にさらされるという、強迫観念《オブセッション》にも似たイメージであり、彼のテクストに見られる聖女の選択そのものが、彼女たちが受ける責め苦の質によって行われているように思われる。アグレダのマリアや、カタリーナ・エメーリックと比べると、ブーランとの関係が直接的ではないにもかかわらず、スヒーダムのリドヴィナがユイスマンスの最も好む「聖女」となったのも、まさにこのような文脈においてである。『至高所』A－1を見てみよう。ユイスマンスはジェヴルザンに次のように語らせている。

「さて、あなた〔＝デュルタル〕がお話の福女リドヴィナは、他の人びとのあらゆる病を身に引き受けました。彼女は身体の苦痛に貪欲で、飽くことなく身体を傷つけることを求め続けました」[56]。

そしてこれに続くくだりでは、苦痛を受ける聖女の身体は、ユイスマンスの想像力において、苦痛が蓄積される一種の「容器」のようなものに変貌する。

「リドヴィナは、何か身体的な苦痛を容れる容器であり、誰もがやって来ては、あり余るほどの悪を投げ込んでいく、悲しみの壺でした」[57]。

ユイスマンスにとって、修道院がなぜ、罪を贖う「修復」に対して特別な場所となるのだろうか？　一つには、「閉鎖された空間」の多義的な位相を動員することによって、聖女や修道女の身体が、隠喩的、換喩的に彼女たちを閉じこめている建物と同一視されているという事情が考えられよう。しかし、最も重要なのは、修道院での「身代わりの秘儀」では、他人の犯した「罪」という借財を、その人に代わって返済する点が強調されていることだ。「身代わりの法則」は現代でも有効なのか、というデュルタルの問いに、ジェヴルザンは次のように答える。

「ええ、私も個人的にこの身代わりを実践している人びとを知っています。そもそも、クラリッサ会やカルメル会のような修道会は、進んで他人が受けた誘惑を引き受けています。これらの修道会に属する修道女は、いわば、悪魔がやって来て、借金の期限が来たから金を返せと迫っても、お金を返す当てのない貧者の肩代わりをして、彼らの借金を全額返してやるのです[58]」。

言葉を換えると、ここでは、罪が倫理一般の意味で解されているだけでなく、一定の「量」としても考えられ、やはり「量」として換算される苦痛や病気と交換することができる、とされているのだ。一定量の「罪」は一定量の「苦痛」や「病気」と釣り合わせることができるというわけである。そしてさらに、次の一節では、ジェヴルザンは、もう一度、女性と修道院の特殊な関係を強調しながら、罪の本質は「悪魔的な流体」だと指摘する。

「今では、誰もが、観想修道会など何の役に立つのかと思っておりますのに」とデュルタルは思わず叫んだ。「観想修道会は社会の避雷針《パラトネール》なのです」と神父は語気に奇妙な力をこめて言った。「悪魔的な流体を身に引き受け、神に対して罪深い生き方をしているあらゆる人びとを、観想修道会は、彼らの祈りによって、永遠の死から守ってやっているのです。また、全能の神の怒りを鎮め、神がこの地上をお見捨てにならないようにしているのです。ああ、確かに、病人や不具者の看護に身を捧げる修道女は立派です。しかし、修道院の禁域から外に出ることを許されない、隠修修道院の修道女と比べたら、その役割は無に等しいといわなければなりません。隠修修道院では、祈禱と苦痛は決して絶えることはなく、贖罪の業は、決して裏切られることはないのです[59]」。

つまり、ここで再びわれわれは、ブーランの思想圏に引き戻されたことになる。ブーランの影響の痕跡を、草稿原資料から指摘するのは簡単だ。右の引用文の中で「観想修道会は社会の避雷針《パラトネール》」だとする風変わりな比喩が出てくるが、たとえば、ブーランが一八七二年に書いた『一九世紀聖性年報』の記事には、すでに「修復」の業を神の怒りを遠ざける避雷針《パラトネール》に喩える、次のような表現が見える。

神の恵みが、真の信者に教えている。教会や社会秩序が陥っている危機のさなかで、われわれは、熾烈にして、熱を帯び、恭しく、たゆまない祈り、厳粛で万人に開かれた祈りを、天に届けなければならない。だが、それだけでは済まない。正義の神がわれわれに罰を下されようとなさっているのだ。この罰を遠ざけるために、われわれは、厳かにわれわれの信仰を確立し、いわば神聖な避雷針《パラトネール》となるべき記念碑を打ち立てねばならない。[60]

ブーランのオカルト＝神秘主義的システムの核心とは、

一、罪や病は、「流体」という物質的基盤を仲立ちとして、互いに交換可能な量として考えられるというものであり、

二、その系として、司祭なり、修道院の上長なり、神によって悪魔と戦うことのできる権能を与えられた者は、修復の贖罪を行う者に、あるいは、この場合にはむしろ女の身体に、その人間の意志とは無関係に、罪なり、苦痛なり、病なりを移すことができる、

というものだった。

ところで、回心後のユイスマンスの歩みをキリスト教信仰の立場から擁護しようとする研究者の頭を悩ませてきたのも、実は、まさにこの点なのである。

オックスフォード大学教授だったリチャード・グリフィスは、ユイスマンスには軽々しく安っぽい奇跡を信じてしまう傾向があり、ブーランの教説の残滓が散見されるものの、「功徳の転換」に関して、特にこの問題に充てられた最後の大作『スヒーダムの聖女リドヴィナ』では、おおよそ正統信仰の枠内に収まる記述をものすることに成功したとして、次の二つの点でユイスマンスを擁護している。

一、「〔ユイスマンスにおいて〕修復による苦痛は、特定の個人のためではなく、世界全体に捧げられているものであ

る」。

二、「犠牲が有効であるためには、リドヴィナが自分の自由意志で苦痛を受け入れることが不可欠であるが、ユイスマンスは、聖女の自由意志を強調している」。

しかしグリフィス自身、第一の点については、ユイスマンスが描くリドヴィナには「世界の罪や、自分の住む町の罪のために自分を犠牲にするだけではあきたらず」、個人的に知っていた人びとの罪や病気をも引き受けることに同意するなど、「個人に対する身代わり」の事例があることを認め、また、第二の点についても、ユイスマンスの他の作品や、個人的な手紙の中では、身代わりは「犠牲者の自由意志に基づかなければならない」という原則を忘れる場合があることを認めている[61]。

『出発』第一部第三章、デュルタルがトラピスト修道院に静修に旅発つ前、「身代わりの秘儀」についてジェヴルザンは以下のような解釈を述べている。

「誠実でひ弱な魂を持った人間が、神秘主義の意味を見失ってしまった在俗司祭からではなく、修道士の中から告解師を選ぶのは大きな利点があります。身代わりの法則を知っているのは彼ら修道士だけであり、改悛を志した人間が、努力したにもかかわらず、くじけそうになると、彼ら修道士は改悛者に襲いかかる誘惑を自分の身に引き受け、その誘惑を地方の修道院に送ります。そこには、断固とした覚悟を持った人間たちがいて、その罪を消尽させてしまうのです[62]」。

これに対して、自分自身がドミニコ会士であったモーリス・M・ベルヴァルは驚きを隠さない。「この意見をどう考えたらいいのか?」と彼は問い、こう述べる。

一、「告解師はたとえ修道士であろうとなかろうと、改悛者が受けた誘惑を故意に自分に引き受けることなどあり得ないし、告解師がそれを望んだとしても、改悛者の受ける誘惑を別の誰かに移すことなどできないだろう。たとえその第三者が、どんなに強い魂の持ち主であり、熱烈にそうすることを望んだとしても、である」。

二、「いなかる誘惑も、神の恩寵に打ち勝てるほど大きなものはない。神は、祈りと、とりわけ、秘蹟によって、恩寵を手にすることを望んでおられ、確かに、修道院にいようがいまいが、聖なる魂を持った人間が、改悛者を助けるために、祈りを捧げたり、苦行を行ったりするのを勧めておられる」。

三、「しかしながら、われわれの罪を贖ってくださったキリストも、われわれの意志に反してわれわれを救うことができないのと同様、聴罪司祭であろうと、誰だろうと、人をその人間の意志に反して救うことはできない」[63]。

確かに、その通りだろう。しかし、カトリック正統信仰との整合性は措くとして、ユイスマンスが自分のテクストの中に取り入れたブーランの思想は、それほど奇異で理解不能なものなのだろうか？

5　修復と流体

「修復」という概念は、そもそもの始めから、「借財」と近縁関係があることはすでに述べた。教会法の定めるこの贖罪行為は、フランスの古法にある「公然告白の刑」に起源を持ち、罪と罰が応報する宗教的なダイナミズムに基づいている。P・リクール（一九一三－二〇〇五）はすでに古典となった『有限性と有罪性』（一九七八）の中で、罪、したがって「悪」の観念が、ユダヤ＝キリスト教圏でどのように発展し、一神教の神が発したメッセージの圧力のもと、主体的な有罪性へと変化するに至ったかを詳細に跡づけている[64]。

リクールはまず、告白の意味を探るところから始める。告白とは、悪を、それにともなうあらゆる感情的なニュアンスとともに言葉に出して意識化することである。それによって、告白は、悪が単なる宗教的な現象ではなく、人間の意識の中に存在する倫理的な現実に変貌する上で決定的な契機を構成する。この行為の中核は、一人称で現れる神の前で、改悛者が自らの罪を告白するところにある。この体験を通じて、宗教的な不純が「内化」し、「悪」を主観的な倫理の問題に変え、また同時に、正義と法の確立を促す聖書の呼びかけに応え、聖書の神話に意味を与えることになるのだ。しかしながら、リクールも強調するように、告白は、罪、不純、穢れといった「悪」の原始的な形態を、抑制したり、根絶したりすることなく弁証法的に統合しているだけに、きわめて複雑な経験である。

たとえば、〈罪過〉(culpabilité) とは、正確には、人格の中核に潜む無価値の感覚を意味するものであるが、それは、根源的に個人化され内面化された経験の突き出た尖端部にすぎない。この罪過の感覚はさらに根底的な一つの経験、すなわち、〈罪〉(péché) の経験へとわれわれを導く。それは、すべての人間を含み込み、神の前における人間の現実の状況を(人が知ろうと知るまいと)指し示す。堕罪の神話が物語るのは、この罪《ペシェ》の世界への登場である。原罪に対する思弁が一つの教義に高めようと目指すのもこの罪である。だかしかし、今度はこの罪そのものはといえば、それは、過《フォート》ちの最も古代的《アルカイック》な観念、すなわち、外部より感染する汚れとして捉えられていた〈穢れ〉(souillure) の観念を修正したものであり、その革新したものとさえ言うことができるのである。[65]

また、司祭であり精神分析家でもあるアントワーヌ・ヴェルゴットは、キリスト教の神話と神学の発達の過程で、当初は「罪」の比喩的なイメージとして用いられた穢れや不純が、徐々に原始社会で持っていた本来の感染力を発揮し、「罪」の概念にも影響を及ぼす傾向を指摘している。

> 話を簡単にするため、キリスト教は、不純という言葉を罪のメタファーとして再び取り上げたことを想起しよう。罪は魂に生じた穢れであり、魂を曇らせる染《マキュラ》みである。典礼の中で、物理的に不純なものは、浄化を行う象徴的な要素と対立する形で、象徴と見なされたが、不純が、比喩的に罪を指すようになったため、不純は、人間にまとわりついて離れぬ物質のようになっていった。次第に、不純というカテゴリーが脱象徴化し、物質化する道をたどったのである。

原罪という観念を神学的に洗練することによって、罪=穢れは、ほとんど物質的な表象となった。そのため、原罪は、生殖を通じて、生物学的に受け継がれると説明されるほどになった。聖パウロが、神話的な言葉で語った「原罪の力」は、生まれた時から、人間を汚染している物質となったのだ。[66]

『罪の告解』（一九二九―三五）でこの問題を広く展望したイタリアの文化人類学者で宗教学者のラファエレ・ペッタツォーニ（一八八三―一九五九）によれば、穢れとは「悪、不純（不浄なもの）、流体（流動するもの）であり、ダイナミックに、つまり魔術的に作用する、神秘的で、人を害する液体を広める行為」[67]のことを指すという。リクール自身の観察によれば、「穢れの世界とは、物質界と倫理とが切断される前の世界」であり、そこでは、「倫理が、身体的苦痛と混じり合う一方、苦痛が倫理的な意味を帯びる」という。この、倫理的なものと物質的なものの境界の曖昧さから、「周りを汚染する何か」「禁止をまねく復讐の怒りが爆発しはしまいかという恐怖」という、穢れについての二つの「古代的な《アルカイック》」特徴が導き出される。リクールは「穢れの意味がはっきりした姿を取って現れるのは、穢れを乗り越え、穢れを抑止する意識の審級においてのみである」[68]と、この観念が有効に機能する範囲に一定の留保をつけているが、キリスト教が規定する「悪」のヴァリエーションをめぐる一連の議論は、ブーラン＝ユイスマンスの「修復」のシステムとそう遠いところにあるわけではない。

ジュリア・クリステヴァは、『恐怖の権力』（一九八〇）、より近くは『精神分析の力と限界I』（一九九六）の中で、彼女が「おぞましさ（アブジェクション）」という名で概念化した穢れには、はっきりとした形にせよ、暗黙の内にせよ、女性の権力が浸透していると指摘している。彼女の表現を借りれば、「不純なもの」は「最終的には母性的」なのである。[69]宗教的な面で――ジークムント・フロイトの『トーテムとタブー』の中で描かれているように――、「父親の権力に反抗して、社会性《ソキウス》を確立した兄弟の間に結ばれた社会的、象徴的な契約は、母性を排除することによって構成された横断的な紐帯である」[70]。『トーテムとタブー』において、フロイトは主として、象徴的な契約の介入によって確立される父親の権力を扱っているかに見える。しかし、「穢れの浄化と加工、母性に対する防衛が、聖なるものの構成の中核にあり、それが、透かし模様のようにこの作品の背後に読み取れる」[71]のだ。

『彼方』に見られる異質な要素について触れた際、筆者は、その基底には「流体」という一種の物質の存在があり、これが『彼方』のさまざまなテクスト現象に特有の仕方で影響を及ぼしていると指摘した。また、ユイスマンスの「流体」とは、ジョルジュ・バタイユがフロイトの「タブー」や「マナ」から発想を得て「異質な現実」という名で名指したものに他ならない、とも言った（本書二九一－二九四頁）。

もう一度確認しておこう。『至高所』や『出発』に描かれている「身代わりの秘儀」とは、ある場合には、罪や穢れを、またある場合には、それが身体症状として具体化した苦痛や病気を、特定の人びとの身体に移し替えることである。『彼方』のオカルト神秘主義のシステム同様、『至高所』や『出発』においても、この過程全体が「流体」的な原理によって成り立っているのだ。

つまり、ここで問題となっている罪や穢れは、「流体」が「異質な現実」の一部である限りで、「流体」的な性格と本質的に結びついているのである。

ジョルジュ・バタイユが、「等質的（同質的）な要素」と区別される「異質（的）な要素」の性格を要約したくだり（本書二九二頁）を、もう一度読み返してみよう。

> 異質的な現実は力と衝撃を持った現実である。それは攻撃または効力となって、一つの客体《オブジェ》から別の客体《オブジェ》へと、大なり小なり気ままなやり方で伝播しつつ、あたかも変化は客体《オブジェ》の世界ではなく、ただ主体と判断の中で起こっているかのようにして現れる。しかしながら、この後者の様相は、観察される諸事実が主観的と見なされねばならないことを意味しない。エロティックな活動の対象が持つ働きは、明らかに、それらの客体《オブジェ》としての性格の内に基盤を持っている。けれども、主体というものは、人を面食らわせるようなやり方で、ある要素の持つ興奮を引き起こす効力を、よく似た他のものへ、あるいは隣にあるものへと、移動させることができる。異質的な現実の中では、情動的な価値を帯びたシンボルが、基盤となる諸要素と同じ重要さを持ち、部分は全体と同じ効力を持つ。容易に見て取れようが、同質的な現実の持つ認識の構造が科学の構造であるとしたら、右のような異質的な現実の構造は、未開人たちの神秘的な思考の中、および夢の表象の中に見い出される。すなわちそれは、

無意識の持つ構造と同一である。[72]

こうした観察は、少しも不思議ではない。「等質的な現実」においては、対象が抽象的で無機的なやり方で「厳密に定義され、同定される」のに対し、「異質（的）な現実」に属する現実は、無意識下にある欲動の秩序に基づいている、という事実を別の言葉で言い換えているにすぎないからだ。実際、フロイト自身、タブーが別の領域、別の社会集団に伝染していく現象を、無意識の欲動の傾向と関連づけている。

われわれは、タブーに内在する伝染力を翻訳して、誘惑に引き込み、模倣を刺激する特質であるとした。このことは、タブーの伝染力が特に物への伝染力への転移において現れ、その結果として、物そのものがタブーの担い手になるということと、一致しないように思われる。

タブーの転移性は、無意識的欲動が観念連合によって絶えず新しい対象に移動していくという、神経症で実証されている傾向を反映している。[73]

ジャック・ラカンは、『セミネールⅦ　精神分析の倫理』の中で、フロイトの『精神分析入門』（一九一六―一七）の欲動に関する次の一節に注目するようわれわれに促している。

したがって、われわれは、欲動（Triebe）すなわち、性欲動が、（こういう言い方をしてよければ）きわめて可塑的であることを考慮に入れなければならない。性欲動は、互いに互いの代わりに働くことができ、一つの性欲動が他の性欲動の強さを引き受けることができる。すなわち、ある一群の性欲動が現実によって妨げられると、別の性欲動が満足させられることによって、完全に保障されることができる。性欲動は、互いに対して、網の目のように、液体に満たされ、互いにつながった導管のように作用する。[74]

最終行の「液体」に対応するドイツ語原文はフリューシッヒカイト Flüssigkeit であり、通常は「液体、流体」を意味する。もちろん、この語を動物磁気や、魔術で用いられる「流体」と直ちに結びつけるわけにはいかない。オカルト的な物質を指すドイツ語としては、フルーイドゥム Fluidum という別の言葉を使うのが一般的だからだ。しかし、フロイトはここで、性愛リビドーの著しい可塑性を語っているのであり、比喩的な水準では、単なる「液体」を超えるニュアンスを持っていることは間違いない。

ラカンも、欲動の性格を描写するためにフロイトが用いている比喩と、シュルレアリスト、アンドレ・ブルトンの『通底器』（一九三二）との間に、偶然以上の関係があることをわざわざ指摘している。

> ここには、間違いなく、『通底器』と呼ばれるあのシュルレアリストの作品の起源にあると思われる比喩が姿を現しているのだ。[75]

これらの議論によって、ブーラン＝ユイスマンスの「流体」の持つ特有の意味を、より正確に把握することが可能となるだろう。罪と病気との共通の基体となるこの謎めいた「物質」は、フロイトがいう意味でのリビドーと完全に重なるわけではないが、少なくとも、キリスト教圏で「悪」＝否定性と名指されてきた圏域を指し示す記号であり、しかも、ユイスマンスの場合、それは、常に悪魔的でおぞましい女性形象との関連で出現する。つまり、言葉を換えれば、ユイスマンスの「流体」は、女性的な否定性を示す、欲動と結びついた性格を持つ「量的」指標に他ならない。

カトリックの「修復」の教義に精神分析の立場から新しい意味づけを行った学者としてはメラニー・クラインが知られている。メラニー・クラインにおいて、「修復作用」とは、「破壊的幻想が愛の対象に及ぼした影響を修復する」[76]主体の行う一種の昇華の機制として説明される。

この機制は、抑鬱性不安と、抑鬱性罪責感に関係している。母に関わる内外の対象が幻想上で修復されることにより、幸運をもたらす対象との安定した同一化が自我に保証されると、抑鬱性態勢は克服される。[77]イエズス会士E・グロタンは、クラインの「修復作用」の理論においては、修復の成功によって、性欲のリビドーが死のリビドーに勝利することが想定されていると述べている。

クラインの修復作用は、偏執的な逸脱や、強迫的な逸脱から安全であるわけではないが、本質的には健全な精神作用である。それは、破壊的なサディズムに逆らって、愛情や慈愛の関係が脅かされたり阻害された主体の心に、他者を「復元」させようとするのである。[78]

しかしながら、ユイスマンスの「修復」は、有害で穢れており、伝染性と病原性を帯びた「流体」を女性の身体に押しつけることで成立する。ここでいう「流体」とは、悪魔主義者の呪詛と同じ、解体＝破壊の原理である悪と、否定性——おそらくは「死の欲動」——に起源を持ち、あらゆる悪徳へ誘うがゆえに「悪魔的」と称される「流体」なのだ。

確かにデュルタルの意識の中に、特に淫欲に関して、「不潔でいかがわしい行為に対する嫌悪」という曖昧な形にせよ、キリスト教的な罪責感や痛悔《コントリション》の念が生じないわけではない。しかし、デュルタルの中に潜む攻撃性は、ジル・ド・レー同様、満ち足りて弱まるどころか、ますます仮借なく、聖女を含む女性に対して向けられる。また、それに比例して、少なくともすでに引用した『至高所』のテクストに「地上を見捨てる全能の神の怒り」（本書三五三頁）とあるように、神のイメージも、復讐に燃える厳しい父そのままだ。

食物はここでも、デュルタルと、愛の対象たる女性たちとの関係を比喩的に指し示す指標の役割を果たしている。ユイスマンスのテクストに見られる聖女の選択には、欠かすことのできない一つの条件がある。ユイスマンスの主人公に気に入られるためには、彼女たちは「拒食症《アノレクシー》」でなければならないのだ。デュルタルは、贖罪の犠牲に身を捧げる女たちから食欲を奪う。聖女たちは食物を食べることすら許されない。他人の罪や病気を自分の身体に引き受けるためには、リビドー的な存在としては完全に中和化され、一〇〇パーセント受動的で、外部の影響に対して無防備にならねばならないのだ。

たとえば、『至高所』第一部第四章に現れるカタリーナ・エメーリックの人物像には、そのような「昇華された」あるいは「昇華を行う」女性像を聖別する典型的な特徴が見て取れる。

彼女は一七七四年、ミュンスターの大司教区の貧しい両親のもと、純朴な農家の娘として生を受けた。彼女は子供の頃から聖母マリアと会話し、聖女シビリーナ・ディ・パヴィア[79]や、イダ・ド・ルーヴェン[80]、近くは、ルイーズ・ラトー[81]同様、聖別されたものと、そうでないものとを見分ける能力を持っていた。彼女は修道女見習いとしてデュルメンのアウグスティノ会に入り、二九歳で修道女の誓願を行った。健康を害し、数えきれない苦痛が彼女を苦しめた。彼女は、神から、自分の病を重くして、他の人間の病を軽くする許可を受けた。一八一一年、ウェストファリア王となったジェローム・ボナパルトの治下、修道院は閉鎖され、修道女は四散した。身体の不自由な彼女は、一文の金も持たずに、ある宿屋の一部屋に運ばれ、あらゆる人びとの好奇心と侮辱を堪え忍ばねばならなかった。キリストは、彼女の苦痛に、彼女が懇願した聖痕をつけ加えてくださった。彼女はもはや歩く

カタリーナ・エメーリック。ユイスマンスは喉頭癌の苦痛に喘いでいた間，病室に彼女の写真を貼っていた。

こともできず、立つことも、座ることもできなかった。口にしたのは、苺と杏を搾った汁だけで、殉教者の苦しみを味わいながら、深い法悦に浸った。[82]

幻視や、聖母マリアと会話する能力、肉体的な苦痛、聖痕に加えて、彼女にはほとんど食欲がなかったことによって、デュルタルはどうやら、この聖女（福女）の見た幻想が虚偽ではあり得ないことを確信するに至ったようだ。アグレダのマリアの場合、デュルタルは、この聖女がリヨンの異端セクトとの特別なつながりを持っているにもかかわらず、その著書『神の都市』（一六七〇）には失望を隠さない。

このスペインの聖女の盛名から、私は、預言者の息吹と、高遠な瞑想に満ちた、雄大で、悲痛な呻きを聞くことができると期待していましたが、全くそうではありませんでした。ただ奇妙で勿体ぶっているだけでした。それに、言葉遣いも読むに耐えないものでした。[83]

こうした欠点にもかかわらず、アグレダのマリアの名誉回復には次の三つの点が強調される。まず、彼女が「聖母マリアの内的生活」という、「永遠に闇に閉ざされた深淵」を見通したこと、次に、彼女が交霊術や催眠幻視術の幻視者を思わせる超能力を有していたこと、そして、食物をほとんど摂らなかったこと、である。

キリストは彼女を愛し、彼女と戯れた。時折、彼女の前から姿をお隠しになる時もあったが、それは彼女が主への愛を募らせ、主を求める気持ちを起こさせるためだった。だから、キリストの御心を引くためなら彼女はしないことは何もなかった。彼女は、途方もない禁欲に身を委ねた。格子のベッドの上で、二時間しか眠らず、草しか食べず、週三日はパンも水も口にしなかった。悲嘆と渇きに苦しんだ主を真似て、金曜には、笑うことも、水を飲むこともしなかった。[84]

リドヴィナに関していえば、少なくとも『至高所』の草稿A、Bの段階には同様の記述は存在しない。『出発』の草稿になって初めて、福女リドヴィナが固形物の食事を摂らなかったという記述が現れ、一九〇一年刊の『スヒーダムの聖女リドヴィナ』では、この点がさらに詳細に強調されるに至る。

しかし、作品生成の観点から興味深いのは、『至高所』『出発』を書いていた時期にユイスマンスの主な典拠だったと思われるゲレスの『キリスト教神秘主義』の中で、リドヴィナに関する記述が最初に出てくるのは、「神秘神学は食欲をいかに管理し、浄化するか」と題された、食物を摂らない聖女たちに宛てられた章においてであることだ。ウィリブロト゠クリスティアーン・ヴァン・ディイクは、『至高所』でデュルタルが会った神父はブーランその人だと確認した上で、「ユイスマンスは、ユイスマンス自身の回心への歩みが進行しつつあった時、他の聖女とともに、リドヴィナを発見し、以後、彼女に執着するようになった」[85]と指摘している。しかしながら、『至高所』に語られた内容が、すべてユイスマンスの「現実」生活で起こったと推定することはできない。確認できるのは、具体的な前テクストや、思想上の影響として、ユイスマンスのテクストに透かし絵のように残ったブーランの影響だけなのである。

ブーランの文書に直接の典拠があるアグレダのマリアや、カタリーナ・エメーリックと異なり、リドヴィナと、ブーランの「身代わりの秘儀」とを直接つなぐテクスト的な証拠はない。しかし、少なくとも、『至高所』『出発』の初期の段階でユイスマンスがリドヴィナに興味を掻き立てられたのは、リドヴィナが拒食症の福女だったという記述のためであった可能性は否定できない。

いずれにせよ、『出発』の草稿から、ユイスマンスのテクストは、リドヴィナに加えられる凄惨な苦痛を描写することに一種のサディスティックな喜びを見い出している感すら与える。作家自身の信仰が深まりつつあったと思われる時期に、この福女に向けられた攻撃性は、逆に強められるのである。そしてそうした文脈の中で、厳格な食餌制限の描写が書き加えられていく。

三五年間、リドヴィナは、固形の食物は何も摂らず、地下蔵でひたすら祈り、ひたすら泣く生活を送った。冬は、凍えるような寒さで、彼女の涙は、彼女の頬を二本の氷の筋となって垂れ下がった。[86]

そして、一九〇一年の『スヒーダムの聖女リドヴィナ』では、この短い「拒食」の描写が三ページ以上に拡大されることになるのである。

ユイスマンスは、ブーランの「修復」の観念を取り入れ、ユイスマンス自身の女性に対する強迫観念《オブセッション》を、新しい欲望の布置の中に移動させようとしたかに見える。これによって、女性の禍々しい力は中和され、女性は情欲の対象から、贖罪の存在へと姿を変えるのだ。

それでは、ブーラン思想のもう一つの側面、聖霊信仰はどうなったのだろうか？『至高所』の物語が始まるとともに、全く痕跡を消してしまったのか？いや、そうではない。奇妙なことに、この行路もまた、「拒食症」の女性、バヴォワル夫人によって媒介されているのだ。

6　バヴォワル夫人と聖母マリア

すでに述べたように、『至高所』第一部第二章の構成はきわめて単純で、物語の展開に特に重要な役割を果たすジェヴルザン神父、バヴォワル夫人、娼婦フロランスという三人の作中人物を創造することに割かれ、この三人の人物と密接に関連した「思想」が紹介されるにとどまっている。また、ここで作り上げられたテクストは、『出発』（および部分的には『大伽藍』）の草稿の中では一旦解体され、ばらばらに組み入れられる。

しかし、『至高所』から『出発』（あるいは『大伽藍』）へと移行する過程で、これら三人の作中人物の運命は大きく異なっていく。『出発』のジェヴルザン神父は、『至高所』同様、デュルタルに神秘神学の手ほどきをした上で彼をトラピスト修道院へと導き、彼の信仰を確固たる方向へと手助けする真の「聖者」となっていく。一方、ジェヴルザン神父の家政婦セレスト・バヴォワル、つまり「清浄な《セレスト》＝天上的な」家政婦——この命名がブーラン派の教理に由来する特殊な意味を持っていることについては後述する——は、『出発』では一旦姿を消す。つまり、『至高所』のバヴォワル夫人に関わるテクストは、『出発』では組織的に削除される。ところが、彼女は『大伽藍』の第二章で復活を果たし、以後、デュルタルの風変わりな話し相手となっていくのだ。

もう一人、フロランスについては後段の本章第7節で触れるとして、ここでは特にバヴォワル夫人の人物生成について詳しく見ていくことにしよう。

バヴォワル夫人の「モデル」は、ブーラン元神父の家政婦、ジュリー・ティボーだ。

一九五〇年、ピエール・コニーは、ユイスマンス研究者として初めて、ブーラン元神父とジェヴルザン神父とが同一人物である可能性を示唆したが、この仮説を裏づける有力な根拠は、『大伽藍』に登場するバヴォワル夫人の存在だった。コニーは、副司教としてシャルトル大聖堂に赴任したジェヴルザンの家政婦として現れるこのおしゃべりで愛想のよい中年女が、ブーランの家政婦にして教団の女祭司、ジュリー・ティボーをモデルとしていることは疑う余地がないと見なした。また『至高所』の中のデュルタルは、ジェヴルザン神父とバヴォワル夫人に伴われてラ・サレットに巡礼に赴くのだが、ユイスマンスが一八九一年、実際にラ・サレットに巡礼した際の同行者はブーランと、パスカル・ミスム、そしてジュリー・ティボーだったといわれる。[87]

ユイスマンスはこの時期、サン゠トマ゠ダカン教会やバック街の司祭館に居るミュニエ神父の元をたびたび訪れて、自分の霊的進捗状況を報告しているが、ロバート・バルディックは、彼のユイスマンス伝の中で、「幸いにも、この善良な神父は、彼の指導するユイスマンスが、その忠告を仰ぐかたわら、脱落司祭ジョゼフ゠アントワーヌ・ブーランからも一種の保護を受けていたことを知らなかった[88]」と記している。しかし、ミュニエ神父の日記には、ユイスマンスはブーランのセクトを少なからず称賛の念をこめて語り、準備中の「白い小説」(『至高所』)においてはジュリー・ティボーを「正統」教義にもとらぬように変えて登場させているとまで書かれているのだ。一八九二年一月一三日付のミュニエ神父の日記を見てみよう。ブーランが死ぬ一年前、ユイスマンスが『至高所』を未完のまま放棄する一年半前のことである。

ユイスマンスは彼の小説に、ティボーおばさんを登場させるつもりだ。至るところを巡礼して回り、ほとんど何も食べないというリヨンの女性だ。彼女は、ユイスマンスのもとに、「悪魔の手下や」悪霊」を退散させる、帯やら、植物の包みやら、お香やらを送ってくるという話だ。リヨンの人びとの生活を語り出すと、この作家はとめどがなくなる。老建築家のミスムや、呪詛を受けた者に治療を施すブーラン神父など、途轍もない人びとらしい。ブーランは五年間〔実際は三年間〕、監獄に入っていたそうだが司祭職の禁止制裁は課されなかったようだ。悪魔を崇拝しているガイタがブーランに死刑判決を送り、去年の夏にユイスマンスは、夜、ブーランが悪霊と戦う場面に立ち会ったらしい。リヨン〔ブーランが寄寓していたパスカル・ミスム家を指す〕では、呪詛から治った患者がお礼に送ってきた鶏肉を、一家で食べるという話だ。ユイスマンスは私に、ロケットに入ったハート型の血痕がついている聖餅のかけらを見せてくれた。ヴァントラスが聖別したものだそうだ。ところで、次作の本の中でユイスマンスは、ティボーおばさんを正統カトリックにして登場させるつもりだ。[89]

一七世紀の神学者で説教家のJ＝B・ボシュエ（一六二七－一七〇四）が説くいわゆる「神の時」を「辛抱強く待っていた」[90]ミュニエ神父の、あまり出しゃばらず、冷静で客観的な筆運びによって、リヨンのセクトに抱いていたユイスマンスの関心がいかなる性格だったかがよくわかる。

さらに、『至高所』のバヴォワル夫人が口にする言葉によっても、ジェヴルザン神父－バヴォワル夫人とブーラン元神父－ジュリー・ティボーとの間に存在する間テクスト的な関連がはっきりと証明される。バヴォワル夫人は、最初の草稿（A－1）ではタール夫人という別の名前で登場する。彼女は、ジェヴルザン神父に神父《ペール》様と呼びかけ、デュルタルのことをお友達《ノートラミ》と呼んでいる。

「ジェヴルザン神父をペールと呼んだあの家政婦も奇妙な女だ」とデュルタルは続けた。（『至高所』A－1、フォリオ28、四行。A－2、フォリオ40、四二行。B、フォリオ26、一四－一五行）

例のタール夫人は、扉を開けてデュルタルを迎え入れる時、いつも決まって、「ほら、お友達《ノートラミ》がいらっしゃいました」と言うのだった。(『至高所』A-1、フォリオ28、一五-一六行)

バヴォワル夫人は、扉を開けてデュルタルを迎え入れる時、いつも決まって、「ほら、お友達《ノートラミ》がいらっしゃいました」と言うのだった。(『至高所』A-2、フォリオ42、一-二行)

実際、ロバート・バルディックによれば、この神父様《ペール》という呼称は、フランスでは在俗司祭に使われることは滅多にないが、リヨンのセクト内部では、ブーランはもっぱら神父様《ペール》と呼ばれていたし、[91] ユイスマンスの書簡その他の証言によれば、ジュリー・ティボーはユイスマンスのことをお友達《ノートラミ》と呼ぶ習慣があった。[92]

しかし、タール=バヴォワル夫人の人物描写《ポルトレ》に関してもっと重要なのは、ジェヴルザン神父の場合同様、ユイスマンス自身の文学的なオブセッションが、この女性の周囲にも綿密に組織されていくことだ。ミュニエ神父の日記では、ユイスマンスはミュニエ神父に、カトリック正統派の教理にもとらないよう、モデルとなるジュリー・ティボーの性格を変えたいと語っているが、実際のテクストでは、『至高所』においても『大伽藍』においても、程度こそ薄まるもののカトリックの正統教理には収まらない異質な要素が多数見られるのだ。

ジェヴルザン神父の家政婦の方にも、デュルタルは出端から度肝を抜かれた。彼女は、聖母マリアと自由に会話できると言明し、天使とのやりとりをごくあたり前のことのように話した。デュルタルは、最初、彼女がちょっと頭がおかしいのではないかと、彼女が天界との交流をとくとくと語っている時に神父の顔を見やったが、神父は眉一つ動かさなかった。

「それでは、タール夫人は聖女なのですか?」とデュルタルは、神父と二人きりになった時に彼に尋ねた。

「タール夫人は、祈りの柱なのです」。神父は重々しく答えた。[93]

この女性は、ここに見られるように、聖母や天使と直接対話ができるという一種の超能力を備えている。しかし、次の一節は、われわれをさらに面食らわせる。彼女は、他人の贖罪のために祈るという事実からわかるように、「身代わりの秘儀」と密接な関係があるだけでなく、自ら「霊視者《ヴォワイヤント》＝千里眼」だと告げるのだ。

「ええ、というのも私は千里眼なのです。千里眼であって、夢遊症者ではありません。なぜなら、私は、動物磁気催眠にはどんな場合でも抵抗を覚えるからです。私は眠らないで、遠くを見ることができます。あなたのことを考え、あなたが何をしているかはっきり見極めようとすると、ほとんどいつでもあなたの姿を見ることができるのです」。

「やれやれ」とデュルタルは心の中でつぶやいた。「もしタール夫人が言っていることが本当なら、私が娼館の長椅子の上に、しまりのない格好で寝そべっているのを、たびたび見られてしまったというわけだな」[94]。

『彼方』において霊視者（千里眼）ないし催眠霊視者（夢遊病者）に与えられた特別な役割はすでに繰り返すまでもないだろう。実際、『彼方』に現れる二人の魔術師（一人は黒魔術師、一人は白魔術師だが）は、いずれも霊視者を伴っていた。司教座聖堂参事会員ドークルが行う黒ミサにおいて、霊視者は、自ら「飛翔する霊」、すなわち「流体」化した霊に姿を変え、犠牲者のもとに呪いを運ぶ役割を果たしていた。また、ジョアネス博士の白魔術では、霊視者は、魔術師の呪いを完治する能力を保有していた。すでに見たように、「霊視者」（催眠霊視者、催眠幻視者、千里眼、霊媒、夢遊病者等）とは、動物磁気や交霊術の古い伝統に属する用語である。もともと催眠（幻視）術師《イプノティズール》によって催眠をかけられ、霊視（千里眼）などの超能力を獲得した者、交霊術などオカルティズムでいう霊媒だ。天才詩人ランボーは「見者《ヴォワイヤン》」だといわれているが、使われている言葉は同じである。こうしたオカルトに起源を持つ霊視者が至るところに出没すること自体が、『彼方』のテクストがオカルトに毒された一九世紀の古い認識論的地層にどっぷり浸かっていることの証左でもあった。

ユイスマンスは、タール＝バヴォワル夫人を、何とかこうした秘教的な霊視者から区別し、聖書の預言の伝統に近づけようとしている。実際、タール＝バヴォワル夫人自身の口から、自分は動物磁気や交霊術の圏域で理解されるような意味での霊視者ではないと言わしめている。彼女は、「千里眼」であって「催眠霊視者（夢遊病者）」ではない。というのも、催眠により強硬症《カタレプシー》にならずとも、超自然的な能力を発揮できるからだ。

しかし、タール＝バヴォワル夫人が持つこの（オカルティズムの基準から見ても）特異な能力は、ジュリー・ティボーに関する「現実」の情報に負っているのだ。ユイスマンスは、一八九〇年九月、パリで最初に彼女に会った時の印象に関して、次のようなメモを残している。

> 彼女は強硬症《カタレプシー》にならずに、透視する能力があり、霊視者〔千里眼〕だと称している。彼女は、彼らの家ではなく、彼らの住んでいる向かいにある教会の上を飛んでいる鳥が見えるそうだ。[95]

それでは、なぜユイスマンスは、この老女にこれほど強い関心を示したのだろうか？　まず、彼女が「家政婦」、つまり「一人暮しの男性の家事をする女性」（『リトレ・フランス語辞典』）だったから、ということが挙げられる。性的な問題はとりあえず措くとして、「独身者」であるユイスマンス作品の主人公を定期的に襲う、日常生活のリズムの均衡を妨げるさまざまな面倒事を解決してくれる女。『大伽藍』の最終的な公式化に従えば、「良識を備え、てきぱきと家事をこなしてくれる女」、『彼方』のカレーの妻をも凌ぐ「素晴らしい料理女」だ。

> 「さあ、ポタージュを冷まさないでください」。レードルを突っ込んだスープ鉢を手に、部屋に入ってきたバヴォワル夫人が言った。大変手間のかかる料理だった。ポタージュの他に、スカンポ風味のヴァーミセリと、鰯と、デュルタルのために特別にこしらえたコートレット、ジャムで仕上げたオムレツ、ブリ地方のチーズ、リンゴなどが食卓に並んだ。この日のために特別に、滋味豊かなご馳走を用意してくれたのは、明らかだった。[96]

しかし、これにもう一つの特異な特色が加わる。この「滋味豊かなご馳走」を調理する家政婦＝料理女は、拒食症《アノレクシー》の聖女たちと同様、自分自身はほとんど食べないのだ。

> 彼女は、二度の食事の際には、いかなる口実も設けず絶対に、冷たい牛乳に浸したパン一かけしか食べなかった。牛乳も、食事ごとにお椀一杯飲むだけだった。また、小斎の日には、牛乳の代わりに、やはりお椀一杯の水を飲むのだった。[97]

すでに、ミュニエ神父の日記にも出てきたが、この特質もジュリー・ティボーから取られたものだ。ユイスマンスがアレイ・プリンスに宛てた手紙にも次のような一節がある。

> あなたは、白い小説は中世が舞台になるに違いないとおっしゃっていますが、それは違います。小説の舞台となるのは現代です。一部はリヨン、別の部分はパリの宗教界で起こります。中世と同じぐらい、驚異と真理にあふれています。いくつかの修道院では何も失われてはいません。リヨンの私の女友達、ティボーのお母さん《ママン》は、乾いたパンと、水しか摂りませんが、法悦のうちに生活していて、天からの声に導かれ、道々物乞いをしながら巡礼に出かけます。全く一五世紀の聖女のように驚くべき存在です。[98]

他の「超自然的な」能力は後にかなり修正され、削除されるが、この拒食症《アノレクシー》という特徴は『大伽藍』にまで引き継がれていく。

もう一つ、バヴォワル夫人について注意しなければならない問題は、ブーラン元神父の教理において女性に与えられた特別な地位だ。

端的にいえば、バヴォワル夫人はジュリー・ティボーを介して、少なからず異端的な要素を残した聖霊信仰や聖母マリア信仰と固く結ばれているのだ。

ブーラン元神父の異端カルメル会の教義の中心には、部分的にはヴァントラスから受け継いだ、聖霊崇拝と、聖霊の浄配（妻）である聖母マリア崇拝があったことはすべて述べた。ブーラン元神父の聖母、特に、ラ・サレットの聖母への愛着は、うわべだけのものではなかった。いかに逸脱したものであろうと、ブーランは自らに、「修復」あるいはラ・サレットの聖母の聖なる御業を実現する使命が与えられていると考えていた。また、「メルキゼデクの栄光のミサ」と並んで、セクトの主要な典礼である「マリアの犠牲のミサ」は、「シャアエル」という天使名を持つ聖母マリアに捧げられており、この典礼においては女性教皇が祭服を着て祭壇に立った。そして、リヨンのセクト内で、この女祭司の役を務めたのがジュリー・ティボーだったのである。

この教理の要諦は、聖母マリアの体現する女性原理の助けを借りて、悪を贖罪することにある。しかも、その最も秘教的な部分では、マリアの女性原理を分け持つ「現実の女性」の介入、もっとあからさまにいえば、純化された、あるいは浄化された女性器を持つ女性と性的関係を結ぶことがその手段となるというのだ。ここでは、――すでに見たように女性的な起源を持つ――穢れを、聖母マリアの庇護を受けていることにより、その毒からあらかじめ解放された「女性性」そのものによって浄化しようという「悪魔祓い」の手法が、キリスト教の贖罪行為と奇妙な具合に結合している。こういう理屈から、このセクトにおいては、聖母マリアは、純化され、贖罪の使命を帯びた第二のイヴだということが強調されるのだ。

ところで、『さかしま』のデ・ゼッサント（「多彩な趣味の精髄（エッセンス）を凝縮する」の意）、『彼方』のデュルタル（「荒涼とした斜面、谷」の意）、同じく『彼方』のシャントルーヴ（「雌狼（ルーヴ）の歌・叫び（シャント）」の意）など、いくつかの例外はあるものの、ユイスマンスは、作中人物の「姓《ノン》」に関しては、鉄道の時刻表に記載された駅名からアトランダムに選ぶという具合で、特別な意味を込めて命名をすることはほとんどない。しかし、「名前《プレノン》」の方には、作品の内容に関わるきわめて象徴的な意味を持たせていることが多い。たとえば、バヴォワル夫人は、最初、『至高所』草稿A－1フォリオ27ではセラフィーヌ・タールという名前で現れ、草稿A－2フォリオ40ではセラフィーヌ・ギブーという名前で現れたが、その場ですぐに抹消されて、セレスト・バヴォワルに書き改められ、以後、草稿A-2の後続する草稿ではこの名前が定着する。この最後の名前が、ブーラン教団内部で果たしていたジュリー・ティボーの役割ときわめて密接な関係を持ち、かなり特殊な意味合いを帯びていることに、ユイスマンス自身気づいていなかったとは考えられない。

ジュリー・ティボーは教団内では、ママン・セレスト(セレストのお母さん)と呼ばれていた。

ベルト・クリエールに宛てた手紙の中で、ユイスマンスは、ラ・サレットに向かう途中、リヨンに立ち寄った際に受けた印象を、興奮冷めやらぬ口調で次のように語っている。

　私は、ブーランのもとで、女性がミサを唱えるのを目にしました。新たな生を与えられたおまんこ、浄化された器官《オルガーヌ・セレスティフィエ》(というのがこのセクト特有の言い方です)に栄光あれ! 私は、あなたにお話しした小柄な夢遊症の女から、よい未来が来ると占ってもらいました。彼女は今のところ、コップや水差しなど水を飲む器を使って占いをします。これから、私は、イスラム支配下のスペインで行われたモザラブ典礼を執行し、ヒヨコマメとソラマメを使って占星術を行う別の女性に会いに行き、最後に、古いベネディクト派の女子修道院を訪ねることにしています。興味深い資料がたくさん見つかるのではと期待しています。どうです。私は、時間を無駄にしてはいないでしょう。

この手紙に答えて、ベルト・クリエールは、からかうような調子で、ブーランの敵が盛んに非難している「生命の交わり」について、そしてその秘儀の実態や「浄化された器官」の果たす役割について、この機会を逃さずブーランに聞いてみるよう唆かしている。

　あなたはブーラン神父といらっしゃると退屈なさいませんわね。ブーラン神父の頭がおかしかろうが、おかし

> くなかろうが、それだけで大したものですわ。女性がミサを唱えるんですって？　ちょっとうまい方法をお見つけになったら、「それでは、幕屋にたどり着ける」（『テオダ』のマクシミリエンヌの台詞）[100]というわけじゃありませんか。ヴァン・エック神父[101]について、ちょっと尋ねてみてください。何とお答えになるか、興味があります。
> 私の手紙の中で、一点、読み飛ばされたところがあるようですね。
> あなたは、いくつもの浄化された女性器官のお近くにいらっしゃるんですもの、ブーラン神父にこの器官をお持ちの女性の一人と、霊的な結婚をなさるのかどうか、お聞きなさいませよ。[102]

ユイスマンスが、何故バヴォワル夫人を『出発』の段階で一旦消去し、三年後の『大伽藍』で——部分的にせよ——復活させたのか、その理由を知ることは、ユイスマンスがブーラン元神父の死後も長きにわたってジュリー・ティボーの「神秘主義的」資質を評価し続けていただけに、きわめて難しい。

ちなみに、『至高所』と『大伽藍』との間には、想像上の時間関係に多くの矛盾や断絶がある。『大伽藍』は『至高所』草稿をベースにして、四、五年の間隔をおいて独立して構想された。しかも、この二つの作品の間には、同じく『至高所』草稿をベースにした『出発』が挟まっている。フィクションの時系列では、『大伽藍』の物語が始まった時点で、ユイスマンスは『出発』第二部の主題である、トラピスト修道院における静修から戻って来ている。一方、それ以前に構想された『出発』の第一草稿である『至高所』では、その第二部においてデュルタルはジェヴルザン神父らとラ・サレット巡礼に赴くのであるが、しかし『大伽藍』の方では、順番が入れ替わり、ラ・サレット巡礼はどうやらトラピスト修道院隠棲の後に起こった過去の出来事として回想されているのだ。

さて、タール＝バヴォワル夫人の人物描写《ポルトレ》はまず、以下のようなきわめて簡略な形で、『至高所』の草稿Ａ－１（フォリオ２８）に登場する。

> この女は、太ってでっぷり腹が出ていたが、若い女のみずみずしさはなかった。顔は悪くないがむしろいかめ

しい感じを与えた。すり減ったメダルに描かれたローマの皇帝のような、百姓女の中によく見かける整った顔つきだった。東洋の偃月刀《えんげつとう》のように、鋼に金色の点が散りばめられた、いわく言いがたい色合いをした、ほとんどまんまるな目が、いかつい表情に柔和な輝きを与えていたが、気品ある目鼻立ちにもかかわらず、全体から受ける印象は、庶民的で、物腰も素朴で、慎ましく、どこか修道女のようだった。普段の話し声は低かったが、お祈りを捧げる時は、悲しげにものを訴える横笛のような響きに変わった。[103]

ジュリー・ティボーの風貌については、ユイスマンスが最初の面会の折に残したメモでは次のようになっている。

> ネロ＝百姓女のようなタイプ。
>
> 今晩会った――こぎれいな管理人室――愛想がよく、感じがいい女房。夫は貧乏臭く控えめ。彼女〔＝ジュリー・ティボー〕は、でっぷり太って、きわめて独特の土臭さを持つ女だ。日に焼けて真っ黒で、ナポレオンのような顔つき。尖った、きつい感じのする鷲鼻。がっしりした角張った顎。澄んだきれいな目――青い――フクロウのように丸っこい目。正面から見ると、割と感じがいい――横顔は金貸しのよう――獰猛というほどではないが、いかつい。〔…〕
>
> 結局、煙草好きで、陽気で明るい百姓女。楽しそうに笑う。脱落修道女とか、蛭《ひる》を使って病気を治す治療師のような女を想像していたが、全くそんな風には見えない。ずんぐりした肩や、浅黒い肌や、百姓女のようにでっぷりした腹や、大きなおっぱいを見ていると、卑猥な感じもしないし、神経症を病んでいるようにも見えない。身なりはきちんとしていて、黒づくめの服を小ぎれいに着こなしている。――料理をし慣れた女特有の、肉厚の手――髪の毛は灰色で、油をつけず、突き出た額の上にぺったりと、とかしつけている。彼女はよく「持っておるよ《ジァヴィオン》」といった訛りを話す。垢抜けた感じはしないが、会話は面白い。管理人室で会う庶民出の百姓女としては、行儀振る舞いは悪くないが、この訛りを聞くと、それ以上でも以下でもない。ブーランがこの女に

影響を与えたのが見て取れる。[104]

『至高所』の草稿A－1の段階では、タール＝バヴォワル夫人は、まだこのジュリー・ティボーの特徴を濃厚にとどめていることがわかる。タール＝バヴォワル夫人は、ジュリー・ティボー同様、太ってずんぐりとしていて、暴君として名高いローマ皇帝C・C・ネロ（三七－六八）や、ナポレオンを思わせる、いかめしい印象を与える女として描かれている。また、ニュアンスの差こそあれ、目の色も似ている。[105] ただし、ジュリー・ティボーの印象を記したメモの段階では、「庶民出の百姓女でそれ以上でもそれ以下でもない」とされていたのに対して、『至高所』の草稿A－1では、顔立ちが整っていて、気品が感じられるなど、タール＝バヴォワル夫人に或る種の価値づけがなされていることがうかがえる。

この『至高所』第一稿（A－1）は、その後、草稿A－2、草稿Bと二度にわたって改稿されるが、この草稿B、つまり、中断される前の『至高所』の最終原稿では、バヴォワル夫人は次のように描き出される。

ジュリー・ティボー。千里眼の能力を持つマリア派異端の女祭司。ブーランの死後，ユイスマンスの家政婦となる（アルスナル図書館ランベール文庫所蔵）。

この女は、背が低く、でっぷりしているが、若い女のみずみずしさはなかった。横から見ると、絵の具のはがれたローマ皇帝の仮面のような顔をしてるな、とデュルタルはつぶやいた。しかし、正面から見ると、横顔から受けるいかつさは薄まり、厳かで精力的な顔立ちとは全くちぐはぐな、百姓女や年を取った修道女のような親しみすい、優しい表情になった。一つひとつ、細部を拾い出していくと、彼女の顔はますますわけがわからなくなった。いかめしい鼻は、ちょっと節があり、歯は輝いていた。目は、黒くきらめく斑点のあるオレンジ色で、睫は長く、ぱっちりしていた。

こうした顔の特徴が寄り集まれば、全体としては、きわめて美しい顔ができてもよさそうだ。少なくとも、表情に気高さの印が、まがいのない気品が刻まれてもいいはずだ。しかしそうではなかった。結論は前提を否定していた。全体は、個々の特徴を寄せ集めた印象とは違っていた。デュルタルは考えた。もちろん、こうした齟齬が起こるのは、他の細かな特徴が、主だった顔の作りと釣り合っていないためだ。まず、青白く、腫れぼったい頬には、多くの修道女の頬に見られるように、バーミセリのようなピンクの筋が走っていた。次に、額の中央に分け目のある灰色の髪が、左右にぺしゃんと、とかしつけられ、細かい襞飾りのある縁なし帽を被っていた。さらに、こうした印象は、衣服が粗末で、大きなお腹が前に突き出て常に着物が持ち上がっているため、前が後ろより短く見えるといった、庶民的な風采からも生じていた。

結局、要約すると、彼女からは礼拝堂と畑の匂いが漂っていた。つまり修道女に似たところと、百姓女に似たところがあった。そうだ。かなり近いぞ。だが、まだ言い尽くせない。というのも、彼女は、軽くもあり、重くもあり、優れていると思いきや、そうでないところもありという具合だからだ。背後から見ると、彼女は修道女よりも、教会で貸し椅子代を集める集金係の女に見える。正面から見ると、農婦よりはるかに品がよく見える。彼女が本当に生き生きとなる時——そういう機会を一瞬目にしたことがあるが——、彼女はさらに違って見える。そういう場合、内側から照らされる魂の炎に煽られて彼女は昂揚し、どこか、大修道院の院長か、神託を告げる巫女のように見える時がある。[106]

さて、家政婦バヴォワル夫人をめぐる一連の挿話は、『出発』においては完全に消し去られ、『大伽藍』の第二章で、彼女が消滅したのと同じくらい、いいかげんなやり方で復活する。『大伽藍』では、トラピスト派のノートル＝ダム・ド・ラートル修道院での静修生活から帰った後、デュルタルとジェヴルザン神父との関係は一層密になり、デュルタルは神父の家を以前より頻繁に訪れるようになる。

以前は、ジェヴルザン神父の家の呼び鈴を鳴らした時、神父の家政婦、黙ったままお辞儀をして、扉を開ける年のいった女に気を留めたことはなかった。
最近は、この風変わりで、気持ちの温かい女中とよく話を交わすようになった。[107]

確かに、『出発』においても、第一部第五章冒頭のところで、ジェヴルザン神父の「女中」が一瞬姿を見せる次のような場面がある。

デュルタルは、女中が「神父様はおられます」と答えた時、心から安堵を覚えた。[108]

しかし、作品成立の過程からすると、この場面は、前後の事情からして、もともとデュルタルが娼婦フロランスの家を訪れた場面で使った『至高所』のテクストを転用したものらしい。『至高所』の第一部第三章で、デュルタルはジェヴルザン神父のもとを訪れ、自分の魂の混乱ぶりを神父に伝える場面があり、この部分の草稿が『出発』第五章冒頭で同様に転用されているのだが、『至高所』ではこの場面に先立って、デュルタルは娼婦フロランスを訪れている。

彼〔＝デュルタル〕は、あの娘が外出して家にいないか、忙しくて、家に入れてもらえないのではないかと案じていたが、女中が微笑みながらお辞儀をすると、再び元気を取り戻した。そして、フロランスのそばに行くと、彼の苦痛は消えた。彼は、フロランスが家にいてくれたことを感謝した。教会で味わった昂揚した気分がまだ続いていて、彼はそれを娼婦に向けて爆発させた。[109]

物語の置かれた文脈は全く変わっているが、「訪問先の主人の不在を憂える不安―女中の応対―安心」という、大筋の話の流れはよく似ている。ユイスマンスは、デュルタルのジェヴルザン宅訪問を描いた『至高所』草稿の何行か手前にあった娼婦宅の女中のモチーフを、『出発』においては聴罪司祭ジェヴルザン宅を訪れる場面に転用したのだ。ユイスマンスが『出発』第五章の冒頭部を書いていた時、ジェヴルザン宅の女中がバヴォワル夫人だと意識していたとは考えにくい。

次に『大伽藍』のテクストを見てみよう。

それに、神父がセレスト・バヴォワル夫人という名で彼に紹介したこの女性の身体的特徴も、一風変わっていた。彼女は、痩せてほっそりしていたが、小柄だった。横から見ると、鼻はかぎ鼻で、口もとは固く、絵の具の剝がれた古えの皇帝の仮面のようだった。しかし、正面から見ると、横顔から受けるいかつさは薄まり、厳かで精力的な表情とは全くちぐはぐな、人なつこい百姓女のような、柔和で穏やかな修道女のような顔立ちに見えるのだった。いかめしい鼻、端正な面立ち、白くて小さな歯並び。素晴らしい睫の下から覗く、きらきらと輝き、素早く動く詮索好きでリスのような目からすれば、年は取ってもなお美しく見えてもよいはずだ。少なくとも、こうした要素が集まれば、全体として見れば、気高さの印、まがいのない気品が刻まれてもいいはずだ。それが全くそうではないのだ。結論は前提を否定していた。全体は、個々の特徴を寄せ集めた印象とは違っていた。デュルタルは考えた。もちろん、こうした齟齬が起こるのは、他の特徴が、主だった顔の作りと釣り合っていないためだ。まず、痩せこけて古木の幹のような色の頬には、古いおが屑が張りついてできたような染みがあり、次に、細かい襞飾りのある縁なし帽の下から覗く白い髪が、額の中央の筋で分けられ、左右にぺしゃんと、とかしつけられていた。さらに、こうした印象は、彼女の粗末な身なりのせいでもあった。黒いみっともないドレスは、胸元で波打ち、背中にコルセットの枠をくっきりと浮き上がらせて見せていたのだ。

おそらく、こんな違和感を覚えるのも、それぞれの特徴が不釣り合いというより、衣服と表情、顔と身体が、全く対照的だからなんだろうと、デュルタルは思った。
結局、要約すると、彼女からは礼拝堂と畑の匂いが漂っていた。つまり修道女に似たところと、百姓女に似たところがあった。そうだ。かなり近いぞ。だが、まだ言い尽くせない。彼は、考えを継いだ。というのも、彼女は威厳があるかというとそうでもなく、卑俗かというとそういうわけでもない。優れていると思いきや、それを打ち消すところもありという具合だからだ。背後から見ると、彼女は、修道女というよりも、教会で貸し椅子代を集める集金係の女に見える。正面から見ると、農婦よりはるかに品がある。彼女が聖者を称える時には、彼女は気高くなり、いつもとは違って見えることにも触れておかねばならない。そういう場合、内側から照らされる魂の炎に煽られて彼女は高貴な存在になるのだった。[110]

この『大伽藍』のテクストにおいては、でっぷり太って、腹の突き出した体躯や、灰色の髪など、ジュリー・ティボーに直接由来するいくつかの特徴が消去され、バヴォワル夫人は、むしろほっそりした身体と、ある種のすばしこさを獲得している。これは、精神の活発さと無関係ではあるまい。この印象は「きらきらと輝き、素早く動く詮索好きでリスのような目」によっても強められている。ユイスマンスは、こうしたテクスト上の操作によって、ジュリー・ティボーの痕跡を消し去り、「聖なる家政婦」から異端の霊視者の穢れを取り除こうとしたのだろうか?

しかし、先に見た同場面における『至高所』の草稿と見比べてみれば明らかなように、全体として、いくつかの細部を除けば、バヴォワル夫人は彼女が「消滅」したのとほとんど同じ風貌で、『大伽藍』に復活している。バヴォワル夫人の他の性格についても同じことがいえる。動物磁気や交霊術など認識論的に古い層への近縁性を明確に示す「霊視者」という性格こそ薄まるものの、「天の声」と交流できる超自然的な能力や「拒食症」など、『至高所』のバヴォワル夫人が具えていた数々の特徴を『大伽藍』においてもそのまま保持しているのだ。

特に、聖母マリアへの特別な愛着は、確かに、より清明で浄化された形ではあるが、この人物の主要な特質として『大伽藍』のテクストにも取り上げられている。

このむしろ寡黙な家政婦の喜びは、聖母マリアを称えることだった。彼女は、聖母マリアを崇拝していることを公言していた。また、彼女は、「受肉した御言葉《ヴェルヴ・アンカルネ》」修道会の創立者で、一六世紀のいささか変わった聖女、ジャンヌ・シェザール・ド・マーテル[111]の章句を、そらで口ずさんだ。この修道会の修道女たちは、白い僧服に、腰のところに深紅の皮の帯をしめ、赤いマントに、血の色のスカプラリオ（肩布）をまとうという派手な衣装を身に着けていた。スカプラリオには、青い絹糸で茨を冠したキリストの名が縫い取られ、炎に包まれ、三本の釘の刺さったハートに、ラテン語で「我が愛」という言葉が添えられていた。[112]

ここでは、リヨンのセクトの教理への直接的言及は避けられており、異端信仰の女祭司というバヴォワル夫人の曖昧な出自を暗示する文脈はないが、「受肉した御言葉《ヴェルヴ・アンカルネ》」という表現を見ると、ヴァントラス＝ブーランの教理になじんだ目からすると、聖霊を指す「非被造の神智《サジェス・アンクレエ》」や、マリア＝シャアエルを指す「被造の神智《サジェス・クレエ》」を思い出さずにはいられない。

実際、異端とはいえ広義のキリスト教の一分派であるヴァントラス教団の文書やブーランの書簡の中では、「神智」（叡智）と「御言葉」という用語は、ほとんど同じ意味に使われ、相互に交換可能なのだ。

たとえば、「慈悲の御業」の機関誌『セプテーヌの声』の中には、次のような一節が見られる。

> マリアが第一の天使（この表現で言わんとしているのは、被造の霊性であるので、この言葉を使うことをお許しいただきたい）であることが示され、彼女が、爾後、イエスへ向かう道であるとされるならば、マリアは、イエスが来臨される道なのだ。まさにマリアこそが、非被造の御言葉の出現の準備に協力なさるのであり、神の子の受肉の間近い前触れであるご自身の受肉によって、そのような準備を完成する存在なのである。[113]

別のテクストは、御言葉の受肉を準備する神の計画の中で、「被造の神智」としてのマリアが語られている。ヴァントラス派の神学の中では、マリアの聖なる受肉は、御言葉の受肉の前触れである。

人間が創造された時点で御言葉によってすでに決定されていた神の受肉の道を準備するため、マリアはまず彼女自身が受肉しなければならなかった。彼女の受肉は、神の手でアダムの肋骨から出現したイヴの受肉といささか似ているが、アダムの創造と、新しき人間たるイエス＝キリストを比べた場合のように、はるかに次元が高いのである。マリアの受肉は、世界救済を実現する方を準備するよきことであり、それに向けた人間の理解を超えた献身である。イヴも、マリアの似姿にすぎない。イヴはアダムを補完しているのであり、両者は人間という種族の中で、常にイエスとマリアを表象しているのだ。イヴがアダムを助けるべく定められているように、マリアもまた、最初は、まさに御言葉が、それを介して受肉するための道具となり、また、御言葉の母として御言葉と結ばれ、人類の中にあって、御言葉の住まう住まいとなるという、かくも心を慰める神秘によって、御言葉を補完するために現れたのである。被造の神智は、非被造の神智に先立たねばならない。被造の神智は、非被造の神智に道を開く端緒となるのである。[114]

ところで、先に引いた『大伽藍』のテクストにおいても、ユイスマンスは、『彼方』で用いたのと同じ手法を用いている。『彼方』においてユイスマンスは、ブーランから提供された資料を用いて、カレーの鐘楼に集まった会食者たちに聖なる助け主《パラクレ》の支配を語らせた。しかし、この教理が異端的要素にまみれているのを自覚して、ジョアシャン・ド・フロールの権威を持ち出して一種のカムフラージュを行った。カトリック正統派の観点からすれば、疑問の余地があるとはいえ、リヨンの異端開祖に比べれば、はるかに正統信仰に近い。同様に、『大伽藍』の先のテクストにおけるジャンヌ・シェザール・ド・マーテルも、「神秘主義者」としては「いささか風変わり」だが、ユイスマンスが正統信仰の許容範囲内でバヴォワル夫人の奉じる聖母マリア信仰を彼の文学に統合するための一つの口実を提供しているのだ。

ドミニック・ミエは、『彼方』のジョアネス博士による「メルキゼデクの栄光のミサ」は「聖霊の支配のため、『愛と贖罪の支配』の徴として、（黒ミサ同様）〝赤い祭服〟を着て執行される」とした上で、それがヴァントラス＝ブーラン派の異端に対するユイマンスの「冷笑」だと指摘しているが、前章で述べたように、『彼方』に関する限り、それがとんでもない勘違いだというのが筆者の主張だった（本書二九八－二九九頁）。ドミニック・ミエのひそみにならっていえば、逆にここでは、ユイスマンスはジャンヌ・シェザール・ド・マーテルの創始した修道会の制服の「赤い」色彩を強調することによって、バヴォワル夫人の聖母マリア信仰の起源に、いわば密かな目配せを送っているのだと考えることもできよう。

『大伽藍』の次の一節では、聖母マリアの聖地へのバヴォワル夫人の巡礼が語られるが、圧縮されてはいるものの、内容的には『至高所』の草稿とさほど変わらない。ネタ元は、ここでもジュリー・ティボーだ。

　聖母マリアに捧げられた教会のあるところならどこでも、バヴォワル夫人は、片方の手に下着を入れた包みを持ち、もう一方の手に傘を持ち、胸には鉄の十字架をかけ、腰に数珠《ロザリオ》を垂らして、出かけて行った。彼女が、毎日つけていた手帳によれば、そのようにして、彼女は徒歩で一万五〇〇〇里を踏破した。[115]

バヴォワル夫人は『至高所』『大伽藍』そしてその後の『修練士』（デュルタル四連作の最終作）を通じて、作品の聖母マリア崇拝を指し示す一つの指標《メルクマール》として機能する。ユイスマンス「回心」以降に書かれた作品においては、聖母マリア信仰も一応は正統信仰に沿ったものに修正されてはいるものの、その背後には常にもう一人のマリアの影が透かし模様のように垣間見えているのだ。しかし、実は、バヴォワル夫人が現れない『出発』においてもこうした状況は同じなのである。ただし事情はもっと微妙だ。バヴォワル夫人が消滅して以降も、『至高所』草稿の中でバヴォワル夫人の口から発せられた言葉が、完成テクスト『出発』においては、地の語りや、他の人物の言葉に配分されることにより、聖なる家政婦は、絶えず、神の母に、リヨンのセクトの曖昧な刻印を押し続けるのである。

『出発』の第一部第五章は、すでに述べたように、ジェヴルザン神父のもとを訪れたデュルタルが「女中」に迎えられる場面で始まる。そして、デュルタルとジェヴルザン神父の会話は、身体を刺激し悩ます淫欲に対する魂の戦いに始まり、魂の苦しみを和らげるために信徒たちに夜も門戸を開放しているパリのノートル゠ダム・デ・ヴィクトワール教会の話題へとその中心が移っていく。ちなみにノートル゠ダム・デ・ヴィクトワールは、ルイ一三世（一六〇一‐四三）がラ・ロシェルの新教徒に勝利したことを記念して、一六一九年に跣足《せんぞく》アウグスティノ会によって設立された教会だ。

「ノートル゠ダム・デ・ヴィクトワールは美学的に見れば、全く無価値です。しかし、私〔＝デュルタル〕があの教会にたびたび足を運ぶのは、パリではただ一つ、しっかりした敬虔の抗うことのできない魅力が漂っている場所だからであり、失われてしまった古い時代の魂が、そのまま残っているからです。〔…〕
　そうですとも。礼拝堂の一番うらさびれて薄暗い場所を好んで求める私が、群衆を毛嫌いしているこの私が、自ら進んで人びとに交じって祈りを捧げに行くのですから[116]」。

ノートル゠ダム・デ・ヴィクトワール教会に集まる信徒の信仰の無償性、彼らの敬虔さを強調する、一読すれば何でもない箇所だ。しかし、完成されたこの『出発』のテクストでは巧みに隠蔽されているが、ここでも、信仰の純化には「流体」的な想像力が関与していることが理解される。キーになる言葉は「群衆 cohue, foule」である。群衆とは、ユイスマンスにとって、「不定型」「変動しやすい」「ごちゃ混ぜ」「どこにでも出現する」「感化されやすい」「伝染性を持つ」「騒々しい」「まがい物」「破壊的」「おぞましい」等々、その基本的な性格――泥や金銭なども通底する「流体」的な性格――を持つゆえに、嫌悪の対象となる。これは、フロイトやバタイユが、リビドーやファシズムの心理構造を考察した時、モデルとして頭にあったのが「群衆」心理であったことと類比的に考えればわかりやすい。

ところが、『出発』においてはこの群衆が、「祈り」の触媒効果によって昇華され、あるいは浄化《セレスティフィエ》され、より軽やかで、気高い存在へと変貌する。この信仰という——言語＝象徴を媒介とした贖罪——行為は、常に、そして組織的に、「火」のイメージへと送り込まれる。火はその熱を伝え、それによってますます多くの信者を灼熱した圏域の内に一体化する。「熱い祈り」あるいは「信仰の巨大な炎」によって、『彼方』の中ではブーランジェ将軍に煽動され、クーデター騒ぎに踊っていたあの有害で嫌悪すべき群衆が、「魂の息吹」に、つまり「流体」的ではあるが灼熱したそれに変化する。『出発』のデュルタルによれば、「聖母マリアは、他の教会には時折訪れてしばらく滞在するだけなのに、ノートル＝ダム・デ・ヴィクトワール教会に来られると、これほどの信仰に心を魅了され、立ち去らずにずっととどまっているのだ」。[117] というのも、聖母マリアがノートル＝ダム・デ・ヴィクトワール教会にとどまるのは、デュルタルが「清浄の気《エフリューヴ・セレスト》」と呼ぶ基体＝力によって媒介されているからだ。別の表現を使えば、ノートル＝ダム・デ・ヴィクトワール教会は、昇華され、非物質化されてはいるものの、「群衆」が祈りと熱意によって絶えず暖め、更新しているやはり「流体」的な性格を持った「何ものか」で満たされている。それゆえ、この圏域に近づく者は、これに触れると、「自らも火がついて」燃え盛るのだ。

ここで、ノートル＝ダム・デ・ヴィクトワール教会が選ばれていることは偶然ではない。『出発』第一部第六章では、まず、ラ・サレットやルルドと異なり、ここに聖母が出現したことはないという点がデュルタルによって特に強調されている。

> ノートル＝ダム・デ・ヴィクトワールには、いかなる出現もなかった。いかなるメラニー〔・カルヴァ〕も、いかなるベルナデット〔・スビルー〕も、「美しい婦人」が光に包まれて現れたことを見もしなかったし、語りもしなかった。ここには、沐浴場もなければ、医療施設もない。公開の場での治癒もなければ、聖母の現れた山頂もなく、洞窟もない。およそ何もない。[118]

しかし、「修復」に関わる信仰や「神の環流」（クロード・ギエ）に果たしてきたこの教会の役割を、ユイスマンスが知らなかったはずはない。事実、ユイスマンスは、右のくだりの後に、「いと神聖にして、無垢なるマリアの御心大兄弟会」（創設一八三六）の創立者、Ｃｈ・デュフリッシュ＝デジュネット神父（一七七八－一八六〇）に関わる以下のような挿話を記している。

> 一八三六年のある晴れた日、この教区の司祭、デュフリッシュ＝デジュネットは、彼がミサを挙げている最中のこと、聖母マリアが現れて、この教会を特別に自分のために捧げるよう告げたと言い出した。それだけで十分だった。それまで、閑散としていた教会は、以来、人波が絶えることがなくなり、納められた何千という奉納物は、その時期から今日まで、聖母がこの教会を訪れた人びとに与えた恵みを証拠立てていた。[一一〇]

実際、マリアのお告げに従って、マリアの聖心に捧げられたデュフリッシュ＝デジュネット神父のこの信心会は、瞬く間に大成功を収めた。多くの教区が、ノートル＝ダム・デ・ヴィクトワールの驚くべき成功に感銘を受け、次々に提携を申し入れたからだ。信心会設立から二年後の一八三八年には、提携教会の数は七八九二、一〇年後には八七一〇に達し、登録された信者の数は七〇万九五三一人にものぼったという。

さらに、ノートル＝ダム・デ・ヴィクトワール教会にちなむもう一つの出来事を、ユイスマンスはブーランの口から直接聞いていた可能性も否定できない。

一八三九年、つまり、「いと神聖にして、無垢なるマリアの御心大兄弟会」が創設されてから三年後、見神者にして異端の開祖、ブーランの「先駆者」であったユージェーヌ・ヴァントラスは、ノートル＝ダム・デ・ヴィクトワール教会のミサに参加し、偽王太子ナウンドルフのために祈りを捧げている最中、大天使聖ミカエルを名乗る老人と、聖なるものとの邂逅としては二度目の出会いを体験している。それがきっかけとなってヴァントラスは千年王国説、ナウンドルフ主義、修復、マリア崇拝を特色とする新しい異端セクト「慈悲の御業」を創設する運びとなるのだ。

ブーランがインスピレーションを得たヴァントラスのセクト同様、デュフリッシュ＝デジュネット神父の信心会も、ナウンドルフ支持の偽王太子派グループと密接な関係を持っていた。一八三六年、信心会創設の翌日、ルイ一六世の最後の法務大臣を務めたエティエンヌ・ド・ジョリー（一七五六―一八三七）が同会に入会した。彼は、その前年にナウンドルフからルイ一六世処刑当日の模様を聞いて、ナウンドルフこそ、タンプル牢獄から密かに連れ出された王太子ルイ一七世その人であるとする説にお墨付きを与えた人物だったのである。ナウンドルフ派に伝えられた伝説では、ジョリーは死に臨んで、デュフリッシュ＝デジュネット神父から、この証言の撤回を求められたが、良心に基づいて断固としてこれを拒んだ。これに感銘したデュフリッシュ＝デジュネット神父は、これ以降、自分自身も熱心なナウンドルフ支持者に転向したのだという[120]。

ノートル＝ダム・デ・ヴィクトワール教会は、れっきとしたカトリック教会であり、デュフリッシュ＝デジュネット神父が異端として問題になった事蹟はない。しかし、われわれが見てきた一九世紀の一連のオカルト現象の歴史から見れば、言葉は悪いが、彼もまたヴァントラスやブーランと同じ穴の狢である。

こうした状況は、『出発』のジェヴルザン神父が語る次のような挿話と無関係ではあり得ない。ノートル＝ダム・デ・ヴィクトワール教会は、大革命の間、株式取引所として使われていたというのだ。

「この教会をご存じで、お気に召しているようですね。でも、この教会は、あなた（＝デュルタル）がお住まいのセーヌの左岸地域にはありませんね。いつか、セーヌ左岸以外には、面白い教会はないとおっしゃっていたようにうかがいましたが」。

「ええ、私も驚いています。しかも、この教会は、商業地区の真っ只中、下劣極まりない叫び声が聞こえる、株式市場のすぐそばにあるんですから」。

「それどころか、教会自体が株式市場だったんですよ」。

「何ですって」。

「修道士によって祝別され、跣足アウグスティノ会の礼拝所として使われた後、この教会は、大革命の間、この上ない陵辱を受けました。この教会の中に、株式市場が開かれたのです」。
「そういう詳細な事情は存じませんでした」とデュルタルは叫んだ。[121]

ただし、ノートル＝ダム・デ・ヴィクトワール教会が革命時に接収されたのは事実だが、株式市場に転用されたというのはジェヴルザン、あるいはそのネタもとのブーランの思い違いで、実際の用途は兵舎とパリ第二区の区役所としてであったようだ。

思い出しておかなくてはならない。ブーランをはじめ、「修復」の理念に鼓吹されたさまざまな潮流においては、大革命は「啓蒙の世紀」の不敬・冒瀆に対して怒れる神より課された罰であり、償わなければならない罪であると考えられていた。

しかし、ユイスマンス自身の関係からいうと、やや事情が変わってくる。

ユイスマンスの主人公にとって、ノートル＝ダム・デ・ヴィクトワール教会が株式取引所に転用された「事実」が「この上ない陵辱」であるのは、単に、この組織が金銭＝資本の循環という、ブルジョワ社会を支えるシステムの中心に位置しているばかりではなく、この「事実」が直ちに、筆者が『彼方』で確認した①資本＝金銭の悪魔的な形態→②「流体」的で伝染力を持った穢れ→③「閉鎖空間」に侵入する力→④死の欲動に結びついた破壊的な力——という、より規模の大きな観念連想を引き起こすからだ（本書二六二－二六三頁）。

だからこそ、この力を昇華し無力化しようと、新たなユイスマンス的神話が紡がれることになる。つまり、金銭＝資本という「流体」的な穢れに汚染され、堕落した「女性」である教会は、贖罪の祈りによって失った処女性を取り戻すのだ。

「しかし」と、神父は言った。「この教会は、生涯祈り続ける点で、かつて失った処女性を回復した聖女たちの場合と同じです。彼女たちの伝記を信じればの話ですが。ノートル＝ダム・デ・ヴィクトワール教会は、過去の淫蕩な生活 stupre を洗い流したのです。教会はまだ年若ですが、現在では、天使の精気 effluences angéliques を注入され、神の塩をすり込まれ、すっかり清新の気 émanations にあふれています。この教会は、病んだ魂にとって、身体の不自由な人間にとって、湯治場が果たすのと同じような役割を果たすのです。ヴィシーで湯治をするように、ここで九日間の祈りを捧げる。すると、病んだ魂が癒えるのです」[122]。

『出発』の完成テクストで最終的に用いられた語、たとえば、「淫蕩な生活」「天使の精気」「清新の気」と訳した語を見ても、ここで述べられている論理を理解することは十分可能だ。しかし、このテクストの草稿を見れば、その意味はさらにはっきりとしてくる。そもそもユイスマンスの『出発』草稿は、彼のいつものやり方でそのほとんどが内務省のレターヘッドのある役所の用箋に書かれ、自身の手によって番号が振られている。ところが、当のこの部分の草稿は、レターヘッドのない白紙に書かれており、他の原稿が書かれた後に推敲段階でつけ足されたと覚しい。しかも、最初は「清浄な流体《フリュイド・セレスト》」と書かれていたのが抹消され、「天使の精気《エフリュアンス・アンジェリック》」と書き直されているのである。

ここでは、「群衆」「ビエーヴル川」「清浄《セレスト》な家政婦バヴォワル」に共通し、それを支配しているのと同じ欲望の論理が形を変えて変奏されているのだ。つまり、パリの下町を流れる小さな川のように、ノートル＝ダム・デ・ヴィクトワール教会は、フランス革命が作り出した悪魔的な「流体」によって、穢され、堕落させられた、田舎出の貧しい「女」なのだ。しかしこの教会は、「浄化《セレスティフィエ》された」女性器を持つ家政婦と同様、贖罪によって「清浄《セレスト》な」「昇華《シュブリーム》した」「天使《アンジェリック》の」「聖化《サンクティフィエ》された」「流体」を新たに注入され、デュルタルのもとにやって来て、彼の信仰を堅固にするために、助けの手を差し出すのだ。

異端起源のこの異質な要素は、テクスト中にさらに散りばめられている。『出発』第五章の終わり近く、ジェヴルザン神父と長い議論を交わした後、デュルタルは神父と別れて、淫欲について、あるいは芸術が自らの回心に持つ影響について、さらには教会と聖母マリアの関係について、自分の考えをまとめるためにサン＝シュルピス教会を訪れる。そして、ちょうど「演劇の舞台」のように照明された聖母マリアの祭壇の前で、三位一体の教義について長い夢想に耽る。デュルタルは考える。三位一体の位格のうち、父なる神と聖霊は、人間の想像力をはるかに超えた存在なので、心に思い描くことが不可能だ。フランドルの神秘主義者ロイスブルーク（一二九三－一三八一）の言葉を借りれば、「神とは何かを知り、それを学ぼうとする者は、それが禁じられた行為であり、あえてそれを試みれば狂気に陥ることを知るがよい」ということになる。デュルタルは、キリスト教の伝統に従って、「単純な魂の持ち主」の選択に同意する。

「だから」とデュルタルは、目の前で数珠《ロザリオ》を爪繰っている二人の修道女を眺めながら、再び続けた。「この純朴な修道女たちは、何と正しいことをしているだろう。理解しようなどとはせず、ただ、心から、聖母マリアとイエスに祈りを捧げているのだから[123]」。

ところで、この三位一体の教理に捧げられているパラグラフには、三段階の異なった草稿が存在している（『至高所』草稿A、『至高所』草稿B、『出発』草稿）。そして、聖霊に関わる説明に充てられたこれら三つの草稿には、完成テクスト（印刷テクスト）と比べて、無視し得ない異同が含まれている。右の『出発』完成テクストに描かれたロザリオを爪繰るサン＝シュルピス教会の二人の修道女とは、もともと、『至高所』草稿Aの第二部第三章の終わりでは、リヨンの異端マリア信仰の聖地、ノートル＝ダム・ド・ラ・サレット教会の祭壇で祈りを捧げるバヴォワル夫人だったのだ。

バヴォワル夫人が一心不乱に祈っていた。手で顔を覆っていたが、開いた指の間から、かすかな呟きが漏れていた。〔ジェヴルザン〕神父はといえば、椅子の上に子供のように跪いていた。というのも、彼の足は、地面についていなかったからだ。時々、彼は開いた聖務日課書を目で追い、ページに口づけし、それから、目を閉じて、再び祈り始めた。デュルタルは、礼拝堂の隅に佇んだまま、夢想し始めた。彼は心の中でつぶやいた。それにしても、カトリシズムとは、変な宗教だ。神は三つの位格を持ちながら一つ、複数にして単数、それぞれが独立していながらすべてなのだ。子のイエスについては、まだ理解できる。しかし、父なる神ときたら！ 確かに、ひたすら祈りに没頭できる人びとを見ると、羨ましいと思う。しかし、この世の悲惨を見ると、そうそう簡単に、その神とやらの慈悲を褒め称えることはできない。[124]

ちなみに、『出発』完成テクストのもとになった同書の草稿は、右の『至高所』草稿Aの「ひたすら祈りに没頭できる人びと」の「人びと」を「魂の持ち主」に変えただけなのである。

「結局」、と彼はつぶやいた。「ひたすら祈りに没頭できる魂の持ち主を見ると、羨ましいと思う[125]」。

つまり、『出発』完成テクストに現れた三位一体の神学をめぐるデュルタルの夢想は、あえていえば、リヨンのマリア派異端開祖と同じく異端マリア信仰の女祭司の影をとどめたカップル、すなわちジェヴルザン神父とバヴォワル夫人の姿を目にしたことがきっかけで導き出されたことになる。もちろん、完成テクストの当の箇所からバヴォワル夫人が抹消されている以上、この現象は、確かに、これら三つの草稿の錯簡から生じた偶然のずれといえばその通りだ。しかし、このズレが持つイデオロギー的な価値は見逃すことはできない。

三位一体の教理をめぐる記述に関し、三つの草稿の間には、いくつかの削除や付加を除いて、語彙のレベルでの異同はそれほど多くない。ところが、各草稿と完成テクストとの間には、はっきりとした断絶がある。その最も大きな違いは、父なる神に対する否定的な評価が、完成テクストの方ではばっさりと削られていることだ。各草稿の中で、デュルタルは、旧約聖書に由来するこの「理解不能な」位格のいくつかの側面に関して、かなり詳細に記述している。『至高所』草稿Aを見てみよう。

たとえば、確かなのは、御子イエスが到来する以前、父なる神を崇める気にはなれないということだ。彼についてわずかに知られている内容は、頭がおかしくなるようなことばかりだ。聖書の教えている父なる神は、むごたらしいというに尽きる。神は、嫉妬深く、復讐心に満ち、攻撃的な存在、一種、残忍で、血に飢えたオセアニアの偶像神のように見える。[126]

こうした、父親に対する敵意は、ユイスマンスの多くの主人公の心に深く根差したものであり、また、一九世紀全体が何らかの形で共有するエディプス的な感情でもあるが、それゆえ彼らは、もっと親しみやすい母と子、つまり聖母とイエスの方に向かうのである。草稿は、父なる神はもはや「時代後れで、余計な」存在でしかないとまで言いきっている。すでに指摘したように、ユイスマンスの文学においては、父の座は常に空席のままなのだ。しかし、完成テクストでは、「父なる神となると私にはよくわからない」とする一節を残して、これらの敵意ある「批判」はすべて削除されている。

草稿から完成テクストに至る「聖霊」と「三位一体」に関する全体的な評価に関する扱いとなると、ユイスマンスの見解はさらに微妙となる。ロイスブルークの引用（本書三九一頁）の後で、『至高所』のデュルタルは次のように続ける。

だがしかし、神は存在している。その点については、疑っていない。というのも、この世が存在するためには「非被造の存在」がなければならないからだ。とはいえ、父なる神となると私にはよくわからない。はっきり言って、もっとわかりやすく、感動的なのは、イエス＝キリストと聖母マリアだ。これこそ、カトリックという宗教そのものだ。[127]

「非被造の存在」という言い回しがリヨンのセクトの中心教典である『マリアの犠牲のミサ』にある「非被造の神

智」に基づいていることは疑いがない。あるいは、百歩譲っても、リヨンのセクトの聖地ラ・サレットで、ジェヴルザン神父とバヴォワル夫人の目の前でなされたデュルタルの夢想という文脈を考えれば、ユイスマンスがこれを書いた時、リヨシのマリア派異端の教理に無自覚であったとは考えられない。

興味深いことに、『出発』草稿には、奇妙な点が一つある。聖霊が「助け主《パラクレ》」という名前で呼ばれているのは、この版だけなのだ。父なる神に続いて、聖霊の定義をあれこれ、しらみつぶしに検討しながら、デュルタルはさらに謎めいていて、よくわからない第三の位格の観念を明確にしようとする。ここで、ユイスマンスは『至高所』草稿を再び持ち出し、それを『出発』草稿に接合するのだが、その際、新たな性格を一つつけ加える。

この本来の姿もなく、形も定まらない神、光であり、流体であり、息吹である神をどのように想像したらいいのだろうか？　多くの神秘主義者は、父と子は、彼らを結び、彼らとは異なるにもかかわらず、彼ら自身である霊を放出し、はき出したと説明している。この霊は、それに与かるものを聖化する恩寵であり、慰めであり、助け主であり、また、愛であるのだ。[128]

「助け主《パラクレ》」という名称は、『出発』草稿では、もう一度、別の箇所でちらっと姿を見せている。『出発』完成テクストにおいて、このパラグラフから少しいったところに次のような表現がある。

そして、彼女たち選ばれた魂が読むことのできたどの聖者伝の中でも、彼女らの前に現れ、彼女らを慰め、励ましてくださったのは、常に聖母マリアとイエスだったのだ。だが、なんて私は馬鹿なんだろう。神の御子におすがりするということは、父と聖霊という他の二つの位格にお願いすることと同じではないか。三つの位格が一つである以上、三者のうちの一つに祈るということは、同時に三つの位格に祈るということなのだ。[129]

これだけを見ると、デュルタル——というよりも、彼を通して、ユイスマンス——は特段の迷いもなく、あっさりと、純朴な魂の持ち主がどうして聖母とイエスを崇拝するに至るか、その理由を説明しているように見える。しかし、この部分は、『出発』の草稿段階では、「聖母マリアとイエスであり、断じて、助け主や父なる神ではなかったのだ」[130]となっている。つまり、ユイスマンスは、この改稿過程においても、明らかにブーラン起源の「助け主」信仰と対話し、異端の聖霊信仰を否定した上で、常にマリアと対になっているということを条件に、キリスト中心主義を肯定しているということになる。ユイスマンスの聖母マリアは、ブーランの聖霊が消えたところに姿を現すのだ。

7　悪魔的娼婦フロランス

『至高所』の各ヴァージョンの第一部第二章末尾の数ページで、直接ブーラン教団と関わりがあるわけではないが、ユイスマンス作品における「悪魔的なもの」を体現しているもう一人の女性形象が創造されている。この娼婦フロランスの挿話は、現実から取り入れた要素を、ユイスマンスがどのように自分のテクストとして加工するかという点でも興味深い例を提供している。

事実、フロランスの特徴の多くは、マザリーヌ街四九番にあった娼館「ラ・ボット・ド・パーユ（藁山）」抱えのフェルナンドという名の娼婦から取られたことが知られているが、同時代人の証言、複数の書簡、何段階かの草稿によって、われわれはかなり正確にこの人物のテクスト的な変遷をたどることができる。

大まかに言うと、草稿が書かれる以前のノートなどを別にすれば、まず、『至高所』第二章に四つの異なったヴァージョンの人物描写《ポルトレ》が現れる（A－1が二系統、A－2、B）。「官能との闘い」をテーマに掲げた『至高所』において中心的な人物となるはずだったこの娼婦をめぐる挿話は、続く第三章、第五章、第六章など——この場合はA、Bそれぞれ一系統のみだが——にも執拗に登場してくる。『出発』草稿においても、この娼婦の人物描写《ポルトレ》は、それなりに章句の変更はあるものの、第一部第五章にまとまった形で収められていた。ところが、印刷された完成テクストでは、この草稿はもう一度再配分される。

完成テクストでは、『至高所』第二章から延々受け継がれてきたデュルタルと娼婦との具体的な交渉を写実的に描いた多くの部分は大巾に削除され、削除を免れた草稿の断片は、フロランスをめぐる他の断片とともに、『出発』完成テクスト第一部のはるか後章、および第二部にばらばらにされて散りばめられるのだ。
テーマ批評的な観点からすれば、この形象にはバヴォワル夫人の場合同様、ユイスマンスの女性と食物に関するオプセッションと、アメリカニズム＝悪魔主義に関するオプセッションという二系統の主要なオプセッションが交差している。

本節では、「おぞましき娼婦」フロランスのテクスト的な命運を検討し、この猥褻ともいえる女性形象が、ユイスマンス文学の「回心」をめぐる問題圏の中で、なぜ特権的な位置を占めるか、その理路の一端を明らかにしてみたい。

さっそくこの女性形象の具体的な表れを分析していくことにしよう。

まず、最も初期に成立した草稿A－1のフォリオ30において、千里眼の能力を備えたバヴォワル夫人が、デュルタルが「長椅子の上であまり誇らしいとはいえない格好で」[31]いるところを遠くから見通すという意味深長な場面の後で、フロランスを示唆する短い下描き《エスキース》が描かれる。

そしてデュルタルは、しなやかでみずみずしい身体が頭を離れないある女のことを思い出して、暗い気持ちになった。その女は本当の怪物だった。子供の頃から近親相姦にどっぷりと浸かり、一二歳の時から、部屋を上下に仕切って仮にしつらえた寝部屋という寝部屋で男のものに掻き混ぜられ、泥の中を転げ回ったあげく、一八歳の今、すでにありとあらゆる淫蕩生活を送り、贅沢で余裕のある輩とも、下賤でやくざな連中とも情交を重ねてきていたが、上を相手にしようと下を相手にしようと、いつも変わらず穢れた行為にばかり心を奪われていた。
昂進した官能が、飽食した獣のように鈍麻したあげく、彼女は、すっかりうんざりして、いちかばちかの勝負に出た。普通の快楽をあきらめ、喜悦を与えてくれる約束の場所を怪しげな領域に移したのだった。デュルタルは、彼女を軽蔑していたし、憎みさえしていた。愚かしく、性根がねじけた女で、快楽でデュルタルを痴れさせるばかりで、自分には不向きの女だったからだ。

ところが、用箋の最後に書かれた一三行のこの文章は、斜めに交差した四本の斜線でそっくり抹消され、欄外に次のような二つの短い、別の定式が書き込まれる。

彼女は、あらゆる寝部屋や泥の中を転げ回り、恐ろしい生活を送ってきたにもかかわらず、一八歳の今も、清らかでみずみずしい姿のままだった。

彼女は凄まじい生活を送ってきたにもかかわらず、一八歳の今も、清らかで、陽気な姿のままで、穢れた行為にばかり心を奪われていた。[132]

この段階ですでに、フロランスのいくつかの基本的な特徴、あるいはいくつかの物語の萌芽が素描されている。

一、若さ（「一八歳」）や、「しなやかで」、清純そうで、「みずみずしい身体」的な特徴にもかかわらず、
二、「子供の頃から近親相姦にどっぷりと浸かり」「一二歳の時から」あらゆる「寝部屋」で「男のものに掻き混ぜられ、泥水の中を転げ回ったあげく」とあるように、倫理的、性的にあらゆる種類の放縦と悪徳を体験した、堕落しきった「怪物」であり、
三、さらに、ある特殊な倒錯（彼女は、「普通の快楽をあきらめ、喜悦を与えてくれる約束の場所を怪しげな領域に移した」）への傾向を持っている。
四、そして、デュルタルは、そういう彼女を「軽蔑し」、忌み嫌っている。

この抹消された第一草稿に続いて、第二の草稿（草稿A－1の第二ヴァージョン）が書かれるが、この版は草稿の状態から推して、独立して書かれ、後から草稿の束の中に挿入されたものと覚しい。なぜならこの版は、他の草稿とは異なり内務省の用箋ではなく同じ判型の白紙に書かれ、おそらくはユイスマンス自身の手で「フロランスの別ヴァージョン」という題が付されているからである。

そしてこの第二のヴァージョンにおいて、純真な少女を思わせる身体的特徴や倫理的な退廃は統辞論的にはっきりと構造化され、以下、草稿A－2、草稿Bにおいても、文章に大きな変化は見られない。

この娼婦が『至高所』においてどのような形で定着されたかを草稿Bによって見ておこう。

> 早くも子供の頃から近親相姦にどっぷりと浸かり、思春期を迎えるや、屑のような与太者たちに安酒売りのぺしゃんこの長椅子の上でさんざん慰みものにされてきたこの娘は、それまで、絶えずすさんだ生活を送ってきたにもかかわらず、鼻を空に向け、両の手をエプロンのポケットに入れて学校に通う、少女のような表情を保っていた。
>
> このような、あどけない小娘のような外見の下には、想像もつかぬほどの淫らさが、おぞましい欲情が…、腐敗しきった情念が宿っていた。汚辱に飢えた彼女は、情欲の道を誤らせるすべに長けており、愛人たちをしつけて正常な性的嗜好を軽蔑させ、その見返りに、彼ら愛人たちが、堕落の程度により、どれだけ従順かに従って調製する恐ろしい陶酔へと投げ込むのだった。[133]

ここでも、草稿A－1第一ヴァージョン以来の公式を引き継ぎながら、この女の性的な倒錯の激しさが強調されていることがわかる。またこれに続く部分では、デュルタルの精神状態に触れながら、話者はフロランスのこうした倒錯が食物に関連していることを強調する（同じく引用は、最も洗練の度の進んだ草稿Bを用いる）。

デュルタルは、しかし、すでにその段階に達していた。この娘は熱に浮かされたようにデュルタルにまといつき、歯を立て、身を痙攣させながら、彼女の恐ろしい望みを無言のうちに理解させた。デュルタルは、すっかり逆上して理性を失い、女の要求に屈し、このようなまやかしの恥ずべき馳走を味わうまでに至っていた。そして、無事に彼女のもとから帰りはしたものの、精魂を使い果たしたような、あまりの快感に、以来それが忘れられなくなっていた。[134]

ここで「まやかしの恥ずべき馳走 ignoble régal de ces impostures」と、謎めいた言い回しで語られているものは何だろうか？[135]

先に挙げた「フロランスの別ヴァージョン」（草稿A－1第二ヴァージョン）においては、右に引用した箇所の何行か後で、デュルタルは、この娼婦に対する彼の特別な執着を、同じく食物の比喩を用いて次のように要約している。

> デュルタルは憂鬱な気分で、あの女よりもはるかに優れた女たち――やはり、情欲に燃え、すべてを要求する女たち――のことを思い出していた。しかし、彼は心の中で認めざるを得なかった。いかなる女も、あんなに甘美な汚物を調理はできない。自分自身の欲望のみを考えているように見えながら、あんなにも忌まわしい料理を調製することのできる女はいないのだ。[136]

ユイスマンスが一八九一年九月三〇日付で友人のアレイ・プリンスに宛てた次の手紙は、これらのテクストの背後に存在する、これ以上あり得ないほど露骨な「現実」をわれわれに明かしてくれている。

> あっちの方では、いいかげんうんざりすることがあったよ。私は、悪い嗜癖にかけては、半端じゃない若い娼

婦〔=フェルナンド〕を見つけたんだがね。彼女はその悪癖を私の血の中に植えつけたんだ。それは、われわれの間では極めつけの体験だったよ。私は彼女のおいしくておぞましいアヌスに取りつかれてしまっていた。休む間もなく貪り舐めていたところを、どうだ。あの忌々しいアメリカ人が、彼女を私から取り上げて、バーをやらせるといってシンシナティ〔アメリカ中部の水運・鉄道の要地〕に連れて行ってしまったんだ。
ちぇ! それ以来、他の女たちや、クンニリングスすらが、味気ないものになってしまったよ。薔薇の花弁 feuilles de rose は、残された唯一の喜びなんだが、もちろんのこと、それにはリラと薔薇の色をした小さな穴が必要だ。でもそれは、毎日見つかるわけじゃないんだよ。[137]

ユイスマンス研究の一方の泰斗ジャン゠マリー・セヤン(一九四六-)は、キリスト教徒にとって、神の名を呼ぶために用いられる特権的な器官である舌で、娼婦のアヌスを舐める行為は、きわめて重大な瀆神であり、ユイスマンスがこの種の「侵犯」にこの上ない悦楽を感じるのもここから来ていると指摘している。[138]

『出発』の前半部において、デュルタルの信仰回復が「消化」の比喩で語られているように[139]、ユイスマンスの主人公たちにとっては、信仰そのものが「食物」として「消化」されるという事実を考え合わせれば、娼婦のアヌスから出てくる「甘美な汚物」「忌まわしい料理」が、彼らの上にいかに破壊的な影響を及ぼすかは想像がつくだろう。

しかし、なぜ、フェルナンド=フロランスの料理だけが、ユイスマンス=デュルタルにかくも強力な魅惑を及ぼし、他の女の料理は「平板で」「味気ない」ものにすらなってしまうのだろうか? それには、フロランスに賦与された、ある種、文明論的ないし形而上学的役割を指摘しておかねばならない。

すでに見たフロランスの人物描写《ポルトレ》——「子供の頃から近親相姦にどっぷりと浸かり」——に見られるように、ユイスマンスはこのテクストの中で、「禁忌の廃棄」「(キリスト教の定める)倫理的な規範の廃棄」「意味の廃棄」という意味での「侵犯《トランスグレッション》」のあらゆるコードを動員している。娼婦のアヌスから供されるおぞましき料理たる糞便は、生の原理たるキリスト教の供する料理=キリストの身体の象徴たる聖体の対極にある「死の料理」、人間的な秩序を破壊し、不定形で「流体《フリュイディック》」的なカオスへと逆戻りさせる「破壊」と「解体」の料理ということになる。

本書の冒頭部でわれわれが指摘したように、一九世紀の宗教「危機」の背後には、この世紀が大革命により犯された「王殺し＝父殺し＝神殺し」を契機として、その最初の段階から大文字の他者が「修復」されることなく崩壊し、人びとがその罪の意識の苛まれる「エディプス的」状況下に置かれていたという事態がある。しかも、相即して発生した宗教的権威の衰退、信仰の喪失によって、この状況を昇華・修復する路は閉ざされていた。

ユイスマンス自身が共有していた、自己同一性の解体、さまざまな外傷体験、性的なカタストロフィなどを徴候とする一九世紀の主体の危機もここに由来する。この大文字の他者の抑圧を抹消された危機的な主体の前に、この主体と、一時的にせよ、あるいはフィクションとしてにせよ、本来抑圧の対象であり近親相姦のタブーによって厳しく主体の意識の外に囲い込まれてきた否定性の極である「母親の禁じられた身体」との間に、無媒介的で暴力的な邂逅が実現してしまうという悪夢が出来する。いや、人間の言語による「社会」契約を免れた非人間的なこの境地をラカンは「もの la Chose」と呼び[140]、クリステヴァは、なおその否定性の構成的側面に着目しつつ、「おぞましさ abjection」と名づけたわけだが[141]、それは、本来「死の欲動」に刻印された、人間の接近の禁じられた圏域であり、近親相姦のタブーの彼方に位置する場、すなわち近親相姦の禁止に関わる特権的な対象である「母親の禁じられた身体」そのものが単なる隠喩《メタファー》にすぎなくなるような場なのである。

フェルナンド＝フロランスは、ユイスマンス作品に数多く出てくる不吉で、悪魔的で、怪物的な他の女性たち同様、「おぞましい」食物を提供する「悪しき母親」の系譜に列なる。たとえば、フロランスが、その少女のような身体と、その神話的なオーラによって『さかしま』のサロメ[142]の系譜に位置づけられることは明らかだ。サロメ自体、「破壊しがたい〝淫蕩〟の象徴たる女神で、なかんずく、肉体をこわばらせ、筋肉を硬直させる強硬症《カタレプシー》によって選ばれた不滅の〝ヒステリー〟、呪われた美の女神」たる資格を得たのは、継父ヘロデ・アンティパスとの近親相姦と、神の告知者、洗礼者ヨハネの殺害という彼女が犯した二重の「侵犯」によってではなかっただろうか？

「薔薇の花弁」――「リラと薔薇の色をした」娼婦の肛門――が、ユイスマンスの主人公にとって、また、前テク

ギュスターヴ・モロー「ヘロデの前で踊るサロメ」(1876, ロサンゼルス・アーマンド・ハーマー・コレクション所蔵)。少女の身体をした悪魔的娼婦。

ストの発話主体であるユイスマンス自身にとって無限の悦楽の源になるのは、ここで二重の意味で禁じられた母の身体——ラカン的な意味での「もの」——への接近が、一種の代替ないしは錯覚、幻想として、しかもこの場合、「祈り」や神学的な言説など、伝統的にこのめくるめく恐怖の中心を取り囲み無力化してきた言説の介在なしに、端的に実現してしまったという形而上学的な理由からに他ならない。

フロランスとのおぞましき聖餐《コミュニオン》、つまり聖体ならぬ究極の穢れの嗜食は、象徴的審級への接近を永久に遠ざける。しかし、同時にその行為は、主体を、人間の圏域から死と破壊と解体の支配する圏域へと誘うことによって、激しい享楽をもたらす。

いや、それでもなおかつ、ともかくは昇華が成り立っていると考えるべきなのだろうか？　クリステヴァが指摘するように、時として、否定の極に飲み込まれようという瞬間に、ある主体の前に身体からの排泄物、屎尿や血膿、汗、体液などが曖昧な魅惑をまとって現れるのも、まさにこうした文脈においてであるからだ。「死」の否定性に取り巻かれた根源的な「対象」である母の身体を主体が完全に切り離すことができない時、こうした「おぞましい」排泄物が、かりそめの昇華を媒介し、主体に束の間の安定をもたらすのだ。

いずれにせよ、「悪」というものをキリスト教形而上学の伝統に従い、すべてを解体し、すべての結合を解き放つ否定的な力だと見なすならば、フロランスは、まさしく、西欧ロマン主義の悪魔的な人物像の、遠いが、正統な後継をなす、悪ないし否定性の凝縮した表象であるといえるだろう。
すぐ後に示す通り、『至高所』の他の一節には、ユイスマンスの反アメリカニズムとの関連で、フロランスが人間的な意味で満たされた「閉ざされた」小宇宙を解体する否定性の極点に位置することが、はっきりと書き込まれている。

先に引用したアレイ・プリンス宛ての手紙（一八九一年九月三〇日付）の中で、ユイスマンスは彼のお気に入りの娼婦フェルナンドが、金持ちのアメリカ人に奪われた旨を書いている。フェルナンドについての記述は、ユイスマンスがリヨンのブーランを訪れた直後の一八九一年八月一九日付で書いた、友人である作家・民俗学者のギュスターヴ・ブーシェ（一八六三－一九三二）宛の手紙の中では、「フェルナンドのぴりっと辛みの利いた香炉《カソレット》に長期間逗留した」[143]とあるので、少なくともその六週間後には破局が訪れたことになる。ちなみに、ここで用いられている香炉《カソレット》という語には、皿、料理というもう一つの意味があり、ここではその意味が二重に掛けられている。これについては次章において思わぬ展開を見せることになるので、記憶しておいていただきたい。

しかし、奇妙なことに、ユイスマンスはアレイ・プリンスに、一年前の一八九〇年九月二一日にも、娼館「ラ・ボット・ド・パーユ」のなじみの娼婦をアメリカ人に奪われ、欲求不満に陥っているという、ほとんど同一内容の手紙を書き送っているのだ。

私は――肉欲という観点では――とても当惑しているよ。私はラ・ボットで、子供のような身体で、口唇愛撫《ミネット》の好きな素晴らしい女を見つけたので、あの家に入り浸って、毎週、この娘の尻の穴を貪っていたんだ。ところがアメリカ人の豚野郎が私から、ポートランドのバーの女将に据えるためにこの子を取り上げてしまったんだ。全くうんざりだよ。私はそれが習慣になっていたし、それに口唇愛撫《ミネット》の好きな女というのは、そうそういるもんじゃないんでね。[144]

つまり、ユイスマンスは、二人のおそらくは異なった娼婦に関して、一年間隔で二度、同じ話題を繰り返しているのである。彼はこのオプセッションを、ほとんど彼の友人たちに話したままの形で、『至高所』の第六章に組み入れている。

彼［＝デュルタル］はフロランスのもとに戻ったが、彼女はニューヨークに向けておそらくは出発するだろうと告げ、彼をうろたえさせた。本当なのだろうか。それとも、彼女がした告知は、自分が本当に彼女に執心しているかを確かめるためだったのだろうか？——彼はとても当惑しながら、彼女が、金持ちのアメリカ人から大きなバーの女将に据えてやろうと言われていると語るのを聞いた。

この話はデュルタルの脳を離れず、彼はほとんど毎日のようにこの娼婦のもとに通った。とても巧みに、フロランスは彼の欲望を刺激した。彼女は自分は迷っていると言い、彼の忠告を求めた。そして、向こうに渡ることがもたらすチャンスを値踏みする一方で、一番つらいのは、好きでもないアメリカ人に連れ添うことを我慢しなければならないことだと言い立てた。[145]

なぜ、アメリカ人なのか？ ユイスマンスの妄想的なシステムの中では、アメリカは多かれ少なかれ、そのすべてが彼の支配下にあり、そのすべてが彼の美的な趣味に従って配列されており、そこではあらゆるものが、人間的なあるいは人間化する意味を賦与された彼の「閉鎖された」小宇宙を、崩壊させるという悪夢と結びついている。つまり、彼にとってアメリカ合衆国は、単に遠くにある「異邦」、謎めいてはいても地上のどこかにきちんと位置づけられる「異邦」というより、常に、ヨーロッパ＝キリスト教文明が体現する意味秩序を衰微させ、「金《マネー》」の悪魔的な変異である「資本」が「流体的《フリュイディック》」で「遍在する《ユビキスト》」形態をもってその不吉でおぞましい権威を発散させる悪夢のユートピア、破壊的な「悪」を発散させる震央としてイメージされている。[146] ユイスマンスの反アメリカニズムは、「閉鎖」への偏愛への対極に位置する一つの妄想の体系であり、アメリカとは、幸福な自己への沈潜を不可能にする「外部」の力の氾濫に与えられた別名なのである。アメリカのイメージは、すでに『彼方』にあるように、ブーランや他の出典に由来する次のような情報によって増幅されるに及び、一層暗鬱で「悪魔的」なものになる。『彼方』第五章でデ・ゼルミーは次のようにアメリカの秘密結社について語っている。

「こうした秘密結社のうち、創立が一八五五年にさかのぼり、最も大きなものは、高貴なる再生-降霊術師《レ＝テュルジスト＝オプティマット》協会です。この協会は、統一されているように見えますが、二つの陣営に分かれています。一つは、宇宙を破壊し、廃墟の上に君臨しようと主張している陣営、もう一つは、ただ、悪魔崇拝を世に押しつけ、自分たちが、その首席司祭になりたいと考えている陣営です。この協会はアメリカに本拠があり、かつてはロングフェローが会長を務めていました。彼は、新降霊魔術大司祭の称号を名乗っていました。また、この協会は長きにわたって、フランス、イタリア、ドイツ、ロシア、オーストリア、さらにはトルコにまで、支部を持っていました」[147]。

ロバート・バルディックによれば、ユイスマンスはブーランを過信していたため、無邪気にもアメリカの国民詩人であるヘンリー・ワズワース・ロングフェロー（一八〇七-八二）と、スコットランド出身のオカルト悪魔主義者であるもう一人のロングフェローとを混同しているのだという[148]。

しかし、ドメニコ・マルジョッタが一八九四年に出版した『フリーメーソン最高大総監第三三位階アドリアノ・レンミに関する覚書』なる反フリーメーソン文書の中には次のようなくだりがある。

悪魔主義を執行する、オッドフェロー独立共済会の第二会信奉者は、この時、再生-降霊術師《レ＝テュルジスト＝オプティマット》協会という名称を名乗り、ロングフェローが新降霊魔術大司祭となった[149]。

ロングフェローは、マルジョッタの本でもファースト・ネームや出身地、生没年など基本的な情報は与えられていないが、この本によれば、「スコットランド儀礼」という名のフリーメーソンの会員で一八三八年にアメリカに移住し、チェスタートン最高会議の最高大総監であったモーゼス・ホルブルック（?-一八四四）の秘書となり、ホルブルックの死後、同じく秘密結社のオッドフェロー独立共済会に近づき、一八五七年にルシフェル（ラテン語で「光を荷う者」を意味する堕天使＝悪魔）を崇拝する秘密の第二会（「再生-降霊術師協会」）を組織したのだという。マルジョッタの記述とブーラン＝ユイスマンスの記述は、再生-降霊術師協会の設立年次が二年ずれていることを除けば不思議なほど一致する。

もっともマルジョッタはレオ・タクシル（本名、マリー・ジョゼフ・ガブリエル・アントワーヌ・ジョガン＝パジェス、一八五四-一九〇七）の仲間とされる人物であることから、右の文書の記述の信憑性はこの点ではきわめて疑わしい。なにしろ、タクシルは、一八九二年以来、バタイユ博士という筆名で、『一九世紀の悪魔』（一八九二-九四）という題の一連の反フリーメーソン文書を発行し、その中で、アメリカ南北戦争（一八六〇-六五）における南部連合の将軍で伝説的なフリーメーソンの大立て者アルバート・パイク（一八〇九-九一）がフリーメーソン内部にパラディウムというルシフェル崇拝の組織を作ったとか、パイクの死後ダイアナ・ヴォーンという女祭司が奇跡的にカトリックに回心したといったデマを振りまいて、カトリック、フリーメーソン両陣営を手玉にとった稀代のいかさまジャーナリストなのだ。[150] そしてマルジョッタ自身もタクシル同様、――タクシルのデマ情報を拡大反復しつつ――当時勃興しつつあった反ユダヤ主義、反フリーメーソンの潮流に乗り、今日までつながる陰謀史観の醸成に一役買うことで商業的利益を上げようとした一連の人びとのうちの一人なのである。

とはいえ、ブーランが彼の書簡でユイスマンスにロングフェローの記述を伝えたのは一八九〇年であり、この時点ではマルジョッタの書物自体が書かれていないばかりか、その基となったタクシルの反フリーメーソン・キャンペーンすら始まっていない。真偽は不詳だが、ブーラン、マルジョッタ両者が何らかの共通の情報源によって、ロングフェローについてくだんの記述をしたためた可能性は否定できない。[151]

いずれにせよユイスマンスにとってアメリカは、悪魔崇拝のフリーメーソンが暗躍し、降霊術と魔術が栄え、ポルターガイスト（騒がしい霊）が猖獗を極める悪魔の帝国なのである。そして、これらはいずれも不吉な「流体」に基礎を持っている。娼婦フロランスは、奪われた掌中の珠というだけでなく、「金持ち」のアメリカ人の曖昧な共犯者なのである（「金《かね》」が魔性の「流体」の一種である以上、ユイスマンスの用語法からすれば、金を持っているということは「悪魔的な」と同義となる）。したがって、この娼婦が、「流体」的な物質、特に泥ないしその変種の形を取った「流体」的物質と強固な関係を結んでいたとしても、不思議でも何でもない。ユイスマンスの妄想的な宇宙の中で、泥＝穢れ＝「流体」は、「悪」すなわち、存在者を解体し、存在の結合を解く原理としての「否定性」を指示する、隠喩的な記号を構成しているのだ。

ユイスマンスに「流体」に関する直感をもたらしたのは、リヨンの異端ブーランであったことはこれまでもたびたび指摘してきた。

しかし、穢れ＝悪の「否定性」を担う基体に何らかの物質性を認める発想は、キリスト教圏においてはその初源の段階から見られる。たとえば、アントワーヌ・ヴェルゴットはキリスト教神話・神学の発達の過程で、純粋に隠喩的なイメージとして理解される旧約聖書の不浄＝穢れにも、食物や身体を汚染する物質的な性格があることを認めている。[152] ここでは、「流体」とキリスト教的な否定性＝悪とをつなぐミッシング・リンクの詳細なテキスト的復元は割愛せざるを得ないが、穢れ、不浄、罪といったキリスト教の「悪」は、「流体」がバタイユ＝ラカンの「異質な現実」の一部をなす限りで、一種の「流体」なのである。

さて、一般に、ユイスマンスの作品における泥は、「流体」の変異体《ヴァリアント》であり、恐怖と穢れを発散するその権力を、あらゆるジャンルの「女性的なおぞましさ」に負っている。泥は、多かれ少なかれ奇妙で、思わぬ仕方で食物とのテーマとも交錯する。

フロランスは彼女自身が泥であり、彼女が排出し、デュルタルに舐めさせる糞便そのものだ。しかし、この娼婦が前テクストから草稿の段階に移されると、おそらくユイスマンスの社会的な節度への最低限の譲歩なのであろう、あまりにも露骨な「薔薇の花弁」への言及はより婉曲で洗練された表現に席を譲る。そして、フロランスと彼女の「おぞましい食物」は、いぜん侵犯と猥褻との関係を維持しながら、物質的、自然主義的な水準から隠喩と倫理の水準へと姿を変えていく。

『至高所』草稿Bのフォリオ31の一部は、最終的には『出発』完成テクストの第一部第五章へと移される。この一節は、サン＝シュルピス教会の聖母の礼拝堂で、デュルタルが三位一体について瞑想する場面の直後に当たっており、位置自体が意味深い。ここまで、「その変態ぶりでデュルタルを夢中にさせている女」に関して、すでに三度言及がなされている。たとえば、『出発』第一部第四章、デュルタルは、エヴル街にある小さな教会で行われたクリスマスのミサに参列するが、椅子に跪いて古いキリスト生誕賛歌を歌う幼い少女たちの姿勢を見たとたん、フロランスのアヌスを嘗める忌まわしい行為の思い出が蘇ってくる。

「彼（＝デュルタル）は、レースと絹の短い下着《シュミゼット》の裾から、いやらしい肉の塊がみるみる膨らむのを再び目撃した。彼の手はぶるぶる震えたが、それでも熱に浮かされたように、あの娼婦のおぞましくも甘美な香炉《カソレット》を押し開くのだった[153]」。

さて、ユイスマンスは『至高所』草稿Bのフォリオ31の一節を『出発』第五章の中で再利用する。まず、もとになった草稿Bは以下の通りである。見ての通り、すでに本書三九九頁で引用した草稿A-1のヴァージョンの定式がほとんどそのまま繰り返されている。

それ以来、フロランスがデュルタルを捕らえた。彼はフロランスを軽蔑し、嫌悪すらしていたが、彼女の自己本位の錯乱は彼を熱狂させた。デュルタルは、恥じ入り、彼女にも自分自身にも嫌悪を感じて彼女と別れた。彼は、二度と彼女の家には戻るまいと自分に誓ったが、彼女の後では、もはや他の女たちと会っても風味なく感じられるだろうと知って、やはり彼女のもとに戻るのだった。彼は憂鬱な思いで、フロランスよりもはるかに優れた女たち――やはり、情欲に燃え、すべてを要求する女たち――のことを思い出した。しかし、彼は心の中で告白せざるを得なかった。いかなる女も、あんなに甘美な汚物を調理はできない。自分自身の欲望のみを考えているように見えながら、あんなにも忌まわしい料理を調製することのできる女はいないのだ。[154]

しかし、作家は、『出発』完成テクストではワインの用語を用いて、いくつかの箇所に変更を加えている。『出発』完成テクストの中で、フロランスの名が現れるのは実は第五章の次の箇所が初めてである。

彼はフロランスを軽蔑し、嫌悪すらしていたが、彼女のいつわりの錯乱は彼を熱狂させた。デュルタルは、彼女にも自分自身にも嫌悪を感じて彼女と別れた。彼は、二度と彼女の家には戻るまいと自分に誓ったが、彼女の後では、他の女たちは単調に感じられるだろうと知って、やはり彼女のもとに戻るのだった。彼は、憂鬱な思いで、フロランスよりはるかに洗練されたクラス cru《テロワール》の女たち――やはり、情熱的で、すべてを要求する女たち――のことを思い出した。しかし、少なくとも独得な風味についてはえもいわれぬこの娘に比べると、あの女たちは、口に載せても、なんと熟成香《ブーケ》が平板で、芳香《アロマ》も風味に欠けることだろう。

いや。これを考えれば考えるほど、彼は心の中で告白せざるを得なかった。いかなる女も、あんなに甘美な汚物を調理はできない。自分自身の欲望のみを考えているように見えながら、あんなにも忌まわしい料理を調製することのできる女はいないのだ。[155]

テクストの後半では、相変わらず、糞便への言及がなされている。ワインの用語の背後には、明らかに、「リラと薔薇」の色をした娼婦の肛門と、それが発する強い「ブーケ」と「アロマ」への連想が働いていることは明らかだ。カトリシズムにおいてワインは、パンと並んで、イエス＝キリストの神性が宿る「形色 espèce」である以上、これがキリスト教に対する前代未聞の冒瀆であることは言をまたない。

実は、このワインへの言及は、『至高所』の別の一節から取られたものだ。最終的には実現しなかったフロランスのアメリカ行きのエピソードの後で、デュルタルはジェヴルザン神父とバヴォワル夫人を迎えるために部屋の掃除をする。そしてこの部屋の掃除はデュルタルに『彼方』のシャントルーヴ夫人の訪問を思い出させる。[156] 実際、『至高所』におけるこの片づけの場面は、悪魔主義への先導者シャントルーヴ夫人との情事のパロディーとはいえないまでも、過去に書かれたテクストに自ら言及する形となっている。ワインへの言及は、草稿A（フォリオ116）の本文が書かれた段階ではまだ現れていない。ワインの比喩が用いられるのは、欄外への書き込みにおいてである（以下、（ ）【 】［ ］等の異文表記については本章注19を参照）。

いつも化粧室を掃除しなければならないわけではないな、と彼は微笑みながらひとりごちた。そして彼は、かつて、［ある女］（シャントルーヴ夫人とかいう女）を待っていた時、ずっと入念な掃除をしたことを思い出しながら、夢想に落ちた。その女の［悪魔的な］（瀆神的な）情欲にはうんざりさせられたものだった。彼女もフロランスに比べたら物の数ではないな、と彼は結論を出した。［q］［あの女は］シャントルーヴ夫人同様、頭の中が不純である点ではシャントルーヴ夫人同様だが、それればかりでなく、血（もまた）不純なんだから。それにあの女は、格別［風味があり］（【風味があり】格別【巧みで】）［格別熟練している］（【手管にたけている】！）あの女はなんと［もう一人の女に比べ］（官能の業で）頭をくらくらさせるcapiteuseことだろう。［なんと（xxx）心得ているのだろう］[157]。

●第一の異文《ヴァリアント》（欄外への書き込み）

［彼女は］（あの女は）明らかにもっと精神的で、育ちもよかった、（彼女は別の世界の女だった、）しかし、（［不純さの］［肉体的］［官能の］［色欲の］）（肉体の）観点からすれば、［そしてもう一方の女は【xxxと】【xxx】【のところで】pxxxxxのところで（les xxxを）探すのだ！］彼女は（あの）フロランスよりは

るかに劣っている！［あれほどまでに官能の手管を心得た、あんなにも官能をそそるcapiteuse娘！］——

●第二の異文《ヴァリアント》（欄外への書き込み）

あの女は明らかにもっと精神的で、別の世界に属しており、はるかに洗練されたクラス（cru）の女だった。しかし、少なくとも独特《テロワール》な風味についてはえもいわれぬフロランスと比べると、彼女は、口に載せても、なんと熟成香《ブーケ》が平板で、芳香《アロマ》も風味に欠けることだろう。[158]

相次ぐ修正の痕跡は、われわれに、完成テクストに現れる「はるかに洗練されたクラスcruの女たち」の背後には紛れもなくシャントルーヴ夫人が隠れていることを示している。ワインの比喩は単に女たちが酒に喩えられているということだけではない。ワインの比喩は、女性の否定性の破壊力が二人の女に関して比較される限りにおいて、しかも、基底に「流体」的な原理を持つブーラン＝ユイスマンスの悪魔主義の特殊なコンテクストのもとにおいて、導入されているのである。シャントルーヴ夫人は、瀆神的な食物、不吉な「流体」——ここではヴァギナからの浸出物——に浸された聖体のパンを差し出した。[159] この事実は、先の第一稿の中で暗示されている。彼女の「悪魔的な」——この形容詞は直ちに「瀆神的な」に変えられている——情欲は、デュルタルをうんざりさせた。しかし、「おぞましさ」の程度において、シャントルーヴ夫人はフロランスの敵ではない。なぜなら、フロランスの場合、近親相姦のタブーに対する侵犯をその起源とする以上、彼女の不純さは知的な水準に属するのではなく、ほとんど形而上学的な水準に属しているからである。また、「あれほどまでに官能の手管を心得た、あんなにも官能をそそる娘！」という色欲に関する彼女の変態的な手練の鮮やかさも、まさにそこに由来している。「頭に来る、官能を刺激する」という意を表すこの最後の形容詞capiteuse《カピトゥーズ》は、ここで用いられているフランス語の観念連想のロジックからすると、最終的には酩酊と興奮を引き起こす「強い酒vin capiteux《ヴァン・カピトゥー》（capiteuseはcapiteuxの女性形）」に行きつく。こうして結局のところ、二人の女は「頭をくらくらさせ官能を刺激する強いワイン」＝「流体」に喩えられ、その有害度が比較されているのである。

フロランスの分泌する「流体」的物質は、人間の倫理を越えた領域、ラカン的な意味における「もの」の圏域へと主人公を差し向け、それが含み持っている「死」の欲動、あるいは、それが隠喩として機能している「死」の欲動によって彼の官能を引きつけ、刺激し続ける。そして、まさしくこのメカニズムによって、次の段階では主体の欲望の配置を――ちょうど『彼方』のジル・ド・レーの場合と同じように（本書二一一―二一二頁）――逆転させるのである。おぞましい娼婦に由来しながら、主体の内部に積み重なる否定的でおぞましい倫理的な力、とりわけ、キリスト教七大罪の一つ、「淫欲」として捉え返される時、「泥」は、小説の物語内容《ディエジェーズ》にとって新たな、決定的な意味を獲得する。

すでに、『至高所』第一部第二章の末尾において、「魂は、こうした恥知らずな行為に嫌悪を覚えて、泥を振り払い、涙を流して泥を拭いつつ、許しを乞うた」[60]とあるように、汚辱から脱しようとする最初の身振りは、泥の比喩を介することで行われる。『至高所』同第三章で行われた会話の中で、ジェヴルザン神父は、デュルタルが聖餐《コミュニオン》の効果に対して示す躊躇を嘆き、身体から泥を排出するように促す。

「おやおや。自分の身体からちょっと泥を吐き出すようにしてみたらどうですかな。人間の愛なんて結局、そんなもんなんですから。何と多くの「人間が」（人びとが）その中に沈んでいくことでしょう。しかし、そんなもの、何と不潔で、むなしいものでしょうか！」。

「ああ！「それらに対する」「私の汚辱に対する」嫌悪なら、持っているのです」とデュルタルは溜息をついた。「そうですとも。でも、その後はどうでしょう。「私の豚のような卑しい欲望が収まってくれたらよいのですが。信じることができれば…。悔い改めることだけでもできれば…」」[61]。

このような発言がなされるのも、泥＝淫欲の排出が、聖なる食物（聖体のパン）に近づくための条件をなしているからだ。ジェヴルザンは言う。「人間の愛は泥にすぎないのです」。言い換えれば、エロスの本質が、いわばここでは「流体」的な圏域に属すると想定されているのである。エロス（フロイトのいうリビドー）は、それが不定形で伝染性を持ち、強い感情的な価値を帯びており、愛と憎しみをもたらすだけに、一層危険な穢れである。デュルタルは、彼に取りついて離れないフロランスを嫌悪している。そこから、「生化学的」方法を用いて泥＝穢れ＝「流体」を分解してしまうという発想までは一足である。もっとも、生化学的という用語は高度に隠喩的な意味に理解する必要があるが…。人間の愛は「泥」であり、ワインの瓶の底に沈殿した澱であり、いかなる手段を用いても中和し「消毒」しなければならない何ものかである。有名な「塩素」の喩えもこの意味に解釈しなければならない。ミュニエ神父によれば、一八九一年五月二八日になされたユイスマンスとの第一回会見の折、ユイスマンスは彼に対して「私の魂を清める塩素をお持ちですか？」と尋ねたという[162]。泥＝「流体」を消毒するための塩素というイメージは、『出発』第一部第三章のデュルタルの考察に取り込まれている。ここには、複数のテーマが複雑に絡み合っていることを確認する必要がある。

> 魂は、キリストがお望みになれば、そこに降りて来られるように、自らが持っている強力な手段を用いて、自分の中に空虚を作り、自分自身を裸にしなければならないのだ。住居を消毒し、祈りという塩素に、秘蹟という昇汞《しょうこう》にかけるのだ。一言でいえば、主人がやって来て、彼の中に私たちを移し替えるようにお命じになった時、その準備ができていなければならないのだ。一方、その間に、彼自身は私たちの中で溶けることになるのだが[163]。

「神」が、ここでは「住居」という形で表現された魂の中に降りて来るためには、この住居に充満し、汚染している「流体」的な物質を消毒することによって、この「閉鎖された空間」の中に「空虚を作り」出さねばならない。そして、ユイスマンスの信仰は食物の消費に他ならない以上、この過程は、デュルタルがそれを考えただけでも意気阻喪せざるを得ない、聖体拝受に対する注釈であると理解することができる。キリスト教における「実体変化」――このテクストにもある通り、神の食物への降臨――は、パンとワインという実体から、穢れないし混淆物を浄化した場合にのみ成就する。しかしユイスマンスにおいては、魂の浄化を引き起こすこの変化は、化学変化のイメージに従って発生するのである。

ところで、ユイスマンスの思想進化のこの段階において、新しい要素がつけ加わっていることに注意したい。泥＝「流体」の分解の触媒の役割を果たす「塩素」が、「祈り」に、したがって「言語」に結びつけられるからである。言い換えれば、ユイスマンスのテクストは、われわれに、泥＝穢れは象徴的な審級の介入によって浄化されるということを示唆しているのである。

『至高所』において、おぞましき娼婦に対するオプセッションは、デュルタルがラ・サレットへの巡礼に出発するまで続き、フロランスへの執着をいかに断ち切るかが、信仰への最後の躊躇を克服するための主要なモチーフとして語られていく。

ここで再びラカン派の精神分析の用語を用いていえば、悪魔的娼婦の「薔薇の花弁」を通じてユイスマンスが試みているのは、「侵犯」のあらゆるコードの動員を通じて、否定性の契機を無限大にし、伝統的には神に割り当てられてきた「大文字の他者」と呼ばれる象徴の審級を廃絶し、「母親の禁じられた身体」との無媒介で暴力的な邂逅を実現することであり、それは人間的な「意味」を構成する「文化」そのものを廃棄することにつながっている。

たとえば、『至高所』（草稿A）第一部の最後の場面で、一八五三年の聖母マリア出現の地、マリア信仰の聖地ラ・サレットへ巡礼に赴く主人公デュルタルに、フロランスは聖母マリアのメダルを買ってくるようにせがむ。

「じゃあ、あんたは旅に出るんだね」。
「ああ、そうだ」。
「遠くに行くの？」。

デュルタルは自分がどこに行くのか口にするのを躊躇したが、最後には笑いながら白状した。

「あんた、マリア様を信じてるの？　あの馬鹿あまをかい？」。

それから、声の調子を変えるとこう言った。

「じゃあ、私にメダルを買ってきてちょうだいよ」。

彼は、びっくりして尋ねた。

「メダルをどうしようというんだ」。

「そりゃ、私につきを持ってきてもらうためよ」。そして、彼女はつけ加えた。「私、将来、今の商売を辞めたら、メダルを首につけるわ」。

デュルタルは、彼女が欲しがっているメダルを買ってくることを約束したが、この滓のような魂の中に何が起こっているのか、理解するのはあきらめた。彼女は、聖母マリアを軽蔑しているというのに、メダルの効能だけは信じていて、今は、自分は身につけるに値していないと判断しているというのだ。彼は、結局この女は、護符やお守り《フェティッシュ》を信じているが、それ以上のことは理解できないオセアニアの女と同じなんだと考えることにした。それが、一番真実に近いところだろう。他の誰かが、つきを呼ぶために、一ルイ金貨の端をかじって見るように、汚らしい呪物を齧ってみたいと思うような野蛮な女の同類ということだ。[164]

啓示信仰の崩壊にさらされた一九世紀の行き着く果てに現れるのは、荒涼たるオカルトの闇である。もっとも、聖母マリアの「奇跡のメダル」自体が、一八三〇年、パリ、バック街で見習い修道女カトリーヌ・ラブレーの前に出現した聖母マリアの姿をかたどって作られた以上、それ自体がオカルトや心霊主義にどっぷりと浸った一九世紀ヨーロッパの一つの徴候を示すにすぎないのだが…。

『至高所』に対して、『出発』、とりわけその完成テクストでは、フロランスの道筋《ピスト》は章を追うにつれ、明らかに後退していく。確かに、『出発』完成テクストではその第一部第四章まで彼女は頻繁に登場するし、『至高所』の草稿が大幅に再利用されているだけに、彼女のイメージには同様の汚辱やおぞましさがあふれている。

しかし、この場合、完成テクストの前景に押し出されているのは、この娼婦とデュルタルとの直接的・自然主義的な描写ではなく、本書四〇八頁で見たように彼が教会の中で夢想に耽ったり、祈りを捧げている時に不意に浮かんでくる思い出である。しかも、次節で触れるように、いくつかの宗教的な経験をした後にデュルタルがトラピスト修道院への黙想修行に旅発つ時、彼は、娼婦のオプセッションがすでにかなり減退していることを認めている。

ところが、フロランスに関して素描された問題圏、すなわち女性的な否定性との対決に関わる問題は、『出発』の第二部において、規模を拡大して発展させられる。『彼方』から直接引き継いだ悪魔主義の他の要素、特に淫夢女精《スクブス》と結びつくことにより、フロランスは一層悪魔的な様相を呈するようになる。フロランスの生々しいイメージが、トラピスト修道院で祈りを捧げたり瞑想に耽っている主人公に襲いかかってくるのである。特に第二部第五章では、フロランスの記憶の襲撃というモチーフは、デュルタルが彼の修道院生活の最終局面で体験する「神秘体験」——主人公によって十字架の聖ヨハネ（ファン・デ・ラ・クルス／仏、ジャン・ド・ラ・クロワ）に由来する「暗黒の夜（暗夜）」と見なされる神秘体験——の最も重要な要素を形作ることになる。[165]

おぞましき娼婦に対する妄執。それは、単なる中年男性の収まらぬ性欲が生み出したエロティックな幻想というにとどまらず、ユイスマンスのカトリシズム文学全体を支える形而上学的な問題圏の所在と構造を指し示す形象なのである。

8 「昇華」としての散策・徘徊

『出発』の第二部は、すべてがデュルタルのノートル＝ダム・ド・ラートル修道院における八日間の「静修」体験に充てられている。静修とはカトリックの世界で、一定期間修道院で指導司祭のもとで静かに神と対話する黙想修行のことをいうが、『出発』におけるデュルタルの体験はもっと過激だ。

修道院滞在の中身に入る前に、このトラピストの小修道院が、ユイスマンス作品の中の典型的な「閉鎖された空間」であることを指摘しておかなければならない。ジェヴルザン神父から、ノートル＝ダム・ド・ラートルでの静修を提案される前、デュルタルは、第一部の第四章で、修道院を理想的な場所として思い浮かべる。

　彼は心を高ぶらせて修道院のことを思いめぐらせた。ああ！　下劣な人間どもから離れて、修道院に引きこもり、本が出るのも、新聞が出るのももはや知らず、自分の個室の外の人間の世界で何が起きているかも永久に知らずにいられたら！　四囲を壁に囲まれた心安らぐ沈黙の生活を完璧なものとし、恩寵の働きのみで身を養い、グレゴリオ聖歌で心の渇きを癒し、典礼の尽きせざる喜びを飽きるほど味わい尽くせたら！[166]

修道院はデ・ゼッサント（『さかしま』）のフォントネー＝オ＝ローズの館のように、厚い壁に囲まれ、外界から完全に切り離されており、肉体的、精神的な欲求を完全に満足させてくれる、自分のために準備された聖なる空間であり、「監獄のような沈黙」や「墓地の恐ろしい静寂」の支配する死の圏域——作品の中で喚起されるスペインの神秘家、アヴィラの聖女テレサの表現を借りれば「霊魂の城（内部の城）」——である。「霊魂の城」については後述するが、このノートル＝ダム、すなわち聖母マリアに捧げられた小さな修道院は、ユイスマンスのあらゆる表象やテーマがもう一度取り上げられ、「聖なるもの」のダイナミックな潜勢力が動員される特権的な場所なのだ。

　ユイスマンスは、彼自身、ミュニエ神父の紹介によって、一八九二年とその翌年に、相次いでシャンパーニュ地方マルヌ県のフィスム市近傍にあったシトー会に属するノートル＝ダム・ディニー（イニー）のトラピスト修道院（イニー修道院）に静修修行に訪れており、ロバート・バルディックをはじめ多くの伝記作家は、この最初の静修修行の際、ユイスマンスが正式にカトリックに回心したとしている。確かに、「現実」のユイスマンスと『出発』のデュルタルとの間には、ある種の照応関係が成立している。アルスナル図書館のランベール文庫には、ユイスマンス自身が作成した『出発』の作中人物と、彼自身がノートルダム・ディニー（イニー）修道院に一八九二年七月一二日火曜日から一九日火曜日までの一週間、実際に滞在した時に出会った実在の人物との対照表が収められている。また、ユイスマンスは、この第一回目の静修体験の直後にリヨンで、小判のノートに日々の事蹟や感想を書き留めている。この『トラピスト修道院の日記 *Journal intime à la Trappe d'Igny*』のオリジナル（本書第八章注219参照）がやはりアルスナル図書館のランベール文庫内に所蔵されており、一八八五年刊行のピエール・コニー版『出発』末尾に、前述の対照表とともに付録として収録されている。

ただ、これらを読むと、静修期間中、夢魔などいくつかのテーマについて繰り返し考えている様はうかがえるが、小説の内容は、作家が実人生の中で体験したことと必ずしも正確に対応しているわけではない。多くの伝記作家が考えるように、ユイスマンスの回心が、この第一回の静修の最中に起こったかについては重大な疑義がある。一八九二年といえば、ブーランもまだ存命中であり、ユイスマンスは彼のきわめて強い影響下にあった。事実、ラ・サレット巡礼の時と同じように、この第一回の静修が終わった直後も、ユイスマンスはリヨンのブーランのもとに赴き、静修の結果を報告しているのだ。したがって、ここでは、経験の「結果」がフィクションになったのではなく、フィクションが「回心」の経験に先行していると考えた方がよい。ユイスマンスにとって新しい「現実」は、実際の体験を一次材料としながらも、それを小説の中で徹底的に利用することによって、その残滓が消え去った後に、「事後」的に形成されるものであり、問題はむしろ、本源的なファンタスムをいかに演出し得るか、なのである。

ちなみに、ユイスマンスが滞在したイニー修道院は第一次世界大戦の戦火に遭って焼失している。イニーには現在も大きな聖堂を持つシトー会の修道院が建っており、修道女特製の砂糖菓子が観光名物になっているが、建てられたのは一九二九年のことである。

『出発』第二部の大まかなあらすじを述べれば、デュルタルはこのトラピスト修道院という「閉鎖された空間」の内部で静修を行うが、その過程で、女性の否定性の徴表を帯びたさまざまな表象と遭遇を重ねたあげく、作品の中に出てくるスペインの神秘家、十字架の聖ヨハネに由来する「暗黒の夜（暗夜）」と呼ばれる神秘体験に参入し、カトリックへの回心を完成する、いうことになろうか。

『至高所』のデュルタルの場合とは異なり、『出発』においては、淫欲の問題――より正確にいえば、淫欲を引き起こすフロランスの思い出――は小説の開始段階ですではるか後景に退いており、罪と痛悔の感情が深まるにつれてその影はますます薄くなっていく。そしてイニーへと旅発つ直前、第一部第一〇章では、旅行に持っていく本や荷物の準備をしながら、デュルタルは次のように述懐するのだ。

ああ、それらは何と遠くに行ってしまったのだろう！　ほとんどあっという間に、淫欲の魔力は断ち切れてしまった。戦いというほどの戦いも、つらい努力も、内心の葛藤も経ることなく、彼女〔＝フロランス〕にもう一度会いたいとは思わなくなっていた。そして、最近、彼女が再び記憶を煩わせることがあっても、もはやそれは、おぞましくも甘美な思い出にすぎなかった。[167]

しかし、ノートル＝ダム・ド・ラートル修道院到着後、その夜から、女性の形をした猥褻な幻覚がデュルタルを悩ませ始める。第二部第二章の冒頭に現れるのは、『彼方』以来おなじみの淫夢女精《スクブス》である。

そして、これらの悪夢は、最も重篤な精神錯乱に陥った者の夢よりもはるかにおぞましい内容だった。悪夢の内容は淫欲に関わるきわめて特殊なものだった。デュルタルには初めてのことだったので、彼は目覚めた後も震えが止まらず、叫びそうになるのを我慢するのがやっとだった。

眠りに就いた者が味わう、愛する相手を掻き抱くも、身体を一つにしようとした瞬間に消えてしまうといった、われわれがよく知っている無意識の行為とは全く異なっていた。現実の性交渉とそっくり同じか、むしろそれより素晴らしいくらいで、持続時間や満足感も完全に備わり、行為に先立つあらゆる前置きや、あらゆる細部、あらゆる感覚をともなっていた。そして、恐ろしいほどはっきりとした感覚で、最後の掛けがねが外されると、今まで経験したことのないような痙攣と脱力に襲われるのだった。[168]

16世紀の淫売宿の柱に取りつけられた木彫の淫夢女精《スクブス》
(Photograph ©Ahdreuw Dunn, 15 February 2006)。

この光景はデュルタルに、シャントルーヴ夫人のもとを訪れて悪魔談義に興じた『彼方』の昔を思い出させるが、この時点では、この女悪魔がフロランスと直接結びつけられているわけではない。しかし、この突然の目覚めに続く夢想の中で、デュルタルはフロランスのことを考えざるを得なくなる。なぜなら、デュルタルによれば、「淫夢女精《スクブス》の体験」と「現実の女との交接」とははっきりと異なっているが、この二つの穢らわしい淫欲の罪は、(デュルタルを)濃密で純度の高い女性のおぞましさに直面させるという意味で、ある程度浸透し合っているからだ。

『至高所』でも『出発』第一部でも、他の女はフロランスに比べれば「面白みがなく」「芳香《アロマ》に癖がなさすぎる」という事実が強調されるだけである。ところが、『出発』第二部第二章では、デュルタルはこの公式をずらしてフロランスを登場させ、「穢れ」の階梯の最上段に淫夢女精《スクブス》を持ってくるのである。

この女悪魔どもの貪婪な手管に比べれば、人間の女たちの愛撫の引き起こす欲望などたかが知れているし、弱々しい衝撃しか与えない。ただ、淫夢女精《スクブス》を相手にしても、虚空を抱きしめたにすぎず、偽りの外見に騙され、おもちゃにされただけであり、身体の輪郭や、顔の目鼻立ちすら思い出せないため、欲望はいきり立ったまま、否応もなく人間の肉叢《ししむら》を欲望させ、自分の身体に本物の女の身体を抱きしめたいという気にさせられるので、デュルタルは、フロランスのことを考え始めた。フロランスなら、少なくとも、何か得体の知れないものを求めて、熱を帯び息も絶え絶えの状態にさせたまま、こんな風にふっといなくなってしまうことなく、満足を与えてくれる。その時、デュルタルは、ふと、自分が、しかと判別はつかないが得体の知れないもの、逃げようとしても逃げられぬ亡霊のようなものに取り囲まれ、見張られているような感じを覚えた。[169]

ユイスマンスの欲望の宇宙が『彼方』から引き継いだ論理によれば、淫夢女精《スクブス》も、「流体」的な物質をまとった「亡霊」だった。これは、超自然の悪魔を、おぞましい娼婦と結びつけるもう一つの理由となる。事実、『出発』のフロランスは、小説の進行につれて——というより冒頭から——『至高所』に見られた現実の女の輪郭を失い、夢魔という悪魔現象と完全に一体化していくのだ。つまり、一種の悪魔に由来するものとして説明される穢れは、主体の外側に投影され、客観的な存在となり、また、より制御可能な存在となる。この手法によって、これまで、その起源に鑑み、女性にのみ関係づけられてきた穢れの背後に、「男性」の悪魔の存在を想定するという新たな傾向が生ずるのである。

フェリシアン・ロップスの版画「悪魔の手先」（個人蔵）。

ユイスマンスの欲望の宇宙においては、主体の同一性や安定性を脅かすリビドー的な性格を帯びた否定性は、常に女性の形象が担ってきた。たとえば、「悪魔主義」を扱ったとされる『彼方』においても、男性の「悪魔」は間接的な情報として以外には登場しないのだ。現に、ジル・ド・レーは、ティフォージュの城にサタンを呼び出すことには最後まで成功しない。また、「現代の」最も恐ろしい悪魔主義者、司教座聖堂参事会員ドークルが司式する黒ミサにおいても、セルゲイ・プロコフィエフ（一八九一－一九五三）作『炎の天使』（一九二七）の末尾さながらの女性色情狂患者の集団ヒステリーこそ現出されるものの、会衆の前に悪魔はついに姿を現すことはない。

『彼方』執筆からカトリック回心に至る一八八〇年代末期から九〇年代半ばまでのユイスマンスは、精神状態が極度に不安定で、悪魔の存在を真面目に信じ、何か得体の知れない存在が部屋の隅から自分をうかがっているという妄想に悩まされていた。マラルメがヴァレリーに語ったところによると、ユイスマンスとマラルメの仲が一時険悪になったのは、ユイスマンスの方で、マラルメが悪魔的な修法を行っていると本気で信じていたからだという。[170]

しかし、『彼方』の段階では、ブーランがしきりに勧めていたにもかかわらず、悪魔を実在する自律した「人物」なり「現象」として登場させることには常に慎重だった。悪魔が登場するのは、悪魔の実在を主張するデ・ゼルミーやジェヴァンジェーの会話の中なのだ。『彼方』で扱われる悪魔主義はあくまで、一九世紀末の社会現象としての悪魔崇拝なのである。この点で、アメリカの批評家・作家のエドマンド・ウィルソン（一八九五－一九七二）が象徴主義運動を論じた『アクセルの城』（一九三一）の中で、「ユイスマンスの場合、漠然とした憧れを抱く悪魔主義の徒が、自らを欺いて悪魔を信じるにはあまりにも牢固とした常識を持ち合わせすぎている、という風に常に感じられる」[171]と評しているのは正しい。

悪魔の実在が重要で深刻なテーマとして現れてくるのは、デュルタルの回心が作品の軸となっていく『至高所』からである。デュルタルの霊的な進歩にとって障害となる女性形象の背後に、あらゆるネガティヴな価値や人間の「悪」が収斂する焦点として、男性の「悪魔」の存在が浮上してくるのだ。

たとえば『至高所』の第一部、デュルタルはまだ留保をつけながらだが、淫欲と教会の間を漂う自らの情けない状況を説明するために、初めて悪魔の存在を認めている。

> そして、最後にはっきりとした答え、変わることなきカトリックの答えが思い浮かんだ。自分がキリストに近づこうとしているために、なおさら悪魔の攻撃が激しくなったのだ。だから、このような心の迷い、教会からさ

え出て行ってフロランスの家で淫らな行為に耽りたいという誘惑が生まれたのだ。自分の身をきれいにしようとすると、こんな堕落が始まるのだ。

もう十分わかった、とデュルタルは苛立たしそうに口をすぼめてつぶやいた。今度という今度ははっきりした。だが、まだ、カトリックの教理が正しいかどうか証明する作業は残ったままだ。まだ神を信じるという仕事が残ったままだ。そして、自分はそこまでは行っていないのだ[172]。

悪魔の存在は、『出発』第二部では、さらにはっきりとした形で描写される。修道院に到着した日の当日、デュルタルは夢魔とは別の不可思議な現象に遭遇する。たとえば、第二部第三章の冒頭。

デュルタルは夜一一時に飛び起きた。眠っている間に誰かから見られているような感じがしたのだ。マッチを擦ったが、誰も見えなかった。時間を確かめ、再び寝床に就いた。朝四時近くまで一気に眠ると、手早く服を着替えて教会に駆けていった[173]。

その後、第五章において、きわめて激しい誘惑を受けたデュルタルが「私は、修道院の中では穏やかな生活を送れるものと思っていました」とつぶやくのに対して、修道院の接待係エティエンヌ師は、修道院の内部では悪魔が跳梁跋扈していることを認めて次のように言う。

「いいえ、ここには戦うためにいるのですから。修道院の中でこそ、悪魔が荒れ狂うのです。教会の中では、悪魔は人間の魂に手が届きませんから、何とかして征服しようとするのです。いかなる場所も、修道院の僧房の中ほど悪魔に取り憑かれている場所はありませんし、修道士ほど悪魔に悩まされている者もないのです[174]」。

ユイスマンスが彼自身のトラピスト修道院滞在直後にしたためた先のノートを読むと、彼は、しばしば修道士たちと悪魔について会話を交わしている。悪魔の襲撃と悪魔祓いは、この修道院ではごくありふれた話題だったようだ。だが、ここで注意すべきは、修道院が特に悪魔の襲撃にさらされているというのは、ブーランの教説の中心的なテーマの一つだという事実である。また、それゆえにこそ、修道院は「神秘的な身代わりの秘儀」にとって特権的な場所であるとするブーランの教理のもう一つの柱が独自の意味を帯びてくる。

すでに指摘したように、『至高所』第一部第二章のジェヴルザン神父の発言にはブーラン思想の簡明な公式を読み取ることができる。

すなわち、この世紀、他人の罪を浄めるために選ばれた魂は、修道院の中に寄り集まり、固く団結して、悪魔の襲撃に耐えなくてはならない。修道院は悪魔の攻撃が特に激しい場所だが、それゆえに、修道会は「社会の避雷針《パラトネール》」となって「自らの身に悪魔の流体を引きつけ、悪の誘惑を吸い取り、祈りによって罪の生活を送る者を守ってやり、この世が神から見放されないよう、神の怒りを和らげている」[175]のだ。

つまり『至高所』や『出発』など、主人公の回心が問題になった作品の方が、『彼方』よりもはるかにどっぷりとブーランの悪魔学の圏域に浸っている。『出発』がカトリック神学の立場から見て、格別「異端的」だと言うつもりはない。ユイスマンスが誠実に「回心」の物語を書こうとしていたことは間違いない。豚飼いで、悪魔祓い師のシメオン修道士をはじめ、トラピスト会修道士の静謐で敬虔な生活や、修道院の典礼・教会音楽に割かれた多くの美しいページを別にしても、『出発』においては、無限にして無償の贈与である神の恵み＝恩寵の作用が特に強調されている。

デュルタルは、修道院の院長ドン・アンセルムが病のために、自らの最初の聖体拝受を、たまたま修道院に滞在していた旅の僧侶から受けなければならないと告げられる。閉鎖された空間の住人たる修道会員ではなく、在俗神父の手で、回心の記念となる最初の聖体を受けることは、デュルタルにとっては耐えがたい苦痛だ。しかし、聖体拝受の朝になってみると、修道院長の容態は奇跡的に回復し、デュルタルは修道院長手ずから聖体を受けることができた。

また、修道院の構内にある池の畔で、村人にも長いこと目撃されず伝説的な存在になっていたカワウソに遭遇したエピソードは、これも、滅多に与えられることのない神の恩寵の象徴であろう。[176]

しかしながら、『出発』には、それ以前の小説から引き継がれ、ユイスマンスの欲望の宇宙をそれ自身の論理に従って作り替えるテクスト的な仕掛けが施されている。それは、「閉鎖された空間」の内部で主人公が「散策・徘徊」の形で行う一種の「昇華」作用である。

もとよりフィクションの中の話であるから、数え方によっても数は変わってくるだろうが、デュルタルは『出発』第二部で少なくとも都合一六回の「散策・徘徊」を行う。トラピスト修道院での生活は、第二部第一章で提示される時刻表に基づき、典礼と祈りによって規則正しく区切られている。しかし、正式の誓願を立てた修道士と違って、静修に訪れた一般信者には、典礼と食事の間に自由に使える時間が与えられている。修道院の正面にある庭や、十字架を象った池を経めぐって行われる空間の移動は、デュルタルが周囲に向ける視線やその間の彼の心理の動きを描写する叙述と相まって、それ自体が、回心という宗教的経験を、『さかしま』以来作品ごとに反復してきたイニシエーションとしてテクスト・レベルで実現し、同時に、文化人類学的・精神分析的に解析する実験の場に変貌させる。デュルタルはこの宗教経験を、ユイスマンスの宇宙全体の欲望の布置の変化と密接に連関した表象の変貌の過程として体験していくのだ。

まず、デュルタルによる一六回の「散策・徘徊」を簡単に列挙してみよう。

一、最初の日、夕食から夜のミサまでの間に、大きな中庭から、白鳥の浮かぶ池を通って、礼拝堂まで。

二、二日目の朝、最も恐ろしい夜を過ごした後で、淫夢女精《スクブス》の忌まわしい記憶を拭い去るために、個室を抜け出す。最後に礼拝堂にたどり着くが、そこで、機関銃になぎ倒された兵士のように跪く修道士たちの一団を見て感動し、初めて、祭壇の前で敬虔な祈りを捧げる。

三、同日、朝のミサの後で、小道をたどって礼拝堂から修道院の前にある池の前に行く。泉水の前に巨大な十字架が立っているのを発見する。

四、司祭にこれまで犯した罪の告白を行おうとするが、神の許しを請うカトリックの秘儀「告解」の時間を告げられたことに動転し、修道院を取り囲む塀に沿って続く胡桃《くるみ》の並木道を歩く。告白しなければならない過去の罪の思い出、特にシャントルーヴ夫人とフロランスにまつわる忌まわしい思い出が次々に襲ってきて彼を悩ます。彼は池から講堂に向かう。この徘徊の直後、副院長のもとに行き告解を試みるが失敗する。

五、三日目、朝のミサの後、十字架の池のそばで夢想に耽る。二回目の告解。彼は副院長から、彼の回心を力強く援助し、イエスに彼を救うよう取りなしをしてくださった聖母マリアに、ロザリオの祈りを捧げるよう勧められる。

六、修道院長が病気のため、翌日に予定された最初の聖体拝受を、修道会員ではなく、たまたま修道院に滞在中の助任司祭の手から受けることを告げられ、気を取り乱して礼拝堂を後にし、足任せに修道院内を彷徨う。告解の時に、副院長に贖罪のため、ロザリオの祈りを一日に一〇度唱えるよう命じられる。彼は、これがロザリオの数珠一粒を爪操るごとに祈りを一回ずつ一〇粒分、つまり都合一〇回唱えるという意味ではなく、一粒爪繰るごとに祈りを一回ずつ粒の数だけ唱え、それを一〇周分繰り返すよう命じられたのではないかという疑懼に捕らえられる。

七、四日目、修道院長の容態が聖体拝受の日の朝突然改善し、修道院長手ずから、聖体を授けられる。「神があらかじめ定めた印によって、デュルタルに応えてくださった」ことを知り、彼は十字架の池より五、六倍大きな池を下に見下ろす長い道をたどっていくが、「秘蹟の沐浴場で魂を洗われ、修道院の広庭で水気を切られ、自分の身の内に喜びがこみ上げてくるのを感じる」[177]。

八、四日目の六時課の後で、修練士ブリュノー氏の案内で修道院の構内を散歩。

九、五日目の早朝、大きな池の方へ降りていく。「ああ…、幸せとは、しっかり閉ざされた場所、どこにも出口のない牢獄に収容され、しかもそこでは、礼拝堂が常に開いていることにある」[178]。

一〇、食堂を出ると礼拝堂に入り、聖母マリアの祭壇に跪くが、まもなく、聖母に対する瀆聖の感情に捕らえられ、「暗黒の夜」が始まる。彼は、礼拝堂から十字架の池に向かう。
一一、六時課の後、中庭に行く。「デュルタルの心は次第に完全な闇に閉ざされた」。彼は、晩課の時間まで庭を彷徨い続ける。「暗黒の夜」は修道士たちが歌う聖母マリア賛歌「天の王妃よ《サルヴェ・レジーナ》」とともに終了する。
一二、六日目、告解と聖体拝受の後、庭に出る。秘蹟は心地よく作用し、「自然を見るデュルタルの視線が変わっていた」。
一三、朝食の後、大きな池に赴き、パリでの生活、教会音楽、典礼のことなどを考える。
一四、七日目、庭の小礼拝堂に行き、年間を通じての典礼暦について考える。池の畔で、村人の間で伝説的な存在になっていたカワウソに遭遇。
一五、八日目、彼はパリへの帰還を考え、絶望的な気分になり、暗澹とした気持ちのまま修道院を一周する。食事の後、ブリュノー氏とエティエンヌ師に修道院の中を案内され、図書室で神秘主義に関する書物のページをめくる。
一六、ミサの後、最後に森の中を散歩し、十字架の池の前で修道院での生活を回想する。そして、「野外に設けられた牢獄であるこの修道院が何と懐かしく思われるだろう」とつぶやく。

まず、『さかしま』『仮泊』『彼方』などと同様、『出発』の第二部が典型的な「イニシエーション」的構造を持っていることに注目する必要がある。確かに、宗教的イニシエーションの最終的な目的は、過去から未来に広がる日常的で線状的な時間を否定し死を超克することであり、エリアーデやヴィエルヌによれば、キリスト教が否定ないし無効にしようとしたのは、まさにこうした種類の時間性や歴史性だという。エリアーデらは、キリスト教の理念は「永劫回帰」としての神話的な時間ではなく、イエスの十字架の死によって約束され、いつ起こるかは予測できないが、歴史的な未来の一点において成就される贖罪に対する信仰に基づくものだとし、キリスト教の時間観念はイニシエーションのそれとは対極にあると主張する。そして、イニシエーション的な契機が出現するのは、歴史の過渡期、キリスト教の教説が揺らぎ、聖なるものに対する民衆の希求が弱まった場合に限られるとするのである。[179] しかし、こうした立場には、時間と死に対するキリスト教的観念という、ある一面だけを強調し、イニシエーション的な要素を持つ他の——場合によっては、「原始的な」と彼らが考える——宗教圏とは全く異なるキリスト教信仰の宗教的価値それ自体を擁護したいとする、西欧中心主義的な心理が働いている。

『出発』の第一部では、デュルタルはジェヴルザン神父と神秘主義に関して多くの会話を交わしているが、ジェヴルザン神父は恩寵の状態にある魂のありさまを綴った神秘神学の傑作、アヴィラの聖女テレサの『霊魂の城（内部の城）』（一五七七）を例に取って、神秘体験がイニシエーション的構造を持っていることを明らかにしている。

アヴィラの聖女テレサ。ペーター・パウル・ルーベンス画（1615, ウィーン・美術史美術館所蔵／ Copyright©2005 David Monniaux）。

「神秘主義は、例外と規則とを要約するために、素晴らしい心性を持った聖女を見い出しました。彼女は、自分自身の身体で超自然のあらゆる段階を確かめ、それを描写しました。超人的な明晰さを持った女性、聖テレサです。あなたは、彼女の生涯と彼女がしたためた『霊魂の城』を知っていますか？」

デュルタルは「ええ」と頷いた。

「それでは、ご存じのわけですね。至福の浜辺、内部の城の五番目の住居、魂が自分自身も含めて地上のあらゆるものに対して完全にまどろみ、ただ神に対してのみ目覚めている合一の祈りの境地に達するまでに、魂がどんなに傷ましい渇きを覚え、どんなに苦しい痛みを感じなければならないかを知っているはずです。それなら、気になさらないことです。渇きを感じても、不安の種にするのではなく、驕りを戒める糧とするよう自分に言い聞かせねば。つまり、聖テレサの望まれたようにすることです。ご自身の十字架を背負い、引きずらないようにすることです[180]」。

『霊魂の城（内部の城）』の中で、聖女テレサは、神の恵みに満たされた魂を七つの住居に分かたれたダイヤモンドないし水晶の城として描いている。建物の中心部にある第七番目の区画には、まばゆい光に包まれた栄光の神が住まっている。そして、七つの区画は祈りの七つの段階に対応している。最初の三つは、祈りを始めようとする者に、聖女テレサが祈りの意味とやり方を説明する準備段階である。魂に対する神の働きかけは、神秘神学の用語で「受動的」と名づけられた祈りの始まる第四の住居から一層強くなる。続く第五の住居は「合一の祈り」と呼ばれ、すでに高次の段階に達している。この働きによって清められた魂は、第七番目の最後の住居に移り、純粋霊である神と合一するのだ。しかし、ジェヴルザンが指摘するように、魂は、第七の住居に接近するごとに――その直前の第六の住居においては特に――、身体的にも精神的にも激しい苦痛を与えられ、浄化の試練を受けなければならない。形式的にも内容的にも、これはイニシエーション以外の何ものでもない[181]。

さらに、主体が、閉鎖された空間内部でイニシエーション的な試練を経て、それ以前よりも高い精神的な境位に導かれる、というユイスマンスが理解する限りでのこの神秘主義には、ブーラン思想の影がつきまとっていることも指摘しておかなければならない。

エリアーデやヴィエルヌによれば、イニシエーションは一度で終わるのではなく、何度も繰り返されることで最終段階に上昇していくが、この儀式の数は三およびその倍数で括られるという。数年前から修練士としてトラピスト修道院に滞在しているブリュノー氏も、デュルタルの八回目の散策の途中で、神秘主義の三つの道として次のような説明を行っている。

「一般的に、創造主である神と私たちを隔てる距離を踏み越えるためには、キリスト者として完成に至る科学である神秘主義の三つの段階を経る必要があります。次々に、浄化の生、天啓の生、合一の生を通過して、非被造の善なる神に至り、神と一体となるのです。三つの大きな時期からなる禁欲生活は、それ自体、無限の段階に分かれていますが、ボナヴェントゥラ[182]のように階梯と呼ぼうと、聖テレサのように住居と呼ぼうと、聖アンジェラ[183]のように歩みと呼ぼうと、どんな呼び方をしようとそれは重要ではありません。こうした禁欲の生活の長さも、数も、主の御心と、それをたどる者の性格によって変化するのです。それでも確かなのは、魂が神へと向かう道程は、まず、急勾配の危険な道をたどるということです。これが、浄化の生の道です。それから、道は一層狭まりますが、すでに道はつづら折りになっていて、上っていくのは楽になります。これが、天啓の生に至る道です。道は、最後に広く、ほとんど平らになります。これが、合一の生に至る道ですが、これを抜けると、魂は、愛のかまどに身を投げ、尊崇すべき無限の深淵へと落ちていくのです。

要するに、この三つの道は、キリスト教の定める禁欲を始めた者、禁欲を修行する者、そして、ついには、自我を寂滅し、神の中に生きるという至高の目的を目指している者に、順番に用意されているものなのです[184]」。

ユイスマンスのカトリック期の三部作『出発』『大伽藍』『修練士』と、この神秘主義の三つの道との間には、構造的な連関が存在している。また、ミシェル・ヴィーニュによれば、デュルタルの霊的な進化は、各作品の中で異なった精神的指導者によって導かれる。ミシェル・ヴィーニュが『J＝K・ユイスマンスの三部作』の中で掲げている図式を引用すると次のようになる[185]。

神秘主義の段階	**作品**	**精神的指導者**	**事件**
浄化の生	『出発』	ジェヴルザン神父	トラピスト修道院での静修

天啓の生	『大伽藍』	プロン神父	ゴシック聖堂の壮麗さ、中世の象徴主義
合一の生	『修練士』	修道士たち	典礼、修道生活

すでに指摘したように、『さかしま』以来、ユイスマンスの主要な小説作品は、空間的にも、また筋の展開の上でも、①出発、②「閉鎖された空間」への逃避ないし隠棲、③幻滅と帰還、という共通した枠組みを持っている。この図式は、作家がカトリックに「回心」した以降に書かれた三部作においても変わらない。

さて、それではユイスマンスは、このようなカトリック神秘主義に関する知識を一体どこで手に入れたのか？『出発』の第二部において、ブリュノー氏は接待係のエティエンヌ師とともにデュルタルの主要な対話相手を務めるが、ユイスマンスの「現実」の静修では、シャルル・リヴィエールという人物がその対話相手に相当する。だが、ユイスマンスが静修の直後にしたためたノート（『トラピスト修道院の日記』）のリヴィエールに関するわずかな記述からは、この人物との間にどんなやりとりがあったかをうかがい知ることはできない。そもそも、かつて羊毛の仲買人を務めていたというこの人物が、たとえ数年にわたって修練士としてトラピスト修道院に滞在していたとしても、神秘神学について何ほどかのことをユイスマンスに語り得たか想像するのは難しい。

ところで、一八九二年の最初のトラピスト修道院滞在の直後、七月一九日から二五日までユイスマンスはリヨンのブーランのもとを数日にわたって訪れている。そして同年八月四日には、ギュスターヴ・ブーシェ宛に次のような手紙を書き送っている。

> あらゆる異端的な教説にもかかわらず、確かに、非凡な神秘主義者だといえるのはブーランを措いて他にいません。彼は私に微笑みかけ、私がこれから通らなければならない段階について説明してくれました。この人物は、しかしながら、全く驚くべき人物です。[186]

ここで注目すべきは、『出発』のブリュノー氏と「実在」のブーラン元神父が、それぞれデュルタルとユイスマンスに対して果たしている役割の相同性だ。ユイマンスはブーランを、「これから通らなければならない段階」を指し示してくれた「非凡な神秘主義者」として称賛している。片や、デュルタルは、八回目の散策でブリュノー氏から神秘主義の三つの道を開示され、一〇回目から一一回目の散策の過程では、十字架の聖ヨハネにちなんで「暗黒の夜」と呼ばれる最大の神秘体験に遭遇している。ユイスマンスが彼の「カトリック三部作」を神秘主義の三つの段階に符号させるという構想を明らかにするのは、『大伽藍』を執筆中の一八九六年になってからだ。もし筆者が考えるように、ブリュノー氏の語りがリヴィエール由来のものではなく、むしろブーランの示唆によるものであるなら、ユイスマンスのカトリック作品の中に出てくる「神秘主義」にもブーランの異端の影響を読み取ることができるだろう。

それでは、「閉鎖された空間」の中で体験される「暗黒の夜」とは一体どのような意味を持つものなのか。

9 「暗黒の夜（暗夜）」——ユイスマンスの「内的体験」

すでに列挙した「散策・徘徊」の中で最も重要な位置を占めるのが、滞在五日目、九時間以上にわたるデュルタルの心理状態を描いた部分だ。

「暗黒の夜（暗夜）」は、デュルタルが聖母マリアの祭壇の前に跪いていた時に取りつかれた感情、神の母を侮辱し冒瀆したいという狂気のような感情に始まり、いくつかの段階を経て、一種の幻覚で幕を閉じる。

最初の段階は、カトリック神学のいくつかの教説に対する疑懼の形を取る。デュルタルの精神は暗闇の中に閉ざされ、二つに分裂する。そして、シニックで嘲笑的な一方の分身が、カトリック信仰の中心的な問題に対して鋭い質問を発し、もう一方を解決不能の論理的行き止まり《アポリア》に追い込んでいく。

確認しておかなければならないのは、ここに描かれた「暗黒の夜」は、ユイスマンスが彼自身のトラピスト修道院における体験を忠実に再現したものではなく、きわめて意識的に準備され、演出されたものであることだ。このことは、ユイスマンスが「暗黒の夜」を書くにあたって、『至高所』をはじめ彼が以前書いたテクストをかなり組織的に流用していることからも証明される。『至高所』の本来のコンテクストから分離され、デュルタルの新たな精神状況を語る文脈の中に置き直された作品生成のより古い段階に属するテクストは、ユイスマンスが抑圧しようとしたアルカイックな欲望を逆に表面に浮かび上がらせると同時に、それが引き起こすさまざまな観念連合によって、ユイスマンスの欲望のシステム全体を再度活性化させ、その再組織化を図らせるのだ。

なかでも、問題となるのは、主として『至高所』第一部第二章に描かれたフロランスをめぐるテクスト群だ。『至高所』におけるフロランスにまつわる挿話は、『出発』の草稿の中で一旦は抹消されながら、執筆のほぼ最終段階に至っていわば細切れにされて、テクストの中に散りばめられる。フロランスの記憶は、「暗黒の夜」の記述の中で、女性の持つ否定性に対するユイスマンスのオプセッションを欲動のレベルで全面的に展開するとともに、ユイスマンスの「流体」に対する想像力を、その系も含めて喚起するのである。

デュルタルは、自分の分身が吹き込む屁理屈を聞かずに済むよう、一旦自室に戻って神に祈ろうとするのだが、自分の求めているのとは正反対の結果を招く。

部屋に着くと、祈りを捧げようとベッドの前に跪いた。すると、おぞましいことになった。こういう姿勢を取ったため、ベッドによこざまに寝転んだフロランスの姿が、デュルタルの目の前に現れた。彼が立ち上がると、過去の常軌を外れた行為の記憶がどっと押し寄せてきた。[187]

この箇所は、明らかに、エヴル街の小さな教会で、跪いた幼い少女の「姿勢」が娼婦フロランスのおぞましい記憶を喚起するという『至高所』のテクストを写したものであり、すでに『出発』の第一部第四章でも部分的に使われた構図（本書四〇八頁）である。

さらに、『出発』の次の一節は、フロランスのアメリカ行きを記述した『至高所』第一部第六章の草稿を、さらに直接的に再利用している。

デュルタルはその女と女の奇態な趣味のことを思い浮かべた。女は、耳を噛んだり、匂いの強い化粧水を小さなグラスに入れて飲んだり、パン切れにキャヴィアと棗椰子《なつめ》をつけて齧ったりする癖があった。何と淫らで、奇妙で、おそらくは愚かな、しかし、何と得体の知れない女だったろう。[188]

フロランスの「奇態な趣味」を語っているこの一節がここに置かれたのは、おそらくは『至高所』の次のような先行する一節からの連想が働いていることは明らかだ。

> 何という夜を彼女のそばで過ごしたことか!と、忘れられない記憶をたどり、温室のように温められた部屋での頭から離れない印象を思い出しながら、彼はつぶやいた。雪の降る夜など、ランプの火は暗く落とされていたが、朝から薪をいっぱいにくべた暖炉は、竜巻のようにごうごうと唸りを上げ、巧みに香水を身につけたフロランスの膝元で、濃厚な匂いの立ちこめた閨房に身を埋められた者だけが抱く錯覚によって、彼は、遠くに砂浜があるのではないかというような気がしていた。そして、問題は女自体だった。雌猫のようにしなやかで、ピエロのようにまとわりつき、身を開き、淫らな姿勢で無言のうちに、自分の意図が伝わらないとわかると、幼女とも思えるような呻きを上げ、喘ぎ、ことが終わると失神して、ついには、彼の上に身を投げかけた。そして意識が戻るとすぐに、息の詰まるほど接吻を浴びせかけるのだった。[189]

フロランスは、ここで、閨房という閉鎖空間に漂う強い女性の匂いとともに描き出されている。『至高所』校訂版の注でミシェル・バリエールが指摘するように、ここでは『さかしま』第一〇章に出てくるボードレールの「異国風の香水」と題された詩との引証関係が見て取れる。[190] 実際、すでに何度も指摘してきたように、嗅覚に強く訴える女性の匂い――最も原始的な感覚――に満たされた狭い部屋は、ユイスマンスの主人公に常に、恐怖と魅惑の混じったアンビバレントな感覚を抱かせずにはおかない。化粧水を飲むという女の「奇態な趣味」を語る直前に置かれていたこの『至高所』の一節を削除したのも、あるいは女性的なものの侵入に対するユイスマンスの最後の心理的な抵抗だったのかもしれない。ただ、背後にあるこうした引証関係は、伏流音として、作品の中に響いているのだ。

このフロランスの登場をきっかけに、空間のあらゆる場所がデュルタルに対して敵対的になる。彼は「破廉恥な記憶に襲われ、自分自身が疎ましくなって、全身が傷つき、逃げ出したいという思いを感ずる[191]」。疑惧と淫猥な欲望の嵐は一旦静まるが、精神的・肉体的な危機はデュルタルを波状に襲ってくる。食事の後、この危機は、『彼方』におけるジル・ド・レーのティフォージュの森の中での彷徨（本書二一六－二一八頁参照）を想起させる、エロティックで幻覚的な譫妄のディスクールへと到達する。

途方に暮れて、跪くと、彼はまだ助けを懇願しようとしたが、何も起こらなかった。デュルタルは息が詰まった。あまりに深い淵の中に閉じこめられ、またあまりに厚い覆いの下に封じ込められているため、一切の呼び声はもみ消され、いかなる音も響かなかった。精も根も尽き果てて、彼は、両の手で顔を覆って泣いた。そして、どうして自分をトラピスト修道院に連れて来て、こんなにも苦しませるのか、デュルタルが神に恨みを述べると、穢らわしい光景《ヴィジョン》が彼を襲ってきた。

流体が顔に吹きつけ、空間に勃起した男根がおびただしく現れた。幻覚に囚われたわけではなく、肉眼でその形を見たというわけでもない。だが、自分の身体の外にはっきりとそれらの感触を知覚し、自分の身の内にありありとその姿を感じた。いわば、触覚が外にあり、視覚が内にあったのだ[192]。

ユイスマンスの想像力と、ブーランの悪魔学とが奇妙な形で結合していることが、ここでは容易に見て取れる。この「穢らわしい光景《ヴィジョン》」は、「流体」を基体とし、単なる「幻覚」ではなく、悪魔の介在を前提としており、デュルタルの性的欲望の身体外での投影だということが、テクストの中にはっきりと示されているからだ。これらの幻影は、勃起した男根に焦点が当てられていることからもわかるように、少なくとも当初はホモセクシュアルな傾向を帯びているものの、次第に女性の身体を暗示する性的な妄想に移行していく。

それから、デュルタルは、前にある聖ヨハネの像を注視した。そして、その像だけしか目に入らないように心を強いた。しかし、彼の目は、内側に反転したように、もう自分の内部しか見えず、視界いっぱいには開けっぴろげた尻の形が広がった。それは輪郭のはっきりしない、ごちゃごちゃした幻で、鮮明なのは、いやらしい男の視線がどうしても吸い寄せられる場所だった。そしてその幻覚はまた変化し、人間の形をしたものが二つに割れた。目に見えない肉叢《ししむら》が一面に広がる中で、残ったのは、喩えようもない夕陽の炎に真っ赤に染まった沼地、二つに分かれた下草の影に震えざわめく沼だけだった。それから、官能をそそる場所はさらに小さく縮んだが、今度は、すっかりなくなることはなく、もはや蠢くのをやめた。すると、そこから、穢らわしい花が一輪生い出し、暗黒の雛菊が花開いた。谷の底に埋もれた、洞窟に咲く蓮が花弁を広げた。[193]

この一節に現れる「穢らわしい一輪の花」が、『至高所』におけるフロランスとの交接で示唆された「薔薇の花弁」と同じものかは断定できない。しかし、この猥褻な幻覚の最終場面が、読者を倒錯的な欲情を刺激する秘密の中心部へと導いていっていることは、否定しがたい。

『出発』においてユイスマンスは、デュルタルとジェヴルザン神父との会話を通じて多くの情報を提供している。モーリス・M・ベルヴァルは、『至高所』から『出発』の間に、小説の中心が「身代わりの秘儀」からアヴィラの聖女テレサや十字架の聖ヨハネに代表されるスペインの盛期神秘主義に移ったことを挙げ、そこにユイスマンスの霊的な進化を見ようとする。主人公デュルタルの回心がカトリックの立場からいらぬ疑いを差し挟まれないよう、ユイスマンスが細心の注意を払ったことは確かであり、筆者もこの点におけるユイスマンスの誠実さを否定するつもりは毛頭ない。

しかし、にもかかわらず、ユイスマンスの欲望のシステムは、信仰の問題に関しても以前同様、いやそれ以上にはっきりと機能し続けているのだ。

たとえば、第一部第六章、デュルタルとジェヴルザン神父の会話の中で、彼らは「神秘主義」の目的に関して共通の了解に達している。ここでの話者は、前者がデュルタル、後者がジェヴルザンである。


「要するに、神秘主義の目的とは、私たちに対し、常に沈黙されており、お隠れになっている神のお姿を、この目で見、感じ、ほとんど触れることができるようにすることなのですね」。

「そして、神の奥深い懐に、音のない喜びの深淵へと身を躍らせることなのです[194]」。

十字架の聖ヨハネ（17 世紀の逸名作者による肖像画）。

ジェヴルザン神父によれば、「暗黒の夜」と呼ばれる「神秘」経験は、この目的を達成するために十字架の聖ヨハネによって考え出された仕掛けだ。神から嘉《よみ》されたこのスペインの幻視者の教えは、ユイスマンスの構想する「閉鎖された空間」と驚くほど近似した構造を持っている。

右の場面の直前、ジェヴルザン神父はデュルタルに、「神と一つになりたいと望む者は、釣り鐘形の排気ポンプの下に置かれたように自分の中に真空を作らなければならない」という十字架の聖ヨハネの教えを語って聞かせる。そしてこれに続く節では、この真空の空間とは、主体が「自らを清める」ため、「巡礼として、進んで踏み入り、罪と悪徳とを最後の残滓に至るまで根絶する」[195]住居に比せられる、人間の心的機構であることが明らかにされる。しかも、ジェヴルザン神父はこのシステムの中で、主体が「聖なる」審級に近づき、これと一体化する上で、苦痛の果たす効果を重視するのだ。

「さて、魂が堪え忍ぶ苦痛は、我慢できる限界を超えています。完全な暗闇の中に放置され、意気沮喪と、疲労に打ちひしがれ、頼みとする神に永遠に見捨てられたのですから。今や神は身をお隠しになり、助けを求めても応えてはいただけないのだという思いになります。この苦しみに、さらに、肉欲の苦しみと、イザヤが『めまいする魂』[196]と呼んでいる恐ろしい精神状態がつけ加わらなければ、まだ幸福としなければなりません。これは、どうにもならないぐらい悪化した細心症に他なりません。

この魂の夜は恐ろしく、苦渋に満ち、これを体験する者は生きながら地獄に投げ込まれるのだ、という〔十字架の〕聖ヨハネの叫びを聞くと、身の毛がよだちます。しかし、古い人間が抹消され、あらゆる古傷がこすり取られ、あらゆる皮膚の表面から穢れたものがこそぎ落とされると、光が差し込み、神がお姿を現します。その時、魂は子供のように神の胸に飛び込み、神との理解を超絶した融合が成しとげられるのです」[197]。

ここでユイスマンスは、古くなった皮膚をごしごしこすったり、削ったりして、表面をきれいにするイメージを多用している。しかし、魂の浄化に関わるこの「機械的な」イメージと、もう一つの「化学的な」イメージとは、矛盾なく隣り合わせになっている。そして、この後者の場合には、「暗黒の夜」は、「神秘的な身代わりの秘儀」とは特段対立するものではなく、両者は同じ原理に立った相補的な現象であることが理解される。たとえば、デュルタルは、この事実を次のような一見何気ない一節で明らかにしている。

誰しもが、一生の間に支払わなければならない肉体的・精神的苦痛の勘定を抱えている。そして、此の世で精算しなかったものは、死後に支払わなければならないのだ。幸せは、返さなければならない借金のようなものだ。まがい物の幸せでも、未来に相続する苦痛の前渡しのようなものなのだ。[198]

これまで述べてきた通り、ブーラン＝ユイスマンスのシステムにおいては、穢れ、罪、病など、悪の否定性――死の欲動――に刻印された多くの現象は「流体」あるいはその比喩的な表現である「泥」によって媒介され、相互に変形・交換可能であり、さらに聖職者や魔術師など一定の権能を持った者はこれらをある主体から別の主体に自由に移動することが可能とされている。

たとえば、右に引用した文のすぐ後の一節で、デュルタルが麻酔に反対する理由もこの論理に基づいている。

この場合、身体の苦痛を消してしまう麻酔が、それを使う者に借財を負わせないとは誰がいえるだろうか？クロロホルムは反逆の薬剤ではないのだろうか。被造物が怖じ気づいて苦しむのをためらうのは神のご意志に対する反乱、ほとんど、テロ行為というべき仕業ではないのだろうか。もしそうなら、このように、拷問を未払いのままに済ませたり、苦悩に欠損を生じさせたり、苦痛を避けるために担保を取ったりする行為は、あの世では恐ろしい利子を生むに違いない。だから、「神よ、常に苦しみを給わんことを、しからずんば死を与えたまえ」という聖女テレサの叫びの正しさが証明されるのだ。これによって、なぜ、聖者は喜んで試練を受け、容赦なく試練を与えてくださるよう主に嘆願するかがよくわかる。つまり、彼ら聖者は、死後、安泰で過ごすためには、悪を浄化するために、あらかじめ大枚を支払わなければならぬと知っているのだ。[199]

確かにこの一節においては、アヴィラの聖女テレサの名が引用されていることで、明らかに倫理的な方向への転換が見られる。しかし、その背後に流れている論理は、「神秘的な身代わりの秘儀」の存在を力説する時のそれと、ほとんど同一と言ってよい。

すでに述べたように、ブーランは、呪詛や悪魔が原因で起こる病を三つの種類に区別する（本書三五〇頁）。このうち、最終段階の病は、単に悪魔が介在するだけでなく、他人の犯した悪の贖罪という神の大義に奉仕するため、キリストや聖母マリアに選ばれたことによって起こるとされる。こうした病に冒された病人は悪魔祓いにかけてはならない。なぜなら、それによって、病はさらに悪化して病人に危険をもたらすとともに、悪魔祓い師に悪魔の攻撃を集めてしまうからだ。[200]

「人生の唯一の目的は苦しむことだ」。ユイスマンスは、「神秘的な身代わりの秘儀」に基づく病気に限らず、苦痛はすべて神の意志であり、これを人工的に取り除こうとするのは卑怯だと考えるに至る。『流れのままに』のショーペンハウアー的ペシミズムを乗り越え、苦痛に普遍的な価値を与えているのだ。十数年後、ユイスマンスが長年の煙草の害により喉頭癌に罹り、顔の半分以上が崩れる激越な痛みに襲われた時、彼は麻酔や鎮痛剤の使用を一切拒絶し、身をもってこの自説を実行することになる。

さて、正統派カトリックに対する目配せはあるにせよ、ここに述べられたユイスマンスの苦痛に対する考え方は、ブーランの「神秘的な身代わりの秘儀」の発想に大きく依存していることは明らかだ。ユイスマンスにとって、病気をはじめとするあらゆる身体的、精神的な苦痛は、量として計ることができ、それによって人間は、神に対する借財である罪を贖うことができる。ブーランによれば、不安、悲嘆、苦悶、貪欲、淫欲、ヒステリーなどの精神的な苦痛も、あるいは病をはじめとする身体的な苦痛も、一般には悪魔の策略や誘惑によって引き起こされる。つまり、二系統の苦痛は、どちらも「流体」を基体とする「罪」の異なった様態に他ならないのだ。

どうやらユイスマンスは、『出発』の段階においても、この奇妙な説に同意していたらしい。苦痛が人生の唯一の目的だと言った後で、彼は直ちに麻酔を例に取って、あたかも苦痛が貸借勘定表によって管理される財物であるかのように、「一生の間に支払わなければならない肉体的・精神的苦痛の勘定」を持ち出してくる。「死後、安泰で過ごすためには、悪を浄化するために、あらかじめ大枚を支払わなければならぬ」。先に挙げたデュルタルのこの言明は、ブーラン＝ユイスマンスの思想の癖を典型的に要約しているといえよう。

これは、フロランスに関わる次のような一節にも現れている。過去の淫欲の罪を悔い改める最初の痛惜の兆候を示したデュルタルに対し、ジェヴルザン神父は、デュルタルにこれから進むべき道を指示し、回心した後に再び罪を犯すと大変な結果を招くだろうと注意を促す。自分に自信が持てず、呆然として言葉にならない言葉をつぶやくデュルタルに、ジェヴルザン神父は言う。

「私は、あなたにお話しした〝神秘的な身代わりの秘儀〟を信じています。それに、あなた自分自身がこの秘儀を体験することになりますよ。あなたを助けるために、修道女たちが悪魔との闘いに乗り出します。悪魔の襲撃が激しく、あなたが支えきれない分は、彼女たちが身代わりになってくれます。あなたの名前すら知らなくても、人里離れた辺鄙な田舎からカルメル会やクラリッサ会の修道女たちが、手紙に書いた私の求めに応じて、あなたのために祈りを捧げてくれるのです[201]」。

実際これを境に、「疼くような最も激しい悪魔の攻撃」、つまりフロランスへの押さえがたい淫欲は、目立って減るのだ。もっともデュルタルには、それが「隠修修道院の介入によるものなのか」それとも「季節が変わったため」かの判断はつかないのだが…。

ただ、作品生成の観点から確実にいえるのは、この箇所はブーランの教説の影響を色濃く残した『至高所』第一部第二章の、かなり自由な書き換えだということだ。『至高所』ではデュルタルの問いにジェヴルザンはこう答える。

「そうです。私は個人的に、〝神秘的な身代わりの秘儀〟を実践している修道女たちを知っています。そもそも、カルメル会やクラリッサ会に属する修道女は、他人が苦しんでいる悪魔の誘惑を自分の身体に移すことを喜んで受け入れます。だから、これらの女子修道院は、いわば、期限が来て悪魔に決済を迫られても支払い能力のない魂の債権に裏書きしてやり、このようにして、借金をすっかり立て替えて払ってやるのです[202]」。

『出発』では、カルメル会やクラリッサ会の修道女たちは祈りを捧げるだけで、デュルタルに対する悪魔の誘惑を直接引き受けるわけではない。ただ修道院に引きこもり、与えられた任務を果たすという象徴的な枠組みが残されているだけだ。しかし、「あなたのために祈りを捧げてくれる」というその言葉を文字通り受け取ってもよいものか？それとも、彼女たちの祈りには、何らかの身体的な修法が付随しているのだろうか？というのも改稿前の『至高所』のテクストにおいては、ちょうど彼女たちの先達、福女リドヴィナのように、修道女たちは他者の罪を苦痛や病に変え、それを我が身に引き受けているからだ。そこでは、罪は最終的には、「流体」的な、あるいは欲動に根差したエネルギーを媒介として、相互に変換可能な量なのである。

ユイスマンスの麻酔に対する反感は、こうした心的経済の文脈から考えて初めて理解することが可能となる。なぜなら、苦痛とは、それにともなう幻覚＝表象とともに、対抗エネルギーとして働き、主体が性的な欲望を浄化あるいは昇華することを可能ならしめる原資なのであって、麻酔という詐術を用いてしまえば、そうした「聖なる」審級との「理性を超えた融合」の試みは挫折し、苦痛の蓄積＝凝縮ができなくなってしまうからだ。苦痛が大きくなればなるほど、閉鎖された空間を活性化するエネルギーの力がそれだけ大きくなる。言ってみれば、ユイスマンスの「暗黒の夜」の機能とは、主体の心理機構――これがまた、住居ないし「霊魂の城」という形で表象されるのだが――の内部で、苦痛によって備給された欲動のエネルギーを最大限に増大させるものなのだ。そして、この圧力のもとに作り出された混沌とした心理状態において、あらゆる抑圧は一時的に解除され、あらゆる猥褻でおぞましい表象が解放されるとともに、古い心的な機構は破壊され、その全面的な再組織が可能となる。

『愛の物語』に含まれる論文に続いて宗教問題に関する見解を要約的にまとめた著作『最初に愛があった』（一九八五）の中で、ジュリア・クリステヴァは、まさにユイスマンスがここで問題にしている神秘体験に関連して、キリスト教信仰は精神分析でいう「一次的同一化」の運動だと述べている。

その後、有名な神秘経験について書かれたものを読んで、おそらく極度に単純化することになるかもしれませんが、あえて言えば、信仰とは、愛と保護を与える審級との、一次的と呼ぶべき同一化の運動と形容することができるように思います。取り返しのつかない別離の認識を超えて、西欧人は、「象徴的《サンボリック》」という以上に「前記号的《セミオティック》」な手段によって、もはや実体的で母性的というより、象徴的で父性的な「大文字の他者」との一体性、あるいは融合を再び回復したのです。[203]

「形成途上の」主体は、母親の身体から分離し、フロイトが「個人の前史の父」と名づける第三の審級、父と母両者の役割を兼ねる曖昧な審級と直接的で即時的な転移を行う。この主体形成の最も原始的な段階においては、この第三の審級は、論弁的かつ合理的な言語の審級ではあり得ず、むしろ——比喩的・文学的には家や城で表象される——一種の「想像上の空間」である。その空間は、主体が母＝子の双数的な融合——食物と保護は与えてくれるが、しばしば主体の独立の可能性を奪い、破壊的でもある母＝子の双数的な融合——を断ち切り、その空間を出発点として未来の「自分」を形成するよう促される特権的な場所なのだ。

クリステヴァが、「精神障害の診断と統計マニュアル Diagnostic and Statistical Manual of Mental Disorders」（DSM-III, 現在のヴァージョンはDSM-IV）に象徴される行動主義に基づくアメリカ主導の現代精神医学を批判し、フロイトの精神分析の現代性＝正当性を擁護した一九九〇年代中期の一連の著作でも繰り返し強調しているように、この「形成途上の」主体は、あらかじめ「個人の前史の父」へと同一化した後、一方で、母親の身体という原初的な「性的対象」を棄却し、また一方で、それに代わるものとして自分自身の内に新しい対象をこしらえ、そこにリビドーを備給することによって、自分自身の形成を開始する。[204] しかしながら、この同一化は、言語と意味作用の主体として、「自我」が最終的に自己を確立する時の最初の一段階にすぎない。この力動的な過程は、母性的な対象が最終的に棄却され、これに対する反動形成として自我理想への同一化が行われるエディプス・コンプレックスの時期まで、段階を追うごとに洗練され、さらに発展した形で繰り返されていくのだ。[205] リビドーが動員され、「昇華」が行われるこのプロセスにおいては言語が決定的な役割を演ずる。しかし、意味作用の審級を作り上げるのは、出生した時点から主体を解体し、死へと至らしめる、否定性の力なのだ。

フロイトの『自我とエス』(一九二三)の一節に注釈を加えながら、クリステヴァは、ナルシシックな主体が「昇華」によって意味作用の主体へと根源的な変容をとげる時、必然的に死の衝動にさらされなければならないと強調している。「自我」が、「個人の先史時代の父」と同一化し、最初の性的な対象から分離する時、エス(自我や超自我に先行する人格の欲動的な極)のエロティックなリビドーは、攻撃性や死と関係する「もう一つの」リビドーに変貌するのだ。この意味作用の審級への移行は、現代フランスの精神分析学者アンドレ・グレン(一九二七-)の言う「否定的なものの作業」[206]あるいは、ヘーゲル的な意味での否定性が作用した結果なのである。クリステヴァはこうした観点を踏まえて次のように総括している。

言葉は、きわめてヘーゲル的な意味での否定性の作用過程に内在的に組み込まれており、ここでも、かつてフロイトがエスの欲動に適用して自我の出現を説明した同一化=昇華のメカニズムを利用するのだ。〔フロイトの〕「否認」に関する論文では、超自我-自我-エスに改変された第二の局所論の想定する力動論が、言語記号と象徴化の能力のまさに中心に置かれたのである。[207]

一方、ジョルジュ・バタイユは、彼の「内的体験」を、ヘーゲルからニーチェに至る弁証法的な企図のうちに位置づけている。しかし、彼の「内的体験」の理解自体、フロイトの影響下に行われ、コジェーヴという共通の師を持つラカンを介して、その哲学的な射程はクリステヴァの神秘主義理解とも重なっている。実際、やはり、十字架の聖ヨハネと、アヴィラの聖女テレサの神秘主義思想から基本的な概念を得たバタイユの神秘体験の記述は、主体が絶対的な他者と交流しようとする瞬間、自我を喪失することに言及している。[208]

「(知によって)全となろうとした」「自我」は苦悩に陥る。「自我」は交流したいと望む。しかし、そのためには、「自我」は自分を喪失する、つまり自分の「自己同一性」を否認しなければならない。交流が生じるためには主体

（「私自身」）と（「全面的に捉えることができないという限りで、部分的に無限である」）客体とは、異なった存在でなければならない。しかし、自我が自分の同一性を維持しながら客体を所有しようとする限り、すべての試みは失敗する運命にある。というのも、他者を所有するとは、自分自身の喪失なり否認を前提とするからだ。自我が、自己を喪失すること、自分を否認することを受け入れて初めて、逆説的に自己を喪失した状態は終わり、「新たな知識」が歓喜のうちに湧き出てくる。「自己同一性と、自己とともにある知が捨て去られ、この遺棄の中で非 - 知に身を委ねる時、法悦が始まる」。つまり、バタイユにとっての「内的体験」とは、この逆説を生きることにあるのだ。

ユイスマンスは、その文学体質からして、決して哲学的な人間ではない。しかし、その類い稀な想像力、直感、自己の欲望への徹底した忠実さのおかげで、確かにいささか常軌を逸した異様なやり方ではあるが――聖セシル・ド・ソレム女子修道院長のセシル・ド・ブリュイエールはユイスマンスに対して、「あなたは雨樋づたいに屋根裏から家の中にもぐり込む猫のように、カトリックに入ったんですね」と評したという――、現代の哲学者や精神分析家の論考とさして違わない方向で、カトリックという一神教圏の文化の中に、その弁証法的な対部として埋め込まれた「否定性」の問題圏を的確に理解し、そこから自分自身の文学的宇宙の欲望の布置を転換していくのである。

ユイスマンスのシステムには一つの特権的な女性形象が登場し、それが彼の女性に対する激しい嫌悪感を緩和し、主人公をキリスト教に接近させていく。ユイスマンスの「内的体験」とは、聖母マリアの刻印を穿たれた表象に満ちた空間を横断していくところにあると言っても過言ではない。「暗黒の夜」は、デュルタルが聖母マリアの礼拝堂に跪いた時、彼女を冒瀆したいという狂気のような感情が湧いたことから開始され、トラピスト修道士の歌う聖母賛歌「サルヴェ・レジーナ」によって終局を迎えるのだ。

この錯乱的な「徘徊」の間、デュルタルは聖母マリアに祈り、再三彼女に助けを求めている。ドミニック・ミエが彼女の編集した「フォリオ版」の『出発』の序文で述べているように、トラピスト修道院の閉鎖された庭は、聖母を表す比喩＝アレゴリーをなしている。ただ、「公正」を期すためにつけ加えておかなければならないが、この修道院

［左］アルスナル図書館。ポルミー・ダルジャンソン侯爵（1722-87）の私設図書館をもとに革命後公設図書館となった。現在はフランス国立図書館の分館になっている。シャルル・ノディエ（1780-1844）が学芸員を務め，初期ロマン派の文学結社セナークルの拠点となったことでも知られる。［右］ノートル＝ダム・ド・ラートル修道院のモデルとなったノートル＝ダム・ディニー（イニー）修道院。池の前に巨大な十字架が見えている。

の空間内には、十字架の形に掘られた池の畔に建つ巨大な十字架と、大理石で造られたキリスト像という、もう一つの宗教的な象徴が存在し、デュルタルの神秘経験を導く象徴的な中心として機能しているのだ。

　すでに述べたように、ノートル＝ダム・ド・ラートル修道院のモデルとなったノートル＝ダム・ディニー（イニー）修道院は、第一次世界大戦中に被災して完全に破壊され、修道院の建物、庭、池がそれ以前にどのように配置されていたかは定かでない。ただ、一九〇三年、E・ニューグが撮った写真が、ユイスマンス関係の資料を多く収めたアルスナル図書館のランベール文庫に残っている。それを見ると、確かに緑に囲まれた小さな池の背後に、五、六メートルもあろうかと思われる十字架が立っており、さらに後景に修道院の建物が見えている。今となってはこの写真と、ユイスマンスのテクストだけが、この修道院の記憶を現在に蘇らせるよすがである。

　さて、そのユイスマンスのテクストでは、したがって、父なる神、キリスト、聖母とは緊密な関係で結ばれている。父なる神への「信仰は、母と息子を介して」[209]訪れるのだ。高度に比喩的な意味で、信仰の出発点、ないし信仰の媒介となる同一化の軸は「暗黒の夜」が始まる以前に与えられている。

『出発』においては、物語の最初の段階から、神の恩寵を示す優しく心地よい予兆をともなって、信仰はすでに成立している。過去、極度に脆弱でなかなか主人公の思いのままにならなかった胃腸は、穏やかで、愛と恵みに満ち、優しい保護を与えてくれる修道院に到着して以来、至極調子がよい。

ユイスマンスの「神秘」経験の眼目は、「暗黒の夜」が聖母マリア対するデュルタルの狂気に近い冒瀆の欲望から始まったように、神を媒介する審級との幸せな直接的同一化ではなく、これに向けられた発作的な攻撃性、侵犯への欲求だ。

しかし、まもなくデュルタルの心は聖母を冒瀆したいという思いでいっぱいになった。何としても聖母を侮辱したい。彼女を穢すと思うと、彼は身の内に、ひりひりするような喜び、ぞくぞくするような激しい欲望の昂まりを覚えた。車夫が使うような下品な罵り言葉が口元までせり上がってきて、今にも外に出ようとしていたが、彼は顔をひくひく痙攣させながら、汚い言葉が口から漏れるのをやっとのことで押さえた。[210]

この冒瀆の欲求は、無意識に腹の奥から沸き上がってくるだけに、きわめて激しい形を取るが、ここには聖「母」に対する近親相姦的な侵犯の願望が隠されていると考えてよかろう。悪魔の攻撃が束の間静まった場面で、ユイスマンスは、デュルタルにわざわざ、人間が聖母を娶ることはできないと言わせているからだ。

キリストは、パンの形で自分の肉体を与える。これは、口唇を通して完成させる聖なる結婚であり、神聖な交わりだ。キリストは、まさに女性たちの夫なのだ。それに対して、われわれは、自然の性向からしても、意識せずとも聖母マリアに心惹かれるが、彼女は息子のように自分の肉体を与えることもなく、聖体の中に宿ったりはしない。彼女を所有することはできないのだ。彼女はわれわれの母であって、キリストが童貞女の夫であるように、われわれの妻になることはない。[211]

『出発』のこの箇所は、『至高所』においては第一部第四章冒頭にあったものだが、『至高所』の方は一層雄弁で露骨なものになっている。

キリストは、聖体の形で、現実に自分の肉体を与える。これは、口唇を通して実行される神秘的な結婚であり、清浄《セレスト》なる交接だ。キリストは確かに童貞女たちの夫であり愛人だが、われわれ男たちは、われわれの性からしてもそれと意識せずに聖母マリアに惹かれるものの、彼女は彼女の息子のように、われわれに身を任せたりはしない。彼女は、主なる神の執政であり、監督であり、執行者であるにすぎぬ。彼女は、聖なる形色の中に宿ったりはしない。彼女を所有することはできないのだ。彼女は、キリストが童貞女たちの夫であるように、われわれの妻になることはない。[212]

しかも、この『至高所』の一節は、『出発』と同様に神秘主義に対するデュルタルの憧憬を語りながらも、ブーラン派異端との関係から、かなり曖昧な意味を孕む文脈に置かれている。デュルタルはここで、「最も高い境位にあり、法悦を呼び起こす祈禱」はいくつかの稀な例外を除いて「もっぱら女性の場合に限らている」と述べながら、女性が自分の同一性を失い、恍惚の境に入った時の、他者に同化できる能力の高さ、その被暗示性の強さを指摘した上で、これを示すよい例として、一三世紀から一五世紀にコルマールのウンターリンデン修道院で起こったある超常的な現象を報告している。

この修道院では、一人や二人ではなく、修道女全員が歓喜の叫びを挙げ、涙に暮れて恍惚状態に至った。身体が三、四〇センチの高さに浮かんだり、すっかり憔悴したあげく、身体から馥郁とした香りを発した修道女もおり、また、身体が透明になったり、頭の周囲に星のようにきらめく光輪が現れた者もあった。このようなあらゆる法悦の現象が、修道院という、高度な神秘主義の栄える場で眼にされるのだ。[213]

ユイスマンスは、この箇所を書くにあたって、ビュシエール子爵（一八〇二－六五）の『ドミニコ会の華、またはウンターリンデンの神秘』[214]（一八六四）を参照したという。直接的な証拠はないものの、ここに描かれているのは修道院における集団的な精神錯乱というブーランが最も好んで扱ったテーマであり、また、ここに記された空中浮遊という現象自体、動物磁気や催眠幻視術の影響を受けたブーランの属するオカルト神秘主義の教派ではごく一般的に見られたテーマである。さらにこの一節は、異端マリア信仰の女祭司ジュリー・ティボーをモデルとしたバヴォワル夫人に関する超自然的な挿話、特に、聖母マリアをはじめとする天界と「交流」できる彼女の特殊な能力を、あらかじめ合理化する地ならし的な役割を果たしてもいるのだ[215]。

さて、デュルタルを襲った攻撃性の発作は、彼の呼びかけが神にも聖母マリアにも届かず、大文字の他者すなわち神に完全に見捨てられたという意識から、やがて、悲嘆、憂鬱、喪失の感情に変化する。

静寂の中に自分の叫びが消えると、彼は打ちひしがれた。しかしながら、彼は、何とかこの悲しみを跳ね返そう、絶望から逃れよう、何とか戦おうとしたが、自分の神への呼びかけは届かない、声を聞いてすらもらえないという、痛切な感覚が再びこみ上げてきた。彼は、慰めを司り、許しを仲介する役目を負った聖母に、自分をお助けくださいと訴えたが、自分の声を聖母マリアがお聞きになっていないことがはっきりとわかった[216]。

デュルタルの意識は、完全に受け身の状態に戻る。これは、小説のテクストの上では、ますます厚くなる闇によって表象されているが、一時的にあらゆる抑圧が解除され、心的な「空間」は、淫らで、穢らわしく、おぞましい幻覚で満たされる。この悪魔の最後の攻撃が、「流体」的な基盤を持っていることは何ら不思議ではないだろう。

しかし、最後に至って、ユイスマンスの神秘体験は、一気にエディプス的な切断のドラマを体験させる。それも、おそらくは、この空間を苦痛のドラマに変える、死と解体の欲動に根源を持つ力動的な力の介入によってである。少なくともユイスマンスのテクストはそのように演出されているように見える。

「流体」的な幻覚が極点に達し、フロランスの姿を取って現れたと覚しき女＝淫夢女精《スクブス》との倒錯的な交接が示唆されると、「悪魔」が、ユイスマンスの作品の中ではただ一度、具体的な相をともなって出現する。

デュルタルは崩壊寸前だった。その時、突然、自分の配下の者たちを監視し、自分の命令が実行されているかを確かめに来たかのように、死刑執行人が登場した。姿は見えなかったが、その存在をはっきりと感じた。形容しようのない感覚だった。魂は、現実に悪魔がそこにいることがわかると、総身に震えが奔り、何とかその場から逃げ去ろうと、ガラス窓に突き当たった雀か何かのようにぐるぐると旋回した。[217]

フロイトが分析した「一七世紀の悪魔憑き」の症例に似たメカニズムが働いていると仮定するなら、デュルタルはここで、残酷で抑圧的な父親のイメージに直面したということになるのだろうか。フロイトが示した原父の否定的な面を表象し、「善良で公正な」神の対極に形作られる陰鬱な顔の父の姿である。「暗黒の夜」の継続期間中、この空間内部に働いていたあらゆる攻撃性、あらゆる破壊の欲動、あらゆる否定性の力が、この表象に集約され、デュルタルの魂を危機に陥れるのだ。『出発』のテクストは、その後すぐに、一風変わった光景を提示する。悪魔の脅威——去勢の脅威？——の前に、魂と分離し、崩壊の危機に瀕した魂を身体が救いに来るのだ。

きわめてはっきりと、きわめてくっきりと、デュルタルは初めて魂と肉体が区別され、二つに分離する様を目にした。また初めて、自分のさまざまな欲求で、連れ合いの魂をこれまでひどく責め苛んできた身体が、互いの危機の中ですべての恨みを忘れ、いつもは自分に抵抗している魂が崩れ落ちるのを引き止めようとしている姿を意識した。[218]

一八九二年、イニーのトラピスト修道院滞在直後にリヨンで書き記したノート（『トラピスト修道院の日記』）の中で、ユイスマンスは自分の体験を次のように箇条書きで要約している。

ここからはっきりと次のことが判明する。
一、魂と身体の区別。初めてこれを感ずる。分離はもはや疑いない。
二、魂がこれほど苦しむことがあろうとは信じられなかった。魂には肉体同様、魂固有の病がある。疑懼も、激しくなると高熱を発したのと同じようになり、狂気に近くなる。
三、神が、人知れず密かにお力を貸してくださったこと、また、悪魔が、巧妙に、しかしはっきりと働きかけを行っていたことは明らかだ。私はほとんど手で触れられるほど、悪魔の存在をはっきりと感じた。最初のご聖体は、悪魔の活動を募らせたが、二度目のご聖体で、悪魔は退散した。これは確かだ。[219]

ここに見られるように、ユイスマンスは修道院滞在中、神と悪魔からそれぞれ働きかけがあったことを明かしている。ただ、すでに述べたように、ノートの内容全体から判断する限り、『出発』で描かれているような「神秘体験」をユイスマンス自身が体験したと言いきることはできない。ノートに書かれているのは、魂が激しい苦痛を味わったこと、そして魂と身体が分離するのを感じたこと、という二点だけだ。デュルタルの回心はユイスマンスの体験をそっくりなぞったものでは断じてない。デュルタルの回心を首尾一貫した説得的なものとしたのは、小説の構想・執筆の過程なのであり、ある意味、ユイスマンス自身の回心も、このデュルタルの神秘体験を練り上げていく過程で、エクリチュールの実践として事後的に形成されたと考える方が自然である。

デュルタルにとって、信仰に至る最後の障害を克服させた論理とは何だろうか？

ユイスマンスは、一七世紀のスペイン神秘主義に発想を得た神秘体験と、ブーランの「神秘的な身代わりの秘儀」とを結びつけ、苦痛が持つ浄化作用・昇華作用に訴える。苦痛はある時には、鋭い刃を持った鉋《かんな》か鑢《やすり》のように、すっかり固くなった人間の古い皮膚を削り取る。また、ある時には、魂の底に沈殿した穢れを消毒する洗剤や塩素として作用する。自分自身に向けられた攻撃性としての苦痛、否定性のダイナミックな力を帯びた苦痛は、ここで、魂と身体を分離し、両者を再び和解させるために介入し、その衝撃を受けて、淫欲の穢れ——悪魔的な「流体」——は、欲動のエネルギーを除去され無害となる。いや、ブーラン＝ユイスマンスの「流体」の原理に従えば、穢れと苦痛は、両者ともシュルレアリストのイメージする「通底器」のように、あるいは、次のようなデュルタルの表現を用いれば、神の手の中のスポンジのように互いに交換可能であり、穢れは直接苦痛に置き換えることができるのだ。

デュルタルは、この聖人〔＝十字架の聖ヨハネ〕が明澄で力強い精神の持ち主であり、魂の最も晦冥で最も未知の変化を説明し、この魂を扱う神の操作を見破り、その過程をつまびらかにしたことを理解した。神は、御手の中に魂を摑み、スポンジのように押し潰す。次に、手を弛めて、苦痛をいっぱいに染み込ませ、そうやって魂が苦痛でいっぱいに膨らむと、今度はさらにそれを絞り上げて、血の涙をしたたらせ、浄化するのだ。[220]

『大伽藍』の中でユイスマンスは、「暗黒の夜」の試練を通り抜けた後のデュルタルの魂の状態を、聖女テレサの「霊魂の城」とエドガー・ポーの「アッシャー館」とが融合した奇妙な家のイメージを用いて次のように描いている。

デュルタルの魂の城は長い服喪の後のように、誰も住んでいなかった。ただ、部屋の扉は開け放たれ、告白した罪や、死に絶えた過ちの亡霊が、不安に脅える館の主アッシャーの妹のように、城の中を彷徨っていた。エドガー・ポーの小説に出てくる哀れな病人同様、デュルタルは、階段室のあたりで、足音がきしんだり、扉の向こうに恨めしげな叫びを聞いて、怖気を振るうのだった。

しかし、過去の大罪の亡霊は、輪郭がぼやけたままで、凝固してはっきりした形を取ることはなかった。あらゆる罪の中で、最も執念深く、デュルタルをあんなに苛んだ淫欲の罪も、ついに口を黙し、もう彼を悩ませることはなかった。[221]

カトリックに回帰した後、ユイスマンスは、正統信仰の教条に背くまいと努力した。司祭の前で罪が告白され、その許しを受けた以上、デュルタルの性的欲望が無害な亡霊となったというのは、至極まっとうな話だ。これは、『出発』第二部第六章で、ユイスマンスが自身のノートの表現を再利用する形で、「私（＝デュルタル）に起こったことから判断すると、最初の聖体拝受によって悪魔の活動は激しくなったが、二度目のご聖体によって、鎮圧された」[222]と述べていることとも符合する。

しかし、ユイスマンスのシステムの中では、「非物質化された」「流体」的存在は、しばしば、「亡霊、幽霊」を表す«larve»《ラルヴ》という名前で呼ばれたことを思い出していただきたい（本書二六五頁）。空虚で寒々した「内部の城」、デュルタルの心的空間の内部を彷徨う幽霊たちの姿は、彼らの「流体」的な起源を示してはいないだろうか？　そしてそれらは、欲動のエネルギーの備給を絶たれ、もはや「凝集」するだけの力も固さも失った悪魔的な「流体」の成れの果ての姿ではないのだろうか？

いずれにせよ、このようにして一種の「昇華」のプロセスが完了したことになる。身体と魂ははっきりと分離され、望ましいバランスを回復する。これまで食物を受けつけなかったデュルタルの胃腸も快適に動き、食物は何の問題もなく消化されていく。

本章を終えるにあたって、一つだけ、魂と身体との関係をユイスマンスがどう考えていたのかについて、ちょっとした注記を加えておこう。

これら二つの審級のうち、ユイスマンスは、あたかも身体が魂とは独立して働く意志を持っているかのように、明らかに、――リビドー的で前記号的《セミオティック》な――身体に第一義的な重要性を与えている。デュルタルは、前日に遭遇した「暗黒の夜」という神秘主義＝テクスト的体験を要約した後で、全体を総括する形で次のように自問する。

そして、こうしたことはすべて、そう感じられ、そう理解され、それ自体は単純なことのように見えるが、ほとんど説明はつかない。あの時、肉体が魂を助けに飛んできて、おそらくは魂の意志を汲んで、頽れようとする魂を引き起こしたように見えたが、全く理解不能だ。どうして肉体はわけもわからぬ行動を起こし、突然あれほど強い決意を見せ、万力のような力で自分の連れ合いを抱きかかえ、魂がどこかに逃げ出そうとするのを押しとどめたのだろうか？[223]

少なくともデュルタルにとってカトリック回帰とは、健康で規則正しい胃腸の蠕動《ぜんどう》運動に他ならない。ちょうど『さかしま』のデ・ゼッサントにとって、栄養浣腸で人工的な栄養を摂ることが、閉鎖空間の崩壊を押しとどめる最後の防衛手段であり、妥協的な解決であったように。

私［＝デュルタル］の胃は、元気になり、絶対に無理だと思っていた食事にもよくがんばって耐えている。それに引き換え私の魂ときたら、いつもぐらぐらしていて乾ききっていて、なんと脆く、ひ弱なことだろう。[224]

第九章　抑圧されたものの回帰——おぞましき美へ

1　キリスト教ドグマへの回収と小説の解体

聖母マリアという第三項に媒介された「神秘」のメカニズムとその構造をテクスト的に実践したユイスマンスの「暗黒の夜（暗夜）」。果たして、この「暗黒の夜」を通過することによってユイスマンスの主体ないし「閉鎖空間」に現れる強迫的な女性形象は、そのあらゆるおぞましさ＝否定性とともに首尾よく「昇華」され、彼のキリスト教信仰を揺るぎないものにしてくれたのであろうか？　また、それによって、「不可能」と思われた主体の同一性は、ユイスマンスの中で首尾一貫したものとして獲得されたのであろうか？　これらの問いに対する答えは、常に曖昧なままに残されている。

この問題を論じる前に、とりあえず足早に、回心以降のユイスマンスの人生の足取りをたどっておこう。

一八九五年二月一二日、若い日からの長年の愛人で、梅毒性の進行麻痺のためにサン・タンヌ病院に入院していたアンナ・ムニエがついに亡くなった。

それからおよそ一〇日後の二月二三日、『出発』がストック書店から刊行された。書物の内容、特に、作品の中で表明されたデュルタルの信仰、ひいては作者自身の信仰の誠実さに対してカトリック内外から数多くの批判が向けられたが、ユイスマンス周辺の友人、特にミュニエ神父は、講演会を開くなどして彼を擁護した。また、時代の潮流に

『大伽藍』の舞台となったシャルトル大聖堂。『大伽藍』は建築や彫刻，装飾，ステンドグラスに関する綿密な記述と，その象徴＝寓意の解釈によって，一種のガイドブックとしても使われていたという。

マッチしたこの小説の登場によって多くの知識人がカトリックに回心した。『出発』以降のユイスマンスは、一九〇七年の死に至るまで、『大伽藍』『スヒーダムの聖女リドヴィナ』『修練士』などの小説や、無神論的な立場で書かれたゾラの『ルルド』に対するものとして、カトリックの側から聖母マリアの聖地ルルドに集まる信徒を題材にした長編ルポルタージュ『ルルドの群衆 *Les foules de Lourdes*』（一九〇六）などを次々と発表し、カトリック教会や典礼、美術に取材した短編記事、紀行文、美術評論も数多く書き続けた。

『出発』以降、ユイスマンスの書くものは、参考文献やその他先行テクストからの抜き書きで構成されるようになり、本文中に書き写された膨大な量の固有名詞や注記によって、現代の目からするとほとんど読みがたいといった印象を与えるにもかかわらず、自然主義時代の作品と比べても、驚くほど多数の読者を獲得した。このようなユイスマンスの影響は死後も続き、二〇世紀前半を通じて、彼は宗教的にはカトリック、政治的には右派の若者に対して、一種の精神的な師表の位置を占め続けるのだ。

ユイスマンスの内務官僚としてのキャリアも無事終わりを迎えようとしていた。ユイスマンスは一八九三年の九月に、作家としての業績に対してではなく、内務官僚として、レジョン・ドヌール勲章の一つ、シュヴァリエ（騎士）を授与され、一八九八年、名誉局長の地位で同省を退官している。ちなみに、一九〇〇年に創設されたアカデミー・ゴンクールの初代委員長を務めるなど、文学者としての功績が認められレジョン・ドヌール勲章オフィシエ（将校）を授賞するのは、死の直前の一九〇七年一月のことである。

アカデミー・ゴンクール（ゴンクールの遺産をもとに 1900 年創設）によって 1903 年に設けられたゴンクール賞の初代選考委員。［中央上］アルフォンス・ドーデ。［中央下］ロニー兄（1856-1940）。［左上から下に］ギュスターヴ・ジェフロワ（1855-1926），ユイスマンス，ロニー弟（1859-1948）。［右上から下に］ポール・マルグリット，レオン・エニック，オクターヴ・ミルボー。ユイスマンスは同賞の初代選考委員長を務めた。

退官を前にしてのユイスマンスの夢は、少なくとも表面的には『さかしま』の「生暖かい方舟」をそのままに実現することに向けられたように見える。具体的には、修道士としての正式の誓願は立てないため、修道士ほどには上長者に対する服従の義務のない修練士 oblat として、修道院の近くに住み、キリストと聖母に対して毎日祈りを捧げつつ芸術創作にいそしむ一種の原始キリスト教的な共同体を構想していた。

まだ『出発』を執筆していた時期、ユイスマンスは友人のギュスターヴ・ブーシェとミュニエ神父を介して、リギュジェ修道院でベネディクト会の修道士ドン・ベス（一八六一－一九二〇）と出会っている。当時ドン・ベスは、ノルマンディーのフォントネル渓谷にあるサン＝ヴァンドリーユ修道院の修復という壮大な計画を立てていた。大革命中、修道院制度の解体とともに多くの聖堂が破却され、たり、単なる石造りの建築物として一般人に競売された。サン＝ヴァンドリーユ修道院もその例に漏れず、シプリアン・ルノワールなる商人に売却された後、残っていた修道士は四散し、修道院の建物は採石場や工場に使われ破壊され、荒廃に帰していた。フランスにおいて、修道院制度やローマ典礼の再興が図られるのは、一八三〇年の七月王政後、ドン・プロスペル・ゲランジェ（一八〇五－七五）によってソレム修道院、サン・マルタン・ド・リギュジェ修道院などが次々に再興されてからであるが、一八九〇年代に至ってもなお、その修復・再建事業は続いていた。

シャルル＝マリー・デュラック「松林」（1897，個人蔵）。

ユイスマンスは、まだ三〇代の若く精悍な修道士ドン・ベスに、自分の美的趣味と通ずる資質を見い出し、彼の協力を得てグレゴリオ聖歌やミサ典礼の鳴り響く中で、作家、詩人、画家、彫刻家、工芸家などあらゆる芸術家が集い住み、神の栄光を称えるために献身的に仕事に勤む芸術家村を作り上げたいと夢見るようになった。『大伽藍』執筆中に発見した若い宗教画家シャルル＝マリー・デュラック（一八六五－九八）もこの方向でのユイスマンスの希望の星だった。

しかし、このドン・ベスの修復計画はあまりに野心的すぎ、修道院の基金が見る間に費えていくことを心配したサン＝マルタン・ド・リギュジェ修道院の院長ドン・ジョゼフ・ブリゴーによって一八九四年に中断され、ドン・ベスはシロス修道院に左遷を命じられてしまった。ちなみにサン＝ヴァンドリーユ修道院の再建の方は、ドン・ベスの二代後の後任となったドン・ジョゼフ・ポティエ（一八三五－一九二三）の手によって九五年以降に規模を大巾に縮小して再開され、九八年には正式にベネディクト会の大修道院《アベイ》として認められている。

ユイスマンスにとって修道院への引退が再び焦眉の問題となるのは、『大伽藍』が完成し、内務省の退官が決まった一八九八年のことである。前年、ユイスマンスは、『出発』執筆時から彼の聴罪司祭を務め、彼の修道院入りの相談役でもあったG＝E・フェレ神父（一八五三－一九〇七）を癌で亡くしている。

ユイスマンスの手紙にはこの頃、「シタビラメ」（ラ・ソルあるいは単にソル）という符号めいた渾名を持つ一人の女性が頻繁に登場する。本名ガロエス伯爵夫人、スペインの貴族であるが、ユイスマンスのもとに悪魔主義の問題について相談にやって来て、彼から聖ベネディクトゥスのメダルを渡されたのが最初のきっかけらしい。ユイスマンスはこのメダルが悪魔祓いに効能があると信じていた。以来彼女は、ユイスマンスを誘惑しようと、しきりに彼のもとに押しかけてきた。一度などは、もう少しで誘惑に負けるところだったとユイスマンスは告白している。

フェレ神父。

四〇歳で性的不能に陥ったさえない中年官吏フォランタン氏（『流れのままに』）に仮託して、自らの女性関係の不遇を描いたユイマンスだが、実生活ではかなり多くの女に取り巻かれていた。

マルト（『マルト、ある娼婦の物語』）のモデルとなったと覚しきボビノ座の女優。同居こそしなかったが、若い頃から長年にわたり夫婦同然の関係を続け、ユイスマンスの回心と前後して病没したアンナ・ムニエ。シャントルーヴ夫人（『彼方』『至高所』『出発』）の「モデル」となった「シバの女王」ことアンリエット・マイヤ、同じくベルト・クリ

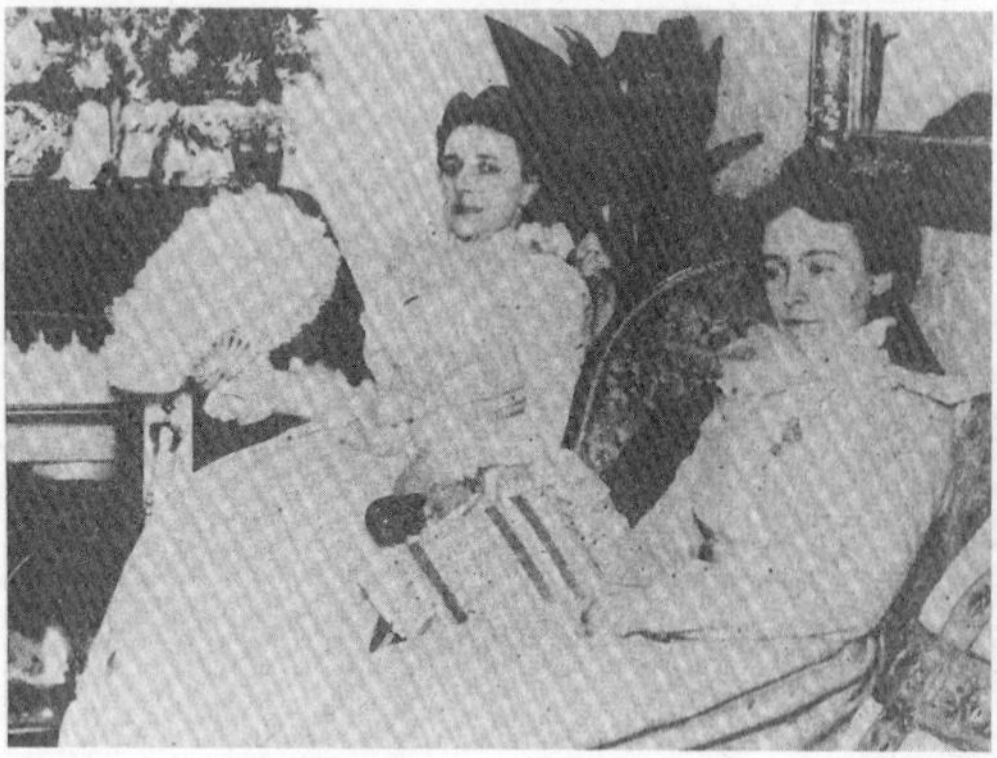

［左］アンリエット・デュ・フレネル（右）と母。［右］ミリアム・ハリー。

エール。そしてフロランス（『至高所』『出発』）のモデル、娼婦フェルナンド…。
アンナ・ムニエの死後も、むしろ若い頃にもまして彼の周りには多くの女性が集まってきた。もっとも、回心以来、ユイスマンスは、娼家通いもきっぱり断って、女性との性的関係は一切絶っていたが…。たとえば、ユージェニーという現在もなお素性のわからない謎の女性。ユイスマンスが「ズカ」という符号で呼んでいたチェコのズデンカ・ブラウネロヴァ（一八五八－一九三四）。ブラウネロヴァはプラハに政治家の父親と大学教授の母の間に生まれ、パリで絵画を学び、印象派全盛時代にありながら、J＝B・C・コロー（一七九六－一八七五）やJ＝F・ミレー（一八一四－七五）などバルビゾン派の影響下に風景画を得意とした。ユイスマンスの他に、オーギュスト・ロダン（一八四〇－一九一七）やポール・クローデルなどと親交を結び、近代チェコ初の女流画家として国際的に活躍した女性だ。その妹には、後に『神々の黄昏』（一八八四）などで知られる作家エレミール・ブルジュ（一八五二－一九二五）の妻となったアンナがいる。

他には、イギリス人のジャーナリストで美術批評家のイーディス・ヒュイバース。ユイスマンスがパリの下町を取材して歩いていて知り合いになった女泥棒「メメッシュ」こと、アントワネット。女嫌いで有名だったユイスマンスに男性と偽って手紙を出し、文通を続けたオランダの女流作家、カタリナ・アルベルディング・テイム（一八四八－一九〇九）。やや時期は下るが、地方の裕福な貴族の娘に生まれながら、晩年のユイスマンスに純情な恋を捧げた若い「小鳥《プティ・トワゾー》」、アンリエット・デュ・フレネル。才能のある女流作家で、『エルサレムの征服』（一九〇四）で第一回の「幸福な生活《ヴィ・オローズ》賞」（現在のフェミナ賞）を受賞した「第二のシタビラメ」ことミリアム・ハリー[2]（一八六九－一九五八）。そして、恋愛とは無関係だが、ユイスマンス家には、ブーランの死後、リヨンから家政婦としてパリに引き取った異端の女祭司、ジュリー・ティボーが住んでいた。

サン＝マルタン・ド・リギュジェ修道院。

ユイスマンスは自分の引退後の住処を、どの修道院にするか直前まで迷っていた。カトリック典礼復興運動の中心地であるソレム修道院の聖歌や典礼の素晴らしさは魅力だったが、院長ドン・ドラコットの軍隊式の修道院管理には抵抗があった。一方、サン＝ヴァンドリーユ修道院復興計画を頓挫させ、友人のドン・ベスを失脚に追い込んだサン＝マルタン・ド・リギュジェ修道院に対しても、必ずしもよい印象を抱いてはいなかった。加えて、リギュジェ修道院は、当時、副院長ドン・ソトンがらみのスキャンダルで揺れていた。

一八九八年、最終的にソレム行きを断念した後、七月になって、長年の文通相手で、先にリギュジェに住んでいたギュスターヴ・ブーシェの薦めにより、ユイスマンスは汽車でポワティエにあるサン＝マルタン・ド・リギュジェ修道院に赴き、すでに許されてリギュジェに帰還していたドン・ベスら、旧来の知己と再会した。意は決した。ユイスマンス

［上］リギュジェの「メゾン・ノートル＝ダム（聖母の家）」で。左から，ユイスマンス，ポール・モリス，ドン・ベス，画家のジョルジュ・ルオー（1871-1958），アントナン・ブルボン，右端不明。［右下］リギュジェのメゾン・ノートル＝ダム外観。［下］ジュリー・ティボーの祭壇（アルスナル図書館ランベール文庫所蔵）。

は、友人のレオン・ルクレール夫妻と、リギュジェ修道院のすぐ近くに四〇〇〇フランで土地を買い、「メゾン・ノートル＝ダム（聖母の家）」と名づけることになる小さな家を建て、一八九九年六月、そこに移り住んだ。そして、それを機会に、ジュリー・ティボーに老後を保障する年金を支給することにして暇を出した。

『大伽藍』で、自分がバヴォワル夫人のモデルになったことを知って以来、ジュリー・ティボーはだんだん主人に対する遠慮がなくなり、あまつさえ、「シタビラメ」に買収されて、「シタビラメ」がユイスマンスに近づく手引きを行うようになっていた。ユイスマンスはそのことを知っていたし、何よりも、聖母のそばにこの異端の女祭司を連れて行くことはできないと考えていた。彼女は、シャンパーニュ地方のヴァントゥーユ村で一九〇七年まで生きた。奇しくもユイスマンスの逝年と同じである。彼女は、終生、異端のマリア信仰を奉じ、毎日ミサを挙げ続けた。ヴァントゥーユの村人たちは、事情も知らず、彼女の小さな祭壇を崇めたという。ユイスマンス研究者ピエール・ランベールが、彼女が残したリヨンの異端セクトの資料を発見するのは、一九五一年になってからのことである。[3]

しかし、ユイスマンスのリギュジェ隠棲は、結局彼が期待したような精神の安定を与えることはなかった。彼がカトリック画家として将来を嘱望していたシャルル＝マリー・デュラックは、ユイスマンスがリギュジェに旅発つ前、病のために夭折していた。ユイスマンスは、リギュジェに移住した翌年の一九〇〇年三月、一年の見習い期間を終え、修練士の着衣式を行った。にもかかわらず、終の住処となるはずだったリギュジェ隠棲は移住から二年後の一九〇一年一〇月には突然中断される。

一九世紀末、特に共和派と保守派の拮抗が激しさを増し、一八九八年、ゾラの「我れ糾弾す」により火のついたドレフュス事件はフランス国内の世論を二分する大事件に発展しつつあった。ドレフュス事件というと、ドレフュスの無罪を信じ亡命を余儀なくされながら正義を貫いたゾラをはじめとする共和派＝左派の立場が強調され、国軍の体面を守ることにこだわって後のナチスに連なる反ユダヤ主義に浸透された反ドレフュス派については、悪役扱いされることが多い。確かに、二一世紀の日本にすら未だ存在しているとは言いがたい、組織や共同体の狭い論理にとらわれない普遍的な社会的理想に立って自らの行動を律する「知識人」という存在のありようが初めて確立し、現在のフラ

［左］P・ヴァルデク＝ルソー。［右］エミール・コンブ（写真家ナダール撮影）。

ンスに至る思想的軸が形作られたという意味で、ドレフュス事件の意義は大きく[4]、その中で中心的な役割を果たしたのは言うまでもなく左派＝ドレフュス派だ。しかし、反ドレフュス派の中核となったこの時期の「右派反動勢力」＝カトリックが置かれた位置、そこからもたらされた被害者的な心情も見逃してはならないだろう。

第三共和政成立（一八七〇）以来、徐々に急進化・左傾化していた共和派は、王政復古以来、幼時洗礼から始まり、教育、結婚、葬儀など生活の細目を仕切ることで無視し得ない勢力を有していたカトリック教会に対し、攻撃と抑圧を強めていった。この間、特に、共和派の攻勢の矢面に立たされたのが、初等教育・中等教育に一定の影響力を有していた修道院、特にイエズス会（ジェズイット）だった。一八八〇年、ジュール・フェリー[5]（一八三二－九三）の政令により、「認可を受けずに」設立された修道会は三ヶ月以内に修道院を退去することが定められた。この結果、五〇〇〇余りの単式修道会が解散に追い込まれた。その後、一八八一年と八二年に相次いで公布された教育法により、初等教育の義務教育化、無償化、世俗化の原則が確立されたが、これも、教会の公教育への介入を排除することが目的だった。政権の座にあった民主共和同盟派P・ヴァルデク＝ルソー（一八四六－一九〇四）がこれらの法制によって意図したのは、イエズス会の経営する「自由」学校を制限し、修道院を国家の監視下に置くことだった。

しかし、これら法制は、強硬な反教権派で急進共和派のエミール・コンブ（一八三五－一九二一）の肝入りで制定された一九〇一年の結社法に比べれば、はるかに穏健なものだった。教会の神学校《セミネール》で教育を受けた元神学生として神学博士の学位を持ちながら、一八六〇年代に信仰を失って以来逆に徹底した反教会主義者となったコンブは、きわめて厳格に結社法を実施した。修道会自体は認可を受けていても、修道会が経営する修道院や学校の建築が国の認可を受けていない場合は、その建物の使用を禁止する挙に出たのだ。このため数千の「自由」学校が廃止に追い込まれた。また、次の段階では、あらゆる修道会の認可を拒否する策が取られ、このため新たに一八〇〇の修道会が解散の憂き目を見た。

こうした情勢の中で、サン＝マルタン・ド・リギュジェ修道院院長ドン・ジョゼフ・ブリゴーは結社法への抗議の意志として、修道院存続に不可欠の認可を申請せず、リギュジェを退去して修道会をベルギーに移転する決定を行った。そして、一九〇一年九月には、リギュジェにいた修道士の大半がベルギーに向けて出発した。しかし、すでにその時期、修道院内の堕落や退廃に絶望していたユイスマンスは、修道士たちと行動をともにすることはなかった。彼はその一ヶ月後、一人パリへ帰還する。リギュジェを去る一年前の一九〇〇年の夏、ユイスマンスはひどい歯痛を覚え、埋伏歯を抜く治療を受けたが、その後の症状も芳しくはなかった。七年後、彼の命を奪うことになる喉頭癌の最初の兆候が現れたのだ。

この間のユイスマンスの「現実」の行動を見ると、彼が誠実に信仰への道を歩もうとしていたことは疑い得ないように思われる。しかし、『出発』以降の作品を詳細に読み込んでいくと、話はそれほど単純ではない。おぞましい穢れを聖なるものに転化させ、欲望とエクリチュールの交わるところに、エクリチュールの一つの「表象」として神を「創造」する否定性の弁証法は、とどまることなく働き続ける。ユイスマンスは激越な信仰の希求とともに、間欠的ではあるが持続的な欲望の噴出が、ともすれば、全一者である神を生み出した同じ論理の働きによって、神という至高の審級を抹消し、その効果として美と愉楽を生み出す、その相補的な運動に身を任せていくのだ。ユイスマンスに「革命性」があるとすれば、われわれは、彼の最末期の文学の達成――あるいは彼の死によって未完に終わった文学の達成――に目を向けないわけにはいかない。

聖母の媒介機能にますます深く頼りながら――『出発』の後に書かれた『大伽藍』は全編が聖母マリアへの賛歌となっていることを思い起こそう――、トマス・ア・ケンピス（一三八〇‐一四七一）の『キリストのまねび』（一四七一頃）にならって「イエスの足跡をたどる」ことで、ユイスマンスの主人公は神学的な意味でも、精神分析的な意味でも、神という「大文字の他者」へ到達しようと努力を重ねていく。これは同時に、言葉の意味が一意的に決まる世界へと足を踏み入れていくことであり、聖書のメッセージが常に参照されることによって、ユイスマンス個人のエクリチュールが聖書という大文字のエクリチュールへと回収されていくことでもある。

ここから、ユイスマンスの晩年の作品を特徴づけるいくつかの公準が出てくる。

まず、すでに指摘したように、その晩年の作品が、聖者伝、歴史、典礼、頌歌、教会芸術、教義といったカトリシズムに関わる文献・伝承に由来する固有名詞や注釈の列挙によって、ますます膨らんでいくことだ。カトリックの想定する「真理」ないし教理《ドグマ》にできる限り忠実であろうとするその意志が、小説構造にも破壊的な影響をもたらした。ユイスマンスのカトリック思想への「回収」は、正統信仰に違背しないよう草稿段階からその作品を聖職者に見せ、事前検閲を受けることによって補完された。

また、こうした特徴は、ユイスマンスの「象徴」に関する理解とも結びついている。彼の同時代の多くの文学者が抱いていた象徴概念とは、ボードレールに由来する感覚の「照応《コレスポンダンス》」に基づき、暗示や言語の隠喩的な機能を組織的に利用することにより、言葉の多義性《ポリヴァランス》や拡散《ディセミナション》、意味の破壊など、『さかしま』以来ユイスマンス自身もその形成に貢献していたものであるが、これとは異なり、晩年期のユイスマンスは、あらゆる視覚的、感覚的な表象の背後に隠れた言葉の意味を、間テクスト的な引証関係をさかのぼることによって見つけ出す解釈学的な過程として捉えるに至るのである。この意味で、カトリック期のユイスマンスが用いる「象徴」は、中世の『薔薇物語』などに見られる寓喩《アレゴリー》や図像学《イコノグラフィー》に近い。

一方、本来エクリチュールの自由で無制約な戯れであるはずの小説が、前もって定まった「真理」の方向に接近しようとすると、作家と作中人物の距離は無限に縮まっていかざるを得ない。ユイスマンスの「私」とデュルタルの「私」とは、同じ欲望の現実を追いかけていく限りで、デュルタル連作（『彼方』『出発』『大伽藍』『修練士』）や、『スヒーダムの聖女リドヴィナ』の例のように、やがて一つに融合するかのような錯覚を与える。『出発』と『大伽藍』の中で、デュルタルは聖女リドヴィナの聖者伝を書こうとしている作家として現れるが、この聖者伝は、小説の中のデュルタルによってではなく、「現実」の作家ユイスマンスによって完成される。フィクションの中でデュルタルが担っていた「私」は、『スヒーダムの聖女リドヴィナ』の「話者」へと引き継がれる。しかも、『スヒーダムの聖女リドヴィナ』の中で冒頭より使われていた、一般的・中立的な話者を示す「人、われわれ on」が、その第一五章において突然、より個人的で、状況に対する積極的な参加を示す「私 je」へと切り替えられることにより、「書き手＝ユイスマンス」と「話者＝私」とはほぼ完全に一体化するようになる。これ以降、（デュルタル連作の掉尾を飾る『修練士』を除けば）彼の作品の最後、いや、作家の生涯の最後に至るまでこの傾向は変わらない。

それと相即的にというか、逆説的にというか、神の再発見が問題になり出して以降、ユイスマンスの作品の物語性は次第に解体され、参照文献からの過剰な引証なども相まって、読むのが苦痛となるほど単調な印象を与える場合すらある。

しかし、それにしても、ユイスマンスにおいて神は本当に見い出されたのだろうか、という究極の問いを発する必要がある。『出発』以降の、ユイスマンスの「統一《ユニテ》」を求める苛烈な探求は、それ自体、彼の不安や危機が深まったことを示すものではないのだろうか。

「ユイスマンスの戦略」というべきものがあるとしたら、それは、精神分析的な用語を用いるならば、移行機能ないしは仲介機能を持った想像的な空間――キリスト教の伝統的な図像学に従えば、聖母マリアによって表象される想像的な審級――に同一化することによって、母性の否定的な側面を穢れやおぞましさとともに浄化するところにあった。しかし、ユイスマンス個人を取り巻く政治的・社会的な水準を超えて、彼の文学的宇宙の内部で彼の「閉鎖された空間」を烏有に帰せしめんとする否定性は、その後もますます破壊的な力を強め、その強度はファンタスムの域に達していく。そして、浄化され、中和化され、否認された欲望の一部は、彼の想像力の中で「悪魔」的な様相をともなって回帰し、彼の「閉鎖空間」を取り巻き、侵入し、この空間を無化しようとするのだ。

ユイスマンスがリギュジェ滞在中に書いた『スヒーダムの聖女リドヴィナ』の冒頭には、一五世紀ヨーロッパの「恐るべき」状況が克明に描写されている。そこでは、「天秤の竿」が悪の側に傾き、社会は分解し、民衆は堕落し、国王たちが神を冒瀆する中で、「神は疫病や、地震、飢饉、戦争が打ち続くに任せた」[7]。アラン・ヴィルコンドレが指摘するように、ユイスマンスの描く一五世紀と、彼自身の世紀を重ね合わせてみることは易しい。

破局が目前に迫っているというイメージは、デュルタル連作の最終作『修練士』にさらにはっきりと現れている。状況はすでに絶望的だ。「悪」の力がほとんど全面的に開放され、自然主義時代の小説（『流れのままに』）の中で食物が加速度的に劣化していくように、閉鎖空間の静寂と秩序に崩壊が迫り、ヴァルデク＝ルソーやコンブの修道院抑圧政策の前にヴァル・デ・サン（聖者の谷）のキリスト教共同体は完全に破壊されようとしている。

ラヴァショル。アナキスト。労働運動に対する弾圧に怒り，司法関係者三人にダイナマイトによる爆弾テロを仕掛ける。

確かに、『修練士』の中の、解体に瀕したキリスト教共同体の危機的状況は、混乱と矛盾が激化しつつあった当時の「現実」社会を反映している。フェルディナン・ド・レセップス（一八〇五－九四）が設立したパナマ運河開発会社が政財界を巻き込む汚職と乱脈経理で破産する「パナマ事件」（一八八九）、すでに本書でも触れた「ブーランジェ事件」（一八八五－八九）や「ドレフュス事件」（一八九四－一九〇六）など、政治的・経済的動乱や事件が相次いで起こっていた。また、コミューンの乱（一八七一）以来、過酷な弾圧にさらされていた労働者階級は、虐殺を免れて国外に逃亡していた指導者が一八七〇年代後半より次々に帰国するに及び、ようやく息を吹き返し、一八七九年には労働党を結成したが、労働者運動の主流をなすマルクス主義の中央集権的な統制を嫌ったラヴァショル（一八五九－九二）、オーギュスト・ヴァイヤン（一八六一－九四）、エミール・アンリ（一八七二－九四）らをはじめとするアナキストたちは、「事実による宣伝」や「個人的な復仇」をスローガンに、強盗や爆弾によるテロを仕掛けて社会不安を醸成した。この「地獄から吹き上げてくる恐ろしい事件の連鎖」はやがて第一次世界大戦へと収斂していくことになる。

しかし、ユイスマンス自身が抱いていた時代に対する絶望や憎悪は、多少なりとも病理的な想像の産物だということも見逃すべきではない。そうでなければ、神への言及が多くなるに従って倦むことなく繰り返される、ユダヤ人、フリーメーソン、自由思想家への悪罵をどのように考えたらいいのか？

確かに、ユイスマンスの反ユダヤ主義や反自由思想は、ドレフュス事件によって国を二分する騒ぎになっていた当時のフランスにあって、必ずしも例外的なものではない。[8] ユイスマンスが社会のこれらの分子に向ける反感は、「アメリカニズム」[9]に対する憎悪同様、彼の心理にも深く根を下ろしている。この点で、たとえばリチャード・グリフィスのように、ユイスマンスの反ユダヤ主義や反自由思想を、当時の社会的現実に重ねて情状酌量にしようと試みても無駄なことだ。『彼方』や『至高所』の中で悪魔の共謀者あるいは悪魔的な娼婦の連れ合いと見なされていたアメリカ人同様、ユダヤ人やフリーメーソンは、ユイスマンスにとっては自らの「閉鎖された空間」を破壊し、神の浄配〔妻〕たる教会を「十字架刑」に架けるべく共謀をめぐらす、より身近で目立つ「異質なもの」なのだ。

デュルタルは、ドレフュス事件が示した悪魔的な性格の深さに強い印象を持ち、この事件を、ユダヤ人とプロテスタントがいかにうまく教会の喉元に飛びかかり、絞め殺すために据えつけた跳躍台のごとくに見なしていたので、ずっと以前からあらゆる希望を捨てていた。しかしながら、この法律〔結社法〕が議会によって採決された時、もっと遠くにあると思っていた危険といきなり向かい合った人間の、びくっというかすかな身震いを感じた。

彼はバヴォワル夫人に言った。「どんな形で選ばれた、どんな卑劣漢どもが、どんな術策を弄して、どんな穢れ澱んだ場所で、かつてユダヤ人が教会の夫たるキリストを殺したように、キリストの妻である教会を十字架に架けたのだと思うかね。まさに教会の受難劇が始まったんだ。何も欠けてはいない。極左の下司どもの雄叫びや悪罵から始まって、あのイエズス会の元神学校生で、トルイヨ[10]という名のユダ、ルベ[11]という新たなピラトゥス〔イエスが十字架刑に処せられた時のユダヤ属州総督〕に至るまで、すべて揃っている」[12]。

デュルタル連作の最後の作品である『修練士』は、ユイスマンスの当初の計画によれば、「神秘主義」の三番目の最高段階に位置する「合一の生」に符合するはずであった。しかし、実際の『修練士』の末尾は、デュルタルのあらゆる計画、あらゆる希望を失わせる真の破滅、『さかしま』の末尾を思わせる荒廃した精神状態を示している。現実の生活においても、ユイスマンスのリギュジェ滞在中に書かれた手紙や日記には、教会の腐敗や無力さに対する、怒り、嘆き、絶望の言葉にあふれている。たとえば、リギュジェを去る一九〇一年に書かれた日記の中で、ユイスマンスは次のように語っている。

私は何も後悔していない。あれほど高い値段で買い取った二年半だったが、魂にとってすら、よい経験だった。私は、ここで修道士や修道院に対する幻想を失った。ああ、何もわからない。彼らが立ち去ってから、均衡が戻り、美徳が支配するようになった。私は典礼を学び『修練士』に関するノートを集め、プロットのような人びとを知り、共同で生活することを学んだ。まあそれでも、ここは一時のオアシスではあった…。[13]

こうしたユイスマンスの見解を反映してか、『修練士』の中では、デュルタルは神の意志を疑うところまでいっている。

主よ。いずれにせよ、私がこれから述べようとしていることは、よいことではありません。しかし、私は少しあなたを疑い始めているのです。あなたは私を確実な停泊地へと導いてくださったはずでした。私は、到着しました。それも何と疲弊しきってか。私はついに腰を落ち着けようとしたのですが、椅子が崩れ落ちてしまったのです。下界のいい加減な仕事ぶりが、天国の作業場にも反映したということなのでしょうか？　それとも、天の家具職人たちも、座ったらすぐに壊れるような安物の椅子をお作りになるのでしょうか？[14]

ユイスマンス末期の絶望や幻滅に対して、ニース大学教授のジャン＝マリー・セヤンを筆頭とするユイスマンス研究者の一部には、ユイスマンスがこの時期、密かにカトリックから離脱し、形而上学的審級としての父なる神の否認を準備しつつあったと考える者すらいる。[15] もっとも、あるいはユイスマンス晩年のさまざまな事件を題材にして書かれたかもしれぬ最後の小説作品は、ついに書かれずに終わった。

『修練士』によって描かれたこの最後の破局に向かう少し前、ユイスマンスは、「皮膚の腐った拒食症の女」という、娼婦でもなく、聖母でもない、きわめて曖昧な女性形象を創造することによって、彼の内部の矛盾した二元性に、巧妙な妥協を提出する。『スヒーダムの聖女リドヴィナ』だ。『三人のプリミティフ派画家 *Trois Primitifs*』（一九〇五）や『ルルドの群衆』（一九〇六）など最晩年に書かれた美術評論・ルポルタージュなどとともに、この作品の中で目指されていた方向が、ユイスマンスの投げかける謎に対するとりあえずの回答といえるのかもしれない。

1498年に出版されたヨハネス・ブルクマンによる『リドヴィナ伝』に掲載された挿絵。リドヴィナに怪我をもたらした事故の模様が描かれている。スケートを描いた最初の絵であり，リドヴィナはスケートの守護聖人とされている（オランダ，フリース・スケート博物館所蔵）。

2 おぞましき美へ

『スヒーダムの聖女リドヴィナ』（邦題『腐乱の華』）の主人公リドヴィナは一四世紀から一五世紀にかけて生きたオランダの聖女で、スケートの怪我がもとで病の床に就くようになり、その後、ハンセン病以外のあらゆる病を身に受け、文字通り、皮膚が破れ身体が崩れる凄惨な姿となる。ただし、ローマ・カトリック教会から正式に列聖されたのは一九九〇年になってからで、ユイスマンスが『スヒーダムの聖女リドヴィナ』を書いた時はまだ「福女」だった。ユイスマンスは、この作品であらためて、「流体」および「欲動」の原理を仲介にした罪と苦痛

＝病の交換可能性という、ブーランから受け継いだ「神秘的な身代わりの秘儀」のあらゆる可能性をイデオロギーのレベルで利用しようとする。そうすることで、単に色欲の形で身体に積み重なった悪を浄化するだけでなく、宇宙全体を貫通して支配を広げ、倫理的・美的な秩序を解体する悪魔の力、あらゆる現象から人間的ないし目的神論的な「意味」を奪い去る悪魔の力を無効にしようというのだ。この意味で、この力動的な「治療」過程は、クリスティアン・ベルグが「愛の苦痛」（一九八五）と題する論文で指摘したように、[16]宇宙論的な規模に達するのである。

もちろん「神秘的な身代わりの秘儀」は、改悛と贖罪という、カトリック正統派が容認する構図の中に納められている。リドヴィナの聴罪司祭ヤン・ポットは、彼女が苦しむ肉体的な苦痛をキリストの受難と結びつけ、リドヴィナに対して天から下された彼女の使命を告げるのである。ユイスマンスのテクストでは、身代わりとなる病人は自らの意志で贖罪の犠牲になることを受け入れるが、この点で福女リドヴィナの「身代わり」とブーランの「身代わり」は、はっきりと区別される。ブーランの場合、超自然的な能力を持った施術者は、呪いやタブーのように、病をある人間から別の人間に本人の同意なく移せるからである。しかし、「自らの意志で」とは言いながら、リドヴィナの「身代わり」には、主人公が被る苦痛の過酷さといい、腐敗した身体という表象といい、何か人を戸惑わせ、不安にさせるものがある。

激越な苦痛に身をさらされる女性は、容易に目的神論的な配置に差し向けられる。この点で、キリスト教思想と、精神分析の教えるところとは、奇妙な形で一致している。たとえば、ユイスマンスの伝記作家の一人アラン・ヴィルコンドレは、『スヒーダムの聖女リドヴィナ』に寄せた序文の中で、「女性の身体が自らの過ちを償わなければならないのは」「その特性が無秩序と死とをもたらすからだ」とまで述べている。[17]

ユイスマンスの「女性嫌悪」の構造をあらためてたどり直すには及ぶまい。もはや周知のように、これまでユイスマンスは、自らの「閉鎖空間」に侵入する「女性に焦点化された否定性」を分離、抑圧して、昇華を完成させるために、西欧の宗教的伝統の中で「神」に割り振られた「大文字の他者」の審級を介して、象徴の審級（本書一九三、四一四頁）への移行を求め続けてきたのである。

しかし、『スヒーダムの聖女リドヴィナ』の中でユイスマンスがもっぱら没頭するのは、女性の肉体が被る苦痛を描写すること、あるいはもっと正確を期していえば、腐敗し崩壊にさらされた身体、死の浸食の犠牲になった身体が示すあらゆる「否定的な《ネガティフ》」症候――傷割れして引き裂かれた皮膚、化膿した傷口から大量に流れ出る血や膿、腐敗した身体の上を蠢く蛆虫等々――を描写することである。しかも、この描写の持つ意味は限りなく曖昧だ。

ユイスマンスの主人公にとって、悪魔的で否定的な権力は、内部と外部との明確な境界を消去し、「生暖かい隠遁地《テバイッド・ラフィネ》」を崩壊させ、ひいては主人公自身の精神をも危機に陥れかねないものであるだけに、何としてでもその侵入を防がなければならないものだった。ここから、アラン・ビュイジーヌ（一九四九‐二〇〇九）が「閉鎖コンプレックス」と呼ぶ、分離と孤立への飽くなき欲求が生じる[18]。ジュリア・クリステヴァが、旧約聖書のハンセン病をめぐる律法が持つ特別な意味を強調するのもまさにこのためだ。クリステヴァによれば、この皮膚病が、古代ユダヤ人社会の、そして中世のキリスト教社会の想像力に計り知れぬ恐怖をもたらすのは、当時まだ有効な治療法がなく、この病が引き起こした重大な惨禍を超えて、これが、「個人が個人となる本質的な境界」である皮膚を冒し、生命の水準においても、心理の水準においても、個人が同一性を保つことに障害をもたらすと信じられたからだという[19]。

リドヴィナは中世に知られていたほとんどすべての病に罹ったとされるが、ユイスマンスは、「ハンセン病が、主の御意志に反し、リドヴィナが聖なる存在であることを世に知らしめる可能性を無にしてしまうだろう[20]」という啓示的な理由から、リドヴィナにこの皮膚＝末梢神経の病に罹患することを免れさせた。しかし、リドヴィナの示す症候は、ハンセン病の症状ときわめてよく似ている。実際、作品の冒頭に掲げた書誌の中で、ハンセン病に関する多くの文献・資料を列挙していることを考えても、彼がこの病に大きな関心を寄せていたことは間違いない。クリステヴァ――『恐怖の権力』のクリステヴァ――によれば、「身体内部からの流出物」のおぞましさ（尿、血液、体液、便等）は、この心理機制に特有のメカニズム、すなわち身体の内部と外部を限る境界の崩壊が招く全面的な出血・排出の危機を一時的にせよ回避させるという。

しかし、末期のユイスマンスは、たとえば『さかしま』末尾のデ・ゼッサントのように、流出物のおぞましさ（アブジェクション）に固着することにより、自己同一性を確保するという弥縫的な解決法に頼ることなく、リドヴィナに、否定性の源泉にまでさかのぼらせる。『スヒーダムの聖女リドヴィナ』においてユイスマンスが強調するのは、単に血や膿だけでなく、完全に破壊され、ほとんどばらばらになるまで分解された女性の身体、内部と外部が逆転し、臓腑や肋《あばら》の剝き出した骸骨さながらの姿になりながら、にもかかわらず恐ろしい痙攣にびくびくと震える女性の身体なのだ。

〔…〕リドヴィナの潰瘍の中には、おびただしい蛆虫の群れが湧き、うようよと蠢いていたが、そのまま殺さずに生かしたままにしていた。これらの腫瘍とは別に、肩の上にもう一つ腫瘤が生じ、腐敗した。それから、中世の人間から恐れられていた病である聖火病、つまり壊疽性麦角中毒が右手を襲った。それにより、肉は骨まで削げ落ちた。神経は捻じ曲り、はじけ飛んで、腕は残った一本の神経でかろうじてつながり、胴体から落ちずにいた。[21]

まもなく、リドヴィナを襲った他の病に加えて、今まで災いを免れていた胸が攻撃の対象となった。点々と、紫の斑状出血が現れ、次いで赤褐色の膿疱や腫脹が広がった。子供の時分に煩って、一度は消えていた結砂《けっさ》病が再びぶり返し、小さな卵ほどの石が身体から出てきた。次に病変が起こって腐れたのは肺と肝臓だった。それから、癌腫のために、皮膚にぽっかり穴が空き、それが肉にまで広がって、胸を大きく削った。とどのつまり、オランダにペストが襲いかかった時、リドヴィナは真っ先に感染し、リンパ節腫が二つ、一つは鼠径部に、一つは心臓のあたりに吹き出した。[22]

アラン・ビュイジーヌは、内部と外部の関係がひっくり返り、あらゆる心的な表象が皮膚の表面に現れるユイスマンス特有の現象を「剝製術《タクシデルミー》」という言葉で分析している。ビュイジーヌによれば、これは、ユイスマンスの小説に現れる「独身者」の系譜に連なる主人公たちが、「残されたごくわずかな生命のエネルギーを節約する」[23]ために、最後の手段として頼る仕掛けなのだという。リドヴィナの腐乱した身体は、目的こそ、おぞましい女性性に対する「復讐」ではなく、その「贖罪」の方にずらされてはいても、「身体の中身をさらい」「肉を削ぎ落とす」という、ユイスマンス作品の中で何度も繰り返し採用されてきたこの「戦略」の、最後に現れた変異体《ヴァリアント》だということなのだろうか[24]。

しかし、この「剝製術」というユイスマンスの選択自体が、彼の登場人物が抱く、名づけられない他者、根源的なカオス、すなわち母なる現実界（本書一四三―一四四頁）に由来する、妄想的な力として現出する女性的なものへの強迫的な観念に基づいていたことにも注意を向ける必要がある。というのも、ビュイジーヌが言うように、この「戦略」に固有の掛け金とは、「あらゆる皮膚の境界」を廃棄しかねない「忌まわしいマグマ」が身体の中を移動し循環するのをいかにして遮断するか、すなわち、内部と外部、身体と実存という二つの実体の浸透――浸潤、流出、滲出、出血、化膿――をいかにして回避するかという問題であるからだ[25]。もちろん、ビュイジーヌがここで言う「現実」や「忌まわしいマグマ」とは、筆者がこの書物の中で繰り返し言及してきた「女性の否定性」と重なるものであることはいうまでもない。

ただし、『スヒーダムの聖女リドヴィナ』におけるユイスマンスの最後の逆説とは、腐乱した聖女の身体が、これまでの戦略とはまさに対蹠的な位置に置かれていることだ。内部と外部の境界が崩れる幻覚の前で退却する代わりに、ユイスマンスは、臆病なユイスマンスの主人公たちに、この苦痛と穢れの中心へ、恐怖やおぞましさに満ちた否定性の炉心へと決然と分け入り、かつて彼らにあれほどの恐怖と畏怖をもたらした「母の臓腑」そのものと一体となるよう決断を促すのだ。

さらに、このユイスマンスの聖者伝においては、貶められた女性の身体が被り、引き受けるおぞましさと、恐怖とが、ある種の聖性へ、愉楽＝享楽《ジュイサンス》へと転化する神秘的な錬金術として語られている。恐ろしく化膿し、潰瘍の生じた傷口――身体と実存の境界に生じた裂け目――からは、繊細で甘美な芳香が立ちのぼってくる。

犠牲の病に苦しんでいる時にリドヴィナが包まれる芳香については、ユイスマンスがその出典としたゲレスの『キリスト教神秘主義』（仏訳版）第四章「聖なる芳香」の項目の冒頭で、「神秘主義はどのようにして神経・血管組織を変成し、転換するか」というテーマで述べられている。

聖なる芳香で包まれたと語られる時、これは、単なる修辞ではなく、実体験に基づいている。トマス・ア・ケンピスの証言によれば、福女リドヴィナの部屋は、福女の身体から発するえもいわれぬ香りで満ちており、部屋に入ろうとした者は、誰もが、彼女が身体に何か香料をつけているのだと思ったものだった。この芳香に惹かれ、この香りをもっと味わおうと思った信心深い人びとが、彼らの顔を病人の胸に近づけた。病人の胸は、主が最も貴重な香料を置いた香炉《カソレット》になったかのようだった。このよい香りは、リドヴィナが主や天使の訪問を受けたり、幻覚を見て天に連れて行かれた後には、一層はっきりと感じられた。[26]

ユイスマンスの『スヒーダムの聖女リドヴィナ』において、このゲレスの描写に相当する箇所は次のように展開されている。

絶え間なく続く奇跡によって、神は、この傷だらけの身体を妙なる芳香を容れた香炉《カソレット》にしたもうた。蛆虫がうようよ蠢いている湿布を外すと、そこから芳しい香気が立ち上った。膿もよい香りがした。吐瀉物からは、えもいわれぬ芳香が流れ出した。神は、このずたずたに引き裂かれた身体に、寝台に寝たきりになった哀れな病人をあれほど恥ずべき存在にしてしまう、あの悲しい生理的な欲求の数々を免除したが、神はまた、この身体が東洋の香辛料のような精妙な香り、強く、また同時に甘酸っぱい馥郁とした香り、何か、聖書によく出てくるシナモンか、あるいはオランダ渡りのカネル〔肉桂〕に似た香りを漂わせているように思し召したのだ。[27]
傷は芳香を湛えた香炉《カソレット》となり、嗅覚を刺激するだけでなく、魂にも作用を及ぼし、これを清めた。われわれは同様の例を、聖女ユミリアーヌ、[28]聖女イダ・ド・ルーヴェン、ドミニック・デュ・パラディ[29]、ヴェネツィアのサロモニ[30]、クラリッサ会の福女ディデー、癩者バルトール[31]などにも認めることができる。[32]

この例では、主が、福女の看護を任された人びとに嫌悪感を催させないよう、そして病人から足を遠ざけさせないようにするため、むしろ功利的な配慮によってこうした奇跡を起こしたというわけだ。しかし、ユイスマンスが「芳香」を描写するに際して、ここで「香炉《カソレット》」という耳慣れない言葉を二回にわたって用いているのは偶然だろうか？確かに、この語は、ユイスマンスの出典であるゲレスの仏訳版でも用いられているので、ユイスマンスがこれを踏襲したと見なすことは十分に可能だ。だが、筆者がすでに指摘したように、彼の書簡においてはフェルナンドによって、また『至高所』『出発』など先行作品においてはフロランスによって、香炉《カソレット》（皿・料理）という語は悪魔的な娼婦が提供する「おぞましい」食物——排泄物——から発散される特有の芳香《ブーケ》（熟成香）を指すために用いられてきたのである（本書四〇三、四〇九－四一一頁）。

フェルナンドのぴりっと辛みの利いた香炉《カソレット》。[33]

あの娼婦のおぞましくも甘美な香炉《カソレット》。[34]

つまり、ユイスマンスの解釈に従えば、この食物を奪われた拒食症の聖女リドヴィナ[35]は、悪魔的な娼婦の「薔薇の花弁」から立ち上る、おぞましくも甘美な、そして瀆聖的にして破壊的な悪臭を無力化し、浄化するというのだ。神々しい聖書的な芳香は、悪臭を放つ母《メール・キ・ピュ》の権威のもとに生まれた食物の「甘美な」おぞましさが消失した、まさにその地点に現れるのである。

このような、女性の身体が被る穢れと贖罪の弁証法が、ユイスマンスのそれ以前の作品の中に登場していなかったわけではない。マルトという別の娼婦について書かれた最初期の作品（『マルト、ある娼婦の物語』）においても、すでに同じような論理が書き込まれていた。すなわち、おぞましさと恐怖の中心に置かれ、「泥」の中に首までつかり、自分自身が一条の「泥」となること、さらに、男性によって自らを開かされ、耕され、搾取され、解体させられる運命を受け入れること、それ自体が贖罪と悦楽につながるという論理だ。[36]単なるマッチズムではない。ユイスマンスはこの時、彼の「分身」であるレオという男性人物と自己同一化するとともに、そうやって、搾取され貶められるマルト自身に自己同一化しているのだ。これに関しては、もう少し説明が必要である。

女性の身体に課せられる過激な苦痛・拷問は、『出発』の神秘体験を通して抑圧され、克服された母という、アルカイックな対象関係が再び回帰し、噴出したことに対する、ユイスマンスの自己防衛的な反応と考えることも可能であろう。しかし、マルトやリドヴィナの「殉教」は、ユイスマンスにおいて、サディスティックな体験としては理解されていない。いずれの場合も、ユイスマンス自身が、ニュアンスの差こそあれ、メラニー・クラインのいう意味での「女性的な体勢」に同一化しているからだ。すでに引用したユイスマンスの手記、緑の手帳《カイエ・ヴェール》にあるように（本書三三一頁）、彼にとって魂は女性であり、神を受け入れる「流体」でできた女陰であり、受容器なのである。

「神秘的な身代わりの秘儀」の持つ力動的な論理に従えば、贖罪の犠牲となる聖女は、自ら率先して世界のあらゆる罪を自分の身体に受け入れ、欲動を孕む物質的な基体である「流体」原理に基づく錬金術的かつ算術的な過程によって、これらを苦痛へと変換する。さらに、特に『スヒーダムの聖女リドヴィナ』においては、苦痛は、神経生理学的な刺激が過度に増加したことを意味するにとどまらず、むしろ、その形而上学的な性格の方が強調されている。「身代わりの秘儀」における苦痛の掛け金は、自らの身体に世界のあらゆるおぞましさを引き受けつつ、自らを守る皮膚すらも失い、自己同一性、身体の固有性を保つ境界を越境することによって、死の欲動の支配する否定性の圏域へと再び侵入することなのだ。

しかしながら、犠牲の聖女リドヴィナの苦痛と、自然主義時代に書かれた娼婦マルトの苦痛との間にもし違いがあるとすれば、それは、キリスト教の文化装置の中に再統合された結果、犠牲の聖女の苦痛には「聖なる存在」との無限の交流と、そこからもたらされる享楽＝悦楽に道が開かれたということだろう。

神秘的な身代わりの道に入り、自ら進んで身を捧げ、世界の罪を贖う贖罪の雌羊となって以来、リドヴィナはイエスに支配され、苦痛が悦楽を呼び込む踏み台となる類い稀な生活を送った。苦痛が激しくなると、彼女はさらに満足し、一層の苦痛を求めるのだった……[37]。

イエスや、聖母マリアや、天使たちが、粗末なベッドの上に堆肥のように横たわったリドヴィナのもとに毎夜訪れ、優しく話しかけた。おぞましく、身の毛もよだつような身体に宿る魂は、境界を抹消して受動性そのものと化した時、大文字の他者の言葉に開かれた存在となるのだ。そして、まさにこの瞬間、その身体に住まう表象は、かつて「剝製術」において目指された空虚で石化した見せかけ《シュミラークル》であることをやめ、曖昧な美の輝きを放つに至る。

『スヒーダムの聖女リドヴィナ』において語られた寓話は、ユイスマンスが、完全かつ決定的に、カトリック的な世界像に従属したことを意味するのだろうか？　それとも、ユイスマンスは、この「神秘的な」身体が再び否定性に呑み込まれ無に帰する前に、聖なるものとの合一という不可能な夢を紡ごうとしたのだろうか？

おわりに

『三人のプリミティフ派画家』、そしてアンドレ・ブルトン

ユイスマンスの最晩年の美術評論に『三人のプリミティフ派画家 *Trois Primitifs*』（一九〇五）という作品がある。一九〇三年の九月半ば、ユイスマンスは旧知のミュニエ神父とドイツに旅行している。ストラスブールから、コルマールに回り、フライブルク、フランクフルト゠アン゠マインをめぐり、さらにベルギー領に入って、ブリュッセルからアンヴェールを経て帰国した。『三人のプリミティフ派画家』は、この時にコルマールのウンターリンデン美術館で見たマティアス・グリューネヴァルトによる九枚一組の祭壇画、いわゆる「イッセンハイムの祭壇画」と、フランクフルト゠アン゠マインのシュテーデル美術館で見たメートル・ド・フレマル（フレマルの名匠）の名で知られる逸名作者の手になる「聖母子像」、そして、同美術館で見た、これも作者不詳とされていた「フィレンツェの女」（ないしは「娼婦像」あるいは「婦人像、伝ルクレツィア・ボルジア」「フローラ」とも）と呼ばれる女性の半裸半身像——現在ではバルトロメオ・ヴェネト（一四七〇頃－一五三一）作とされている——の三作品群を中心とした美術評論を集めたものだ。このうち「コルマール美術館のグリューネヴァルト作品群」は一九〇四年三月に『ル・モワ・リテレール・エ・ピトレスク』誌に先行掲載された。その後、他の二作品についての評論「フランクフルト゠アン゠マイン美術館のメートル・ド・フレマルと、フィレンツェの女」と合わせて一冊にまとめられて出版されたのが『三人のプリミティフ派画家』である。

問題は、なぜ、この三人の作品が選ばれたのか、つまり、グリューネヴァルト、聖母、そして頭にターバンをつけて花を手にした半裸の「娼婦」、という取り合わせが持つ意味だ。

断っておかなければならない。たとえば、劈頭を飾る「コルマール美術館のグリューネヴァルト作品群」にしても、そこでユイスマンスが行っているのは、「イッセンハイムの祭壇画」を構成する九枚の画の入念で犀利な分析であり、美術批評家としてのユイスマンスの確かな目と知識、それを支える驚嘆すべき記憶力とを例証する見事な評論である(ちなみに、彼が残した美術評論については、これまで公刊されることのなかった多くの作品を含め、パトリス・ロクマンによる大部の『美術批評全集』が二〇〇六年に編まれている)。印象派のある側面を早い時期に指摘し、またギュスターヴ・モロー、オディロン・ルドン、フェリシアン・ロップスなど、それまで必ずしも正当な評価を受けていなかった幻想的な作風の画家を世に送り出しただけでなく、その激烈・辛辣な攻撃により、多くの凡庸な才能を葬り去ったユイスマンスの美術批評家としての業績は、それ自体、詳細な研究が必要であろう。しかし、筆者はここで、ユイスマンスの一読すると学術論文を思わせるその精緻な筆致の合間からほの見える、彼の微妙な偏差を確認しておきたいのだ。

たとえば、コルマールの美術館の「イッセンハイムの祭壇画、磔刑図」が描写するマリアへの視点がそれである。本書一八六頁ですでに指摘しておいたように、ユイスマンスがコルマールで見たグリューネヴァルトの「磔刑図」は、『彼方』に描写されたそれとは異なる。『彼方』の「磔刑図」は同じグリューネヴァルトの手になるものではあるが、ユイスマンスが一八八八年の夏、カッセルを訪れた時に見たもので(その後一八九九年にカールスルーエの州立美術館が買収)、彼のカトリック回心に決定的な影響を及ぼした作品である。一方、一九〇三年に見たコルマールの「磔刑図」は、カールスルーエのそれよりさらに規模が大きく、構図も異なっている。これを見たユイスマンスは、いわば彼の回心の原点へと引き戻されたことになる。しかし、この時ユイスマンスの視線が向かうのは、キリスト以上に、彼の左で聖ヨハネに抱きかかえられるように身をそらした美しいマリア像の方なのだ。

グリューネヴァルト「イッセンハイムの祭壇画，磔刑図」（全図）（1512-16，コルマール，ウンターリンデン美術館所蔵）。左から聖母マリア，聖ヨハネ，マグダラのマリア，キリスト，洗礼者ヨハネ。

グリューネヴァルト「イッセンハイムの祭壇画，磔刑図」（部分）（同右）。

キリストの身長を周りの人物より大きく誇張することで、見る者の想像力に強く訴えかけ、苦悩の深さと力強さを感じさせようとしたのだ。しかし、彼〔＝グリューネヴァルト〕は同時に、薄暗がりの中に白く大きな染みのように浮き出た聖母マリアによって、キリストが全く影の薄い存在にならないようキリストを前面に配置することで、キリストの姿を一層感動的に表現している。

聖母マリアはといえば、グリューネヴァルトは彼女に全面的な光を当てようとしたことがうかがえる。マリアに対して特別な思い入れがあったことは明白だ。というのも、彼が、神の母を、神々しいまでに美しく、また超人的な苦しみを湛えた姿に描き出すことに成功したのはいまだかつてなかったからだ。実際、この画家のいかつい作品の中で、この聖母は、人をはっとさせずにはおかない。

マリアはまた、グリューネヴァルトが神と聖人を描くために選んだ人物類型と比べてみても、際立った対照をなしている。

イエスはこそ泥、聖ヨハネは社会からの脱落者、洗礼者ヨハネは荒くれ者の兵隊といった風情で、いずれもドイツの百姓をモデルにしたようにしか見えない。しかし、聖母は、全く別の階層から取ってこられたように見える。彼女は修道院に入った女王、雑草しか生えぬ荒れ地に生い出た見事な蘭の花のように見える。

そして、もう一つ、「イッセンハイムの祭壇画、聖アントワーヌ（聖アントニウス）の誘惑」に見られる腐敗して破れた皮膚へのこだわり。

そして、画面のもう一方の端にうずくまって、悲しげに頭を天に向けている怪物ほど、悪魔からの救いを求めて絶望的な呼び声を発している者はないのではないか？ これは、亡霊なのか、人間なのか。いずれにせよ、かつて画家が、腐敗の表現をここまで推し進めた例はない。医学の本の中にも、これ以上におぞましい皮膚の病を描いたページはない。白く脂ぎったマルセイユの石鹸をこね上げ、青いまだら模様をつけたような膨れた身体に、ぶつぶつと円筒形の根太が吹き出し、できものの穴が空いた様を想像してみてもらいたい。壊疽が歓喜の叫びを挙げ、カリエスが勝利の歌を歌っているのだ。[2]

「イッセンハイムの祭壇画」に「聖アントワーヌの誘惑」が描かれたのは偶然ではない。この絵は、もともとイッセンハイムの聖アントワーヌ会大修道院に収められたものだが、同修道院が廃院になった後、コルマールの美術館に収蔵されたのだ。聖アントワーヌ会は、一〇九五年、ガストン・ド・ヴァロワールという名の貴族によって寄進された修道院だ。[3]中世を通じて「聖火病」の名前で恐れられた壊疽性麦角中毒に罹ったガストン・ド・ヴァロワールの息子が、聖アントワーヌの取りなしによって治癒したことを記念し、この病と闘うために建てられたものである。麦角病は、麦角菌に感染したイネ科植物の穂に含まれるアルカロイドによってさまざまな中毒症状が引き起こされる病気で、例のリドヴィナが苦しんだ病である（本書四七四頁）。そしてユイスマンスによれば、この病は「聖母と聖人の助けによってしか払い除けることができない」[4]。つまり、ここには、より純化した形であるが、『スヒーダムの聖女リドヴィナ』で表明された美学、この後、作家の死の直前に完成される『ルルドの群衆』につながる美学が、引き続き維持され、発展させられていることが看取される。グリューネヴァルトは、ユイスマンスにとって何よりも、「病者と貧者の敬虔さを体現した」[5]画家であり、一つの極からもう一つの極へと揺れ動く対

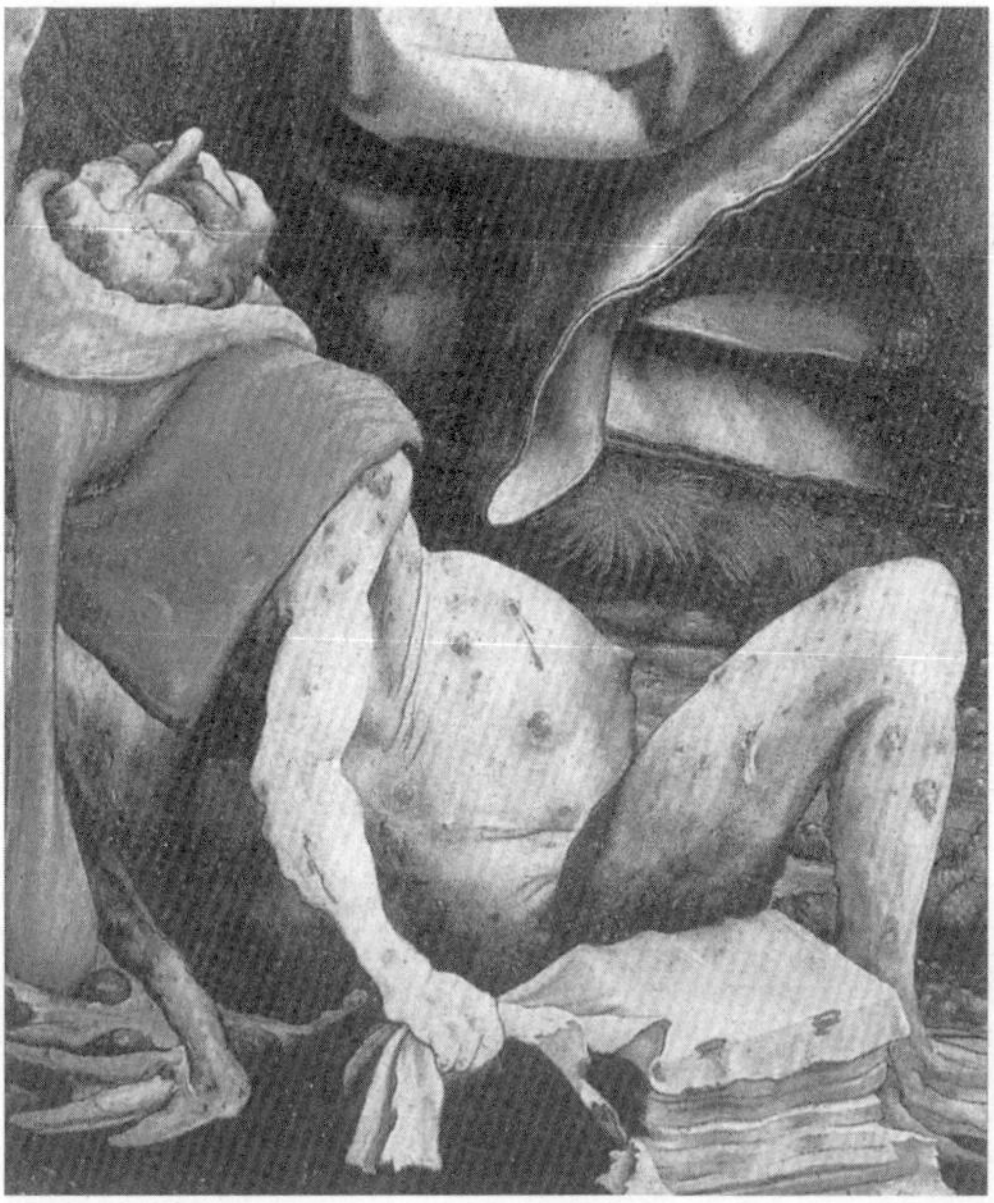

グリューネヴァルト「イッセンハイムの祭壇画，聖アントワーヌ（聖アントニウス）の誘惑」（部分）（同右）。

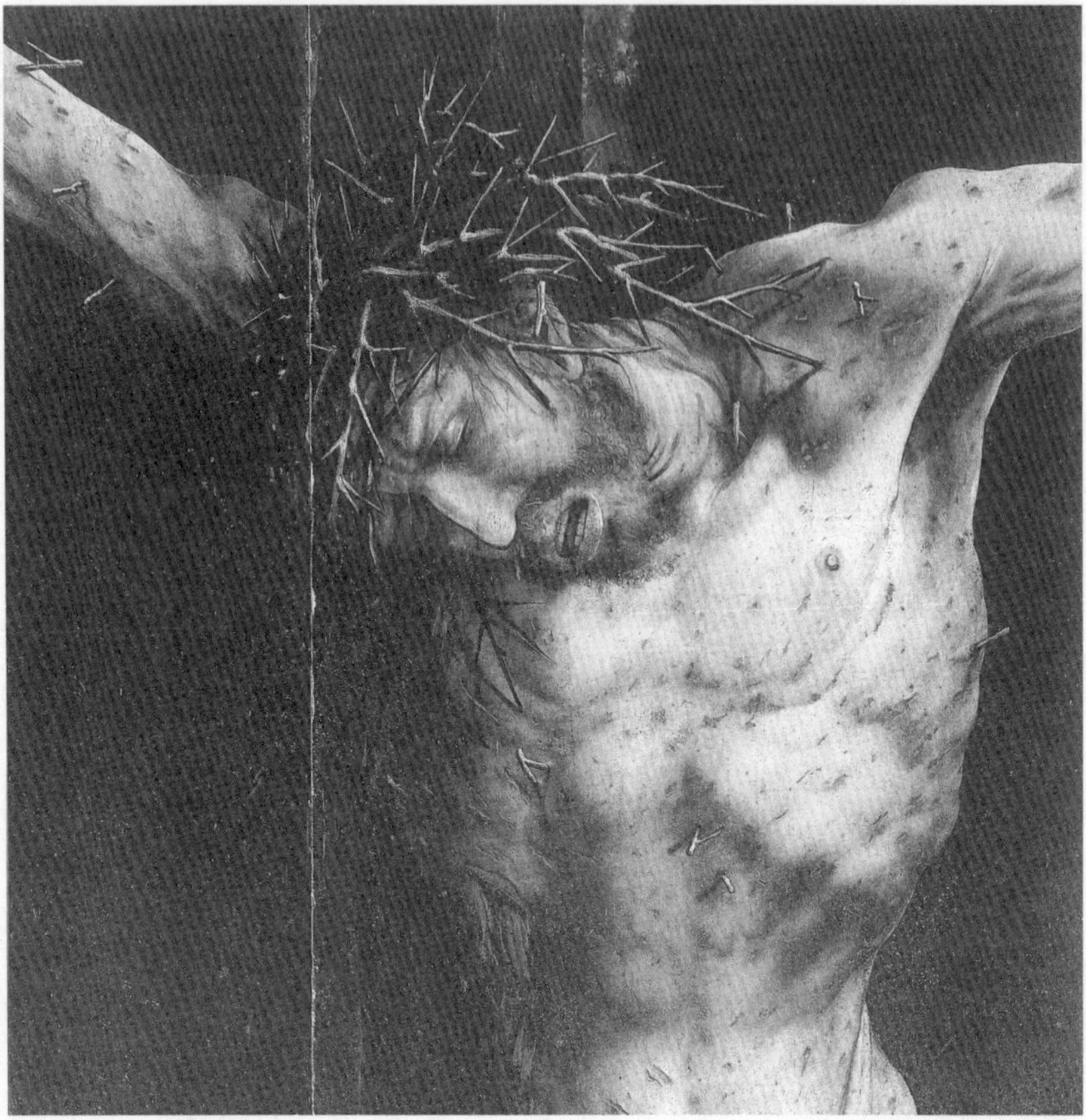

グリューネヴァルト「イッセンハイムの祭壇画，磔刑図」（部分）（同右）。

比の妙、いわば矛盾の即物的な顕現なのだ。しかも彼は、「馬槽《クレッシュ》」すなわちキリスト誕生を言祝ぐ幸福な聖家族を描く画家ではなく、キリストの死を悼む悲しみの聖母を描く時にその真価が発揮される画家なのである。「彼が聖母を描くことができるのは、彼女を苦しませる時だけだ」[6]。それゆえ、キリスト自身もまた、イッセンハイムの施療院で麦角中毒に冒されて苦しむ患者のような姿で描かれた時のみ、その真の姿を現すのだ。

一方、ユイスマンスは、コルマールの後に訪れたフランクフルト゠アン゠マインに対して、ほとんど敵意とも呼ぶべき反感を抱いた。この都市には、ユイスマンスが忌み嫌う、膨張し、グローバル化した資本主義の悪徳とその表象が、ここぞといわんばかりに満ちあふれていた。しかも、この反感は、ここでは全く擁護の余地のない反ユダヤ感情と結びついている。

そして、確かにフランクフルトは、国際都市であり、さまざまな民族の入り乱れた金融市場であり、手数料稼ぎの首府であり、ユダヤ人の秘密会議《サンヘドリン》とフリーメーソンのロッジからの指令が四方に向かって発令される都市なのだ。ロスチャイルドの家系が生まれたこの町は、ビスマルクがフランスの領土分割に署名をした都市でもある。パレスチナで破壊されたエホバの神殿が無残なパロディーとしてこの地に再興され、この新たなイェルサレムは、頑迷に、あくまで合法的に、キリストに対して暴虐の限りを尽くしているのだ[7]。

『三人のプリミティフ派画家』の後半は、このフランクフルト゠アン゠マインのシュテーデル美術館収蔵の作品群についての評論である。シュテーデル美術館はフランクフルトの銀行家ヨーハン・シュテーデル（一七二八－一八一六）の個人コレクションと個人資金をもとに、彼の遺言によって一八一七年に開館し、一八七八年にシャウマインカイ通りの現在地に移った。中世以来のヨーロッパ絵画、特に、一六世紀から一八世紀のドイツ、フランドル、イタリアの豊富な絵画コレクションで知られる。

バルトロメオ・ヴェネト「フィレンツェの女」(16 世紀初頭，フランクフルト＝アン＝マイン，シュテーデル美術館所蔵)。

しかし、ユイスマンスはそこに収められたヤン・ヴァン・アイク（一三八〇頃－一四四一）にも、H・ホルバイン（一四六五頃－一五二四）にも、A・デューラーにも、サンドロ・ボッティチェリ（一四四五－一五一〇）にも特別な感銘を覚えなかった。彼が衝撃を受けたのはただ二枚の絵画だ。一枚は当時作者不詳とされていたイタリア画家、現在では一五〇〇年代前半にクレモナとヴェネツィアで活動した画家バルトロメオ・ヴェネトが描いたとされる若い娘の上半身像。もう一枚は、メートル・ド・フレマルという呼び名で知られる名匠の手になる幼子イエスを抱く聖母の絵だ。

若い娘――「乳首の先がやや紫色を帯びた男の子と見まがう固く小さな乳房」を薄いヴェールのあわいから覗かせている挑発的な目つきの若い女の画像を前に、すでにカトリックに回心して一〇年以上を経過し、その間、彼の前に現れた何人もの蠱惑的な女の誘惑にも耐えて清浄な生活を送ってきたユイスマンスは呆然と立ち尽くす。

この謎めいた存在、かくも驚くべき冷静さで見る者を挑発する、この冷酷で美しい両性具有の女は何者なのか？　彼女は不純だが、姑息な真似はしない。彼女は官能を刺激するが、それを警告している。彼女は欲望をそそるが、控えめな態度を崩さない。ジュスト・リプス[8]の言い方を借りれば、彼女は純粋な《ピューリタス・》不純《イムピューリターティス》なのだ。彼女は、人を淫蕩へと唆かすが、同時に、官能の喜びが厳しい罪の報いをもたらすことを告げ知らせてもいるのだ。彼女が実在の人物の写し絵であることは確かだ。というのも、モデルなしにこれほど生き生きとした小娘を作り出すことはできないからだ。しかし、それならいかなる芸術家がこの傑作を描いたのだろうか。黒地にくっきりと明るく浮き上がったこの絵はまことに見事なでき映えであるからだ[9]。

あらゆる観点から試みられる探索も、この不気味な少女の正体を明らかにすることはできない。ユイスマンスは彼女を前に自由で気ままな夢想に耽る。そして、彼女の身元探しは、彼をしてアレクサンデル四世ことロドリゴ・ボルジア[10]（一四三一－一五〇三）がサタンの似姿として君臨したルネサンス期、カトリシズムの本山たるローマ教皇庁に対する激しい批判へと向わしめるのだ。ブーランはローマ教皇庁破門後、彼の書簡の中で、しばしば激しい口調で教皇庁批判を行っているが、謎の女を生み出したローマの退廃に対するユイスマンスの呪詛にも似た難詰は、このブーランのローマ教皇庁批判を彷彿とさせる。ユイスマンスにとってルネサンスとは、ちょうど「ユダヤ人」や「フリーメーソン」が主導する資本主義に毒された「現代」のフランクフルト同様、真のカトリシズム芸術が死に絶え、異教の肉体観が席巻した時代、聖母を描いては悖徳《はいとく》の美神ヴィーナスの面影を宿すサンドロ・ボッティチェリ、フラ・アンジェリコ（一三八七－一四五五）、D・ギルランダイオ（一四四九－九四）、G・L・ベルニーニ（一五九八－一六八〇）らが宗教芸術を退廃の極に追いやった時代だ。

一つの事実だけは確かだ。彼女は、ルネサンスの時代、あらゆる淫欲がぶちまけられた豚の飼い桶、あらゆる犯罪が詰められた容器に凝せられるあのイタリアに生きた女だったのだ。嗜虐癖をほしいままにし、誰彼となく淫蕩な責め苦にかける独裁君主の支配下にあった、あのちっぽけな領邦のあり様は凄まじいものだった。あらゆる者が争い、傭兵集団を使って地方や都市を略奪した。しかし、悪逆が勝利し、恥ずべき行いが頂点を極めたのは、ヴァチカンにおいてであった。[11]

アレクサンデル六世としてローマ教皇に推戴される三年前、当時ヴァレンシアの大司教であったロドリゴは、四人の子供をもうけた寵妾ヴァノッツァ・カタネイ（一四四二－一五一八）に飽きて、当時、美しい金髪でイタリア中に美貌を謳われた美しいジュリア《ジュリア・ラ・ベッラ》ことジュリア・ファルネーゼ[12]（一四七四－一五二四）を愛した。彼女は当時一五歳。ユイスマンスの推量によれば、ピントリッキョ（一四五四－一五一三）のフレスコ画にでっぷりと肥えたいかにも好色そうな老醜をさらしているアレクサンデル六世の寵姫となり「教皇の娼婦」と渾名されたジュリア・ファルネーゼこそ、くだんの絵のモデルだというのだ。ユイスマンスは、アレクサンデル六世と、ジュリア・ファルネーゼ、そしてアレクサンデル六世の娘で、父との近親相姦の噂もあったルクレツィア・ボルジア（一四八〇－一五一九）との酒池肉林の有様を、『彼方』のジル・ド・レーの狂乱を思わせる筆致で描き出している。

アレクサンデル六世は、女にとって魅力的な男ではなかった。しかし、それでも、背が高く、たくましく堂々とした風格を保っていた。年齢のため情熱の血汐は冷えきっていたが、彼は、それを香辛料で再び燃え上がらせた。火を噴くようなイタリア・ワインや、辛口のスペイン・ワインを浴びるように飲み、胡椒を効かせたカボチャや獣肉、サフランや生姜を振りかけた料理で衰えた精力を蘇えらせた。実際、食事の時彼が特に好んだのが、こうした飲み物や料理だった。このような催淫剤を服用したため、身体から燃え立つ熱気は、目に現れ、その黒い炎に見据えられると、女たちの心にも火がつくのだった。

よく知られているように、ジュリア・ファルネーゼは、ルクレツィア・ボルジアとともに、片や内縁関係、片や近親相姦というローマ教会の中で行われた恭しい式典を、司教役として取り仕切った。また、彼女は、典礼の後で行われる猥褻極まりない乱痴気騒ぎにも参加し、忌まわしい宴を指図した。そのような場では、悪魔の代理人である教皇が裸の女官たちに向かって栗を投げ、女たちは、大理石の床に立てられた煌々と輝く燭台の周りを這い回って、栗を拾うのだった。〔ジュリア・ファルネーゼは〕男の子と見まがう身体を口実にして、女でありながら、教皇の享楽の献立に変化をつけることもできたかもしれない。[13]

ピントリッキョが描いた教皇アレクサンデル6世（1492-95，バチカン宮殿所蔵のフレスコ画）。

なお、バルトロメオ・ヴェネトのこの有名な絵のモデルはルクレツィアその人だとする伝承もあったが、現代の美術史家は、この女の顔が「幼子イエスに乳を与える聖母マリア」（旧レヴィンソン・コレクション、ニューヨーク）などヴェネトが残した他の聖母の表情と似通っていることから、誰か特定の個人の肖像画ではなく、花の女神フローラを描いたものではないかと推定している。[14]

最後に、このフィレンツェの小悪魔の対極に位置する存在として提示されるのが、メートル・ド・フレマルの名で呼ばれていたフランドルの名匠の手になる「聖母子像」である。この名匠が、トゥルネーに工房を持ち、ヒューベルト・ヴァン・アイク（一三七〇頃－一四二六）やヤン・ヴァン・アイクなどとともに、ネーデルランド画派の源流と見なされる画家ロベール・カンパン（一三八〇頃－一四四四）であると判明したのは二〇世紀に入ってからのことだ。彼の残した、あるいは、彼の構想に基づいて描かれたとされる、わずかな板絵、祭壇画、肖像画は、かつては彼の弟子ロジェ・ヴァン・デア・ヴァイデン（一四〇〇頃－六四）の初期作品と見なされていた。しかし、その様式や技法、図像学などから、ヴァン・デア・ヴァイデンとは明らかに異なる作品群があることが認められ、その中の最も卓越したものがフレマル大修道院のために描かれた作品であったため、それらの作品の作者を「フレマルの名匠《メートル》」と呼ぶようになったのである。ユイスマンス自身は、ベルリン国立美術館館長ヒューゴー・フォン・チューディ（一八五一－一九一一）、ガン大学教授ジョルジュ・ユーランら、当時の研究者の研究を参考に、この名匠がヴァン・デア・ヴァイデンとともにロベール・カンパンの弟子の一人であったジャック・ダレ（一四〇四－七〇）ではないかと推定していた。実際、二〇世紀の専門家たちもジャック・ダレの残した祭壇画との様式上の類似を認め、そこから、その師であったロベール・カンパンをメートル・ド・フレマルその人と認定したのである。[15]

しかし、ここで問題なのは、メートル・ド・フレマルが誰かという考証学的な考察の適否ではない。ユイスマンスによれば、メートル・ド・フレマルの描いた聖母は、もはや美術としての批評の対象ではなく、むしろ典礼や神秘の領域に属しているという。

メートル・ド・フレマル（ロベール・カンパン）「聖母子像」（一五世紀、フランクフルト＝アン＝マイン、シュテーデル美術館所蔵）。

この絵にはどこか、イエスの幼年時代の「悲しみの聖母《スターバト・マーテル》」という趣がある。等身大の幼子イエスを手に抱いた立ち姿のこの聖母マリアは、縦長の額の中で、まるで日本製のような淡い鮮紅色の壁布を背に浮き出してくるように見える。壁布には、色がやや褪めた金糸によって、円の中に輝く海の星と、空想の動物が刺繍されている。斑《まだら》のある体に、ほとんど人間のような顔をしたこの動物は、鋭い爪の足を持ち、頭には角の代わりに植物の支根《えだね》のようなものが生えている。肉食獣と草食獣が入り混じったような動物。豹のごとき斑点を持ったケンタウロスのような、中世の動物誌や紋章学に由来する様式化された動物だ。

聖母マリアは、ところどころに金の花柄模様をうっすらとあしらった、ゆったりした白いマントを羽織り、その下に、灰色のドレスを身にまとっている。丸い襞に縁取られ、細かな襞紐でかがられた奇妙な格好のヴェールからは、豊かな金髪が輝いたりくすんだりしながらうねうねと房をなして垂れている。頭の背後に戴いている光輪は、ソムゼー・コレクション〔ベルギー〕やエクス美術館〔エクサン・プロヴァンス〕の聖母の光輪とは似ても似につかない。ソムゼーの聖母の光輪は柳の籠のようだし、エクスの聖母の光輪は金の枝の束が広がって、まるでクジャクの羽根のように見えるのだ。メートル・ド・フレマルの聖母の光輪は、金でできた円盤に打ち出し細工が施され、宝石が象眼されているだけだ。

顔は苦しみを押し殺し、愛情を抑制しているような、例のない表情を湛えている。釦孔《ぼたんあな》のように細く空いた目を伏し目がちにし、目尻がやや上がり気味になっている。みずみずしい口は閉じていて、ゆったりと魅力的な頤《おとがい》には、わずかな凹みができている。しかし、いくら言葉を費やしても無駄だ。何人も、彼女の口元に漂う愛すべき善良さや、その大きな目に現れた慰めようのない悲しみを言い表すことはできない。

彼女は肉体を具えていないわけでは全くない。多くのプリミティフ派の聖母に見られるように、取り立ててほっそりと糸のような身体をしているわけではない。彼女は、肉づきがよく、がっしりしている。また彼女は、若い娘ではなく、若い母親であり、幼子イエスが先端を口に含んでいる乳で膨らんだ柔らかいその乳房は、何かごまかして、彼女が立派に母性を備えていることを隠し立てしようとして、処女のようなまだ育ちきらない乳房や、女になりそめたばかりの優美で形のよい乳房を描くにとどめておこうとはしていない。

彼女は、がっしりした体格をしているが、とても美しく、とても威厳があり、整った顔立ちや、ほっそりと長い指からも、高貴な血筋を引いていることがはっきりと見て取れる。[16]

悪魔のような娼婦と聖母マリアとの対比。ユイスマンスはここで、しばしばジェンダー論から批判される男性の視線、肉欲を満たす対象として女性を貶める一方で、肉体を持たない無私の母性愛を崇敬する男性の視線から、女性のイメージを両極化しているだけなのか？ しかし、これまでのユイスマンス作品の読解を通じて、すでにわれわれは、これらの絵が示す、より具体的な女性形象に出会ってこなかっただろうか。

これら二つの作品について、ユイスマンスは評論の最後の方で、あらためて次のように述べている。


この二つの絵を代わる代わる見つめていると、誘惑に締めつけられる人間のような気がしてくる。ジュリア・ファルネーゼと思われる女の目は、私の中に、まだ消え果てぬ旧悪の燃え殻を掻き立てる。しかし、にもかかわらず、私は聖母の傍らにとどまることをどれだけ好ましいと思うだろうか。[17]

ユイスマンスがバルトロメオ・ヴェネトの「娼婦」像の中に見ていたのは、同じように少女のような身体を持ったもう一人の娼婦、彼がその「薔薇の花弁」を鍾愛したフェルナンド＝フロランスの面影ではなかったのか？ それなら、聖母マリアの方も、ラ・サレットの聖母出現以来、ユイスマンスの文学作品中に何度も姿を現した、あの異端のマリアの面影を引いているのではなかろうか。

フレマルの名匠描く聖母マリアは、ユイスマンスにとって、いつか訪れる「子なる神」イエスの苦難の日の確かな予感に怯え、その日の訪れを悲痛な思いで待ち続ける「悲しみの聖母」「苦しみのマリア」の変異体《ヴァリアント》に他ならない。

結局のところ、確かなのは、幼子イエスをしっかりと掻き抱きつつこの聖母が思っているのは、絶望に暮れる日の到来を待つ未来の歳月のことだったのだ。

実際、彼女は、生きている間ずっと破局を待ち続ける女だった。彼女は、破滅が訪れるという固定観念に支配されて生きたのだ。不幸が避けられないものと知っていてそれを待つというのは、人間の本性が耐え得る最も激しい苦痛であるに違いない。その一番の苦しみが、我らが聖母に与えられたのである。このような犠牲の中で、彼女には全く安らぐ時はなかった。カルヴァリの丘でのキリストの受難が現実のものとなった時、彼女は再び頑なに涙の道へと出発したのだ。彼女は、死がついに我が子イエスと再会することに同意するまで、この世で待ち続ける運命にあった。

我が子の受難の日を待つ聖母、これこそが、この作品の真の名なのではないか？[18]

しかし、この二つの女性形象は、単にその与える印象や生き方だけが対極的というわけではない。シュテーデル美術館に収められたこの二枚の絵が独自なのは、それ自体が「魂の二つの極」を、「神秘主義の二局面」を、「絵画の両極端」を、「芸術の天国と地獄」を示しているからなのだ。

すなわち、コルマールのグリューネヴァルト絵画群と併せて、『三人のプリミティフ派画家』には、いまや全面的に展開されたユイスマンスの妄想的宇宙の極限領域が、必ずしも何かに媒介されることなく、そのままの姿で示されているのである。

アンドレ・ブルトンは、『ナジャ』（一九二八－六三）の冒頭、ユイスマンスに対して次のような賛辞を捧げた。

それにしても彼（＝ユイスマンス）は、外見はかくも脆く見えながら、何かにつけわれわれの助けとなってくれるあの円環と、われわれをまっすぐに沈没させようとして共謀するさまざまな力の形づくるめくるめき装置との間の、必要にして死活的な区別をその極点まで導く上で、他の誰よりも多くのことを成しとげたのではなかっただろうか 。彼は、ほとんどあらゆる光景が彼に引き起こしたあの身震いを起こさせるような倦怠を、私に告げ知らせてくれた。彼以前には誰一人として、意識のさまざまな能力によって荒廃させられた土地における機械的なもののあの偉大な目覚めに私を参与させてくれたことはなかったとは言わぬまでも、少なくともその目覚めが絶対的な運命であり、自分のためにそれを回避する逃げ道を探そうとしても無駄だということを、人間として私に納得させ得た者はいなかった。〔…〕彼もまた、外部からやって来るように見える絶えまない誘惑、多かれ少なかれ新奇な性格を持っているが、自分自身に問いかけてみるとわれわれの心の中にその秘密を見い出すような、あの偶然の配列の前にわれわれをしばらく立ちすくませるかに見えるあの呼びかけの一つに、さらされた人間なのである。[19]

確かに、シュルレアリストの詩人がこの文を書いた時、彼の脳裏にあったのは、『仮泊』や『彼方』のユイスマンスであった。しかし、ブルトンが類い稀な慧眼で剔抉したユイスマンスの特質は、ユイスマンスの作品全体に対しても当てはまる。

『ナジャ』の訳者巖谷國士（一九四三-）が指摘しているように[20]、ブルトンがここで「無意識」という言葉を用いず、あえて「機械的なもの le machinal」という表現を使っていることにあらためて注目しなければならない。つまり、意識的、理性的な活動によって「荒廃」させられ、凍りついた「土地」を、ある運命的な必然を帯びた驚異によって揺り動かし、そこに、退屈極まりない日常を破壊・超越する断絶や断裂と、そこから生ずる一瞬の生の輝き――しかし、われわれはその一瞬のためにわれわれの人生のすべてを賭けているのではないか?――をもたらそうとするならば、それは単に、物言わぬ彼方から押し上げてくる「無意識」の衝動に耳を澄まし、それに身を委ねるだけでは不十分だからだ。

ユイスマンスのテクストの運動は、その周囲に「恩寵」「神」「信仰」など、一見すると、「聖性」あるいはその呪われた対部としての「おぞましさ」の徴表を帯びた超越的な表象を、増殖させずにはおかない。しかし、ユイスマンスにおける「聖性」とは、彼の欲望と、エクリチュールが織りなすそれ自体機械的な性格を持つ運動とが、出口のない倦怠に覆われた日常のあわいに目覚ませ、密かにわれわれに出会わせていく何ものかであり、この意味で、おぞましい実存の深淵から生まれた「痙攣する美」そのものなのだ。

ユイスマンスの生きた世紀末デカダンスは、物質主義的な栄華を誇り、後世の人びとから「失われた時」への哀悼と無限の郷愁をこめて、「美しき時代《ベル・エポック》」とも呼ばれる繁栄を謳歌した時代だった。しかし、その一方で、アジア・アフリカに植民地を広げ、他者を差別し、搾取し、無限に膨張することで辛うじて自己維持を図る帝国主義という名の資本主義システムの暴走によって、第一次世界大戦の破滅に向けて盲目の疾走を続けつつあった時代でもある。その繁栄にもかかわらず、彼らが彼らの時代を頽廃《デカダンス》の時代と感じたのは、この時代の持つ根源的な矛盾を、そしてそれを生きていた人間たちが無意識の裡にその危うさを感じていたからでもあろう。全面的な破滅をもたらす「人間的な凡庸の津波」を避けて「生暖かい隠遁所」への逃走を夢見たデ・ゼッサントの夢は、ついに叶うことはなかった。

ユイスマンスが生まれてからわずか数年後、西欧資本主義の主導した最初のグローバル化の波によって世界に対して門戸を開いた日本が、その異文化接触に由来する混乱を収拾して、最初に自覚的に発見し、また受け入れた西欧とは、まさにわれわれが見てきたこの世紀末デカダンスの西欧だった。森鷗外（一八六二－一九二二）の『うたかたの記』（一八九〇）、夏目漱石（一八六七－一九一六）の『幻影の盾』（一九〇五）を思い出すまでもなく、日本近代文学はデカダンス文学の傍流として始まったといっても過言ではない。

そのユイスマンスの生誕一五〇年、没後一〇〇年を経て、われわれは今、何度目かの「グローバル化」の波、資本主義の危機に翻弄されている。強者が弱者を踏みにじり、経済的利得だけに狂奔し、物質的有用性ばかり重宝がられる殺伐極まりない昨今の日本の風景は、滑稽なまでに世紀末ヨーロッパの風景に重なる。

しかし、われわれはバブルからバブル崩壊を体験し、さらに言うもおぞましい新自由主義の束の間の栄光と没落を目撃したこの三〇年ばかりの間ですら、物質経済にのみ還元される現代文明の空しさを身に沁みて味わってきたのではないのか。

ユイスマンス最晩年の境地を映し出すこの三つの絵画群を前に、あてどない夢想に耽る時、われわれは、今こそユイスマンスの示した美の圏域を理解し得る地点に到達したのではないかと思うのである。

8　ジュスト・リプス（1547–1606）：オランダ名，ヨースト・リプス。スペイン領オランダ（現在のベルギー）で活動した文献学者・人文学者。

9　J.-K. Huysmans, *Trois Primitifs, op.cit.,* pp.54-55.

10　ロドリゴ・ボルジア：スペインの名家ボルジア家出身で，ローマ教皇アレクサンデル6世となる。ルネサンス期のローマ教会の退廃を象徴する人物として有名で，プロテスタントによる宗教改革運動が盛んになる契機となった。世俗君主同様に振る舞い，僧職にありながら多くの子供をもうけたが，イタリア貴族出身の愛妾ヴァノッツァ・カタネイとの間に生まれた4人の子供のうち，チェーザレ・ボルジア（1475–1507），ルクレツィア・ボルジアは特に歴史に名を残している。

11　J.-K. Huysmans, *Trois Primitifs, op.cit.,* p.57.

12　ジュリア・ファルネーゼ：ピエル・ルイジ・ファルネーゼ（1503-47）の娘として生まれ，オルシノ・オルシーニ（1473-1500）に嫁した後，当時枢機卿だったロドリゴ・ボルジアに見初められ，彼の愛妾の一人となった。

13　J.-K. Huysmans, *Trois primitifs, op.cit.,* pp. 60-61.

14　Laura Pagnotta, *The Portraits of Bartolomeo Veneto,* Catalog of the exhibision, may 3-august 2, Sandiego, California : Timken Museum of Art, 2002, pp. 14-15.

15　Françoise Heilbrun, Article « Campin, Robert », in DVD *Eycyclopædia Universalis,* Version 12.00, 2007（éd. Informatique）.

16　J.-K. Huysmans, *Trois primitifs, op.cit.,* p. 77.

17　*Ibid.,* p. 81.

18　*Ibid.,* p. 80.

19　André Breton, *Nadja,* in *Œuvres Complètes,* t. I, *op.cit.,* p. 650.

20　アンドレ・ブルトン／巖谷國士訳『ナジャ』岩波文庫，2003, pp. 211-212.

つけるとともに，結社法の施行や教会と国家の分離などの共和主義の路線に沿った政策を実行した。

12 J.-K. Huysmans, *L'Oblat* (1903), édition établie par Denise Cogny, Christian Pirot, Coll. « Autour de 1900 », 1992, p. 271.

13 J.-K. Huysmans, *Journal intime*, 16 août au 19 octobre 1901 (manuscrit), Bibliothèque de l'Arsenal, Fonds Lambert, Ms 11, 1901, cité par Robert Baldick, *La vie de J.-K. Huysmans, op.cit.*, p. 347.

14 J.-K. Huysmans, *L'Oblat, op.cit.*, p. 422.

15 Jean-Marie Seillan, « Huysmans après *L'Oblat* : vers un nouvel à rebours? », *art. cit.*, pp. 503-504.

16 Cf. Christian Berg, « L'amoureuse douleur », in *Herne*, n°47, 1985, pp. 314-323.

17 J.-K. Huysmans, *Sainte Lydwine de Schiedam, op.cit.*, p. xxi.

18 Alain Buisine, « Le taxidermiste », in *Revue des sciences humaines*, 170-171, février-mars, 1978, p. 64.

19 Julia Kristeva, *Pouvoirs de l'horreur, op.cit.*, p. 120.

20 J.-K. Huysmans, *Sainte Lydwine de Schiedam, op.cit.*, p. 78.

21 *Ibid.*, p. 75.

22 *Ibid.*, p. 76.

23 Alain Buisine, *op.cit.*, p. 66.

24 *Ibid.*, p. 64.

25 *Ibid.*

26 Johann Joseph von Görres, *op.cit.*, pp. 340-341.

27 J.-K. Huysmans, *Sainte Lydwine de Schiedam, op.cit.*, pp. 80-81.

28 聖ユミリアーヌ（1219-46）：フィレンツェ生まれで聖フランシスコ会の第三会会員。福女。

29 ドミニック・デュ・パラディ（1473-?）：イタリア名，ドメニカ・ディ・パラディソ。フィレンツェのドミニコ会修道女。

30 ヴェネツィアのサロモニ（1231-1314）：本名，ジャコモ・サロモニ。ヴェネツィア生まれのドミニコ会士。

31 バルトール（1228-1300）：イタリア名，バルトロ・デ・サン・ジェミニアノ。イタリアの司祭。修道院に所属しない第三会会員として貧者の救済にあたるが，52歳の時ハンセン病に感染。病死に至る20年間，苦痛の中で信仰を貫いた。福者。

32 J.-K. Huysmans, *Sainte Lydwine de Schiedam, op.cit.*, p. 258.

33 ギュスターヴ・ブーシェ宛書簡，1891年8月19日付。J.-K. Huysmans, *Correspondance avec Gustave Boucher*, présentée par Pierre Cogny, *op.cit.*, p. 10.

34 J.-K. Huysmans, *En route*, édition établie par Pierre Cogny, *op.cit.*, p. 71.

35 ユイスマンスの主要な出典の一つであるゲレスは，リドヴィナを「食欲を制限し，浄化する」拒食症の聖女としても紹介している。Johann Josephe von Görres, *op.cit.*, p. 194.

36 J.-K. Huysmans, *Marthe*, dans *Œ.C.*, *op.cit.*, t. II, p. 80.

37 J.-K. Huysmans, *Sainte Lydwine de Schiedam, op.cit.*, p. 101.

●おわりに

1 J.-K. Huysmans, *Trois Primitifs, op.cit.*, pp. 12-13.

2 *Ibid.*, p. 25.

3 ユイスマンス自身は，この修道院の設立年を1093年としているが，パトリス・ロクマン編の『美術批評全集』の注記に従って1095年を採用しておく。Cf. J.-K. Huysmans, *Écrits sur l'art, 1867-1905, op.cit.*, p. 515.

4 J.-K. Huysmans, *Trois Primitifs, op.cit.*, p. 27.

5 *Ibid.*, p. 42.

6 *Ibid.*, p. 39.

7 *Ibid.*, p. 47.

210 *Ibid.*, p. 264.

211 *Ibid.*, pp. 269-270.

212 J.-K. Huysmans, *Là-haut,* ou Notre-Dame de la Salette, édition critique de Michèle Barrière, *op.cit.*, p.62.

213 *Ibid.*

214 Marie-Théodore Renouard, vicomte de Busssière, *Fleurs dominicaines ou les mystiques d'Unterlinden à Colmar,* Vve Poussielgue-Rusand, 1864.

215 なお，この挿話自体は，バヴォワル夫人と切り離された形で，『出発』第一部第四章にすでに登場している。

216 J.-K. Huysmans, *En route*, édition établie par Pierre Cogny, *op.cit.*, p. 278.

217 *Ibid.*, p. 280.

218 *Ibid.*

219 J.-K. Huysmans, *Journal intime à la Trappe d'Igny 12 au 19 juillet 1892*（manuscrit）, Bibliothèque de l'Arsenal, Fonds Lambert, Ms 9, 1892, folio 5, ll. 15-25 ～ folio 6, ll. 1-3.

220 J.-K. Huysmans, *En route*, édition établie par Pierre Cogny, *op.cit.*, p. 283.

221 J.-K. Huysmans, *La Cathédrale*, édition établie par Pierre Cogny, *op.cit.*, p. 47.

222 J.-K. Huysmans, *En route*, édition établie par Pierre Cogny, *op.cit.*, p. 289.

223 *Ibid.*

224 *Ibid.*

◉第九章

1 ドン・ジョゼフ・ポティエ：リギュジェ修道院の副院長から，サン・ヴァンドリーユ修道院に転じ，同修道院の復旧を行い，1898 年，サン・ヴァンドリーユ修道院の総長に任ぜられるも，1901 年のヴァルデク＝ルソー内閣による修道院禁止後，ベルギーに亡命。音楽史家・典礼研究家としても名高く，グレゴリオ聖歌の復興に努めた。

2 ロバート・バルディック『J＝K・ユイスマンスの生涯』英語増補版に付された以下のブレンダン・キングの注による。Robert Baldick, *The Life of J.-K. Huysmans*, With a foreword and additional notes by Brendan King, *op.cit.*, p. 545. ミリアム・ハリー：イェルサレム生まれの作家。彼女については，最近以下の評伝が出た。Cécile Chombard-Gaudin, *Une orientale à Paris, Voyages littéraires de Myriam Harry,* Maisonneuve et Larose, 2005.

3 Rebert Baldick, *La vie de J.-K. Huysmans, op.cit.,* p. 325.

4 Cf. Christophe Charle, *Naissance des « Intellectuels », op.cit.* クリストフ・シャルル『「知識人」の誕生 1880−1990』前掲書。

5 ジュール・フェリー：弁護士出身の共和派の政治家。自由思想を奉じ，ワダントン（1826-94），フレーシネ（1828-1923）内閣の教育相，後に首相（在任 1880−81, 1883−85）として，教育の世俗化を強力に推し進めたが，一方で，チュニジア，コンゴ，ベトナムなどに介入し植民地拡大政策を推進した。

6 Georges Duby, /éd., *Histoire de la France, les temps nouveaux de 1852 à nos jours,* nouv. éd., Larousse, 1991（1987）, p. 172.

7 J.-K. Huysmans, *Sainte Lydwine de Schiedam*（1901）, Préface d'Alain Vircondelet, Maren Sell, 1989, p. 46.

8 ユイスマンスのドレフュス事件への対応に関しては，たとえば以下の文献を参照。Alain Pagès, *Émile Zola, un intellectuel dans l'affaire Dreyfus,* Séguier, 1991, pp. 246-248.

9 Richard Griffiths, *Révolution à rebours, op.cit.,* p. 78.

10 トルイヨ（1851−1916）：急進左派の政治家。国民議会議員，上院議員，植民地相を歴任し，エミール・コンブ内閣（1902−05）では，商務・産業・通信相を努めた。

11 ルベ（1838−1929）：穏健派の政治家。フランス共和国大統領（在任 1899−1906）。彼の任期中，シャルル・デュピュイ（1851−1923），ヴァルデク＝ルソー，コンブ，モーリス・ルヴィエ（1842−1911）が内閣を組織した。ドレフュスに恩赦を与え，ドレフュス事件に一応の決着を

181 Sainte Thérèse de Jésus, « Le Château de l'âme ou le livre des demeures »（1577）, in *Œuvres Complètes*, /tr. par R.P. Grégoire de Saint-Joseph（de l'espagnol）, Seuil, 1949. 邦訳，イエズスの聖テレジア／東京女子カルメル会訳『霊魂の城』ドン・ボスコ社，1966, 1991.

182 ボナヴェントゥラ（1221-74）：イタリアの神学者，聖人。フランシスコ会の総管長を務め，同派の哲学の基礎をまとめた。パリ大学における同僚，トマス・アクィナス（1225/27-74）とともに中世カトリック神学の双璧をなし，熾天使的博士と呼ばれる。

183 聖アンジェラ（1474-1540）：イタリアの修道女，聖女。少女の育成に特化したものとしては最初の女子修道会であるウルスラ会の創立者。

184 J.-K. Huysmans, *En route*, édition établie par Pierre Cogny, *op.cit.*, pp. 249-250.

185 Michel Vignes, *Le milieu et l'individu dans la trilogie de Joris-Karl Huysmans, En route, La Cathédrale, L'Oblat*, A. G. Nizet, 1986, p. 106.

186 J.-K. Huysmans, « 63 Lettres inédites de J.-K. Huysmans à Gustave Boucher », in *Bulletin*, n° 64, 1975, p. 18.

187 J.-K. Huysmans, *En route*, édition établie par Pierre Cogny, *op.cit.*, p. 275.

188 *Ibid.*『至高所』の対応箇所は以下の通り。「交接していない時，女は，奇態な趣味でデュルタルを面白がらせた。女は，耳を嚙んだり，パン切れにキャヴィアと棗椰子をつけて囓りながら，匂いの強い化粧水を小さなグラスに入れて飲んだりする癖があった。実のところ，何と淫らで，奇妙で，おそらくは愚かな，しかし，何と得体の知れない女だったろう。こんな女に出会うことはこの先，絶対にないだろう。彼は心の中でつぶやき，熱に浮かされたように，女のもとに戻るのだった」。J.-K. Huysmans, *Là-haut, ou Notre-Dame de la Salette*, édition critique de Michèle Barrière, *op.cit.*, p. 97.

189 J.-K. Huysmans, *Là-haut, ibid.*, pp. 96-97.

190 *Ibid.*, p. 155.

191 J.-K. Huysmans, *En route*, édition établie par Pierre Cogny, *op.cit.*, p. 275.

192 *Ibid.*, p. 279.

193 *Ibid.*, pp. 279-280.

194 *Ibid.*, pp. 98-99.

195 *Ibid.*, p. 97.

196 「イザヤ書」19 章 14 節 spiritus vertiginis, 十字架の聖ヨハネ『"暗黒の夜"（暗夜）への注解』第 1 章 14 節による。J.-K. Huysmans, *En route*, Gallimard, Coll. « Folio » *op.cit.*, p. 601.

197 J.-K. Huysmans, *En route*, édition établie par Pierre Cogny, *op.cit.*, p. 97.

198 *Ibid.*, p. 108.

199 *Ibid.*, p. 109.

200 R. Bonhomme, Joseph-Antoine Boullan, /éd., *op.cit.*, vol. VI, octobre, 1872, pp. 228-229.

201 J.-K. Huysmans, *En route*, édition établie par Pierre Cogny, *op.cit.*, pp. 107-108.

202 『至高所』草稿 B, folio 24, ll. 21-25. J.-K. Huysmans, *Là-haut, ou Notre-Dame de la Salette*, édition critique de Michèle Barrière, *op.cit.*, p. 38.

203 Julia Kristeva, *Au commencement était l'amour, Psychanalyse et foi*, Hachette, Coll. « Textes du XXe siècle », 1985, pp. 36-37.

204 Julia Kristeva, *Sens et non-sens de la révolte, op.cit.*, pp. 110-140.

205 この過程については，Sigmund Freud, « Le moi et le Ça »（1923）, in *Essais de psychanalyse*, Payot, Coll. « Petite Bibliothèque Payot » 15, 1981, pp.177-234. 邦訳，ジークムント・フロイト／道籏泰三郎訳「自我とエス」『フロイト全集 18』岩波書店，2007, pp.1-62 を参照。

206 Cf. André Green, *Le travail du négatif*, Minuit, Coll. « Critique », 1993.

207 Julia Kristeva, *Sens et non-sens de la révolte, op.cit.*, p. 124.

208 Georges Bataille, *L'expérience intérieure*, Gallimard, Coll. « Tel », 1992（1943）, pp. 67-68.

209 J.-K. Huysmans, *En route*, édition établie par Pierre Cogny, *op.cit.*, p. 90.

ルシュタットの法学教授アダム・ヴァイスハウプト（1748-1830）が設立した悪魔（ルシフェル）崇拝の秘密結社「イリュミナティ」（バヴァリア幻想教団，光明会）が姿を変えて現れたものだという。ただ，イリュミナティ自体は，18 世紀啓蒙主義の広がりを背景に，反王政，反キリスト教の立場を取る一種のアナキスト集団にすぎず，バイエルン政府の弾圧により 18 世紀末には勢力を失っていた。一方，パラディウムはタクシルによる詐欺報道の文脈で作り出された架空の団体であるので，両者の関係を云々すること自体が不毛であろう。ただ，そうだとしても，「再生－降霊術師協会」が文献的にどこまでさかのぼれるかという書誌学的な問題は残る。マッシモ・イントロヴィーニェは，『悪魔主義についての調査』（Massimo Introvigne, *Enquête sur le satanisme, op.cit.*, p. 143）の中で特に一章を設けてユイスマンスとブーランの関係を論じ，『彼方』の中でユイスマンスが「再生－降霊術師協会」について書いていることにも言及している。しかし，イントロヴィーニェが参照しているのは印刷・刊行された資料のみであり，その記述は従来のユイスマンス研究の枠を超えてはおらず，1890 年のブーラン書簡はもちろん，『19 世紀の悪魔』（1892-1894）以前に刊行された『彼方』（1891）になぜ「再生-降霊術師協会」の名称が登場するのかという「謎」には，答えていない。

152 Cf. Antoine Vergote, *Dette et désir, deux axes chrétiens et la dérive pathologique, op.cit.*, p. 146 sq.

153 J.-K. Huysmans, *En route*, édition établie par Pierre Cogny, *op.cit.*, p. 71.

154 『至高所』草稿 B, folio 31, ll. 4-12.

155 J.-K. Huysmans, *En route*, édition établie par Pierre Cogny, *op.cit.*, p. 91.

156 J.-K. Huysmans, *Là-bas, op.cit.*, p. 213 sq.

157 『至高所』草稿 A, folio 116, ll. 21-27. 引用文中の［　］【　】（　）の異文記号については，本章注 19 を参照。

158 同上書，草稿 A, folio 116, 欄外書き込み。異文記号については，本章注 19 を参照。

159 J.-K. Huysmans, *Là-bas, op.cit.*, p. 299.

160 『至高所』草稿 A-1, folio 31; A-2, folio 45; B, folio 31.

161 同上書，草稿 A, folio 65, ll. 24-28. 異文記号については，本章注 19 を参照。

162 Arthur Mugnier, *J.-K. Huysmans à la trappe*, *op.cit.*, pp. 10-11.

163 J.-K. Huysmans, *En route*, édition établie par Pierre Cogny, *op.cit.*, p 58.

164 『至高所』草稿 A, folio 124, ll. 4-22.

165 J.-K. Huysmans, *En route*, édition établie par Pierre Cogny, *op.cit.*, p. 275 sq.

166 *Ibid.*, p. 78.

167 *Ibid.*, p. 171.

168 *Ibid.*, p. 198.

169 *Ibid.*, pp. 199-200.

170 Robert Baldick, *La vie de J.-K. Huysmans, op.cit.*, p. 294.

171 Edmund Wilson, *Axel's Castle : A Study of the Imaginative Literature of 1870-1930*, Farrar, Straus and Giroux, 2004（1931）, p. 41. 邦訳，エドマンド・ウィルソン／土岐恒二訳『アクセルの城』ちくま学芸文庫，2000, p.73.

172 J.-K. Huysmans, *Là-haut, ou Notre-Dame de la Salette,* édition critique de Michèle Barrière, *op.cit.*, pp. 47-48.

173 J.-K. Huysmans, *En route*, édition établie par Pierre Cogny, *op.cit.*, p. 216.

174 *Ibid.*, p. 282.

175 J.-K. Huysmans, *Là-haut, ou Notre-Dame de la Salette,* édition critique de Michèle Barrière, *op.cit.*, p. 39.

176 J.-K. Huysmans, *En route*, Gallimard, Coll. « Folio », *op.cit.*, p. 36.

177 J.-K. Huysmans, *En route*, édition établie par Pierre Cogny, *op.cit.*, p. 245.

178 *Ibid.*, p. 263.

179 たとえば，Mircea Eliade, *Le sacré et le profane,* Gallimard, Coll. « Folio essais », 1987, p. 96 sq.

180 J.-K. Huysmans, *En route*, édition établie par Pierre Cogny, *op.cit.*, p. 95.

132 同上書，草稿 A-1, folio 30, ll. 28-40.
133 同上書，草稿 B, folio 30, ll. 10-21.
134 同上書，草稿 B, folio 30, ll. 28-34.
135 この部分に関しては，すでに指摘したように，最初期のヴァージョン草稿A-1でも，「彼女は，普通の快楽をあきらめ，喜悦を与えてくれる約束の場所を怪しげな地域に移した」という，思わせぶりな表現が使われていた。
136 『至高所』草稿 A-1, folio 31, « Autre version de Florence », ll. 35-38.
137 アレイ・プリンス宛書簡，1891 年 9 月 30 日付。J.-K. Huysmans, *Lettres inédites à Arij Prins, op.cit.*, pp. 231-232.
138 1998 年のスリジーにおけるユイスマンスに関する学会での発言。その後以下に所収。Jean-Marie Seillan, « Huysmans après *L'Oblat* : vers un nouvel à rebours ? », *Huysmans à côté et au-delà*, Actes du Colloque de Cerisy-la-Salle, Peeters/Vrin, 2001, pp. 481-505.
139 J.-K. Huysmans, *En route*, édition établie par Pierre Cogny, *op.cit.*, p. 75.
140 Cf. Jacques Lacan, *Le séminaire*, livre VII, *op.cit.*
141 Julia Kristeva, *Pouvoirs de l'horreur, op.cit.*
142 J.-K. Huysmans, *À rebours*, Gallimard, Coll. « Folio », *op.cit.*, p. 143 sq.
143 ギュスターヴ・ブーシェ宛書簡，1891 年 8 月 19 日付。J.-K. Huysmans, *Correspondance avec Gustave Boucher*, présentée par Pierre Cogny, annotée par Gustave Boucher, Pierre Lambert et Dom Paul-Denis, « 63 Lettres idédites de J.-K. Huysmans à Gustave Boucher », in *Bulletin*, n° 64, 1975, p. 10.
144 アレイ・プリンス宛書簡，1890 年 9 月 21 日付。J.-K. Huysmans, *Lettres inédites à Arij Prins, op.cit.*, p.203.
145 『至高所』草稿 A, folio 114, ll.4-13.
146 J.-K. Huysmans, *Là-bas, op.cit.*, pp. 38-40, 42-43.
147 *Ibid.*, p. 94.
148 Robert Baldick, *La vie de J.-K. Huysmans, op.cit.*, p. 191.
149 Domenico Margiotta, *Souvenirs d'un trente-troisième : Adriano Lemmi, chef suprême des francs-maçons*, Bibliothèque Saint-Libère, Paris, Lyon : Delhomme et Briquet, 2007（1894）, pp. 94-95. Cf. Edith Starr Miller（Lady Queenborough）, *Occult Theocracy*, vol. 1, published posthumously for private circulation, 1933, pp. 210-212.
150 Henry-Charles Lea, *Léo Taxil, Diana Vaughan et l'église romaine, histoire d'une mystification*, Société Nouvelle de Librairie et d'Édition, 1901 ; Charles Hacks, Léo Taxil（Dr Bataille）, *Le Diable au XIXe siècle*, 2 tomes, Paris, Lyon : Delhomme et Briquet, 1892-1894. なお，現代まで続くレオ・タクシルとダイアナ・ヴォーン問題については以下を参照。Massimo Introvigne, *Enquête sur le satanisme, op. cit.*, pp. 142-208 ; Massimo Introvigne, « Diana Redux : l'affaire Diana Vaughan-Léo Taxil au scanner, par Athirsata»（Sources Retrouvées, Paris, 2002）, in Site of the Center for Studies on New Religions, 2003（http://www.cesnur.org/2003/mi_redux. htm）; Athirsata（collectif）, *L'affaire Diana Vaughan-Léo Taxil au scanner*, sources retrouvées, 2002, in Grand Lodge of British Columbia and Ukon（http:// freemasonry.bcy.ca/）. マッシモ・イントロヴィーニェ（1955- ）はカトリック保守派に属するイタリアの社会学者で，悪魔主義，新宗教，「セクト」問題の専門家。
151 レオ・タクシルやマルジョッタによる反フリーメーソン・キャンペーンとブーラン＝ユイスマンスの関係については，本書校正中に問題の所在に気づいたため，まだ十分な調査を行っていないが，『19 世紀の悪魔』によれば，同書を書いたというふれこみの医師バタイユ博士は，船医としてマルセイユから日本へ向かう航路でガエターノ・カルブッチアなる実業家から，「新改革派パラディウム」別名「再生－降霊術師協会」の存在を聞かされ，世界に広がるルシフェル崇拝結社の実態調査に乗り出したのだという（Charles Hacks, Léo Taxil（Dr Bataille）, *Le Diable au XIXe siècle, op.cit.*, 2 tomes）。タクシルらに起源を持つ反フリーメーソン，反ユダヤの視点に立つ陰謀史観によれば，「パラディウム」は，1776 年にオーバー・バイエルン，インゴとしても高名だった。ユイスマンスは，ベルト・クリエールからの情報で，彼を希代の悪魔主義者と信じていた。『彼方』のドークルは，彼がモデルといわれる。

102 ユイスマンス宛，ベルト・クリエールの書簡，1891年7月27日付。Berthe (de) Courrière, « Lettre à Huysmans (alors à Lyon, chez Boullan) », 27 juillet 1891 (manuscrit), Fonds Lambert, Ms 30 (12-2), p. 2。ユイスマンスがベルト・クリエールに宛てた日付のない手紙（1891年7月26日頃，André du Fresnois, *op.cit.*, p. 25 所収）に対する返事と思われる。

103 『至高所』草稿 A-1, folio 28, ll. 4-12.

104 J.-K. Huysmans, *1ères notes sur Julie Thibault-septembre 1890* (manuscrit), *op.cit.*, folio 291 (1), ll. 5, 25-32.

105 リュシアン・デカーヴの証言によれば，「ジュリー・ティボーは，料理女や，女中，教会で貸し椅子代を集める女のような風貌だった。背が低くがっしりしていて，鼻はかぎ鼻。口元はいかつく，目は黒で，横顔はローマ皇帝のようだった」(Lucien Descaves, « Maman Thibault », *op.cit.*) とある。したがって「鋼に金色の点が散りばめられた，いわく言いがたい色合いをした」という『至高所』の描写は，「澄んだきれいな目――青い――フクロウのように丸っこい目」というユイスマンスのジュリー・ティボーの第一印象を，むしろ忠実に伝えているといえよう。

106 J.-K. Huysmans, *Là-haut, ou Notre-Dame de la Salette,* édition critique de Michèle Barrière, *op.cit.*, p. 40.

107 J.-K. Huysmans, *La Cathédrale*, édition établie par Pierre Cogny, *op.cit.*, pp. 48-49.

108 J.-K. Huysmans, *En route,* édition établie par Pierre Cogny, *op.cit.*, p. 80.

109 J.-K. Huysmans, *Là-haut, ou Notre-Dame de la Salette,* édition critique de Michèle Barrière, *op.cit.*, p. 57.

110 J.-K. Huysmans, *La Cathédrale*, édition établie par Pierre Cogny, *op.cit.*, pp. 49-50.

111 ジャンヌ・シェザール・ド・マーテル（1596-1670）：「受肉した御言葉」を広める修道院をパリ，リヨン，ストラスブール，アヴィニョンなどフランス各地に設立した。

112 J.-K. Huysmans, *La Cathédrale*, édition établie par Pierre Cogny, *op.cit.*, p. 50.

113 L'Œuvre de la Miséricorde, /éd., *La Voix de la Septaine, op.cit.*, t. III, p. 32.

114 L'Œuvre de la Miséricorde, /éd., *La Voix de la Septaine** (Mélanges religieux catholiques), sans lieu de publication, 1842, p. 26.

115 J.-K. Huysmans, *La Cathédrale*, édition établie par Pierre Cogny, *op.cit.*, p. 51. Cf. Maurice Vloberg, « Les pèlerinages de Madame Bavoil : I. – Les Notre-Dame de la banlieue », in *Bulletin,* n° 42, 1961, pp. 315-329; Paul Courant, « La première biographe de Madame Bavoil : Jane Misme », suivi de J. Misme, « la gouvernante de M. Huysmans (Figaro, 6 janvier 1899) », in *Bulletin,* n° 49, 1965, pp. 311-317.

116 J.-K. Huysmans, *En route,* édition établie par Pierre Cogny, *op.cit.*, pp. 82-83.

117 *Ibid.*, p. 83.

118 *Ibid.*, p. 105.

119 *Ibid.*

120 Claude Guillet, *op.cit.*, pp. 147-149 の記述による。Cf. M. Dufriche-Desgenettes, *op.cit.*

121 J.-K. Huysmans, *En route,* édition établie par Pierre Cogny, *op.cit.*, p. 84.

122 *Ibid.*

123 *Ibid.*, p. 90.

124 『至高所』草稿 A, folio 167, ll. 26-35 ～ folio 168, ll. 1-3.

125 『出発』草稿 , folio 44, ll. 29-30.

126 『至高所』草稿 A, folio 168, ll. 15-18.

127 同上書，草稿 A, folio 169, ll. 12-15.『至高所』草稿 B の内容的もほぼ同じ。『至高所』草稿 B については，本書第二章注 30 を参照。

128 『出発』草稿，folio 45, l. 32 ～ folio 46, ll. 1-4.

129 J.-K. Huysmans, *En route,* édition établie par Pierre Cogny, *op.cit.*, p. 90.

130 『出発』草稿，folio 46, l. 24.

131 『至高所』草稿 A-1, foilo 30, ll. 18-19.

ヴィアで生まれた神秘主義者。12歳の時盲目となる。ドミニコ会の第三会会員として，修道院のそばに住み，一生を信仰に捧げた。ユイスマンスは聖女としているが，福女である。ヴィンチェンツォ・フォッパ（1427-1516）の「ボッティジェラ祭壇画」（1486）に他の聖者とともに描かれている（http://www.salvastyle.com/menu_renaissance/foppa.html）。

80 イダ・ド・ルーヴェン（1219-90頃）：ベルギーのルーヴェン生まれのシトー会に所属する修道女，福女。聖痕を持ち，イエスの脇腹に入る幻視をたびたび体験した。

81 ルイーズ・ラトー（1850-83）：自身も貧しい労働者の家庭に生まれ，フランシスコ会の第三会会員となり，生涯を救貧やコレラをはじめとする病人の介護に捧げた。1868年から手や足，脇腹から出血が生じ，医学界，法曹界，教会関係者の間で真偽をめぐって論争が起こるが，1873年，教皇レオ13世（1810-1901）より，公式に奇跡と認められた。彼女も，聖体のパンだけで生活した拒食症の聖女である。

82 『至高所』草稿A, folio 112, l. 42 ～ folio 113, ll. 1-15.

83 同上書，草稿A, folio 118, ll. 9-13.

84 同上書，草稿A, folio 119, ll. 8-16.

85 P. Willibrod-Christiaan van Dijik, *art cit.*, p. 17.

86 『出発』草稿 , folio 18, ll. 16-18.『出発』の草稿は，以下の文献を指す。J.-K. Huysmans, *En route* (manuscrit), Bibliothèque Nationale, Mss. N. a. fr. 15382, 1895.

87 Robert Baldick, *La vie de J.-K. Huysmans, op.cit.*, p. 299.

88 *Ibid.*, p. 222.

89 ミュニエ神父の日記，1892年1月13日。Arthur Mugnier, *Journal de l'abbé Mugnier (1879-1939)*, Mercure de France, 1985, pp. 65-66.

90 Robert Baldick, *La vie de J.-K. Huysmans, op.cit.*, p. 231.

91 *Ibid.*, p. 299.

92 Lucien Descaves, « Maman Thibault », in *[l'] Œuvre,* 15 janvier 1926, cité par Michèle Barrière, « Notice » à J. –K. Huysmans, *Là-haut, ou Notre-Dame de la Salette,* édition critique de Michèle Barrière, *op.cit.*, p. 151.

93 『至高所』草稿A-1, folio 29, ll. 15-22.

94 同上書，草稿A-1, folio 29, ll. 32-39.

95 J.-K. Huysmans, *1ères notes sur Julie Thibault-septembre 1890* (manuscrit), Bibliothèque de l'Arsenal, Fonds Lambert, Ms 26 (24), folio 291 (1), ll. 16-17, 1890.

96 J.-K. Huysmans, *Là-haut, ou Notre-Dame de la Salette,* édition critique de Michèle Barrière, *op.cit.*, p. 82.

97 『至高所』草稿A-1, folio 28, ll. 29-33.

98 アレイ・プリンス宛書簡，1891年6月23日付。J.-K. Huysmans, *Lettres inédites à Arij Prins, op.cit.*, p. 228.

99 ベルト・クリエール宛書簡，1891年7月26日付。André du Fresnois, *Une étape de la conversion de Huysmans, d'après des letttres inédites à Mme de C...(ourrière)*, Dorbon-aîné, 1912, pp. 26-27.

100 『テオダ *Théodat*』は，レミ・ド・グールモンが，1888年10月から11月にかけて執筆し，1892年12月11日に，テアトル・モデルヌにおいてポール・フォール（1872-1960）の演出で初演された戯曲。Rémy de Gourmont, *Théâtre : Théodat, Le vieux roi*, Georges Crès et Cie, 1925. ポール・フォールは象徴派に近い演出家としても知られた。この初演はリュニェ＝ポー（1869-1940）をはじめ後の「作品座」の関係者が関わり，リュニェ＝ポー自身が，主役のテオダを演じた。原形をなすテクストは，1889年に『ルヴュ・アンデパンダン』誌に発表され，上演後の1893年に，完成版がメルキュール・ド・フランスから出版された。この時，作品はベルト・クリエールに献呈されている。6世紀，クレルモンの司教テオダが司教就任に際して別れた「妻」マクシミリエンヌは，老婆に扮して司教館を訪れ，かつての夫をその色香で誘惑することに成功する。「幕屋にたどり着ける」とは，したがって「首尾よく目的に達する」という意。ただし，出版された台本にはこの台詞はない。

101 司教座聖堂参事会員ヴァン・エックは，ブリュージュの聖血教会主管者を務め，悪魔祓い師

49 同上書, A-1, folio 26, ll. 9-14.

50 R. Bonhomme, Joseph-Antoine Boullan, /éd., *op.cit.*, vol. V, janvier-juin, 1872, p. 316.

51 *Ibid.,* p. 313.

52 « Des maladies diverses dont les démons sont les principes et les auteurs », *ibid.,* vol. VI, juillet-décembre, 1872, pp. 225-229.

53 *Ibid.,* p. 313.

54 « Ce qu'il faut entendre par la divine Réparation ou l'œuvre de l'auguste Vierge Marie », *ibid.,* vol. VII, janvier-juin, 1873, p. 315.

55 『至高所』草稿 A-1, folio 26, ll. 32-33.

56 同上書，草稿 A-1, folio 26, ll. 15-16.

57 同上書，草稿 A-1, folio 26, ll. 16-18.

58 同上書，草稿 A-1, folio 26, ll. 25-29.

59 同上書，草稿 A-1, folio 27, ll. 4-14.

60 « Deux monuments d'expiation à ériger au sein de la capitale », in R. Bonhomme, Joseph-Antoine Boullan, /éd., *op.cit.*, vol. V, janvier-juin, 1872, p. 312.

61 Richard Griffiths, *Révolution à rebours, op.cit.*, pp. 171-172.

62 J.-K. Huysmans, *En route*, édition établie par Pierre Cogny, *op.cit.*, p. 63.

63 Maurice M. Belval, *op.cit.,* pp. 58-59.

64 Paul Ricœur, *Philosophie de la volonté* II, *Finitude et culpabilité,* Livre II, « La symbolique du mal », Aubier, 1988 (1960), pp. 163-306.

65 *Ibid.,* p. 178. 訳文は，ポール・リクール／植島啓司・佐々木陽太郎訳『悪のシンボリズム』渓声社，1977，p. 15 による。

66 Antoine Vergote, *Dette et désir, deux axes chrétiens et la dérive pathologique, op.cit.*, pp. 152-153. Cf. Paul Ricœur, *ibid.,* p. 187.

67 Raffaele Pettazzoni, *La confessione dei pecati,* 3 vols., Bologna : Zanichelli, 1929-1935. fr., *La confession des péchés,* t. I, tr./ par R. Monnot (de l'italien). Leroux, 1931, cité par Paul Ricœur, *ibid.*

68 Paul Ricœur, *ibid.*

69 Julia Kristeva, *Sens et non-sens de la révolte, Pouvoirs et limites de la psychanalyse* I, *op.cit.*, p. 49.

70 *Ibid.,* p. 50.

71 *Ibid.*

72 第六章の注 76 および 77 を参照。

73 Sigmund Freud, *Totem et tabou, op.cit*, p. 125. 邦訳，ジークムント・フロイト「トーテムとタブー」前掲書，p. 178.

74 Sigmund Freud, « Vorlesungen zur Einführung in die Psychoanalyse » (1916-17), in *Gesammelte Werke*, XI, Frankfurt : S. Fischer, 1969 (1940), pp. 357-358. *Introduction à la psychanalyse,* /tr. par S. Jankélévitch (de l'allemand), Payot, Coll. « Petite bibliothèque Payot » 1989 (1961), pp. 418-419. 邦訳，ジークムント・フロイト／懸田克躬・高橋義孝訳「精神分析入門（正）」『フロイト著作集 I』1971, 1980, p. 285. 訳文は，Jacques Lacan, *Le séminaire*, livre VII, *op.cit.*, p. 109 の解釈に従った。（　　）内は，筆者によるドイツ語原文からの補足である。

75 Jacques Lacan, *ibid.* なお，バタイユの「異質（的）な現実」とラカンの「現実界」との関係については以下の記事を参照。Article « réel », in Élisabeth Roudinesco, Michel Plon, /éd., *op.cit.*, pp. 880-882.

76 Jean Laplanche, J.-B. Pontalis, *op.cit.*, p. 409. 邦訳，J・ラプランシュ＆ J＝B・ポンタリス，前掲書，p.217。

77 *Ibid.,* p. 409. 邦訳，同上書，p.217-218。

78 Édouard Glotin, *op.cit.*, col. 372.

79 シビリーナ・ディ・パヴィア（1287-1367）：本名，シビリーナ・ビスコッシ。北イタリアのパえる必要はないだろうと推測している。

38 シャルル・ギユマンは，リヨンとユイスマンスとの関係をテーマにした論文の中で次のように書いている。「1894 年〔…〕まだ新しいブーランの墓の前に，彼の信者が集まって祈りを捧げた。6 月終わりの某日，ユイスマンスもリヨンに赴き，ブーランの墓に詣でた。この時のリヨン滞在についてはほとんど何も知られていない。すでに公表されたユイスマンスの書簡によれば，ユイスマンスは，“ブーランの書類を整理する” ためにリヨンに行ったと書いている。おそらく，彼がかつてブーラン元神父に宛てて書いた手紙類のうち，残っている可能性のあるものを回収し，処分しに行ったのだろう。これらは，ブーランの死後，ティボー夫人の手で，原則，返還されていたはずだが，おそらく，取り忘れたものや遺漏があることがわかったためだと思われる」。Charles Guillemain, « J.-K. Huysmans et Lyon », in *[Le] Crocodile,* n° 3, mai-juin, 1958, p. 26. ここで語られている「すでに公表されたユイスマンスの書簡」とは，1894 年 6 月 21 日付のアレイ・プリンス宛書簡を指す。一方，ユイスマンスは同年 5 月 14 日付の同じアレイ・プリンス宛書簡で，「私の本はほとんど終わりました。嬉しくてたまりません」と伝えている（J.-K. Huysmans, *Lettres inédites à Arij Prins, op.cit.,* p. 261）。

39 J.-K. Huysmans, *En route,* édition établie par Pierre Cogny, *op.cit.* p. 58.

40 Jean Lhermitte, « Huysmans et la mystique », in *TSJ,* n° 8, 1963, p. 231.

41 J.-K. Huysmans, *En route,* édition établie par Pierre Cogny, *op.cit.,* p. 57.

42 *Ibid.,* p. 59.

43 『至高所』草稿 A-1, folio 25, ll. 32-37.

44 J.-K. Huysmans, *Là-haut, ou Notre-Dame de la Salette,* texte inédit établi par P. Cogny et P. Lambert, *op.cit.,* p. 64, note 13; *Là-haut, ou Notre-Dame de la Sallette,* édition critique de Michèle Barrière, *op.cit.,* p. 148, note 14.

ヨハネス・ブルクマンの『リドヴィナ伝』は 1433 年，ケルンで最初の版が出版された後，1448 年，ルーヴェンにおいて匿名で再版され，さらに後にトマス・ア・ケンピスがその要約版を出した。また，ブルクマンの死後，1498 年に，別系統の『リドヴィナ伝』がスヒーダムで出版された。ボランディスト版には，トマス・ア・ケンピスの縮約版と，1498 年版の二つの刊本がともに収録されている。

45 ただし，第二ヴァチカン公会議（1962–65）後の典礼改革により，伝承の不明な聖人が整理されたため，現在のカトリック聖人暦にはウァレンティヌスの日の記載はない。

46 Johann Joseph von Görres, *op.cit.,* I et II.

47 ディイクは論文「J=K・ユイスマンスのスヒーダムの聖女リドヴィナの生涯の典拠」の中で，ヴィリエ・ド・リラダンの『奇談集 *Histoires insolites*』（1883）に，ユイスマンスが参加した会食で或る僧侶が聖者伝のリドヴィナの話を朗読したという挿話のあることを紹介している（P. Willibrod-Christiaan van Dijik, « Les sources de la vie de Sainte Lydwine de Schiedam chez J.-K. Huysmans », in *Bulletin,* n° 61, 1973, pp. 15-30）。ここで紹介されているヴィリエ・ド・リラダンの作品とは「ソレームの會見」と思われる（Philippe Auguste Villiers de l'Isle-Adam, « Une entrevue à Solesmes » (1883), *Histoires insolites, Œuvres Complètes,* t. I, *op.cit.,* pp. 313-317. 邦訳，ヴィリエ・ド・リラダン／齋藤磯雄譯「ソレームの會見」〔『奇談集』〕『ヴィリエ・ド・リラダン全集』第 4 巻，東京創元社，1974，1982，pp. 118-125）。その中で，考古学調査にソレム修道院を訪れた「私」に，ドン・ゲランジェがボランディスト版の『リドヴィナ伝』を朗唱する場面が出てくるが，その場にユイスマンスはいない。ただし，ユイスマンスが，親交の深かったヴィリエ・ド・リラダンを通じてリドヴィナに関する知識を得たことは十分にあり得る話である。ちなみに，ヴィリエ・ド・リラダンがソレム修道院を訪れたのは，1862 年と 1863 年の 2 回で，作品発表に先立つ 20 年前のことである。

48 『至高所』草稿 A-1, folio 26, ll. 1-8. 草稿では，「強迫観念《オブセッション》や過ち」が抹消され，「危険や恐怖」に代えられている。『至高所』のテクストが予想しているのは，修道院の中に頻発する「悪魔憑き」の誘惑なのである。

とどめられた修正過程を何らかの形で示すのが普通である。したがって，以後のいくつかの引用文では，以下の規則に従って草稿中の修正過程を表記した。[　] は最終的に抹消した部分，【　】は最終的に抹消した部分の中でもすでに初期段階で抹消されていた部分，(　) は文中に語ないし文を加筆・挿入した部分，xxx は判読不明の部分。ただし，本書の一般書としての性格上，こうした異文表記は説明の都合上やむを得ない場合以外には，抹消・加筆の行われた後の最後の形態を記すにとどめる。

20 J.-K. Huysmans, *En route*, édition établie par Pierre Cogny, *op.cit.*, p. 38.

21 『至高所』草稿 A, folio 65, ll. 32-44.

22 同上書，草稿 A, folio 56, ll. 14-18.

23 同上書，草稿 A, folio 56, ll. 19-34.

24 J.-K. Huysmans, *En route*, édition établie par Pierre Cogny, *op.cit.*, p. 90.

25 J.-K. Huysmans, *Carnet Vert (Le)*, Bibliothèque de l'Arsenal, Fonds Lambert, Ms 75, p. 88 (folio 112), 1886-1906.

26 『至高所』草稿 A, folio 65, ll. 10-17.

27 J.-K. Huysmans, *En route*, édition établie par Pierre Cogny, *op.cit.*, p. 37.

28 *Ibid.*

29 『至高所』草稿 A, folio 66, ll. 15-24.

30 ドミニック・ミエは，ガリマール書店から刊行されたフォリオ版の『出発』の注に，長らく失われたと考えられていた校正ゲラに基づいた異文を掲載している（J.-K. Huysmans, *En route*, Gallimard, Coll. « Folio », *op.cit.*）。これを入れると，『出発』完成テクストまでの草稿は一つ増えて，7 段階となる。

31 Jean de Caldain, *op.cit.*, p. 232.

32 J.-K. Huysmans, *Là-bas*, *op.cit.*, pp. 228-229.

33 『至高所』草稿 A-1, folio 27, ll. 1-3; A-2, folio 39, ll. 36-38.

34 同上書，草稿 A-1, folio 27, ll. 24-43 ～ folio 28, ll. 1-3.

35 筆者自身が「自由聴講生」として出席していた 1996-97 年のパリ第 4 大学（ソルボンヌ）のゼミにおける，同大学比較文学科教授ドミニック・ミエの指摘による。

36 Stanislas de Guaïta, *Essais de sciences maudites, le Temple de Satan*, *op.cit.*, p. 448.

37 Louis Massignon, « Huysmans devant la « confession » de Boullan », *op.cit.*, pp. 46-47.
ブーランが検邪聖省で自らの罪を告白した「カイエ・ローズ」は以下の研究論文中にごく一部の写真復刻とともに紹介されている。P. de Bruno, Suzanne Bresard, Jean Vinchon, « La confession de Boullan », *in Les Études Carmélitaines 6, « Satan »*, Desclée de Brouwer, 1948, pp. 420-426.「カイエ・ローズ」や，彼の「指導」下にあった修道女の手紙などを含む 14 枚のフォリオ（紙葉）からなるブーラン文書は 1929 年にルイ・マシニョン自身の手でヴァチカン図書館に送られ，秘密文書館《シークレット・アーカイヴス》に禁書として封印された。筆者は博士論文執筆中の 1998 年，ジュリア・クリステヴァの紹介状を添えて当時のパリ駐在教皇大使（ヌンシオ）に手紙を書き，閲覧許可を願い出たが，残念ながら応答をいただけなかったという経緯がある。ただし，本書 228 頁にも述べた通り，ヴァチカン秘密文書館に収蔵された資料は，時代とともに徐々に閲覧禁止が解除され，教皇ピウス 11 世（1857-1939）の在位（1922-39）中に収蔵された資料に関しては，2006 年以降原則閲覧が可能になった模様である。ブーラン文書はすべて自筆文書・書簡からなっており，調査には少なくとも数日から数週間，ヴァチカンに滞在する必要があるだろうと思われるが，筆者がこの情報に接した時点では本書の大半が執筆済みであったこともあり，残念ながら，まだヴァチカン図書館に赴きブーラン文書の内容を直接調査する機会を持ち得ていない。また，筆者の知る限り，今のところ，ブーラン文書が何らかの媒体に公表された形跡はなく，ユイスマンスの専門家から，ブーラン文書が実際に閲覧できるようになったという報告すらも上がってきていない。ただし上記の研究を含む従来からの情報から判断する限り，仮に，ブーラン文書の全貌が明らかになったとしても，本書の内容に大きな変更を加いています。雨の後に虹が架かるように，瓦解の後には第三の支配が訪れるのです」。ブーラン書簡，1890 年 4 月 29［-30］日付。Joseph-Antoine Boullan, *Lettres et documents adressés par l'abbé Boullan à J.-K. Huysmans, op.cit.*, folio 91.「勝利はたやすく予見できます。これは古い教会の終末です。／しかし，聖なる助け主の到来によって変貌し，ヨハネの教会が勝利するでしょう。それは何と素晴らしく，また何と差し迫っているでしょう」。同上書簡，1890 年 7 月 16 日付。*Ibid.*, folio 129.

33 J.-K. Huysmans, *Là-bas, op.cit.*, p. 342.

34 *Ibid.*

35 ブルジョワ的な安逸さ，腐敗を世紀末独身者の心理学・形而上学的次元で表象する「女性的なもの」の持つ射程に関しては，本書第三章 pp. 131-150 を参照。

36 モンストルレ：フランスの年代記作家。

37 Eugène Bossard, *op.cit.*, pp. 333-335.

38 J.-K. Huysmans, *Là-bas, op.cit.*, pp. 340-341.

39 Sigmund Freud, « Eine Teufelsneurose im siebzehnten Jahrhundert, *op.cit.*, p. 337. fr., « Une névrose diabolique au XVIIe siècle », *op.cit.*, p. 295.

40 J.-K. Huysmans, *Là-bas, op.cit.*, p. 35.

◉第八章

1 この草稿は二度にわたって，異なる校訂者により出版されている。J.-K. Huysmans, *Là-haut, ou Notre-Dame de la Salette,* texte inédit établi par P. Cogny, Casterman, 1965 ; *Là-haut, ou Notre-Dame de la Salette,* édition critique de Michèle Barrière, *op.cit.*

2 Jules Huret, *Le Figaro (Supplément Littéraire)* , 5 janvier 1895, in J.-K. Huysmans, *Interviews*, textes réunis, présentés et annotés par Jean-Marie Seillan, Honoré Champion, Coll. « Textes de littérature moderne et contemporaine 52 », 2002, pp. 172-173.

3 J.-K. Huysmans, *En route*, édition établie par Pierre Cogny, *op.cit.*, p. 38.

4 *Ibid.*, p. 39.

5 Robert Baldick, *La vie de J.-K. Huysmans, op.cit.*, p. 199.

6 Théodore Massiac, « J.-K. Huysmans », in *L'Écho de Paris*, 28 août, 1896, in J.-K. Huysmans, *Interviews*, *op.cit.*, p. 201.

7 J.-K. Huysmans, *En route*, édition établie par Pierre Cogny, *op.cit.*, p. 39. リベ（1837-1909）：サン＝シュルピス会の神父，作家。

8 Louis Massignon, « Huysmans devant la « confession » de Boullan », in *Bulletin*, n°21, 1949, pp. 40-50.

9 アレイ・プリンス宛書簡，1891 年 1 月 8 日付。J.-K. Huysmans, *Lettres inédites à Arij Prins, op.cit.*, p. 214.

10 同上書簡，1891 年 2 月 11 日付。*Ibid.*, p. 216.

11 同上書簡，1891 年 4 月 27 日付。*Ibid.*, pp. 219-220.

12 Cf. Ghislain de Diesbach, *L'abbé Mugnier, Le confesseur du Tout-Paris,* Perrin, 2003.

13 Louis Massignon, « Notre-Dame de la Salette et la conversion de J.-K. Huysmans », in *La Salette, témoignages,* Bloud et Gay, 1946, p. 95.

14 Arthur Mugnier, *J.-K. Huysmans à la trappe,* le Divan, 1927, p. 39.

15 アレイ・プリンス宛書簡, 1893 年 2 月 12 日付。J.-K. Huysmans, *Lettres inédites à Arij Prins, op.cit.*, p. 249.

16 同上書簡，1893 年 5 月 25 日付。*Ibid.*, p. 256.

17 Louis Massignon, « Notre-Dame de la Salette et la conversion de J.-K. Huysmans », *art.cit.*, pp. 95-96.

18 J.-K. Huysmans, *En route*, édition établie par Pierre Cogny, *op.cit.*, p. 36.

19 『至高所』草稿 A, folio 49, ll. 1-11.『至高所』の草稿 A については，本書第二章注 30 を参照。なお，本書の凡例でも触れておいたが，草稿を転写する場合には，抹消，加筆など，原稿上に

6 Dominique Millet, « La messe noire de Huysmans : une réécriture démoniaque de l'office de la pentecôte », in *Cent ans de littérature française, 1850-1950, Mélanges offerts à M. le Professeur Jacques Robichez*, SEDES, 1989, p. 118.

7 フリギア地方に2世紀中頃に活動したモンタヌスなる人物が唱えた異端。教会史家エウセビオス（260–339頃）によると，モンタヌスは大地母神キュベレの神官から改宗した人物で，世界の終わりと，教会に新たな画期をもたらす聖霊＝助け主の時代の到来，新たなイェルサレムにおけるキリストの再臨，千年王国説などを中心とする教説を唱え，これに備えるため信徒が厳格な禁欲生活を送ることを説いたとされる。モンタヌス派異端は小アジアを中心に，ガリア，アフリカなどにも急速に伝播したが，4–5世紀にキリスト教を国教化したローマ皇帝コンスタンティヌス1世（280頃–337）や西ローマ初代皇帝ホノリウス（384–423）の弾圧によって衰えた。

8 Dominique Millet, *art cit.*, pp. 117-118.

9 J.-K. Huysmans, *Là-bas, op.cit.*, p. 312.

10 *Ibid.*, pp. 313-314.

11 E. Jordan, « Joachim de Flore（Le bienheureux）», in *Dictionnaire de Théologie Catholique*, /éd. par A. Vacant, E. Mangenot, É. Amann, vol.8-2, Letouzey et Ané, 1925, col. 1435.

12 J.-K. Huysmans, *Là-bas, op.cit.*, p. 313.

13 ブーラン書簡。Joseph-Antoine Boullan, *Lettres et documents adressés par l'abbé Boullan à J.-K. Huysmans, op.cit.*, folio 149.

14 *Ibid.*

15 J.-K. Huysmans, *Là-bas, op.cit.*, p. 315.

16 ブーラン書簡，1890年7月23日付。Joseph-Antoine Boullan, *Lettres et documents adressés par l'abbé Boullan à J.-K. Huysmans, op.cit.*, folio 175.

17 Cf. Roland Sublon, *op.cit.*, p. 97.

18 Julia Kristeva, « Le poids mystérieux de l'orthodoxie », *Le Monde*, 18 avril, 1999. 引用はインターネット版による。

19 Cf. Marcel Thomas, « Un aventurier de la mystique : l'abbé Boullan », *op.cit.*, p. 132.

20 Dominique Millet, *art.cit.*, p. 117.

21 アレイ・プリンス宛書簡，1890年2月19日付。J.-K. Huysmans, *Lettres inédites à Arij Prins, op.cit.*, p. 184.

22 同上書簡，1890年7月24日付。*Ibid.*, p. 200.

23 同上書簡，1890年9月21日付。*Ibid.*, p. 203

24 この作品はすでに名前を挙げた「おもしろ神秘主義 rigolo-mystique」小説『異端を探そう！ *Cherchons l'hérétique !*』（1903）となって実現する。

25 アドルフ・ベルテ宛書簡，1901年2月。アンドレ・ビリーの以下の書物による。André Billy, *J.-K. Huysmans et ses amis lyonnais, op.cit.*, p. 64.

26 アレイ・プリンス宛書簡，1890年11月3日付。J.-K. Huysmans, *Lettres inédites à Arij Prins*, p. 205.

27 同上書簡，1891年1月8日付。*Ibid.*, p. 214.

28 J.-K. Huysmans, *Là-bas, op.cit.*, p. 311.

29 *Ibid.*, p. 301.

30 *Ibid.*, p. 63.

31 *Ibid.*, p. 317.

32 *Ibid.*, p. 318. 用語も含めて，カレーの述べる「聖霊思想」がブーラン由来のものであることは，『彼方』とブーラン書簡を検討すれば明らかである。「したがって，再生が起こることは確かです。そこで，古き世の廃墟に現れる救いの方舟である聖なる助け主の支配が来るのです。／だからこの支配の到来を告げるラッパになってください。古き世の瓦解（écroulement）も近づ

63 *Ibid.*, p. 330.
64 *Ibid.*, p. 272.
65 *Ibid.*, p. 330.
66 Jules Luys, Gérard Encausse (pseud. Papus et Niet, Dr), *Du Transfert à distance à l'aide d'une couronne de fer aimanté, d'états névropathiques variés d'un sujet à l'état de veille sur un sujet à l'état hypnotique,* Clermont : Imprimerie Daix frères, 1891.
67 Philippe Auguste Villiers de l'Isle-Adam, « L'Ève future », *Œuvres Complètes,* t. I, Gallimard, Coll. « Pléiade », 1986, pp. 1007-1010.
68 H. Bernheim, « Le Docteur Liébault et la doctrine de la suggestion » (Conférence, 1906), *Revue médicale de l'Est,* 39, 1907, I, p. 75, cité par Léon Chertok, *L'hypnose, Théorie, pratique et technique,* /éd., remaniée et augmentée, Payot, Coll. « Petite Bibliothèque Payot », 1989 (1965), pp. 23-24.
69 Jean Starobinski, « Sur l'histoire des fluides imaginaires », in *L'œil vivant,* II *: La relation critique*, Gallimard, Coll. « Le Chemin », 1970, pp.196-213.
70 Léon Chertok, Raymond de Saussure, *op.cit.*, p. 254.
71 Sigmund Freud, « Selbstdarstellung » (1925), in *Gesammelte Werke*, XIV, Frankfurt : S. Fischer, 1968 (1948), pp. 31-96. fr., « Ma vie et la psychanalyse », in *Ma vie et la psychanalyse,* suivi de *Psychanalyse et médecine*, /tr. par Marie Bonaparte (de l'allemand), Gallimard, 1950, pp. 6-53. 邦訳，ジークムント・フロイト／懸田克躬訳「自己を語る」『フロイト著作集 IV』人文書院，1970，1990，pp. 422-476。
72 Jean Starobinski, « Le fluide imaginaire », *op.cit.,* pp. 211-212.
73 この問題については，フロイトとオカルティズムの関係を含めて，さらに厳密な論証・考察が必要だが，ユイスマンスを中心とした本書の中では紙幅の関係もあり詳述するゆとりがない。別の機会にあらためて展開したい。一応，上記のスタロバンスキー，エレンベルガーの著書の他，Paul Ricœur, *De l'interprétation : essai sur Freud*, Seuil, Coll. « L'ordre philosophique », 1991 (1965). 邦訳，ポール・リクール／久米博訳『フロイトを読む——解釈学試論』新曜社，1982, 2005 を挙げておく。
74 Georges Bataille, « La structure psychologique du fascisme » (1933), *op.cit.*, pp. 339-371. 邦訳，ジョルジュ・バタイユ「ファシズムの心理的構造」前掲書，pp.13-71。
75 Sigmund Freud, *Totem et tabou, op.cit.* 邦訳，ジークムント・フロイト「トーテムとタブー」前掲書，pp. 148-281；Sigmund Freud, « Jenseits des Lustprinzips » (1920), in *Gesammelte Werke,* XIII, Frankfurt : S. Fischer, 1969 (1940), pp.1-69.fr., « Au-delà du principe du plaisir », in *Essais de psychanalyse*, Payot, Coll. « Petite Bibliothèque Payot » 15, 1981 (1951), pp.5-75. 邦訳，ジークムント・フロイト／小此木啓吾訳「快感原則の彼岸」『フロイト著作集 VI』1970, 1978, pp.150-194；Sigmund Freud, « Massenpsychologie und Ich-Analyse » (1921), in *Gesammelte Werke*, XIII, Frankfurt : S. Fischer, 1969 (1941) pp. 71-161. fr., « Psychologie des foules et analyse du Moi », /tr. par Pierre Cotet, André Bourguignon, Janine Altounian, Odile Bourguignon, et Alain Rauzy (de l'allemand), in *Essais de psychanalyse*, Payot, Coll. « Petite Bibliothèque Payot » 15, 1993 (1981), pp. 117-218. 邦訳，ジークムント・フロイト／小此木啓吾訳「集団心理学と自我の分析」同上書，pp.195-253.
76 Georges Bataille, « La structure psychologique du fascisme » , *op.cit.,* p. 347.
77 訳文は，ジョルジュ・バタイユ「ファシズムの心理的構造」前掲書，pp. 26-27 による。
78 Cf. Article « réel », in Élisabeth Roudinesco, Michel Plon, /éd., *op.cit.*, pp. 880-882.

◉第七章

1 A・ルモニエ：フランスのドミニコ会士・社会学者。
2 Roland Sublon, *op.cit.*, p. 114-115.
3 J.-K. Huysmans, *Lettres inédites à Arij Prins, op.cit.,* p. 200.
4 Julia Kristeva, « Stabat Mater », in *Histoires d'amour, op.cit.*, p. 312.
5 *Ibid.,* p. 313.

44 *Ibid.*, pp. 304-305.

45 ギロチンについては以下を参照。ダニエル・ジェルールド／金澤智訳『ギロチン――死と革命のフォークロワ』青弓社，1997。

46 新しいところでは，稲垣直樹『フランス〈心霊科学〉考――宗教と科学のフロンティア』人文書院，2007 などを参照。また，イギリスの心霊主義については，ジャネット・オッペンハイム，前掲書。

47 Robert Darnton, *op.cit.* p.127. 邦訳，ロバート・ダーントン，前掲書，p. 154。

48 「流体論者」「生気論者」の区別は，当時の呼称ではなく，心理学者ピエール・ジャネが提唱したものである。Pierre Janet, *Les médications psychologiques 1, L'action morale, l'utilisation de l'automatisme,* nouv.éd., Payot, 1986（Felix Alcan, 1919），pp. 144-145. ジャネの業績については，アンリ・エレンベルガー，前掲書（上），pp. 385-482 を参照。

49 Cf. Léon Chertok, Raymond de Saussure, *op.cit.*, p. 28.

50 E・E・アザン：フランスの医学者。主著に『催眠術，二重意識と人格の変性：症例フェリダ X *Hypnotisme, double conscience et altérations de la personnalité : Le cas Félida X*』L'Harmattan, 2004（1887）.

51 P・ブロカ：フランスの外科医・神経学者・人類学者。1858 年，パリ外科学界の発表でブレイドの説をフランスに紹介。外科手術に催眠術を導入した他，癌診断への顕微鏡の活用，とりわけ大脳機能の局在性の発見などに大きく貢献する。大脳の言語を司る部位は彼にちなんでブロカ野と呼ばれる。

52 F・ジロー゠トゥロン：フランスの生理学者。主著に『視界とその異常 *La vision et ses anomalies*』（1881）。

53 なお，フローベールと動物磁気や催眠療法との関係については以下を参照。Atsushi Yamazaki（山崎敦），« L'inscription d'un débat séculaire : le magnétisme dans *Bouvard et Pécuchet* », in *Revue Flaubert,* n° 4, 2004.

54 一柳廣孝の指摘によれば，早くも明治維新前後には，榎本武揚（1836-1908）らの留学生ルート，E・フォン・ベルツ（1849-1913）などのお雇い外国人ルートで「催眠術」「メスメル主義（メスメリズム）」などの用語や概念が日本に移入されたが，日本に西欧の催眠術研究が本格的に紹介されたのは，学術レベルでは，外山正一（1848-1900）が東京大学で心理学を講じた 1881（明治 14）年であり，催眠術という語が一般社会に流布したのは，1887（明治 20）年前後である。ナンシー学派，サルペトリエール学派の対立も，日本はほぼ同時代的に，情報を移入している。日本近代は，19 世紀末の認識論的な切断線を，同時代的に体験しつつあったといえよう。夏目漱石（1867-1916）や森鷗外（1862-1922）に代表される文学はおろか，科学についても，日本近代は，西欧「世紀末」文明を移入することから始まったのである。一柳廣孝，前掲書，pp. 16-24。

55 Bertrand Méheust, *Somnambulisme et médiumnité, op.cit.*, t.2, pp. 124-125.

56 Jules Luys, *Les Émotions chez les hypnotiques étudiées à l'aide de substances médicamenteuses ou toxiques agissant à distance,* Lefrançois, 1888, p. 9, cité par Bettrand Méheust, *op.cit.*, t. 2, p. 127.

57 Bettrand Méheust, *ibid.*

58 Foveau de Courmelle, *op.cit.*（Fonds Lambert Ms 31-6）.

59 J.-K. Huysmans, *Là-bas, op.cit.*, pp. 236-237.

60 マムラーの撮った写真はアメリカ写真美術館のサイト（http://www.photographymuseum.com/mumler.html）で目にすることができる。なお，2005 年 12 月，メトロポリタン美術館で「写真と心霊主義」と題する大規模な展覧会が開催されている。« The Perfect Medium: Photography and the Occult », September 27, 2005-December 31, 2005, The Harriette and Noel Levine Gallery and the Howard Gilman Gallery. 日本語の文献としては，一柳廣孝編『心霊写真は語る』青弓社，2004，特に，奥山文幸「心霊写真の発生」pp.120-153 を参照。

61 J.-K. Huysmans, *Là-bas, op.cit.*, p. 327.

62 *Ibid.*, p. 328.

25 「彼ら〔=「カバラの薔薇十字」〕は，何年か前パリにやって来た三人のブラーフマン僧が彼らに明かした流体と毒を用いる手法を，機械的に繰り返しているだけなのです」。*Ibid.*, p. 311.

26 *Ibid.*, pp. 171-172.

27 *Ibid.*, p. 172.

28 *Ibid.*, p. 170.

29 ブーラン書簡，1890 年 4 月 29-30 日付。Joseph-Antoine Boullan, *Lettres et documents adressés par l'abbé Boullan à J.-K. Huysmans, op.cit.*, folio 87.

30 Cf. Patrice Debré, *Louis Pasteur,* Flammarion, Coll. « Champs », 1994.

31 J.-K. Huysmans, *Là-bas, op.cit.*, p. 167.

32 *Ibid.*, p. 237.

33 J.-K. Huysmans, « Le monstre », *Certains,* dans *Œ.C., op.cit.*, t. X, p. 123.

34 メスマーおよびメスマー主義の変容については，手近なところでは Robert Darnton, *Mesmerism and the End of the Enlightenment in France,* New York : Schocken Books, 1976（1968）. 邦訳，ロバート・ダーントン／稲生永訳『パリのメスマー』平凡社，1987；ジャン・チュイリエ／高橋純・高橋百代訳『眠りの魔術師メスマー』工作舎，1992；アンリ・エレンベルガー／木村敏・中井久夫監訳『無意識の発見（上）』弘文堂，1980，2007，pp. 61-218 などを参照。

また，催眠現象全体については以下の書物を参照。Léon Chertok, Raymond de Saussure, *Naissance du psychanalyste,* Le Plessis Robinson : Synthélabo Groupe, Coll. « Les empêcheurs de penser en rond », 1996（1973）; Léon Chertok, Mikkel Borsch-Jacobsen, Natalia Avtomova, *Hypnose et psychanalyse,* Dunod, 1987 ; Léon Chertok, Isabelle Stengers, *L'hypnose, blessure narcissique,* Delagrange, Coll. « Les empêcheurs de penser en rond », 1990 ; Bertrand Méheust, *Somnambulisme et médiumnité*（1 *Le défi du magnétisme*, 2 *Le choc des sciences psychiques*）, 2 tomes, Le Plesis Robinson : Institut Synthélabo, PUF（distributeur）, Coll. « Les empêcheurs de penser en reond », 1999. 特に最後のものはパリ第 4 大学（ソルボンヌ）に提出された社会学の博士論文だが，18 世紀から 20 世紀に至る「催眠現象」「心霊術」「超心理学」問題を文献学的に総括する上下合わせて 1200 ページを超える大著である。爾後，この問題を語る際の基本文献となるべきものであり，筆者自身，ここから多くの情報を得た。残念ながら，まだ邦訳はない。ただし，著者ベルトラン・メウストは「千里眼」など，19 世紀から 20 世紀にかけての催眠現象に付随するさまざまな「超能力」を文献学的な情報を総合することにより，全体としてそれを肯定する立場に立っている。この点については，筆者の立場とは異なるため，判断を留保しておく。

また，日本における催眠術の移入を簡潔にまとめた好著として，一柳廣孝『催眠術の日本近代』青弓社，2006 を挙げておく。

35 Alexandre Cullère, *Magnétisme et Hypnotisme,* J.-B. Baillière et Fils, 1886, pp. 2-3.

36 *Ibid.*, p. 3. 著者自身の出典は Jean Du Potet de Sennevoy, Adrien Péladan, *Traité complet du magnétisme animal,* 8[e]éd., Félix Alcan, 1930（1883）である。「プレフォールスト（仏，プレヴォー。ドイツ，ヴュルテンベルク公国，現在のバーデン=ヴュルテンベルク州にある小村）の千里眼」こと，フリーデリケ・ハウフェについては以下を参照。Justinus Kerner, *Die Seherin von Prevorst : über das innere Leben des Menschen,* Stuttgart, 1829. fr., *La voyante de Prévost,* Chamuel, 1900, pp. 33-44 ; アンリ・エレンベルガー，前掲書（上），pp. 91-95.

37 同上書，p. 97。心霊主義全般の歴史についての邦語文献としては，三浦清宏『近代スピリチュアリズムの歴史——心霊研究から超心理学へ』講談社，2008 が新しい。

38 Joseph-Antoine Boullan, *Lettres et documents adressés par l'abbé Boullan à J.-K. Huysmans, op.cit.*, folio 87.

39 J.-K. Huysmans, *Là-bas, op.cit.*, pp. 167-168.

40 *Ibid.*, p. 172.

41 *Ibid.*, p. 173.

42 *Ibid.*, p. 328.

43 *Ibid.*, p. 309.

38 Joanny Bricaud, *L'abbé Boullan, op.cit.,* p. 48. この他，Stanislas de Guaïta, *Essais de sciences maudites, le Temple de Satan,* Librairie du Merveilleux, 1891 を参照。
39 Stanislas de Guaïta, *ibid.,* p. 448.
40 *Ibid.,* p. 448.
41 *Ibid.*
42 *Ibid.*
43 *Ibid.,* p. 453.

◉第六章

1 Cf. Pierre Lambert, « En marge de *Là-Bas* : une Cérémonie au « Carmel de Jean-Baptiste », à Lyon, d'après une relation de Boullan », in *Bulletin,* nº 25, 1953, pp. 297-306 ; Pierre Lambert, « Un culte hérétique à Paris, 11, Rue de Sèvres », in *TSJ,* nº 8, 1963, pp. 190-202 ; Pierre Congy, *J. -K. Huysmans à la recherche de l'unité, op.cit.* ; Pierre Congy, *J.-K. Huysmans. De l'écriture à l'Écriture, op.cit.* ; Pierre Cogny, « Le mysticisme de J.-K. Huysmans et Sainte Lydwine de Schiedam », in *Mélanges de sciences religieuses,* nº 9, 1952, pp. 243-250 ; Maurice M. Belval, *op.cit.* ; Richard Griffiths, *Révolution à rebours, op.cit.* ; Richard Griffiths, « Huysmans et le mystère du péché », in *Bulletin,* nº 92, 1999, pp. 5-14 ; Robert Baldick, *La vie de J.-K. Huysmans, op.cit.* Massimo Introvigne, *Enquête sur le satanisme. Satanistes et antisatanistes du XVIIe siècle à nos jours,* /tr. par Philippe Baillet（de l'italien）, Dervy, Coll. « Bibliothèque de l'Hermétisme », 1997 (1994), pp. 100-142.
2 Antoine Vergote, *Dette et désir,* Seuil, 1978.
3 オスヴァルド・ヴィルト宛ブーラン書簡，1886 年 11 月 23 日付。Stanislas de Guaïta, *op.cit.,* pp. 468-469.
4 ハバクク：紀元前 600 年頃に活動したイスラエルの預言者。イスラエルの 14 人の小預言者の一人。
5 André Billy, *J.-K. Huysmans et ses amis lyonnais,* H. Lardanchet, 1942, pp. 50-51.
6 Jules Bois, *Les Petites Religions de Paris,* Léon Chailley, 1894, pp. 128-130.
7 Robert Baldick, *La vie de J.-K. Huysmans, op.cit.,* p. 252.
8 ブーラン書簡，1890 年 4 月 29［-30］日付。Joseph-Antoine Boullan, *Lettres et documents adressés par l'abbé Boullan à J.-K. Huysmans, op.cit.*, folio 88.
9 Marcel Boll, *L'Occultisme devant la science*, PUF, 1950, p. 60.
10 J.-K. Huysmans, *Marthe,* dans *Œ.C., op.cit.*, t. II, p. 33.
11 J.-K. Huysmans, *La Bièvre*（1890）, dans *Œ.C., op.cit.*, t. XI, p. 9.
12 *Ibid.,* p. 23.
13 J.-K. Huysmans, « La Bièvre », *Croquis Parisiens*（1880）, dans *Œ.C., op.cit.*, t. VIII, p. 87.
14 J.-K. Huysmans, *Marthe,* dans *Œ.C., op.cit.*, t. II, pp. 75-76.
15 *Ibid.,* p. 80.
16 J.-K. Huysmans, *Là-bas, op.cit.,* p. 37.
17 *Ibid.,* pp. 37-38.
18 *Ibid.,* p. 299.
19 *Ibid.,* p. 39.
20 *Ibid.,* pp. 39-40.
21 ブーラン書簡，1890 年 7 月 23 日付。Joseph-Antoine Boullan, *Lettres et documents adressés par l'abbé Boullan à J.-K. Huysmans, op.cit.,* folios 185.「ジェヴァンジェーの呪詛」の材料として使われているブーラン書簡は他に folios 187, 193, 197, 201, 203, 205, 229.
22 J.-K. Huysmans, *Là-bas, op.cit.,* p. 232.
23 *Ibid.,* p. 304.
24 *Ibid.,* pp. 233-234.

14 Édouard Glotin, Article « Réparation », in *Dictionnaire de spiritualité,* vol. 13, Beauchesne, 1988, col. 369.

15 L'abbé J.-M. de B. [Joseph-Antoine Boullan], *La véritable réparation, ou l'âme réparatrice par les saintes larmes de Jésus et de Marie avec un choix de prières admirables pour faire la réparation,* 3e éd., revue et améliorée, Victor Sarlit, 1859（1857）.

16 ブーラン書簡，1891年4月9日付。P・ランベールの手でコピーされ，アルスナル図書館ランベール文庫所蔵のブーランの上掲書（本章注15，アルスナル図書館整理番号 8° -Lambert-586）に付された書簡断簡による。なお，この書簡断簡は，序章注29・30および第六章注8以下で引用するブーランの自筆書簡 Joseph-Antoine Boullan, *Lettres et documents adressés par l'abbé Boullan à J.-K. Huysmans, op.cit.* には含まれていない。

17 Édouard Glotin, *op.cit.*, col. 400.

18 Marcel Thomas, « Un aventurier de la mystique : l'abbé Boullan, *op.cit.,* p. 130.

19 *Ibid.*

20 Joseph-Antoine Boullan, « La divine Réparation »（Coll. Lambert）, cité par Marcel Thomas, *ibid.,* pp. 131-132.

21 *Ibid.,* p. 132.

22 R. Bonhomme, Joseph-Antoine Boullan, /éd., *op.cit.,* vol. VII, avril, 1873, p. 314.

23 *Ibid.,* p. 315.

24 Richard Griffiths, *Révolution à rebours, op.cit.,* p. 158.

25 L'Œuvre de la Miséricorde, /éd., *Opuscule sur les communications annonçant l'Œuvre de la Miséricorde*, Imprimerie de Lesaulnier, 1841, p. 37.

26 *Ibid.,* p. 48.

27 L'Œuvre de la Miséricorde, /éd., *La Voix de la Septaine,* t. III, Caen : Tilly-sur-Seulles, 1844.

28 Joseph-Antoine Boullan, /éd., *Sacrifice Provictimal de Marie,* Lyon : Imprimerie et lithographie J. Gallet, 1877 ; reproduit in *TSJ*, no 8, 1963, pp. 316-338. もともと Sacrifice は神に対して捧げられる「犠牲」。イエスの十字架上の死は，神の子が人類に代わって神の祭壇に捧げられ，犠牲となったわけであり，カトリック教会のミサ典礼は，キリストの十字架の犠牲を再現し追体験することである。したがって，Sacrifice はミサ典礼そのものを指すためにも用いられる。Pro-victimal は「犠牲を嗜好する」「犠牲となることを求める」ほどの意味。Sacrifice provictimal de Marie はこのセクト特有の冗語的な表現だが「マリアに捧げられる犠牲の典礼」ほどの意味だろうか。

29 この項，煩雑になるのでいちいち引用符を付けないが，Robert Amadou, « Présentation à : J.-A. Boullan, "Sacrifice Provictimal de Marie" », in *TSJ,* no 8, 1963, p. 316-322 による。

たとえば，A・ルモニエやJ・M・ポイエ，R・シュブロンといった研究者は，精神分析の観点から，三位一体（父，子，聖霊）の位格の一つである聖霊の背後に，抑圧された女性的なものが入り込んでいることを予想している。つまり，父–子の関係を仲介する第三項として，聖霊は「母性」的な存在だというのである。基本的に男性の形作る父–子の関係に対して，教会–聖母マリア–聖霊という女性的・母性的な対立を考えることもできよう。なお，ヘブライ語で聖霊を意味する ruah という言葉は，女性形だという。Roland Sublon, « L'Esprit Saint dans la perspective psychanalytique », in *L'Esprit Saint,* /éd. par René Laurentin, Bruxelles : Facultés uvinersitaires Saint-Louis, 1978, p. 115 sq.

30 L'Œuvre de la Miséricorde, /éd., « La Vierge Marie », in *La Voix de la Septaine,* t. III, *op.cit.*, pp. 23-24.

31 *Ibid.,* p. 12.

32 Joseph-Antoine Boullan, /éd., *Sacrifice provictimal de Marie*, *op.cit.* ; reproduit in *TSJ*, p. 328.

33 L'Œuvre de la Miséricorde, /éd., « La Vierge Marie », in *La Voix de la Septaine,* t. III, *op.cit.*, p. 26.

34 *Ibid.*

35 Joseph-Antoine Boullan, /éd., *Sacrifice provictimal de Marie*, *op.cit.* ; reproduit in *TSJ,* pp. 336-337.

36 *Ibid.,* pp. 336-337.

37 *Ibid.,* pp. 335-336.

84 *Ibid.,* p. 200.
85 Cf. Simone Vierne, *op.cit.,* pp. 13-54.
86 Georges Bataille, « La structure psychologique du fascisme » (1933), in *Œuvres Complètes,* t. I, Gallimard, 1979, pp. 339-371. 邦訳，ジョルジュ・バタイユ／吉田裕訳「ファシズムの心理的構造」『物質の政治学——バタイユ・マテリアリスト II』書肆山田，2001, pp. 13-71.
87 Jacques Lacan, *Le séminaire,* livre VII, *op.cit.,* pp. 285-298. 邦訳，ジャック・ラカン『精神分析の倫理（下）』前掲書，pp.115-186.
88 ソフォクレス／呉茂一訳「アンティゴネー」『ギリシャ悲劇全集　II』人文書院，1960, 1979, p. 153.
89 J.-K. Huysmans, *Là-bas, op.cit.,* p. 201.
90 *Ibid.,* p. 201.
91 *Ibid.,* p. 202.

◉第五章

1 この人物に関してはすでに多くの著作や論文が書かれている。主だったものとしては，下記を参照。Charles Sauvestre, « L'Œuvre de la Réparation des Âmes. — Procès correctionnel. — Escroquerie. », dans *Les Congrégation religieuses dévoilées,* E. Dentu, 1879, pp. 115-120 ; Joanny Bricaud, *J.-K. Huysmans et le satanisme,* Bibliothèque Chacornac, 1912 ; Joanny Bricaud, *Huysmans, occultiste et magicien,* Bibliothèque Chacornac, 1913（ジョアニ・ブリコーの上記 2 冊の本は，以下の刊本にまとめられている。Joanny Bricaud, *Huysmans et Satan,* Monaco : M. Reinhard, Coll. « Essais de sciences maudites », 1980）; Joanny Bricaud, *L'abbé Boullan (Dr Johannès de « Là-bas »), sa vie, sa doctrine et ses pratiques magiques,* Chacornac frères, 1927 ; M. Prévost, Roman d'Amat, /dir., Article « Boullan (Joseph-Antoine), prêtre aberrant », in *Dictionnaire de biographie française,* Letouzey et Ané, 1954, vol. 31, p. 1362 ; Robert Baldick, *La vie de J.-K. Huysmans, op.cit.* ; Marcel Thomas, « Un aventurier de la mystique : l'abbé Boullan », in *TSJ,* n° 8, 1963, pp. 116-161 ; Jean Jacquinot, « En marge de J.-K. Huysmans, Un Procès de l'Abbé Boullan », in *TSJ,* n° 8, 1963, pp. 206-216 ; Maurice M. Belval, *Des ténèbres à la lumière, Étapes de la pensée mystique de J.-K. Huysmans,* G.-P. Maisonneuve et Larose, 1968.
2 P. Bonaventure de Cæsare, *La vie divine de la Très Sainte Vierge Marie*, ou *Abrégé de la Cité Mystique*, d'après Marie de Jésus Agreda, /tr. par Joseph-Antoine Boullan (de l'italien), Lecoffre, 1853.
3 アグレダのマリアは 1623 年に『神の都市 *Mística Ciudad de Dios, fr. La cité mystique de Dieu*』の執筆を始め，1643 年に一旦この著作を完成するが，聴罪司祭の命により，他の作品とともに焼き捨てている。その後，1651 年になって，再び同名の書物を執筆し，1660 年に完成した。マドリードで最初の版が出たのは 1670 年のことであり，最初のフランス語訳が出版されたのは 1691 年である。
4 Maurice M. Belval, *op.cit.,* p. 74 ; Joanny Bricaud, *L'abbé Boullan, op.cit.,* p. 8.
5 Joanny Bricaud, *ibid.,* p. 12.
6 J.-M. Curicque, /éd., *Les voix prophétiques ou signes,* 5e éd., 2 vols., Victor Palmé, 1872, pp. 466-470.
7 聖フランソワ・ド・サール：反宗教改革期のフランスの聖職者。教会博士。ジュネーヴ司教を務めた他，『献身生活序説 *Introduction à la vie dévote*』(1608) などの著作がある。
8 Charles Sauvestre, *op.cit.,* p. 118.
9 *Ibid.,* p. 120.
10 R.Bonhomme, Joseph-Antoine Boullan, /éd., *[Les] Annales de la Sainteté au XIXe siècle,* Société d'ecclésiastiques et de religieux, 12 vols., 1869-1875.
11 Maurice M. Belval, *op.cit.,* p. 77.
12 Richard Griffiths, *Révolution à rebours, op.cit.,* p. 126.
13 Cf. Maurice Garçon, *Vintras hérésiarque et prophète,* Librairie Critique Émile Nourry, Coll. « Bibliothèque des Initiations Modernes », 1928.

て，ユイスマンスのピエロの動物的な性格を指摘している。「彼〔＝デ・ゼッサント〕の前にある広い空き地では，巨大で，真っ白な衣装のピエロたちが，月の光を浴びて野兎のように飛び跳ねていた」: J.-K. Huysmans, *À rebours*, Gallimard, Coll. « Folio », *op.cit.*, pp. 196-197. ラマールによれば，このピエロ－野兎の痙攣的な跳躍には性的なほのめかしがあることは明らかであり，ピエロたちの性的な強迫観念《オブセッション》を具体化したものだという。

58 Cf. Roland Villeneuve, « Huysmans et Gilles de Rais », in [*Les*] *Cahiers de la Tour Saint-Jacques*（以下，*TSJ* と略す），n° 8, 1963, p. 97 ; Pierre Lambert, « Flaubert et Huysmans au château de Barbe-Bleue », in *Le Bayou*, n° 68, Texas : University of Houston, 1956, pp. 253-258.

59 René de la Suze, « Mémoire des héritiers de Gilles de Rays pour prouver sa prodigalité », in Dom Pierre Hyacinthe Morice, /éd., *Mémoires pour servir de preuves à l'histoire ecclésiastique et civile de Bretagne*, Charles Osmont, 1742−1746, vol. 2, pp. 1336-1342.

60 現在，フランス国立図書館（B.N.F.）は，以下の分類番号（côte）のもとに，ジル・ド・レー関係の裁判記録を保管している。2718, 3875（106），3876, 3882（28），4770, 4771, 5772（1），7599-7600, 16541, 21395, 23374, 23835-23837, 23862, n.a. 2386.

61 Auguste Vallet de Viriville, *Histoire de Charles VII, roi de France et de son époque, 1403-1461*, 3 vols., Vve J. Renouard, 1862-1865.

62 Armand Guéraud, *Notice sur Gilles de Rais*, Nantes : A. Guéraud, 1855.

63 Eugène Bossard, *op.cit.*

64 J.-K. Huysmans, *Là-bas, op.cit.*, pp. 68-69.

65 Eugène Bossard, *op.cit.*, p. 5.

66 *Ibid.*, p. 13.

67 *Ibid.*, p. 14.

68 *Ibid.*, p. 16.

69 *Ibid.*, pp. CV VII−CXXX VIII.

70 J.-K. Huysmans, *Là-bas, op.cit.*, pp. 44-45.

71 *Ibid.*, p. 78.

72 Rita Thiele, *Satanismus als Zeitkritik bei Joris-Karl Huysmans*, Frankfurt a. M., Bern, Cirencester（UK）: Peter D. Lang, Coll. « Bonner Romanistische Arbeiten », B. 8, 1979, p. 49.

73 Eugène Bossard, *op.cit.*, pp. 218-219.

74 J.-K. Huysmans, *Là-bas, op.cit.*, p. 193.

75 J.-K. Huysmans, *En rade, op.cit.*, pp. 190-191.

76 アレイ・プリンス宛書簡，1890 年 2 月 6 日付。J.-K. Huysmans, *Lettres inédites à Arij Prins, op.cit.*, p. 182.

77 J.-K. Huysmans, *Là-bas, op.cit.*, p. 146.

78 *Ibid.*, p. 196.

79 *Ibid.*, p. 196-197.

80 最近の著書において，クリステヴァは前エディプス期に関して，ミネオ＝ミセニアン（ミノア＝ミケーネ）期という呼称を提案している。

81 Sigmund Freud, « Eine Teufelsneurose im siebzehnten Jahrhundert »（1923），in *Gesammelte Werke*, XIII, Frankfurt : S. Fischer, 1969（1940），pp. 315-353. fr., « Une névrose diabolique au XVIIe siècle », in *L'inquiétante étrangeté et autres essais*, /tr. par Fernand Cambon（de l'allemand），Gallimard, Coll. « Connaissance de l'Inconscient », 1985, pp. 264-315. 邦訳，ジークムント・フロイト／吉田耕太郎訳「十七世紀のある悪魔神経症」『フロイト全集 18』岩波書店，2007，pp.191-231。なお，本書執筆期間を通じ，フロイトの文献参照は主としてフランス語訳によって行い，ドイツ語原典，邦訳の参照は，あくまで副次的であったことを付記しておく。

82 J.-K. Huysmans, *Là-bas, op.cit.*, pp. 199-200.

83 *Ibid.*, p. 275.

「モーセという男と一神教」『フロイト全集22』岩波書店，2007, pp. 102-104。ジグムンド・フロイド／土井正徳・吉田正巳訳「人間モーセと一神教」『フロイド選集　第8　宗教論——幻想の未来』日本教文社，1969も参照。

37 「近親相姦のタブー」に関する最近の議論については，以下を参照。カール・セーガン&アン・ドルーヤン／柏原精一・佐々木敏裕・三浦賢一訳『はるかな記憶（上）（下）』朝日文庫，1993, 1996；山極寿一『家族の起源——父性の登場』東京大学出版会，1994；妙木浩之『エディプス・コンプレックス論争』講談社選書メチエ，2002。

38 Sigmund Freud, *L'homme Moïse et la religion monothéiste, op.cit.*, p63. 邦訳，ジークムント・フロイト「モーセという男と一神教」前掲書，p. 3。ただし，筆者による引用は上記の仏訳に基づく。

39 Jacques Lacan, *Le séminaire,* livre VII, *op.cit.*, p. 208. 邦訳，ジャック・ラカン，前掲書（下），pp. 18-19。

40 *Ibid.*, p. 146. 邦訳，同上書（上），p. 183。

41 *Ibid.*, p. 253. 邦訳，同上書（下），p. 74。

42 *Ibid.*, pp. 217-218. 邦訳，同上書（下），p. 30。正確にいえば，引用した箇所に先立って「これが『文化への不満』で述べられている事柄です」（本書189頁の引用文）とあり，ラカンの発言は，フロイトの『文化への不満』への注解である。しかし，ラカンがここでまさに問題にしているのは「道徳問題のサディスト的な解明」，つまり「神の死」が顕在化して以降の「無神論」的立場に立っての「悪」と「倫理」の解明である。

43 「天地は過ぎゆくであろう。しかし私の言葉は決して過ぎゆくことはない」（「マタイ」24：35，新約聖書翻訳委員会訳『新約聖書Ｉ　マルコによる福音書　マタイによる福音書』岩波書店，1995，2003，p. 204）に基づく。

44 Bernard Sichère, *Histoires du mal,* Grasset, Coll. « Figures », 1995, pp. 93-94.

45 *Ibid.*, p. 95.

46 聖ユスティノス（100頃-165頃）：パレスチナ生まれのギリシアの護教家。キニク派，ペリパトス派，ピタゴラス派，プラトン派などのギリシア哲学諸派に学んだ後，キリスト教に改宗。首を切られて殉教した。

47 聖バシリウス（330頃-379頃）：バシレイオス。カッパドキアの三教父の一人。カエサレアの司教。エウセビオスに招かれ，後任司教となり，アリウス派に対して正統信仰の立場を説いた。主著『エウノミス駁論 *Adversus Eunomium*』（364），『聖霊論 *De spiritu sancto*』（375）。

48 聖キュリロス（?-442）：アレクサンドリアのキュリロス。教会博士で，エフェソスの公会議（431）でコンスタンチノープルの主教ネストリウス（?-451頃）とその一派を断罪した。

49 テルトゥリアヌス（160頃-220頃）：キリスト教神学者。キリスト論，三位一体論を初めて主張。信仰の哲学的解釈を拒否，不条理ゆえに我れ信ず，の立場を取った。

50 J.-K. Huysmans, *Là-bas*, Gallimard, Coll. « Folio », *op.cit.*, p. 35.

51 *Ibid.*, p. 36.

52 *Ibid.*, p. 37.

53 *Ibid.*, p. 40.

54 *Ibid.*, p. 250.

55 J.-K. Huysmans, Léon Hennique, *Pierrot sceptique,* pantomime（1881）, dans *Œ.C.*, t. V, Genève : Slatkine Rep., 1972（Paris : G. Crès, 1928-1934）, pp. 125-126.

56 スリジー=ラ=サルで行われた学会「ユイスマンスの傍に，そしてユイスマンスの彼方へ Huysmans, à côté et au-delà」の一環として1998年7月12日に行われたミシェル・ラマールの口頭発表「ユイスマンスにおけるピエロという形象：白い声？ Figures de Pierrot chez Huysmans : une voix blanche ?」。この時の発表の趣旨は，後に以下の論文にまとめられた。Michel Lamart, « Figures de Pierrot chez Huysmans : une voix blanche ?», in *Huysmans, à côté et au-delà*, Actes du Colloque de Cerisy-la-Salle, Peeters/Vrin, 2001, pp. 299-336.

57 ラマールは，『さかしま』の第八章，デ・ゼッサントが見る悪夢に現れるピエロを例に挙げ

9 *Ibid.*, p. 193.
10 *Ibid.*, pp. 193-197.
11 *Ibid.*, pp. 195-196.
12 Christophe Charle, *Naissance des « Intellectuels »*, Minuit, 1990. 邦訳，クリストフ・シャルル／白鳥義彦訳『「知識人」の誕生　1880-1900』藤原書店，2006。
13 J.-K. Huysmans, *En rade, op.cit.*, p. 12（ジャン・ボリーによる序文）.
14 *Ibid.*, p. 197.
15 *Ibid.*, p. 192.
16 J.-K. Huysmans, *En ménage,* dans *Œ.C.*, *op.cit.*, t. IV, p. 131.
17 J.-K. Huysmans, *Là-bas, op.cit.*, p. 48.
18 J.-K. Huysmans, *En ménage,* dans *Œ.C.*, *op.cit.*, t. IV, pp. 131-132.
19 J.-K. Huysmans, *Là-bas, op.cit.*, p. 48.
20 J.-K. Huysmans, *En ménage,* dans *Œ.C.*, *op.cit.*, t. IV, p. 132.
21 J.-K. Huysmans, *Lettres inédites à Ariji Prins, op.cit.*, p. 190.
22 マッテイ（1809-96）：イタリアの医師，文人，政治家。電気を用いたホメオパシー療法の提唱者として知られる。
23 J.-K. Huysmans, *Lettres inédites à Arij Prins, op.cit.*, p.99. ここで語られているシャルル 11 世はシャルル＝ギョーム・ナウンドルフの息子でやはりフランスの王位を主張したルイ＝シャルル・ナウンドルフ（1831-1899）を指している。
24 *Ibid.*, p.105.
25 ホイッスラー（1834-1903）：アメリカの画家，版画家。パリに留学した後，1859 年からロンドンに定住，パリとロンドンで活躍した。
26 シェレ（1836-1932）：美術学校（エコール・デ・ボザール）に学んだ後，イギリスで着色石版画の技術を学び，フランス帰国後近代的なポスター制作を始めた。
27 ロップス（1833-98）：ベルギー生まれの画家，版画家。ボードレール，ユイスマンス，ペラダンなどと親交があり，悪や病，エロスなど退廃したブルジョワ社会の裏面を鋭く風刺する作品で人気を得た。バルベー・ドルヴィイの『悪魔的な女たち *Les Diaboliques*』（1874）など，文学者の作品に付した自由な挿絵にその才能を開花させた。
28 J.-K. Huysmans, *Lettres inédites à Jules Destrée, op.cit.*, p. 137.
29 「イッセンハイムの祭壇画」については，ユイスマンスは最晩年の 1905 年に出版された『三人のプリミティフ派画家』に収められた「コルマールの美術館のグリューネヴァルト作品群」であらためて論じている。J.-K. Huysmans, « Les Grünewald du musée de Colmar », dans *Trois Primitifs*（1905）, Flammarion, Coll. « Image et Idées », 1967.
30 Pantxika Béguerie, Georges Bischoff, *Grünewald, le maître d'Issenheim,* Casterman, 1996.
31 アレイ・プリンス宛書簡 1889 年 1 月 5 日付。J.-K. Huysmans, *Lettres inédites à Arij Prins, op.cit.*, p. 154.
32 同上書簡，1889 年 9 月 26 日付，*Ibid.*, p.180
33 J.-K. Huysmans, *Là-bas,* Gallimard, Coll. « Folio », *op.cit.*, p. 32.
34 *Ibid.*, pp. 33-34.
35 Jacques Lacan, *Le séminaire*, livre VII, « L'éthique de la psychanalyse, 1959-1960 », texte établi par Jacques-Alain Miller, Seuil, 1986, p. 227. 邦訳，ジャック・ラカン／小出浩之・鈴木國文・保科正章・菅原誠一訳『精神分析の倫理（下）』岩波書店，2002，p. 37。
36 Sigmund Freud, *Totem et tabou,* /tr. par Marielène Weber（de l'allemand）, Gallimard, Coll. « Connaissance de l'Inconscient », 1993（1913）, pp. 287-296.　邦訳，ジークムント・フロイト／西田越郎訳「トーテムとタブー」『フロイト著作集 III』人文書院，1969, 1979, pp. 264-269 ; *L'homme Moïse et la religion monothéiste, Trois essais,* /tr. par Cornélius Heim（de l'allemand）, Gallimard, Coll. « Connaissance de l' Inconscient », 1986（1939/1950）, pp. 171-173.　邦訳，ジークムント・フロイト／渡辺哲夫訳

86 Julia Kristeva, *Pouvoirs de l'horreur, op.cit.,* p. 20.
87 *Ibid.,* p. 65.
88 *Ibid.,* p. 66.
89 *Ibid.,* p. 20.
90 *Ibid.,* p. 87.
91 *Ibid.,* p. 119.
92 *Ibid.,* p. 124.
93 *Ibid.,* p. 120.
94 *Ibid.,* p. 126.
95 *Ibid.*
96 *Ibid.,* p. 135.
97 *Ibid.,* p. 136.
98 *Ibid.,* p. 138.
99 *Ibid.,* p. 153.
100 *Ibid.,* p. 144.
101 *Ibid.,* p. 149.
102 J.-K. Huysmans, *En route*（1895）, édition établie par Pierre Cogny, Christian Pirot, Coll. « Autour de 1900 », 1985, p. 36. 以下，引用は同版に基づく。Cf. J.-K. Huysmans, *En route*（1895）, Gallimard, Coll. « Folio », 1996, p. 36. 引用文中の「ダマスカスの道」とは，新約聖書「使徒行伝」第 9 章のサウロ（パウロ）の回心の逸話に基づき，突然，神からの呼びかけを受け，キリスト教に回心することを指す。最初，キリスト教徒を迫害していたサウロが，ダマスカス（ダマスコス）に向かう途中，イエスが彼の前に現れ，「サウル，サウル，なぜ私を迫害するのか」（荒井献訳「使徒行伝」新訳聖書翻訳記念会『新約聖書 Ⅲ　ルカ文書』岩波書店，1995，2004，p. 190. サウルはヘブライ語）と呼びかけた。これがきっかけになりサウロは，キリスト教に回心し，キリスト教最大の使徒パウロとなった。
103 Julia Kristeva, *Pouvoirs de l'horreur, op.cit.,* p. 10.
104 Mélanie Klein, *Envie et gratitude et autres essais,* /tr. par Victor Smirnoff（de l'anglais）, Gallimard, Coll. « Tel », 1996（1957/1968）, p. 15.
105 Jean-Pierre Richard, *art. cit.,* p. 140.
106 *Ibid.,* p. 142.
107 Julia Kristeva, *Pouvoirs de l'horreur, op.cit.,* p. 119.
108 *Ibid.,* p. 90.
109 Jean-Pierre Richard, *art.cit.,* p. 135.
110 Julia Krisreva, *Pouvoirs de l'horreur, op.cit.,* pp. 59-105.
111 J.-K. Huysmans, *À rebours*, Gallimard, Coll. « Folio », *op.cit.,* p. 333.

◉第四章

1 J.-K. Huysmans, *En rade, op.cit.,* p. 41.
2 *Ibid.,* pp. 47-48.
3 *Ibid.,* pp. 63-68.
4 勝村弘也訳「エステル記」旧約聖書翻訳委員会訳『旧約聖書　XIII, ルツ記　雅歌　コーヘレト書　哀歌　エステル記』岩波書店，1998，2004, pp. 145-177.
5 J.-K. Huysmans, *En rade, op.cit.,* p. 61; *À rebours,* Gallimard, Coll. « Folio », *op.cit.,* p. 128.
6 J.-K. Huysmans, *En rade, ibid.,* pp. 66-67.
7 Gaston Bachelard, *La terre et les rêveries de la volonté, essai sur l'imagination de la matière*, 15e éd., José Corti, 1992（1948）.
8 J.-K. Huysmans, *En rade, op.cit.,* p.189-190.

48 *Ibid.*, p.345.
49 J.-K. Huysmans, *À vau-l'eau,* dans *Œ.C., op.cit.*, t. V, p. 85.
50 J.-K. Huysmans, *À rebours,* Gallimard, Coll. « Folio », *op.cit.*, pp. 188-189.
51 *Ibid.*, p.194.
52 Jean de Palacio, « La Féminité dévorante. Sur quelques images de manducation dans la littérature décadente », dans *Figures et Formes de la décadence,* Séguier, Coll. « Noire », 1994.
53 J.-K. Huysmans, *À rebours,* Gallimard, Coll. « Folio », *op.cit.*, pp. 198-199.
54 Jean-Pierre Richard, « Le texte et sa cuisine », *Microlectures,* Seuil, Coll. « Poétique », 1979, pp. 135-149.
55 ロラン・バルト（1915–80）：フランスの作家，記号学者。
56 *Ibid.*, p. 135.
57 J.-K. Huysmans, *À vau-l'eau,* dans *Œ.C., op.cit.*, t. V, p. 12, cité par Jean-Pierre Richard, dans *art. cit.*, p. 135.
58 Jean-Pierre Richard, *art. cit.*, pp. 135-136.
59 J.-K. Huysmans, *À vau-l'eau,* dans *Œ.C., op.cit.*, t. V, p. 7, cité par Jean-Pierre Richard, dans *art. cit.*, p. 137.
60 *Ibid.*, p. 49, cité par Jean-Pierre Richard, *ibid.*, p. 138.
61 *Ibid.*, p. 20, cité par Jean-Pierre Richard, *ibid.*, p. 138.
62 Jean-Pierre Richard, *ibid.*, p. 139.
63 *Ibid.*, p. 144.
64 *Ibid.*
65 「会食（アガペー）」には，「初期のキリスト教徒が共に摂った食事」の意味がある。
66 Cf. Roland Barthes, *Fragments d'un discours amoureux,* Seuil, 1988（1977）.
67 Jean-Pierre Richard, *art. cit.*, p. 144.
68 Julia Kristeva, *Pouvoirs de l'horreur,* Seuil, Coll. « Points », 1983（1980）.
69 Cf. Philippe Forest, *Histoire de Tel Quel* 1960-1982, Seuil, 1995.
70 Julia Kristeva, *La révolution du langage poétique,* Seuil, Coll. « Tel Quel », 1974.
71 後出の前記号相＝ル・セミオティックとともに枝川昌雄氏の訳語を引き継ぐ。
72 Julia Kristeva, « D'une identité l'autre », in *Polylogue,* Seuil, Coll. « Tel Quel », 1977, p. 158.
73 *Ibid.*, p. 159; Julia Kristva, *La révolution du langage poétique, op.cit.*, p. 22.
74 Cf. Article « imaginaire », in Élisabeth Roudinesco et Michel Plon, /éd., *Dictionnaire de la psychanalyse,* Fayard, 1997, p. 482.
75 Cf. Article « réel », *ibid.*, pp. 880-882.
76 Cf. Jacques Lacan, *Écrits, op.cit.* ; 佐々木孝次『ラカンの世界』弘文堂，1984, pp. 19-39.
77 Julia Kristeva, *La révolution du langage poétique, op.cit.*, p. 23.
78 Julia Kristeva, « D'une identité l'autre », in *Polylogue, op.cit.*, p.159.
79 Julia Kristeva, *La révolution du langage poétique, op.cit.*, p. 23.
80 *Ibid.*
81 *Ibid.*, p. 27.
82 Julia Kristeva, « D'une identité l'autre », in *Polylogue, op.cit.*, p. 161.
83 Cf. Julia Kristeva, *Histoires d'amour,* Gallimard, Coll. « Folio essais », 1985（1983）; *Sens et non-sens de la révolte, Pouvoirs et limites de la psychanalyse* I, Fayard, 1996; *La révolte intime, Pouvoirs et limites de la psychanalyse* II, Fayard, 1997; *Le génie feminin,* t.I, *Hannah Arendt,* Fayard, 1999; *Le génie feminin,* t. II, *Mélanie Klein,* Fayard, 2000; *Le génie feminin,* t. III, *Colette,* Fayard, 2002; *La haine et le pardon, Pouvoirs et limites de la psychanalyse* III, Fayard, 2005.
84 Julia Kristeva, *Pouvoirs de l'horreur, op.cit.*, p. 20.
85 Jean Laplanche et J.-B. Pontalis, Article « refoulement », in *Vocabulaire de la psychanalyse,* PUF, 11e éd., 1992（1967）, p. 392. 邦訳，J・ラプランシュ，J＝B・ポンタリス／村上仁監訳『精神分析用語辞典』みすず書房，1977, 1984, p. 458.

27 J.-K. Huysmans, *À rebours*, Gallimard, Coll. « Folio », *op.cit.*, p. 181.

28 Nathalie Limat-Letellier, *Le désir d'emprise dans À rebours de J.-K. Huysmans*, Minard, Coll. « Archives des lettres modernes 245 », 1990, p. 22 et sq.

29 ゴヤ（1746-1828）：スペインの画家，版画家。デ・ゼッサントは彼の版画ロス・カプリチョス連作を高く評価している。

30 J.-K. Huysmans, *À rebours*, Gallimard, Coll. « Folio », *op.cit.*, p. 202.

31 *Ibid.,* pp. 215-216.

32 *Ibid.,* p. 194.

33 *Ibid.,* p. 349.

34 Mircea Eliade, *Naissances mystiques, essai sur quelques types d'initiation*, Gallimard, 1959, p. 10, cité par Simone Vierne, *Rite, Roman, Initiation,* 2e éd., P.U. de Grenoble, 1987（1973）, p. 8.

ユイスマンス作品に見られるイニシエーション的構造については，エリアーデ自身がその著『生と再生』の末尾で，「カトリック教会制度の“秘教的”意義を復興しようと模索しつつある小集団が存在したこともなかったし，また，今も存在していないというのではない。作家ヒュイスマンス〔ママ〕（J.K. Huysmans）の試みはよく知られて」いると述べ，その意義を強調している（Mircea Eliade, *Birth and Rebirth*, New York : Harper & Brothers Publishers, 1958. fr., *Naissances mystiques, essai sur quelques types d'initiation, op.cit,* pp. 277-278. 邦訳，ミルチャ・エリアーデ／堀一郎訳『生と再生――イニシエーションの宗教的意義』東京大学出版会，1971，p. 270）．なお，『さかしま』以外の作品に見られるイニシエーション的構造については以下の論考を参照。Jacqueline Kelen, « Les deux abîmes（à propos de *Là-bas*）», in *Herne,* n° 47, 1985, pp. 217-223.

35 六つのイニシエーション：「原始社会」の三つのイニシエーション，すなわち，①思春期のイニシエーション，②仮面とダンスを用いる秘密社会へのイニシエーション，③シャーマニズムのイニシエーションのグループ。「古代社会」のイニシエーションである④エレウシスの入信加礼やミトラの神秘などのグループ。中世，近代の西欧社会のイニシエーションから⑤錬金術と⑥フリーメーソンのイニシエーションの二つのグループ。

36 ギリシア神話の「金羊毛」伝説：イオルコスの王子イアソンは，イアソンの父の王位を簒奪して王位を継いだ叔父ペリアスに黒海のコルキスにあるという伝説の金羊毛を持ち帰れば，王位に就けると言われ，募集に応じて集まったヘラクレス，カストル，ポルクスら，50人の英雄とともに巨大なアルゴー船に乗り，金羊毛を求める旅に出かける。イアソンはさまざまな障害を克服し，コルキスの王女で魔女メディアの助けを借りて，金羊毛を持ち帰ったといわれる。このアルゴー船の一行をアルゴナウタイという。

37 「危険に満ちた道程」：モーツァルトのオペラ「魔笛」の登場人物ザラストロの言葉。魔笛のフリーメーソン的な解釈については以下を参照。Jacques Chailley, *La Flûte enchantée : opéra maçonnique,* Laffont, 1968.

38 J.-K. Huysmans, *À rebours*, Gallimard, Coll. « Folio », *op.cit.*, p. 169.

39 Alain Cugno, *Saint Jean de la Croix,* Fayard, 1979, pp. 216-217.

40 J.-K. Huysmans, *À rebours*, Gallimard, Coll. « Folio », *op.cit.*, p.205.

41 *Ibid.,* p.210-211.

42 Yves Vadé, «Le Sphinx et la Chimère », in *Romantisme,* no 15, 1977, p. 2 ; Jeanne Bem, « Le Sphinx et la Chimère dans *À rebours* », in *Huysmans, Une esthétique de la décadence,* Champion, 1987, pp. 23-29.

43 Jeanne Bem, *ibid.*, p.28.

44 *Ibid.,* p.29.

45 Jacques Lacan, « Subversion du sujet et dialéctique du désir dans l'inconscient freudien », dans *Écrits,* Seuil, Coll. « Le champ freudien », 1966, p.822.

46 J.-K. Huysmans, *À rebours*, Gallimard, Coll. « Folio », *op.cit.*, p.346.

47 *Ibid.,* p 349.

◉第三章

1 F・ブーシェ（1703-70）：フランスの画家，版画家。ルイ 15 世（1710-74）の愛妾ポンパドゥール夫人（1721-64）の庇護を受け，甘美な女神像や，肖像画，風俗画を描き人気を博し，ロココ期の代表的な画家となる。

2 J.-K. Huysmans, « Camaïeu rouge », *Le Drageoir aux épices,* dans *Œ.C., op.cit.*, t. II, p. 13.

3 Jean-Pierre Vilcot, « Bonheur et clôture chez Huysmans », in *Bulletin,* n° 63, 1975, pp. 29-30.

4 J.-K. Huysmans, *Sac au dos*（« Les Soirées de Médan », 1880）, dans *Œ.C., op.cit.,* t. I, pp. 248-249.

5 J.-K. Huysmans, *Les Sœurs Vatard,* dans *Œ.C., op.cit.*, t. III, pp. 281-282.

6 Jean-Pierre Vilcot, *op.cit.,* p. 40.

7 この物語図式の唯一の例外はデュルタルがパリを出ることのない『彼方』である。ただ，この作品では，ある意味，パリ自体が一つの内部の世界をなしていると考えることもできる。

8 したがって，かつて P・ブリュネルが強調したように「小説から 20 年後の序文」は，執筆当時のユイスマンスの状況や心境がそのまま語られているわけではなく，「注意」してかかる必要があるのである。Cf . Pierre Brunel, « La légende des fins de siècle », in *Herne,* n° 47, 1985, p. 7.

9 J.-K. Huysmans, *À rebours*, Gallimard, Coll. « Folio », *op.cit.*, pp. 59-60.

10 『さかしま』における小説のカタログ化（または脱カタログ化）の問題に関しては，Pierre Brunel, « *À rebours* : Du catalogue au roman », in *Huysmans. Une esthétique de la décadance*, Honoré Champion, 1897 を参照。

11 Paul Bourget, *Essais de psychologie contemporaine, études littéraires,* Gallimard, Coll. « Tel », 1993（1883）, p. 25.

12 Jacques Dubois, *Romanciers français de l'Instantané au XIXe siècle*, Bruxelles : Palais des Académies, 1963.

13 J.-K. Huysmans, *À rebours*, Gallimard, Coll. « Folio », *op.cit.*, p. 84.

14 *Ibid.,* p. 157.

15 *Ibid.,* p. 169.

16 J.-K. Huysmans, « Introduction », *À rebours*（1884）, texte présenté et commenté par Rose Fortassier, Imprimerie nationale（Lettres Françaises, Collection de l'Imprimerie Nationale）, 1981.

17 Victor Brombert, *La prison romantique, Essai sur l'imaginaire*, José Corti, 1975. なお，以降の本文に挙げた例の他に，サド侯爵のいくつかの作品に登場する牢獄や修道院，マラルメが 1876 年に再刊したウィリアム・ベックフォード（1760-1844）の『ヴァテック *Vathek, conte arabe*（ヴァセック *Vathek, An Arabian Tale* または *The History of the Caliph Vathek*）』（1787）などが，『さかしま』に何らかのインスピレーションを与えた可能性は大きい。

18 Charles Baudelaire, *Œuvres Complètes*, t. I, Gallimard, Coll. « Pléiade », 1983（1975）, p. 280.

19 J.-K. Huysmans, *À rebours,* Gallimard, Coll. « Folio », *op.cit.*, pp. 101-103.

20 Cf. Philippe Ledru, « Un aspect de la névrose dans la littérature décadente. J.-K. Huysmans : *À Rebours* », in *Mélanges Pierre Lambert consacrés à Huysmans,* A. G. Nizet, 1975, pp. 317-334 ; Jean Borie, *Mythologies de l'hérédité au XIXe siècle,* Galilée, 1981, pp. 101-121.

21 E. Bouchut, *Du nervosisme aigu et chronique et des maladies nerveuses*, J.-B. Baillère et fils, 2e éd., 1877 ; A. Axenfeld, *Traité des névroses,* Librairie Germer Baillère et Cie, 2e éd., 1883（1881）.

22 Jacques-Joseph Moreau de Tours, *La psychologie morbide dans ses rapports avec la philosophie de l'histoire*, Victor Masson, 1859, cité par Jean Borie, *Mythologies de l'hérédité au XIXe siècle, op.cit.*, p. 111.

23 Cesare Lombroso, *L'homme de génie,* F. Alcan, 1889, p. 37（*Genio e follia*, 3. ed. ampliata, con 4 Appendici, Milano : Hoepli, 1877）.

24 Octave Mirbeau, « Le siècle de Charcot », dans *Chroniques du Diable,* Annales Besançon, 1995, p. 121.

25 J.-K. Huysmans, *Lettres inédites à Emile Zola*, publiées et annotées par Pierre Lambert, avec une introduction de Pierre Cogny, Droz, Coll. « Textes littéraires français », 1953, p. 103.

26 J.-K. Huysmans, *À rebours*（manuscrit）, B.N., Mss, N.a. fr. 15761, 1884.

33 Cf. Léon Deffoux, « Mort d'un ami de J.-K. Huysmans : Ludovic de Francmesnil », in *Bulletin de la Société J.-K. Huysmans*, Genève : Slatkine Rep.（以下，*Bulletin* と略す），n° 4, 1975（1930），1ère série, pp. 121-122.

34 Cf. Jean Jacquinot, « Un ami perdu et retrouvé : Jean-Jules-Athanase Bobin（1834–1905）», in *Bulletin,* n° 25, 1953, pp. 281-287.

35 1875 年，同詩集がジェネラル書店より再刊された時，改題され，*Le drageoir aux épices* となった。初版は本章注 37 を参照。

36 Edmond et Jules de Goncourt, *Journal, Mémoires de la vie littéraire,* II, 23 mars 1886, Robert Laffont, Coll. « Bouquins », 1989（1956），p. 1233 ; Robert Baldick, *La vie de J.-K. Huysmans, op.cit.,* p. 42.

37 以下に収められたパトリス・ロクマンの注記による。J.-K. Huysmans, *Le drageoir aux épices*（1874），suivi de textes inédits, édition critique établie et annotée par Patrice Locmant, Honoré Champion, Coll. « Textes de littérature et contemporaine », 2003, pp. 218-219.

38 *Le National,* le 18 janvier 1875, cité par Robert Baldick, *La vie de J.-K. Huysmans, op.cit.,* p. 43.

39 Cf. Philippe van Tieghen, *Les grandes doctrines littéraires en France,* PUF, 1974 ; Helen Trudgian, *L'esthétique de J. -K. Huysmans,* Genève : Slatkine Rep., 1970（1934），pp. 50-52.

40 中木康夫『フランス政治史（上)』未來社，1975，1980，p. 229 以下。

41 カミーユ・ルモニエ：ベルギーの詩人，小説家。フランス語で執筆し，ゾラ，ユイスマンス，ペラダン，ジャン・ロランをはじめとする自然主義，デカダン派の作家と親交があった。代表作，『雄 *Un mâle*』（1881），『リュパール夫人 *Madame Lupar*』（1888）。ユイスマンスは 1878 年にブリュッセルの『ラルティスト』誌に彼の紹介文を書いている。J.-K. Huysmans, « Camille Lemonnier », *L'Artiste,* 4 août, 1878（以下のブレンダン・キングのホームページに全文が掲載されている。http://homepage.mac.com/brendanking/huysmans.org/litcriticism/lemonnier.htm）. またユイスマンスが鍾愛したフェリシアン・ロップスは彼の従兄弟にあたる。Cf. J.-K. Huysmans, *Lettres inédites à Camille Lemonnier,* présentées et annotées par Gustave Vanwelkenhuyzen, Droz-Minard, 1957.

42 François Coppée, « Carnet d'un voyageur à Bruxelles », in *Musée des Deux Mondes,* 15 novembre 1876, cité par Robert Baldick, *La vie de J.-K. Huysmans, op.cit.,* p. 72.

43 J.-K. Huysmans, *Sac au dos*（« Les Soirées de Médan », 1880），dans *Œ.C.,* t. I, pp. 248-249. 本書 102 頁の引用に同文あり。

44 J.-K. Huysmans, *Marthe, histoire d'une fille,* 2e éd., Derveaux, 1879.

45 J.-K. Huysmans, *Marthe,* dans *Œ.C., op.cit.*, t. II, p. 9.

46 『ヴォルテール』誌，1879 年 3 月 4 日号に掲載されたこの書評記事は以下に再録された。Émile Zola, « Trois Débuts : Huysmans », dans *Le Roman Expérimental*（1880），*Œuvres Complètes,* t. 9, Nouveau Monde, 2004, pp. 431-434.

47 *Ibid.*

48 *Ibid.*

49 E・ドガ：フランスの画家，彫刻家。D・アングル（1780-1867）の弟子 L・ラモート（1822–69）に学び，アングル，J＝B・C・コロー（1796–1875）の影響下に新古典派として出発するが，1870 年代，ゾラなどとの接触を通じ，印象派に転じ，現代生活，特に踊り子や洗濯女，娼婦などの風俗を類い稀な素描力で描く独自の作風を完成した。

50 Hubert Juin, « Préface » à J.-K. Huysmans, *Marthe, les Sœurs Vatard,* Union Générale d'Édition, Coll. « 10/18 », 1975, p. 18.「文明化された裸体《カルナシヨン・シヴィリゼ》」という用語も，「1879 年のサロン Le Salon de 1879」（『近代美術』所収）においてユイスマンスがドカを評した言葉に基づく（J.-K. Huysmans, *Écrits sur l'art, 1867-1905, op.cit.*, p. 117）。

51 たとえば，中木康夫，前掲書（上），p. 266.

52 Arthur Schopenhauer, *Pensées et fragments, présentation de Pierre Trotignon,* Paris-Genève : Slatkine Rep.（Félix Alcan），Coll. « Ressources », 1979（1881/1892）.

15 「ユイスマンスのキリスト教信仰への帰属の問題，つまり『彼方』以降の彼の信仰心の深さや，こうした信仰がキリスト教の教義（ドグマ）と合致しているかというような問題は，おそらく決定できぬままだろう」。Jean Decottignies, *art.cit.*, p. 69.

16 Paul Valéry, « Durtal », dans *Œuvres* I, Gallimard, Coll. « Pléiade », 1980 (1957), p. 742.

17 Michel Raimond, *La crise du roman, Des lendemains du Naturalisme aux années vingt*, 4e éd., José Corti, 1985 (1966).

18 Pierre Cogny, *J.-K. Huysmans. De l'écriture à l'Écriture,* Téqui, Coll. « L'auteur et son message », 1987, p. 23.

19 Paul Valéry, « Durtal », *art.cit.*, p. 745.

20 この章の記述に関しては，いちいち引用を注記しないが上記のバルディック，ヴィルコンドレ，ロクマンなどの伝記を大いに参照した。

21 ヤコブ・ユイスマンス：アントワープに生まれ，イギリスに渡って，チャールズ2世（1630-85）の妃キャサリン・オブ・ブラガンザ（1638-1705）付きの「王妃の画家」として活躍，多くの肖像画を描いている。ロンドンのテート美術館や，スペインのプラド美術館などに収蔵作品がある。

22 コルネリス・ユイスマンス（仏，コルネリウス・ユイスマンス）：アントワープに生まれ，ブリュッセル，メッヘルンなどで活動した風景画家。パリのルーヴル美術館をはじめ，ブリュッセル，ドレスデン，ベルリン，ウィーンなどの美術館に作品が収蔵されている。

23 『流れのままに』および『出発』（第一部第二章）に，主人公が修道院に入っている叔母たちのもとを訪れる幼時の記憶の描写が存在する。

24 Simone de Beauvoir, *Faut-il brûler Sade?*, Gallimard, 1972. シモーヌ・ド・ボーヴォワール／白井健三郎訳『サドは有罪か』現代思潮社，1977。

25 ピエール＝オーギュスタン＝カロン・ド・ボーマルシェ／石井宏訳『フィガロの結婚』新書館，1998。古くは辰野隆訳の岩波文庫版（1952）で知られていたが，絶版になっているのでこちらを挙げておく。

26 19世紀から20世紀初頭にかけての，フランスの家庭におけるメイド（ボンヌ）に関する社会学的な考察については以下を参照。Anne Martin-Fugier, *La place des bonnes, La domesticité féminine à Paris en 1900,* Grasset & Fasquelle, 1979.

27 Robert Baldick, *La vie de J.-K. Huysmans, op.cit.,* p. 22 が挙げている出典も小説『背嚢をしょって』からのものである。

28 Philippe Audouin, *Huysmans,* Veyrier, Coll. « Les Plumes du temps », 1985, pp. 74-78.

29 オペラ＝ガルニエ座にほど近い，リシュリュー街とヴィヴィエンヌ街に挟まれた旧館（リシュリュー分館）。フランソワ・ミッテラン大統領（1916-96）の肝いりで13区のセーヌ河岸に新設された新国立図書館開館後は，草稿や図像・地図など専門的な資料を収蔵するようになった。

30 J.-K. Huysmans, *En route, 1ère version inachevée, préface "À Madame T.H."* (manuscrit), Bibliothèque Nationale, Mss. N.a.fr. 15381, 1893. 『出発』の第一草稿である『至高所』を指す。独立した小説として構想されたが，中断。後にこの草稿をもとに『出発』が書かれ，同作の第一草稿と見なされる。ピエール・コニー（1965），ミシェル・バリエール（1988）によって二度にわたって校訂された草稿B（J.-K. Huysmans, *Lá-haut, ou Notre-Dama de la Salette* (manuscrit), particulier, 1893）より執筆時期は早く，草稿Aと呼ばれる。ユイスマンス関連の資料は，ほとんどが，これも現在ではフランス国立図書館の分館であるアルスナル図書館のランベール文庫に収められており，こちらは，大学院生以上の研究者なら割と自由に閲覧できるが，『さかしま』や『出発』『大伽藍』など，主要作品の草稿は，リシュリュー街の国立図書館旧館にある。ユイスマンスの草稿の問題については本書319-321頁参照。

31 Robert Baldick, *La vie de J.-K. Huysmans, op.cit.,* p. 30.

32 « Les paysagistes contemporains », *La Revue mensuelle,* 25 novembre 1867. 最近出版された以下の『美術批評全集』に収録されている。J.-K. Huysmans, *Écrits sur l'art, 1867-1905, op.cit.,* p.39.

101 エトムント・フッサール：ドイツの哲学者。数学者として出発するが，フランツ・ブレンターノ（1838-1917）の影響下に哲学に転向。意識の志向性の分析をもとに，「現象学」を構築した。

102 レオン・ブランシュヴィック：フランスの哲学者。判断の様態に関する批判から出発し，科学と哲学を包摂する独自の批判的観念論を構築した。

103 Cf. Patrick Wald Lasowski, *Syphilis, essai sur la littérature française du XIXe siècle,* Gallimard, Coll. « Les Essais », 1982.

◉第二章

1 Robert Baldick, *La vie de J.-K. Huysmans, op.cit.* 本文にも書いたように，この伝記は同じ著者が1955年に英語で書いた *The Life of J.-K. Huysmans,* Oxford（UK）: Clarendon Press, 1955の，マルセル・トマによる仏訳である。この仏訳版は，前書きでバルディック自身が述べている通り，英語原本出版後に発見された資料などに基づき大幅に増補されている。ロバート・バルディックはオックスフォード大学教授で，イギリスの代表的なフランス文学者。プッチーニのオペラ『ボエーム *La Bohème*』（1896）の原作者アンリ・ミュルジェールの伝記『最初のボヘミアン，アンリ・ミュルジェール *The First Bohemian : The Life of Henry Murger*』（1961），『パリ包囲 *The Siege of Paris*』（1965）などの著作の他，フランス文学の多数の翻訳がある。なお同書には，岡谷公二氏による邦訳『ユイスマンス伝』学研，1996があるが，本書中の引用は拙訳による。

2 Alain Vircondelet, *J.-K. Huysmans,* Plon, 1990.　アラン・ヴィルコンドレは，アルジェ生まれの作家，パリ・カトリック大学教授。

3 Patrice Locmant, *J .-K. Huysmans, Le forçat de la vie,* 2e éd., Bartillat, 2007.

4 Robert Baldick, *The Life of J.-K. Huysmans,* with a foreword and additional notes by Brendan King, *op.cit.*

5 J.-K. Huysmans, *Écrits sur l'art, 1867-1905,* édition etablie par Patrice Locmant, Bartillat, 2006.

6 Robert Baldick, *La vie de J.-K. Huysmans, op.cit.,* pp. 20-21.

7 ユイスマンスの作品の一部がシュルレアリスト，アンドレ・ブルトン編纂の『黒いユーモア選集』(André Breton, *Anthologie de l'humour noir*（1940-1950-1966）, *Œuvres Complètes,* t. II, Gallimard Coll. « Pléiade », 1992, pp. 886-1176. 邦訳，山中散生・窪田般彌・小海永治訳，国文社，1968）に採録されていることは人の知るところ。また，ユイスマンスの諧謔やユーモアについては，Daniel Grojnowski, Bernard Sarrazin, *L'Esprit fumiste et les Rires Fin de Siècle,* José Corti, 1990 ; Gilles Bonnet, *L'Écriture comique de J.-K. Huysmans,* Honoré Champion, Coll. « Romantisme et Modernités 67 », 2003などを参照。

8 J.-K. Huysmans（A. Meunier）, « Joris-Karl Huysmans » (*Homme d'aujourd'hui,* facicule n° 263 consacré à Huysmans, Vanier, 1885）, texte reproduit in *[Les] Cahiers de l'Herne*（以下，*Herne*と略す）, « Huysmans », 1985, pp. 25-29.

9 *Ibid.,* p. 28.

10 たとえば，現代においてこうした傾向を代表しているのは，パリ第4大学（ソルボンヌ）比較文学教授ドミニック・ミエである。

11 Philippe Lejeune, *Le pacte autobiographique,* nouv. éd. augmentée, Seuil, Coll. « Points Essais », 1996（1975）. ただしフィリップ・ルジューヌの「自伝契約」の概念からすると，ユイスマンスと読者の間に結ばれるのは，厳密にいえば，「間接的自伝契約」ないし「幻想的自伝契約」といわれるものだ。

12 Pierre Cogny, *J.-K. Huysmans à la recherche de l'unité,* A. G. Nizet, 1953. ピエール・コニーは，元ユイスマンス協会会長で，戦後の指導的なユイスマンス研究者。たとえば『彼方』（桃源社，1966）の日本語訳に寄せた解説「ユイスマンスの変転」で田辺貞之助も彼の解釈を追認している（本書「あとがき」540頁も参照）。

13 Jean Decottignies, « *Là-bas* ou la phase démoniaque de l'écriture », in *Revue des science humaines,* n° 170-171, février-mars, 1978, pp. 69-79.

14 André Breton, *Œuvres Complètes,* t. I, Gallimard, Coll. « Pléiade », 1988, p. 1527.

93 「現代的な調香師のモデルをたどっていけば，結局，1884年のユイスマンスの『さかしま』にいきつく。デ・ゼッサントは調香のテクニックのすべてを心得ている。デ・ゼッサントの偉大な調香は，一連の秩序だったプロセスをふんでおり，着想から実際まで，すべてがそろっている。彼は既成の調合法にたよらず，自らの詩想に導かれるままに香水を作り出す。まずはじめに背景（「花咲く牧場」）をしつらえ，（「人間くさい匂いのエッセンスを少々そそいで」）ひとつの雰囲気をかもしだし，そこに，ある情感をこめる（「ふりそそぐ陽光をあびて野を駆けるよろこび，汗くさい笑い」を思わせる香り），そうしておいて，そこに強烈な現代性（「工場のはきだす煙」）をきざみつけるのだ。コティが「オリガン」をつくりだしたのは，それから20年後のことであった」。Alain Corbin, *Le miasme et la jonquille, L'odorat et l'imaginaire social XVIII-XIXe siècles,* Flammarion, Coll. « Champs », 1986（1982）, p. 232. 邦訳，アラン・コルバン／山田登世子・鹿島茂訳『新版　においの歴史――嗅覚と社会的想像力』藤原書店，1990，p. 268-269。ここでいうフランソワ・コティ（1870-1934）はフランスの調香師，実業家，政治家。

この匂いに対する感性の変化は，前著『娼婦』で指摘されていた性に対する感性の変化と密接に連動していることは，以下の結語を見れば一層明らかとなる。「さまざまな分裂や対立のもとになってきたのは，空気・垢・糞便といったものを一体どう考えるかという，二つの異なるとらえかたであった。そこから，欲望のリズムをいかに扱い，欲望にまつわる香りをどう扱うか，相異なる二つの管理のしかたが生じてきた。そうして結局それらの分裂，対立のおちつくところ，それが，いま私たちの生きている，悪臭のない，無臭の生活環境なのである。百年の長きにわたって，人びとの嫌悪感と親近感の歴史をいろどり，浄化の歴史をいろどってきたこれらさまざまな出来事は，もろもろの社会的表象と象徴系をくつがえしてしまった。それを十分に理解しておかなければ，十九世紀の社会的葛藤の根底にひそむ深みをはかり知ることもできず，ましてや，現代のエコロジーのめざす夢の位相を把握することもできないであろう」。Alain Corbin, *ibid.*, p. 270. 邦訳，アラン・コルバン，同上書，p. 316.

94 この事情については本書第六章250-290頁で詳説する。

95 この項，編集者，科学ライターの伊地知英信氏のご教示による。たとえば，日本でも多くの読者を獲得している昆虫学者のファーブル（1823-1915）は，『昆虫記』第7巻でオオクジャクヤママユという蛾について，虫籠の中に閉じ込められた一匹の雌に，多数の雄が信じられないような遠い距離を飛んで集まってくる現象を説明するため，エーテルのような目に見えない媒質が存在することを想定している。臭いにも，マツムシグサもどきのように人間に感じられる性質の臭いと，ある種のキノコの臭いのように人間には感じられない性質の臭いがあり，人間が感じられる前者の臭いは粒子の性質，人間が感じられない臭いは波の性質を持っている――ファーブルはオオクジャクヤママユの雌が発する「知らせの発散物」は，ちょうど光や電磁波のように「エーテル」を介して波のように，遠距離に到達すると考えていたのである。この問題については，筆者も校閲者として参加しているジャン＝アンリ・ファーブル／奥本大三郎訳『完訳ファーブル昆虫記　7巻（下）』集英社, 2009, pp. 289-330を参照。

96 Martin Heidegger, *Lettre sur l'humanisme,* /tr. par Roger Munier（de l'allemand）, Aubier, Coll. « Philosophie de l'esprit », 1983（1946/1957）p. 123. 邦訳，マルティン・ハイデッガー／渡邊次郎訳『「ヒューマニズム」について――パリのジャン・ボーフレに宛てた書簡』ちくま学芸文庫，1997, 2005, pp. 97-98。

97 Robert Schnerb, *Le XIXe siècle, L'apogée de l'expansion européenne*, PUF, Coll. « Quadrige » 1993（1955）, 5e partie, ch. 2, « Le renouveau idéaliste et spiritualiste en Europe », pp. 481-492.

98 ウィリアム・ジェームス：アメリカの哲学者，心理学者。プラグマティズムの祖。1882年頃から心霊学に興味を持ち，アメリカ心霊研究協会の初代会長を務めたことでも知られる。

99 ジョン・デューイ：アメリカの哲学者，教育学者，心理学者。プラグマティズムに立脚し，機能心理学を開拓した。

100 アンリ・ベルクソン：フランスの哲学者。時間を空間から類推することを廃し，純粋持続であるとする直感から出発して，同時代の知識人に多大な影響を与えた。

(Isère) , Grenoble : au Grand Séminaire, 1848.

71 Jean Stern, *La Salette-documents authentiques,* t. 1, document 43, Desclée de Brouwer, 1980, p. 182 ; Claude Guillet, *op.cit.,* p. 182.

72 H. Delahaye, « Un exemplaire de la lettre tombée du ciel », in *Recherche de sciences religieuses,* n° 18, 1928, pp. 164-169 ; René de la Perraudière, « La Lettre de Dieu », in *Mémoire de la Société nationale d'Agriculture, des Sciences et des Arts d'Angers,* VIII, 1905, pp. 131-136.

73 Joseph Déléon, *La Salette Fallavaux (Fallax Vallis), ou la Vallée du Mensonge, par Donnadieu (abbé J. Déléon),* 2 vols., Grenoble : Redon, 1852-1853.

74 ファクシミリ版の新版が以下より出ている。L'Abbé Rousselot, *Nouveaux documents sur le fait de la Salette,* Édition scannée et faximilée, Édition Saint-Remi, 2005（1850）.

75 「ラ・サレットの奇跡」については以下の記事を参照。Pierre Larousse, *op.cit.*, t. XIX, p. 108.

76 Claude Guillet, *op.cit.,* p. 179.

77 クレベール将軍：フランスの軍人。ヴァンデ地方の王党派の反乱の鎮圧に参加した後，ナポレオンのエジプト遠征の司令官となり，ヘリオポリスでイギリス軍に大勝利を収めるが現地のイスラム教徒の若者に暗殺される。

78 アングレーム公爵夫人：ルイ 16 世とマリー＝アントワネットとの間に生まれた長女で，マダム・ロワイヤルと呼ばれた。革命時，タンプル牢獄で獄死したルイ 17 世の姉にあたる。彼女は大革命を生き延び，1799 年にアングレーム公（1775–1844）と結婚した。

79 偽ルイ 17 世については本書序章注 21 を参照。

80 ジョアシャン・ド・フロール（1130 頃–1202 頃）：イタリア名ジョアッキーノ・ダ・フィオーレ。南イタリア，カラーブリア生まれのシトー会の修道士，神学者。数の象徴主義，聖霊の支配や千年王国説（ミレナリスム）を中心とする特異な神学を唱え，後世に大きな影響を与えた。ユイスマンスとジョアシャンの関係については本書第七章（296–303 頁）で詳述する。

81 ヴァントラス（1807–75）：ノルマンディー地方，ティリー＝シュル＝ソールで活動した異端「慈悲の御業」（「エリヤのカルメル会」「マリア派カルメル会」「カルメルの子供たち」「慈悲の兄弟たち」などの異称を用いた）を率いた幻視者，預言者。1875 年，彼の死に際して，ブーランは彼の後継者を自称して新たなセクト（前者との区別のために時に「ジャン＝バティストのカルメル会」という名称を用いることがある）を作った。なお彼については，本書第五章で詳述する。

82 ディアポラマ：写真発表の一形式で，スライド上映に合わせて音楽，効果音，テクストなどを流すもの。

83 Cf. Claude Guillet, *op.cit.,* p. 181.

84 Cité par Claude Guillet, *op.cit.,* p. 186.

85 *Ibid.* および，本章注 75 を参照。

86 グルノーブルにラ・サレットの出現に刺激を受けた伝道団が成立したという噂を耳にすると，メラニー・カルヴァは，自身を創立者とする「神の御母修道会」の規則書を印刷した。この修道会の男性部会が，イエス＝キリストの福音を一切の歪曲を排して伝導する「終末の使徒」である。Cf. Claude Guillet, *op.cit.,* p. 180.

87 Cf. Claude Guillet, *op.cit.,* p. 181.

88 松浦寿輝『エッフェル塔試論』筑摩書房，1995。

89 Alain Corbin, *Les filles de noce, op.cit.*, p. 189, 253. 邦訳，アラン・コルバン『娼婦』前掲書，p.176, 235。

90 J.-K. Huysmans, *À rebours*, Gallimard, Coll. « Folio », *op.cit.*, p.289. 以下『さかしま』の訳については澁澤龍彦訳の重要性に鑑み，大筋で同訳（桃源社，第 3 版，1977）を踏襲した上，文脈に応じて適宜改変を加えた。同訳への筆者の思い入れもあり，異例の措置だが諒とされたい。

91 Alain Corbin, *Les filles de noce, op.cit.*, p. 189. 邦訳，アラン・コルバン『娼婦』前掲書，p. 176。ただし，ここでの訳文は引用者による。

92 *Ibid.* p. 181. 同上書，p. 168。

mes, Mythe et culte de la Vierge Marie, /tr. par Nicole Ménant（de l'anglais）, Rivages, Coll. « Rivages/Histoire », 1989（1976）などを参照。

52 ルイ=マリー・グリニョン・ド・モンフォール：18 世紀初頭に活動したフランスの聴罪司祭。マリア会の創設者。地方の貧民救済や伝導にあたる傍ら，特にマリアに捧げる多くの頌歌を書き，聖母マリア信仰に影響を与えた。主著『真正なるマリア崇拝論 *Traité de la vraie dévotion de la Vierge*』および，その縮約版『聖母マリアの秘密 *Le secret de Marie*』。

53 アルフォンソ・マリア・デ・リグオリ：ナポリの裕福な家庭に生まれ，優秀な弁護士として活躍していたが，世俗の生活に幻滅して回心，修道会「いと聖なる贖い主」を設立し貧者の救済や伝導にあたった。

54 1836 年に「いと聖く穢れなき聖母の御心に捧ぐ修道会」を設立したデュフリッシュ=デジュネット神父は，イエスの聖心自体に語らせるというかなり大胆な手法で，人びとに母マリアの聖心の加護を祈るよう説いた。M. Dufriche-Desgenettes, *Manuel d'instructions et de prières à l'usage des membres de l'archiconfrérie du Très Saint et Immaculé Cœur de Marie,* Sagnier et Bray, 12e éd., 1850, pp. 66-67. Cf. Claude Guilllet, *op.cit.*, p. 11.

55 「マリアの神聖化は，危険をともなっていた。イエスの母が原罪なく懐胎されたという教説は，古代の多神教の神話や宗教に存在した処女神との混淆を避ける必要があった。数世紀にわたって，神学者たちは，まさにこのような今にも崩れそうな均衡状態の中で，危険な綱渡りをしながら，足を踏み外さないよう細心の注意を払ってきたのだった」。Jacqueline Martin-Brener, « Le siècle de Marie », in *Générations de Vierges,* /éd. par Groupe de Recherches Interdisciplinaires, Presses Universitaires du Mirail, 1987, p. 55.

56 François René de Chateaubriand, *Génie du christianisme,* Gallimard, Coll. « Pléiade », 1978, p. 487, cité par Stéphane Michaud, *Muse et madone, Visages de la femme de la Révolution française aux apparitions de Lourdes,* Seuil, 1985, p. 31.

57 *Ibid.*, p. 487, cité par Stéphane Michaud, *Ibid.*, pp. 30-31.

58 「サン=シモン主義を掲げたプロレタリアや，その後，彼らの運動を引き継いだ女性活動家たちにとっては，聖母マリアは自由を象徴する形象だった。教会はマリアが信仰に篤い民衆の精神的な母だとしていたが，聖母をよりどころに，社会主義者の女性たちは，社会生活への参加を要求した」。Stéphane Michaud, *op.cit.*, pp. 10-11.

59 Jacqueline Martin-Brener, *art.cit.*, p. 56.

60 *Ibid.*, pp. 45-48.

61 L. Bassette, *Le Fait de la Salette,* Éditions du Cerf, 1955, p. 276. Cf. Stéphane Michaud, *op.cit.*, p. 65.

62 René Aubert et alii., *Histoire de l'Église depuis les origines jusqu'à nos jours,* t. XXI.*Le Pontificat de Pie IX (1846-1878)*, Bloud & Gay, 1952. p.43.

63 *Ibid.*

64 Jacqueline Martin-Brener, *art. cit.*, p. 55.

65 アドリアン・ペラダン：文学者，オカルティストのジョゼファン・ペラダンの父にあたる。J=M・キュリック編『預言の声』は本書第五章注 6 の文献を，また『19 世紀聖性年報』は同第五章注 10 を参照。

66 直接の出典は以下のインターネット版による。*Le texte complet des apparitions de Notre Dame de la Salette*（http://jesusmarie.free.fr/index）.

67 原題は *Lettre dictée par la Vierge à deux enfants sur la montagne de la Salette-Falavaux.*

68 以下のサイトで全文を読むことができる。http://jesusmarie.free.fr/apparitions_salette_secret.html

69 「1850 年，アルスの司祭はマクシマン・ジローに面会したが，彼はこの会見に満足できなかった。彼は 1858 年になるまで，ラ・サレットのメダルに祝福を与えることを拒んだ」。Gérard Cholvy, Yves-Marie Hilaire, *op.cit.*, p. 182.

70 L'Abbé Rousselot, *La Vérité sur l'événement de la Salette du 19 septembre 1846, ou rapport à Mgr l'Évêque de Grenoble sur l'apparition de la Sainte Vierge à deux petits bergers, sur la montagne de la Salette, canton de Corps*

34 ダヴィッド（1748–1825）：新古典派の代表的な画家。ナポレオンの首席画家となって画壇に君臨する。

35 Phillippe Muray, *op.cit.,* p. 103.

36 Georges Sorel, « La crise de la pansée catholique », in *Revue de Métaphysique et de Morale,* t. X, n° 5 (septembre), 1902, p. 550.

37 Gérard Cholvy, Yves-Marie Hilaire, *Histoire religieuse de la France contemporaine,* t. I, 1800 /1880, Privat, 1990, p. 13.

38 François René de Chateaubriand, *Mémoire d'Outre-Tombe,* t. I, Gallimard, Coll. « Pléiade » , 2008 (1947), p.908. Cf. Claude Guillet, *La rumeur de Dieu, Apparitions, prophéties et miracles sous la Restauration,* Imago, 1994, p. 43.

39 マドレーヌ墓地：パリ 8 区にあった墓地。王族をはじめ，革命の犠牲者が多く葬られた。王政復古後，ルイ 18 世（1755-1824）の名により「贖罪の聖堂」が建てられている。

40 サン＝ドニ：フランス北西にある都市。12 世紀にさかのぼるサン＝ドニ教会があり，歴代フランス国王はここに葬られた。

41 Claude Guillet, *op.cit.,* pp. 58-65. ベリー公の暗殺者ルヴェルについては，以下の記事を参照。Pierre Larousse, *op.cit.,* t. XIV, p. 736.

42 Joseph de Maistre, *Considérations sur la France, Œuvres Complètes,* t. I, Librairie générale catholique et classique 1884 (1814), p. 11, cité partiellement dans Claude Guillet, *op.cit.,* p. 44.

43 カイン：「創世記」第 4 章に出てくるアダムとイヴ（エヴァ）の長子。弟のアベルを殺した。月本昭夫訳『旧約聖書Ⅰ　創世記』岩波書店，1997, 2004, pp. 13-14 を参照。

44 「彷徨えるユダヤ人」：アースヴェリュスあるいはアハスヴェール（独）の名で知られる神話的人物。十字架を背負って刑場へ向かうキリストに一瞬の休息を与えるのを拒んだ廉で，永遠に地上を彷徨うことを運命づけられた。13 世紀に書かれた年代記に初めて出現するが，18 世紀末から，ヨーロッパ各国文学作品の中に，贖罪を体現する人物として盛んに登場するようになった。

45 Joseph de Maistre, *op.cit.,* p. 45.

46 オレステス：ギリシア神話の人物。トロイア戦争のギリシア方総大将アガメムノンとその妃クリュタイムネストラの子。アガメムノンはトロイア戦争から帰還後，后クリュタイムネストラの愛人アイギストスに暗殺された。父暗殺の時，オレステスはまだ幼少だったが，長じてアイギストスと母クリュタイムネストラを殺害し，父の復仇をとげる。アイスキュロス（前 525（24）–前 456）の三部作『オレステイア』の主要登場人物。

47 デキウスの故事：紀元前 340 年，ローマ人がウェセリスの川岸でラテン人と戦った際，ローマ軍の執政官プブリウス・デキウス・ムスが，馬に拍車を与えてラテン軍兵士の隊列に突入を敢行，我が身を犠牲にしてラテン軍を混乱に陥れ，ローマ軍に勝利をもたらしたという故事を指す。ティトゥス・リウィウス（前 59–後 17）が『ローマ史』第 10 巻に伝える。「ウェセリスの戦い」は画題にもなっており，ペーター・パウル・ルーベンスも，タピスリーの原画として計 8 枚からなるデキウス・ムス連作（1616–17）を描いている（ウィーン，リヒテンシュタイン美術館所蔵）。

48 エリザベート（1764–94）：ルイ 15 世の長子ルイ・ド・フランス（1729–65）と，彼の第二の妻，マリー＝ジョゼフ・ド・サックス（1731–67）の娘。ルイ 16 世，ルイ 18 世，シャルル 10 世（1757–1836）の妹にあたる。ルイ 16 世のヴァレンヌ脱出事件の際，国王一家とともに捕らえられパリに連れ戻される。その後，タンプル城，次いでコンシエルジュリ——パリ高等法院付属監獄——に幽閉され，ルイ 16 世の処刑後の 1794 年 5 月 10 日，断頭台で処刑。

49 Joseph de Maistre, *op.cit.,* pp. 38-39.

50 Claude Guillet, *op.cit.,* p. 9.

51 「聖母マリア」を扱ったものとしては，René Laurentin, *La Question mariale,* Seuil, 1963 ; René Laurentin, *Court traité sur la Vierge Marie,* 5e éd., P. Lethielleux, 1967 ; Marina Warner, *Seule entre toutes les fem-*

20 Philippe Muray, *op.cit.*, p. 27.

21 Michel Foucault, *Les mots et les choses, op.cit.*, p. 264. 邦訳，ミシェル・フーコー『言葉と物』前掲書，p. 271.

22 たとえば，フィリップ・アリエス（1914-84）の以下の論考を念頭に置くならば，それまで生まれ落ちた人間が一人前の大人になるまでの単なる中間期であるというだけで，取り立てて注目されることもなかった「子供」や「子供時代」が，特有の価値と輝きを帯びて登場してくる（Philippe Ariès, *L'Enfant et la vie familiale sous l'Ancien Régime*, Seuil, Coll. « Points histoire », 1975 (1963). 邦訳，フィリップ・アリエス／杉山光信・杉山美恵子訳『〈子ども〉の誕生』みすず書房，1980, 1983)。また，フーコー自身が以下の論考で示したように，「狂気」は或る原因を持ち，治療されるべき「病」として，それを分析し，原因を突き止める使命を担った「臨床医学」とともに特権化される（Michel Foucault, *Histoire de la folie à l'âge classique*, Gallimard, Coll. « Tel », 1984 (1961). 邦訳，ミシェル・フーコー／田村俶訳『狂気の歴史――古典主義時代における』新潮社，1975 ; Michel Foucault, *Naissance de la clinique, op.cit.* 邦訳，ミシェル・フーコー『臨床医学の誕生』前掲書)。さらに「死」も，有限性に対する反省とともに，哲学あるいは，反哲学の限界として，新たな意味を与えられる（Michel Foucault, *Les mots et les choses, op.cit.*, p. 261. 邦訳，ミシェル・フーコー『言葉と物』前掲書, p.268. Cf. Philippe Ariès, *Essais sur l'histoire de la mort en Occident : Du Moyen Âge à nos jours*, Seuil, Coll. « Champs Histoire », 1977 (1975). 邦訳，フィリップ・アリエス／伊藤晃・成瀬駒男訳『死と歴史――西欧中性から現代へ』みすず書房，1983, 1989)。実証的には，これらの運動が突然18世紀末の一時期に出現したと断言するのは，牽強付会のそしりを免れないだろうが，ミュレーが「サン＝ジノサン墓地の移動が，認識論上の大転換を示す指標だ」と述べている時，念頭に置いているのは具体的には以上のような事情だろう。

23 ルナン（1823–92）：哲学者・文献学者・歴史家。キリストの生涯を文献批評の手法を用いて客観的に描いた『イエスの生涯 *Vie de Jésus*』（1863）で知られる。

24 ユゴー（1802–85）：フランス・ロマン主義を代表する詩人・劇作家・小説家。

25 ユージェーヌ・シュー（1804–57）：フランスの大衆小説作家。『パリの神秘 *Mystères de Paris*』（1842–43），『彷徨えるユダヤ人 *Le Juif errant*』（1844–45）が有名。

26 Philippe Muray, *op.cit.*, p. 43.

27 サン＝シモン：フランスのユートピア社会主義者。主著『産業体制論 *Du système industriel*』（1921）。

28 Ch・フーリエ：フランスの空想社会主義者。主著『四運動の理論 *Théorie des quatre mouvements et des destinées*』（1808）などを通じて，ファランステールと呼ばれる協同組合に基づく理想社会を描く。

29 E・カベー：フランスの空想社会主義者。主著『イカリアへの旅 *Voyage en Icarie*』（1840）で，財産権を否定し，民主主義の最高かつ完全な実現である共産主義を主張した。

30 S＝A・バザール：フランスの社会主義者。サン＝シモン主義者として出発し，アンファンタンと並んでサン＝シモン協会の「至高の父」を務めた後，路線問題を機に脱退，イタリアのカルボナリ党を移入して，シャルボヌリー（炭焼き党）を創立。

31 P・ルルー：フランスの空想社会主義者。穏健な改革主義，ユートピア主義，神秘主義の混じった特異な社会主義を唱え，ユージェーヌ・シュー，ジョルジュ・サンド，ヴィクトル・ユゴーら文学者にも影響を与えた。

32 B＝P・アンファンタン：バザールとともにサン＝シモン協会の「至高の父」となったが，サン＝シモン主義の政治的側面を否定し，協会の「宗教化」を進める。アルジェリアの植民地化や，スエズ運河掘削などを構想し，パリ－リヨン間の鉄道建設会社を設立するなどの側面もある。ユイスマンス同様，パリのアルスナル図書館に資料集成がある。

33 A・コント：フランス実証主義哲学者で社会学の創始者。主著『実証哲学講義 *Cours de Philosophie positive*』全6巻（1830–42）。

32 *Ibid.* p. 200.

◉第一章

1 A・ティエール：歴史家にして政治家。普仏戦争後，第三共和政の初代大統領に選ばれ，ドイツ軍と講和。パリ・コミューンを残虐に弾圧した。

2 P・ド・マク＝マオン：フランスの軍人，政治家。第三共和政下で，ティエール辞任後，王党派・秩序派に推され，第2代大統領となる。1879年に辞任に追い込まれる。

3 たとえば，中木康夫『フランス政治史（上）』未來社, 1975, 1980, p. 229 以下。

4 エドモン・ド・ゴンクール：フランスの自然主義作家。いわゆるゴンクール兄弟の兄の方。弟ジュールは1830年の生まれだが1870年には物故している。

5 Paul Alexis, *La Fin de Lucie Pellegrin*, USA : BiblioLife Rep., 2009（1880）.

6 オッソンヴィル伯爵（1843–1924）：フランスの政治家，文人。

7 バルベー・ドルヴィイ（1808–89）：フランスのロマン主義小説家・ジャーナリスト・批評家。

8 Alain Corbin, *Les filles de noce, misère sexuelle et prostitution (19e siècle),* Flammarion, Coll. « Champs », 1982（1978）, p. 313. 邦訳，アラン・コルバン／杉村和子監訳『娼婦』藤原書店，1991, p. 293。

9 Robert Bessède, *La crise de la conscience catholique dans la littérature et la pensée française à la fin du XIXe siè-cle,* Klincksieck, 1975, p. 13.

10 この間の事情については，Noël Richard, *A l'Aube du Symbolisme : Hydropathes, Fumistes et Décadents,* A.-G. Nizet, 1961 を参照。

11 19世紀文学者・知識人のカトリシズムへの相次ぐ回心については，Robert Bessède, *op.cit.* の他，以下を参照。Richard Griffiths, *Révolution à rebours, Le renouveau catholique dans la littérature en France de 1870 à 1914,* Desclée de Brouwer, 1971 ; Frédéric Gugelot, *La conversion des intellectuels au catholicisme en France, 1885-1935,* CNRS Éditions, 1998.

12 Friedrich Nietzsche, *Die Fröhliche Wissenschaft*（1882-87）, *Kritische Studienausgabe*（KSA）, 3, Deutscher Taschenbuch Verlag de Gruyter, 2003 (1999), p. 481. 邦訳，フリードリッヒ・ニーチェ／信太正三訳『悦ばしき知識』ニーチェ全集 8，断章 108，ちくま学芸文庫，1993，p. 220。

13 *Ibid.*, p. 481. 邦訳，同上書，断章 125，p.220。

14 *Ibid.*, p. 468. 邦訳，同上書，断章 108，p.199。

15 たとえば，Jean-Paul Sartre, *Mallarmé, La lucidité et sa face d'ombre,* Gallimard, Coll. « Arcades », 1986 ; Anne Ubersfeld, *Le Roi et le bouffon, Étude sur le théâtre de Hugo de 1830 à 1839,* Édition revue, José Corti, Coll. « Les Essals », 2001（1974）.

16 かつてパリの中央市場があったレ・アール地区に設けられていた墓地。サン＝ジノサンは後述のように「聖なる幼子たち（幼児殉教者）」を意味する。「マタイ福音書」に，東方の占星学者からキリスト誕生を告げられ，怖れを抱いたユダヤの王ヘロデ（ヘロデ大王，前 73–前 4）が「ベトレヘムとその地域全体にいる 2 歳以下の男の子をことごとく殺させた」（佐藤研訳『新約聖書　マルコによる福音書　マタイによる福音書』マタイ 2 : 16-23，岩波書店，1995，2003，p. 99）という逸話により，この時，罪なく殺された幼子を聖者として信仰の対象としたもの。現在，かつての墓地はジョアシャン・ド・ベレー広場となり，墓地の遺構としては，サン＝ジノサン教会の泉だけが残っている。

17 現在のパリ 14 区，メトロのダンフェール・ロシュロー駅近くに入り口があり，一般に公開されている。

18 Philippe Muray, *Le 19e siècle à travers les âges,* Denöel, Coll. « L'infini », 1984, p. 27.

19 Michel Foucault, *Naissance de la clinique,* PUF, Coll. « Quadrige », 2003（1963）. 邦訳，ミシェル・フーコー／神谷美恵子訳『臨床医学の誕生』みすず書房，2000；Michel Foucault, *Les mots et les choses. Une archéologie des sciences humaines,* Gallimard, Coll. « Tel » , 1996（1966）, p. 229 sq. 邦訳，ミシェル・フーコー／渡辺一民・佐々木明訳『言葉と物——人文科学の考古学』新潮社，1974，2000，p. 237 以下。

20　Jean de Caldain, *op.cit.*, p. 232.

21　偽王太子ルイ 17 世については以下の記事を参照。Pierre Larousse, *Grand dictionnaire universel du XIXᵉ siècle*, t. XIV, DVD-ROM, Champion Électronique（Larousse）, 2000（1866–1890）, pp. 715-716.

22　オーギュスト・クレザンジェ：ロマン派の彫刻家，画家。同じく彫刻家だった父の手ほどきを受け，1847 年にパリ・サロンに初めて出品。「蛇にかまれる女」（1847，オルセー美術館所蔵）はその大胆な裸体表現に加え，ベルギーの外交官アルフレッド・モセルマン（1810-67）の発案により，モセルマンの愛人サバティエ夫人（アポロニー・サバティエ，1822-89）の裸体から直接型どりした塑像をもとに製作されたというゴシップ次元での興味も手伝って，スキャンダルを引き起こす。ちなみに，サバティエ夫人はクレザンジェ自身の元愛人で，詩人シャルル・ボードレール（1821-67）に霊感を与えた女性としても知られる。クレザンジェは肖像彫刻に優れ，主な作品に，女優ラシェル（ラシェル・フェリックス，1821–58）像や，作家テオフィル・ゴーティエ（1811–72）像，サバティエ夫人像（ルーブル美術館所蔵），リュクサンブール公園のルイーズ・ド・サヴォワ（1476–1531）像などがある。1847 年ジョルジュ・サンドの娘，ソランジュと結婚し，1849 年に娘ジャンヌが生まれたが，1855 年に離婚。クレザンジェはベルト・クリエールをモデルに，二体のレピュブリック像（共和国の寓意像）を制作している。そのうちの一体はマドレーヌ寺院に収蔵されているという。

23　J.-K. Huysmans, *Lettres inédites à Arij Prins, op.cit.*, p. 177.

24　エティエンヌ・ギブール師（1610 頃–86）：17 世紀の聖職者，悪魔主義者。1672 年から 80 年にかけてパリを騒然とさせた「毒薬事件」で，ルイ 14 世（1638–1715）の愛妾モンテスパン侯爵夫人（1641–1707）に頼まれライヴァルのフォンタンジュ公爵夫人（1661–81）を呪殺するため，幼児を生け贄にして黒ミサを行ったとされる。「毒薬事件」の発端は，国務評定官の娘，ブランヴィリエ侯爵夫人（1630–76）の愛人で1672年に亡くなった青年士官ゴダン・ド・サント＝クロワの私物から，ブランヴィリエ侯爵夫人が遺産横領のために謀った親類縁者の毒殺が発覚したことによる。さらに 1675 年に逮捕され，凄惨な拷問にかけられたブランヴィリエ侯爵夫人の口から，ラ・ヴォワザンこと，カトリーヌ・デゼーユ（1640 頃–80）なる「魔女」を首謀者として，宮廷や貴族の間に，毒殺や媚薬，黒ミサなどを用いた悪魔的犯罪が広く行われ，錚々たる貴顕がそれに絡んでいることが明らかになり，このスキャンダルにパリ中が騒然と沸き立った。ブランヴィリエ侯爵夫人は逮捕翌年，公衆の面前で罪を悔悟（公然告白）した後，火刑に処された。ルイ 14 世は，さらに火刑裁判所を設けて事件の捜査を行わせたが，事件が宮廷全体に広がり，自分の愛妾まで巻き込んでいることを知り，関係者を処刑して早々に幕引きを図った。ギブール師は逮捕され獄死，ラ・ヴォワザンはブランヴィリエ侯爵夫人同様グレーヴ広場で火焙りの刑に処された。ルネサンス以来のイタリアの影響が，オカルト思想や，魔術，毒薬や媚薬の「文化」なども含めてフランスに流入していたことを示す事件といわれる。

25　ボダン（1529–96）：フランスの政治学者，経済学者，オカルト研究家。

26　シニストラーリ（1622–1701）：フランシスコ会士，パヴィア大学哲学・神学教授。

27　ゲレス（1776–1848）：ドイツ，コブレンツ生まれのカトリック系の政治学者，風刺文書作家。ユイスマンスは彼の『キリスト教神秘主義 *Christliche Mystik*』（1836–42）の仏訳より悪魔主義や魔術に関して多くの情報を得た。Cf. Johann Joseph von Görres, *La mystique divine, naturelle et diabolique,* /tr. par Charles Sainte-Foi,（de l'allemand）, 5 vols., Mᵐᵉ Vve Poussielgue-Rusand, 1854-1855.

28　ブーラン神父宛書簡，1890 年 2 月 6 日付（未刊自筆書簡）。J.-K. Huysmans, *Lettres à l'abbé Boullan* (manuscrits), Bibliothèque de l'Arsenal, Fonds Lambert, Ms 75, Archives Boullan.

29　ユイスマンス宛ブーラン書簡，1890 年 2 月 7 日付（未刊自筆書簡）。Joseph-Antine Boullan, *Lettres et documents adressés par l'abbé Boullan à J.-K. Huysmans,* Bibliothèque de l'Arsenal, Fonds Lambert, Ms 76, 1890-1892.

30　同上書簡，1890 年 2 月 10 日付（未刊自筆書簡）。*Ibid.*

31　J.-K. Huysmans, *Lettres inédites à Arij Prins, op.cit.*, p. 188.

1886.

10 J.-K. Huysmans, *En rade*（1886，単行本の初版刊行は 1887）, Gallimard, Coll. « Folio », 1984. 以下『仮泊』の引用は同版による。なお，本書では，前出グロジュノウスキーの GF 版『さかしま』の年表に準拠し，ユイスマンス作品の発表年は原則として単行本刊行年ではなく，雑誌発表年を優先した。

11 グールモンの『策略 *Stratagèmes*』は後に，Rémy de Gourmont, *Histoires magiques*, Mercure de France, 1894 に収録された。

12 J.-K. Huysmans, *En rade, op.cit.*, p. 190.

13 デル・リオ：当時スペイン領だったベルギー，アントワープ出身の神学者，魔女学者。主著『魔術の研究 *Disquisitionum Magicarum*』（1599）。

14 J.-K. Huysmans, *Lettres inédites à Arij Prins, op.cit.*, p. 182.

15 Jean de Caldain, « La genèse de "Là-Bas", in *Revue des Français*, t. IX, 10 mai 1914, p. 231.

16 Robert Baldick, *La vie de J.-K. Huysmans*, /tr. par Marcel Thomas (de l'anglais), Denoël, 1975（1958）, p. 171 et sq. 2006 年には，定評のあるこのユイスマンスの伝記の英語による増補版が出た（Robert Baldick, *The Life of J.-K. Huysmans*, With a foreword and additional notes by Brendan King, Sawtry（UK）: Dedalus, 2006. 本書 66 頁参照）。

17 真正の薔薇十字に関しては，その発祥の地であるドイツはもちろん，それが伝播したフランス，イタリア，イギリス，さらに海を越えてアメリカなど欧米圏においてすでにおびただしい数の文献・研究書が著されている。また，日本においても，すでに複数の翻訳や紹介の書物が出ているので，詳しくはそちらを参照していただきたいが，その実態に関しては現在でもなお未解明の部分も多い。

1614 年から 16 年にかけて，ヘッセンのカッセルおよび，シュトラスブルクで，『ファーマ・フラテルニターティス（友愛団の名声）』『コンフェッシオ・フラテルニターティス（友愛団の告白）』『化学の結婚』と題された小冊子が相次いで刊行された。これらの書物には，ドイツ人貴族で，ダマスカス，エジプト，フェスなど長く中東の地を徘徊・修行して天界と人間界の神秘に通暁したクリスティアン・ローゼンクロイツなる伝説的人物が創始し，世界の全面的な改革を目指す宗教結社「薔薇十字友愛団」の教義が記してあった。多くの研究者は，一連の薔薇十字運動の著者を『化学の結婚 *Chymischen Hochzeit*』（1616）の著者として名前の挙がっているヴュルテンベルク公領テュービンゲンの神学生，ヨーハン＝ヴァレンティン・アンドレーエ（1586–1654）を中心としたグループであると考えているが，17 世紀の初頭，「薔薇十字友愛団」なる宗教結社が現実に存在したという確証はない。むしろ，それは架空の団体に仮託された思想運動，政治運動であったというのが事実に近いらしい。

イギリスの女流歴史家フランセス・A・イエイツ（1899–1981）は，薔薇十字運動の背後に，ファルツ選帝侯フリードリヒ 5 世（1596–1632）を中心としたドイツ・プロテスタント＝宗教改革勢力の世界改革プログラムがあったと想定している。ドイツの薔薇十字運動は，フリードリヒの没落以降，急速に衰えるが，しかし，18 世紀以降，フリーメーソンやオカルティズム，カバラなどと混淆しつつ，さまざまな意図から，「薔薇十字」を冠した多く「秘密」結社が作られていった。フランセス・A・イエイツ／山下知夫訳『薔薇十字の覚醒』工作舎，1986，1992 を参照。

18 イギリスにおける 19 世紀から 20 世紀にかけてのオカルティズム，心霊術，超心理学の動向に関しては，ジャネット・オッペンハイム／和田芳久訳『ヴィクトリア・エドワード朝時代の社会精神史——英国心霊主義の抬頭』工作舎，1992 などを参照。

19 ブラヴァツキー夫人：本名，ヘレナ・ペトローヴナ・フォン・ハーン。ロシア，ウクライナ生まれの心霊学者で作家。アメリカ人ヘンリー・スティール・オルコット（1832–1907）とともに，インド各地を遍歴した後，ニューヨークで仏教，ヒンズー教，キリスト教の秘教主義を混淆した神智学教会を創始し，1886 年，本拠をインドのマドラスに移す。現代のカルト宗教ニュー・エイジ諸派にも大きな影響を与えている。

注

◉序章

1 J.-K. Huysmans, *Là-bas*（1891）, Gallimard, Coll. « Folio », 1985, p. 384（ガリマール書店のフォリオ・シリーズ版『彼方』）に付された，イヴ・エルサン（1944-）作成の「事項索引」による。以下，『彼方』の引用は同版による。なお，作家の生前に刊行された刊本の表記では Huÿsmans と y に¨（トレマ）が付いており，研究者の一部にはそちらを採用する向きもあるが，本書では一般の慣行的表記に従う。

2 日本の多くの読者がユイスマンスに親しむようになったのは，1966 年に桃源社の「世界異端の文学」シリーズ 1 に出口裕弘訳『大伽藍』（抄訳）が，シリーズ 4 に澁澤龍彦訳『さかしま』が，5 に田辺貞之助訳『彼方』が相次いで収録されて以降のことだろうか。ただし，田辺訳『彼方』はすでに戦前の 1940 年，弘文堂の「世界文庫」から上下巻で出版され，戦後の 1952 年に筑摩書房から再刊されていた。桃源社版はその再録である。

3 1888 年の 4 月末，ユイスマンスはジュール・デストレ（1863-1936）宛の手紙の中で，「『彼方』の執筆がようやく始まりましたが，すぐに，私が以前書いた『近代美術 *L'Art moderne*』〔1883 年に刊行されたユイスマンスの芸術論集〕を補完することになる美術批評の本〔『近代画人評（ある人びと）*Certains*』1889〕を片づけてしまうために，仕事を中断してしまいました」（本書 183 頁）と語っている（J.-K.Huysmans, *Lettres inédites à Jules Destrée,* Droz, Coll. « Textes littéraires français », n° 130, 1967, p. 137）。ただこの時点では，ユイスマンスはまだ，『彼方』のほとんど冒頭部分で語られるマティアス・グリューネヴァルト（1470/83-1528，ドイツの画家）の「磔刑図」を見ていない。『彼方』成立，というより，ユイスマンスの後半生に決定的な影響をもたらすこの「磔刑図」を彼が初めて目にするのは，1888 年の夏，ドイツ旅行の途中に立ち寄ったカッセルの美術館においてである。同年 10 月 31 日付のアレイ・プリンス（1860-1922）宛の手紙の中で，ユイスマンスはあらためて「私の本を書き始めた」と言っている（J.-K. Huysmans, *Lettres inédites à Arij Prins, 1885-1907,* publiées et annotées par Louis Gillet, Droz, Coll. « Textes littéraires français », n° 244, 1977, p. 146）。いずれにせよ『彼方』には，この時期に作家が集めた膨大な資料，この時期に作家の身辺に起こったさまざまな事件が，こもごも取り込まれていくことになる。グリューネヴァルトの影響については，本書第四章 185 頁以下を参照。

4 Foveau de Courmelle, « La médecine dans l'œuvre de Huysmans », in *Chronique médicale,* 1er septembre, 1927, p. 285（本書 11 頁左の実験写真を含む）. この件に関する詳細は第六章で述べる。

5 J.-K. Huysmans, *À rebours* (1884), Gallimard, Coll. « Folio », 1992, p. 346. 以下，『さかしま』の引用は同版による。ただし，最も新しい校訂版は筆者のパリ第 7 大学における DEA（専門研究課程修了証書＝博士論文執筆資格）論文執筆時の指導教授であったダニエル・グロジュノウスキーによる *À rebours,* Flammarion, Coll. « GF », 2004 である。

6 J.-K. Huysmans, *Marthe, histoire d'une fille,* dans *Œuvres Complètes (Œ.C.) de J.-K. Huysmans,* t. II（『ユイスマンス全集』第 2 巻）, Genève : Slatkine Rep., 1972 (Paris : G.Crès, 1928-1934) p. 9（以下，『ユイスマンス全集』からの引用は *Œ.C.* と略す）.

7 J.-K. Huysmans, *Là-bas, op.cit.,* p. 30.

8 経済原理：ミシェル・バリエールの用語。Cf. J.-K. Huysmans, *Là-haut, ou Notre-Dame de la Salette,* édition critique de Michèle Barrière, P.U. de Nancy, 1988.

9 Eugène Bossard, *Gilles de Rais, Maréchal de France dit Barbe-Bleue (1404-1440),* 2e éd., H. Champion,

あとがき

二〇〇七年は、ユイスマンスが喉頭癌で五九歳の生涯を閉じてから、一〇〇年を記念する年にあたっていた。二〇〇二年のゾラ没後一〇〇年に際しては、小倉孝誠氏、宮下志朗氏を中心とした『ゾラ・セレクション』（藤原書店、全一一巻別巻一、二〇〇九年現在八巻まで刊行）、小田光雄氏、伊藤桂子氏を中心とする『ルーゴン゠マッカール叢書』（論創社、二〇〇九年一三巻完結）という二つの大きな出版企画が組まれ、これまで未訳だったものも含め、その主要作品が現代訳で読めるようになった。それに対して、ユイスマンスの没後一〇〇年は日本の出版界から、今のところ完全に黙殺されたままだ。本書は遅ればせながら、日本におけるこの欠落を埋めるものである。

ユイスマンス――アンドレ・ブルトンに愛され、日本においても田辺貞之介、澁澤龍彦、出口裕弘ら、翻訳の達人を得て、一九六〇年代から七〇年代にかけて、三島由紀夫、埴谷雄高をはじめ、多くの読者を獲得した。また、近年では、一九九六年に、定評のあるロバート・バルディックの浩瀚な『ユイスマンス伝』が岡谷公二氏の手により翻訳され、ユイスマンス読解に必要な最低の条件は整ったはずだが、この異色の作家の全貌とはいわないまでも、その特質や彼の文学が現代にとっていかなる文学的・思想的射程を持ち得るのかについては、いまだ十分な理解が及んでいるとは言いがたい。

おそらく、ユイスマンスをその本質的理解から遠ざけているものは、彼の文学がどっぷりとカトリック文化の中に浸っているからだろう。澁澤龍彦は、彼の『さかしま』の「あとがき」に、次のようにユイスマンスの世界を要約してみせる。

ジョリ〔ス〕゠カルル・ユイスマン〔ス〕の奇作『さかしま』は、一八八四年に出版された。当時、ヨーロッパでは世紀末のデカダンス文学と象徴派運動がようやく起こりつつあった。『さかしま』は、この運動を当時の主流、自然主義とパルナシアンの桎梏から切り離し、大きく飛躍せしむべきスプリング・ボードの役割を果たした。（中略）デカダンスの聖書といわれ、象徴派の宝典といわれた『さかしま』のなかで、ユイスマンスは、彼自身の教養と学殖と趣味とを一身に体現した、デ・ゼッサントと呼ばれる一人の神経症的な貴族、一人の気むずかしい病弱な独身者を描き出した。この男は、自分の生きる十九世紀世紀末のブルジョワ民主主義と科学万能主義とを頭から軽蔑し、日常的な現実を一切拒否し、カトリック的中世にあこがれ、ひたすら感覚と趣味とを洗練させて、この世ならぬ人工的な夢幻の境に逃避しようとする。彼の愛するものは、頽唐期のラテン文学であり、ボオドレエルでありマラルメであり、幻想的な絵画作品であり、珍奇な宝石であり香料であり花々である。オレンジ色に壁を塗った密室風の書斎のなかで、彼は自己の病める脳髄の作り出す妖しい幻覚に酔うのである。（『さかしま』桃源社、一九六六年、三八五－三八六頁）

まことに、簡にして要を得た見事な記述であり、彼がユイスマンスや世紀末に関して書き綴った膨大な量の評論・エッセイとともに、日本人のユイスマンス観、ひいては最近のゴス・ブームに至る世紀末＝耽美主義の理解に決定的な方向づけを与えた重要な言説だ。ただ、彼の圧倒的な存在感ゆえに、澁澤の読解は、その後の世紀末理解にある特有の偏差を与えた。つまり、ユイスマンスや世紀末文学を、それが置かれた歴史的・宗教的文脈、あるいは思想史的・認識論的な地盤から切り離されたところで紡がれる、病的で甘美な幻想へと押し込めてしまった。誤解を怖れず、あえて言えば、澁澤は、ユイスマンスを含む世紀末のダイナミズムを、「意匠」としての耽美主義の中に封じ込めてしまったきらいがないことはない。

これは、もう一人の重要なユイスマンス翻訳者、田辺貞之介についてもいえる。彼は、『彼方』に寄せた解説「ユイスマンスの変転」において、ピエール・コニーの『統一《ユニテ》の探求者J＝K・ユイスマンス *J.-K. Huysmans à la recherche de l'unité*』（一九五三年）を踏まえつつ、ユイスマンスのカトリック信仰について次のように書く。

彼の信仰がどんなものであったかは多くの批評家から問題にされたが、彼にはシャトーブリアンの宗教的感傷も、ボシュエの使徒的情熱もない。彼は高踏的なエゴイズムをかたく持して、最後まで人間嫌いであった。彼は終生人類を愛することを知らなかった。彼が憐れむものはサタンに魅入られた魂か苦悩に呻吟する肉体のみじめさであった。ロマン的感動は彼の関知するところではなかった。彼はひたすら現実の悲惨と魂のいやしがたい疾病を暴露した。しかも、それを彼は自然主義の露骨な言葉と不屈不撓の分析によって写実的に描写した。それが彼の流儀による贖罪であった。ユニテの探究はこうしてその終局に達した。（『彼方』桃源社、一九六六年、四二三頁）

これも、ここに書かれていること自体を読めば、どこにも誤りのない評言だが、ユイスマンスの言う「心霊的神秘主義」、あるいは「中世の神秘カトリック」をいかなる文脈において捉えるべきか、宗教、特に日本人の心性からすれば普通には捉えがたいカトリシズムに対する深い洞察があっての文言とは思えない。「神秘主義」をユイスマンス文学が浸るある種の記号に還元しているだけと言えなくもない。

この傾向は、同じく重要なユイスマンス翻訳者、出口裕弘に至るとさらに極端になる。彼は、『大伽藍』の翻訳に際し、その初版の版元だった桃源社を取り巻く出版事情があったにせよ、このカトリックの大作から宗教的な要素を省き、抄訳での刊行に踏み切る（一九六六年）。そして、彼自身の宗教文学に対する「ほとんど体質的な違和感」ゆえに、「至るところで、積極的な宗教性が強く出た部分を切り捨て」「有り難い話を敬遠」してしまうのだ。

私自身がその訳業に多大な恩恵を受けたこれら偉大な先人たちに対して、ここでそのあら探しをしようというのではない。ユイスマンスとは、特に、宗教的な風土を異にする日本人には、それほどに、理解困難な謎、読む者一人ひとりの実存を揺るがさずにはおかないスフィンクスの謎なのだ。この謎に挑んだ私の書物が、ご覧の通り六〇〇ページを越える紙数を費やさざるを得なかった理由の一半がここにある。

ユイスマンスとの出会いはほとんど偶然だった。私が東大仏文科の学部学生だった一九七〇年代末、ユベール・ジュアンの編集により一〇・一八叢書の「世紀末文学シリーズ」の一環として出ていた『仮泊』を読んで、ユイスマンスの晦渋な文体と、幻想と現実の入り混じった独特の世界に惹かれ、卒業論文のテーマにユイスマンスを選んだのがきっかけだ。続いて同じ一〇・一八叢書版で『さかしま』を読み、一九七九年の秋から暮れにかけて、東大文学部の図書館にあった何冊かの研究書を頼りにユイスマンスについての卒業論文を書き上げた。

私の関心は当初からユイスマンスの回心の問題に向けられていた。つまり、シュルレアリストを熱狂させた『さかしま』『仮泊』『彼方』のユイスマンスが、何故に突如として回心し、厳格で、きわめて反動的なカトリシズムを奉じるようになり、それとともに、文学的な傾向も、少なくとも日本の読者には、一読しただけでは何を言っているのか解らない不可解な「神秘主義的」作風へと変化していったのか、という問題だ。

しかし、神奈川県立湘南高校時代、森有正の哲学的エッセイにより、宗教的なものに対する漠然とした関心は植えつけられていたにせよ、ユイスマンスの語るカトリシズムをそのままに受け入れることは信仰のない私には不可能だった。そこで、私の取った戦略は、ユイスマンスの宗教的な思念や耽美的な夢想をも、彼の内なる欲望の一つの形象と見なし、その限りでユイスマンスのテクストの示す内部のロジックに徹底してこだわることだった。

卒論執筆後、さまざまな事情から研究を離れなければならない困難な数年間を過ごしたが、その間もユイスマンスのことは頭から離れなかった。本文一四〇頁でも触れたが、その頃週に一度ほど通っていた東京日仏学院の図書館に置いてあったある雑誌の中で、ジュリア・クリステヴァによるセリーヌについての論文を見かけたことが、その後私の研究の方向に一つの指針を与えた。

クリステヴァやテル・ケル・グループ（雑誌『テル・ケル』に拠った前衛的な作家・文学者・評論家グループ）について、名前は聞いたことはあったものの、当時、現代思想に大して関心があったわけではない私は、その晦渋なフランス語の内容を半分も理解していたとはいえない。しかし、それらは、私がユイスマンスに対して抱いていた疑問に対する一つの解釈格子を与えてくれているように思えたのである。

その後、数年の予備校勤めを経て、生計のため引き続き予備校講師は続けつつも、早稲田大学大学院文学研究科に入学し、ユイスマンス研究に復帰した時、ユイスマンス以上に読み耽ったのがクリステヴァであり、さらにその淵源となったフロイト、ラカンらの精神分析関係の書目だった。

リヨンの脱落神父ブーランと彼の率いる異端が、ユイスマンスの回心に影響を与えた事情については、すでに卒論の段階でバルディックやベルヴァルなどによってある程度知識を持っていたはずだが、あらためてブーランの存在の大きさに気づいたのは、神田の古書肆で秘教主義《エゾテリズム》に関する話題を特集形式で取り上げていたフランスの研究雑誌『サン・ジャックの塔』のユイスマンス特集号（一九六三年）を手に入れてからだ。余談になるが、英語以外の外国文学の研究に関して、日本の大学図書館はほとんど役に立たない。各国語に精通した学芸員を配置し、外国語文献を系統的に集める努力をしている図書館はほとんどない。多くの場合は、教員がそれぞれの関心に応じて蒐集しているだけで、もちろん公開などされていない。その点、古書肆は違った。たとえば、研究者が亡くなると、その蔵書は古書市場に出回るので、一九世紀に出版された古い研究書なども、日本の古本屋を丹念に回っていると、ユイスマンスのような「マイナー」な作家のものでも結構集まってきた。なかには著名な研究者の蔵書印が押されたものも少なからずあった。過去の研究者の勤勉さに助けられた格好だ。研究中断中も含めて、ユイスマンス関連の書籍を古書肆でせっせと集め続けたおかげで、結局、日本にいる間に過去に出版されたほとんどの研究書を手に入れることができた。フランス留学中も、ことユイスマンスの研究書に関しては、ほとんど彼の地の図書館を利用する必要はなかった。

当初、リヨンのマリア派異端の存在が私の注意を引いたのは、その中心教理である聖霊＝聖母マリア説が、クリステヴァのアブジェクション理論の枠組みにおいて、主体が母子未分の双数関係から抜け出し、一次的な昇華を行う際に、一種の「よりしろ」となる第三項を必要とするという機制に酷似していたからだ。ラカン、クリステヴァの精神分析的な観点を援用すれば、とりあえず、ユイスマンスが女性と食物に対して激しい嫌悪感を示すこと、また彼の文学がなぜキリスト教へと向かわざるを得なかったか、その必然性を理解することが可能になる。ユイスマンスを総合的に理解しようとする限り、誰が何と言おうと、こうとしか読めない…。しかし、一九世紀末の作家であるユイスマンスを、ユイスマンス以後に確立した精神医学の一学説を援用して解明するというのは、一種のアナクロニズムのそしりは免れないのではあるまいか。この点で、真の意味のブレーク・スルーが訪れたのは、博士論文執筆のために、一九九三年、遅まきながらパリ第七大学大学院に留学を果たし、クリステヴァ本人の指導のもとで研究するようになってからだ。

ブーランの教説の背後に、一九世紀全体が取り憑かれていたオカルティックな世界観、さらには、それを一つの契機として観察できる一九世紀の認識論的な変貌そのものが露頭していることに気づいたのだ。ブーランの聖霊説、および、ブーランの教説のもう一つの柱である「流体」に関して調べていくうちに、この両者ともが一八世紀以来のヨーロッパの認識論的布置の変化を端的に示す一種の指標として機能していることが明らかになってきたのである。

フィリップ・ミュレー、アラン・コルバンらは、ミシェル・フーコーなどにインスピレーションを得ながら、一八世紀末のエピステーメー転換に続いて一九世紀末にもう一つのエピステーメー転換が生じたとする仮説を提唱している。詳しくは本書で述べた通りだが（三三一－三七頁）、たとえばミュレーは、フーコーが主張する一八世紀末のエピステーメーの転換を契機として、大革命を主導した左派＝共和派がこぞってオカルティズムの側に転落したと主張する。一見すると合理性・合目的性を追求しているかに見える実証主義も、その根底においては、「神の死」を妄想・幻想《ファンタスム》の次元で掩蔽《えんぺい》するオカルト的信仰、死者の崇拝によって支えられていたというのだ。こういう文脈からすれば、フランス革命とは単にこのエピステーメー転換の一つの帰結にすぎない。そして、ミュレーによれば、一九世紀末に起きたもう一つのエピステーメー転換によって初めて、このオカルト的一九世紀からの脱却が可能になった。

しかし、オカルティズムに「転落」したのは、果たしてミュレーの言うように左派＝共和派だけなのだろうか。たとえば、一九世紀に多発する聖母マリアの出現という現象を見れば、右派＝王党派・カトリックの側も、やはりオカルティズムの誘惑から免れているわけではなかった。一九世紀を通じて、母アンナの胎内に原罪なく宿り、純潔の象徴の位置に祭り上げられた聖母マリア信仰も、さまざまな異端やいかがわしいオカルティスト、オカルト神秘主義者の蠢動を背景に、それに対する一九世紀社会の一つの症候として形成された。一方、「流体」という側面に注目すると、ウィーン出身で革命直前のパリで大評判を取ったフランツ゠アントン・メスマーの動物磁気説にとりあえずの起源を持ち、それが一九世紀のオカルティズムや心霊主義の流行の中で変質を重ねる中で、精神病理学や神経科学にすら影響を与え、やがては、フロイトのリビドーにまで受け継がれる。いや、この言い方は正確ではない。むしろ、一九世紀末のエピステーメー転換という仮説を肯定するなら、一九世紀末のエピステーメーの断裂の向こう側で「流体」と呼ばれていたものが、エピステーメーの断裂のこちら側では「リビドー」と呼ばれるようになったにすぎないということかもしれないのだ。ミュレーは、一八八六年末のクローデルのカトリシズム回心を、一九世紀がオカルティズムから脱出していく一つの契機として見ようとする。確かに、一九世紀末、われわれは奇妙な歴史のアポリアに直面することになる。ラインの彼方でニーチェが「神の死」を定式化しているまさにその時、カトリック復興と呼ばれる啓示信仰への回帰が生ずる。また、この動きは、ベルクソン哲学や現象学の発生、精神分析の成立などとも連動している。ユイスマンスの回心もこのような歴史性の中に置き直して初めて理解することが可能となる。

ユイスマンスは精神分析的な手法で解読することができる、と私は言った。しかし、それはある意味、当たり前のことかもしれない。つまり、ユイスマンスは文学者として、自らの欲望に忠実であることによって、一九世紀オカルティズム、あるいはそれ以前にさかのぼるキリスト教文化の負の歴史、「否定性」の歴史そのものを作品の中に書き込んだ。そして、そのエクリチュールの至るところに、一九世紀末の認識論的な変動の痕跡を残しているのだ。

もう一度、先の仮説を私のユイスマンス論に即して整理し直すと、以下のような図式となる。すなわち、ブーランのマリア派異端の教理を一つの継ぎ手として、一九世紀末のエピステーメーの断裂の向こう側で「流体」あるいは（霊媒を介した）「交霊術」と呼ばれていたものは、エピステーメーの断裂のこちら側では「リビドー」あるいは「精神分析」（つまり患者の葛藤を医者に「転移」させることにより患者の精神の結ぼれを解く精神療法）と呼ばれているものに変貌したにすぎないのだ、と。フロイト、バタイユ、ラカンとは、エピステーメー転換のこちら側で、神なき時代に、なお精神の中に倫理の根拠を求めることが可能だと説き、人間の背負う「原罪」を「修復」できると説く新たな霊的指導者に他ならず、クリステヴァとは、同様に、神を失った現代において、愛の可能性を語る「強い女」「カルメルの女祭司」その人だといえるのかもしれない。まさに、クリステヴァで、ユイスマンスの謎の一端が明らかになっても、何の不思議もないのである。

モローの艶麗にして耽美な幻想の咲きほこる病的な時代…、

澁澤以来のデカダンス＝世紀末観には一定の修正を加える必要がある。一九世紀末が病的であったわけではない。一九世紀を通じて梅毒罹患者は全人口の七、八割に及んでいたという証言もある。都市の衛生管理も行き届かず、街も室内も悪臭に満ち、精神は死者崇拝に取り憑かれていた。真の意味で病んでいたのは、一九世紀という世紀そのものだった。世紀末とは、その病的な世紀からの脱出を目指す、哲学的・認識論的な知の組み替えをともなったダイナミズムがようやく形を成して動き始めた時代であり、世紀を通じて現れた頽廃や甘美な幻想も、言ってみれば、その徴候にすぎなかったのだ。ただし、ミュレーがその著書をあえて『時代を超える一九世紀 *Le 19e siècle à travers les âges*』（一九八四年）と名づけたように、二〇世紀になっても、オカルトに取り憑かれた病的な一九世紀がすべて克服されたわけではない。オカルトやカルト宗教は現代においてもさまざまな形でなお根強く生き残っているし、二〇世紀前半その一部はナチズムや植民地主義などと結合することにより、大きな惨害すらもたらした。イギリス、アメリカで「超心理学」が隆盛を迎えるのも二〇世紀、一九二〇年代に入ってからだ。しかし、同時に、二〇世紀は、それらを分析し、有効に解除する精神的な機制をも手に入れていた。

　一九九七年、パリ滞在中の私は、カルティエ・ラタンにある小さな映画館で黒沢清という若い監督の撮った『Cure』と題された奇妙な映画を観た。

　役所広司演ずる刑事が、「犯人」同士お互いに面識もなく、表面上は全く動機もないのに、被害者の首筋にX型の切り傷が残されているという点で共通する連続殺人事件を追う。そこに、一見つながりのない犯人と犯人を結ぶ存在として、ある失踪した医学生の存在が浮かび上がってくる。戦前、「メスメル」（メスマー）研究に嵌まって怪しげなオカルト結社を作り上げた某医学研究者の殺人教義に、実はその学生が数十年の時を経て感染していたというのだ。

　当時、ようやくブーランの聖霊説、流体論を契機に、その背後に広がる一九世紀のオカルティズム流行現象に目を開かれつつあった私にとって、この映画の内容は衝撃的だった。メスマーのことなど一部の専門家を除いて一般の興味は引くまいと思っていたが、今自分が研究している当のものをこの時、黒沢監督の映像によって見せられてしまったのだ。上映当日は四方田犬彦氏の通訳で黒沢監督本人が舞台挨拶を行ったが、一九九〇年代後半の日本でオカルト・ホラーブームが沸き起こり、若い女性を中心にゴシック・ロリータなる風俗が持てはやされているとはついぞ知らなかった。

　一九九三年に日本を離れ、二〇〇〇年の一二月、ようやく博士論文の審査に合格して日本に帰国した。以来、自分の周囲の日本人が表面的にはさほど変化しているようには見えないのに、私の知っているかつての日本人とは行動様式や考え方の面で何かが微妙に異なっているということをしばしば経験した。そして、その背後に、私が同時代的に体験していないいくつかの事件や出来事が一種の外傷体験《トロマティズム》として影を落としているのではないかと後になってから考えるようになった。そのいくつかの事件・出来事とは、たとえば阪神・淡路大震災であり、オウム真理教事件であり、あるいはジャパン・ホラーやゴス（死や頽廃的エロスの暗鬱で破壊的な力への憧れを示すサブカルチャーの風潮）といったブームであり、庵野秀明監督・貞本義行作画のアニメ「新世紀エヴァンゲリオン」が爆発的に人気を博したなどという「事件」である。

「かつての日本人とは微妙に異なっている」、と私が感じたものとは、そのつど自分で過去の資料を集めて、時代の動きを再構成してみて初めて腑に落ちるような何かだった。問題は、何故に一九九〇年代以降の日本がこれほどまでにオカルトやゴス、ホラーという荒唐無稽なものに魅了されるようになったのか、何故にこれほど非条理なものに惹かれる世界が現出してしまったのか、という謎だったのだが、次第に、こうした現象の背後に、九〇年代以降のバブルの崩壊や、「支配階層の生き残り戦略」として採用された新自由主義的《ネオリベラル》な政策が決定的な影を落としていることに気づき始めた。

最近ではようやく人口に膾炙するようになった言葉だが、新自由主義《ネオリベラリズム》とは、フリードマン、ハイエクら新古典派経済学の市場原理主義に基づき、人類の生存の基盤となる教育、文化、コミュニティ、医療、福祉などあらゆる「共同なるもの」を脇に追いやり、経済的効率を優先する政治・社会思潮全般のことだ。この思潮＝思想に基づく政策がもたらした惨憺たるカタストロフィーは、今われわれが日々目にしている通り、貧困と絶望を拡大し続ける荒廃した弱肉強食社会だ。

一九世紀のフランスをオカルトの闇へと突き落としたのは、それ自体フランス大革命を生み出した西欧近代の社会的、経済的、哲学的な大変動である。ロマン派や、その美学的な対部というべきゴシック・リヴァイヴァルも、この変動の過程から生み出されたといえなくはない。一方、今日の日本のサブカル・シーンにあふれている「ゴス」は、一九七〇年代末期、イギリスのサッチャー政権が断行した新自由主義政策によって痛めつけられた「下層階級」の若者の「生きにくさ」を、死や頽廃、オカルトなど、過去のあらゆる否定的な表象を引用しながら、過激に、破廉恥に表現したポスト・パンクの潮流＝ゴス・ロックに起源を持つ。二〇〇七年、横浜美術館で行われたゴス展が、現代のゴス現象と中世以来のさまざまな死や暗黒にまつわる表象とを並列するにとどまり、空疎で全くピント外れなものに終わったのは、現代ゴス美学の成立に関わるこうした政治的・社会的な文脈を完全に無視していたからだ。

二〇〇一年以降、小泉＝竹中の新自由主義路線が世の中を席巻していく中で、「生きる」あるいは「人間らしく生活する」という人間の基本的な尊厳に関わる価値が、市場原理主義によって簒奪されていった。この過程で最も激しい攻撃にさらされた一つが、人間が人間であることを確認するよりどころとなる「教養」であり、それを担う人文主義に基づく「大学」理念である。「構造改革」という名の新自由主義政策の一環として、国立大学の法人化がさしたる抵抗もなく導入され、経済的な「利潤」に直結しない「教養教育」や「語学教育」——特に英語以外の第二語学——が容赦なく切り捨てられた。国立・公立・私立を問わず、今日の日本の大学は、高額の学費を学生からむしり取り、非常勤講師という名の非正規労働者を搾取することで「利潤」を上げる一種の営利企業に成り下がってはいまいか。少なくとも、単体としての「生き残り」を求められる新自由主義体制下の大学は、自らの「生きる意味」を問うたり、「真理」や「美」とは何かを求めてやって来たはずの大多数の学生たちの「欲望」に応える場所とはもはやいえない。一九六〇年代後半の学生運動は「大学解体」を叫んだが、その四〇年後において、本来的意味での大学は見事に解体されてしまったともいえる。そして、大学の衰微とともに、「生きる意味」や、仮にも「真理」「美」の在りかを問いかけようとする真面目な意図に立つ「人文書」「教養書」への「欲望」も極端に低下してしまった。

二〇〇〇年末に日本に帰国して以来、何ともいえない違和感を抱えつつ生活する中で、どうしても、こうした潮流に対して戦わなければならないという決意が生じた。駒澤大学教授の桑田禮彰氏と、新評論編集部の山田洋氏の呼びかけにより始まった「人文ネットワーク」（読書会を中心に、人文学や人文書のあり方と社会のあり方との関係を考える有志グループによる研究会）や、白石嘉治氏と私の共編により入江公康、樫村愛子、矢部史郎、岡山茂の諸氏へのインタヴューをまとめた新自由主義批判の書『ネオリベ現代生活批判序説』（新評論、二〇〇五年、堅田香緒里氏のインタヴューなどを加えた増補版は二〇〇八年）の出版などが、その具体的な場所となった。形や問いかけの仕方は違うが、ある意味で、本書の出版もそういう問題意識に基づいた所産である。一人の作家の書いたものをひたすら読み解く営為になど、どれほどの価値があるというのか？ 人文学とは、そういった問いを投げつけられてしまうほど、面白くないものなのか。私は、この書に自分のすべてを賭けた。

一九世紀後半の近代フランスとポスト・フォーディズム時代の現代日本との間には、国も時代も違うのに不思議な符合がある。ゾラ没後一〇〇年を記念して出版された、宮下志朗、小倉孝誠両氏編『いま、なぜゾラか』（藤原書店、二〇〇二年）において、筆者たちは、資本主義が勃興し、爛熟する一九世紀第二帝政下のフランスと二一世紀初頭の日本との間に、ただならぬ類比を発見している。土地投機のバブルに沸き、消費文化に煽られ、政治デマゴギー、ポピュリズムに踊らされながら、普仏戦争の破局へと引きずられていった第二帝政のフランスは、確かに一九八〇年代から現代に至る日本の世相に重なるところが多い。しかし、二一世紀の日本には、一九世紀のフランスを覆っていたオカルティズムの闇からの覚醒を促す、真の意味での「世紀末」も、また、人間をその存在の根源から照らして明るみへと連れ出す「デカダンス」も、訪れてはいない。

耽美という意匠に酔うことは易しい。しかし、それだけでは不十分だ。「真理」と「美」が生まれる現場、あるいはその背後にある「欲望」の運動、これらを歴史と思想のメカニズムの中で十全に語り得てこそ、耽美主義はその本来の光を取り戻す。ユイスマンス没後一〇〇年、澁澤龍彦没後二〇年。新自由主義の綻びが誰の目にも明らかとなった現在、新たな覚悟と信念を持って耽美主義を語る時は訪れた。

本書は、凡例にも記したように私が二〇〇〇年一二月、パリ第七大学大学院に提出したフランス語による博士論文『おぞましき美――J＝K・ユイスマンス作品における否定性の機能』をもとに一般読者のために書き下ろしたものである。ただ、量から言っても、内容から言っても両者は同じものではない。

私がパリ第七大学大学院に提出した博士論文は、ユイスマンスの作品における信仰成立を、否定性――つまりキリスト教＝カトリックの文脈において「悪」と呼ばれたもの――の「機能」ないしは「運命」として、「内在的に」説明するという企図に立つもので、仏文A4版八一八ページ、傍証のために付された膨大な注や草稿の転写など、資料も含めると、そのまま日本語に訳せば本書の二倍近くの分量になるだろう。しかし本書では、キリスト教における悪の哲学的な定義などについての論考は大巾に切り込み、一九世紀オカルティズムの持つ意味や、ユイスマンスとブーランとの連関に的を絞り、ユイスマンスという文学＝欲望のシステムの変容過程から浮かび上がる「近代の大パノラマ」を、一つの物語として一般読者にも楽しく読んでもらえるよう心がけた。

なお、本書は基本的に書き下ろしであるが、章や節によっては、内容的にすでに紀要論文などで紹介したものも多い。それらの章・節とその原形となった初出は以下の通りである。

第二章第2節「『さかしま』まで」――「『マルト』――〝回収〟とその逆説」『ヨーロッパ文学研究』第四〇号、早稲田大学文学部、一九九三年。

第三章「二つのテーマ系」――「J＝K・ユイスマンス『さかしま』における〝閉鎖〟と〝浸透〟」『季刊　現代文学』四四、

一九九一年。
第四章第1節「『仮泊』から『彼方へ』」「J＝K・ユイスマンスにおける〈散策〉と〈幻想〉――『停泊地』をめぐって」『フランス文学語学研究』第一一号、早稲田大学大学院同人誌刊行会、一九九二年。
第四章第4節、「ジル・ド・レーの物語」「聖霊と二人の聖母――ユイスマンス『彼方』末尾の解釈をめぐって」『駒澤大学外国語部論集』第五七号、駒澤大学外国語部、二〇〇二年。
第八章第7節「悪魔的娼婦フロランス」「悪魔的娼婦と生化学的神学――ユイスマンス『至高所』から『出発』へ」『季刊現代文学』六八、二〇〇三年。

同じく、**序章、第一章、第五～第八章**の一部については、昭和女子大学近代文学研究所紀要『学苑』に「オカルトの世紀と聖母マリア」（一～三）、「マリア派異端とユイスマンス」（一～八）という題のもと二〇〇七～二〇〇九年に一一回にわたり紹介している。

また、本書脱稿後には、本書を通じて生じた問題意識に基づき、異端芸術を特集する季刊雑誌『トーキング・ヘッズ（TH）叢書』（アトリエ・サード／書苑新社）に以下のテーマで現代文化論を掲載している。興味のある向きは参照されたい。「少女の身体をした悪魔的娼婦」（No.36「胸ぺったん文化論序説」二〇〇八）、「サロメとスフィンクス」（No.37「デカダンス」二〇〇九）、「神のシカバネ、娼婦のシカバネ」（No.38「愛しのシカバネ」二〇〇九）、「資本主義の廃墟のなかで陰謀史観はつむがれる――カタストロフィー、記憶喪失、そしてヤンキー!?」（No.39「カタストロフィーは突然に」二〇〇九）。

本書が刊行されるまでには実に多くの方のお世話になった。まず、パリ第七大学大学院での博士論文の指導教官であり、本書成立に多くの示唆を与えてくださったジュリア・クリステヴァ先生の名前を真っ先に挙げなければならない。また、ユイスマンスの専門家として実質的な論文作成にあたって細かな指示をいただいた同大学の副指導教官フランソワーズ・ガイヤール先生、DEA《デー・ウー・アー》（専門研究課程修了証書＝博士論文執筆資格）論文のご指導をいただいた同大学教授ダニエル・グロジュノウスキー先生、立場は異なるものの、カトリシズムやカトリック文学研究に対する蒙を啓いてくださったパリ第四大学のドミニック・ミエ先生、現代テクスト・草稿研究所（ITEM）でのゼミを通じて草稿研究の手ほどきをしてくださったアルムト・グレジヨン先生並びにジャン＝ルイ・ルヴラーヴ先生にも、感謝の言葉を捧げたい。

日本においては、早稲田大学大学院修士・博士課程でお世話になった早稲田大学名誉教授 加藤民夫先生に、その学恩に対する深甚の感謝とともに、本書完成をご報告したい。毎週土曜日の午後一時から七時まで、途中休憩は挟みつつも六時間ぶっ通しでフランス語のテクストを読み続ける伝説的なゼミにおいて、徹底的にフランス語の読解力を鍛えていただいたことは、今も忘れられない思い出である。

年に一回、充実した研究会を続けられている宮原信先生、小倉孝誠先生、寺田光徳先生、佐藤正年先生、有富智世先生を中心とするフランス自然主義文学研究会、同じく若森栄樹先生、原和之先生をはじめとする日本ラカン協会の諸氏には、常に、研究を持続するエネルギーをいただいた。また、二〇〇一年から始まった人文ネットワークのメンバーである蔵持不三也氏、桑田禮彰氏、土屋進氏、白石嘉治氏、出口雅敏氏をはじめとする方々には、毎月の例会での歯に衣を着せぬ討議を通じて、あるいはさまざまな触れ合いの場を通じて、本書の構想段階から数多くの示唆をいただいた。さらに、筆者が校閲者として参加している集英社『完訳ファーブル昆虫記』の訳者で埼玉大学名誉教授 奥本大三郎先生には、一九世紀後半の博物学の布置について貴重な教えを賜った他、同編集部のご縁で知り合った伊知地英信氏、仲新氏からは、執筆過程や校正面で有益なアドヴァイスをいただいた。なお、先述した昭和女子大学近代文学研究所紀要『学苑』へのいくつかの章の先行連載にあたっては、同大学教授 桑原草子、廣瀬伸良両先生にご査読いただき懇切な助言を賜るとともに、『学苑』の編集者諸氏にはさまざまな場面で大変お世話になった。これら諸先輩、友人、同僚、編集者の皆様に対しても、この場を借りて厚くお礼を申し上げたい。

卒論に際しご指導いただいた山田𣝣先生、ラファエル前派に関するゼミを通じてユイスマンス研究の一つのきっかけを与えてくださった前川祐一先生、フランス自然主義文学研究会でご指導いただいた清水正和先生並びに加賀山孝子先生、早稲田大学で現代思想の手ほどきをしてくださった高橋允昭先生、これら諸先生はいずれも鬼籍に入られた。本書の出版を直接お知らせできなかったことが残念である。恩師らの御霊に静かにご報告し、あらためてご冥福を祈りたい。

出版にあたっては、東大在学時代以来の畏友星埜守之氏から本書の帯のために暖かい推薦の言葉をいただいた。装幀者 山田英春氏には、筆者の意を汲み、本書のカバー全体を素晴らしいデザインで飾っていただいた。記して感謝したい。

そして、困難な出版情況の中で、本書のような内容の書物に公刊の機会を与えてくださり、きわめて懇切かつ丁寧な編集作業をしていただいた、新評論の山田洋、吉住亜矢両氏に心からのお礼を申し上げたい。

最後に、長期にわたる研究生活に物心ともに温かい理解と協力を惜しまなかった両親に、感謝をこめて本書を捧げたい。

二〇一〇年一月一日　　　大野 英士

ユイスマンスの小説とその関連作品概要

『マルト、ある娼婦の物語』(*Marthe, histoire d'une fille*, 1876)

貧しい画家の娘マルトは、夫と生まれたばかりの子供とを相次いで亡くし、娼婦となるが、まもなく娼館を逃亡、ボビノ座の俳優ジャンジネに拾われ、女優としてデビューする。一時、詩人のレオと同棲するが、レオが母親の病気のため郷里に帰っている間に、風俗取締警察への恐怖から、自ら進んで娼館に戻る。その後、一時、ジャンジネの愛人となるが、ジャンジネの暴力によりそれも長続きせず、やがて、また娼館へと戻る。ジャンジネはアル中で死に、ラリボワール病院で解剖実験の検体となり、レオはブルジョワとしての自覚に目覚め、平凡な娘と結婚して郷里に戻る。

『背嚢をしょって』(*Sac au dos*, 1877, 1880)

普仏戦争に動員された若き兵士である「私」(一八八〇年版ではユージェーヌ・ルジャンテル)は、セーヌ連隊に編入され、マルセイエーズの歌声と歓呼に送られて貨車でシャロン要塞に送られる。しかし、到着した要塞には、武器も糧食も一切用意されておらず、そのうち水に当たってひどい下痢に罹った「私」は、野戦病院をたらい回しされたあげく、エヴルーの救護院に送られる。病院の生活は退屈だった。「私」は優しい看護修道女アンジェルの目を盗んで病院を抜け出し、友人のパルドン(一八八〇年版ではフランシス・エモノ)といかがわしい女たちの家でささやかな食事を楽しむ。そうこうするうち、戦争終結の知らせを聞いた「私」は、土地の有力者の中に母親の知り合いがいることを偶然知り、彼の尽力で、パリに帰還することに成功する。

『ヴァタール姉妹』(*Les sœurs Vatard*, 1879)

「毎月相手を代えるが一度には一人か二人しか相手にしない」大柄で奔放な金髪娘の姉娘セリーヌ・ヴァタールと、近視の大きな目をした一五歳のブリュネットの妹娘デジレ・ヴァタール。パリ、セーヴル街にある印刷・仮綴じ本製造工場デポネール社で働くこの女工姉妹の、それぞれの恋愛模様を描く長編小説。妹デジレと工員オーギュストとは、長い同棲を続けたあげく、それぞれが昔の恋人と結婚する。姉セリーヌは、奇矯でディレッタントな趣味を持った画家シプリアン・ティバーユと不毛な恋愛を続けた後、シプリアンとつきあうために別れたアナトールと元の鞘に戻る。フローベールの「何ものについても書かれていない小説＝主題のない小説」を実践し、ほとんど筋らしい筋もないままに、当時の労働者やボヘミアンの風俗が、パリの陋巷《ろうこう》の臭気を発散するような、赤裸々で諧謔を孕んだ文体で点綴されていく。

『家庭』(*En ménage*, 1881)

アンドレ・ジャイヤンは小説家。シプリアン・ティバーユは画家。いずれも、ブルジョワ的な価値を軽蔑するデカダントな信条を持つ芸術家だが、彼らにも弱点がある。アンドレが「ジュポン（ペチコート）の危機」と名づける周期的に訪れる女性に対する欲求だ。それは、必ずしも性欲や、女性の細やかな愛情に対する渇望だけではない。煩わしい掃除や食事の準備など、女性がいないことから男性にもたらさせるさまざまな障害を総称した表現だ。昔なじみのシプリアンの家で一夜を明かした後、アンドレが予定よりもやや早く我が家に帰ると、妻ベルトが若い男とベッドで情事をしているところに出くわしてしまう。アンドレは、シプリアンの勧めに従い、手頃な住居が見つかるまで、シプリアンと共同生活を送ることにし、もう二度と妻のもとには戻らないと自らに誓うが、時間が経ち、再び「ジュポンの危機」に悩まされるようになると、耐えられず、妻のもとに帰って行く。一方、頑なな独身主義者であったシプリアンも、ついに女との同居を決意する。

『流れのままに』(*A vau-l'eau*, 1882)

ジャン・フォランタン氏の食物に対する不運は彼の生まれる時からつきまとっていた。母親が産気づいた時、産婆代わりに手伝いに来ていた叔母が節約のため、バターとパンの皮を削った粉で新生児フォランタンの身体を拭いたのだ。父親に早く死に別れ、彼を一人で育てた母親は、彼がある官庁に入省するとまもなく亡くなった。現在、四〇を過ぎ、出世も見込めず、仕事に対する熱意も失い、性欲すらも衰えた独身のしがない下級官吏として単調な仕事に明け暮れする彼の最大の悩みは、掃除や洗濯、とりわけ、日々の食事の心配だった。過去に雇った家政婦シャヴァネル夫人は彼に忌まわしい思いしか残さなかった。彼は、パリのレストランのそこかしこを訪れたり、料理の仕出しなどにも頼ってみるが、いずれも、はじめこそよけれ、料理の質は加速度的に悪化していく。修道女として幸福に亡くなった従姉妹の死を見舞うエピソードの後、彼は、街で知り合った「小猿のような」顔の娼婦と出会い、彼女の家に連れ込まれ、味気ない性行為を強いられる。嫌悪感に打ちのめされて階段を降りながら、フォランタンはこうつぶやく。「道を変えることなど意味がなく、何か意欲を出して物事をやることなど無駄だ。流れに任せて行くしかない。ショーペンハウアーが言っていることは正しい。人生とは苦痛と倦怠の間を揺れ動く振り子のようなものなのだ」。

『さかしま』(*À rebours*, 1884)

近親相姦の果てに劣弱化した体質を受け継いだ大貴族の子孫、ジャン・フロレサス・デ・ゼッサントは、「洗練された隠遁地」「快適な無人地帯」を求めて、パリ郊外のフォントネー゠オ゠ローズの館を買い取り、自分だけの快楽のため、珍奇な様式に飾られた快適な家を作って移り住む。彼は神経症に病んだ自らのデカダントな趣味に合ったさまざまな芸術作品を集め、夜と昼とを「さかさま」にした生活を送ろうとする。小説は、彼の独居に至るまでの生い立ちを描いた「略述」を除けば、たとえば、第三章はデカダンス期のラテン文学に、第四章は金箔を貼った亀の甲羅に象眼する宝石に、第五章はギュスターヴ・モローをはじめとする絵画に、第八章は人工の花を模した自然の花に、また、他の章は宗教文学、世俗文学にというように、それぞれの章が、彼の蒐集したさまざまな芸術作品の描写に充てられる。しかし、デ・ゼッサントの館が完成し、外部からの全くの隔絶が完成するや否や、彼は、神経症の亢進に悩まされるようになり、やがて、「生活の根本を改めなければ、生死に関わる」との医者の診断に従い、「人間世界の愚かさ」に対する呪詛を唱え、「疑いを抱くキリスト教徒を哀れみ給え」と自らには不可能と思える信仰への希求を口にしながら、パリに帰還する。

『ジレンマ』(*Un dilemme*, 1884)

ボーションの公証人ル・ポンサール氏は女婿のランボワ氏から相談を受けた。パリで勉強中のランボワ氏の息子、ル・ポンサール氏にとっては孫にあたるジュールが病気で亡くなり、生前ジュールと同棲し、彼の子供を身籠った若い女ソフィー・ムヴォーから、ジュールの死後、金銭的な援助をしてほしいという手紙が来たというのだ。亡くなった母親からジュールが受け継いだ遺産の分け前の減ることを恐れたル・ポンサール氏はソフィーに会うためパリに赴くが、ソフィーは前もって彼が期待していたような男の肉欲をそそるタイプの女ではなく、むしろ教育のない純朴な女だと知ってがっかりする。ル・ポンサール氏はソフィーに、ジュールの女中であったことにしてわずかな金を受け取るか、愛人であると主張して何も受け取らずにすぐジュールのアパートを出て行くか、二者択一《ジレンマ》を迫る。ル・ポンサール氏が去った後、ソフィーは貧窮のうちにジュールの子を早産し、母子ともに亡くなる。

『仮泊』(*En rade*, 1886)

事業に失敗して借金取りに追われたジャック・マルルは、妻のルイーズとともに、ルイーズの叔父のアントワーヌ、ノリーヌ夫妻が管理を任されているルールの館に一時避難する。ルールの館はセーヌ゠エ゠マルヌ県ジュティニーにある荒れ果てた廃城で、巨大な切石で作られたくすんだ壁に囲まれ、各所にオジーヴ穹窿に覆われた小房を持ち、牢獄のような回廊でつながれた巨大で不気味な空間を形作っている。着いた当日、疲れ果てて眠りについたジャックは、東洋風の宮殿の中で、老人が少女のような身体をした若い美しい娘を裸に剝いて犯す幻想的な夢（主人公が言うところの旧約聖書に現れるユダヤ娘エステルの夢）を見るが、妻ルイーズが発した恐怖の叫びに起こされる。ばたばたという奇怪な物音に導かれて巨大な場内を探索（「散策・徘徊」）したジャックは、その正体が城に巣くう巨大な森梟であることを発見し、杖を振るって怪鳥を叩き殺す。吝嗇で野卑な農民の典型であるアントワーヌ、ノリーヌ夫妻に囲まれ、夜になると真ダニの襲撃を受けるルールの生活はジャックにとって快適なものではなかった。その中で、ジャックは、先のエステルの夢に続いて、月面旅行と、サン＝シュルピスの塔を探索する夢を見るが、特に、第三の夢では、サン＝シュルピスの井戸から醜悪な娼婦の姿をした「真理」が現れる。妻のルイーズはもともと神経を病み、原因不明の炎症や身体の痺れに悩まされてきたが、彼女の症状も日増しに悪化し、夫婦の関係もますます冷えていった。ようやく当面の金策がついてジャックはパリへの帰還を決意するが、彼ら夫婦の未来を暗示するように、飼っていた猫が痙攣をともなう原因不明の病気で悲惨な死をとげる。

『ブーグラン氏の退職』

(*La Retraite de Monsieur Bougran*, 1888) ＊出版は一九六四年

五〇歳の下級官吏ブーグラン氏は、ある朝突然、課長のドゥヴァン氏から二〇年勤めた役所を早期退職するよう命じられる。ブーグラン氏は自分の喪失感を埋めるため一計を案じる。自宅のアパートを事務室そのままに改装し、毎日、自宅に「出勤」して仕事の真似事をするのだ。しかし、仕事仲間のいない架空の「役所」での仕事は張り合いに欠ける。ある日、散歩の途中、かつての役所で小使いをしていたユリオと出会ったブーグラン氏は、彼に月五〇フランで小使い役を演じてくれるように頼む。しかし、この方便は、四〇フランで家事を任されていた女中のユラリーの不満を買う。仕方なくユラリーの給与を五〇フランに上げたものの、小使いと女中の諍いは止まず、女中は食事に手を抜くなど嫌がらせが続く。もう自宅も安住の住処ではなくなった。ブーグラン氏は、急に老け込み、ある日、卒中で頓死する。

『彼方』

(***Là-bas*, 1891**)

「凡庸な存在の単調な研究」に閉じこもる自然主義に倦んだ作家デュルタルは、グリューネヴァルトの「磔刑図」に触発され「心霊（神秘）主義的自然主義」を構想して、一五世紀の実在人物で青髯のモデルとされるジル・ド・レーを題材とした作品を計画している。かたわら、友人の医師で、オカルティズムや悪魔主義に造詣の深いデ・ゼルミーに誘われ、サン＝シュルピス教会の鐘楼守カレー（カレックス）、歴史学者シャントルーヴ、占星術師ジェヴァンジェーといった人びとと知己になり、彼らから黒ミサ、夢魔、呪詛など、現代に猛威を振るう悪魔主義についての知識を得る。ある日、見知らぬ女から思わせぶりな手紙を受け取ったデュルタルは、やがてそれが歴史学者シャ

ントルーヴの妻イアサントであることを知り、自宅に訪ねてきた彼女と関係を持つ。イアサントは、悪魔主義のシンポジウムで、現存する最も危険な悪魔主義者として名前の挙がっていた司教座聖堂参事会員ドークルとも親しかった。それを知ったデュルタルは、彼女の導きでドークルの黒ミサに参加する。黒ミサの行われた教会を後にしたデュルタルは近くの曖昧宿で、イアサントと再び関係を持つが、行為の終わった褥に女の体液にまみれた聖餅《せいべい》を見い出し慄然とする。ジル・ド・レーの時代とは異なり、現代では悪魔主義すらまがい物にすぎないのか。ブーランジェ将軍の選挙運動の歓声を背景に、悪魔主義のシンポジウムに参加した人びとの関心は、現代に生きる神秘家ジョアネス博士が唱える「聖霊=助け主《パラクレ》の到来」の説に移っていく。

『至高所、またはラ・サレットのノートル＝ダム』（未完）
(Là-haut, ou Notre-Dame de la Salette, 1893) ＊出版は一九六五年

第一部、友人デ・ゼルミーとカレーを相次いで失ったデュルタルは、一五世紀にオランダに実在した聖女（この時点では実際には福女）、スヒーダムのリドヴィナを題材にした聖者伝を書こうとしているが、資料を探しに訪れた古書肆で、ジェヴルザンという名のカトリック神父の知己を得る。彼は、もと修道院の指導者で、カトリック教会内部でその神秘主義的傾向によって疎まれている。彼の家政婦セレスト・バヴォワル夫人は千里眼で、パンと水以外は口にすることなく、天界からの声に導かれてヨーロッパ中のマリアの聖地を訪ね歩く陽気な聖女である。デュルタルはジェヴルザンとの交流を通じ、彼の「神秘的な身代わりの秘儀」に導かれる。カトリシズムへの関心にもかかわらず、デュルタルは少女のような身体をした娼婦フロランスの異常な性的嗜癖の虜になっており、情欲と宗教との間を揺れ動くばかりで、信仰への道に踏み出すことができない。しばらくした後、ジェヴルザン、バヴォワルは、聖母出現の聖地ラ・サレットへの巡礼をデュルタルに提案する。

第二部は、ラ・サレットへ向かう列車の車中で、メラニー・カルヴァによって一八七九年に全容が明らかにされた「ラ・サレットの秘密」（ルシフェルの襲来、大戦争の勃発、等々）をめぐる議論が続いた後、ラ・サレットに到着したデュルタルが僧院内の自室でマリアに祈りを捧げる場面で、物語は突然中断される。

『出発』
(En route, 1895)

第一部は、パリの教会を訪れつつ、カトリック信仰への道を探るデュルタルを描く。『至高所』との大きな違いは、作品が始まった時点で、デュルタルはすでにカトリック信仰を回復していることだ。ある日目覚めると、デュルタルは「あたかも食物が消化されるように」神を信じていた。リドヴィナの資料を集めていたデュルタルは、ジェヴルザンという神父に出会って、神秘神学に導かれていく。一方、デュルタルは娼婦フロランスによって掻き立てられる情欲に悩まされ、今までの罪を告白して聖体を受けることをためらっている。ジェヴルザンは、逡巡するデュルタルに、トラピスト修道院での静修をすすめる。

第二部は、全体が、デュルタルのノートル＝ダム・ド・ラートルでの八日間の修道院滞在に充てられる。デュルタルは、修道院の定められた規則に従って聖務日課に参加する一方、十字架の池のある修道院の敷地内を何度となく「散策・徘徊」する。初日から、デュルタルはフロランスの記憶と結びついた夢魔の襲来に苦しめられる。二度目にして過去の罪の告解に成功した後、イエスの特別の恩寵により、院長自身の手で聖体拝受の秘蹟に預かる。しかし、彼は異常な悪魔の攻撃にさらされ、「暗黒の夜（暗夜）」と呼ばれる神秘体験をする。神秘体験の終わりに至って、彼は「肉体と魂」の分離を体験。修道院の「野外の牢獄」を懐かしみながら、パリに発つ。

『大伽藍』(*La Cathédrale*, 1898)

デュルタルは、司教座聖堂参事会員となってシャルトル大聖堂に赴任したジェヴルザンに請われて、この聖堂に滞在している。『出発』では姿を消していたバヴォワル夫人が、ジェヴルザンに家政婦として付き添っている。かつてあれほどデュルタルを悩ませた「淫欲」はすでに克服されたが、今度は、彼は言いしれぬ倦怠に苦しんでいる。聖堂付きの助任神父でシャルトル大聖堂についてすみずみまで知り尽くした神秘主義者プロン神父に導かれ、シャルトルの聖堂の外部、内部の意匠・彫刻・ステンドグラスなどあらゆる細部にこめられた「象徴」的意味を読み解きながら、デュルタルは地下聖堂の黒い聖母に自己の信仰の乾きの癒しを祈る。デュルタルはパリからの編集者の求めに応じて、「フラ・アンジェリコ論」を執筆するが、『出発』以来構想を温めているスヒーダムのリドヴィナの聖人伝が仕上がった形跡はない。やがて、デュルタルは自分の倦怠の原因が、僧坊生活への郷愁であることを認める。再び、ジェヴルザンの計らいにより、今度はベネディクト会のソレム修道院へと旅発っていくデュルタルに、バヴォワル夫人は聖母マリアの加護を祈る。

『スヒーダムの聖女リドヴィナ』(*Sainte Lydwine de Schiedam*, 1901)（邦題『腐乱の華』）

リドヴィナは一四世紀から一五世紀にかけてオランダに実在した聖女で、「神秘的な身代わりの秘儀」により、当時の混乱したキリスト教世界のすべての罪を病に代えて自己の一身に被った。ハンセン病以外のあらゆる病に罹って、文字通り身体は腐乱し、壊疽や潰瘍に覆われた皮膚にはおびただしい蛆虫が生じた。彼女は、食事も摂らず、ベットの上に横臥したまま五三歳まで生きたが、夜な夜なキリストや天使が訪れ、彼女の魂を慰めた。腐乱した身体からはえもいえぬ芳香が常に立ち上った。死後、死体を覆った布を取ると、全く病気の前に戻った若々しい姿が現れた。

『修練士』(*L'Oblat*, 1903)

デュルタルはすでに一八ヶ月以上前からベネディクト会の大修道院のあるヴァル・デ・サンに滞在している。デュルタルの側には、ジェヴルザン神父の死後、デュルタルに付いてヴァル・デ・サンに付き従ってきたバヴォワル夫人がいる。彼は俗人の身分でありながら神に魂を捧げる「修練士」になろうと決意したのだ。彼の住居には、しばしば、ヴァル・デ・サンの修道士の他、ランプル氏や彼の姪で食いしん坊のガランボア嬢が集い、神の意思やカトリック典礼の意味を語り合う。『修練士』の主なモチーフはカトリックの典礼そのものと言ってよい。デュルタルは九月から、翌年の夏まで、聖十字架賞賛の祝日、聖プラシドの日の会食、諸聖人の祝日、降誕の祝日、主の公現、聖週間、聖霊降誕祭と、次々に荘厳な教会典礼に列席する。その中で三月一九日、デュルタルの修練士着衣式も執り行われる。しかし、修道会には危機が迫っていた。悪魔に唆かされたフリーメーソンとユダヤ人が暗躍して、国家と教会の分離を目的とした「結社法」が審理の日程に上ってきたのである。最初、ヴァル・デ・サンのベネディクト会士たちはこの法案が現実化しようなどとは夢にも考えていない。しかし、デュルタルには暗い予感があった。コンブに率いられた急進派の内閣が、「結社法」を閣議決定し、次いで法案は上院で可決されてしまう。ヴァル・デ・サンの修道院はベルギーへの移転を決め、大修道院は廃墟と化す。デュルタルはカトリックの理想が潰え去ったことに幻滅と絶望を感じながら、パリに帰還する。

『ルルドの群衆』 (*Les foules de Lourdes*, 1906)

一八九二年、シャルコーが『ルヴュ・エブドマデール』誌に「病を治す信仰」を書き、同じ年に同地を訪れたゾラは、その体験をもとに伝統的なスタイルに則って『ルルド』を著した。それから十年余りを経た一九〇三年、ユイスマンスは国際的大巡礼団が訪れる前後数週間、ルルドに滞在し、ルルドに関する膨大なルポルタージュを書いた。ユイスマンスはまず、過去のマリア出現の検討から始めて、こう述べる。「ルルドは他の出現と比べ、全く例外的なものではなく、何も新たなものをつけ加えたわけではない。ルルドの出現は、過去の出現によって予告された必然的な現象だった」。そしてこう続ける。「ルルドを見たいという欲求に一度も駆られたことのない人がいたとしたら、それは私だ」。彼は群衆も奇跡も見たくなかった。その「私＝ユイスマンス」が、自分の意志とは無縁な外的な理由からルルドに訪れて、静寂に沈むマサビエル洞窟を散策し、蠟燭の象徴的な意味について考える。やがて、フランスの各地から、さらにはベルギーやオランダ、イギリスなどから国際的大巡礼団がやって来て、ルルドは喧噪に包まれる。ユイスマンスは、仮借ない筆でその俗化された醜悪さを告発するとともに、ルルドの病院を頻繁に訪れ、聖母マリアの起こした奇跡をゾラやシャルコーとは異なる「信仰」の立場から解釈しようと試みる。ユイスマンスにとってルルドとは、嫌悪を催す場であるとともに、神聖な場所である。

1876	**『マルト，ある娼婦の物語 *Marthe, histoire d'une fille*』。**
1877	**『背嚢をしょって *Sac au dos*』。**
1879	**『ヴァタール姉妹 *Les sœurs Vatard*』。**
1880	**ゾラと彼の5人の弟子，『メダン夜話』出版。ユイスマンスはこの中編小説集に『背嚢をしょって』の改訂版を収録。散文詩集『パリ・スケッチ *Croquis parisiens*』。**
1881	**『家庭 *En ménage*』。『懐疑的なピエロ *Pierrot sceptique*』。**
1882	**『流れのままに *A vau-l'eau*』。**
1883	**『近代美術 *L'art moderne*』。**
1884	**『さかしま *À rebours*』。『ジレンマ *Un dilemme*』（単行本出版は1888年）。**
1885-86	フロイト，パリのシャルコーのもとで催眠療法の研究。
1886	**『仮泊 *En rade*』（単行本出版は1887年）。**
1886.12.25	クローデル，カトリック回心。オカルト的19世紀からの脱出？
1887	後にオカルト結社「カバラの薔薇十字」を創設するヴィルト，ガイタら，ブーランを「猥褻な教理」で断罪，死刑宣告。両者の間に「流体」を介した宗教戦争勃発。 **ユイスマンス，リュイス博士のチームの一連の実験に立ち会う。** アルバート・マイケルソンとエドワード・モーリー，「エーテル」の不在を証明。
1888	**『ブーグラン氏の退職 *La Retraite de Monsieur Bougran*』（出版は1964年）。**
1889	**『近代画人評（ある人びと）*Certains*』。**
1890	**『ビエーヴル川 *La Bièvre*』**（同書別稿1880年版は『パリ・スケッチ』所収）。
1890.2	**ユイスマンス，ベルト・クリエールを介してブーランを知り，両者の間に頻繁な文通。**
1890.9	**ユイスマンス，リヨンのブーランを訪れ，以後，彼への傾倒強まる。**
1891	**『彼方 *Là-bas*』。**
1891.7	**ユイスマンス，ブーランらとともにラ・サレットに巡礼，深い感銘を受ける。この時期から，ラ・サレットを舞台にした小説『至高所，またはラ・サレットのノートル＝ダム *Là-haut, ou Notre-Dame de la Salette*』（以下『至高所』）を構想。**
1892. 7.12-19	**ユイスマンス，ノートル＝ダム・ディニー（イニー）のトラピスト修道院に第1回滞在。聖餐の秘蹟を受け，カトリックへ正式に回心 。**
1893.1.4	ブーラン，リヨンで急死（68歳）。ユイスマンスをはじめ，彼の影響下にあった人びとは，「カバラの薔薇十字」による呪殺を信じる。
1893.5	**ユイスマンス，『至高所』を放棄。作品の草稿は，以後，再配分されて『出発』『大伽藍』の執筆に利用さる。**
1893.9	**ユイスマンス，レジョン・ドヌール勲章シェヴァリエ（騎士）授賞。**
1894.6	**ユイスマンス，「カイエ・ローズ」を含むブーランの資料を入手。ブーラン教団の女祭司ジュリー・ティボー，ユイスマンスの家政婦となる。**
1895	**『出発 *En route*』。**
1898	**『大伽藍 *La Cathédrale*』。ユイスマンス，内務省退官。**
1899.6	**ユイスマンス，サン＝マルタン・ド・リギュジェ修道院近くに移住。**
1900.3	**ユイスマンス，修練士の着衣式。この年，アカデミーゴンクールの初代委員長に選ばる。**
1901	**『スヒーダムの聖女リドヴィナ *Sainte Lydwine de Schiedam*』（邦題『腐乱の華』）。**修道院，共和派政府の迫害に遭いベルギーに移転。**ユイスマンス，パリに帰還。**
1903	**『修練士 *L'Oblat*』。**
1905	**『三人のプリミティフ派画家 *Trois Primitifs*』。**
1906	**『ルルドの群衆 *Les foules de Lourdes*』。**
1907.1	**ユイスマンス，レジョン・ドヌール勲章オフィシエ（将校）授賞。**
1907.5.12	**ユイスマンス，喉頭癌のため死去（59歳）。**
1930	ルイ・マシニョン，ユイスマンス旧蔵のブーラン関係資料をヴァチカン図書館へ送る。資料は秘密文書館に封印さる（2006年より閲覧可能に）。

関係略年表

＊太字はユイスマンスの事項を表す。

年月日	ユイスマンスとオカルティズムに関わる出来事
1778.2	ウィーンの医師メスマー，パリに移住。「普遍流体」の存在に基づく治療を開始。
1784	天文学者バイイを長とする科学アカデミーの報告書「普遍流体」の実在を否定するも，流体論者（フリュイディスト）と生気論者／流体否定派（アニミスト）の論争続く。 この年，ピュイセギュール侯爵，「催眠症状」を発見。
1786.4.7	サン＝ジノサン墓地の死体をモン・スリ平原地下の旧石切場に移送。パリのカタコンブ（地下墓地）の始め。
1789	フランス大革命始まる。
1793.1.21	ルイ 16 世とマリー＝アントワネット，断頭台で処刑さる。
1814	4 月の王政復古とともに，革命，特に国王処刑をフランス全体が神に対して犯した大罪とし，「贖罪」と「修復」を求める風潮が保守派を中心に広まる。
1815.1	ルイ 16 世とマリー＝アントワネットの遺体発見さる。
1816.1	マルタン・ド・ガラルドン，初めて天使のお告げを聞く。一連の預言の系譜の始め。
1820.2.13	ベリー公暗殺。
1821	ブッシュ夫人なる幻視者，パリで「福音の三人のマリー」（のちの「慈悲の御業」の母胎）を創設。
1830.7	七月革命。異端セクト流行。また，聖母マリアの「黄金時代」始まる。
1830.7.11	聖母マリア，パリのバック街でカトリーヌ・ラブレーの前に現る。
1831	ユゴー『ノートル＝ダム・ド・パリ』。
1839.8	ヴァントラスに最初の啓示。ヴァントラス，ブッシュ夫人の後継指名を受けてノルマンディー，ティリー・シュル・スールで「慈悲の御業」創設。
1843	マンチェスターの医師ブレイド，「動物磁気」の存在を否認。彼の著作の影響は 1860 年代になってフランスでも顕著となる。
1846.9.19	イゼール県ラ・サレットで羊飼いのメラニー・カルヴァとマクシマン・ジローのもとに聖母現れ，「秘密」を託す。
1848.2.5	**ユイスマンス，パリに生まれる。**この月，二月革命起こる。
1854.12.8	法王ピウス 9 世，「聖母マリアの無原罪の御宿り」の教義を公認。
1856	ブーラン，ラ・サレットにおける聖母出現の強い影響下に，修道女アデル・シュヴァリエらとともに修道会「修復の御業」を創設。
1858.2.11	聖母マリア，オート・セーヌ県ルルドでベルナデット・スビルーの前に現る。
1860	この頃ブーラン，彼の「修復」理論の基礎を確立。しかし公序良俗に反する治療と寄付金の詐欺容疑で訴えられ，ルーアンで服役（1861–64）。
1860.12.8	ブーラン，アデル・シュヴァリエとの間に生まれた嬰児を殺害。
1868-69	ブーラン，ローマ教皇庁で以前の罪を告白する手記「カイエ・ローズ」を執筆。
1869-75	ブーラン，修道会「マリアの御業」を立ち上げるとともに，パリで神秘主義や奇跡に力点を置く宗教雑誌『19 世紀聖性年報』を編集，「修復」の教義を広める。
1870	普仏戦争。**ユイスマンス，召集されるものの，病で野戦病院をたらい回しに。**
1871.3-5	パリ・コミューンの乱。
1874	**ユイスマンス処女散文詩集『薬味箱 *Le drageoir à(aux) épices*』。**
1875.2.1	ブーラン，パリ大司教ギベールから異端を廉に最終的に破門さる。ブーランはヴァントラスの教団に接近，12 月にヴァントラスが死亡すると彼の後継を自称し，翌 1876 年に「慈悲の御業」（「エリヤのカルメル会」）の別派「ジャン＝バティストのカルメル会」を作り，1877 年にはリヨンに移って活動。

HUYSMANS, UNE ESTHETIQUE DE LA DÉCADENCE, Honoré Champion, 1987.
MÉLANGES PIERRE LAMBERT CONSACRÉS À HUYSMANS, A.G. Nizet, 1975.
REVUE DES SCIENCES HUMAINES, ENJEUX DE L'OCCULTISME, n° 176, 1979.
REVUE DES SCIENCES HUMAINES, J.-K. HUYSMANS, n°170-171, 1978.
REVUE LUXEMBOURGEOISE DE LITTÉRATURE GÉNÉRALE ET COMPARÉE, LA LITTÉRATURE DE FIN DE SIÈCLE, UNE LITTÉRATURE DÉCADENTE ?, 1990.

■ **邦語文献**

イエイツ，フランセス・A／山下知夫訳『薔薇十字の覚醒』工作舎，1986, 1992。

一柳廣孝『催眠術の日本近代』青弓社，2006。

一柳廣孝編『心霊写真は語る』青弓社，2004。

稲垣直樹『フランス〈心霊科学〉考――宗教と科学のフロンティア』人文書院，2007。

ヴァン・ジェネップ，アルノルド／秋山さと子・弥永信美訳『通過儀礼』弘文堂，1999。

江口重幸『シャルコー――力動精神医学と神経病学の歴史を遡る』勉誠出版，2007。

江島泰子『世紀末のキリスト』国書刊行会，2002。

エリアーデ，ミルチャ＆サリバン，ローレンス・E／鶴岡賀雄・島田裕巳・奥山倫明訳『エリアーデ・オカルト事典』法藏館，2002。

エレンベルガー，アンリ／木村敏・中井久夫監訳『無意識の発見（上・下）』弘文堂，1980，2007。

オッペンハイム，ジャネット／和田芳久訳『ヴィクトリア・エドワード朝時代の社会精神史――英国心霊主義の抬頭』工作舎，1992。

加藤民男『大革命以後――ロマン主義の精神』小沢書店，1981。

佐々木孝次『ラカンの世界』弘文堂，1984。

ジェルールド，ダニエル／金澤智訳『ギロチン――死と革命のフォークロワ』青弓社，1997。

白鳥友彦・田辺貞之助他『森５号　ユイスマンス特集号』森開社，1978。

セーガン，カール＆ドルーヤン，アン／柏原精一・佐々木敏裕・三浦賢一訳『はるかな記憶（上）（下）』朝日文庫，1993，1996。

ソフォクレス／呉茂一訳「アンティゴネー」『ギリシャ悲劇全集　Ⅱ』人文書院，1960，1979。

田中雅志（編訳・解説）『魔女の誕生と衰退――原典資料で読む西洋悪魔学の歴史』三交社，2008。

チュイリエ，ジャン／高橋純・高橋百代訳『眠りの魔術師メスマー』工作舎，1992。

寺田光徳『梅毒の文学史』平凡社，1999。

中木康夫『フランス政治史（上・中・下）』未來社，1975，1980。

バターフィールド，H／渡辺正雄訳『近代科学の誕生（上・下）』講談社学術文庫，1978，2008。

ピクネット，リン／関口篤訳『超常現象の事典』青土社，1994。

ファーブル，ジャン=アンリ／奥本大三郎訳『完訳ファーブル昆虫記　7巻（下）』集英社，2009。

ベイトソン，グレゴリー／佐藤良明訳『精神の生態学』改訂第2版，新思索社，2002。

ホイッテーカー，E・T／霜田光一・近藤都登訳『エーテルと電気の歴史（上・下）』講談社，1910, 1976。

ボーマルシェ，ピエール=オーギュスタン・カロン・ド／石井宏訳『フィガロの結婚』新書館，1998。

松浦寿輝『エッフェル塔試論』筑摩書房，1995。

三浦清宏『近代スピリチュアリズムの歴史――心霊研究から超心理学へ』講談社，2008。

妙木浩之『エディプス・コンプレックス論争』講談社選書メチエ，2002。

村上陽一郎『科学史の逆遠近法――ルネサンスの再評価』中央公論社，1982／講談社学術文庫，1998。

山極寿一『家族の起源――父性の登場』東京大学出版会，1994。

吉田健一『吉田健一著作集　XVII――ヨオロツパの世紀末・瓦礫の中』集英社，1980。

――――――――――. *La psychanalyse à l'épreuve de la sublimation,* L'édition du Cerf, Coll. « Passages », 1997.

VEYSSET, Georges. « Huysmans bibliophile et bibliophiles huysmansiens, discours prononcé le 11 mai 1978 », in *Bulletin*, n°69, 1978, pp. 1-9.

VIERNE, Simone. *Rite, Roman, Initiation,* 2e éd., P.U. de Grenoble, 1987 (1973).

VIGNERON, Paul. *Histoire des crises du clergé français contemporain,* Téqui, 1976.

VIGNES, Michel. *Le milieu et l'individu dans la trilogie de Joris-Karl Huysmans, En route, La Cathédrale, L'Oblat,* A.G. Nizet, 1986.

VILCOT, Jean-Pierre. « Bonheur et clôture chez Huysmans », in *Bulletin,* n°63, 1975, pp. 28-43.

――――――――――. *Huysmans et l'intimité protégée,* Minard, Coll. « Archives des lettres modernes », 1988.

VILLENEUVE, Roland. « Huysmans et Gilles de Rais », in *TSJ,* n°8, 1963, pp. 96-102.

VILLIERS DE L'ISLE-ADAM, Philippe Auguste. *L'Ève future*, Édition établie par Nadine Satiat, Flammarion, Coll. « GF » , 1992 (1886). (ヴィリエ・ド・リラダン／齋藤磯雄譯『未来のイヴ』創元ライブラリ，1996)

――――――――――――――――――――. *Œuvres Complètes*, t. I. II, Gallimard, Coll. « Pléiade », 1986. (ヴィリエ・ド・リラダン／齋藤磯雄譯『ヴィリエ・ド・リラダン全集』全5巻に収録，東京創元社，1974, 1982)

VIRCONDELET, Alain. /éd. *Huysmans entre grâce et péché,* Beauchesne, 1995.

――――――――――. *J.-K. Huysmans*, Plon, 1990.

VLOBERG, Maurice. « Les pèlerinages de Madame Bavoil : I. - Les Notre-Dame de la banlieue », in *Bulletin,* n°42, 1961, pp. 315-329.

WARNER, Marina. *Seule entre toutes les femmes, Mythe et culte de la Vierge Marie,* /tr. par Nicole Ménant (de l'anglais), Rivages, Coll. « Rivages/Histoire », 1989(1976).

WERNER, Johhanes. « J.-K. Huysmans und die allgemeine Sehnsucht nach dem Kloster », in *Erbe und Auftrag,* n°57, 1981, pp. 245-252.

WILSON, Edmund. *Axel's Castle : A Study of the Imaginative Literature of 1870-1930,* Farrar, Straus and Giroux, 2004(1931). (エドマンド・ウィルソン／土岐恒二訳『アクセルの城』ちくま学芸文庫，2000)

YAMAZAKI, Atsushi. « L'inscription d'un débat séculaire : le magnétisme dans *Bouvard et Pécuchet* », in *Revue Flaubert*, n°4, 2004.

ZAYED, Fernande. *Huysmans peintre de son époque (avec des documents inédits)*, A.G. Nizet, 1973.

ZOLA, Émile. *Le Roman Expérimental* (1880), *Œuvres Complètes*, t. 9, Nouveau Monde, 2004 pp. 315-507.

――――――. *Lourdes,* Gallimard, Coll. « Folio », 1995.

――――――. *Œuvres Complètes,* t. I-XVIII , Nouveau Monde, 2002-. (エミール・ゾラ／小倉孝誠・宮下志朗他訳『ゾラ・セレクション』11巻別巻1 (刊行中)，藤原書店，2002-；同／小田光雄・伊藤桂子他訳『ルーゴン＝マッカール叢書』13巻，論創社，2003-2009)

ZOLA, Émile. MAUPASSANT, Guy de. HUYSMANS, J.-K. CÉARD, Henry. HENNIQUE, Léon. ALEXIS, Paul. *Les Soirées de Médan,* Préface de Léon Hennique, Grasset, 2003 (1880/1955).

[雑誌・論文集・集成]

BULLETIN DE LA SOCIÉTÉ J.-K. HUYSMANS, 1e série-3e série, 1928-1947, nos 1-20, Slatkine Rep., 1975.

BULLETIN DE LA SOCIÉTÉ J.-K. HUYSMANS, nos 21-101, 1948-2008.

[LES] CAHIERS DE LA TOUR SAINT-JACQUES, VIII, 2e éd., 1963.

[LES] CAHIERS DE L'HERNE, vol. 47, l'Herne, 1985.

ESPRIT DE DÉCADENCE (L'), II. (Colloque de Nantes, 21 au 24 avril 1976), Nantes : Minard, 1984.

EUROPE, HUYSMANS, VILLERS DE L'ISLE-ADAM, 916-917, août-septembre, 2005.

FINS DE SIÈCLE, TERME-ÉVOLUTION-RÉVOLUTION ?, Actes du Congrès de la Société Française de Littérature générale et comparée, Toulouse 122-24 septembre, 1987, Presse Universitaires du Mirail, 1989.

HUYSMANS, À REBOURS, SEDES, 1990.

SICHÈRE, Bernard. *Histoires du mal,* Grasset, Coll. « Figures », 1995.

SOREL, Georges. « La crise de la pensée catholique », in *Revue de Métaphysique et de Morale,* t. X, n°5 (septembre), 1902, pp. 523-551.

STAROBINSKI, Jean. *L'œil vivant*, II : *La relation critique*, Gallimard, Coll. « Le Chemin », 1970.（ジャン・スタロバンスキー／調佳智雄訳『生きた眼（2）――批評の関係』理想社，1973）

――――――――. *Portrait de l'artiste en saltimbanque*, Flammarion, Coll. « Champs », 1983（1970）.（ジャン・スタロバンスキー／大岡信訳『道化のような芸術家の肖像』新潮社，1975）

STEINMETZ, Jean-Luc. « Sang sens », in *Revues des sciences humaines*, n°170-171, 1978, pp. 80-90.

STERN, Jean. *La Satette-documents authentiques*, 3 tomes, Desclée de Brouwer / Cerf, 1980-1991.

STRA-LAMARRE, Annie. *L'enfer de la IIIe république, Censeur et pornographes, 1881-1914,* Imago, 1989.

SUBLON, Roland. « L'Esprit Saint dans la perspective psychanalytique », in *L'Esprit Saint,* /éd. par René Laurentin, Bruxelles : Facultés universitaires Saint-Louis, 1978, pp. 97-130.

SUZE, René de la. « Mémoire des héritiers de Gilles de Rays pour prouver sa prodigalité », in Dom Pierre Hyacinthe Morice, /éd., *Mémoires pour servir de preuves à l'histoire ecclésiastique et civile de Bretagne,* Charles Osmont, 1742-1746, vol. 2, pp. 1336-1342.

SYMONS, Arthur. *The Symbolist Movement in Literature,* New York : E.P. Dutton & Company, 1919（1899）.（アーサー・シモンズ／樋口覚訳『象徴主義の文学運動』国文社，1973）

TERNOIS, René. « Une révélation : Là-haut, de J.-K. Huysmans », in *Les Cahiers naturalistes,* n°32, 1966, pp. 160-169.

THÉRÈSE DE JÉSUS, Sainte. « Le Château de l'âme ou le livre des demeures »（1577）, in *Œuvres Complètes,* /tr. par R.P. Grégoire de Saint-Joseph（de l'espagnol）, Seuil, 1949.（イエズスの聖テレジア／東京女子カルメル会訳『霊魂の城』ドン・ボスコ社，1966, 1991）

THÉRIVE, André. *Joris-Karl Huysmans, son œuvre. Portrait et autographe,* La Nouvelle Revue Critique, Coll. « Document pour l'histoire de la littérature française », 1924.

THIELE, Rita. *Satanismus als Zeitkritik bei Joris-Karl Huysmans,* Frankfurt a. M., Bern, Cirencester（UK）: Peter D. Lang, Coll. « Bonner Romanistische Arbeiten », B. 8, 1979.

THOMAS, Marcel. « Un aventurier de la mystique : l'abbé Boullan », in *TSJ*, n°8, 1963, pp. 116-161.

――――――――. « Une toute première version d'*En Route* », in *Humanisme actif, Mélanges d'art et de littérature offerts à Julien Cain* I, Herman, 1968, pp. 247-257.

TIEGHEN, Philippe van. *Les grandes doctrines littéraires en France,* PUF, 1974.

TRILLAT, Etienne. *Histoire de l'Hystérie,* Seghers, Coll. « Médecine et Histoire », 1986.

TRUDGIAN, Helen. *L'esthétique de J.-K. Huysmans,* Genève : Slatkine Rep., 1970（1934）.

UBERSFELD, Anne, *Le Roi et la bouffon, Étude sur le théâtre de Hugo de 1830 à 1839*, Édition revue, José Corti, Coll. « Les Essais », 2001（1974）.

URTUBEY, Luisa de. *Freud et le diable,* PUF, Coll. « Voix Nouvelles en Psychanalyse », 1983.

VADÉ, Yves. « Le Sphinx et la Chimère » in *Romantisme,* nos 15-16, 1977, pp. 2-17, 71-81.

VALÉRY, Paul. *Lettres à quelques-uns,* Gallimard, 1952.

――――――――. « Durtal », dans *Œuvres* I, Gallimard, Coll. « Pléiade », 1980（1957）, pp. 742-753.（ポール・ヴァレリー／山田𣝣訳「デュルタル」『ヴァレリー全集』第７巻，筑摩書房，1967, 1983, pp. 298-312）

――――――――. « Souvenir de J.-K. Huysmans », dans *Œuvres* I, Gallimard, Coll. « Pléiade », 1980（1957）, pp. 753-756.（ポール・ヴァレリー／山田𣝣訳「J.-K. ユイスマンスの思い出」『ヴァレリー全集』第７巻，筑摩書房，1967, 1983, pp. 313-316）

VALLET DE VIRIVILLE, Auguste. *Histoire de Charles VII, roi de France et de son époque, 1403-1461,* 3 vols., Vve J. Renouard, 1862-1865.

VANWELKENHUYZEN, Gustave. *Insurgés de Lettres, Paul Verleine, Léon Bloy, J.-K. Huysmans,* La Renaissance du Livre, 1953.

VERGOTE, Antoine. *Dette et désir, deux axes chrétiens et la dérive pathologique,* Seuil, 1978.

Messein, 1950 (1914).
RICHARD, Jean-Pierre. *Microlectures,* Seuil, Coll, « Poétique », 1979.
RICHARD, Noël. *A l'Aube du Symbolisme : Hydropathes, Fumistes et Décadents*, A.-G. Nizet, 1961.
RICŒUR, Paul. *De l'interprétation : essai sur Freud,* Seuil, Coll. « L'ordre philosophique », 1991 (1965).（ポール・リクール／久米博訳『フロイトを読む――解釈学試論』新曜社，1982, 2005）
――――――. *Le mal, Un défi à la philosophie et à la théologie,* Labor et Fides, Coll. « Autres Temps » , 1986.
――――――. *Philosophie de la volonté* II, *Finitude et culpabilité*, Aubier, 1988 (1960).（ポール・リクール／久重忠夫訳『人間――この過ちやすきもの』以文社, 1978；同／植島啓司・佐々木陽太郎訳『悪のシンボリズム』渓声社，1977；同／一戸とおる訳『悪の神話』渓声社，1980）
ROLLAND, Pierre-Antoine-Honoré. *Études psychopathologiques sur le mysticisme de J.-K. Huysmans,* Thèse de médecine, Imprimerie de "l'Éclaireur de Nice", 1930.
ROLLINAT, Maurice. *Œuvres : Tome 2, Les Névroses,* Minard, Coll. « Biboliothèque introuvable », 1972 (1883).（モーリス・ロリナ／白鳥友彦訳『腐爛頌――モーリス・ロリナ詩集』森開社，1982）
ROSENBERG, B. « Sur la négation », in *Cahiers du centre de psychanalyse et de psychothérapie*, n°2, 1981, pp. 3-54.
ROSOLATO, G. « La psychanalyse au négatif », in *Topique*, n°18, 1977, pp. 11-29.
――――――. « Trois générations d'hommes dans le mythe religieux et la généalogie », in *L'Inconscient*, n°1 janvier-mars, 1967, pp. 71-108.
ROUDINESCO, Élisabeth. *Histoire de la psychanalyse en France (*1 *1885-1939* / 2 *1925-1985),* Seuil, 1986.
ROUDINESCO, Élisabeth. PLON, Michel, /éd., *Dictionnaire de la psychanalyse*, Fayard, 1997.
ROUGEMONT, Denis de. *La part du diable,* Gallimard, Coll. « Idées », 1982.
ROUSSELOT, L'Abbé. *Défense de l'événement de la Salette contre de nouvelles attaques*, Grenoble : A. Carus, 1851.
――――――. *La Vérité sur l'événement de la Salette du 19 septembre 1846, ou rapport à Mgr L'Évêque de Grenoble sur l'apparition de la Sainte Vierge à deux petits bergers, sur la montagne de la Salette, canton de Corps (Isère),* Grenoble : au Grand Séminaire, 1848.
――――――. *Nouveaux documents sur le fait de la Salette,* Édition scannée et faximilée, Édition Saint-Remi, 2005 (1850).
――――――. *Récit de l'apparition de la sainte Vierge sur la montagne de la Salette,* Paris, Lyon : J.-B. Pélagaud, 1859.
ROUSSILLON, René. *Du baquet de Mesmer au "baquet" de S. Freud, Une archéologie du cadre et de la pratique psychanalytiques*, PUF, Coll. « Histoire de la Psychanalyse », 1992.
RUDELLE, Violette. « Huysmans et ses relations avec Léon Bloy », in *Bulletin*, n°27, 1954, pp. 105-109.
SABBATIER, Jean. *Affaire de la Salette. Mlle de Lamerlière contre MM. Déléon et Cartellier…*, éd. inconnu, 1857.
SAIGNES, Guy. *L'Ennui dans la littérature française de Flaubert à Laforgue (1848-1884),* A. Colin, 1969.
SARTRE, Jean-Paul. *L'idiot de la famille, Gustave Flaubert de 1821 à 1857*, 3 vols., Gallimard, Coll. « Tel », 1983 (1971-1972).（ジャン=ポール・サルトル／平井啓之・海老坂武・鈴木道彦・蓮實重彦訳『家の馬鹿息子――ギュスターヴ・フローベール論　1-2』人文書院，1982-1986）
――――――. *Mallarmé, La lucidité et sa face d'ombre,* Gallimard, Coll. « Arcades », 1986.（ジャン=ポール・サルトル／渡辺守章・平井啓之訳『マラルメ論』ちくま学芸文庫，1999）
SAUVESTRE, Charles. *Les Congrégations religieuses dévoilées,* E. Dentu, 1879.
SCHNERB, Robert. *Le XIXe siècle, L'apogée de l'expansion européenne,* PUF, Coll. « Quadrige », 1993 (1955).
SCHOPENHAUER, Arthur. *Pensées et fragments, présentation de Pierre Trotignon,* Paris-Genève : Slatkine Rep. (Félix Alcan), Coll. « Ressources », 1979 (1881/1892).
SEILLAN, Jean-Marie. « Huysmans après *L'Oblat* : vers un nouvel à rebours ? », *Huysamns à côté et au-delà,* Actes du Colloque de Cerisy-la-Salle, Peeters/Vrin, 2001, pp. 481-505 .
――――――. « Silence, on fantasme, Lecture de *Pierrot sceptique*, Pantomime de L. Hennique et J.-K. Huysmans », in *Romantisme*, n°75, 1992, pp. 71-82.
SEILLIÈRE, Ernest. *J.-K. Huysmans,* Grasset, 1931.

singstoke : Macmillan Press, 1983.

NARFON, Julien de. « Huysmans mystique », in *Le Figaro,* 15 mai 1907, p. 2.

NIETZSCHE, Friedrich. *Die Fröhliche Wissenschaft* (1882-87), *Kritische Studienausgabe* (*KSA*), 3, Deutscher Taschenbuch Verlag de Gruyter, 2003 (1999).（フリードリッヒ・ニーチェ／信太正三訳『悦ばしき知識』ニーチェ全集 8，理想社，1980／ちくま学芸文庫，1993）

NUGUES, Émile. « Quelques souvenirs sur Huysmans » , in *Bulletin*, n°29, 1955, pp. 219-235.

OCTOLEVA, Madelaine Y. *Joris-Karl Huysmans, romancier du salut,* Sherbrooke, Québec (Canada) : Naaman, Coll. « Études »,1981.

ONIMUS, Jean. *La maison corps et âme, Essai sur la poésie domestique,* PUF, 1991.

ONO, Hidéshi. *La beauté abjecte – le fonctionnement de la négativité dans l'œuvre de J.-K. Huysmans,* Thèse de doctorat présentée et soutenue à l'université Paris VII, 3 tomes, 2000.

OWEN, Alex. *The Darkened Room, Wemen, Power and Spirituailsm in Late Victorian England,* The University of Chicago Press, 2004 (1989).

PAGÈS, Alain. « *A Rebours*, un roman naturaliste ? », in *Joris-Karl Huysmans, A Rebours,* SEDES, 1990, pp. 3-17.

——————. *La bataille littéraire, Essai sur la réception du naturalisme à l'époque de Germinal,* Séguier, 1989.

——————. *Le naturalisme,* 2e éd. PUF, Coll. « Que sais-je », 1993.

——————. *Émile Zola, un intellectuel dans l'affaire Dreyfus*, Séguier, 1991.

PAGNOTTA, Laura. *The Portraits of Bartolomeo Veneto*, Catalog of the exhibision, may 3-august 2, Sandiego, California : Timken Museum of Art, 2002.

PALACIO, Jean de. *Figures et Formes de la décadence,* Séguier, Coll. « Noire », 1994.

——————. *Les perversions du merveilleux,* Séguier, 1993.

——————. *Pierrot fin-de-siècle ou les métamorposes d'un masque,* Séguier, 1990.

PAQUE, Jeannine. « Belle affreusement : la femme dans l'art, un désastre sans remède », in *Huysmans, à côté et au-delà*, Actes du Colloque de Cerisy-la-Salle, Peeters / Vrin, 2001, pp. 167-185.

PENOT, Bernard. *Figures du déni : en deça du négatif,* Dunod, 1989.

PERRAUDIÈRE, René de la . « La Lettre de Dieu », in *Mémoire de la Société nationale d'Agriculture, des Sciences et des Arts d'Angers,* VIII, 1905, pp. 131-136.

PEVEL, Henri. *Henriette , Pour l'amour de Huysmans,* Atelier du Gué, 1984.

PEYLET, Gérard. « Artifice et Expérimentation du Moi dans A Rebours », in *Bulletin*, n°70, 1979, pp. 22-38.

——————. *Les évasions manquées*, ou les illusions de l'artifice dans la littérature « fin de siècle », Champion, 1986.

PHALESE, Hubert de. *Comptes à rebours, L'œuvre de Huysmans à travers les nouvelles technologies,* Nizet, 1991.

PIERROT, Jean. *L'Imaginaire décadent : 1880-1900*, PUF, 1977.（ジャン・ピエロ／渡辺義愛訳『デカダンスの想像力』白水社，1987, 2004）

POHIER, J.-M. « La paternité de Dieu », in *L'Inconscient,* n°5, « la paternité », Janvier, 1968, pp. 3-58.

POINSOT, Maffeo-Charles. LANGÉ, Gabriel-Ursin. *Les Logis de Huysmans,* La Maison française d'art et d'édition, 1919.

PRAZ, Mario. *La chair, la mort et le diable dans la littérature du XIXe siècle, Le romantisme* noir, 2e éd. (réédition de la version Denoël, 1977), Gallimard, Coll. « Tel », 1998(1966/1977).（マリオ・プラーツ／倉知恒夫・土田知則・草野重行・南条竹則訳『肉体と死と悪魔――ロマンティック・アゴニー』国書刊行会，2000）

PRÉVOST, M. D'AMAT, Roman. /dir., Article « Boullan (Joseph-Antoine), Prêtre aberrant », in *Dictionnaire de biographie française*, Letouzey et Ané, 1954, vol. 31, p. 1362.

RAIMOND, Michel. *La crise du roman, Des lendemains du Naturalisme aux années vingt*, 4e éd., José Corti, 1985 (1966).

RETTÉ, Adolphe. *Du Diable à Dieu : histoire d'une conversion,* Préface de François Coppée, Messein, 1948.

——————. *Quand l'esprit souffle, récits de conversion, Huysmans, Verlaine, Claudel…*, nouv. éd., augmentée,

MARQUÈZE-POUEY, Louis. *Le mouvement décadent en France,* PUF, Coll. « Littératures Modernes », 1986.
MARTIN-BRENER, Jacqueline. « Le siècle de Marie », in *Générations de Vierges,* /éd. par Groupe de Recherches Interdisciplinaires, Presses Universitaires du Mirail, 1987, pp. 43-59.
MARTIN-FUGIER, Anne. *La place des bonnes, La domesticité féminine à Paris en 1900,* Grasset & Fasquelle, 1979.
MASSIAC, Théodore. « J.-K. Huysmans », in *L'Echo de Paris*, 28 août, 1896.
MASSIGNON, Louis. « Huysmans devant la « confession » de Boullan, à la mémoire de Lucien Descaves », in *Bulletin*, n°21, 1949, pp. 40-50.
————————. « Notre-Dame de la Salette et la conversion de J.-K. Huysmans », in *La Salette, témoignages,* Bloud et Gay, 1946, pp. 93-96.
MAUGUE, Annelise. *L'identité masculine en crise au tournant du siècle,* Rivages, 1987.
MÉHEUST, Bertrand. *Somnambulisme et médiumnité (1 Le défi du magnétisme, 2 Le choc des sciences psychiques),* 2 tomes, Le Plesis Robinson : Institut Synthélabo, PUF (distributeur), Coll. « Les empêcheurs de penser en rond », 1999.
MICHAUD, Stéphane. *Muse et madone, Visages de la femme de la Révolution française aux apparitions de Lourdes,* Seuil, 1985.
MICHAUX, Henri. *L'espace du dedans,* Gallimard, 1966 (1944).
MILLER, Edith Sarr (Lady Queenborough), *Occult Theocracy,* vol. 1, published posthumously for private circulation, 1933.
MILLET, Dominique. « Un étrange Huysmans du XIIe siècle » : l'« idiome symbolique » de La Cathédrale, in *Bulletin*, n°92, 1999, pp. 15-33.
————————. « La messe noire de Huysmans : une réécriture démoniaque de l'office de la pentecôte », in *Cent ans de littérature française, 1850-1950, Mélanges offerts à M. le Professeur Jacques Robichez,* SEDES, 1989, pp. 113-120.
————————. « Les écrivains et la Salette », in *Catholica*, n°54, Hiver 1996-1997, pp. 76-92.
MILNER, Max. *Le Diable dans la littérature française de Cazotte à Baudelaire, 1772-1861,* 2 tomes, José Corti, 1971 (1960).
MIRBEAU, Octave. *Chroniques du Diable,* Annales Besançon, 1995.
MISÉRICORDE, L'ŒUVRE DE LA. /éd., *La Voix de la Septaine* I-III, Caen : Tilly-sur-Seulles, 1842-44.
——————————————. /éd., *La Voix de la Septaine** (Mélanges religieux catholiques), sans lieu de publication, 1842.
——————————————. /éd., *Opuscule sur les communications annonçant l'Œuvre de la Miséricorde,* Imprimerie de Lesaulnier, 1841.
MISSENARD, André. /éd. *Le négatif, figures et modalités,* Dunod, Coll. « Inconscient et Culture », 1989.
MITTERAND, Henri. *Zola et le naturalisme,* PUF, Coll. « Que sais-je », 1986.（アンリ・ミットラン／佐藤正年訳『ゾラと自然主義』白水社，文庫クセジュ，1999）
————————. *Zola,* I-III, Fayard, 1999-2002.
MOREAU, Christian. *Freud et l'occultisme, l'approche freudienne du spiritisme, de la divination, de la magie et de la télépathie,* Privat, Coll. « Bibliothèque de Psychologie Clinique », 1976.
MOREAU DE TOURS, Jacques-Joseph. *La psychologie morbide dans ses rapports avec la philosophie de l'histoire,* Victor Masson, 1859.
MORICE, Dom Pierre Hyacinthe. *Mémoires pour servir de preuves à l'histoire ecclésiastique et civile de Bretagne,* 3 vols., Charles Osmont, 1742-1746.
MUGNIER, Arthur. *J.-K. Huysmans à la trappe,* le Divan, 1927.
————————. *Journal de l'abbé Mugnier (1879-1939),* Mercure de France, 1985.
MURAY, Philippe. *Le 19e siècle à travers les âges,* Denoël, Coll.« L'infini », 1984.
NALBANTIAN, Suzanne. *Seeds of Decadence in the late nineteenth-century novel, A Crisis in Values,* London, Ba-

LHERMITTE, Jean. « Huysmans et la mystique », in *TSJ*, n°8, 1963, pp. 229-248.

LIMAT-LETELLIER, Nathalie. *Le désir d'emprise dans À rebours de J.-K. Huysmans*, Minard, Coll. « Archives des lettres modernes 245 », 1990.

LIVI, François. *J.-K. Huysmans, A Rebours et l'esprit décadent*, 3e éd., A.G. Nizet, 1991.

LLOYD, Christopher. *J.-K. Huysmans and the Fin-de-siècle Novel*, Edinburgh University Press for the University of Durham, 1990.

LOBET, Marcel. *J.-K. Huysmans ou le témoin écorché*, E. Vitte, Coll. « Singuliers et mal connus », 1960.

LOCMANT, Patrice. *J.-K. Huysmans, Le forçat de la vie*, 2e éd., Bartillat, 2007.

LOMBROSO, Cesare. *L'homme de génie*, F. Alcan, 1889 (*Genio e follia*, 3. ed. ampliata, con 4 Appendici, Milano : Hoepli, 1877).

LOWRIE, Joyce O. *The Violent Mystique : Thematics of Redistribution and Expiation in Balzac, Barbey d'Aurevilly, Bloy and Huysmans*, Droz, Coll. « Histoire des idées et critique littéraire, 143 », 1974.

LUYS, Jules. *Applications thérapeutiques de l'hypnotisme, Leçons cliniques faites à l'Hôpital de la Charité, Extrait de la Gazette des Hopitaux des 29 août, 5 et 12 septembre 1889*, Imprimerie F. Levé, 1889.

———. *Les Émotions chez les hypnotiques étudiées à l'aide de substances médicamenteuses ou toxiques agissant à distance*, Lefrançois, 1888.

———. *Les Émotions dans l'état d'hypnotisme et l'action à distance des substances médicamenteuses ou toxiques*, J.-B. Baillière et fils, Coll. « Hypnotisme expérimental », 1890.

LUYS, Jules. ENCAUSSE, Gérard (pseud. Papus et Niet, Dr), *Du Transfert à distance à l'aide d'une couronne de fer aimanté, d'états névropathiques variés d'un sujet à l'état de veille sur un sujet à l'état hypnotique*, Clermont : Imprimerie Daix frères, 1891.

MACLER, F. « Correspondance épistolaire avec le ciel », in *Revue des Traditions Populaires*, t. XX, n° 2-3, 1905, pp. 65-82.

MAGUIRE, A.A. « Reparation, Theology of », in *New Catholic Encyclopedia*, /ed. par The Catholic University of America, New York : Mcgraw-Hill Book, vol. 12, 1967, pp. 379-380.

MAILHÉ, Germaine. « La Thébaïde de Huysmans à Fontenay-aux-Roses en 1881 d'après des documents inédits », in *Bulletin*, n°50, 1965, pp. 388-396.

MAINGON, Charles. *L'univers artistique de J.-K. Huysmans*, A.G. Nizet, 1977.

———. *La médecine dans l'œuvre de J.K. Huysmans*, A.G. Nizet, 1994.

MAISTRE, Joseph de. *Considérations sur la France, Œuvres Complètes*, t. I, Librairie générale catholique et classique, 1884 (1814).

MALBAY, Emannuel. « Huysmans, Michel de Lézinier et l'Alchimie », in *Bulletin*, n°60, 1973, pp. 12-17.

MALLARMÉ, Sthéphane. *Œuvres Complètes*. t. I, Gallimard, Coll. « Pléiade », 1998. (ステファーヌ・マラルメ／鈴木信太郎訳『マラルメ詩集』岩波文庫, 1963；ステファーヌ・マラルメ／松村三郎他訳『マラルメ全集　2-5』筑摩書房, 1987-2001)

———. *Œuvres Complètes*, t. II, Gallimard, Coll. « Pléiade », 2003.

MANZONI, Giuseppe. Article « Victimale (Spiritualité de) », in *Dictionnaire de Spiritualité*, Beauchesne, Vol. 16-1, 1992, col. 531-545.

MARCHAL, Bertrand. *Salomé entre vers et prose, Baudelaire, Mallarmé, Flaubert, Huysmans*, José Corti, Coll. « Les Essais », 2005.

MARFÉE, A. SOMOFF, J.-P. *J.-K. Huysmans, Novateur Symboliste, Numéro Spécial de la Revue « A Rebours »*, 26-27, Association A Rebours, 1984.

MARGIOTTA, Domenico. *Souvenirs d'un trente-troisième : Adriano Lemmi, chef suprême des francs-maçons*, Bibliothèque Saint-Libère, Paris, Lyon : Delhomme et Briquet, 2007 (1894).

MARIE DE LA CROIX (Mélanie Calvat, dite Mathieu, en religion sœur). *L'Apparition de la Très-Sainte Vierge sur la montagne de la Salette, le 19 septembre 1846, publiée par la bergère de la Salette avec permission de l'ordinaire*, Lecce : G. Spacciante, 1879.

LAMART, Michel. « Figures de Pierrot chez Huysmans : une voix blanche ? », in *Huysmans, à côté et au-delà*, Actes du Colloque de Cerisy-la-Salle, Peeters/ Vrin, 2001, pp. 299-336.

LAMBERT, Pierre. « En marge de *Là-Bas* : une Cérémonie au « Carmel de Jean-Baptiste », à Lyon, d'après une relation de Boullan », in *Bulletin,* n°25, 1953, pp. 297-306.

———————. « Des Esseintes, maître-sonneur. Un démarquage d'*A Rebours* et une source possible de *Là-Bas* », in *Bulletin,* n°24, 1952, pp. 229-233.

———————. « Flaubert et Huysmans au château de Barbe-Bleue », in *Le Bayou,* n°68, Texas : University of Houston, 1956, pp. 253-258.

———————. « J.-K. Huysmans, les bouquins et la bibliothèque de Carhaix, Le sonneur de Saint-Sulpice », in *Bulletin*, n°2, 1929, pp. 59-64.（ピエール・ランベール／白鳥友彦訳「ユイスマンスと古書，鐘撞きカレーの蔵書」『森』第 5 号，森開社，1978）

———————. « Un culte hérétique à Paris, 11, Rue de Sèvres », in *TSJ,* n°8, 1963, pp. 190-202.

LAPLANCHE, Jean. PONTALIS, J.-B. *Vocabulaire de la psychanalyse*, PUF, 11^{e}éd., 1992（1967）.（J. ラプランシュ，J＝B・ポンタリス／村上仁監訳『精神分析用語辞典』みすず書房，1977，1984.

LAROUSSE, Pierre. *Grand dictionnaire universel du XIXe siècle*, DVD-ROM, Champion Électronique（Larousse）, 2000（1866-1890）.

LASOWSKI, Patrick Wald. *Syphilis, essai sur la littérature française du XIXe siècle,* Gallimard, Coll. « Les Essais », 1982.

LAURANT, Jean-Pierre. *L'Ésotérisme chrétien en France au XIXe siècle*, L'Age d'Homme, Coll. « Politica Hermetica », 1992.

LAURENS, M. « Pour une édition d'A Rebours », in *Mélanges Pierre Lambert consacrés à Huysmans,* A.G. Nizet, 1975, pp. 11-56.

LAURENTIN, René. *Court Traité sur la Vierge Marie*, 5e éd., P. Lethielleux, 1967.

———————. *L'Esprit Saint, cet inconnu, Découvrir son expérience et sa Personne,* Fayard, 1998.

———————. *La Question mariale,* Seuil, 1963.

LAURENTIN, René. BEAUCHAMP, Paul. GREISCH, Jean. SUBLON, Roland. WOLINSKY, Joseph. *L'Esprit Saint,* Bruxelles : Facultés universitaires Saint-Louis, 1978.

LE FORESTIER, René. *L'Occultsisme en France aux XIXe et XXe siècles, L'Église Gnostique,* Milano : Archè, 1990.

LEA, Henry-Charles, *Léo Taxil, Diana Vaughan et l'église romaine, histoire d'une mystification*, Société Nouvelle de Librairie et d'Édition, 1901.

LEBOUTEUX, Violette. *Huysmans et Bloy, une amitié orageuse,* Pierre Téqui, Coll. « L'auteur et son message », 2002.

LEDRU, Philippe. « Un aspect de la névrose dans la littérature décadente. J.-K. Huysmans : *À Rebours* », in *Mélanges Pierre Lambert consacrés à Huysmans*, A.G. Nizet, 1975, pp. 317-334.

LEFÈVRE, Frédéric. *Entretiens sur J.-K. Huysmans,* Des Horizons de France, 1931.

LEJEUNE, Philippe. *Le pacte autobiographique.* nouv. éd., augmentée, Seuil, Coll.« Points Essais », 1996（1975）.

LEMONNYER, A. « Le rôle maternel du Saint-Esprit dans notre vie spirituelle », in *La vie spirituelle, ascétique et mystique,* 2e année, t. I, 1921, p. 241.

LETHÈVE, Jacques. « Huysmans et les chambres closes », in *Bulletin*, n°35, 1957, pp. 252-258.

———————. « Huysmans et Paul Alexis », in *Bulletin,* n°59, pp. 24-29.

———————. « La Névrose de Des Esseintes », in *TSJ*, n°8, 1963, pp. 69-73.

LÉVI, Eliphas. *Dogme et Rituel de la Haute Magie,* G. Ballière, 1856（1854）.（エリファス・レヴィ／生田耕作訳『高等魔術の教理と祭儀』〈教理編〉1982，〈祭儀編〉1992，人文書院）

———————. *Histoire de la Magie, avec une exposition claire et précise de ses procédés, de ses rites et des ses mystères,* F. Alcan, 1892（1859）.（エリファス・レヴィ／鈴木啓司訳『魔術の歴史――附・その方法と儀式と秘奥の明快にして簡潔な説明』人文書院，1998）

LÉZINIER, Michel de. *Avec Huysmans, Promenade et souvenirs,* Delpeuch, 1928.

KLEIN, Mélanie. RIVIÈRE, Joan. *L'Amour et la haine : Le besoin de réparation*, /tr. par Annette Stronck (de l'anglais), Payot, Coll. « Petite Bibliothèque Payot », 1998 (1937/1968).

KRISTEVA, Julia. *Au commencement était l'amour, Psychanalyse et foi,* Hachette, Coll. « Textes du XXe siècle », 1985.(ジュリア・クリステヴァ／枝川昌夫訳『初めに愛があった――精神分析と信仰』法政大学出版局，1987)

————. *Étrangers à nous-mêmes,* Gallimard, Coll. « Folio Essais », 1991 (1988). (ジュリア・クリステヴァ／池田和子訳『外国人――我らの内なるもの』法政大学出版局，1990)

————. *Histoires d'amour,* Gallimard, Coll. « Folio essais », 1985 (1983).

————. *La haine et le pardon, Pouvoirs et limites de la psychanalyse* III, Fayard, 2005.

————. *La révolte intime, Pouvoirs et limites de la psychanalyse* II, Fayard, 1997.

————. *La révolution du langage poétique,* Seuil, Coll. « Tel Quel », 1974.(ジュリア・クリステヴァ／原田邦夫訳『詩的言語の革命　第1部　理論的前提』勁草書房, 1991；枝川昌雄・原田邦夫・松島征訳『詩的言語の革命　第3部　国家と秘儀』勁草書房，2000)

————. *Le génie feminin,* t. I, *Hannah Arendt,* Fayard, 1999. (ジュリア・クリステヴァ／松葉祥一・勝賀瀬恵子・椎名亮輔訳『ハンナ・アーレント――"生"は一つのナラティヴである』作品社，2006)

————. *Le génie feminin,* t. II, *Mélanie Klein,* Fayard, 2000.

————. *Le génie feminin,* t. III, *Colette,* Fayard, 2002.

————. *Le temps sensible. Proust et l'expérience littéraire*, Gallimard, Coll. « nrf essais », 1994. (ジュリア・クリステヴァ／中野知律訳『プルースト――感じられる時』筑摩書房，1998)

————. *Les nouvelles maladies de l'âme,* Fayard, 1993.

————. « Le poids mystérieux de l'orthodoxie », *Le Monde,* 18 avril, 1999.

————. *Polylogue,* Seuil, Coll. « Tel Quel », 1977.(ジュリア・クリステヴァ／足立和浩訳『ポリローグ』白水社，1999)

————. *Pouvoirs de l'horreur,* Seuil, Coll. « Points », 1983 (1980). (ジュリア・クリステヴァ／枝川昌雄訳『恐怖の権力――アブジェクシオン試論』法政大学出版局，1984)

————. *Sèméiôtikè, Recherche pour une sémanalyse,* Seuil, Coll. « Points », 1969.(ジュリア・クリステヴァ／原田邦夫訳『セメイオチケ　1』1983，中沢新一訳『セメイオチケ　2』1984，せりか書房)

————. *Sens et non-sens de la révolte, Pouvoirs et limites de la psychanalyse* I, Fayard, 1996.

————. *Soleil noir, Dépression et mélancolie,* Gallimard, 1990 (1987).(ジュリア・クリステヴァ／西川直子訳『黒い太陽――抑鬱とメランコリー』せりか書房，1994)

————. *Visions Capitales,* Réunion des Musées Nationaux, 1998. (ジュリア・クリステヴァ／星埜守之・塚本昌則訳『斬首の光景』みすず書房，2005)

KRISTEVA, Julia. CLÉMENT, Catherine. *Le féminin et le sacré,* Stock, 1998.(ジュリア・クリステヴァ，カトリーヌ・クレマン／永田共子訳『"母"の根源を求めて――女性と聖なるもの』光芒社，2001)

LACAN, Jacques. *Écrits,* Seuil, Coll. « Le champ freudien », 1966.(ジャック・ラカン／宮本忠雄・佐々木孝次他訳『エクリ　1-3』岩波書店，1972-1981)

————. *Le séminaire*, livre VII, « L'éthique de la psychanalyse, 1959-1960 », texte établi par Jacques-Alain Miller, Seuil, 1986. (ジャック・ラカン／小出浩之・鈴木國文・保科正章・菅原誠一訳『精神分析の倫理（上・下）』岩波書店，2002)

————. *Le séminaire*, livre VIII, « Le transfert », texte établi par Jacques-Allan Miller, Seuil, 1991.

LAGRÉE, Michel. CROUZEL, Henri. SEVRIN, Jean-Marie. et alii. *Figures du démoniaque, hier et aujourd'hui,* Bruxelles : Facultés universitaires Saint-Louis, 1992.

LAIR, Samuel. /dir. *J.-K. Huysmans, Littérature et religion*, Actes du colloque du département des lettres de l'Institut catholique de Rennes, Presses Universitaires de Rennes, Coll. « Interférences », 2009.

Philippe Baillet (de l'italien), Dervy, Coll. « Bibliothèque de l'Hermétisme », 1997 (1994).

ISSACHAROFF, Michael. *J.-K. Huysmans devant la critique en France, (1874-1960)*, Klincksieck, 1970.

ISSAURAT-DESLAEF, Marie-Louise. « Là-bas : Logique et signification du fantastique », in *Bulletin*, n°69, 1978, pp. 25-43.

IUNG, N. « Réparation », in *Dictionnaire de Théologie Catholique*, /éd. par A. Vacant, E. Mangenot, É. Amann, Letousez et Ané, vol. 16, 1937, col. 2431-2439.

JACQUINOT, Jean. « En marge d'un cinquantenaire. Huysmans à Tiffauges, sur les pas de Gilles de Rais », in *La Revue du Bas-Poitou*, t. 68, n°5, août, 1957, pp. 321-327.

————————. « En marge de J.-K. Huysmans : Contesse, prototype de "Carhaix", sonneur de Là-bas », in *Les Amis de saint François*, n°64, février-avril, 1952, pp. 12-21.

————————. « Un ami perdu et retrouvé : Jean-Jules-Athanase Bobin (1834-1905) », *Bulletin*, n°25, 1953, pp. 281-287.

————————. « En marge de J.-K. Huysmans, Un Procès de l'Abbé Boullan », in *TSJ*, n°8, 1963, pp. 206-216.

JANET, Pierre. *Les médications psychologiques*, 3 vols., nouv. éd., Payot, 1986 (Felix Alcan, 1919).

————————. *L'état mental des Hystériques*, 3 vols., L'Harmattan, 2007 (1893-1911).

JANKÉLÉVITCH, Vladimir, « La Décadence », in *Revue de Métaphysique et de Morale*, vol. 55-4 (oct.-déc.), 1950, pp. 337-369.

JAUNET, Jean-Luc. « Un nom dans un roman, un roman dans un nom, Essai sur quelques significations et fonctions du nom Hyacinthe Chantelouve dans Là-Bas », in *Bulletin*, n°72, 1981, pp. 44-52.

JEAN DE LA CROIX, Saint. *La nuit obscure*, Seuil, Coll. « Points Sagesses », 1984.(十字架の聖ヨハネ／山口・女子カルメル会訳『暗夜』ドン・ボスコ社, 2002)

JOLIVET, Philippe. « Certains de J.-K. Huysmans », in *Orbis litterarum* (Copenhagen), n°22, 1967, pp. 88-92.

JORDAN, E. « Joachim de Flore (Le bienheureux) », in *Dictionnaire de Théologie Catholique*, /éd. par A. Vacant, E. Mangenot, É. Amann, vol. 8-2, Letouzey et Ané, 1925, col. 1425-1458.

JOURDE, Pierre. *Huysmans : "A Rebours" l'identité impossible*, Champion, 1991.

————————. « Huysmans et le mime anglais, La mécanique et la grâce », in *Huysmans entre grâce et péché*, /éd. par Alain Vircondelet, Beauchesne, 1995, pp. 51-73.

JUIN, Hubert. « Préface » à J.-K. Huysmans, *Marthe, les Sœurs Vatard*, Union Générale d'Édition, Coll. « 10/18 », 1975, pp. 7-21.

JULLIAN, Philippe. *Robert de Montesquiou, un prince 1900*, Perrin, 1987 (1965).(フィリップ・ジュリアン／志村信英訳『1900年のプリンス——伯爵ロベール・ド・モンテスキュー伝』国書刊行会, 1993)

JURANVILLE, Alain. « La chose lacanienne », in *Artichaut* (Strasbourg), n°3 (juin), 1986, pp. 19-39.

KAHN, Annette. *J.-K. Huysmans, Novelist, Poet and Art Critic*, Michigan : U.M.I. Research Press, 1987 (1982).

KAISER, Grant E. « Descendre pour monter : la tête en bas de *Là-Bas* », in *Mosaic* (Winnipeg, Canada), vol. 16, n°4, 1983, pp. 97-111.

KAUFMANN, Pierre. « That's the cause, Note sur L'Éthique de la psychanalyse », in *Psychanalystes*, n°24, juillet, 1987, pp. 3-32.

KELEN, Jacqueline. « Les deux abîmes (à propos de *Là-bas*) », in *Herne*, n°47, 1985, pp. 217-223.

KERNER, Justinus. *Die Seherin von Prevorst : über das innere Leben des Menschen*, Stuttgart, 1829. fr., *La voyante de Prévost*, Chamuel, 1900.

KLEIN, Mélanie. *Envie et gratitude et autres essais*, /tr. par Victor Smirnoff (de l'anglais), Gallimard, Coll. « Tel », 1996 (1957/1968).(メラニー・クライン／小此木啓吾・岩崎徹也訳『羨望と感謝』メラニー・クライン著作集5, 誠信書房, 1996)

————————. *Essais de psychanalyse 1921-1945*, /tr. par Marguerite Derrida (de l'anglais), Payot, Coll. « Science de l'homme Payot », 1993 (1947/1968).

———————. *Lettres inédites à Camille Lemonnier,* présentées et annotées par Gustave Vanwelkenhuyzen, Droz-Minard, 1957.

———————. *Lettres inédites à Edmond de Goncourt,* publiées et annotées par P. Lambert et présentées par P. Cogny, Nizet, 1956.

———————. *Lettres inédites à Emile Zola,* publiées et annotées par Pierre Lambert, avec une introduction de Pierre Cogny, Droz, Coll. « Textes littéraires français », 1953.

———————. *Lettres inédites à Jules Destrée,* Droz, Coll. « Textes littéraires français », n°130, 1967.

———————. *Lettres inédites de J.-K. Huysmans à l'abbé Henri Mœller,* /éd. par Henri Mœller, Duvendal, 1908.

———————. *L'Oblat* (1903), édition établie par Denise Cogny, Christian Pirot, Coll. « Autour de 1900 », 1992.

———————. *Marthe, histoire d'une fulle,* 2e éd., Derveaux, 1879.

———————. « Notes manuscrites sur BOULLAN », Bibliothèque de l'Arsenal, Fonds Lambert, Ms 30-5, 1890 (?).

———————. *Nouvelles : Sac au dos, À vau-l'eau, Un dilemme, La Retraite de Monsieur Bougran,* présentation, notes, notices, annexes, chronologie et bibliographie par Daniel Grojnowski, Flammarion, Coll. « GF », 2007.

———————. *Œuvres Complètes* (*Œ.C.*) *de J.-K. Huysmans,* 23 vols. (t. I-XVIII), Genève : Slatkine Rep., 1972 (Paris : G. Crès, 1928-1934). (ユイスマンス／田辺貞之介訳『幻想礼賛譜』〔『薬味箱』『マルト』『パリ・スケッチ』『背嚢をしょって』『偶感』『近代画人評（抄訳)』〕桃源社，1975)

———————. *Paris,* suivi de *En Hollande,* L'Herne, 1994.

———————. *Premières notes sur J. A. Boullan* (manuscrit), Bibliothèque de l'Arsenal, Fonds Lambert, Ms 30 (5-2), 1890.

———————. *1ères notes sur Julie Thibault - septembre 1890* (manuscrit), Bibliothèque de l'Arsenal, Fonds Lambert, Ms 26 (24), 1890.

———————. *Romans I (Marthe, Les Sœurs Vatard, Sac au dos, En ménage, A vau-l'eau, À rebours, En rade, Un dilemme, La Retraite de Monsieur Bougran),* édition établie sous la direction de Pierre Brunel, Robert Laffont, Coll. « Bouquins », 2005.

———————. *Sainte Lydwine de Schiedam* (1901), Préface d'Alain Vircondelet, Maren Sell, 1989. (ユイスマンス／田辺貞之介訳『腐乱の華』国書刊行会，フランス世紀末文学叢書 4，1984)

———————. *Trois Églises Et Trois Primitifs,* Poln et Nourrit, 1908. (ユイスマンス／田辺保訳『三つの教会と三人のプリミティフ派画家』国書刊行会，2005)

———————. *Trois Primitifs, les Grünewald du musée de Colmar, le Maître de Flémalle et la Florentine du musée de Francfort-sur-le Main* (1905), Flammarion, Coll. « Images et Idées », 1967.

———————. « Un premier état de Là-Bas », in *Bulletin,* n°18, 1979, pp. 10-12.

———————. *Une étape de la vie de J.-K. Huysmans. Lettres inédites… à l'abbé Ferret,* présentées et annotées par Elisabeth Bourget-Besnier, A.-G. Nizet, 1973.

———————. *Zola,* Bartillat, 2002.

HUYSMANS, J.-K. BLOY, Léon. VILLIERS DE L'ISLE-ADAM, Lettres. *Correspondance à trois/Léon Bloy, J.-K. Huysmans, Villiers de L'Isle-Adam,* réunies et présentées par Daniel Habrecorn, Vanves : Éditions Thot, 1980.

HUYSMANS, J.-K. BRUYÈRE, Cécile. *Correspondance de J.-K. Huysmans et Mme Cécile Bruyère, abbesse de Sainte-Cécile de Solesmes,* /éd. par René Rancœur, Édition de Cèdre, 1950.

HUYSMANS, J.-K. HENNIQUE, Léon. *Pierrot sceptique,* pantomime (1881), dans *Œ.C.,* t. V, Genève : Slatkine Rep., 1972 (Paris : G. Crès, 1928-1934), pp. 95-134.

INTROVIGNE, Massimo. « Diana Redux : l'affaire Diana Vaughan-Léo Taxil au scanner, par Athirsata » (Sources Retrouvées, Paris, 2002), in Site of the Center for Studies on New Religions, 2003 (http://www.cesnur.org/2003/mi_redux.htm).

———————. *Enquête sur le satanisme. Satanistes et antisatanistes du XVIIe siècle à nos jours,* /tr. par

1985.
———————. *En route* (1895), édition présentée, établie et annotée par Dominique Millet, Gallimard, Coll. « Folio », 1996.
———————. *En route, 1ère version inachevée, préface "À Madame T.H."* (manuscrit), Bibliothèque Nationale, Mss. N.a.fr. 15381, 1893. これは『至高所』草稿 A（『出発』の第一草稿）を指す。
———————. *En route* (manuscrit), Bibliothèque Nationale, Mss. N.a.fr. 15382, 1895. これは『出発』草稿を指す。
———————. *Interviews,* textes réunis, présentés et annotés par Jean-Marie Seillan, Honoré Champion, Coll. « Textes de littérature moderne et contemporaine 52 », 2002.
———————. (A. Meunier). « Joris-Karl Huysmans » (*Homme d'aujourd'hui,* facicule n°263 consacré à Huysmans, Vanier, 1885), texte reproduit in *Herne*, « Huysmans », 1985, pp. 25-29.
———————. *Journal intime à la Trappe d'Igny, 12 au 19 juillet 1892* (manuscrit), Bibliothèque de l'Arsenal, Fonds Lambert, Ms 9, 1892.
———————. *Journal intime, 16 août au 19 octobre 1901* (manuscrit), Bibliothèque de l'Arsenal, Fonds Lambert, Ms 11, 1901.
———————. *La Cathédrale,* P.V. Stock, 1898.（ユイスマンス／出口裕弘訳『大伽藍』（抄訳），桃源社，1966／光風社出版，1985）
———————. *La Cathédrale* (1898), édition établie par Pierre Cogny, préface de Monique Cazeaux, Christian Pirot, Coll. « Autour de 1900 », 1986.
———————. *La Cathédrale* (manuscrit), Bibliothèque Nationale, Mss. N.a.fr. 12425, 1898.
———————. *Là-bas* (1891), texte présenté, établi et annoté par Yves Hersant, Gallimard, Coll. « Folio », 1985.（ユイスマンス／田辺貞之介訳『彼方』桃源社，1966／創元推理文庫，2000）
———————. *Là-haut, ou Notre-Dame de la Salette,* édition critique de Michèle Barrière, P.U. de Nancy, 1988.
———————. *Là-haut, ou Notre-Dame de la Salette* (manuscrit), particulier, 1893. これは『至高所』草稿 B を指す。
———————. *Là-haut, ou Notre-Dame de la Salette*, texte inédit établi par P. Cogny, avec Une introduction par Artine Artinian et P. Cogny, et des notes de P. Lambert, suivi du Journal d'« En Route » établi par P. Lambert d'après des Documents inédits, Casterman, 1965.
———————. *La Retraite de Monsieur Bougran : Nouvelle inédite de J.-K. Huysmans,* Préface de Maurice Garçon, Jean Jacques Pauvert, 1964.
———————. *Le drageoir aux épices* (1874), suivi de textes inédits, édition critique établie et annotée par Patrice Locmant, Honoré Champion, Coll. « Textes de littérature et contemporaine », 2003.
———————. *Les églises de Paris, Saint-Julien-le-Pauvre, Saint-Séverin, Notre-Dame de Paris, Saint-Merry, Saint-Germain-l'Auxerrois,* présenté par Patrice Locmant, Max Chalelle, 2005.
———————. *Les foules de Lourdes,* P.-V. Stock, 1906.（ユイスマンス／田辺保訳『ルルドの群衆』図書刊行会，1994）
———————. *Les foules de Lourdes* (1906), précédé de *Le drageoir aux épices* par François Angelier, Jérôme Millon, Coll. « Golgotha », 1993.
———————. *Les habitués de café, suivi de Le buffet des gares, Le sleeping-car,* Séquences, 1992.
———————. *Lettres à Léon Cladel* [fin mai - début juin 1879], Édition à l'écart, 1987.
———————. *Lettres à l'abbé Boullan* (manuscrits), Bibliothèque de l'Arsenal, Fonds Lambert, Ms 75, Archives Boullan.
———————. *Lettres à Théodore Hannon, 1876-1886,* édition présentée et annotée par Pierre Cogny et Christian Berg, Christian Pirot, Coll. « Autour de 1900 », 1985.
———————. *Lettres inédites à Arij Prins, 1885-1907,* publiées et annotées par Louis Gillet, Droz, Coll. « Textes littéraires français », n°244, 1977.

GUY, Robert. *Le Diable, la Vierge, les ermites et les saints dans les légendes de nos campagnes,* Laval : Siloë, 1989.

GUYAUX, André. FOREST, Marie-Cécile. BARASCUD, Philippe. MANDIN, Samuel. MONTMORILLON, Benoîte de. *Huysmans-Moreau. Féeriques visions,* Société J.-K. Huysmans /Musée Gustave Moreau, 4 octobre, 2007-14 janvier, 2008.

GUYOMARD, Patrick. *La jouissance du tragique, Antigone, Lacan et le désir de l'analyste,* Flammarion, Coll. « Champs », 1998 (1992).

HACKS, Charles. TAXIL, Léo (Dr Bataille). *Le Diable au XIXe siècle,* 2 tomes, Paris, Lyon : Delhomme et Briquet, 1892-1894.

HEIDEGGER, Martin. *Lettre sur l'humanisme,* /tr. par Roger Munier (de l'allemand), Aubier, Coll. « Philosophie de l'esprit », 1983(1946/1957).（マルティン・ハイデッガー／渡邊次郎訳『「ヒューマニズム」について——パリのジャン・ボーフレに宛てた書簡』ちくま学芸文庫，1997，2005）

HEILBRUN, Françoise. Article « Campin, Robert », in DVD *Eycyclopædia Universalis,* Version 12.00, 2007 (éd. Informatique).

HENRY, Anne. /éd., *Schopenhauer et la création littéraire en Europe,* Klincksieck, 1989.

HUETZ DE LEMPS, Roger. « Huysmans et Ernest Hello », in *Pensée Catholique*, t. V, n°18, 1951, pp. 99-116.

HURET, Jules. /éd., *Enquête sur l'évolution littéraire, conversations avec MM. Renan, de Goncourt, Émile Zola, Guy de Maupassant, Huysmans, Anatole France, Maurice Barrès…etc.,* Les Éditions Thot, 1982 (Charpentier, 1891).（ジュール・ユレ／平野威馬雄訳『詩人たちとの対話——象徴詩人へのアンケート』（抄訳），たあぶる館出版，1980）

——————. « Le Prochain Livre », *Le Figaro (Supplément Littéraire)*, 5 janvier 1895.

HUYSMANS, J.-K. *À Paris,* édition de textes établie par Patrice Locmant, Bartillat, 2005.

——————. *À rebours* (manuscrit), B.N., Mss. N.a.fr. 15761, 1884.

——————. *À rebours* (1884), texte présenté, établi et annoté par Marc Fumaroli, 2e éd., Gallimard, Coll. « Folio », 1992.（ユイマスンス／澁澤龍彦訳『さかしま』桃源社，1966, 1973。同訳は2002年に河出文庫より再刊）

——————. *À rebours* (1884), texte présenté et commenté par Rose Fortassier, Imprimerie nationale (Lettres Françaises, Collection de l'Imprimerie Nationale), 1981.

——————. *À rebours* (1884), présentation, notes, dossier, chronologie, bibliographie par Daniel Grojnowski, Flammarion, Coll. « GF », 2004.

——————. *À vau-l'eau,* suivi de *Sonnet saignant* & de *Sonnet masculin,* textes présentés et annotés par René-Pierre Colin, 1991.

——————. « Camille Lemonnier », *L'Artiste*, 4 août, 1878 (http://homepage.mac.com/brendanking/huysmans.org/litcriticism/lemonnier.htm)

——————. *Carnet Vert (Le)*, Bibliothèque de l'Arsenal, Fonds Lambert, Ms 75, 1886-1906.

——————. *Correspondance avec Gustave Boucher,* présentée par Pierre Cogny, annotée par Gustave Boucher, Pierre Lambert et Dom Paul-Denis, « 63 Lettres inédites de J.-K. Huysmans à Gustave Boucher », in *Bulletin*, nos 64-65, 1975.

——————. *Croquis et eaux-fortes,* édition de D. Grojnowski, Le Temps qu'il fait, 1984.

——————. *Croquis Parisiens*, Hors-texte : *Toulouse-Lautrec, Van Gogh*, La Bibliothèque des Arts, 1994.

——————. *Du Dilettantisme, suivi de Noëls du Louvre, Les Frères Le Nain, Le Quentin Metsys d'Anvers, Bianchi,* Le Passeur, 1992.

——————. *Écrits sur l'art, 1867-1905,* édition établie par Patrice Locmant, Bartillat, 2006.

——————. *En marge*, préfaces assemblées par L. Descaves, Balzac-Le Griot, 1997 (1927)

——————. *En rade* (1886), édition établie et présentée par Jean Borie, Gallimard, Coll. « Folio », 1984.

——————. *En route,* Tresse et Stock, 1895.（ユイスマンス／田辺貞之介訳『出発』光風社出版，1985）

——————. *En route* (1895), édition établie par Pierre Cogny, Christian Pirot, Coll. « Autour de 1900 »,

414.
GODO, Emmanuel. *Huysmans et l'Évangile du réel*, Cerf, 2007.
GONCOURT, Edmond de. *La fille Élisa*, Zulma, 2004 (1877).（エドモン・ド・ゴンクール／中西武夫訳『娼婦エリザ』国際出版，1948）
——————. *La Faustin*, Actes Sud, Coll. « Babel », 1999 (1882).
——————. *La maison d'un artiste*, 2 vols., Édition de l'Echelle de Jacob, 1881.
GONCOURT, Edmond et Jules de. *Journal, Mémoires de la vie littéraire*, I -III, Robert Laffont, Coll. « Bouquins », 1989 (1956).（ゴンクール兄弟／大西克和訳『ゴンクールの日記　1-5』角川書店，1959）
GÖRRES, Johann Joseph von. *La Mystique divine, naturelle et diabolique*, /tr. par Charles Sainte-Foi (de l'allemand), 5 vols., Mme Vve Poussielgue-Rusand, 1854-1855.
GOURMONT, Rémy de. *Histoires magiques*, Mercure de France, 1894.
——————. *Le Latin mystique : les poètes de l'antiphonaire et la symbolique au monyen âge. Préface de J.-K. Huysmans*, Adaman Media Corporation, 2002 (1892).
——————. *Le Livre des Masques*, Les Éditions 1900, 1987 (1896).
——————. *Promenades littéraires*, 1e série, Mercure de France, 1904.
——————. *Promenades littéraires*, 2e série, Mercure de France, 1913.
——————. *Théâtre : Théodat, Le vieux roi*, Georges Crès et Cie, 1925.
GRACQ, Julien. *En lisant en écrivant*, José Corti, 1980.
GRANGE, Hab. L(ucie). *Le prophète de Tilly, Pierre-Michel-Elie, Eugène Vintras, A l'occasion des apparitions de Tilly*, Société libre d'édition des gens de lettres, 1897.
GRANOFF, Wladimir. REY, Jean-Michel. *L'occulte, objet de la pensée freudienne, traduction et lecture de Psychanalyse et télépathie de Sigmund Freud*, PUF, 1983.
GREEN, André. *Le travail du négatif*, Minuit, Coll. « Critique », 1993.
——————. *Narcissisme de vie, narcissisme de mort*, Les éditions de Minuit, Coll. « Critique », 1983.
GRIFFITHS, Richard. « Huysmans et le mystère du péché », in *Bulletin*, n°92, 1999, pp. 5-14.
——————. « Huysmans et le mythe d'A Rebours », in *Joris-Karl Huysmans, A Rebours*, SEDES, 1990, pp. 19-52.
——————. *Révolution à rebours, Le renouveau catholique dans la littérature en France de 1870 à 1914*, Desclée de Brouwer, 1971.
GROJNOWSKI, Daniel. *Le Sujet d'A rebours*, Villeneuve-d'Ascq : Presses Universitaires du Septentrion, Coll. « Objet », 1996.
——————. « Les lectures d'*A Rebours* de J.K. Huysmans », in *Critique*, n°550-551, mars-avril, 1993, pp. 231-248.
——————. « "A rebours" de : le nom, le référent, le moi, l'histoire, dans le roman de J.K. Huysmans », in *Littérature*, n°29, février, 1978, pp. 75-89.
——————. *"A rebours" de J.-K. Huysmans*, Gallimard, Coll. « Foliothèque », 1996.
GROJNOWSKI, Daniel. SARRAZIN, Bernard. *L'Esprit fumiste et les Rires Fin de Siècle*, José Corti, 1990.
GROLLEAU, Charles. CARNIER, Georges. *Un logis de J.-K. Huysmans, les Prémontrés de la Croix-Rouge*, G. Crès, 1928.
GUAÏTA, Stanislas de. *Essais de sciences maudites, le Temple de Satan*, Librairie du Merveilleux, 1891.
GUÉRAUD, Armand. *Notice sur Gilles de Rais*, Nantes : A. Guéraud, 1855.
GUGELOT, Frédéric. *La conversion des intellectuels au catholicisme en France, 1885-1935*, CNRS Éditions, 1998.
GUICHES, Gustave. *Le Banquet*, Spès, 1926.
GUILLAUMIN, Jean. *Entre blessure et cicatrice, le destin du négatif dans la psychanalyse*, Champ Vallon, 1987.
——————. *Pouvoir du négatif dans la psychanalyse et la culture*, Dunod, 1988.
GUILLEMAIN, Charles. « J.-K. Huysmans et Lyon », in *[Le] Crocodile*, n°3 , mai-juin, 1958, pp. 1-28.
GUILLET, Claude. *La rumeur de Dieu, Apparitions, prophéties et miracles sous la Restauration*, Imago, 1994.

————————. « Le moi et le Ça » (1923), in *Essais de psychanalyse,* Payot, Coll. « Petite Bibliothèque Payot » 15, 1981 (1951), pp. 177-234. (ジークムント・フロイト／道籏泰三郎訳「自我とエス」『フロイト全集 18』岩波書店，2007, pp. 1-62)

————————. « Massenpsychologie und Ich-Analyse » (1921), in *Gesammelte Werke,* XIII, Frankfurt : S. Fischer, 1969 (1941) pp. 71-161. fr., « Psychologie des foules et analyse du Moi », /tr. par Pierre Cotet, André Bourguignon, Janine Altounian, Odile Bourguignon et Alain Rauzy (de l'allemand), in *Essais de psychanalyse,* Payot, Coll. « Petite Bibliothèque Payot » 15, 1993 (1981), pp. 117-218. (ジークムント・フロイト／小此木啓吾訳「集団心理学と自我の分析」『フロイト著作集 VI』人文書院，1970, 1978, pp. 195-253)

————————. *Névrose, psychose et perversion,* /tr. par Jean Laplanche et alii. (de l'allemand), 8e éd., PUF, 1992 (1973).

————————. *Métapsychologie* (1915), /tr. par Jean Laplanche, J.-B. Pontalis (de l'allemand), Gallimard, Coll. « Folio essais », 1995.

————————. *Résultats, idées, problèmes* II (1921-1938), /tr. par Janine Altounian et alii. (de l'allemand), PUF, 1992 (1985).

————————. « Selbstdarstellung » (1925), in *Gesammelte Werke,* XIV, Frankfurt : S. Fischer, 1968 (1948) pp. 31-96. fr., « Ma vie et la psychanalyse », in *Ma vie et la psychanalyse,* suivi de *Psychanalyse et médecine,* /tr. par Marie Bonaparte (de l'allemand), Gallimard, 1950, pp. 6-53. (ジークムント・フロイト／懸田克躬訳「自己を語る」『フロイト著作集 IV』人文書院，1970, 1990，pp. 422-476)

————————. *Totem et tabou, Quelques concordances entre la vie psychique des sauvages et celle des névrosés,* /tr. par Marielène Weber (de l'allemand), Gallimard, Coll. « Connaissance de l'Inconscient », 1993 (1913). (ジークムント・フロイト／西田越郎訳「トーテムとタブー」『フロイト著作集 III』人文書院，1969, 1979, pp. 148-281)

————————. « Vorlesungen zur Einführung in die Psychoanalyse » (1916-17), in *Gesammelte Werke,* XI, Frankfurt : S. Fischer, 1969 (1940). *Introduction à la psychanalyse,* /tr. par S. Jankélévitch (de l'allemand), Payot, Coll. « Petite Bibliothèque Payot », 1989 (1961). (ジークムント・フロイト／懸田克躬・高橋義孝訳「精神分析入門（正）」『フロイト著作集 I』1971, 1980, pp. 5-383)

FREY, Cyril. *Le Livre de la paresse,* Édition n°1, 2000.

GAILLARD, Françoise. « De l'antiphysis à la pseudophysis (l'exemple de *A Rebours* », in *Romantisme,* n°30, 1980, pp. 69-82.

————————. « Seul le pire arrive. Schopenhauer à la lecture d'*À vau l'eau* », in *J.-K. Huysmans, à côté et au-delà,* Peeters/Vrin, 2001, pp. 65-84.

————————. « Le discours médical pris au piège du récit », in *Études françaises* (Montreal), n°24, automne, 1983, pp. 81-95.

GAILLARD, Pol. *Le mal : de Blaise Pascal à Boris Vian,* Bordas, Coll. « Univers des lettres/thématique », 1971.

GALLINGANI, Daniela. *Mythe Machine Magie,* /tr. par Monique Guibert (de l'italien), PUF, Coll. « Perspectives littéraires », 2002.

GALLOT, Henry-M. *Explication de J.-K. Huysmans,* Agence Parisienne de Distribution, 1954.

————————. « Psychanalyse de Huysmans », *L'Évolution Psychiatrique,* Fascicule 4, 1948, pp. 53-72.

GARÇON, Maurice. *Huysmans inconnu,* Albin Michel, 1941.

————————. *Vintras hérésiarque et prophète,* Librairie Critique Émile Nourry, Coll. « Bibliothèque des Initiations Modernes », 1928.

GARREAU, Albert. *J.-K. Huysmans,* Casterman, Coll. « Pionniers du Spirituel », 1947.

GENETTE, Gérard. *Introduction à l'architexte,* Seuil, 1979.

————————. *Palimpsestes,* Seuil, 1982.(ジェラール・ジュネット／和泉涼一訳『パランプセスト——第二次の文学』「叢書　記号学的実践」水声社，1995)

GLOTIN, Édouard. Article « Réparation », in *Dictionnaire de spiritualité,* vol. 13, Beauchesne, 1988, col. 369-

425.
ÉTUDES CARMÉRITAINES (LES). /éd., *Satan*, Desclée de Brouwer, 1948.
FABRE, Félix-Edmond. « À propos d'un centenaire : Baudelaire et Huysmans », in *Bulletin*, n°53, 1967, pp. 20-23.
FÉDIDA, Pierre. *Crise et contre-transfert,* PUF, 1992.
FLAUBERT, Gustave. *Œuvres Complètes,* Seuil, Coll. « L'intégrale », 1964.（ギュスターヴ・フローベール／伊吹武彦他訳『フローベール全集』筑摩書房，1965-70, 1998）
————————. *Par les champs et par les grèves*（1885）, Pocket, 2002.（ギュスターヴ・フローベール／渡辺仁訳『ブルターニュ紀行——野を越え，浜を越え』新評論，2007）
FOREST, Philippe. *Histoire de Tel Quel 1960-1982,* Seuil, 1995.
FOUCAULT, Michel. *Histoire de la folie à l'âge classique,* Gallimard, Coll. « Tel », 1984（1961）.（ミシェル・フーコー／田村俶訳『狂気の歴史——古典主義時代における』新潮社，1975）
————————. *Les mots et les choses. Une archéologie des sciences humaines,* Gallimard, Coll. « Tel », 1996（1966）.（ミシェル・フーコー／渡辺一民・佐々木明訳『言葉と物——人文科学の考古学』新潮社，2000）
————————. *Naissance de la clinique,* PUF, Coll. « Quadrige », 2003（1963）.（ミシェル・フーコー／神谷美恵子訳『臨床医学の誕生』みすず書房，2000）
FRESNOIS, André du. *Une étape de la conversion de Huysmans d'après des lettres inédites à Mme de C...(ourrière),* Dorbon-aîné, 1912.
FRETCHER, Ian. /ed., *Decadence and the 1890s,* Edward Arnold, « Stratford-Upon-Avon Studies 17 », 1979.
FREUD, Sigmund. « Analyse der Phobie eines fünfjährigen Knaben »（1909）, in *Gesammelte Werke*, VII, Frankfurt : S. Fischer, 1993（1941）, pp. 243-377. fr., « Analyse d'une phobie chez un petit garçon de 5 ans : Le petit Hans », /tr. par Marie Bonaparte（de l'allemand）, in *Cinq psycanalyses,* PUF, 18e éd., 1993（1954）pp. 93-198.（ジークムント・フロイト／高橋義孝・野田倬訳「ある5歳児の恐怖症分析」『フロイト著作集V』人文書院，1969, 1990, pp. 173-275；総田純次訳「症例ハンス」『フロイト全集10』岩波書店，2008, pp.1-176）
————————. « Considérations actuelles sur la guerre et sur la mort »（1915）, /tr. par Pierre Cotet, André Bourguigon et Alice Cherki（de l'allemand）, in *Essais de psychanalyse*, Payot, Coll. « Petite Bibliothèque Payot » 15, 1981, pp. 219-250.（ジークムント・フロイト／森山公夫訳「戦争と死に関する時評」『フロイト著作集V』人文書院，1969, 1990, pp. 397-420）
————————. « Eine Teufelsneurose im siebzehnten Jahrhundert »（1923）, in *Gesammelte Werke,* XIII, Frankfurt : S. Fischer, 1969（1940）, pp. 315-353. fr., « Une névrose diabolique au XVIIe siècle », in *L'inquiétante étrangeté et autres essais,* /tr. par Fernand Cambon（de l'allemand）, Gallimard, Coll. « Connaissance de l'Inconscient », 1985, pp. 264-315.（ジークムント・フロイト／吉田耕太郎訳「十七世紀のある悪魔神経症」『フロイト全集18』岩波書店，2007, pp. 191-232.）
————————. « Jenseits des Lustprinzips »（1920）, in *Gesammelte Werke,* XIII, Frankfurt : S. Fischer, 1969（1940）, pp. 1-69. fr., « Au-delà du principe du plaisir », in *Essais de psychanalyse,* Payot, Coll. « Petite Bibliothèque Payot » 15, 1981（1951）, pp. 5-75.（ジークムント・フロイト／小此木啓吾訳「快感原則の彼岸」『フロイト著作集VI』人文書院，1970, 1978, pp. 150-194）
————————. *L'homme Moïse et la religion monothéiste, Trois essais,* /tr. par Cornélius Heim（de l'allemand）, Gallimard, Coll. « Connaissance de l'Inconscient » , 1986（1939 /1950）.（ジグムンド・フロイド／土井正徳・吉田正已訳「人間モーセと一神教」『フロイド選集　第8　宗教論——幻想の未来』日本教文社，1969, pp. 83-303；ジークムント・フロイト／渡辺哲夫訳「モーセという男と一神教」『フロイト全集22』岩波書店，2007, pp. 1-174）
————————. *L'inquiétante étrangeté et autrez essais,* /tr. par Bertrand Féron（de l'allemand）Gallimard, Coll. « Connaissance de l'Inconscient », 1985.
————————. *La naissance de la psychanalyse, Lettres à Wilhelm Fliess, notes et plans (1887-1902),* /tr. par Anne Berman（de l'allemand）, PUF, Coll. « Bibliothèque de Psychanalyse », 1991（1956）.

————. « Mort d'un ami de J.-K. Huysmans : Ludovic de Francmesnil », *Bulletin*, n°4, Genève : Slatkine Rep., 1975 (1930), 1ère série, pp. 121-122.

DELAHAYE, H. « Un exemplaire de la lettre tombée du ciel », in *Recherche de sciences religieuses*, n°18, 1928, pp. 164-169.

DÉLÉON, Joseph. *A.M. Rousselot, vicaire général*, Grenoble : Redon, 1852.

————. *La Salette devant le pape, ou Rationalisme et hérésie découlant du fait de La Salette*, Grenoble : Redon, 1854.

————. *La Salette Fallavaux (Fallax Vallis), ou la Vallée du Mensonge, par Donnadieu (abbé J. Déléon)*, 2 vols., Grenoble : Redon, 1852-1853.

————. *Qu'est-ce que la vériété ? Dernier mot sur la Salette*, Grenoble : Roux, 1872.

DELEUZE, Gilles. *Nietzsche et la philosophie*, PUF, Coll. « Quadrige », 1997 (1962).（ジル・ドゥルーズ／湯浅博雄訳『ニーチェ』ちくま学芸文庫，1998）

DESCAVES, Lucien. *Deux Amis, J.-K. Huysmans et l'abbé Mugnier*, Plon, 1946.

————. *Les dernières années de J.-K. Huysmans*, Albin Michel, 1941.

————. « Maman Thibault », in *[l']Œuvre*, 15 janvier 1926.

————. *Souvenirs d'un ours*, Les Éditions de Paris, 1946.

DIESBACH, Ghislain de. *L'abbé Mugnier, Le confesseur du Tout-Paris*, Perrin, 2003.

DIJIK, P. Willibrod-Christiaan van. « Les sources de la vie de Sainte Lydwine de Schiedam chez J.-K. Huysmans », in *Bulletin*, n°61, 1973, pp. 15-30.

DOUGLAS, Mary. *De la souillure, études sur la notion de pollution et de tabou*, /tr. par Anne Guérin (de l'anglais), La Découverte, 1992.

DRESSAY, Marie-Thérèse. « Le Satanisme dans *Là-Bas* », in *Mélanges Pierre Lambert consacrés à Huysmans*, A.G. Nizet, 1975, pp. 251-290.

DU BOURG, Dom A. *Huysmans intime*, Librairie des Saints-Pères, 1908.

DU POTET DE SENNEVOY, Jean. PÉLADAN, Adrien. *Traité complet du magnétisme animal*, 8e éd., Félix Alcan, 1930 (1883).

DUBOIS, Jacques. *Romanciers français de l'Instantané au XIXe siècle*, Bruxelles : Palais des Académies, 1963.

DUBY, Georges. /éd., *Histoire de la France, les temps nouveaux de 1852 à nos jours*, nouv. éd., Larousse, 1991 (1987).

DUFRICHE-DESGENETTES, M. *Manuel d'instructions et de prières à l'usage des membres de l'archiconfrérie du Très Saint et Immaculé Cœur de Marie*, Sagnier et Bray, 12e éd., 1850.

DUMESNIL, René. *La publication d'"En Route" de J.-K. Huysmans*, Malfère, 1931.

DUPLOYÉ, Pie. *Huysmans*, Desclée de Brouwer, Coll. « Les écrivains devant Dieu », 1968.

DUPONT, Jacques. « Masculin-féminin », *Herne*, n°47, 1985, pp. 305-313.

ÉGLISE CATHOLIQUE, Diocèse (Paris). « Circulaire... au sujet des Annales de la Sainteté au XIXe siècle (Acte. 1875-12-18) », Impr. de J. Le Clère, 1875.

ELIADE, Mircea. *Birth and Rebirth*, New York : Harper & Brothers Publishers, 1958. fr., *Naissances mystiques, essai sur quelques types d'initiation*, Gallimard, 1959.（ミルチャ・エリアーデ／堀一郎訳『生と再生——イニシエーションの宗教的意義』東京大学出版会，1971）

————. *Le Mythe de l'éternel retour*, nouv. éd., Gallimard, 1969 (1949).（ミルチャ・エリアーデ／堀一郎訳『永遠回帰の神話——祖型と反復』未來社，1963）

————. *Le sacré et le profane*, Gallimard, Coll. « Folio essais », 1987 (1957/1967).（ミルチャ・エリアーデ／風間敏夫訳『聖と俗——宗教的なるものの本質について』法政大学出版局，1969）

ENCAUSSE, Gérard (pseud. Papus et Niet, Dr). *Du Traitement externe et pshychique des maladies nerveuses, aimants et couronnes magnétiques, miroirs, traitement diététique, hypnotisme, suggestion, transferts*, Chamuel, 1897.

ERICKSON, John D. « Huysmans' Là-Bas : a Metaphor of Search », in *French Review*, t. 18, n°3, 1970, pp. 418-

————————. « Aspects de la grâce chez Joris-Karl Huysmans », in *Dieu Vivant,* n°16, 1950, pp. 139-145.
————————. « Écriture de la destruction : Transcription romanesque des lettres d'amour authentiques dans *Là-Bas* », in *Revue des sciences humaines,* 1978, n°170-171, pp. 185-193.
————————. « Histoire d'un livre : Avec Huysmans, Promenades et souvenirs, avec seize reproductions hors-textes de Michel de Lézinier », in *Bulletin,* n°58, 1971, pp. 13-30.
————————. « Igny, 1892-1963 », in *Bulletin,* n°46, 1953, pp. 85-91.
————————. *J.-K. Huysmans à la recherche de l'unité,* A. G. Nizet, 1953.
————————. « J.-K. Huysmans et l'antiroman », Allocution prononcée au Cloître Saint-Sévrin, le 12 mai 1972, in *Bulletin,* n°59, 1972, pp. 30-38.
————————. *J.-K. Huysmans. De l'écriture à l'Écriture,* Téqui, Coll. « L'auteur et son message », 1987.
————————. *Le Huysmans intime de H. Céard et J. de Caldain,* A.G. Nizet, 1957.
————————. « Le mysticisme de J.-K. Huysmans et Sainte Lydwine de Schiedam », in Mélanges de sciences religieuses, n°9, 1952, pp. 243-250.
COLIN, René-Pierre. *Shopenhauer en France. Un mythe naturaliste,* Presses Universitaires de Lyon, 1979.
COQUIOT, Gustave. *Le vrai J.-K. Huysmans, préface de J.-K. Huysmans,* C. Bosse, 1912.
CORBIN, Alain. *Le miasme et la jonquille, L'odorat et l'imaginaire social XVIII-XIXe siècles,* Flammarion, Coll. « Champs », 1986（1982）.（アラン・コルバン／山田登代子・鹿島茂訳『新版　においの歴史——嗅覚と社会的想像力』藤原書店，1990）
————————. *Les filles de noce, misère sexuelle et prostitution (19e siècle),* Flammarion, Coll. « Champs », 1982（1978）.（アラン・コルバン／杉村和子監訳『娼婦』藤原書店，1991）
CORSETTI, Jean-Paul. « L'Écriture d'une hantise : Le couple dans "Là-Bas" de J.-K. Huysmans », *Bulletin,* n°72, 1981, pp. 29-43.
COURANT, Paul. « Copie d'une liste d'ouvrages ayant appartenu à J.-K. Huysmans », in *Bulletin,* n°67, 1977, pp. 42-55.
————————. « J.-K. Huysmans, le théâtre et Henri Girard », in *Bulletin,* n°59, 1972, pp. 39-48.
————————. « La première biographe de Madame Bavoil : Jane Misme », suivi de J. Misme, « la gouvernante de M. Huysmans（Figaro, 6 janvier 1899）», in *Bulletin,* n°49, 1965, pp. 311-317.
COURMELLE, Foveau de. « La médecine dans l'œuvre de Huysmans », in *Chronique médicale,* 1er septembre, 1927, p. 285.
COURRIÈRE, Berthe（de）. « Lettre à Huysmans（alors à Lyon, chez Boullan）», 27 juillet 1891（manuscrit）, Fonds Lambert, Ms 30（12-2）.
COURT-PEREZ, Françoise. *Joris-Karl Huysmans,* A Rebours, PUF, Coll. « Études littéraires », 1987.
CRESSOT, Marcel. *La Phrase et le vocabulaire de J.-K. Huysmans,* Genève : Slatkine Rep., 1975（1938）.
CUGNO, Alain. *Saint Jean de la Croix,* Fayard, 1979.
CULLÈRE, Alexandre. *Magnétisme et Hypnotisme,* J.-B. Baillière et Fils, 1886.
CURICQUE, J.-M. /éd., *Les voix prophétiques ou signes, apparitions et prédictions modernes touchant les grands événements de la Chrétienté au XIXe siècle et vers l'approche de la fin des temps,* 5e éd., 2 vols., Victor Palmé, 1872.
DAOUST, Joseph. « J.-K. Huysmans et Sainte Lydwine de Schiedam », in *Mélanges de sciences religieuses,* n °9, 1952, pp. 93-114.
————————. *Les Débuts bénédictins de J.-K. Huysmans, Documents inédits recueillis avec le concours de dom J. Laporte et de dom J. Mazé, moines de Saint-Wandrille,* Saint-Wandrille : Éditions de Fontenelle, 1950.
DARNTON, Robert. *Mesmerism and the End of the Enlightenment in France,* New York, Schocken Books, 1976（1968）.（ロバート・ダーントン／稲生永訳『パリのメスマー』平凡社，1987）
DEBRÉ, Patrice. *Louis Pasteur,* Flammarion, Coll. « Champs », 1994.
DECOTTIGNIES, Jean. « Là-bas ou la phase démoniaque de l'écriture », in *Revue des sciences humaines,* n°170-171, février-mars, 1978, pp. 69-79.
DEFFOUX, Léon. *J.-K. Huysmans sous divers aspects,* Mercure de France, 1942.

Vve Poussielgue-Rusand, 1864.
BUVIK, Per. *La Luxure et la pureté : essai sur l'œuvre de J.-K. Huysmans,* Oslo, Paris : Didier Érudition, Solum Forlag, 1989.
————. « L'amour et le manger, Autour de sainte Lydwine de Schiedam », in *Huysmans entre grâce et péché,* Beauchesne, 1995, pp. 33-49.
CALDAIN, Jean de. « La genèse de "Là-Bas" », in *Revue des Français,* t. IX, 10 mai 1914, pp. 231-235.
CANTOR, G.N. HODGE, M.J.S. *Conception of Ehter : Studies in the History of Ehter Theories, 1740-1900,* Cambridge University Press, 1981.
CAVANES, Jean-Louis. *Le Corps et la Maladie dans les récits réalistes (1856-1893),* 2 vols., Klincksieck, 1991.
CHAILLEY, Jacques. *La Flûte enchantée : opéra maçonnique,* Laffont, 1968.（ジャック・シャイエ／高橋英郎・藤井康生訳『魔笛――秘教オペラ』白水社，1976）
CHARCOT, J.-M. RICHER, Paul. *Les démoniaques dans l'art, suivi de la foi qui guérit,* Macula, Coll. « Macula Scènes », 1984（1887）.
CHARLE, Christophe. *Histoire sociale de la France au XIXe siècle,* Seuil, Coll. « Points Histoire », 1991.
————. *Naissance des « Intellectuels »,* Minuit, 1990.（クリストフ・シャルル／白鳥義彦訳『「知識人」の誕生　1880-1900』藤原書店，2006）
————. *Paris fin de siècle, Culture et politique*, Seuil, 1998.
CHASTEL, Guy. *J.-K. Huysmans et ses amis, Documents inédits,* Grasset, 1957.
CHATEAUBRIAND, François René de. *Génie du christianisme,* Gallimard, Coll. « Pléiade », 1978.（シャトーブリアン／田辺貞之介訳『キリスト教精髄〈第 1〉教義と理論』創元社，1949，同『キリスト教精髄〈第 2〉キリスト教詩学』1950，創元社）
————. *Mémoire d'Outre-Tombe,* t. I-II, Gallimard, Coll. « Pléiade », 2008（1947）, 2004（1950）.（シャトーブリアン／真下弘明訳『墓の彼方の回想』（抄訳），勁草出版サービスセンター，1983）
CHERTOK, Léon. *L'hypnose, Théorie, pratique et technique*, /éd., remaniée et augmentée, Payot, Coll. « Petite Bibliothèque Payot », 1989（1965）.
CHERTOK, Léon. BORSCH-JACOBSEN, Mikkel. AVTOMOVA, Natalia. *Hypnose et psychanalyse*, Dounod, 1987.
CHERTOK, Léon. SAUSSURE, Raymond de. *Naissance du psychanalyste,* Le Plessis Robinson : Synthélabo Groupe, Coll. « Les empêcheurs de penser en rond »,1996（1973）.
CHERTOK, Léon. STENGERS, Isabelle. *Le cœur et la raison, l'hypnose en question, de Lavoisier à Lacan,* Payot, Coll. « Sciences de l'homme Payot », 1989.
————. *L'hypnose, blessure narcissique,* Delagrange, Coll. « Les empêcheurs de penser en rond », 1990.
CHERTOK, Léon. STENGERS, Isabelle. GILLE, Didier. *Mémoires d'un hérétique,* La Découverte, 1990.
CHEVREL, Yves. *Le naturalisme,* PUF, 1982.
CHOLVY, Gérard. HILAIRE, Yves-Marie. *Histoire religieuse de la France contemporaine,* t. I, 1800/1880, Privat, 1990.
CHOMBARD-GAUDIN, Cécile. *Une orientale à Paris, Voyages littéraires de Myriam Harry,* Maisonneuve & Larose, 2005.
CITTI, Pierre. *Contre la décadence, Histoire de l'imagination française dans le roman 1890-1914*, PUF, 1987.
————. /dir., *Fins de Siècle, Actes de Colloque de Tours, 4-6 juin 1985*, Presses Universitaires de Bordeaux, 1990.
CLAUDEL, Paul. *Œuvres en prose*, Gallimard, Coll. « Pléiade », 1989（1965）.
CLOGENSON, Yves. « André Gide et J.-K. Huysmans », in *Bulletin,* n°58, 1971, pp. 31-42.
COGNY, Pierre. « À propos d'une psychanalyse de J.-K. Huysmans, Note sur la psychanalyse et la psychanalyse littéraire », in *Cahier de psychanalyse,* n°4, 1950, pp. 115-117.

(1857).
——————————. *Le Cri du Salut, Appel aux hommes de bonne foi*, Lyon : Imp. Gallet, 1877.
——————————. *Lettres et documents adressés par l'abbé Boullan à J.-K. Huysmans,* Bibliothèque de l'Arsenal, Fonds Lambert, Ms 76, 1890-1892.
——————————. /éd., *Sacrifice Provictimal de Marie,* Lyon : Imprimerie et lithographie J. Gallet, 1877 ; reproduit in *TSJ*, n°8, 1963, pp. 316-338.
BOURGET, Paul. *Essais de psychologie contemporaine, études littéraires,* Gallimard, Coll. « Tel », 1993 (1883).
BOURGET-BESNIER, Élisabeth. « Le compagnon d'une étape : l'Abbé Ferret », in *Bulletin*, 1973, n°60, pp. 5-11.
——————————. *Une étape de la vie de J.K. Huysmans, Lettres inédites de J.K. Huysmans à l'abbé Ferret,* A.G. Nizet, 1973.
BOUTRY, Philippe. NASSIF, Jacques. *Martin l'Archange,* Gallimard, Coll. « Connaissance de l'inconscient », 1985.
BRAID, James. *Neurypnologie, Traité du sommeil neuveux ou Hypnotisme,* /tr. par Jules Simon (de l'anglais), Adrien Delahaye et Emile Lecrosnier, 1883.
BRETON, André. *Anthologie de l'humour noir* (1940-1950-1966), *Œuvres Complètes,* t. II, Gallimard Coll. « Pléiade », 1992. (アンドレ・ブルトン／山中散生・窪田般彌・小海永治訳『黒いユーモア選集』国文社，1968)
——————————. *Œuvres Complètes,* t. I, Gallimard, Coll. « Pléiade », 1988. (アンドレ・ブルトン／瀧口修造監修『アンドレ・ブルトン集成 1-7』〈未完〉，人文書院，1970-1974)。同『アンドレ・ブルトン集成 1』所収（1970，pp. 5-163）の「ナジャ」（巖谷國士訳）は岩波文庫より 2003 年に再刊されている。
——————————. *Les Vases Communicants* (1932), dans *Œuvres Complètes,* t. II, Gallimard, Coll. « Pléiade », 1992, pp. 101-215. (アンドレ・ブルトン／豊崎光一訳「通底器」『アンドレ・ブルトン集成 1』人文書院，1970, pp. 165-350 ; 同／足立和浩訳『通底器』現代思潮社，1978)
——————————. *Œuvres Complètes,* t. III, Gallimard, Coll. « Pléiade », 1999.
BRETONNIÈRE, Bernard. /éd., *Cahiers Gilles de Rais*, n°1-4, Nantes : Joca Seria, 1992-93.
BRICAUD, Joanny. *Huysmans et Satan,* Monaco : M. Reinhard, Coll. « Essais de sciences maudites », 1980.
——————————. *Huysmans, occultiste et magicien, avec une Notice sur les hosties magiques qui servirent à Huysmans pour combattre les envoûtements,* Bibliothèque Chacornac, 1913.
——————————. *J.-K. Huysman et le satanisme,* Bibliothèque Chacornac, 1912. (ジョアニ・ブリコー／田辺貞之介訳「ユイスマンスと悪魔主義」『森』第 5 号，森開社，1978)
——————————. *L'abbé Boullan (Dr. Johannès de « Là-bas »), sa vie, sa doctrine et ses pratiques magiques,* Chacornac frères, 1927.
BROGLIE, Gabriel de. *Le XIXe siècle, l'éclat et le déclin de la France,* Perrin, 1995.
BROMBERT, Victor. *La prison romantique, Essai sur l'imaginaire,* José Corti, 1975.
BRON, Ludovic. *J.-K. Huysmans, D'après des documents inédits,* Alsatia, 1937.
BRUNEL, Pierre. « *À rebours* : Du catalogue au roman », in *Huysmans. Une esthétique de la décadance*, Honoré Champion, 1897.
——————————. « La légende des fins de siècle », in *Herne,* n°47, 1985.
BRUNETIÈRE, Ferdinand. *La science et la religion*, Firmin-Didot, 1895.
BRUNO, P. de. BRESARD, Suzanne. VINCHON, Jean. « La confession de Boullan », in *Les Études Carmélitaines 6, « Satan »,* Desclée de Brouwer, 1948, pp. 420-426.
BUISINE, Alain. « Le taxidermiste », in *Revue des sciences humaines*, 170-171, février-mars, 1978, pp. 59-68.
BURQ, Dr V. *Des origines de la métallothérapie, Part qui doit être faite au magnétisme animal dans sa découverte,* A. Delahaye et E. Lecrosnier, 1882.
BUSSIÈRE, Marie-Théodore Renouard, vicomte de. *Fleurs dominicaines ou les mystiques d'Unterlinden à Colmar,*

BIANCONI, Piero. *Tout l'œuvre peint de Grünewald,* /tr. par Simone Darses (de l'italien), Flammarion, 1984 (1974).

BIBESCO, Princesse. *Le confesseur et les poètes, avec des lettres inédites de Jean Cocteau, Marcel Proust, Robert de Montesquiou, Paul Valéry et Maurice Baring à l'abbé Mugnier,* Bernard Grasset, Coll. « Les Cahiers Rouges », 1998 (1970).

BILLY, André. *J.-K. Huysmans et ses amis lyonnais,* Lyon : H. Lardanchet, 1942.

――――――. *Huysmans & Cie,* A.G.Nizet, 1963.

――――――. « Propos sur Huysmans », in *Bulletin,* 1942, n°19, pp. 242-253.

――――――. « Sur une lettre inédite de Zola à Huysmans », in *Bulletin,* 1942, n°19, pp. 253-259.

BLANC DE SAINT-BONNET, Antoine. *De la douleur,* Le Club du Livre Rare, 1961 (1848).

BLANDIN, Henri. *J.-K. Huysmans, l'Homme, l'Écrivain, l'Apologiste,* Maison du Livre, 1912.

BLOY, Léon. *Œuvres de Léon Bloy* VII, *La femme pauvre,* Mercure de France, 1971.（レオン・ブロワ／水野純子訳『貧しき女――現代の挿話』中央公論社，1982）

――――――. *Œuvres de Léon Bloy* X, *Le symbolisme de l'apparition, celle qui pleure, Introduction à la vie de Mélanie,* Mercure de France, 1970.

――――――. *Sur Huysmans,* Éditions Complexe, 1986.（レオン・ブロワ／田辺貞之介訳『ユイスマンスの墓の上で』森開社，1977）

BOIS, Jules. *Le Satanisme et la magie, avec une étude de J.-K. Huysmans,* Léon Chailley, 1896.

――――――. *Les Petites Religions de Paris,* Léon Chailley, 1894.

BOLL, Marcel. *L'Occultisme devant la science,* PUF, 1950.

BONAVENTURE DE CÆSARE, P. *La vie divine de la Très Sainte Vierge Marie,* ou *Abrégé de la Cité Mystique,* d'après Marie de Jésus Agreda, /tr. par Joseph-Antoine Boullan (de l'italien), Lecoffre, 1853.

BONHOMME, R. BOULLAN, Joseph-Antoine. /éd., *[Les] Annales de la Sainteté au XIXe siècle,* Société d'ecclésiastiques et de religieux, 12 vols., 1869-75.

BONNEFIS, Philippe. BUISINE, Alain. /éd., *La Chose Capitale, Essais sur les noms de Barbey, Barthes, Bloy, Borel, Huysmans, Maupassant, Paulhan,* Université de Lille III, P.U.L., 1981.

BONNET, Gilles. *L'Écriture comique de J.-K. Huysmans,* Honoré Champion, Coll. « Romantisme et Modernités 67 », 2003.

BORIE, Jean. *Huysmans, le Diable, le célibataire et Dieu,* Grasset, 1991.

――――――. *Le célibataire français,* le Sagittaire, 1976.

――――――. *Le tyran timide, Le naturalisme de la femme au XIXe siècle,* Klincksieck, 1973.

――――――. *Mythologies de l'hérédité au XIXe siècle,* Galilée, 1981.

――――――. *Un siècle démodé, Prophètes et réfractaires au XIXe siècle,* Payot, Coll. « Essais Payot », 1989.

BORNE, Étienne. *Le problème du mal,* PUF, Coll. « Quadrige », 1992 (1958).

BOSSARD, Eugène. *Gilles de Rais, Maréchal de France dit Barbe-Bleue (1404-1440),* 2e éd., Honoré Champion, 1886.

BOSSIER, Herman. *Un personnage de roman : le chanoine Docre et* Là-Bas *de J.-K. Huysmans,* Bruxelles et Paris : Les Écrits, 1943.

BOUCHER, Gustave. *Une séance de Spiritisme chez J.-K. Huysmans,* Niort : Impr. Niortaise, 1908.

BOUCHUT, E. *Du nervosisme aigu et chronique et des maladies nerveuses,* J.-B. Baillère et fils, 2e éd., 1877.

BOULLAN, Joseph-Antoine. /éd., *[Les] Annales du Sacerdoce,* 1859.

――――――――――. *Deuxième mémoire, La consécration au Sacré-Cœur de Marie, L'Immaculée-Conception, Mère des Douleurs, Conformément à celle du 10 février 1790 à Paris,* Lyon : Chez M. A. Gay, 1884.

――――――――――. *La raison de nos espérances aux jours de deuil où nous sommes,* Lyon : Typographie et lithographie J. Gallet, 1878.

――――――――――. *La véritable réparation, ou l'âme réparatrice par les saintes larmes de Jésus et de Marie avec un choix de prières admirables pour faire la réparation,* 3e éd., revue et améliorée, Victor Sarlit, 1859

シュラール／岩村行夫訳『空間の詩学』思潮社，1969／ちくま学芸文庫，2002）
——————. *La terre et les rêveries de la volonté, essai sur l'imagination de la matière,* 15ᵉ éd., José Corti, 1992 (1948).（ガシュトン・バシュラール／及川馥訳『大地と意志の夢想』思潮社，1970）
——————. *La terre et les rêveries du repos, essai sur les images de l'intimité,* 16ᵉ éd., José Corti, 1992 (1948).（ガシュトン・バシュラール／饗庭孝男訳『大地と休息の夢想』思潮社，1970）
BACHELIN, Henri. *J.-K. Huysmans, Du Naturalisme littéraire au Naturalisme mystique*, Perrin et Cie, Coll. « Les Contemporains d'hier », 1926.
BALDICK, Robert. « Huysmans and the Goncourt », in *French Studies,* t. 6, n°2, 1952, pp. 126-134.
——————. *La vie de J.-K. Huysmans,* /tr. par Marcel Thomas (de l'anglais) , Denoël, 1975 (1958).（ロバート・バルディック／岡谷公二訳『ユイスマンス伝』学研，1996）
——————. *The Life of J.-K. Huysmans,* Oxford (UK) : Clarendon, 1955.
——————. *The Life of J.-K. Huysmans,* With a foreword and additional notes by Brendan King, Sawtry (UK) : Dedalus, 2006.
BALDRAN, Jacqueline, *Paris, carrefour des arts et des lettres 1880-1918,* L'Harmattan, 2002.
BARTHES, Roland. *Fragments d'un discours amoureux,* Seuil, 1988 (1977).（ロラン・バルト／三好郁朗『恋愛のディスクール・断章』みすず書房，1980）
BASSETTE, L. *Le Fait de la Salette,* Éditions du Cerf, 1955.
BATAILLE, Georges. *L'Érotisme*, Les Éditions de Minuit, Coll. « Arguments », 1957.（ジョルジュ・バタイユ／酒井健訳『エロティシズム』ちくま学芸文庫，2004）
——————. *L'expérience intérieure,* Gallimard, Coll. « Tel », 1992 (1943).（ジョルジュ・バタイユ／出口裕弘訳『内的体験——無神学大全』平凡社，1998）
——————. « La structure psychologique du fascisme » (1933), in *Œuvres Complètes*, t. I, Gallimard, 1979.（ジョルジュ・バタイユ／吉田裕訳「ファシズムの心理的構造」『物質の政治学——バタイユ・マテリアリスト II』書肆山田，2001）
BAUDELAIRE, Charles, *Œuvres Complètes*, t. I, Gallimard, Coll. « Pléiade », 1983 (1975).（『ボードレール全詩集』1-2，阿部良雄訳，ちくま文庫，1998）
BAUDOUIN, Charles, « La sublimation des images chez Huysmans, lors de sa conversion», in *Psyché,* 1950, n°43, pp. 378-385.
BEAUVOIR, Simone de. *Faut-il brûler Sade ?,* Gallimard, 1972.（シモーヌ・ド・ボーヴォワール／白井健三郎訳『サドは有罪か』現代思潮社，1977）
BÉGUERIE, Pantxika. BISCHOFF, Georges. *Grünewald, le maître d'Issenheim,* Casterman, 1996.
BELL, Rudolphe M. *L'anorexie sainte, Jeûne et mysticisme du Moyen Age à nos jours,* /tr. par Caroline Ragon Canovelli (de l'anglais), PUF, Coll. « Le fil rouge », 1994.
BELLEVILLE, François. *La conversion de M. Huysmans,* Bourge : F. Belleville, 1898.
BELVAL, Maurice M. *Des ténèbres à la lumière, Étapes de la pensée mystique de J.-K. Huysmans,* G.-P. Maisonneuve et Larose, 1968.
BEM, Jeanne. « Le Sphinx et la Chimère dans *À rebours* », in *Huysmans, Une esthétique de la décadence*, Champion, 1987.
BENOIT, Félix et Bruno. *Hérésies et diableries à Lyon et alentours,* Horvath, 1987.
BERG, Christian. « L'amoureuse douleur », in *Herne,* n°47, 1985, pp. 314-323.
BERTRAND, Jean-Pierre. DURAN, Sylvie. GRAUBY, Françoise. /éd., *Huysmans, à côté et au-delà,* Actes du Colloque de Cerisy-la-Salle, Peeters/Vrin, 2001.
BESSE, Dom J.-M. *Joris Karl Huysmans (Éloge de Joris Karl Huysmans, prononcé à Bruxelles le 28 mai 1907),* A l'art catholique, 1917.
——————. « Huysmans artiste de la douleur chrétienne », in *Gazette de France*, 19 mai 1908.
BESSÈDE, Robert. *La crise de la conscience catholique dans la littérature et la pensée française à la fin du XIXᵉ siècle,* Klincksieck, 1975.

主要参考文献

■欧文文献

- ➢ ユイスマンスに関わりが深い文献でも，ユイスマンス以外の作家について論じたものはあえて割愛した。
- ➢ 参照版が初版でない場合，初版年は（　）内に示した。またオリジナルが仏語以外の言語である場合，（原語初版年／仏語版初版年）の形でそれぞれの刊行年を示した。
- ➢ 出版地は特に記載のない場合はパリ（Paris）である。
- ➢ 編者名を冠さない雑誌，論文集，集成は末尾にまとめた。
- ➢ 頻出する雑誌名は以下の通り略号で示した。
  TSJ：*[Les] Cahiers de la Tour Saint-Jacques*
  Herne：*[Les] Cahiers de l'Herne*
  Bulletin：*Bulletin de la Société J.-K. Huysmans*
- ➢ 邦訳書は参考程度に現在入手しやすい版を優先的に掲載し，初訳版を省略したものもある。

ALEXIS, Paul. *La Fin de Lucie Pellegrin*, USA : BiblioLife Rep., 2009（1880）.

AMADOU, Robert. « J.-K. H. » in *TSJ*, n°8, 1963, pp. 7-11.

——————. « Présentation à : J.-A. Boullan, "Sacrifice Provictimal de Marie" », in *TSJ,* n°8, 1963, pp. 316-323.

ANCELET, Clotilde. FISZMAN, Jérôme. DE MAISTRE, Véronique. et alii., « Les figures de Marie dans la Cathédrale », in *Huysmans entre grâce et péché.* /dir. par Alain Vircondelet, Beauchesne, 1995, pp. 83-99.

ANTOSH, Ruth B. *Reality and illusion in the novels of J.-K. Huysmans,* Amsterdam : Rodopi, 1986.

ARIÈS, Philippe. *Essais sur l'histoire de la mort en Occident : Du Moyen Âge à nos jours*, Seuil, Coll. « Champs Histoire », 1977（1975）. フィリップ・アリエス／伊藤晃・成瀬駒男訳『死と歴史――西欧中世から現代へ』みすず書房，1983, 1989）

——————. *L'Enfant et la vie familiale sous l'Ancien Régime*, Seuil, Coll. « Points histoire », 1975（1963）.（フィリップ・アリエス／杉山光信・杉山美恵子訳『〈子ども〉の誕生』みすず書房，1980, 1983）

ARMAGNAC, Marguerite-Marie d'. *Huysmans ou les frontières du chrétien,* Maison de la Bonne Presse, 1937.

ATHIRSATA（collectif）, *L'affaire Diana Vaughan-Léo Taxil au scanner,* sources retrouvées, 2002, in Grand Lodge of British Columbia and Ukon（http://freemasonry.bcy.ca/）.

AUBAULT DE LA HAUTE CHAMBRE, G. *J.-K. Huysmans, souvenirs,* Eugène Figuière, 1924.

AUBERT, René. FLICHE, Augustin. JARRY, Eugène. *Histoire de l'Église depuis les origines jusqu'à nos jours,* t. XXI. *Le Pontificat de Pie IX (1846-1878),* Bloud & Gay, 1952.

AUDOUIN, Philippe. *Huysmans,* Veyrier, Coll. « Les Plumes du temps », 1985.

AXENFELD, A. *Traité des névroses,* Librairie Germer Baillère et Cie, 2e éd., 1883（1881）.

AZAM, Étienne Eugène. *Hypnotisme, double conscience et altérations de la personnalité : Le cas Félida X,* L'Harmattan, 2004（1887）.

BACHELARD, Gaston. *La formation de l'esprit scientifique,* J. Vrin, Coll. « Bibliothèque des textes philosophiques », 1993（1838）.（ガストン・バシュラール／及川馥・小井土光彦訳『科学的精神の形成――客観的認識の精神分析のために』国文社，1975）

——————. *La poétique de l'espace*, 5e éd., PUF, Coll. « Quadrige», 1992（1957）.（ガシュトン・バ

ワ行

ヤ行

ラ行

マ行

ナ行

ハ行

タ行

サ行

カ行

事項索引

ロラン，メリー Laurent, Méry　19
ロリナ，モーリス Rollinat, Maurice　116
ロングフェロー（オカルティスト）Longfellow
405, 406
ロングフェロー ,ヘンリー・ワズワース
Longfellow, Henry Wadsworth　405
ロンブローゾ，C　Lombroso, Cesale　115

ワ行

ワシュティ Waštî（仏名，ヴァシュティ Vashti）
162
ワダントン，ウィリアム・アンリ Wadangton,
William Henry　503
ワトー，A　Watteau, Jean Antoine　95

リュニェ=ポー LUGNÉ-POE, Aurélien 508
リンカーン，A LINCOLN, Abraham 284
リンカーン，メアリー・トッド LINCOLN, Mary Todd 284

ルイ 13 世 Louis XIII 30, 385
ルイ 14 世 Louis XIV 536
ルイ 15 世 Louis XV 113, 526, 532
ルイ 16 世 Louis XVI 18, 38-41, 43, 231, 277, 388, 531, 533
ルイ 17 世 Louis XVII（ルイ=シャルル Louis-Charles） 18, 55, 181, 231, 388, 531
ルイ 18 世 Louis XVIII 532
ルイ=シャルル→ルイ 17 世
ルイ・ド・フランス Louis de France 533
ルイ・フィリップ Louis-Philippe Ier 232
ルイーズ→マルル，ルイーズ
ルイーズ・ド・サヴォワ Louise de Savoie 536
ル・イール LE HIR 84
ルヴィエ，モーリス ROUVIER, Maurice 503
ルヴェル，ルイ=ピエール LOUVEL, Louis-Pierre 39, 533
ルヴェルディー，ピエール REVERDY, Pierre 31
ルオー，ジョルジュ ROUAULT, Georges 462
ルカ，P LUCAS, Prosper 114
ルクレール夫妻，レオン LECLAIRE, M. et Mme Léon 324, 463
ルシフェル（悪魔）Lucifer 52, 233, 234, 406, 505, 506, 555
ルジャンテル，ユージェーヌ LEJANTEL, Eugène ＊（『背嚢をしょって』1880 年版） 103, 551
ルジューヌ，フィリップ LEJEUNE, Philippe 70, 529
ルスロ（グルノーブル副司教）ROUSSELOT, Pierre-Joseph 53, 55, 57
ルテーヴ，J LETHÈVE, Jacques 107
ルートヴィヒ 2 世 Ludwig II, von Bayern 112
ルドゥリュ，フィリップ LEDRU, Philippe 107, 114
ルドン，オディロン REDON, Odilon 65, 268, 481
ルナン，エルネスト RENAN, Ernest 23, 534
ルノワール，シプリアン RENOIR, Cyprien 458
ルブラーヴ，ジャン=ルイ LEBRAVE, Jean-Louis 83
ルベ LOUBET, Émile 469, 503
ルーベンス，ペーター・パウル RUBENS, Peter Paul 89, 428, 533
ル・ポンサール氏 LE PONSART, M. ＊（『ジレンマ』） 553
ル・ポンサール，ジュール LE PONSART, Jules ＊（『ジレンマ』） 553
ルモニエ，A LEMONNYER, Antoine 296, 514, 518
ルモニエ，カミーユ LEMONNIER, Camille 91, 527
ルルー，P LEROUX, Pierre 36, 534
ル・ロワ，ジャン=バティスト LE ROY, Jean-Baptiste 277

レー（ラヴァル），ギー・ド RAIS（LAVAL）, Guy de 206, 207
レー，ジル・ド（元帥）RAIS, Gilles de（青髯 la Barbe-Bleue） 12-5, 20, 23, 123, 138, 172, 181, 198, 202-20, 291, 305, 307-11, 317, 318, 362, 412, 421, 435, 491, 520, 554, 555
レー，ルネ・ド RAIS, René de 204-6
レイモン神父（アルス副司教）RAYMOND, abbé 56
レヴィ，エリファス LÉVI, Éliphas 12, 286
レオ Léo ＊（『マルト，ある娼婦の物語』） 478, 551
レオ 13 世（教皇）Leo XIII 508
レオポルド王子（アルバニー公）Prince Leopold 279
レセップス，フェルディナン・ド LESSEPS, Ferdinand de 468
レンミ，アドリアノ LEMMI, Adriano 405

ロイスブルーク，RUYSBROEK, Jan van 391, 393
ロカ神父，ポール ROCA, abbé Paul 17
ロクマン，パトリス LOCMANT, Patrice 66-8, 87, 481, 502, 527, 528
ローゼ LAUZET, Auguste 257
ローゼンクロイツ，クリスティアン ROSENKREUZ, Christian 537
ロダン，オーギュスト RODIN, François Auguste René 460
ロッシュ，マリー=マドレーヌ ROCHE, Marie-Madelaine 225
ロップス，フェリシアン ROPS, Félicien 183, 421, 481, 522, 527
ロニー・エネ（兄）ROSNY aîné 457
ロニー・ジューヌ（弟）ROSNY jeune 457
ロベスピエール ROBESPIERRE, Maximilien de 36
ロラン，ジャン LORRAIN, Jean 183, 527

ユーラン，ジョルジュ Hurin, Georges 492
ユリオ Huriot ＊（『ブーグラン氏の退職』） 554
ユルゴン=デジャルダン，アンヌ Heurgon-Desjardins, Anne 133
ユレ，ジュール Huret, Jules 315

ヨセフ（聖） 244
ヨハネ（聖） 185, 196, 297, 301, 306, 436, 481-4, 512
ヨハネ（聖），十字架の Yohannes de la Cruce（ファン・デ・ラ・クルス Juan de la Cruz，仏名，ジャン・ド・ラ・クロワ Jean de la Croix） 124, 125, 291, 313, 326, 345, 416, 418, 432, 436-8, 444, 452
ヨハネ（洗礼者） 230, 235, 401, 482, 484 →「ジャン=バティスト」の項も参照

ラ行

ラ・イール La Hire（本名，ヴィニョル，エティエンヌ・ド Vignolles, Étienne de） 210
ラ・ヴォワザン→デゼーユ，カトリーヌ
ラヴァショル Ravachol 本名，クーニグスタン，フランソワ・クロディウス Koënigstein, François Claudius） 468
ラヴォワジェ，アントワーヌ・ロラン Lavoisier, Antoine Laurent 277
ラカン，ジャック Lacan, Jacques 129, 141, 143-5, 189, 190, 192-5, 201, 217, 221, 269, 292, 360, 361, 401, 402, 407, 412, 414, 444, 509, 521
ラクロワ・オクターヴ Lacroix de Crespel, Octave 87
ラザック男爵 Razac, baron de 234
ラシェル→フェリックス，ラシェル
ラス，ヴィクトール Race, Victor 271
ラデツキー，J（将軍） Radetzky von Radetz, Josef Wenzel 47
ラトー，ルイーズ Lateau, Louise 363, 508
ラビルー神父（ミュール副司教） Rabilloud, abbé 53
ラファエル（大天使）r^epā'ēl（仏名，Raphaël） 244
ラファエロ，S Sanzio, Raffaello 184
ラフォンテーヌ，Ch Lafontaine, Charles 278
ラブレー，カトリーヌ Labouré, Catherine 45, 231, 415
ラマール，ミシェル Lamart, Michel 200, 520, 521
ラモート，L Lamothe, Louis 527
ラングロワ，オーギュスト Langlois, Auguste ＊（『さかしま』） 90
ランシエ，ジョゼフィーヌ Lancier, Joséphine 234
ランプル氏 Lample, M. ＊（『修練士』） 557
ランベール，ピエール Lambert, Pierre 253, 255, 324, 347, 463, 518
ランボー，アルチュール Rimbaud, Arthur 37, 74, 76, 176, 370
ランボワ氏 Lambois, M. ＊（『ジレンマ』） 553

リヴィ，F Livi, François 107
リウィウス，ティトゥス Līvius, Titus 533
リヴィエール，イザベル Rivière, Isabelle 31
リヴィエール，ジャック Rivière, Jacques 31, 132
リヴィエール，シャルル Rivière, Charles 431, 432
リエボー，A=A Liébaud, Ambroise-Auguste 280, 289, 290
リグオリ，アルフォンソ・マリア・デ Liguori, Alfonso Maria de（仏名，リギュオリ，アルフォンス・ド Liguori, Alphonse de） 43, 238, 532
リクール，P Ricœur, Paul 356, 358
リシャール，ジャン=ピエール Richard, Jean-Pierre 132-5, 137-40, 152-5, 211, 212
リシュパン，ジャン Richepin, Jean 90
リッシュモン男爵 Richemont, baron de（本名，エベール，アンリ=エテルベール=ルイ=エクトール Hébert, Henri-Ethelbert-Louis-Hector） 55, 56
リドヴィナ，スヒーダムの（聖女，福女） Liduina van Schiedam（仏名，リドヴィーヌ，スヒーダムの Lydwine de Schiedam） 313, 317, 318, 336, 346-8, 352, 355, 365, 442, 466, 471-9, 485, 502, 510, 555, 556
リプス，ジュスト Lips, Juste（オランダ名，リプス，ヨースト Lips, Joost） 489, 501
リベ，ジェローム Ribet, Jérome 318, 512
リベラ，ホセ・デ Ribera, José de 95
リマ=ルテリエ，ナタリー Limat-Letellier, Nathalie 118
リュイス，ジュール Luys, Jules Bernard 11, 12, 281-7

マルグリット，ポール Margueritte, Paul　183, 457
マルコ（聖）　347
マルジョッタ，ドメニコ Margiotta, Domenico　405, 406, 506
マルタン＝ブルネール，ジャクリーヌ Martin-Brener, Jacqueline　49
マルティネス・ド・パスカリ，J　Martinès de Pasqually, Joachim　287
マルト Marthe ＊（『マルト，ある娼婦の物語』）　260, 261, 478, 551
マルル，ジャック Marle, Jacques ＊（『仮泊』）　14, 15, 106, 123, 139, 158-69, 172, 174, 175, 218, 553, 554
マルル，ルイーズ Marle, Louise ＊（『仮泊』）　158-60, 167, 553, 554
マルロー，アンドレ　Malraux, André　133
マレストロワ，ジャン・ド Malestroi, Jean de　220
マンデス，カチュル Mendès, Catulle　88, 112

ミエ，ドミニック Millet, Dominique　298, 300, 303, 384, 445, 511, 529
ミカエル（大天使）mîḵā'ēl（仏名，ミシェル Michel）　230, 387
ミシェル，ルイーズ Michel, Louise　30
三島由紀夫　9
ミシュレ，ジュール Michelet, Jules　36
ミショー，ステファーヌ Michaud, Stéphane　44
ミスム，パスカル Misme, Pascal　235, 322, 342, 367, 368
ミッテラン，フランソワ Mitterrand, François　528
ミュニエ神父 Mugnier, abbé Arthur　321, 322, 339, 340, 367-9, 372, 413, 417, 455, 458, 480, 508
ミュルジェール，アンリ Murger, Henri　84, 529
ミュレー，フィリップ Muray, Philippe　33-7, 59, 62, 533
ミルボー，オクターヴ Mirbeau, Octave　116, 457
ミレー，J＝F　Millet, Jean-François　460

ムヴォー，ソフィー Mouveau Sophie ＊（『ジレンマ』）　259, 553
ムニエ，アンナ Meunier, Anna　69, 77, 84, 89, 101, 159, 455, 459, 460

メウスト，ベルトラン Méheust, Bertrand　281, 516
メーストル，ジョゼフ・ド Maistre, Joseph de　39-41, 240
メスマー（仏名，メスメル），フランツ＝アントン Mesmer, Franz-Anton　269-71, 281, 289, 293, 330, 516
メディア　525
メテニエ，オスカール Méténier, Oscar　183
メーテルリンク，モーリス Maeterlinck, Maurice　203
メートル・ド・フレマル→カンパン，ロベール

モーセ　191, 231, 244, 265
　エジプト人の―　191
　ミーディアン人の―　191
モセルマン，アルフレッド Mosselman du Chenoy, Alfled　536
モーツァルト，W・A　Mozart, Wolfgang Amadeus　78, 525
モデュイ，P＝J＝C　Mauduyt de Varenne, Pierre-Jean-Claude　277
モーパッサン，ギー・ド Maupassant, Guy de　29, 74, 76, 92, 93
森鷗外　498, 515
モーリー，エドワード Morley, Edward Williams　62, 63
モリス，イアサント Morice, Hyacinthe　204
モリス，ポール Maurisse, Paul　462
モリノス，ミゲル・デ Molinos, Miguel de　241, 302
モルドカイ Mordŏkay（仏名，マルドシェ Mardochée）　162
モレアス，ジャン Moréas, Jean　183
モレル，B・A　Morel, Bénédict Augustin　114, 115
モロー，ギュスターヴ Moreau, Gustave　65, 126, 162, 163, 268, 402, 481, 553
モロー・ド・トゥール，J＝J　Moreau de Tours, Jacques-Joseph　114, 115, 183
モンストルレ Monstrelet, Enguerrand de　308, 512
モンタヌス Montanus　299, 513
モンテスキュー，ロベール・ド（伯爵） Montesquiou-Fézensac, Robert de　112, 113
モンテスパン侯爵夫人 Montespan, Françoise-Athénaïs de Rochechouart de Mortemart,

111-3, 209, 434, 467, 522, 536
ボナヴェントゥラ Bonaventura 430, 504
ボナパルト，ジェローム＝ナポレオン BONAPARTE, Gérôme-Napoléon 351, 363
ボナルド（枢機卿）BONALD, Louis-Jacques-Maurice de 52, 53
ホノリウス HONORIUS, Flavius 513
ボバン，ジャン＝ジュール＝アタナーズ BOBIN, Jean-Jules-Athanase 86
ポプラン，クラウディウス POPELIN, Claudius 88
ホーヘンハイム，テオフラスト・ボンバスト・フォン HOHENHEIM, Theophrast Bombast von
ボーマルシェ，P＝A＝C・ド BEAUMARCHAIS, Pierre-Augustin-Caron de 78
ボラン，ジャン BOLLAND, Jean 346
ポーラン，J PAULHAN, Jean 132
ボリー，ガブリエル・ド BORY, Gabriel de 277
ボリー，ジャン BORIE, Jean 114, 115, 161, 172, 522
ボリー，J＝F BORIE, Jean-François 277
ポリュネイケス Polyneikēs（仏名，ポリニス Polynice） 217
ポルクス（ポリュデウケス）Polydeukēs（仏名，ポリュクス Pollux） 525
ボルジア，チェーザレ BORGIA, Cesare 501
ボルジア，ルクレツィア BORGIA, Lucrezia 480, 490, 491, 501
ボルジア，ロドリゴ BORGIA, Rogorigo（アレクサンデル6世［教皇］Alexander VI） 489-91, 501
ボルディーニ，ジョヴァンニ BOLDINI, Giovanni 113
ホルバイン，H HOLBEIN, Hans 489
ホルブルック，モーゼス HOLBROOK, Moses 406
ポルミー・ダルジャンソン侯爵 PAULMY D'ARGENSON, Antoine-René DE VOYER, marquis de 466
ボワ，ジュール Bois, Jules 256, 257, 322
ポワクトヴァン，フランシス POICTEVIN, Françis 13, 203
ポワソニエ，P＝I POISSONNIER, Pierre-Isaac 277
ポワトゥー POITOU（本名，コリロー，エティエンヌ CORILLAUT, Étienne） 308
ポンパドゥール夫人 POMPADOUR, Jeanne Antoinette POISSON, marquise de 526

マ行

マイケルソン，アルバート MICHELSON, Albert Abraham 62, 63
マイヤ，アンリエット MAILLAT, Henriette（シバの女王 la Reine de Saba） 14, 186, 459
マクシミリエンヌ Maximilienne ＊（『テオダ』） 375, 508
マク＝マオン，P・ド MAC-MAHON, Patrice de 28, 90, 535
マシアック，T MASSIAC, Théodore 317
マシニョン，ルイ MASSIGNON, Louis 228, 319, 323, 342, 511
マジョー，M＝J MAJAULT, Michel-Joseph 277
松浦寿輝 60
マッテイ，チェーザレ MATTEI, Cesare 182, 183, 522
マティス，アンリ MATISSE, Henri 184
マネ，E MANET, Édouard 97, 98, 176
マビーユ（ヴェルサイユ司教）MABILLE, Jean-Pierre 226
マムラー，ウィリアム・H MUMLER, William H. 284, 515
マラキ mal'āḳî（仏名，マラシ Malachie） 300, 301
マラルメ，ステファーヌ MALLARMÉ, Stéphane 10, 74, 76, 113, 132, 174, 422, 524
マリー＝アントワネット Marie-Antoinette 18, 531
マリー＝ジョゼフ・ド・サックス Marie-Josèphe de Saxe 533
マリー・M Marie M. 251
マリア（聖母）Maria（仏名，La Vierge Marie） 27-65, 185, 201, 221, 223, 224, 227, 229, 231, 237, 238, 242-9, 284, 285, 295-8, 308-12, 322, 323, 333, 349-51, 363, 364, 366, 369, 370, 372, 381-4, 386, 387, 390-5, 408, 414, 415, 417, 426, 427, 432, 440, 445-9, 455, 456, 458, 463, 465, 467, 471, 479, 481-5, 487, 489, 490, 492-6, 518, 532, 533, 555-7→「マリア・シャアエル」の項も参照
マリア，アグレダの Maria de Àgreda 224, 346, 351, 352, 364, 365, 519
マリア，マグダラの 346, 482
マリア＝シャアエル Marie-Shahaël（聖母マリア） 246-9, 295, 297, 373, 382
マルグリット，ヴィクトール MARGUERITTE, Victor 183

503
ブレンターノ，クレメンス BRENTANO, Clemens 351
ブレンターノ，フランツ BRENTANO, Franz 529
フロイト，ジークムント FREUD, Sigmund 64, 116, 129, 141, 143, 145, 146, 150, 190-2, 194, 214, 221, 290-3, 296, 310, 358-61, 385, 412, 443, 444, 450, 514, 520, 521
ブロカ，P BROCA, Paul 279, 515
プロコフィエフ，セルゲイ PROKOFIEV, Serguei 421
プロット Poulotte 470
フローベール，ギュスターヴ FLAUBERT, Gustave 10, 13, 29, 69, 74-6, 81, 83, 99, 127, 128, 151, 181, 204, 280, 515, 551
フローラ Flora 492
フロランス Florence ＊（『至高所』『出発』） 326-8, 366, 367, 379, 395-416, 419-21, 423, 426, 433-6, 441, 450, 460, 477, 495, 555, 556
フロリアン，エミール FLORIAN, Émile 30
ブロワ，レオン BLOY, Léon 74, 76, 159, 182, 183, 186, 230, 321, 323
プロン（神父）PLON ＊（『大伽藍』） 431, 556
ブロンバート，ヴィクトール BROMBERT, Victor 107, 111

ベイトソン，グレゴリー BATESON, Gregory 198
ベガ，コルネリス BEGA, Cornelis（仏名，ベガ，コルネリウス BEGA, Cornelius） 89
ヘーゲル，G・W・F HEGEL, Georg Wilhelm Friedrich 193, 444
ベシュレール，ルイ BESCHERER, Louis 159
ベス，ドン BESSE, Dom Jean-Martial 458, 459, 461, 462
ベセッド，ロベール BESSÈDE, Robert 29, 30
ベックフォード，ウィリアム BECKFORD, William Thomas 526
ペッタツォーニ，ラファエレ PETTAZZONI, Raffaelle 358
ヘッツェル，P＝J HETZEL, Pierre-Jules 87
ペテロ（聖） 35, 300
ベネディクトゥス（聖）Benedictus 258, 459
ベム，ジャンヌ BEM, Jeanne 128, 129
ヘラクレス 525
ペラダン，アドリアン PÉLADAN, Adrien 50, 532
ペラダン，ジョゼファン PÉLADAN, Joséphin 17, 182, 183, 186, 286, 287, 522, 527, 532
ベリー公 BERRY, Charles Ferdinand, duc de 39, 532
ペリアス Pelias（仏名，Pélias） 524
ベルヴァル，モーリス・M BELVAL, Maurice M. 229, 253, 355, 436
ベルグ，クリスティアン BERG, Christian 472
ベルクソン，アンリ BERGSON, Henri 64, 530
ベルツ，E・フォン BÄRZ, Erwin von 515
ベルテ，アドルフ→エスキロル，ジョゼフ
ベルト Berthe ＊（『家庭』） 101, 552
ベルトラン，アロイジウス BERTRAND, Aloysius 87
ベルナール，クロード BERNARD, Claude 93
ベルニーニ，G・L BERNINI, Giovanni Lorenzo 490
ベルネーム，H BERNHEIM, Hippolyte 280, 289
ヘルモント，J・B・ヴァン HELMONT, Jan Baptista van 270
ペロー，シャルル PERRAULT, Charles 203
ベロック夫人 BELLOC, Mme 233, 234
ヘロデ・アンティパス 401, 402
ヘロデ（大王） 535

ポー，エドガー＝アラン POE, Edgar-Allan 30, 452
ポイエ，J・M POHIER, J.M. 518
ホイッスラー WHISTLER, James Abbot McNeil 183, 522
ボヴァリー，エンマ BOVARY, Emma ＊（『ボヴァリー夫人』） 280
ボヴァリー，シャルル（医師）BOVARY, Charles ＊（『ボヴァリー夫人』） 280
ボーヴォワール，シモーヌ・ド BEAUVOIR, Simone de 78
ボサール神父，ユージェーヌ BOSSARD, abbé Eugène 14, 204-9, 211, 214, 216, 220, 308, 310
ボシュエ，J＝B BOSSUET, Jacques-Bénigne 368
ボスク，ジャンヌ BOSC, Jeanne 176
ボダン，ジャン BODIN, Jean 21, 266, 536
ボッティチェリ，サンドロ BOTTICELLI, Sandro 489, 490
ポット，ヤン POT, Jan 472
ポティエ，ドン・ジョゼフ POTHIER, Dom Joseph 459, 503
ボードレール，シャルル BAUDELAIRE, Charles 74, 75, 77, 87, 93, 96, 97, 99, 100, 102, 108,

111, 113
フォンタンジュ公爵夫人 FONTANGES, Marie-Angélique DE SCORAILLE, duchesse de 536
フォンテーヌ神父，ダニエル FONTAINE, abbé Daniel 323, 324
ブーグラン氏 Bougran, M.（『ブーグラン氏の退職』） 554
フーコー，ミシェル FOUCAULT, Michel 34, 60, 277, 534
ブーシェ，ギュスターヴ BOUCHER, Gustave 403, 431, 458, 461, 502, 506
ブーシェ，F BOUCHER, François 102, 526
フーシェ，ポール FOUCHER,Victor Charles Paul 257
ブシュー，E BOUCHUT, Eugène 115, 117
フッサール，エトムント HUSSERL, Edmund 64, 142, 529
ブッシュ夫人 BOUCHE, Mme 230
仏陀 33, 166, 200
プッチーニ，G PUCCINI, Giacomo 84, 529
フュスリ，ハインリヒ FÜSSLI, Johann Heinrich 266
フラ・アンジェリコ Fra Angelico 490, 556
ブラヴァツキー夫人 BLAVATSKY, Madame（本名，ハーン，ヘレナ・ペトローヴナ・フォン HAHN, Helena Petrovna von） 17, 286, 537
ブラウエル，アドリアーン BROUWER, Adriaen（仏名，ブルヴェール，アドリアン BROUWER, Adrien） 89
ブラウネロヴァ，アンナ BRAUNEROVA, Anna 460
ブラウネロヴァ，ズデンカ（ズカ）BRAUNEROVA, Zdenka 460
プラトン 144
プーラン，オーギュスタン POULAIN, Augustin François 230, 243
ブーラン神父，ジョゼフ゠アントワーヌ BOULLAN, abbé Joseph-Antoine（ジョアネス博士 Johannès, Dr） 9, 16-8, 20-4, 41, 43, 50, 51, 58-60, 182, 220, 221, 223-58, 263-6, 269, 273-5, 283, 287, 292-307, 311, 313, 319, 320, 322, 323, 330, 334, 335, 338-43, 348-54, 356, 358, 361, 365-9, 372-5, 377, 382-4, 387-9, 395, 403, 405-7, 411, 418, 422, 424, 429, 431, 432, 435, 439-41, 448, 449, 451, 452, 461, 472, 490, 505, 506, 510-3, 516, 517, 531, 536
ブランヴィリエ侯爵夫人 BRINVILLIERS, Marie Madeleine DREUX D'AUBRAY, marquise de 536
フランクリン，ベンジャミン FRANKLIN, Benjamin 277
ブーランジェ（将軍）BOULANGER, Georges Ernest Jean Marie 170, 174, 307, 308, 386, 468, 555
ブランシュヴィック，レオン BRUNSCHVICG, Léon 64, 529
フランス，アナトール FRANCE, Anatole 88, 203
フランソワ・ド・サール（聖）François de Sales 225, 519
フランメニル，リュドヴィック・ド・ヴァント・ド FRANCMESNIL, Ludovic de Vente de 86
フーリエ，Ch FOURRIER, Charles 36, 534
ブリコー，ジョアニ BRICAUD, Joanny 224
ブリゴー，ドン・ジョゼフ BOURIGAUD, Dom Joseph 459, 465
フリードリヒ5世（ファルツ選帝侯）Friedrich V 537
ブリュ，アンリ BOURRU, Henri 281
ブリュイエール，セシル・ド BRUYÈRE, Cécile de 445
ブリュイヤール，フィリベール・ド（グルノーブル司教）BRUILLARD, Philibert de 46, 52, 56, 57
ブリュネル，P BRUNNEL, Pierre 107, 526
ブリュノー氏（修練士）BRUNO, M. *（『出発』） 426, 427, 429, 431, 432
プリンス，アレイ（仏名，プランス，アリージュ PRINS, Arij） 16, 19, 23, 179, 182-4, 186, 187, 210, 282, 296, 303, 304, 319, 320, 322, 372, 399, 403, 506, 508, 510, 512, 513, 520, 522, 538
ブルイエ，アンドレ BROUILLET, Pierre-André 116
ブルクマン，ヨハネス BRUGMAN, Johannes 346, 348, 471, 510
ブルジェ，ポール BOURGET, Paul 31, 108
ブルジュ，エレミール BOURGE, Élémir 460
プルースト，マルセル PROUST, Marcel 83, 90, 112, 113, 132, 181, 321
ブルドー，ジャン BOURDEAU, Jean 100
ブルトン，アンドレ BRETON, André 70, 71, 361, 480, 496, 497, 529
ブルトン（旧姓，カーン），シモーヌ BRETON（KAHN）, Simone 70
ブルボン，アントナン BOURBON, Antonin 462
ブレイド，ジェイムズ BRAID, James 278, 279, 289, 515
フレーシネ，シャルル・ド FREYCINET, Charles de

埴谷雄高　9
ハーネー=ウロンスキー，ジョゼフ HOËNE-WRONSKI, Joseph-Marie　286
ハバクク　256, 517
パピュス→アンコース，ジェラール
ハマン hāmān（仏名，アマン Haman）　162
パラケルスス PARACELSUS, Philippus Aureolus　270
パラシオ，ジャン・ド PALACIO, Jean de　131
ハリー，ミリアム HARRY, Myriam　460, 461, 503
バリエール，ミシェル BARRIÈRE, Michèle　325, 434, 526, 538
バルザック，オノレ・ド BALZAC, Honoré de　43, 87
バルディック，ロバート BALDICK, Robert　16, 66-8, 70, 81, 223, 253, 316, 367, 369, 405, 417, 503, 528, 529
バルト，ロラン BARTHES, Roland　139, 524
バルトーク，ベラ BARTÓK, Béla　203
ハルトマン，フランツ HARTMANN, Franz　17
バルトール Barthole（イタリア名，サン・ジェミニアノ，バルトロ・デ SAN GEMINIANO, Bartolo de）　477, 502
バルベー・ドルヴィイ，ジュール BARBEY D'AUREVILLY, Jules　29, 43, 74, 175, 183, 522, 535
パルドン Pardon（『背嚢をしょって』1877年版）　551
バンヴィル，テオドール・ド BANVILLE, Théodore de　87, 88

ピウス7世（教皇）Pius VII　38, 45
ピウス9世（教皇）Pius IX　43, 46-8, 52, 57, 225
ピウス11世（教皇）Pius XI　510
ピエロ Pierrot ＊（『懐疑的なピエロ』）　199, 200
ビスコッシ，シビリーナ BISCOSSI, Sibilina（シビリーナ・ディ・パヴィア Sibilina di Pavia）　363, 509
ビスマルク，オットー・フォン BISMARCK, Otto Fürst von　27, 487
ヒトラー HITLER, Adolf　342
ピナール，アルベール PINARD, Albert　87
ビベスコ公妃，マルト BIBESCO, Marthe Lahovary, princesse　321
ビュイジーヌ，アラン BUISINE, Alain　473-5
ピュイセギュール侯爵 PUYSÉGUR, Armand-Marie-Jacques de Chastenet, marquis de　271, 281
ヒュイバース，イーディス HUYBERS, Edith　461
ビュエ，シャルル BUET, Charles　182, 183
ビュシエール子爵 BUSSIÈRE, Marie-Théodore Renouard, viconte de　449
ビュルドー，オーギュスト BURDEAU, Auguste Laurent　100
ビュロ，フェルディナン BUROT, Ferdinand　281
ピヨン・ド・テュリ神父 PILLON DE THURY, abbé Adrien　224
ピラトゥス，ポンティウス PIRATUS, Pontius　151, 469
ピラネージ，ジョヴァンニ・バッティスタ PIRANESI, Giovanni Battista　160, 166
ビリー，アンドレ BILLY, André　513
ヒンデミット，P　HINDEMITH, Paul　184
ピントリッキョ Pintoricchio　490, 491

ファゲット，エステル FAGUETTE, Estelle　45
ファーブル，ジャン=アンリ FABRE, Jean-Henri Casimir　530
ファーブル・ドリヴェ，アントワーヌ FABRE D'OLIVET, Antoine　12
ファルネーゼ，ジュリア FARNESE, Giulia　490, 491, 495, 501
ファルネーゼ，ピエル・ルイジ FARNESE, Pier Luigi　501
ファン・ゲネップ，アルノルト VAN GENNEP, Arnold　120
ファン・デ・ラ・クルス（仏名，ジャン・ド・ラ・クロワ）→ヨハネ（十字架の）
フェネオン，フェリックス FÉNÉON, Félix　183
フェリー，ジュール FERRY, Jules　28, 464, 503
フェリックス，ラシェル FÉLIX, Rachel　536
フェルナンド Fernande　395, 400, 401, 403, 460, 477, 495
フェレ神父，G=E　FERRET, abbé Gabriel-Eugène　459
フェロン，エロワ=フィルマン FÉRON, Éloi-Firmin　12
フォックス，ジョン FOX, John　273
フォッパ，ヴィンチェンツォ FOPPA, Vincenzo　508
フォラン，ジャン=ルイ FORAIN, Jean-Louis　176
フォランタン氏 FOLANTIN, Jean, M. ＊（『流れのままに』）　69, 101, 130, 134, 154, 210, 459, 552
フォール，ポール FORT, Paul　508
フォルタシエ，ローズ　FORTASSIER, Rose　107,

トゥルニエ，ミシェル Tournier, Michel　121
ドゥンス・スコトゥス Duns Scotus, Johannes　151
ドガ，E　Degas, Hilaire-Germain-Édgar　97, 98, 176, 183, 527
トカーヌ Tocane ＊（『至高所』『出発』）　336, 337, 339, 346
ドークル（司教座聖堂参事会員）Docle ＊（『彼方』）　107, 123, 173, 202, 220, 262-5, 305, 370, 421, 507, 555
ドーデ，アルフォンス　Daudet, Alphonse　92, 457
トマ，マルセル Thomas, Marcel　241, 324, 325, 529
トマス・アクィナス Thomas Aquinas　504
トマス・ア・ケンピス Thomas a Kenpis　465, 476, 510
ドミニック・デュ・パラディ Dominique du Paradis（イタリア名，ドメニカ・ディ・パラディソ Domenica di Paradiso）　477, 502
外山正一　515
ドラコット，ドン Delacotte, Dom　461
ドリュ・ラ・ロシェル，P　Drieu la Rochelle, Pierre　132
トルイヨ Trouillot, Georges　469, 503
ドレフュス，A　Dreyfus, Alfred　169-71, 463, 464, 468, 469, 503
ドレーユ神父，H　Delahaye, abbé H.　54

ナ行

ナウンドルフ，シャルル＝ギョーム Naundorff, Charles-Guillaume　18, 55, 230-2, 387, 388, 522
ナウンドルフ，ルイ＝シャルル Naundorff, Louis-Charles（シャルル 11 世 Charles XI）　182, 187, 522
夏目漱石　498, 515
ナポレオン 1 世 Napoléon Ier（ボナパルト，ナポレオン Bonaparte, Napoléon）　38, 39, 45, 56, 116, 351, 376, 377, 531, 533
ナポレオン 3 世 Napoléon III（ボナパルト，シャルル＝ルイ＝ナポレオン Bonaparte, Charles-Louis-Napoléon）　27, 80

西川直子　140
ニーチェ，フリードリッヒ Nietzsche, Friedrich　31-3, 35, 59, 62, 64, 70, 151, 194, 290, 444
ニューグ，E　Nugues, Émile　446

ネストリウス Nestorius　521
ネモ艦長 Némo, Capitaine ＊（『海底二万マイル』）　112
ネロ，C・C　Nero, Claudius Caesar Augustus Germanicus　376, 377

ノア　244
ノディエ，シャルル Nodier, Charles　446
ノリーヌ Norine ＊（『仮泊』）　159, 160, 553, 554

ハ行

バアル　231
バイイ，ジャン＝シルヴァン Bailly, Jean-Sylvain　277, 278
パイク，アルバート Pike, Albert　406
ハイツマン，クリストフ Heintzmann, Christoph　310
ハイデガー，マルティン Heidegger, Martin　63, 193
バヴォワル夫人，セレスト Bavoil, Mme Céleste ＊（『至高所』『大伽藍』『修練士』）（ギブー夫人，セラフィーヌ Guiboud, Mme Séraphine／タール夫人，セラフィーヌ Tard, Mme Séraphine）　235, 249, 326, 328, 333, 334, 342, 366-94, 396, 410, 449, 463, 469, 503, 555, 556
ハウフェ，フリーデリケ Hauffe, Friederike　272, 516
パウロ（聖）Paulos（仏名，ポール Paul）（サウロ Saulos, サウル šā'ûl）　191, 300, 357, 523
バザール，S＝A　Bazard, Saint-Armand　36, 534
バシュラール，G　Bachelard, Gaston　132, 165
バシリウス（聖）Basilius　196, 521
パスカル，ジャクリーヌ Pascal, Jacqueline　66
パスカル，ブレーズ Pascal, Blaise　66, 302
パスツール，ルイ Pasteur, Louis　266, 267
バタイユ，ジョルジュ Bataille, Georges　124, 193, 217, 221, 269, 290-3, 359, 385, 407, 444, 445, 509
バタイユ博士→タクシル，レオ
バダン，アントワーヌ＝フランソワ＝ジェラール Badin, Antoine-François-Gérard　73
バダン，ジュール Badin, Jules　73, 80
バッカス Bacchus　177

ダーントン，ロバート Darnton, Robert　278

チェーザレ，ボナヴェントゥーレ・アメデオ・デ Caesare, Bonaventure Amedeo de　224
チャールズ 2 世 Charles II　528
チューディ，ヒューゴー・フォン Tschudi, Hugo von　492

ディイク，ウィリブロト=クリスティアーン・ヴァン Dijik, P. Willibrod-Christiaan van　365, 510
ティエボー，ガブリエル Thyébaut, Gabriel　87
ティエール，A　Thiers, Adolphe　28, 86, 90, 535
ディエール，レオン Dierx, Léon　88
ディデー（福女）Didée　477
ティバーユ，シプリアン Tibaille, Cyprien ＊（『ヴァタール姉妹』『家庭』）　69, 176-8, 551, 552
ティボー，ジュリー Thibault, Julie　233, 235, 249, 322, 341, 342, 367-9, 371-7, 381, 384, 449, 461-3, 507, 510
ティーレ，リタ Tiele, Rita　209
テオ，カトリーヌ Théo, Catherine　36
テオダ Théodat ＊『テオダ』　507
デカーヴ，リュシアン Descaves, Lucien　507
デカルト Descartes, René　124, 125, 142
デキウス・ムス，プブリウス Decius Mus, Publius　40, 41, 533
出口裕弘　9, 538
デジャルダン，ポール Desjardins, Paul　132, 133
デストゥヴィル，シャルル→エストゥヴィル，シャルル
デストレ，ジュール Destrée, Jules　183, 538
デ・ゼッサント，ジャン・フロレサス Des Esseintes, Jean Floressas ＊（『さかしま』）　19, 69, 90, 105, 108-14, 112, 117-20, 122-32, 138, 156, 157, 159, 196, 208, 210, 218, 335, 336, 373, 417, 422, 454, 474, 498, 520, 521, 525, 530, 553
デ・ゼルミー Des Hermies ＊（『彼方』『至高所』『出発』）　135, 138, 139, 175-80, 187, 208, 263, 264, 283-5, 308, 316, 317, 405, 554, 555
デゼーユ，カトリーヌ Deshayes, Catherine（ラ・ヴォワザン La Voisin）　536
デュ・フレネル，アンリエット Du Fresnel, Henriette（小鳥［プティ・トワゾー］petite oiseau）　460, 461
デューイ，ジョン Dewey, John　64, 530
デュカス，ポール Dukas, Paul　203
デュジャルダン，エドワール Dujardin, Édouard　159
デュピュイ，シャルル Dupuy, Charles　503
デュフリッシュ=デジュネット神父，Ch　Dufriche-Desgenettes, abbé Charles　387, 388, 532
デュボア，ジャック Dubois, Jacques　108
デューラー，A　Dürer, Albrecht　184, 489
デュラス，マルグリット Duras, Marguerite　66
デュラック，シャルル=マリー Dulac, Charles-Marie　458, 463
デュルタル Durtal ＊（『彼方』『至高所』『出発』『大伽藍』『修練士』）　10, 13, 14, 19, 106, 107, 123, 124, 135, 138, 139, 152, 172-6, 179, 180, 187, 188, 196-8, 200-2, 204, 205, 207, 208, 215, 216, 219, 220, 261-3, 267, 285, 306, 308, 309, 313, 315-8, 325-30, 332-8, 343-6, 348, 352, 353, 355, 362-71, 373, 375, 377-81, 384-6, 388-400, 404, 407-42, 445-55, 466-70, 504, 526, 554-7
テラード，ロラン Tailhade, Laurent　183
デルゾン（家庭教師）Delzons　79
テルトゥリアヌス Tertulliānus, Quintus Septimius Flōrens　196, 521
デル・リオ，マルティン・アントニオ Del Rio, Martin Antonio　15, 21, 167, 210, 266, 537
デレオン神父，ジョゼフ Déléon, abbé Claude-Joseph　54, 55
テレサ，アヴィラの（聖女）Teresa de Avila　107, 291, 326, 345, 346, 348, 417, 428-30, 436, 439, 444, 452

トゥアール，カトリーヌ・ド Thouars, Catherine de　205, 206
ドゥヴァン氏 Devin, M. ＊（『ブーグラン氏の退職』）　554
ドゥガン神父 Degans, abbé　233, 234
ドゥコティニー，ジャン Decottignies, Jean　70, 71
トゥシュロンド，ジャン Toucheronde, Jean　207
ドゥバ=ポンサン，エドゥアール Debat-Ponsan, Édouard　170, 171
トゥールーズ=ロートレック，アンリ・ド Toulouse-Lautrec, Henri Marie Raymond de　176

ジュアン，ユベール JUIN, Hubert　97
シュヴァリエ，アデル CHEVALIER, Adèle（アンヌ=マリー Anne-Marie）224-6, 239, 338, 341, 342
ジュヴェナル，ジャン JUVÉNAL, Jean　309
ジュシユー，A=L・ド JUSSIEU, Antoine-Laurent de　278
シュテーデル，ヨーハン STÄDEL, Johann Friedrich　487
ジュネ，ジャン JENET, Jean　79
シュネール，ロベール SCHNERB, Robert　64
シュブロン，R　SUBLON, Roland　295, 296, 518
シュランベルジェ，J　SCHLUMBERGER, Jean　132
ジュール→ル・ポンサール，ジュール
シューレ神父，アンリ CHOULET, abbé Henri　342
ジョアシャン・ド・フロール Joachim de Flore（イタリア名，ジョアッキーノ・ダ・フィオーレ Gioacchino da Fiore）56, 296, 298-300, 303, 383, 531
ジョアネス博士 Johannès, Dr　16, 22, 298, 335→「ブーラン神父」の項も参照
ジョアネス博士 Johannès, Dr ＊（『彼方』）263, 264, 275-7, 284-6, 298, 305, 306, 335, 336, 338, 339, 370, 384, 555
ジョガン=パジェス，マリー・ジョゼフ・ガブリエル・アントワーヌ→タクシル，レオ
ジョフロワ，フェルナン GEOFFROY, Fernand　230, 232
ショーペンハウアー，A　SCHOPENHAUER, Arthur　100, 130, 199, 200, 333, 440, 552
ジョリー，エティエンヌ・ド JOLY, Etienne de　388
ジル・ド・レー→レー
ジロー，マクシマン GIRAUD, Maximin　45, 50-3, 55-8, 238, 532
ジロー=トゥロン，F　GIRAUX-TEULON, Félix　279, 515
シローダン，ポール SIRAUDIN, Paul　126
シンプソン，ジェイムズ・ヤング SIMPSON, James Young　279

スタロバンスキー，ジャン STAROBINSKI, Jean　289, 290, 514
スタンダール STENDHAL　87
スノウ，ジョン SNOW, John　279
スビルー，ベルナデット SOUBIROUS, Bernadette　45, 386
スフィンクス（仏名，スファンクス）Sphinx　126-8
スラリ，ジョゼファン SOULARY, Joséphin　88
スルバラン，フランシスコ・デ ZURBARÁN, Francisco de　77

セアール，アンリ CÉARD, Henry　83, 86, 89, 91, 92
聖母→マリア（聖母）
セザンヌ，P　CÉZANNE, Paul　92
セニュール，モーリス・デュ SEIGNEUR, Maurice du　87
セヤン，ジャン=マリー SEILLAN, Jean-Marie　400, 471
セリーヌ CÉLINE, Louis-Ferdinand　145
ゼーリン，エルンスト SELLIN, Ernst Franz Max　191

ソヴァナ Sovana ＊（『未来のイヴ』）288
ソヴェストル，シャルル SAUVESTRE, Charles　226
ソトン，ドン SAUTON, Dom Joseph　461
ソフィー→ムヴォー，ソフィー
ソフォクレス　217
ゾラ，エミール ZOLA, Émile　9, 10, 13, 28-30, 35, 74, 76, 83, 86, 91-6, 99, 101, 104, 113, 117, 170-2, 187, 204, 456, 463, 527, 557
ゾラ，サルヴァトーレ・ルイジ ZOLA, Salvatore Luigi　52
ソレル，ジョルジュ SOREL, Georges　37, 60

タ行

ダヴィッド，J・L　DAVID, Jean Louis　36, 533
タクシル，レオ TAXIL, Léo（本名，ジョガン=パジェス，マリー・ジョゼフ・ガブリエル・アントワーヌ JOGAND-PAGÈS, Marie Joseph Gabriel Antoine，筆名，バタイユ博士 BATAILLE, Dr）406, 505, 506
田辺貞之介　9, 173, 527, 538
ダニエル　300
タール夫人，セラフィーヌ→バヴォワル夫人，セレスト
ダルセ，J　DARCET, Jean　277
タルディフ・ド・モワドレー，R　TARDIF DE MOIDREY, René　230, 243
タルメール，モーリス TALMEYR, Maurice　83
ダレ，ジャック DARET, Jacques　492

サン=フェレオル・ド・ラ・メルリエール，コンスタンス・ド SAINT-FERRÉOL DE LA MERLIÈRE, Constance de　55
サン=マルタン，L・C・ド　SAINT-MARTIN, Louis Claude de　287
サンド，ジョルジュ SAND, Georges　19, 35, 534, 536
サンド，ソランジュ SAND, Solange　536
サント=クロワ，ゴダン・ド SAINTE-CROIX, Godin de　536
ザントラルト，J．フォン SANDRART, Joachim von　184

ジェヴァンジェー GÉVINGEY ＊（『彼方』）263-6, 274-6, 285, 298-300, 302, 303, 305, 331, 422, 517, 554
ジェヴルザン神父，シュルピス GÉVRESIN, abbé Sulpice ＊（『至高所』『出発』『大伽藍』）317, 318, 326, 328, 332-41, 343, 346-8, 352, 353, 355, 366-9, 375, 378-80, 385, 388-92, 394, 410, 412, 413, 417, 424, 428-30, 436-8, 441, 555, 556
シェザール・ド・マーテル，ジャンヌ CHÉZARD DE MATEL, Jeanne　382-4, 507
シェフドヴィル，ルイ CHEFDEVILLE, Louis　86
ジェフロワ，ギュスターヴ GEFFROY, Gustave　457
ジェームズ，ウィリアム JAMES, William　64, 530
ジェルヴェ，アンリ GERVEX, Henri　98
シェレ，J　CHÉRET, Jules　183, 522
ジェローム，ジャン=レオン GÉRÔME, Jean-Léon　170, 171
シシェール，ベルナール SICHÈRE, Bernard　194, 195
シタビラメ→ガロエス伯爵夫人
ジード，アンドレ GIDE, André　132
シドニー Sidonie ＊（『懐疑的なピエロ』）199, 200
シニストラーリ SINISTRARI D'AMENO, Ludovico-Maria　21, 22, 536
ジヌイヤック，J=M=A（グルノーブル司教）GINOUILHAC, Jacques-Marie-Achille　57, 58
シバの女王→マイヤ，アンリエット
シビリーナ・ディ・パヴィア（聖）→ビスコッシ，シビリーナ
澁澤龍彦　9, 531, 538
シプリアン→ティバーユ，シプリアン
シメオン修道士 frère Siméon ＊（『出発』）424
シメオン神父 abbé Siméon　227
シャアエル→マリア=シャアエル
ジャイヤン，アンドレ JAYANT, André ＊（『家庭』）68, 69, 79, 101, 107, 176, 179, 552
シャヴァネル夫人 CHAVANEL, Mme ＊（『流れのままに』）136, 155, 552
ジャコブ，マックス JACOB, Max　31
ジャック→マルル，ジャック
シャセリオー，テオドール CHASSÉRIAU, Thédore　162
シャトーブリアン，フランソワ=ルネ・ド CHATEAUBRIAND, François-René de　38, 44
ジャネ，ピエール JANET, Pierre　515
シャボゾー，オーギュスタン CHABOSEAU, Pierre-Augustin　287
ジャム，フランシス JAMMES, Francis　31
シャルヴォーズ神父 CHARVOZ, abbé Alexandre　231
シャルコー，J=M　CHARCOT, Jean-Martin　64, 116, 117, 280, 281, 290, 557
シャルパンティエ，G　CHARPENTIER, Georges　92
シャルリュス男爵 CHARLUS, Palamède Guermantes, baron de ＊（『失われた時を求めて』）90, 112, 113
シャルル，クリストフ CHARLES, Christophe　171
シャルル７世 Charles VII　202, 204, 210
シャルル10世 Charles X　533
シャルル11世→ナウンドルフ，ルイ=シャルル
ジャン５世（ブルターニュ公）Jean V　207, 308
ジャン・クリゾストム Jean Chrysostome　297
ジャンジネ Ginginet ＊（『マルト，ある娼婦の物語』）261, 551
シャントルーヴ CHANTELOUVE ＊（『彼方』）173, 183, 202, 262, 373, 554
シャントルーヴ夫人，イアサント CHANTELOUVE, Mme Hyacinthe ＊（『彼方』『至高所』『出発』）14, 19, 173, 198, 220, 335, 410, 411, 420, 426, 459, 555
ジャンヌ→クレザンジェ，ジャンヌ
ジャンヌ・ダルク Jeanne d'Arc　10, 202, 249, 347
ジャンヌ・ド・マーテル→シェザール・ド・マーテル，ジャンヌ
ジャン=バティスト Jean-Baptiste（洗礼者ヨハネ）235
シュー，ユージェーヌ SUE, Eugène　35, 534

283, 284
クルティウス，E・R　Curtius, Ernst Robert　132
クルメル，フォヴォー・ド Courmelle, Foveau de　282
グールモン，レミ・ド Gourmont, Rémy de　14, 18, 19, 508, 537
グレヴィ，ジュール Grévy, Jules　90
クレオン Kleōn（仏名，Créon）217
グレゴリウス 16 世（教皇）Gregorius XVI　232
クレザンジェ，オーギュスト Clésinger, Jean Baptiste Auguste　19, 536
クレザンジェ，ジャンヌ Clésinger, Jeanne　536
クレベール，J＝B（将軍）Kléber, Jean-Baptiste　56, 531
グレン，アンドレ Green, André　444
グロジュノウスキー，ダニエル Grojnowski, Daniel　537, 538
クロス，シャルル Cross, Charles　74
クロソウスキー，ピエール Klossowski, Pierre　193
グロタン，エドゥアール Glotin, Édouard　236, 238, 239, 362
クローデル，ポール Claudel, Paul　31, 36, 37, 59, 60, 62, 460
クロポトキン，ピョートル Kropotkin, Pyotr Alekseevich　30

ゲオン，アンリ Ghéon, Henri　31
ゲラン（司教座聖堂参事会員）Guerin　57
ゲランジェ，ドン・プロスペル Guéranger, Dom Prosper　458, 510
ゲリノー，D　Guérinau, D　279
ケルナー，ユスティーヌス Kerner, Justinus　272
ゲレス，ヨーハン・ヨーゼフ・フォン Görres, Johann Joseph von　21, 318, 347, 348, 365, 476, 477, 502, 536
ゲロー，アルマン Guéraud, Armand　204
ケンタウロス　494

コクトー，ジャン Cocteau, Jean　31, 321
コジェーヴ，A　Kojève, Alexandre　193, 291, 444
コティ，フランソワ Coty, François　530
ゴーティエ，テオフィル Gautier, Théophile　536
小鳥（プティ・トワゾー）→デュ・フレネル，アンリエット
コニー，ピエール Cogny, Pierre　70, 71, 253, 255, 324, 325, 367, 418, 528, 529
コペー，フランソワ Coppée, François　79, 92, 183
コポー，ジャック Copeau, Jacques　31, 132
ゴヤ，フランシスコ・ホセ・デ Goya y Lucientes, Francisco José de　119, 525
コルバン，アラン Corbin, Alain　28, 60-2, 90
コルビエール，トリスタン Corbière, Tristan　74
コロー，J＝B・C　Corot, Jean-Baptiste Camille　460, 527
コロンビエール神父，クロード・ド・ラ Colombière, abbé Claude de la　43
ゴンクール，エドモン・ド Goncourt, Edmond de　28, 29, 66, 74, 87, 91-3, 96, 99, 104, 112, 113, 457, 535
ゴンクール，ジュール・ド Goncourt, Jules de　535
コンスタン，A＝L→レヴィ，エリファス
コンスタンティヌス 1 世 Cōnstantinus I　513
コント，A　Comte, Auguste　36, 534
コンブ，エミール Combes, Émile　464, 468, 503, 557

サ行

サウロ（サウル）→パウロ
ザカリア　300
サタン　151, 302, 342, 421, 489
サド侯爵，ドナティアン・アルフォンス・フランソワ Sade, Donatien Alphonse François, marquis de　78, 100, 526
サバティエ夫人（サバティエ，アポロニー）Sabatier, Mme Apollonie　536
ザラストロ Sarastro ＊（『魔笛』）525
サラン，Ch＝L　Sallin, Charles-Louis　277
サリス，ロドルフ Salis, Rodolphe　30
サルトル，J＝P　Sartre, Jean-Paul　33, 75
サロメ Salōmē（仏名，Salomé）162, 163, 401, 402
サロモニ，ヴェネツィアの Salomoni, da Venezia（本名，サロモニ，ジャコモ Salomoni, Giacomo）477, 502
サン＝シモン伯爵 Saint-Simon, Claude Henri de Rouvroy, comte de　36
サン＝ジョン，B　Saint-John, Bernard　50
サン＝ティヴ・ダルヴェードル，A　Saint-Yves d'Alveydre, Alexandre　286

244
カベー，E　Cabet, Étienne　36, 534
カーユ，C＝A　Caille, Claude-Antoine　277
ガランボワ嬢 Garambois, Mlle de ＊（『修練士』）557
カルヴァ，メラニー Calvat, Mélanie　45, 50-3, 55-8, 238, 386, 531, 555
カルダン，ジャン・ド Caldain, Jean de　16, 324
カルブッチア，ガエターノ Carbuccia, Gaetano 506
カルロ・アルベルト Carlo Alberto di Sardegna 47, 48
カレー（カレックス）Carhaix ＊（『彼方』『出発』）　76, 107, 123, 135, 138, 139, 174, 175, 180, 202, 263, 298-303, 305-7, 316, 317, 335, 371, 383, 513, 554, 555
ガロエス伯爵夫人（シタビラメ）Galoez, comtesse de　459, 463
カント，I　Kant, Immanuel　193
カンパン，ロベール Campin, Robert（メートル・ド・フレマル Maître de Flémalle）　480, 489, 492-5
ガンベッタ，レオン Gambetta, Léon　30, 90

ギエ，クロード Guillet, Claude　41, 53, 56, 387
ギッシュ，ギュスターヴ Guiches, Gustave　16
ギブー夫人，セラフィーヌ→バヴォワル夫人，セレスト
ギブール師，エティエンヌ Guibourg, abbé Étienne　20, 536
ギベール，J＝H（パリ大司教）　Ghuibert, Josephe-Hyppolyte　229
キマイラ Chimaira（仏名，シメール Chimère）127, 128, 131
キャサリン・オブ・ブラガンザ Catherine of Braganza　528
ギャルソン，モーリス Garçon, Maurice　232, 234
ギュジュロ，フレデリック Gugelot, Frédéric　31
キューニョ，アラン Cugno, Alain　125
キュベレ Kybelē（仏名，シベール Cybèle）　513
ギユマン，シャルル Guillemain, Charles　510
ギユミノ，オーギュスト Guilleminot, Auguste 78
キュリック神父，J＝M　Curicque, abbé Jean-Marie　49, 225
キュリロス（聖），アレクサンドリアの　196, 521
ギヨタン，J＝I　Guillotin, Joseph Ignace　277
キリスト→イエス＝キリスト
ギルバート，ウィリアム Guilbert, William　270
ギルランダイオ，D　Ghirlandaio, Domenico 490
キング，ケーティ King, Katie　283, 284
キング，ブレンダン King, Brendan　67, 503, 527

グザントラーユ Xantraille, Jean Poton de　210
クセルクセス1世→アハシュウェロシュ
クック，フローレンス Cook, Florence　284
クノー，レイモン Queneau, Raymond　193
クライン，メラニー Klein, Mélanie　135, 137, 139, 153, 361, 362, 478
クラオン，ジャン・ド Craon, Jean de　205-7
クラオン，マリー・ド Craon, Marie de　206
グラック，ジュリアン Gracq, Julien　121
クラフト＝エビング，R・フォン Krafft-Ebing, Richard von　62
クラン，J　Kelen, Jacqueline　107
クリエール，ベルト（・ド）Courrière, Berthe (de)（本名，クリエール，カロリーヌ＝ルイーズ＝ヴィクトワール Courière, Caroline-Louise-Victoire）　18-20, 321, 374, 459, 507, 508, 536
グリーク，カトリーヌ・ヴァン Griecke, Katherine van　226
クリステヴァ，ジュリア Kristeva, Julia　140-55, 193, 194, 201, 212, 213, 221, 293, 296, 297, 302, 311, 358, 401, 402, 442-4, 473, 511, 520
グリニョン・ド・モンフォール，ルイ＝マリー Grignon de Montfort, Louis-Marie　43, 56, 532
グリフィス，リチャード Griffiths, Richard 243, 253, 254, 354, 355, 469
グリム兄弟 Grimm, Die Brüder, Jakob und Wilhelm 203
クリュタイムネストラ　533
グリューネヴァルト，マティアス Grünewald, Matthias（本名，ゴットハルト・ニトハルト，マティス Gothart Nithart, Mathis）180, 181, 184-8, 190, 197, 200, 203, 213, 214, 219, 261, 290, 311, 480-6, 496, 522, 538, 554
クール＝ペレ，F　Court-Perez, Françoise　107
クルックス，ウィリアム　Crookes, William

Pierre 103, 107
ヴィルコンドレ，アラン Vircondelet, Alain 66, 68, 70, 468, 472, 528, 529
ウィルソン，エドマンド Willson, Edmund 422
ヴィルト，オスヴァルド Wirth, Oswald 17, 18, 20, 251, 254-6, 335, 340, 517
ウェヌス・アスタルテ Venus Astartē 209
ヴェネト，バルトロメオ Veneto, Bartolomeo 480, 488, 489, 491, 492, 495
ヴェルゴット，アントワーヌ Vergote, Antoine 357, 407
ヴェルヌ，ジュール Verne, Jules 112
ヴェルポー，A Velpeau, Alfred 279
ヴェルレーヌ，ポール Verlaine, Paul 31, 74, 76, 176
ヴォルテール Voltaire 45
ヴォーン，ダイアナ Vaughan, Diana 406, 506
ウーセ，アルセーヌ Houssaye, Arsène 87

エヴァルド卿 Lord Évald ＊（『未来のイヴ』） 288
エウセビオス Eusebios Caesariensis 513, 521
エスキロル，ジョゼフ Esquirol, Joseph（本名，ベルテ，アドルフ Berthet, Adolphe） 255, 303, 513
エステル ʼestēr（仏名，Esther） 161, 162, 554
エステル（ヒステリー患者）Esther（ガブリエル Gabrielle） 11, 282
エストゥヴィル（デストゥヴィル），シャルル Estouville, Charles d' 205, 206
エゼキエル 300
枝川昌雄 140, 524
エティエンヌ師 père Étienne ＊（『出発』） 423, 427, 431
エディソン，T・A Edison, Thomas Alva 288
エディソン Édison ＊（『未来のイヴ』） 288
エテオクレス Eteoclēs （仏名，エテオークル Etéocle） 217
エテロ yitrō（仏名，ジェトロ Jéthro） 191
エニック，レオン Hennique, Léon 92, 199, 457
榎本武揚 515
エホバ→ヤハウェ
エメーリック，アンナ=カタリーナ Emmerick, Anna-Katharina 346, 348, 351, 352, 363, 365
エモノ，フランシス Émonot, Francis ＊（『背嚢をしょって』1880 年版） 551
エリアーデ，ミルチャ Éliade, Mircea 120-2, 217, 427, 429, 525
エリザベス 1 世（女王）Elizabeth Ⅰ 270
エリザベート Élisabeth Philippine Marie de France 41, 533
エリヤ（仏名，エリー Élie） 58, 231, 235, 246
エルサン，イヴ Hersant, Yves 174, 538
エルダン，アレクサンドル Erdan, Alexandre 49
エレンベルガー，アンリ・F Ellenberger, Henri F. 273, 514
エンマ→ボヴァリー，エンマ

オイディプス 217
岡谷公二 529
オーギュスト Auguste ＊（『ヴァタール姉妹』） 105, 551
オグ，アンリ=アレクサンドル=ジュール Og, Henri-Alexandre-Jules 78, 79
オグ，ジュリエット Og, Juliette 77
オグ，ブランシュ Og, Blanche 77
オグ未亡人→ユイスマンス，マルヴィナ
奥本大三郎 530
オスマン男爵 Haussmann, Georges-Eugène, baron d' 84
オッソンヴィル伯爵 Haussonville, Joseph-Othenin-Bernard de Cléron, comte d' 29, 535
オードゥアン，フィリップ Audouin, Philippe 80
オーピック夫人 Aupick, Mme 77
オーベール，ルネ Aubert, René 48
オーベルニュ（グルノーブル司教事務局長） Aubergne 57
オルコット，ヘンリー・スティール Olcott, Henry Steel 537
オルシーニ，オルシノ Orsini, Orsino 501
オルセル（グルノーブル副司教）Orcel 53
オレステス 40, 533

カ行

ガイタ，スタニスラス・ド Guaïta, Stanislas de 16-8, 182, 183, 251, 252, 255-7, 286, 322, 368
カイヨワ，ロジェ Caillois, Roger 193
カイン 40, 533
カストル Kastōr（仏名，Castor） 525
カタネイ，ヴァノッツァ Cattanei, Vanozza 490, 501
カッシーニ夫人 Cassini, Mme 234
カトリーヌ→トゥアール，カトリーヌ・ド
ガブリエル→エステル（ヒステリー患者）
ガブリエル（大天使）gaḇrîʼēl（仏名，Gabriel）

来のイヴ』 288
アンティゴネ 217
アントッシュ，R・B Antosh, Ruth B. 107
アントニウス（聖）Antōnius Erēmītus（仏名，アントワーヌ Antoine） 151, 484, 485
アンドリ，C=L=F Andry, Charles-Louis-François 277
アンドレ→ジャイヤン，アンドレ
アンドレーエ，ヨーハン=ヴァレンティン Andreae, Johann-Valentin 537
アントワーヌ Antoine ＊（『仮泊』） 159, 160, 553, 554
アントワネット Antoinette（メメッシュ Méméche） 461
アンナ（聖）（マリアの母）Anna（仏名，アンヌ Anne） 44, 247
アンヌ=マリー→シュヴァリエ，アデル
アンファンタン，B=P Enfantin, Barthélemy-Prosper 36, 533
アンリ，エミール Henri, Émile 468
アンリ，H（大佐） Henry, Hubert-Joseph 170
アンリエ Griart, Henriet 308

イアサント→シャントルーヴ夫人，イアサント
イアソン 525
イヴ（エヴァ） 151, 247-9, 373, 383, 533
イエイツ，フランセス・A Yates, Frances A. 537
イエス=キリスト 12, 37, 41-4, 48, 49, 51, 53, 59, 138, 150, 151, 173, 185, 188, 189, 191, 192, 194-7, 200, 201, 219, 233, 236, 237, 240-5, 247-50, 284, 285, 295, 297, 300, 301, 309, 311, 329, 333, 349-51, 356 363, 364, 382, 383, 391-5, 400, 409, 413, 422, 426, 427, 440, 446-8, 458, 469, 472, 479, 481, 482, 484, 486, 487, 489, 492-6, 508, 513, 518, 523, 531-5, 556
イオカステ 217
イクン=アトン（アクナトン，アメン=ホテプ4世） 191
イザヤ 300, 438
石田英敬 140
伊地知英信 530
イダ・ド・ルーヴェン Ida de Louvain 363, 477, 508
一柳廣孝 515
イッポリット，ジャン Hyppolite, Jean 193
巖谷國士 497
イントロヴィーニェ，マッシモ Introvigne, Massimo 505, 506

ヴァイスハウプト，アダム Weishaupt, Johann Adam 505
ヴァイヤン，オーギュスト Vaillant, Auguste 468
ヴァーグナー，リヒャルト Wagner, Richard 112, 182
ヴァタール，セリーヌ Vatard, Céline ＊（『ヴァタール姉妹』） 551
ヴァタール，デジレ Vatard, Désirée ＊（『ヴァタール姉妹』） 551
ヴァルデク=ルソー，P・M・R Waldeck-Rousseau, Pierre Marie René 28, 464, 468, 503
ヴァレ神父 Vallée, abbé 342
ヴァレ・ド・ヴィルヴィル，オーギュスト Vallet de Virville, Auguste 204
ヴァレス，ジュール Vallès, Jules 92
ヴァレリー，ポール Valéry, Paul 71, 321, 422
ウァレンティヌス（聖）Valentīnus 347, 510
ヴァロワール，ガストン・ド Valloire, Gaston de 485
ヴァン・アイク，ヒューベルト Van Eyck, Hubert 492
ヴァン・アイク，ヤン Van Eyck, Jan 489, 492
ヴァン・エック神父，ルイ Van Haecke, abbé Louis 375, 508
ヴァン・ダイク，A Van Dyck, Anthonis 89
ヴァン・デア・ヴァイデン，ロジェ Van der Weyden, Rogier 492
ヴァントラス，ピエール=ユージェーヌ=ミシェル Vintras, Pierre-Eugène-Michel 56, 58-60, 230-5, 243-50, 295-300, 302, 303, 306, 368, 373, 382, 384, 387, 388, 531
ヴィアネー（師）Vianney, Jean-Marie 52
ヴィエルヌ，シモーヌ Vierne, Simone 121, 122, 217, 427, 429
ヴィクトリア（女王）Alaxandra Victoria 279
ヴィーナス Venus 490
ヴィーニュ，ミシェル Vignes, Michel 430
ヴイヨ，ルイ Veuillot, Louis 45
ヴィリエ・ド・リラダン，オーギュスト Villiers de l'Isle-Adam, Philippe-Auguste 74-6, 287, 510
ヴィルコー，ジャン=ピエール Vilcot, Jean-

人名索引

➢ 一部例外を除き，カタカナ表記，原語表記とも『コンサイス外国人名辞典』（三省堂）の表記に従った。ただし，ヘブライ語，ギリシア語人名については，一般に周知されているものはカタカナ表記のみとし，一般に周知されていないものや本書の理解に重要なものはラテン文字転写と仏語を併記した。また，ヘブライ語のラテン文字転写は『旧約新約　聖書大辞典』（教文館，1989）の表記に従った。
➢ 項目は，神，神話上の名前を含む。
➢ ユイスマンスについては人名として拾うことはせず，作品名で引けるようにした。
➢ ＊は架空の作中人物を表す。直後の（　）に作品名を示した。

ア行

アイギストス　533
アイスキュロス　533
アインシュタイン，アルベルト EINSTEIN, Albert 63
青髯→レー，ジル・ド（元帥）
アガメムノン　533
アクセンフェルド，A　AXENFELD, Auguste　115, 117
アザン，E・E　AZAM, Étienne Eugène　279, 515
アシュエリュス→アハシュウェロシュ
アースヴェリュス Ahasvérus（ドイツ名，アハスヴェール Ahasver）　533
アダム　150, 152, 244, 249, 250, 383, 533
アダリー HADALY ＊（『未来のイヴ』）　288
アッカーマン，ルイーズ ACKERMANN, Louise　88
アッシャー Usher ＊（『アッシャー家の崩壊』）　452
アーティニアン，アーティン ARTINIAN, Artine　324, 325
アトン（神）Aton　191
アナトール Anatole ＊（『ヴァタール姉妹』）　551
アノン，テオドール HANNON, Théodore　101
アハシュウェロシュ ʼaḥašwērôš（仏名，アシュエリュス Assuérus／クセルクセス 1 世 Xerxēs I）　161, 162
アバディ，ポール ABADIE, Paul　43
アブラハム　244, 295
アプレイウス APULĒIUS, Lūcius　121
アベル heḇel（仏名，Abel）　40, 533
アマドゥー，ロベール AMADOU, Robert　246
アメリー王妃 Amélie, réine de France　108
アメン＝ホテプ 4 世→イクン＝アトン
アラコック，マルグリット＝マリー ALACOQUE, Marguerite-Marie　42, 43, 237
アリエス，フィリップ ARIÈS,Philippe　534
アルベルディング・テイム，カタリナ ALBERDINGK THIJM,Catharina　461
アルマイエ伯爵夫人 ARMAILLÉ, comtesse d'　249
アレクサンデル 6 世（教皇）→ボルジア，ロドリゴ
アレクシス，ポール ALEXIS, Paul　29, 92
アングル，D　INGRES, Jean Auguste Dominique　527
アングレーム公爵 ANGOULÊME, Louis-Antoine d'Artois, duc d'　531
アングレーム公爵夫人，マリー＝テレーズ ANGOULÊME, Marie-Thérèse Charlotte, duchesse d'　56, 531
アンコース，ジェラール ENCAUSSE, Gérard（パピュス Papus）　12, 17, 286, 287
アンジェラ（聖）MERICI, Angela　430, 504
アンジェル（修道女）Angèle ＊『背嚢をしょって』　551
アンジェル・ド・フォリニョ（福女）Angèle de Foligno　346
アンセルム，ドン Anselme, Dom ＊（『出発』）　424
アンダーソン夫人 ANDERSON, Mistress Any ＊『未

著者紹介

大野英士（おおの　ひでし）
1956年東京生まれ。東京大学文学部仏文科卒業。代々木ゼミナール職員・同校大学受験科講師を経て復学。早稲田大学大学院文学研究科仏文学専攻博士後期課程満期退学。1993年から2000年までパリ第7大学大学院でジュリア・クリステヴァに師事。2000年『おぞましき美——J＝K・ユイスマンス作品における否定性の機能』により，文学博士号（ドクトール・エス・レトル）取得。フランス文学者。現在，早稲田大学，昭和女子大学，駒澤大学非常勤講師。主な著書に『ネオリベ現代生活批判序説』（白石嘉治との共編，新評論，2005。増補版2008），訳書にフランソワ＝グザヴィエ・ヴェルシャヴ『フランサフリック——アフリカを食いものにするフランス』（高橋武智との共訳，緑風出版，2003）などがある。

ユイスマンスとオカルティズム　（検印廃止）

2010年3月10日　初版第1刷発行

著　者　大　野　英　士
発行者　武　市　一　幸
発行所　株式会社　新　評　論

〒169-0051　東京都新宿区西早稲田3-16-28
http://www.shinhyoron.co.jp
TEL　03（3202）7391
FAX　03（3202）5832
振替　00160-1-113487

定価はカバーに表示してあります
落丁・乱丁本はお取り替えします

装　幀　山　田　英　春
印　刷　神　谷　印　刷
製　本　河　上　製　本

Printed in Japan
ISBN978-4-7948-0811-0